童庆炳文集

第一卷

文学审美特征论集

童庆炳 著

北京师范大学出版集团
BEIJING NORMAL UNIVERSITY PUBLISHING GROUP
北京师范大学出版社

本卷说明

本卷收入了论文集《文学审美特征论》和专著《艺术创作与审美心理》。

《文学审美特征论》是新时期以来作者对于“审美诗学”的建构，《艺术创作与审美心理》则是作者对于“心理诗学”的探索，它们凸显了文学的“审美”特征，促进了现代文论的发展。

代前言

——我的新时期文学理论研究之旅

1936年12月，我出生于福建省连城县莒溪村。1952年毕业于连城一中初中部。1955年毕业于福建龙岩师范学校。1958年提前一年毕业于北京师范大学中文系本科，留校任教。现为北京师范大学资深教授，文学院教授委员会主席，文艺学博士生导师，国家级重点学科北师大文艺学学科点学术带头人，教育部文科基地北师大文艺学研究中心学术顾问。

自1958年大学毕业留校任教，即分配到北京师范大学中文系文艺理论教研室，师从黄药眠教授。经黄药眠先生精心指导，逐渐形成自己的文学理论研究路数。1963年纪念曹雪芹逝世200周年，我在《北京师范大学学报》发表的长篇论文《高鹗续红楼梦的功过》，是我发表的第一篇正式的论文。这篇受到好评并被收入《红学三十论文选编》等多种集子的论文，激发了我的学术研究的自信心，但同时也令我列入"走白专道路"的名单中，而遭受到政治整肃。1963～1965年在越南河内师范大学中文系任教期间，我讲授过中国古代文学发展史及作品选读、古代汉语、写作等课程。我在每周讲授24节课的情况下，利用一切时间，编写了《中国古代文学发展简史》，在炮火连天的河内油印出版，还注释了几十万字的中国古代文学作品。1967～1970年在阿尔巴尼亚地拉那任教期间，除讲授"中国文学"课程外，我用大量的闲暇时间研读"十三经"、"二十四史"、《资治通鉴》和中外名家的大量作品。仅巴尔扎克的长篇小说我就阅读了二十多部。这为我日后的研究打下了比较坚实的基础。我是幸运的。当我的同事下乡"四清"之时，我在炎热的河内静静地读书备课；当我的同事不得不为"文化大革命""文攻武卫"浪费时间之际，我则在地拉那宁静的城市里研读中外各类书籍。从1958～1976年，这可以说是我学术研究的一个准备时期。

出于对长期以来的文论的政治化和哲学化的不满，我开始了"审美诗学"的建构。"审美"文学的特征，这是我新时期最初的理论观点，许多文学理论问题都要在"审美"的视野下加以具体的解释。

1978年进入新时期以后，整个国家处在一种社会转型中，如何建立中国自己的新的形态的文艺学的课题被现实生活鲜明地提出来了。我的文艺学的教学和研究也随之开始新的阶段。我和文艺学界的同行们此时面对的主要问题是如何清理统治中国长达几十年的苏联教条主义文艺理论的僵化模式，以及在苏联模式基础上发展起来的更为教条化机械化的东西。从新中国成立初直到"文化大革命"结束的二十多年的时间里，中国的文艺学始终受到苏联20世纪50年代极"左"的文艺学的深刻影响。苏联50年代的文论基本上是20年代"拉普"派的庸俗社会学和机械论文论的翻版。把一切文学问题政治化和哲学化是其突出的特点。苏联文论的核心是“社会主义现实主义创作方法”，这个理论一半是政治，另一半才是文学，而“创作方法”则是少数人拼凑出来的概念，并非创作实践的总结。在“苏共”十九大上，苏共中央书记马林科夫竟然荒谬地在政治报告中大谈特谈文学典型问题，认为典型问题是“党性在现实主义艺术中表现的基本范围”，“典型问题任何时候都是政治问题”。50年代初、中期，正是中国文艺学的起步时期，但在“全面学习苏联”口号的指导下，我们在苏联文艺学面前完全失去起码的创造精神，亦步亦趋地跟在苏联文论后面。更为严重的是在60年代初和“文化大革命”时期，中国变本加厉地把一切文学问题政治化，把“写真实论”“题材广阔论”“中间人物论”“人道主义论”等，都当作“修正主义”加以批判，连文艺学的一般常识也被完全堵塞。由此可知，新时期开始，文艺学学术研究的起步是十分艰难的。

在这种历史语境中，我清醒地认识到在文学问题上僵硬的政治化和大而化之的哲学化，是阻碍中国文艺学发展的最重要的问题，而如何突破此前的“反映论”的单一的视角，寻找到文学自身的特征是当务之急。这一时期我的研究主要就围绕这个问题展开。我加入了有关文学创作的“形象思维”的讨论，发表了《略论形象思维的基本特征》《再论形象思维的基本特征》和《评当前文学批评中的“席勒化”倾向》三篇论文，力图摆脱文学研究中的政治化、哲学化模式，揭示文学自身的特征。但是在此期间我最重要的研究成果是向俄国大批评家别林斯基发起“挑战”，发表了受到当时文论界广泛重视的《关于文学特征问题的思考》一文(发表于《北京师范大学学报》1981年第6期，1982年中国社科院编写的《文学年鉴》详细介绍，并选入《中国新文艺大系·理论一集》)。这篇论文怀疑苏联和我国50年代到80年代流行的“文学形象特征论”的正确性。这种理论认为：文学与科学的不同不在内容，而在形式。科学家用逻辑说话，文学家则用形象和图画说话，可它们说的是同一件事，所以文学的根本特征就是用形象来反映生活。我的文章认为区别事物之间的不同特征首先要追寻它们的不同内容，然后才是形式。文章写道："形式，这是事物的外部联系、外部标志，它不可能从根本上确定事物的特征；内容，这是事物的内部联系，内部规律性，只有它才能从根本上确定事物的特征。""我丝毫没有否定'文学用形象的形式反映生活'这一命题的意思。问题在于'文学用形象的形式反映生活'这一特点难道不是由文学的独特对象、内容派生出来的吗？"由此，我认为上述文学特征定义是有问题的。我由这篇文章追根溯源，进而发现这一说法最早是由俄国大批评家别林斯基提出来的。别林斯基曾强调指出："人们只看到，艺术和科学不是同一件东西，却不知道它们之间的差别根本不在内容，而在处理一定内容时所用的方法。哲学家用三段论法。诗人则用图画和形象说话，然而他们所说的是同一件事。"我认为别林斯基的观点是受黑格尔的"美是理念的感性显现"的影响所致。在黑格尔的哲学体系里，"理念"是万事万物的根本，是它派生出一切事物，因此只能从不同的形式来区分此一事物与彼一事物的不同特征。别林斯基的文学特征论显然是黑格尔"理念"论在文学问题上的翻版。把这样一个黑格尔式的文学特征论长期奉为圭臬，不但是错误的，而且会使中国的文学理论裹足不前。在清理了别林斯基的文学特征论后，我在文章中提出了关于文学特征的理论假设：文学特征问题应分层次、分主次地进行探讨：甲，文学的独特内容——整体的、审美的、个性化的生活；乙，作家的独特的思维方式——以形象思维为主，以逻辑思维为辅；丙，文学的独特的反映形式——艺术形象和艺术形象体系；丁，文学的独特功能——艺术感染力，以情动人。我认为文学和科学的具体的对象与内容是不同的。文学反映的生活是人的整体的生活，即现象与本质、个别与一般具体地、有机地融合为整个生活。整体不是指包罗万象，而是"从一粒沙里看一个世界”。“一首短诗可能只抒发诗人瞬间的一点感受，一篇小说可能只写两三个人之间一点纠葛，但都是活生生的一个完整的世界，那里面闪烁着生活的全部色彩。”进一步，这种整体的生活能不能进入文学作品中，还要看这种生活是否与审美发生联系。“文学是美的领域。文学的对象和内容必须具有审美价值，或是描写之后具有审美意义。”更进一步，还要看这种生活是否经过作家的思想感情的灌注，留下作家精神个性的印记。可以说我的这篇文章是新时期国内最早揭示“文学形象特征论”的缺陷，并提出“文学审美特征论”的文章之一。此后我又吸收马克思主义关于对事物的“艺术掌握”以及“诗意的裁判”的观念，认真学习了马克思的《1844年经济学—哲学手稿》中涉及美学的论述。此外，苏联80年代文论界的审美学派的理论资源，也进一步丰富、完善了我的理论。我将上述理论最早吸收进高校的“文学概论”教材中，特别是我自著的由红旗出版社出版的教材《文学概论》(上、下)，以“文学审美特征论”贯穿全书，使教材面貌焕然一新。由于全国各地高校纷纷采用此教材，发行量达到了27万册。从而使我的“文学审美特征论”产生了广泛的影响。“文学审美特征论”摆脱了文学理论依附政治的状况，改变了文学理论简单套用政治理论的模式，推动了中国现代文论的发展，具有重要的学术价值。

另外我还把“文学审美特征论”运用于文学理论的重要问题——文学典型——的研究中，于1994年发表了论文《特征原则与作家的发现》，提出了与以前的哲学化的典型定义——典型是个性与共性的统一，或典型是偶然性与必然性的统一——完全不同的典型定义。文章认为，过去的典型理论缺少“中介”，因此只是把典型的塑造过程看成是对生活的“综合”或“拼凑”。文章借用德国古典艺术鉴赏家希尔特的“特征”理论，把典型创造理解为对特征的生发、强化，把典型理解为经过特征化的、能够唤起人们美感的形象。我的文章认为：“就外延而言，‘特征’可以是一句话、一个细节、一个场景、一个事件、一个人物、一种人物关系等；就内涵而言，‘特征’具有两种属性，其一，它的外在形象是极其具体的、生动的、独特的；其二，它通过外在形象所表现的内在本质又是极其深刻丰富的。‘特征’是生活的一个凝聚点，现象和本质在这里相连，个别和一般在这里重合，形与神在这里聚首，情与理在这里交融。特征化就是指作家对他所抓取的生活凝聚点的加强、扩大和生发的过程。”所以典型创造是否成功，不在积累的生活材料的量的多少，而在于质的高低。我的关于典型问题的“特征”说，是国内典型理论的一种新说。这一理论由于它深入到文学的审美层次，具有一定的启发性，也被学术界不断地引用。我还发表文章试图用“审美”的观点来解释艺术真实性问题，文学结构问题，以及文学的内容与形式的关系等问题。

我的文学审美特性论研究，获得了文学理论界的理解与支持。随后，我的“审美”论就进入各类教材。中国社会科学院文学所的《文学年鉴》转载了我的论文；许觉民先生主编的《新文学大系》“理论卷”收入了我的论文；多年后，王蒙和王元化主编的另一本《新文学大系》“理论卷”也收入了我的论文。值得一提的是越南重要的期刊《文学》，专门翻译了我的评论苏联文论的文章。我自编的以审美为核心观念的教材《文学概论》，1984 年第一版印刷了 27 万册之多，它在大江南北、黄河两岸学习文学理论课程的师生手中流传。1982 年我还是讲师，1986 年，我成为了教授，我还是 1984 年北京市的“劳动模范”。我自己把新时期这一时段的文学审美特征论研究，称为“审美诗学”研究时期。

80 年代中期文学理论界提出的文学主体性是一个重要问题，为深化文学主体性研究，“心理诗学”的探索耗费了我多年的时间。“体验”成为我们阐释的核心观念，而把“矛盾上升为原理”则是我的一种研究思路。

本世纪(20世纪)80年代中期，文艺学“拨乱反正”的任务基本完成后，“实现文学观念的转变，以适应变化了的文学现实”的问题被鲜明地提了出来。1985年刘再复发表了《论文学主体性》的重要论文，引起了学界的轩然大波，立刻引起了激烈的论争。一些人完全否定这篇论文，甚至给扣上“反党反社会主义”的罪名。但我是赞成刘再复的观点的，我认为应该延伸他的研究。刘再复的“文学主体性”研究，我觉得仍然囿于哲学的范畴，难于在文艺学范围内进行深入的探讨。我意识到“文学主体性”问题的重要意义，同时感到“文学主体性”问题可以转到“文艺心理学”领域加以研究。1986年我申请到了国家“七五”社科重点项目——文艺心理学(心理学美学)研究。从1985年起到1992年，经过七年的时光，我和我指导的研究生终于获得了令人欣慰的成果，出版了“心理美学丛书”(十五种)，论文集《艺术与人类心理》，以及由我任主编的，达56万字之多的学术专著《现代心理美学》。我自己的学术专著《艺术创作与审美心理》一书也列在“丛书”中。我和我的学生的“心理学美学”研究与一般的“文艺心理学”有些不同，我们不把“心理学美学”看成是心理学的一个分支，因此不同意用普通心理学的概念生硬地宰割文学艺术的事实。相反，我们主张从文学艺术的事实出发，来寻求心理学视角的解释，因此“心理学美学”完全是属于美学、文艺学的一个分支。

在我所撰写的《艺术创作与审美心理》这部著作中，我所选择的研究范畴并不是新鲜的，仍然是审美知觉、审美情感、审美想象等。但是我在前人研究的基础上，运用辩证思维的方法，使我的研究获得了新的成果。我的研究方法完全是朴实的、富于启发性的，我说过：“我在研究艺术家的创作心理机制的运动、变化和相互作用时，发现了一个普遍的现象，即艺术家诸种创作心理活动往往是矛盾的、相互冲突的：审美知觉既是无关功利的，又是有关功利的，既是对现实的超越，又要受现实的制约；艺术情感既是艺术家自我的情感，又是人类的情感，既是内容的情感，又是与之相对的形式的情感；审美想象既具有主观的意向性，又具有客观的逻辑性……这一对对的矛盾、冲突，起初使我困惑。”在困惑中，海森堡的“将矛盾提升为原理”给了我以极大的启发，为我的创作心理研究开辟了一个崭新的路数。如对审美知觉的研究，在前人那里，或是认为审美知觉是超越功利的，或是认为审美知觉是功利的。这种分歧成为美学理论的一个“死结”。我正是在这个“死结”起步，否定了那种静态的调和功利说与非功利说的尝试，即把审美知觉分成知觉效果与心理状态两个方面，认为从知觉效果上讲，审美知觉是无关功利的，而从心理状态上讲，审美知觉是有关功利的。我认为这种理论离解开“死结”还很远，因为“审美知觉是一种流动的并充满心理冲突的过程”。“最能体现审美知觉深层特征”的，恰好是它“从日常实际态度向审美态度的转变”。而这种过渡与转变能否实现，关键在于两种心理力——功利的、实用的心理力，与超功利的、审美的心理力——反复较量的结果。“换句话说，在这过渡与转变的瞬间，知觉主体处于一个被争夺的临界点上。一方面，审美对象的特质所构成的审美世界召唤他，使他对经验世界处于一种‘假遗忘’状态；可另一方面，他所熟悉的由强大的功利、欲望所构成的经验世界，又挽留他，像一个情人那样拽抱着他，尽量不使他超越临界点，阻止他顺利进入审美世界。”两种心理力的斗争决定着审美知觉能否实现。我的研究的独到之处是在于：把“斗争”“较量”的概念引入知觉过程的研究，从而获得同行的好评。我探索的最后的结论是：“审美知觉作为一个动态过程，不能简单地说成是‘无关欲望’、‘无关功利’的，只能说它从欲望、功利的束缚中解放出来，达到无关功利欲望的境界。有欲是无欲的对立面，但是有欲是无欲的超越条件，甚至可以说，欲望、功利的拖累越是沉重，对此欲望、功利的超越后审美愉悦也越是痛快淋漓。”关于“审美知觉”研究我所提出的新说可以叫作“解放”说。这是我把书本知识、创作经验和生活体验三者关联贯通起来所获得的成果。

我对审美情感的研究也采取融通的态度。我认为“自我表现”论和“人类情感表现”论，都有片面性，都不能完全揭示审美情感的本质。我认为审美情感应该是“自我情感”和“人类情感”的交合、重合和结合。但是这种结合是如何实现的呢？我又一次引进“冲突”“搏斗”“征服”等概念。我认为，艺术家的自我情感与对象所体现的人类情感之间的冲突是通过相互征服而实现双向流通，从而达到“神秘的统一”。艺术家必须有伟大的人格，超常的智慧，巨大的搏击力量，以及主观战斗精神，把对象所体现的人类情感吸纳、同化到自己心中，成为自我情感的有机组成部分，这样方能克服自我情感与人类情感之间的紧张，方能“在搏击之后结为一体”。我的这一观点在审美情感的研究中被同行专家认为是深刻而独到的。

我用同样的方法研究审美想象，认为审美想象是认识性与意向性两个因素相互征服、相互渗透的结果。

我的“心理学美学”研究力图揭示艺术创作心理机制的复杂性、辩证矛盾性，把“矛盾上升为原理”，学界同好认为这一研究思路颇具独特性。另外一点，也许是更重要的一点，我们朴素地认为作为文学创作的主体，“体验”是最为重要的，我把“体验”与一般的“经验”区别开来，成为我们集体研究的最重要的成果。在由我任主编、我的朋友程正民任副主编的56万字的《现代心理美学》一书中，我们用了最多的篇幅来研究“艺术与体验”，我们罗列了“童年体验”“缺失性体验”“丰富性体验”“崇高体验”“愧疚体验”“孤独体验”“神秘体验”“皈依体验”等来阐明艺术主体问题。我们的研究成果不但深化了文学主体性问题的研究，而且把朱光潜30年代的古典的文艺心理学研究提到现代的水平。我们的作品获得了教育部的奖励，还被列为国庆五十周年的“献礼”著作。对我而言，我与我的学生——丁宁、陶东风、李春青、蒋原伦、黄卓越、李珺平、陶水平、唐晓敏、周帆、曹凤、陈向红、金依锂、黄子兴等——的激烈的学术争论，使我们收获了弥足珍贵的友谊。

当作家苦苦摸索“怎么写”的时候，我知道文学理论界应该干什么。我选择了“文体诗学”研究，提出了“文体非文类”说，“文体是一个系统”说，为新时期的文体研究探了探路。

90年代初期，我的研究方向又一次转换。此时我已经清楚地意识到，作家们遇到的问题不仅仅是写什么的问题，还有一个更重要的怎么写的问题，他们正苦苦摸索这个问题。对于文学理论来说，这就是文体问题了。文学是语言的艺术，语言是文学的第一要素，如果不把研究沉落到语言层面，那么怎么写的问题，以及文学的特征和相关的一系列文学问题，还是不可能解决的。经过三年的努力，我的研究又一次获得了成果。1993年我主编了一套“文体学丛书”，我自己撰写的专著《文体与文体的创造》也正式出版。“文体学”的研究在中国文艺学界几乎是一个新开辟的领域，因为我并非把“文体”单纯理解为过去人们所说的“文类”或“文学体裁”。在系统而详尽地梳理了中国和西方关于文体理论的基础上，我提出了对文体的新见解：“文体是指一定的话语秩序所形成的文本体式，它折射出作家、批评家独特的精神结构、体验方式、思维方式和其他社会历史、文化精神。”这一“文体”定义实际上可分为两层，从表层看，文体是作品的语言秩序、语言体式；从里层看，文体负载着社会的文化精神和作家、批评家的个体的人格内涵。进一步我把文体作为一个“系统”，认为从呈现层面看可以分为相互联系的三层：体裁——语体——风格。我认为一定的体裁要求一定的语体，一定的语体经作家个性的过滤，达到稳定和成熟的极致，就形成风格。文体是体裁、语体和风格的结合体。这部书最富创造性的部分是它提出的文体创造问题的新发现。我在评述了“美在内容”“美在形式”和“美在内容形式的统一”的观点的局限之后，提出了“美在内容与形式的交涉部”和“内容与形式的相互征服”的新观点。长期以来，内容与形式一直是文艺学中一个最重要的二项对立模式。但这二项对立模式中的内部关系并不是平等的。在“内容决定形式，形式反作用于内容”的理论表述中，内容决定形式，几乎就等于“文艺为政治服务”。所以我想拆解这个二项对立模式，但又认为照搬本世纪(20世纪)在西方流行的完全排斥内容的各种形式主义的模式是不可取的。

经过研究，我把文学的内容与形式的关系理解为辩证矛盾运动，并在内容与形式之间找到了一个中介概念，这就是“题材”。我认为文学作品的内容是无法意释的，但题材则是可以意释的。把题材从艺术内容中剥离出来，其目的是强调从题材(材料)向内容的转化过程中，形式所起的关键作用。我提出：“作品的内容是经过深度艺术加工的独特方式，以语言体式为中心的形式则是对题材进行艺术加工的独特方式，一定的题材经过某种独特方式的深度的艺术加工就转化为艺术作品的内容。”值得一提的是，我在提升艺术形式的作用时，与各种形式主义的美学，其中包括西方的所谓“语言论转向”，仍保持着一条清晰的界限。这不但表现在我仍然使用被形式主义文论弃置不用的“内容”这个概念，更重要地是表现在对内容形式关系的含有辩证矛盾思想的处理。我强调的是，作品的形式无论如何总是一定内容的形式，一定的形式只有在题材的吁求下才会出现。如果题材不发出吁求，形式是不会出现的。而且我进一步指出，题材吁求形式，其中就包含形式的创造要受到题材的生活逻辑和情感逻辑的制约，形式必须这样或那样与题材相匹配。但又强调，这种“制约”不是“决定”。在内容决定形式的理论中，内容是“主人”，形式是“仆人”，“仆人”永远是被动的。在我所理解的题材吁求形式的关系中，题材与形式是“主人”与“客人”的平等关系。把“客人”请到“家”，“客人”就往往“造起反”来，“客人”征服“主人”，重新组合，建立一个新的“家”。所以我认为，题材与形式是相互征服的关系，一方面是题材吁求形式，征服形式；另一方面则是形式改造题材、征服题材。我在书中写道：“我们的基本观点是，创造最终达到内容与形式的和谐统一，不是形式消极地适应题材的结果，恰恰相反，是形式与题材的对立、冲突，最终形式征服（也可以说克服）题材的结果。”我举了俄国作家蒲宁的短篇小说《轻轻的呼吸》，认为是形式征服题材的典范。就这篇小说的题材而言，其意义指向是沉重的、哀伤的、令人叹惜的。小说描写了年轻漂亮的女中学生奥丽雅，她先与一个哥萨克士兵谈恋爱，后又与一个老地主乱搞，最终奥丽雅被哥萨克士兵在火车站站台上开枪打死。这样一个故事就其本事而言是“生活的溃疡”“生活的腐败”。但是作家在结构这个故事的时候，把“开枪打死”这四个字，隐含在对乱糟糟的站台和来往人群的描写的长句子中，如果你不认真读，就可能被忽略过去。小说的艺术描写的重点被转到奥丽雅和羡慕她的女生的一次关于女性美的谈话上面。奥丽雅家的藏书中有一本《古代笑林》，其中的一个故事把“轻轻的呼吸”列为女性美的标准要点之一。奥丽雅绘声绘色地对女友们说：“轻轻的呼吸！我就这样的——你听到我怎样喘气——真是这样吧？”此外，奥丽雅的班主任——一个老处女——对奥丽雅的美貌和风度的羡慕，也得到了大肆地渲染。艺术形式的诗情画意使题材的意义指向发生逆转，整部小说流露出一种乍暖犹寒的春的气息。形式征服了题材，转化出一种新的内容。我的书中通过大量的资料分析证明，这种形式对题材的征服，乃是文体创造的基本规律。作家之所以喜爱描写苦难、伤痛、哀愁、苦闷、死亡，甚至丑恶、病态等，就是因为形式可以征服题材，使题材的意义指向发生逆转，并创造出新的艺术世界来。我在内容与形式关系上的理论突破，被认为使文体学研究进入文艺学研究的前沿，是值得重视的。王蒙给我们的丛书写了“序言”。值得庆幸的是，我们的书再版时，季羡林先生也称赞这套丛书，给丛书写了三段评语。其中第一段说：“‘文体学丛书’是一套质量高、选题新、创见多、富有开拓性、前沿性的好书。以前我们对文体问题、对中国古代文论中的有关文体的思想遗产研究、总结得很不够，因而这套丛书的出版对文艺学的学科建设具有填补空白的意义。”季先生的评价让我受宠若惊。而我的学生莫言在听了我的“创作美学”课程后，所记住的就是那个用来说明文体创造的“轻轻的呼吸”的故事，这也让我感到些微的安慰。

> 文学理论作为学科建设，我一直觉得应在中、西、古、今四个主体间进行平等的对话，互通有无，互相补充，互构互动，互相发明，既借鉴西方的有益的观点，又不失中国民族之地位。当文学理论能利用历史留给我们的全部资源的时候，文学理论的学科建设就可以获得成功。这就是我在“比较诗学”上下了较大工夫的原因。

新时期三十余年来，我一直把文艺学当成一个学科来建设。就整个文艺学的学科建设而言，我认为要走古今对话、中西对话的路。我深深体会到文艺学的真理不在一家一派手里，而在各家各派手里。因此古今对话、中西对话，是关系到开发文艺学建设的资源问题。我把“古”“今”“中”“西”理解为四个“对话”的主体，通过这种对话，我们才能把包括古今中外一切含有真理性的东西吸收过来，才可能进行综合，并建立起具有新质的中国的现代的文学理论。20 世纪 90 年代我提出了古代文论研究的学术策略是：第一，历史原则。把古代文论的资料置放到产生它的历史文化语境中考察，尽可能恢复其本来面貌。只有这样才可能激活历史资料的生命。尽管这不可能完全做到，但一定要尽力去做。脱离开原有的历史文化语境的研究是不可取的。第二，对话原则。把“古”“今”“中”“西”理解为四个平等的“对话”的主体。通过古今对话和中西对话，互相补充，互相发明，互相贯通。把古今中外一切具有生命力的观点和方法置于我们的视野之内。对话不是相互简单的比附。第三，自洽原则。对话的目的是把古今中外的真理性的成分交融在一起，这种交融不是机械相加，要能自圆其说，而且在对话中寻找新质，创造出属于中国现代的文论形态来。我和黄药眠先生主编了《中西比较诗学体系》(上、下)一书，1991年出版，内容包括中西文论的背景比较、范畴比较和影响研究，至今仍是国内最完整的一部比较诗学的著作。我于90年代发表在《文史知识》杂志上的两组文章，或是以西释中，或是以中释西，受到读者的欢迎，尔后中华书局结集出版，台湾的万卷楼图书有限公司也出版了这部题为《中国古代心理诗学与美学》的书。2000年，我完成了国家“九五”社科规划项目“中国古代文论的现代意义”，成果由北京师范大学出版社出版。2000年，我在新加坡南洋理工大学中华语言文化研究中心担任研究员，完成了“现代学术视野中的中华古代文论”书稿，此书由北京出版社出版。我自1994年起给博士生上的“《文心雕龙》研究”的课程讲稿，即将汇集成《〈文心雕龙〉三十说》一书出版。我的“比较诗学”的研究得到国内研究古文论的朋友的鼓励，我的研讨《文心雕龙》论文的观点，被收入张少康等人编著的《文心雕龙研究史》中。已故资深古代文论研究专家陈良运在评价我的《中国古代文论的现代意义》一书时，认为这部书是“找到古代文论现代阐释的一把钥匙”。他说：“值得我们这些长期研究古代文论的学人特别感兴趣的是，他将现代心理科学知识引进了古代文论研究领域，从人的心理层次观照、诠释某些观念范畴的生成、扩散、延伸与发展，往往令人耳目一新。”他特别称赞我把李贽的“童心”说与马斯洛的“第二次天真”说的比较研究，说“听到他以美国人本主义心理学家马斯洛的'第二次天真'说诠释明代李贽的'童心'说，感到十分新鲜且心胸豁然开朗，一缕古代文论现代阐释的新曙光，启开了笔者原来比较狭窄的视界”。对于我对孔子的“乐而不淫，哀而不伤”的新解，对刘勰的“蓄愤”“郁陶”说的新解等，也赞赏有加。我觉得我找到了知音。

自韦勒克的《文学理论》一书被翻译过来之后，文论界对他提出的所谓“内部研究”和“外部研究”的划分趋之若鹜。90年代“文化研究”被引入后，文学理论的“文化转向”又变为“日常生活审美化”的话题。“文学理论往何处去”又成为一个问题。这个时候，我提出了把“内部研究”与“外部研究”综合起来的“文化诗学”的新思路。

我于1998年扬州会议上提出建立“文化诗学”的初步构想。1999年我又发表了两篇论文《文化诗学是可能的》《文化诗学的学术空间》。2001年再次发表了论文《文化诗学刍议》，并于当年11月7日到中央电视台“百家讲坛”做了题为《走向文化诗学》的讲演。不幸的是我的这个讲题被美国学者斯蒂芬·格林布拉特于1986年在西澳大利亚大学讲过。这样，就有人认为我的理论是从格林布拉特那里搬来的。的确，此前我读过格氏有关“新历史主义”批评的论文，他那种把文学文本解读放回到原有的历史语境中去的方法对我有启发。但我当时不认为这是什么新鲜的东西，因为孟子的“知人论世”的方法早就倡导这样做了。我在90年代末提出“文化诗学”是基于这样三点：第一，文学理论界过分的“内部研究”，特别是一些琐碎的文本语言研究，忽视了文学的内容，即所谓文学“外部”的东西，我觉得过分的“内部研究”是片面的，文学理论应该追求全面性，那就是把“内部研究”和“外部研究”综合起来，既要关注文学文本的言语技巧、抒情技巧、叙事技巧，也要关注文学文本的文化、社会和政治内容，进行跨学科的研究。第二，90年代后期，随着西方的“文化研究”被引进，一时间又成为文论界追逐的目标。我认为从英国威廉斯等人那里引进的“文化研究”基本上不属于文学理论，它是文化社会学，甚至就是政治社会学。虽然，它有时也举某些文学作品为例来说明某个问题，但它并不看重文学文本的诗情画意，不看重文学文本的审美品质，甚至提出“反诗意”。如果我们搞文学理论的人，都钻进这个“文化研究”中去，那么就必然会脱离文学和文学理论本身，这不利于文艺学这个学科的建设。后来主张引进文化研究的学者又转而提倡什么“日常生活的审美化”研究，实际上常常与商业主义“同流合污”，这就更引起我的反感，我觉得他们这样走下去，必然要撇开我所钟爱的文学。而我所提出的“文化诗学”，就是要坚守文学理论的阵地，与搞文化研究的人保持距离。第三，面对诸种社会问题，我们研究文学理论的学者不能置身局外，要通过文学批评发出我们的制衡的声音。这样文学理论中缺乏文化的元素和视野显然是不行的。我觉得“文化诗学”恰好能使我们研究文学理论的人“介入”现实，与现实保持紧密的、生动的联系。我发表一系列的文章来界说我提出的“文化诗学”。最终，我用“一个中心，两个基本点”来说明我的“文化诗学”的结构。一个中心，就是要以审美为中心，文学与审美不可分离，审美不是小事，是关系到人的自由的大事。两个基本点，文学研究既要伸向微观的文学文本的细部，文本的分析不可或缺；又要伸向宏观的文化历史的观照，把文学文本或问题置放回原有的历史语境中去把握，揭示文学文本中的文化意涵。但是，我认为重要的不是“文化诗学”这个提法本身，重要的是要在文学理论和文学批评中进行实践。我先后主编了两套丛书，一套是北京师范大学出版社出版的“文化与诗学丛书”(10本)，一套是由湖南人民出版社出版的“文化诗学丛书”(5本)，这些著作研究的问题是不同的，但方法则是

“文化诗学”的。我为这两套丛书都写了“序言”，申明我的“文化诗学”的主张。我主持完成的教育部重大攻关课题“历史题材文学创作中的重大问题研究”，最终形成71万字的专著，和一套五本的丛书，也可看成是对“文化诗学”实践的作品。

新时期过去了三十余年，转瞬之间，我已从中年迈入晚年。我从审美诗学起步，经过了心理诗学、文体诗学和比较诗学的跋涉，最后一站来到文化诗学。这就是我的新时期的文学理论之旅。回顾所走过的路，总觉得所做的太少，留下的遗憾太多，论文和著作的质量不能令人满意。我清楚知道，我离我的学术研究目标还有很大的距离，未能像某些大家那样达到那种令人神往的境界。但生命的火焰即将黯淡，我可能再做不了什么来补救了。遗憾将陪伴上天留给我的日子。我只能告诫我的学生：努力吧，勤奋地、不倦地在文学理论这块园地里耕耘。要读万卷书，行万里路，永远和现实生活保持密切的、生动的联系，把书本知识、创作实践和生命体验贯通起来，也许你们能在这块园地获得丰收。我从来不嫉妒学生。我希望你们成家立派。当你们像我这样年老的时候，回首往事，觉得自己的生命没有虚度，你们已经成功，达到了你们的老师没有达到的境界。那对我来说，就是最好的安慰了。

（2012年5月10日，时年76岁）

目　录

文学审美特征论

文学审美特征论

序

当新时期开始之际，对于文艺学界来说，所面对的是“文化大革命”时期留下的“文艺是阶级斗争的工具”一套僵硬的理论和口号。文学理论的泛政治化、泛哲学化是当时最为严重的问题。诚然，文学理论是有政治性的，是必须以一定的哲学为基础的，但单一政治的或哲学的对文学问题的解决，把文学仅仅说成是政治斗争的晴雨表，是社会生活的形象反映，并不能解决文学自身的种种复杂问题，尤其不能揭示文学固有的特征问题。文学理论是做政治的附庸，还是要寻找自己的学理的园地，成为当时在这一领域工作的人们必须做出的选择。我认为新时期的文艺学建设就是从这种选择开始的。

我20余年的研究工作主要涉及：(1)文学基础理论研究；(2)文艺心理学研究；(3)中西文论比较研究；(4)文学文体学研究；(5)中国古代诗学研究。但无论在哪个方向的研究中，“文学的审美特征”始终是我著作中的一个“主题”。我先后用过“文学审美反映”“文学审美属性”“文学审美价值”“文学审美意识形态”等观念。我从马克思《1844年经济学哲学手稿》中的“人化的自然”“人是按照美的规律来创造”的观点，从马克思《〈政治经济学批判〉导言》中的对世界的“艺术的”“掌握”的观点，从恩格斯的“美学观点和历史观点”来衡量作品以及作家对生活进行“诗意的裁判”的观点，从中国古代道家的文学观点，从西方现代的文艺美学观点，特别是从苏联20世纪50年代后期开始形成的“审美学派”的观点，受到启发，并开始了自己的关于“文学审美特性”论的学术跋涉的。收入本书的两篇文章就是写于1981年和1983年的《关于文学特征问题的思考》和《文学与审美》。我的基本理论假设是，文学是一种广延性很强的事物，它必然会有社会性、政治性、认识性、道德性、宗教性、民俗性等属性，但是文学的所有这些属性都必须溶解于审美中，才可能是诗意的，因此文学作为一种艺术，它的特性是审美。如果说它是一种反映的话，它是审美反映；如果说它是意识形态的话，那么它是审美意识形态。我的这些想法，不是属于我一个人的，是新时期开始以后一群研究者为摆脱“工具”论而形成的共同的学术观念。

在20世纪将结束的时候，出现了一些回顾文学理论发展的著作，其中也有一些回顾最后20年的文学理论发展的著作。这种总结性的回顾是十分必要的，很有意义的。但是，一些论者对新时期以来，特别是对20世纪80年代初、中期所形成的“文学审美反映”论和“文学审美意识形态”论的评价，并不是十分公允的。在他们看来，关于文学的特性是审美的观点，仅仅起到了对文学“工具”论的“冲击”而已，并没有多少学理价值。“文学审美反映”论，不过是“审美”加“反映”而已；“文学审美意识形态”论，不过是“审美”加“意识形态”而已。我不敢苟同这种说法。我想表明的是，对于我自己把文学看成是“审美反映”或“审美意识形态”的观点至今不悔，不但不悔，而且认为它依然具有学术价值，依然要继续坚持和发展。

我认为，“文学审美反映”论或“文学意识形态”论，绝不是“审美”和“反映”或“审美”加“意识形态”。“文学审美反映”是一种区别于一般反映的特殊反映，它有自身的特殊规定性。“文学审美意识形态”也是一种整一的理论形态，也有自身完整的内涵。如果我们是在艺术这个层面来理解文学，那么文学就的确是一种“审美意识形态”的活生生的存在；即或从语言这个层面来理解文学，那么文学作为一种语言结构，其审美特性也是无法否定的。

这里有一个重要的观念，即“意识形态”是对各种社会意识形态的抽象，并不存在一种称为“意识形态”的实体。没有抽象的“纯”意识形态存在。意识形态只有在各种具体的表现中——作为哲学意识形态、作为政治意识形态、作为法意识形态、作为道德意识形态、作为审美意识形态——才会现实地存在。换句话说，这些意识形态都是具体的，而非抽象的。因此，文学艺术作为“审美意识形态”，是意识形态中一个具体的种类，它与哲学意识形态、政治意识形态、法意识形态、道德意识形态是有联系的互动的，可它们各自作为一种思想体系又是独立的。在这里不存在简单的谁为谁服务的问题。像过去那样把文学等同于政治，把文学问题等同于政治问题的观念是不符合马克思的理论精神的。同时，由于“审美意识形态”的独立性，它本身就是一种整一的系统，不是简单相加，更不是杂凑。我的理解是，“审美意识形态”是一个具有规定性的复合结构，它是意识与无意识的对立统一，是情感与认识的对立统一，是无功利与功利的对立统一，是集团倾向性与人类共通性的对立统一，是假定性与真实性的对立统一，是内容和形式的对立统一，等等。文学的“审美意识形态”的包容性就更为广阔丰富。文学作为审美活动不是封闭的，而是开放的。审美可以融化生活的一切。文学的审美对象中有美，也有丑；有悲，也有喜；有崇高，也有卑下……就是说在文学的“审美意识形态”中，人们把自己的情感或拥抱或排斥或喜爱或憎恨的一切，生活里的一切(包括内容与形式)都可以当作审美观照的客体。如果我们这样来理解文学的“审美反映”或“审美意识形态”，那么它就绝非是简单拼凑起来的临时“对策”，而是一种完整的理论。人们完全可以就这个理论表示同意或不同意，但不应该把它肢解为某种机械相加的东西。

童庆炳

1999年中秋，于北师大小红楼

关于文学特征问题的思考

一、并非是一个不容争辩的结论

什么是文学的根本特征呢？中国当代许多文学论著都这样回答说：用形象反映生活是文学的根本特征。人们认为：文学和科学的不同，不在内容，而在形式。文学用形象的形式反映生活；科学则用理论的形式反映生活。这些说法几乎成了文学理论中一个不容怀疑的定律。新中国成立以来产生过较大影响的几本文学概论著作，毫无例外地坚守这一定律。

例如，巴人的《文学论稿》(1954 年)说：

> 我们所谓文学艺术的形象性也就是文学艺术不同于别的学术文字的一个特征：学者是由一定的观点，解释事实，表现自己对事

实的态度。但在文学艺术中，情感表现得更为广泛，是借了更生动的形象的形式而描写的……文学艺术与思想科学不同的仅是表现方法，而其内容则是相同的，即同样在发现真理……①

以群主编的《文学的基本原理》(1964 年出版，1979 年修订后再版)说：

> 文学艺术的基本特点，在于它用形象反映社会生活。……作为一种反映现实的特殊形式，文学、艺术与哲学、社会科学又各有不同的特点。哲学、社会科学以抽象的概念的形式反映客观世界；文学、艺术则以具体的、生动感人的形象的形式反映客观世界。②

作者以孙中山先生的《中国国民党第一次全国代表大会宣言》中关于辛亥革命失败的根源的论述，和鲁迅先生的《阿 Q 正传》中“革命”“不准革命”两章作对比，说明同样的内容用了不同的表现形式，证明文学和科学的区别不在内容而在形式。

蔡仪主编的《文学概论》(1979 年)说：

> 文学艺术和科学的重要区别，首先就是它们反映社会生活的方式的不同……通过形象反映社会生活是文学的基本特征。③

十四院校编写的《文学理论基础》(1981 年)说：

> ……总起来说，文学和社会科学的不同在于：文学是作家

① 巴人：《文学论稿》上册，新文艺出版社 1954 年版，第 320 页。
② 以群：《文学的基本原理》上册，上海文艺出版社 1979 年版，第 34～35 页。
③ 蔡仪：《文学概论》，人民文学出版社 1979 年版，第 17～18 页。

> 运用形象思维，通过具体的生动的形象构成一幅完整的生活图画来反映社会现实生活。而社会科学则是运用抽象思维，通过概念、判断、推理的逻辑方式，反映总结社会现象某一门类或某一方面的规律，做出科学的结论。所以，我们说文学的根本特征就是用形象来反映生活。①

对于“文学的根本特征就是用形象来反映生活”这一类说法，我一直怀疑它的正确性。我是这样想的：按照辩证法的观点，事物的内容和形式是相对的，并不是固定不变的。一切都以我们考察内容和形式的范畴为转移。就具体作品这个较小范畴来看，形象这一概念既包含了作品的形式，也包含了作品的内容，是内容和形式的统一。但就文学和社会生活的关系这一较大范畴来看，形象这一概念则专指文学反映社会生活的形式。人们在谈论作为意识形态的一个部门的文学的基本特征时，很明显是在后面一个较大的范畴里来使用“形象”这一概念的。因此，在“文学的根本特征是用形象来反映生活的”这类提法中，“形象”毫无疑问是专指形式（文学反映生活的形式）而言的。如果这一点可以肯定的话，那么这里就产生了一个辩证法常识范畴里的问题。大家知道，在内容和形式这一辩证法的基本范畴中，内容和形式是相互联系相互作用的，但内容起主导作用，内容决定形式，形式服从内容。根据这一原理，我们确定一个事物的根本特征，首先要看这一事物的内容，然后再看这一事物的形式。形式，是事物的外部联系、外部标志，它不可能从根本上确定事物的特征；内容，是事物的内部联系，内部规律性，只有它才能从根本上确定事物的特征。当然，形式不是消极的，它是表现内容的，

① 十四院校《文学理论基础》编写组：《文学理论基础》，上海文艺出版社 1981 年版，第 4 页。

但“不论怎样形式都还是以本质为转移的”①。所以，“不能由于形式方面的理由而忘记事情的内容、事情的本质”②。令人不解的是，人们在规定文学的根本特征时，恰恰不从内容——文学所反映的社会生活和作家的思想感情——着眼，而只从形式——形象——着眼。如果说只重形式、不重内容是形式主义的话，那么只从形式着眼来规定文学的根本特征不也是一种形式主义吗?!

毋庸置疑，形象性是文学的基本特点之一。我丝毫没有否定“文学用形象的形式反映生活”这一命题的意思。问题在于“文学用形象的形式反映生活”这一特点，难道不是由文学的独特的对象、内容派生出来的吗？在我看来，我们要研究文学的特征，首先要看它的独特的对象、内容，看它反映什么；然后再看它的独特形式，看它怎样反映。“反映什么”是第一位的问题，“怎样反映”是第二位的问题。第一位问题是根本，它决定第二位问题，所以，“反映什么”决定“怎样反映”。文学的特征不仅表现在文学的特殊形式上，而首先是表现在文学的特殊的对象、内容上。不把文学的对象、内容的特征弄清楚，要论证文学的形式的特征就没有依据。“文学用形象反映生活”这一类提法，只说明了文学的形式的特征，没有说明文学的内容的特征，所以仅仅用它来说明文学的根本特征，不能不说是一个重大的理论缺陷。

二、关键的一段话

不能说上述几种论著的作者没有意识到这个问题，他们是意识到了的。例如，蔡仪主编的《文学概论》曾这样说：

---

① 列宁：《黑格尔“逻辑学”一书摘要》，《列宁全集》第38卷，人民出版社1959年版，第151页。

② 斯大林：《关于英俄委员会》，《斯大林全集》第8卷，人民出版社1954年版，第176页。

> 文学的这个特征(指用形象反映生活——引者)，是和文学反映社会生活的特殊要求以及它所反映的具体内容相适应的……科学主要是通过社会生活的现象、个别性以把握它的本质、规律、普遍性，而文学则同时也要把握它的现象、个别性，是要描绘社会生活从现象到本质、从个别性到普遍性的具体情景。而且某种科学往往是反映社会生活的某一方面的规律，如政治经济学所反映的是经济生活方面——物质生活资料的生产和分配等方面的规律，政治学所反映的是政治生活方面——阶级对阶级的关系、特别是阶级斗争的规律。文学要反映的既是具体的情景，也就要有完整的面貌，主要是描写作为社会主体的人和人的具体的生活情景。①

毫无疑问，这些话都是正确的，也可以说是从对象、内容方面接触到了文学和科学的根本区别。如果据此来规定文学的根本特征，那就顺理成章了。但是他们并没有这样做，他们把笔一转，做出了“文学艺术和科学的重要区别，首先就是它们反映社会生活方式的不同”的结论。十四院校编著的《文学理论基础》也存在类似的情况，书中说：

> ……科学是把社会生活分门别类地加以研究，而文学反映的社会生活则是以完整的、不可分割的面貌呈现出来的。但社会科学与文学的最根本的不同，还是在于思维方式和表达方式。②

---

① 蔡仪：《文学概论》，人民文学出版社1979年版，第18～19页。

② 十四院校《文学理论基础》编写组：《文学理论基础》，上海文艺出版社1981年版，第4页。

这里共有两句话，本来前一句话已为后一句话准备好了推论的基础。可是作者没有根据前一句推论下去，却用一个“但”字，把结论引到另一个方向去了。多么奇怪的逻辑！一方面，承认文学和科学在对象、内容上有某些根本区别，可另一方面却认为文学和科学的根本特征不在内容方面，而首先在形式方面。这种明显的矛盾究竟是怎样产生的呢？原来问题的根子在别林斯基的著名的一段话中。为了说明问题，还是把这段话引出：

> ……人们看到，艺术和科学不是同一件东西，却不知道它们之间的差别根本不在内容，而在处理特定内容时所用的方法。哲学家用三段论法，诗人则用形象和图画说话，然而他们所说的都是同一件事。政治经济学家被统计材料武装着，诉诸读者或听众底理智，证明社会中某一阶级的状况，由于某一种原因，业已大为改善，或大为恶化。诗人被生动而鲜明的现实描绘武装着，诉诸读者底想象，在真实的图画里面显示社会中某一阶级的状况，由于某一种原因，业已大为改善，或大为恶化。一个是证明，另一个是显示，可是他们都是说服，所不同的只是一个用逻辑结论，另一个用图画而已。①

值得一提的是，上述四种论著都在论述文学的特征时在显要的位置上引用了别林斯基这段话。不过除巴人的《文学论稿》全文引用外，其他三种论著都删节了艺术和科学的差别根本不在内容而在处理内容时所用的方法这句重要的话。众所周知，别林斯基这段话是非常著名的，凡是谈到文学艺术的特征问题，就总要引用它。我觉得那些只从形式方面来论证文学的特征的同志，都几乎是以这段话

① 别林斯基：《一八四七年俄国文学一瞥》，《别林斯基选集》第2卷，时代出版社1953年版，第429页。

为依据的。现在的问题是，别林斯基这位著名文艺理论家的这一著名论断是不是不容怀疑呢？

事实上，早就有人对它产生了怀疑。苏联文艺理论界关于艺术的特征问题的讨论，从20世纪50年代初期开始，一直延续到现在，在讨论中对别林斯基这段话就有不同意见。有的认为“别林斯基关于艺术、哲学和科学的内容同一的原理是不正确的”，有的则认为别林斯基的论点是不容争辩的，“必须恪守别林斯基的遗教”①。在我国，一般都正面引用别林斯基这段话，对它评价很高，认为它科学地规定了文学艺术和科学的区别，准确地说明了文学艺术的根本特征。但也不是没有批评意见。朱光潜先生在《西方美学史》中评述别林斯基的艺术思想时，指出了别林斯基这一论点的偏颇，他说：“诗和哲学的分别不在内容而只在形式，完全相同的内容可以表现为完全不同的形式，内容和形式就可以割裂开来了。”②又说：“诗和哲学就在内容上也不能看成同一的。他之所以把它们看成同一，是因为他随着黑格尔相信艺术是从理念到形象的。”③朱光潜先生的意见我以为是对的，一针见血地指出了别林斯基错误的根源。不过人们要问：别林斯基的思想有一个发展过程，提出艺术和科学的区别不在内容只在形式这一论点的那篇《一八四七年俄国文学一瞥》，是在他死前一年(1847年)写的，他的思想早就转到唯物主义方面，那段话不但没有把现实看作“理念”，而且还清楚地提出“社会中某一阶级的状况”改善或恶化的实实在在的现实问题，怎么能说别林斯基论点的根子是在黑格尔的理念说上面呢？为了回答这一疑问，我们不能不看

① 参见阿·布洛夫：《论艺术内容和形式的特征》，学习译丛编辑部编译：《苏联文学艺术论文集》，学习杂志社1955年版，第109～144页；中国社会科学院外国文学研究所外国文学研究资料丛刊编辑委员会编：《外国理论家作家论形象思维》，中国社会科学出版社1979年版。

② 朱光潜：《西方美学史》下卷，人民文学出版社1979年版，第550页。

③ 朱光潜：《西方美学史》下卷，人民文学出版社1979年版，第551页。

一看别林斯基关于艺术和科学的区别不在内容只在形式的论点的来龙去脉。

别林斯基前后三次提出艺术和科学同一内容、不同形式的论点。第一次是在1839年所著《智慧的痛苦》一文中提出来的：

> 诗是直观形式中的真理；它的创造物是肉身化了的观念，看得见的、可通过直观来体会的观念。因此，诗歌就是同样的哲学，同样的思维，因为它具有同样的内容——绝对真理，不过不是表现在观念从自身出发的辩证法的发展形式中，而是在观念直接体现为形象的形式中。诗人用形象来思考；他不证明真理，却显示真理。①

第二次是在1843年所著《杰尔查文作品集》第一篇论文中提出来的：

> 真理同样也构成诗歌的内容，正像构成哲学的内容一样；就内容而言，诗情作品是跟哲学论文一样的东西；在这方面，诗歌和思维之间没有任何不同之处。然而，诗歌和思维远远不是同一个东西：它们因其形式之不同而显著地互相有所区别，而形式正是构成它们各自极为重要的属性。……诗歌也进行议论和思考，这是不错的，因为它的内容，正像思维的内容一样，也是真理；可是，诗歌是用形象和画面，而不是用三段论法和两端论法来进行议论和思考的。……诗歌的本质正就在这一点上：给予无实体的概念以生动的、感性的、美丽的形象。②

---

① 转引自中国社会科学院外国文学研究所外国文学研究资料丛刊编辑委员会编：《外国理论家作家论形象思维》，中国社会科学出版社1979年版，第57～58页。

② 转引自中国社会科学院外国文学研究所外国文学研究资料丛刊编辑委员会编：《外国理论家作家论形象思维》，中国社会科学出版社1979年版，第67～69页。

从1839年到1843年中间只隔四年，可从别林斯基的思想发展过程看，已经历了前后不同时期。1839年属于别林斯基所谓“跟现实妥协”时期，1843年则属于别林斯基的思想成熟时期。不过，他前后两次提出艺术和哲学、科学的区别的论点，则完全一样，并没有发展。从上面所引的这两段话看，他受黑格尔唯心主义思想的影响是很深的。别林斯基所说的“观念”“真理”“绝对真理”，就是黑格尔所说的“理念”“绝对理念”。黑格尔认为艺术是“理念的感性显现”，别林斯基接受了这个说法，也说诗歌是“观念直接体现为形象”。别林斯基之所以认为艺术和哲学在内容上没有区别，就是因为在他看来，艺术和哲学都同样以理念为内容，而理念是抽象的，不可捉摸的，或拿别林斯基自己的话来说，理念是“无实体的概念”，这自然无法区别。这样，别林斯基就认为，不能从内容上去谈论艺术和哲学的区别，只能从形式上寻找它们的区别。由此可见，别林斯基关于艺术和哲学同一内容不同形式的论点直接来源于黑格尔的唯心主义的理念说。

1847年，别林斯基在《一八四七年俄国文学一瞥》这篇著名的论文中第三次提出了关于艺术和科学的区别不在内容只在形式的论点，这就是前文所引的那段最为人们注意的话。不能不看到，在这时，别林斯基的确抛弃了黑格尔的“理念”的概念，他所理解的现实不再是那不可捉摸的东西，而是“社会中某一阶级的状况”等实在的生活。他的脚已踏在唯物主义的土地上。但是，他的转变是不是那么彻底呢？不是。理论的惯性使他把艺术和科学的区别不在内容只在形式的旧观点，带到了他的最成熟的著作里。这样就使他的著作里出现了唯心主义和唯物主义并存交错的复杂情况。前面已分析过，所谓艺术和科学同一内容是黑格尔的“理念”说所结的果实。在彻底的唯物主义看来，艺术和科学所反映的不是什么“理念”，而是具体的现实。因此，就具体对象和内容而言，不但艺术和科学不同，而且此一科学和彼一科学也不同，此一艺术与彼一艺术也不同，此一作品与彼一作品也不同，怎么能说艺术和科学在内容上没有区别呢？可能有人会为别林斯基这一论点辩护说：就艺术和科学反映的总的对象看，艺术和科学所反映的难道不同是客观现实吗？当然，就最广泛的意义说，艺术和科学的对象是一样的。但是这只能说明艺术和科学的相同点，而别林斯基提出的命题是艺术和科学的区别。既然研究的是两者的区别，怎么能只看两者在形式上的区别，而不首先看两者在内容上的区别呢？

由于别林斯基关于艺术和科学的区别不在内容只在形式的论点带有黑格尔唯心主义的因素，因此他的这一论点就不能不跟他论著中其他唯物的或辩证的观点产生深刻的矛盾。

例如，别林斯基十分强调内容和形式的有机统一，他认为：

> 这样的东西是“具体的”，如果它的思想贯穿在形式里，而形式也表现了思想；取消它的思想就取消形式，取消它的形式也取消了思想。换句话说，“具体性”就是思想和形式的隐秘的、不可分的、必要的融合，这种融合成为一切生命，没有它，任何东西都没有生命了。①

他还认为“无内容的形式和无形式的内容都不可能存在”。他指出：形式对内容来说“并不是外在的，而是它自己所特有的那种内容的发展”。② 显然，别林斯基的这些思想是充满辩证法的。在他看来，内容与形式的关系是有机融合的关系，一定的内容只能与一定的形式相联系，形式对内容来说不是外在的、可以游离的。据此，我们可以做出这样的推论：科学的内容与科学的形式是有机统一的，科学的特有形式是科学的特有内容的发展，科学的特有内容不可能

---

① 别林斯基：《别林斯基论文学》，新文艺出版社 1958 年版，第 2 页页下注③。
② 转引自朱光潜：《西方美学史》下卷，人民文学出版社 1979 年版，第 550 页。

发展为艺术的形式。同样，艺术的内容与艺术的形式是有机统一的，艺术的特有形式是艺术的特有内容的发展，艺术的特有内容不可能发展为科学的形式。可是按别林斯基的艺术和科学同一内容不同形式的观点，同一内容既可发展为科学的形式，也可发展为艺术的形式。这岂不是说一定的内容不一定与一定的形式相联系，形式对内容来说是外在的，内容和形式可以割裂开吗？一会儿说内容和形式是有机统一的，一会儿又认为内容和形式是可以割裂的。瞧，别林斯基自己跟自己打起架来了。实际上，如果不首先从艺术和科学的各自的独特内容着眼，去研究它们之间的区别以及各自的特征，就不可能从根本上把问题弄清楚。譬如说，艺术以形象的形式反映生活，这的确是艺术的特征之一。这一点人们并不怀疑。但人们决不会满足于这一点。人们可能要追根究底地问：艺术以形象的形式反映生活这一特征又是怎么确定的呢？这一特征是原生的呢，还是由根本的东西派生的？在这些问题面前，文学的基本特征是以形象反映生活的论点，就暴露了它的缺陷。因为它无法回答这些问题。要回答这些问题，就不能不涉及对艺术和科学的内容的不同特点的研究。要知道，艺术和科学形式的特征是由艺术和科学的对象、内容的特征派生出来的。艺术和科学的内容的特征是更根本的东西。我们研究问题，决不能舍本逐末，只能“由本及末”。

三、一点意见

应该怎样认识文学的基本特征呢？我认为要科学地、完整地认识这个问题，应分层次、分主次地进行探讨：甲、文学的独特内容——整体的美的个性化的生活；乙、作家的独特的思维方式——以形象思维为主，以逻辑思维为辅；丙、文学的独特的反映形式——艺术形象和艺术形象体系；丁、文学的独特功能——艺术感染力，以情动人。

这四个层次不是并列的，而是分主次的。文学的独特内容是规定文学基本特征的最根本的最主要的东西。作家的思维方式、文学反映的形式、文学功能的特点，都是由文学内容方面的特征派生出来的。换句话说，文学的其他特征都是由文学的内容的特征所规定的。这里仅就目前还较少涉及的文学的对象、内容的特征，粗略地谈一点不成熟的意见，供讨论参考。

文学和科学的区别，首先是对象、内容的区别。文学与科学虽然都以客观世界作为总的对象，但具体的对象、内容是很不相同的。

一谈到文学的具体的对象、内容，人们就会说，文学是“人学”，文学反映的是人的生活。然而历史学、政治学、法学、伦理学、心理学、教育学、人体解剖学等也研究人，也反映人的生活。所以“反映人的生活”的论点并不能说明文学和其他科学的内容的区别，并不能说明文学的内容的特征。我们必须弄清楚文学反映的是怎样的生活，才能把文学和其他科学的内容区别开来，才能揭示文学的内容的特征。

首先，文学反映的生活是人的整体的生活。这里所说的整体的生活，是指现象和本质具体地、有机地融合为一个整体的那种生活。文学就是对这种整体生活作综合的反映。从文学的创作过程来看，作家始终不抛弃个别的生活现象。不但不抛弃，而且还紧紧地抓住个别生活现象，并将它本身具有的具体感性的形态写入作品。对文学作品来说，个别的具体感性的生活现象是它的皮肤、血肉、骨骼和内脏。当然，真正的文学作品也揭示生活的本质和规律。但生活的本质和规律是包含在生活现象的整体中的，而不是作为实体成为作品的构成部分。所以，文学以活生生的、具体感性的、包含着本质规律的、不可肢解的生活的整体为其对象和内容。这一点与其他科学是很不相同的。其他的科学的对象和内容不是人的生活的整体。

它们把生活的整体切割成许多方面，每门科学只是撷取其中的一个方面进行研究。如心理学，它不是以人的包罗万象的整个的生活为对象和内容，它只是研究人的心理过程这样一个特定的方面。人体解剖学的研究对象也不是人的生活的整体，它只是研究人体的生理构造这样一个特定的方面。当然，这些科学为了深入说明某一问题，也可能涉及人的生活的其他领域，不过那只是一种次要的补充，并不改变它们各自的特定对象和内容。还有，从科学研究过程看，科学着眼于一般本质和规律的揭示，它虽然也从现象入手，但却不断地排除、抛弃个别的现象，以便把一般本质和规律抽取出来。所以对于科学著作来说，关于事物本质的揭示、规律的证明就是它的主体建筑。当然，在科学著作中，也可能涉及个别的现象，但那只是作为实例、证明材料被引用。并且例子和论点之间也不是一种高度的有机的融合。只要能说明本质和规律，用这个例子可以，换那个例子也可以。而在文学作品中，内容本身就是一个高度有机的流动着生命的生活整体，其内部是不能随意调换的。如果说科学以一般性(本质、规律)作为主体的话，那么文学就以个别性(现象与本质的结合体)作为主体。画家从不画水果，他只画这个或那个苹果、梨、桃、柑子等；文学家不描写一般性的人，他只描写张三、李四、王五。他们是通过这些具体的水果、人的描写来反映水果、人的一般本质。心理学家恰好相反，他以一般人的心理过程为研究对象，而不以张三、李四、王五的心理过程为研究对象。他研究过程中也可能涉及张三、李四、王五的心理特征，但那只是为了找材料说明一般人的心理过程，文学虽以个别的东西为其对象，但这个别的东西是以完备性(或者说整体性)为其特征的。这就是所谓“麻雀虽小，五脏俱全”，或者是说“从一粒沙里看一个世界”。一首短诗可能只抒发诗人瞬间的一点感受，一篇小说可能只写两三个人之间的一点纠葛，但都是一个活生生的完整的世界，在那里面闪烁着生活的全部色彩。因为个体总是这样那样反映着整体，个人总是这样那样反映着世界。黑格尔曾说："世界与个体仿佛是两间内容重复的画廊，其中的一间是另外一间的映象；一间里陈设的纯粹是外在现实情况自身的规定性及其轮廓，另一间里则是这同一些东西在有意识的个体里的翻译；前者是球面，后者是焦点，焦点自身映现着球面。"①黑格尔这个比喻深刻地说明了个体的人与整体的世界的关系。所以，只要作家深刻地、典型地把握住了个别，就可以反映出整体生活来。由于优秀作家深刻地体会到文学描写人的整体生活的特点，因此他们笔下的一颦一笑、一举一动，无不与人的整体生活相联系。

其次，文学反映的生活是人的美的生活。人的整体的生活能不能成为文学的对象、内容，还得看这种生活是否跟美发生联系。如果这种生活不能跟美发生任何联系，那么它还不能成为文学的对象。文学，是美的领域。文学的对象和内容必须具有审美价值，或是在描写之后具有审美价值。美并不单纯是客观事物的属性，它跟审美主体的主观作用有密切关系。什么是美的生活，什么是不美的生活，什么生活可以进入作品，什么生活不能进入作品，是一个极其复杂的问题。但文学创造的是艺术美，艺术美来源于生活美，因此只有美的生活才能成为文学的对象的道理，却是容易理解的。诗人们歌咏太阳、月亮、星星，因为太阳、月亮、星星能跟人们的诗意感情建立联系，具有美的价值；没有听说哪一首诗歌吟咏原子内部的构造，因为原子内部的构造暂时还不能跟人们的诗意感情建立联系，还不具有美的价值。诗人吟咏鸟语花香、草绿鱼肥，因为诗人从这些对象中发现了美；暂时还没有听说哪个诗人吟咏粪便、毛毛虫、土鳖，因为这些对象不美或者说诗人们暂时还没有发现它们与美的

① 黑格尔：《精神现象学》上卷，商务印书馆 1979 年版，第 203 页。

某种联系。英国艺术史家罗斯金说过一句很深刻的话：“一个少女可以歌唱她所失去的爱情，但一个守财奴却不能歌唱他所失去的钱财。”[①]道理很简单，少女因失恋所产生的感情可能是美的，而守财奴因丢失钱财所产生的懊恼则肯定是不美的。当然，你一定要吟咏守财奴丢失钱财也可以，但在我们的心目中，那不是真正的诗。也许有人要问：文学作品描写美的对象，也可描写丑的对象，高俅、王熙凤、严监生、黄世仁等等不都是丑恶的人物吗？怎么说文学反映的生活只是美的生活呢？不错，文学作品也写丑恶的东西，但是真正的文学作品并不是展览丑（展览丑的作品也有，如那些下流的诲淫诲盗的黄色作品，这些作品理所当然应放在坏作品之列），作家是在一定的美学理想的光辉照耀下，去写丑的崩溃、丑的灭亡、丑的被揭露、丑的被嘲笑，而目的是为了肯定美、赞扬美。果戈理的喜剧《钦差大臣》上演后，有些“正人君子”叫嚷这个戏要不得，说里面尽是丑，连个正面人物都没有。果戈理说：他的作品里并不是没有正面人物，那正面人物就是“笑”。果戈理不是展览丑，而是嘲笑丑。而嘲笑丑就是宣扬美。因此，文学写丑的崩溃、丑的灭亡、丑的被揭露、丑的被嘲笑、丑的被克服，实际上正是写了美的生活。展览丑是丑的，而揭露丑、嘲笑丑则是美的。王熙凤这个人是丑的，可作为一个艺术形象，是曹雪芹的一个创造，也可以说是一个美的艺术形象，它有长久的审美价值。喜剧、讽刺作品主要以丑的人物、事物为描写对象，但它和其他作品一样是艺术美，一样为读者所欣赏。这并不是说读者欣赏丑本身，读者欣赏的是丑的被揭露、丑的被嘲讽，欣赏丑的崩溃、丑的灭亡，因而仍然是美的欣赏。所以说到底，文学的对象和内容必须是而且只能是美的生活。在这一点上，科学比文学要宽容得多，它不挑挑拣拣，只要是对人类有益的，不

---

① 转引自普列汉诺夫：《没有地址的信　艺术与社会生活》，人民文学出版社1962年版，第225页。

论美的丑的，都是它的研究对象。它不像文学那样非要以美的生活为对象不可。文学家不写粪便、毛毛虫、土鳖等，但农学家、昆虫学家在他们的研究对象中，从不会把它们划掉。

最后，文学反映的生活是个性化的生活。文学所反映的生活是经过作家的思想、感情的灌注、留下了作家的精神个性的印记的生活，这是文学的内容的又一重要特征。文学创作反映生活，但不是临摹生活。作家写进作品中去的生活，是经过他千百次拥抱的生活，那里面留下了他的感情、愿望、理想和思考。这正如歌德所说，作家笔下的自然不是第一自然，而是“第二自然”，“一种感觉过的，思考过的，按人的方式使其达到完美的自然”①。莎士比亚的作品以描写生活的客观性著称，但正如别林斯基所说，“看起来他好像对他所描写的世界漠不关心”，实际上，“莎士比亚底人格照彻在他底作品中”②。《红楼梦》也以描写生活的客观性取胜，可“字字看来皆是血”。所谓“字字是血”不仅是指作者“十年辛苦不寻常”，也可以说作品所反映的生活，一字字，一句句，都沾满了作者感情的汁液。黑格尔说：“艺术作品所处的地位是介乎直接的感性事物与观念性的思想之间的。……在艺术里，感性的东西是经过心灵化了，而心灵的东西也借感性化而显现出来了。”③果戈理和托尔斯泰都说过，任何文学作品都是从作者心灵里面唱出来的。文学的内容富于个性的这一特征，是其他科学所没有的。当然，科学家面对着自己长期研究的对象，也可能产生种种复杂的强烈的感情（如失败时的沮丧、成功时的喜悦等）。但这种主观的感情不会影响到他对事物本质的揭示、规律的证明，更不会把他的主观感情熔铸到他的判断、推理中去，成为科学著作内容的有机构成部分。数学家陈景润在“文化大革命”

---

① 转引自朱光潜：《西方美学史》下卷，人民文学出版社1979年版，第426页。

② 别林斯基：《一八四七年俄国文学一瞥》，《别林斯基选集》第2卷，时代出版社1953年版，第418页。

③ 黑格尔：《美学》第1卷，商务印书馆1979年版，第48～49页。

期间受到了精神摧残，他不委屈吗？不愤慨吗？但他决不会把他的主观感情融进他的关于哥德巴赫猜想的数学论文中。马克思的《资本论》从总体看表现他对资本主义制度的憎恶和对工人阶级的同情，但全书以大量的翔实的材料，客观的理智的分析，构成了严格的科学体系。马克思没有用个人的激情代替科学的论证。文学家的情况就不同，他创作的内容不能不受他个人的精神状态、主观的激情的深刻影响。茅盾在《创作生涯的开始》一文中谈到这样一个情况：

《追求》从四月份(指 1928 年)开始写，到六月份写完。《追求》原来是想写一群青年知识分子，在经历了大革命失败的幻灭和动摇后，现在又重新点燃希望的火炬，去追求光明了。这也是我写《创造》时的心情。可是，在写作的过程中，我却又一次深深地陷入了悲观失望之中。我从德沚以及几个旧友那里听到了愈来愈多的外面的迟到的消息，这些消息都是使人悲痛，使人苦闷，使人失望的。这就是在革命不断高涨的口号下推行的“左”倾盲动主义所造成的各种可悲的损失。一些熟识的朋友，莫名其妙地被捕了，牺牲了……到了四五月间，我却完全被这些不幸的消息压倒了，以至我写的《追求》完全离开了原来的计划，书中的人物个个都在追求，然而都失败了。同时七月十六日我在《从牯岭到东京》中写有一段话，很清楚地道出了我当时的情绪：“我那时发生精神上的苦闷，我的思想在片刻之间会有好几次往复的冲突，我的情绪忽而高亢灼热，忽而跌下去，冰一般冷……使我的作品有缠绵幽怨和激昂奋发的调子同时并在。《追求》就是这么一件狂乱的混合物。”①

① 茅盾：《创作生涯的开始》，《人民日报》1981 年 4 月 3 日。

这个例子很典型，充分说明作家的精神状态发生变化，创作的内容也跟着发生变化，充分说明文学的内容是经过作家独特的精神观照并改造过的生活，富有鲜明的个性特征。

综上所述，文学的具体的对象、内容跟其他科学的具体的对象、内容有很大不同，文学所反映的生活是整体的、美的、个性化的生活。这就是文学的内容的基本特征。抓住了文学的内容的基本特征就抓住了文学的基本特征这一问题的关键。一定的内容决定一定的形式。文学之所以采用艺术形象这一形式来反映生活，就是因为艺术形象本身具有的特点能够适应并满足文学的内容的要求。

也许有人会说，文学的基本特征问题是一个纯理论问题，与创作实践关系不大，不必花那么大的力气去研究它。其实不然。由于文学的基本特征问题是文学理论中一个根本问题，它对创作实践的影响是一点也不能被忽视的。

1949 年以来，我们的文学创作取得了很大成就，但始终存在着一个突出的问题，就是公式化、图解化的问题。产生这一问题的原因很多，但我认为与我们长期以来只从形式方面而不从内容方面去规定文学的基本特征也有相当密切的关系。既然认为文学的基本特征是形象性，那么作家在有了这种认识以后，首先关心的是自己的作品“怎么样反映”的问题，如形象不形象？生动不生动？而不是首先关心自己的作品“反映什么”的问题，如所写的生活是不是整体的？是不是美的？是不是个性化的？这样，加上连绵不断的政治运动的影响，不少文学创作就走上了公式化、图解化的道路，即歌德所说的“为一般找特殊”的道路，马克思、恩格斯所说的“席勒式”的道路。这条道路的特点是：作家心目中先有一个现成的亟待表现的概念（往往是政治结论、政策条文），然后再找个别的具体的形象作为例证。像这类公式化、图解化的作品，你不能说它没有生活，它们多多少少有点生活，但不是活生生的整体生活，而是经过作家生硬分割过的支离破碎的用来说明政治概念、政策条文的“生活”；你不能说它没有形象，连那些写“走资派”的作品也有生动的形象。于是这类作品就这样符合了“文学以形象反映生活”的特征；于是这类作品就这样大模大样地走进我们的文学园地里面来。试想，如果我们不是首先从形象的形式而首先从内容、对象上来认识文学的基本特征，那么作家就不能不首先关心自己的作品“反映什么”的问题，就不能不从活生生的整体的美的生活出发，就可能引导作家走歌德所说的“在特殊中显出一般”的道路，走马克思、恩格斯所提倡的“莎士比亚式”的道路。应该看到，文学理论和创作实践绝不是毫不相干的。理论(不论正确与否)总是这样那样地指导着实践。文学的基本特征这样一个重大理论问题的讨论，不可能不对文学创作产生深刻的影响。这一点是可以肯定的。

(《北京师范大学学报(社会科学版)》1981年第6期)

评当前文学批评中的“席勒化”倾向

文学作品的内容和形式的关系问题，是文学理论中最主要的问题之一。但是，长期以来，人们只是从现成的哲学观念出发，简单地论证内容和形式的相互关系，即内容决定形式，形式反作用于内容。较少涉及文学作品内容和形式相统一的特征问题。尽管大家都认为内容和形式的统一是作品艺术性的基础，是优秀作品的根本标志。本文试就这一问题发表一点不成熟的意见，供讨论参考。

一

在文学教学中，在评论作品的文章中，普遍流行一种分析作品的方法，就是先分析作品的“思想性”，然后再分析作品的“写作特点”。关于“写作特点”的分析，往往是把“结构谨严”“裁剪得当”“疏密相间”“层次分明”“错落有致”“语言生动”“文字流畅”“文笔清新”“妙语如珠”“简洁遒劲”“韵律和谐”等套语作一番排列组合。我认为这种分析作品的方法是很成问题的。且不说不同作品有不同的个性，不应千篇一律地贴上一般化的标签，单从作品的内容和形式的关系上看，把形式从作品中强行分割出来，离开特定的内容作孤立的审美评价，也是很不科学的。

我们如果把作品的某些形式因素，从它所表现的特定内容中割裂出来，就很难做出正确的评价。列夫·托尔斯泰是世界公认的大文豪，可是苏联杰出的文艺评论家卢那察尔斯基说：“当你读托尔斯泰的时候，你会觉得他只是个粗通文墨的人。他很有些笨拙的词句。”莫斯科的一位教授甚至说：“《复活》开头一句根本不通，如果一个学生交来这么一页作文，任何俄语教师都会给他打个‘2^-’。”的确，如果离开托尔斯泰作品的特定内容，孤立地评价他的作品的某些语言形式，只能得出这样的结论。但是，如果从作品的内容与形式的有机统一的观点看，人们绝不会给托尔斯泰打“2^-”，而会跷起大拇指给他打“5^+”。托尔斯泰绝不是个连文字也写不通的人，他之所以在作品的某些地方运用一些“笨拙的词句”，甚至“不通”的文字，完全是为了切合作品特定内容的需要，正像卢那察尔斯基所说的，“托尔斯泰本人情愿让他的句子别扭，而唯恐它华丽和平顺”，因为他在文学创作中追求的是“天然无饰和最大的朴素”，换句话说，他追求的是作品内容和形式的高度的和谐统一[①]。

值得注意的是，中外文学大师们在这一点上竟是那样的相似。莎士比亚的作品的某些语言也不够规范。法国评论家泰纳说：“（莎士比亚）在同时代和古往今来的诗人里，以不守语言的规则论，他是最放肆的；以创造灵魂论，他是最丰富的。”当某些语言规则妨碍作家创造灵魂（内容）的时候，作家就有权突破语言（形式）规则的限制。

① 参见卢那察尔斯基：《论文学》，人民文学出版社1978年版，第284～285页。

中国伟大的语言大师曹雪芹的《红楼梦》，也并不是每句话都“通顺”的。第五十七回，紫鹃的关于林妹妹要回苏州的一席假话，使贾宝玉失魂落魄，呆若木鸡，花袭人找紫鹃算账，她又急又怒地哭道：“不知紫鹃姑奶奶说了些什么话，那个呆子眼也直了，手脚也冷了，话也不说了，李妈妈掐着也不疼了，已死了大半个了……”“死了大半个”，多别扭。这在语言学家眼里是一个病句，根本不通。但是，此时袭人是又急又怒，她在急怒中顾不得择言，说出这不合语言规则的话来，却在情理之中。脂砚斋就很欣赏这句“别扭”的话，他批道：“奇极之语，从急怒姣憨口中描出不成话之话来，方是千古奇文。”[①]还有那位素以文字简洁著称的契诃夫，有些作品的文字就并不简洁。如小说《文学教师》中伊波里特·伊波里吉奇这个人物经常说着这样的话：“夏天可就不是冬天。冬天你得生火，夏天么，不生火也很热。”“结了婚的人，可就不是单身汉了，他要开始新的生活。”“你一向都是没有结婚，过单身生活，现在结了婚，要两个人一块啦……”啰啰唆唆，全是废话。当然不是契诃夫写不出简洁的话来，是因为作品的特定内容需要这种重复的啰唆话。

从托尔斯泰、莎士比亚、曹雪芹和契诃夫运用语言形式数例中，我们可以看出：在一定意义上说，语言的流畅、平顺、简洁不一定就美，而语言的笨拙、别扭、啰唆不一定就不美，一切以形式是否适应特定内容为转移。如果形式适应特定内容，那就具备了美的条件，如果形式不适应特定内容，那就不具备美的条件。适应性乃是文学作品内容和形式关系的根本规律。托尔斯泰、莎士比亚、曹雪芹和契诃夫某些作品中笨拙、别扭、啰唆的语言，反而构成了美的条件，正是因为这些作家在运用形式去表现内容时，把握住了适应性规律。杰出的作家、艺术家们对这种规律是有深刻的认识的。车

① 曹雪芹：《脂砚斋重评石头记》，人民文学出版社 1975 年版，第 1341 页。

尔尼雪夫斯基说："只有在作品中体现了真实的思想，而其形式又完全适合于思想时，才是有艺术性的。为了解决后一问题，就应当看一看作品的一切部分和详情细节是否真正地以作品的主要思想为根据。某个详情细节——场面、特性、插曲——本身无论如何的奥妙或美丽，但是，如果细节不用于最充分地表达作品的思想，那么，它就会损害作品的艺术性。"①法国雕塑家罗丹也说："无所谓好文体，好素描，好颜色。美只有一种，即宣示真实的美。"②由此可见，离开作品特定内容，用现成的套话去孤立地评论作品某些形式因素的做法，是违背内容与形式之间的适应性原则的，因而是不可能得到科学的结论的。美不单纯在内容，美也不单纯在形式，美在内容和形式相适应中，即在内容和形式的统一中。因此，只有从内容和形式相统一的角度进行的批评，才能发现作品的美，才是科学的文学批评。

二

内容和形式的统一是真正艺术品的特性。应该怎样理解作品的内容和形式的统一呢？

作品的内容和形式的统一，就是指作品内容和形式的有机的具体的融合。在这类作品里，内容和形式就像水乳交融一般，不可分离，浑然一体。我们可以从以下相互区别又相互联系的四个角度来考察作品内容和形式的统一的特征：

（一）从作品内容的角度来看，作品中应该有的内容都得到了形式的充分的艺术的表现，没有一点内容不被形式所表现。从一定意

① 特罗斐莫夫等：《文艺理论译丛》第一辑合订本，新文艺出版社 1956 年版，第 309 页。

② 罗丹：《罗丹艺术论》，人民美术出版社 1978 年版，第 50 页。

义上看，创作过程是作品的内容与形式矛盾统一的运动过程。特定的内容要求有与之相适应的形式来表现。但是在创作的开始阶段，往往达不到这种境界。因为得之于心的东西，不一定应之于手。这就产生了内容与形式之间的矛盾。随着作家创造性的高度发挥，终于达到了得心应手的境地，使应该有的内容得到了充分的艺术的展露，解决了内容和形式之间的矛盾。这里我们试以鲁迅的诗《无题》(“惯于长夜过春时”)的修改过程为例，来说明这个问题。鲁迅的这首诗写于1931年，1932年7月1日的日记抄录了这首诗，其中第三联为：“眼看朋辈成新鬼，怒向刀边觅小诗。”1933年4月，鲁迅将这首诗写入《为了忘却的纪念》一文，第三联改为“忍看朋辈成新鬼，怒向刀丛觅小诗。”把“眼看”改为“忍看”，把“刀边”改为“刀丛”。作者为什么要作此改动呢？我们知道，鲁迅此诗是在得知柔石等左联五青年被秘密枪杀之后写的。鲁迅对这些革命青年惨遭反动派枪杀一事，当然怀有一种难以忍受的悲愤。“眼看朋辈成新鬼”这句诗，就是要抒发他这种感情的。但“眼看”一词，只是客观描述，没有把鲁迅心中那种难以忍受的感情表现出来，所以鲁迅改为“忍看”，增强词的感情色彩，使应该有的内容涓滴不漏地表现出来了。另外，国民党反动派对革命人民的屠杀是极其残酷的，仅1931年2月7日晚在龙华警备司令部就同时枪杀23人之多。“怒向刀边觅小诗”一句，写作者要以笔为武器，揭露、控诉反动派的残暴。而“刀边”一词分量不够，不能充分地表现国民党反动派在全中国布满刀丛剑树屠杀人民的情景，所以作者改为“刀丛”，这样就把国民党反动派制造白色恐怖的罪行暴露无遗。由此可见，如果应该有的内容，没有得到形式的充分的艺术的显现的话，那么内容就超过形式，而形式则不能满足内容，这就出现内容和形式之间的矛盾，两者的结合就不圆满。如果应该有的内容，都得到了形式的充分的艺术的显现的话，那么内容和形式就相称，内容和形式之间不再出现差异，两者的结合就圆满。

（二）从作品形式的角度来看，作品的形式不能有跟内容不相干的多余的成分，形式的任何一个成分对于它所表现的内容来说，是唯一的不可移易的。概而言之，形式的所有成分都应该是恰到好处的。作家为了表现一定的内容，尽管可以在多种多样的形式中选择，但跟一定内容相适应的形式一般说来只有一种。因为内容决定形式，什么样的内容要求有什么样的形式。正如别林斯基所说："任何艺术作品之所以是艺术的，因为它是依据必然性规律而制作的，因为其中没有任何随意武断的东西：没有一个字、一种声音、一笔线条是可以被另外的字、声音，或线条去代替的。"①《红楼梦》第十一回，写秦可卿病重不起。王熙凤去看秦氏，临走时，秦氏说："闲了时候还求婶子常过来瞧瞧我，咱们娘儿们坐坐，多说几遭话儿。"一个快死的人，想跟自己平日喜欢的亲人，多见一两回面，多说一两回话，表现一个快死的人的感伤、悲戚的心理。凤姐听出了她话里的意思，所以"不觉眼圈一红"。因此，"多说几遭话儿"这句带泪痕的话，恰到好处地表达了秦氏的心理，的确是"依据必然性规律而制作的"，的确"没有任意武断的东西"。可是高鹗在修改前八十回时，竟用轻飘飘的"多说几句闲话"来代替"多说几遭话儿"。结果原有的"必然性"内容被取消了，而"多说几句闲话"这个语言形式则与"必然性"内容毫不相干（一个快死的人难道还那么想说无关紧要的闲话吗？），成了一个赘疣，导致了形式与内容的脱节。由此可见，对于真正的艺术品来说，形式的任何一个因素都是由"必然性"内容决定的，因而是唯一的，不可代替的。还有，由于在真正的艺术品中，形式与内容是有机的结合，构成了一个完整的有生命的艺术整体，因此形式的任何一个成分不但是不可代替的，而且还是不可移动的。正如列

① 别林斯基：《别林斯基论文学》，新文艺出版社1958年版，第3页。

夫·托尔斯泰所说："在真正的艺术作品——诗、戏剧、图画、歌曲、交响乐，我们不可能从一个位置上抽出一句诗、一场戏、一个图形、一小节音乐，把它放在另一个位置上，而不致损害整个作品的意义，正像我们不可能从生物的某一部位取出一个器官来放在另一个部位而不致毁灭该生物的生命一样。"①这里，我想起五代十国时期著名画家黄筌曾奉皇帝之命改吴道子的画的故事。在吴道子的画作中，钟馗用食指掐鬼目，皇帝看着别扭，要黄筌改画成用拇指掐鬼目。黄筌苦苦思索了几天，终于不能下笔，他对皇帝说："吴道子所画钟馗，一身之力俱在第二指不在拇指，以故不敢辄改。"显然，要改这个手指，就要改全身，改全画，结果只能毁坏原画。这说明在内容和形式有机统一的艺术品中，形式的任何一个成分都是在生命的艺术整体的确定的不可移易的组成部分，如果随意移易，势必要破坏内容和形式的有机统一，毁坏整个艺术品。

（三）从作品的内容和形式的联结上看，内容和形式有机地融合为一个有生命的整体，丝毫不露二者联结时的机械的斧凿的痕迹。内容和形式不和谐统一的作品，内容与形式之间不是有机的具体融合的，它的"形式为了思想才被搜寻出来，它是粘在思想上面的"②。这样，内容和形式是两层皮，虽然相连，却不是水乳交融，浑然一体。因为这些"作品的一切部分的联结是机械的，是借助胶水，针线，钉子以及其他居间环节的"③。王夫之在《姜斋诗话》第二卷中曾这样批评内容和形式机械联结的标格卑下的咏物诗："征故实，写色泽，广比譬，虽极镂绘之工，皆匠气也。"这类只具有"匠气"的作品在不成熟的文学创作中是经常可见的。如某些公式化、概念化的作品，作者确也下过一番功夫，作品里面也不乏具体的形象（甚至可能

① 列夫·托尔斯泰：《艺术论》，人民文学出版社 1958 年版，第 128 页。

② 别林斯基：《别林斯基论文学》，新文艺出版社 1958 年版，第 3 页。

③ 别林斯基：《别林斯基论文学》，新文艺出版社 1958 年版，第 2 页。

写得很细)，但人们一眼就可以看出，这个具体形象是为了解释某种思想、某种政策而刻意寻找出来的。人为的痕迹如此明显，以至于读者简直可以具体指出内容和形式的接缝处和接缝的方式。因为在这类作品中，形式和内容不是有机融合在一起，看上去就像一座未完工的建筑物，那形式就好像脚手架、钢筋、水泥、砖瓦突现于作品的表面。内容和形式和谐统一的作品，内容和形式的结合不是机械的，而是内在的隐秘的有机的融合，形成了一个跳动着生命的艺术整体。在这个有生命的艺术整体里，“思想贯穿在形式里，而形式也表现了思想；取消它的思想就取消了形式，取消它的形式也取消思想”①。虽然作品经过了反复的精细的加工，却使人觉得天然无饰，浑然一体，丝毫不露斧凿的痕迹。此即古人所说的“至丽而自然”“至苦而无迹”的境界。

(四)从读者的艺术感觉的角度来看，内容和形式和谐统一的作品，还有一个重要的特征，那就是显内容隐形式的艺术效果。前些时候，看“人艺”演的老舍的《茶馆》。第三幕，茶馆掌柜苍老的王利发独自一人在冷清的昏暗的茶馆里，慢慢地移动着无力的脚步，摸摸索索，嘴里絮絮叨叨，吐着含糊不清的字，后来在桌旁坐了下来，垂下了头……当我看到这里的时候，我担心他会这样趴下，在昏睡中死去。我完全忘记这是在演戏，完全忘记了演员于是之那高超的表演技巧，我只感觉到生活本身，而感觉不到它的艺术形式。这种显内容隐形式的艺术效果是怎样产生的呢？所谓“隐”形式，当然不是没有形式，而是由于形式不是游离在内容之外，它充分地艺术地恰到好处地显现了内容，并与内容有机融合在一起，使欣赏者完全为内容所吸引，全身心都沉浸在艺术境界里，欣赏者仿佛直接领会内容，而不想到形式。这样，作品就获得了显内容隐形式的艺术

① 别林斯基：《别林斯基论文学》，新文艺出版社1958年版，第2页页下注③。

效果。

显内容隐形式的艺术效果是作品艺术感染力的集中表现，是作品内容和形式真正和谐统一的标志，因而它是作家、艺术家努力追求的目标。《庄子·外物》篇云："荃者所以在鱼，得鱼而忘荃；蹄者所以在兔，得兔而忘蹄；言者所以在意，得意而忘言。"所谓"得意而忘言"，并不是无言，而是意与言隐秘融合，使人为意所动，而忘记了意的媒介——言。唐代诗人皎然提倡"但见性情，不睹文字"，清代诗人袁枚也提倡"鸟啼花落，皆与神通……但见性情，不著文字"，都是对显内容隐形式的艺术境界的追求。艺术规律是中外相通的。外国的作家、艺术家也强调真正艺术品应是"但见性情，不睹文字"的。德国著名文学家莱辛说："诗人不只想要被人了解，他的描写不只要清晰而已——他还想给我们唤起生动的概念，要我们想象，仿佛我们亲身经历了他所描绘的事物之实在的可触觉的情景，同时，要使我们完全忘记在这里所用的媒介——文字。"①法国雕塑家罗丹也说："真正好的素描，好的文体，就是那些我们想不到去赞美的素描与文体，因为我们完全为它们所表达的内容所吸引。"②

这种显内容隐形式的艺术境界是很不容易达到的，必须是内容和形式高度的和谐统一的优秀之作才有可能达到。在中国文学史上，盛唐的诗歌，"羚羊挂角，无迹可求"（严羽），真正是浑然天成，后人贺贻孙在《诗筏》中这样赞美："盛唐人诗有血痕无墨痕。"杜诗又是盛唐诗歌之冠，当然更应该受到这样的称赞，刘熙载在《艺概·诗概》中认为："杜诗只'有''无'二字足以评之。有者，但见性情气骨也，无者，不见语言文字也。"在古典小说方面，恐怕只有《水浒传》《红楼梦》达到了这样的境界。明代评点家叶昼在容与堂刊一百回本

---

① 转引自段宝林：《西方古典作家谈文艺创作》，春风文艺出版社 1980 年版，第 140 页。

② 罗丹：《罗丹艺术论》，人民美术出版社 1978 年版，第 50 页。

《水浒传》第二十四回回末总评中说："说淫妇便象个淫妇，说烈汉便象个烈汉，说呆子便象个呆子，说马泊六便象个马泊六，说小猴子便象个小猴子，但觉读一过，分明淫妇、烈汉、呆子、马泊六、小猴子光景在眼，淫妇、烈汉、呆子、马泊六、小猴子声音在耳，不知有所谓语言文字也。何物文人，有此肺肠，有此手眼！若令天地间无此等文字，天地亦寂寞了也。"优秀作品既有深刻的内容，也有完美的形式，上述这些评论却用"有""无"二字来概括它们，看起来好像不顾事实，实际上是很精辟的，因为这些评论从欣赏者的艺术感觉出发，指出了欣赏者读优秀作品时那种仿佛忘记形式、直接领会内容的状态，体会到了作品内容与形式的有机融合，从而深刻地总结了作品的内容和形式相统一的特征。

三

我们分了以上四个方面来说明文学作品内容和形式相统一的特征。实际上，这四个方面是相互联系的，不能机械分离的。因此，我们无法单纯从内容的角度，或从形式的角度，或从内容和形式联结的角度，或从艺术感觉的角度去分析作品。科学的文学批评要求我们从作品内容和形式相统一的角度去把握和分析作品。在这里，关键的是要抓住作品的艺术形象的整体。因为作品的内容和形式的统一，正是通过艺术形象这一美学范畴呈现出来的。艺术形象既然是内容和形式的统一，那么整体性和有机性就是它的主要特征。真正的文学批评应充分注意到艺术形象的整体性、有机性。别林斯基在谈自己对一座女爱神雕像的欣赏体会时认为，这座雕像的美在有机的整体形象上，"'瞧，嘴唇边这个线条，腮帮上这种表情。'……别向我说这套话吧，如果你想把她的内在的生命分解为某些线条和突出点，你就不懂艺术。……这个人物面貌，这个形象使我惊赞，是凭它的整体和一般表情，而不是凭某些部分的线条和突出点。生命不在眼睛上，也不在唇上，也不在腮上，也不在手上或脚上，而是在面貌和整个形体上，在那身体上一切线条，突出点，轮廓的圆满以及四肢各部分的和谐”①。别林斯基这种从艺术形象的整体性、有机性入手的批评，是真正的文艺批评的典范。而当前文学批评中流行的那种先分析“思想性”(实际上是主题思想的逻辑叙述)，然后分析“写作特点”(实际上是现成套语的排列组合)的方法，其根源是把作品的艺术形象看成是思想内容和艺术形式的外在的机械的凑合，不理解艺术形象的整体性、有机性的特征。看起来，在创作中有“莎士比亚化”与“席勒化”的不同，在文学批评中同样也有“莎士比亚化”和“席勒化”的区别。那种毫无生气的“思想性”加“写作特点”的分析法，只对主题思想作简单的抽象的还原，和对某些形式因素作孤立的枯燥的说明，就是文学批评中“席勒化”的表现。在这些评论者的眼里，形象不过是思想的传声筒，文学批评的任务只不过是把思想从形象中简单抽取出来。这哪里是真正的文学批评呢？真正的文学批评应建立在对作品内容和形式的统一的深刻理解的基础上，应着重分析有机的活生生的艺术形象整体，看它反映社会生活的深度和广度，看它所体现的作家主观的思想感情和倾向。当然，并不是说对作品的评论不能有所侧重。可以侧重分析作品的思想倾向，也可以侧重分析作品的艺术特色(结构的、语言的、文体的特色等)，但无论侧重分析什么都应从内容与形式相统一的观点出发，从分析艺术形象入手。例如，我们可以分析“鸟宿池边树，僧敲月下门”这两句诗的语言运用，指出诗人在“推敲”半天后，选择了“敲”字是很高明的。但我们不能把“推”“敲”二字从诗的整个意境中分割出来，进行孤立的比较。孤立起来看，“推”“敲”这两个字并无优劣之分；我

① 转引自朱光潜：《西方美学史》下卷，人民文学出版社1979年版，第555页。

们必须从分析诗的意境入手，才能看出此处选择“敲”字的妙处。同样，我们可以专就“前村深雪里，昨夜一枝开”（修改后的诗句），和“前村深雪里，昨夜数枝开”（修改前的诗句）的语言进行比较分析，指出“一”字用得精当。但我们不能把“一”字和“数”字从诗的整个画面里割裂出来，进行孤立的比较。难道“一”“数”这两个字本身有高下之别（如果孤立起来看的话）？当然不是。我们只能说，对于描绘《早梅》这首诗的画面来说，用“一”字比用“数”更精确。这就说明，虽然是分析诗句中个别文字的运用，也必须从分析艺术形象入手，才能获得正确的审美判断。

从内容和形式相统一的观点出发，从艺术形象的整体入手，去把握和分析作品，比那种“思想性”加“写作特点”的分析法，要困难得多。后一种方法脱离了文学欣赏的基础，往往是用现成的政治概念和艺术理论套语去贴标签，这当然不费什么劲儿。前一种方法则把文学批评看成是一种审美活动，把批评建立在文学欣赏的基础上。艺术形象是作家生活体验、感情体验的结晶。批评家面对艺术形象要调动自己的一切心理功能（包括感觉、联想、想象、感情、理智等）去感受去体验，他（她）应该跟演员一样，也要进入角色。在审美感受的基础上，才能做出审美判断。这样的文学批评当然要比贴标签式的文学批评要困难得多。然而，在真正的批评家面前并没有捷径可走。须知，建立在对作品的内容和形式统一的深刻理解的基础上的，从分析艺术形象的整体入手的，以文学欣赏为必要前提的文学批评，才是唯一正确的文学批评。

（《文艺理论研究》1981 年第 4 期）

文学与审美

——关于文学的本质问题的一点浅见

一、三十年讨论概观

一百多年前，德国的两个著名的学者黑格尔和谢林在艺术与科学的生命力问题上发生了分歧。黑格尔预言，由于艺术本身的局限性，艺术将不可能永远生存下去，它将让位给哲学。谢林则断言，科学认识不能长久，将来会溶解于艺术认识之中。时间的流逝，证明这两位学者都错了。包括文学在内的艺术没有让位给哲学，而哲学也没有溶解在艺术中，艺术和哲学各自独立地存在着、发展着，而且可以肯定，它们将永远不分轩轾地各自独立地存在着、发展着。文学艺术和哲学各自独立存在和发展的根由何在？显然，这只能从它们各自的本质中去寻找。

作为艺术的一个重要的品种的文学，它的本质是什么呢？这是一个古老的问题。从文学诞生之日起，人们就开始探讨这个问题。但是在这里，我不想去重述历史上唯物主义和唯心主义在文学本质上的分歧，我仅就新中国成立以来关于文学本质问题的种种探讨，做一简要的回顾，以说明重新讨论这个问题的必要性。

我认为，文学的本质问题的完整探讨，应包括两个层次的问题。第一个层次，文学和其他意识形态的共同本质的研究。文学、政治、道德、哲学等意识形态与社会生活是什么关系，文学与政治、道德、哲学等又是什么关系，都属于这个层次的问题。文学与其他意识形态一致性和相互关系的研究，有助于确定文学在社会生活中的地位和作用。第二个层次的问题，文学本身的特殊本质的研究。文学与科学有何区别，文学本身有什么特征，文学与其他意识形态的共同性怎样独特地体现在文学活动中等，都属于这个层次的问题。这方面的研究有助于确定文学区别于非文学的特质。

新中国成立以来，上述两个层次的问题都先后以不同的方式讨论过。但我们不能不看到，第一个层次的问题涉及较多，第二个层次的问题涉及较少，而无论是哪一个层次的问题的探讨都还未达到令人满意的程度。

事实证明，文学观念总是这样那样地受一定时代的社会历史条件的制约。文学的本质是文学理论的一个核心问题，它规范着其他文学理论问题，影响着文艺方针政策的制定，因而它与文学本身的兴衰，关系极为密切。这样，社会历史条件的变化对文学观念所产生的影响，必然首先反映在对文学本质的理解上面。新中国成立以来，人们对文学的本质问题的探讨，仅局限于社会学的政治学的和哲学认识论的交错研究，这与长期以来频繁的政治风云变幻有极密切的关系。

从 1949 年到 1956 年，中国处于一个历史转折时期。在思想政治领域，清理和批判封建主义的、资产阶级的意识，成了当时的主要任务。批判电影《武训传》、批判胡适的唯心主义、批判《红楼梦》研究中的唯心主义倾向等，集中地反映了这个时期思想领域斗争的特点。在这样的历史背景下，人们主要从社会学的和哲学认识论的观点出发，来研究文学的本质是很自然的，因为思想斗争的任务需要这种研究。当时对文学的本质问题基本理解是：根据哲学认识论的观点，认为文学是社会生活的反映；根据社会学的观点，强调文学要为社会的主人工农兵服务。由于当时党的政治思想路线是正确的，执行政策也比较平稳，所以当时对文学的本质问题的探讨虽说不够全面和深入(从今天看来)，仅涉及第一层次的问题，但成绩无论如何是不可低估的。因为这种研究继承了毛泽东同志《在延安文艺座谈会上的讲话》的思想，吸收了当时苏联的研究成果，把文学的本质问题建立在辩证唯物主义和历史唯物主义的基础上，跟形形色色的唯心主义划清了界线。

从1957年到1959年，随着中国政治的急剧“左”倾(其标志是1957年反右派斗争扩大化，1958年“大跃进”运动，1959年“反右倾”斗争)，关于文学本质问题的研究，被局限为单一政治学研究。当时的主要提法是：文学是为政治服务的，它是阶级斗争的工具。列宁关于文学事业应成为党的事业的“齿轮和螺丝钉”的思想，高尔基的“文学家是阶级的耳目与喉舌”的观点，鲁迅关于文学的阶级性的思想，毛泽东关于文学要“服从党在一定革命时期内所规定的革命任务”的提法，都被片面地强调，并被做了绝对化的解释。在这种情况下，秦兆阳同志的《现实主义——广阔的道路》，钱谷融同志的《论“文学是人学”》等从哲学认识论或审美角度来研究文学的本质的论文，受到了不应有的批判，被指责为“资产阶级人性论”“反阶级论”“修正主义谬论”，甚至连“写真实”这样一个与文学本质有密切关系却又是极普通的提法，也被否定掉了。这一时期关于文学本质问题的研究，与前一时期相比，不但没有前进，反而是倒退了。

从 1960 年到“文化大革命”前，这是一个复杂的时期。一方面，党实行了经济上的“调整、巩固、充实、提高”的正确方针，在思想领域也随着作了一些调整；但另一方面，对当时存在的阶级斗争作了扩大化的估计，最后导致了“文化大革命”的发动。关于文学本质问题的研究也不能不受此政治气候的影响。一方面，人们认识到，那种“左”的政治学的单一观点，是不可能揭示文学的本质的，因此重新把研究的角度调整到哲学认识论和社会学相结合的观点上面，强调文学是一种认识，是社会生活的反映；文学认识和科学认识也有区别，但不是对象内容上的区别，而仅是反映生活的形式上的区别，文学用形象的形式反映生活，而科学则用概念的形式反映生活。与此相联系，马克思、恩格斯关于“典型环境的典型人物”的思想，列宁关于文学应反映生活的某些本质方面的思想，毛泽东关于文艺来源于生活、高于生活的思想，重新得到了强调，而别林斯基的关于文学与科学的区别不在内容仅在处理内容的方法的观点，被作为经典来引用。至今仍被定为高校文学理论教科书的《文学基本原理》（以群主编）和《文学概论》（蔡仪主编），集中反映了上述研究成果。应该肯定，这个时期对文学本质的研究虽然没有突破 20 世纪 50 年代前半期的社会学的或哲学认识论的研究范围，但在研究内容的丰富性、深刻性和细致性上面都提高了一步，不应看作是对 50 年代前半期研究的简单重复。另一方面，这一时期政治上越来越“左”的情势，以及江青等对文艺领域的插手，重新把文学的本质的探讨局限于“左”的政治学观点的情况出现了，文学是阶级斗争的工具的说法被进一步强化。在这种情况下，某些用反映论原则企图从文学的内容上去探讨文学的本质的观点，譬如巴人同志的文学要写人性、人情的观点，邵荃麟同志的“现实主义深化”“写中间人物”的观点，就遭到了莫须有的批判。

“文化大革命”期间，人们已没有可能对文学的本质问题进行探讨。江青、姚文元等称霸文坛，他们一方面批判所谓“黑八论”，肆意践踏1949年以来关于文学理论的研究成果，另一方面他们又把1958年前后提出的“文艺是阶级斗争的工具”的观点，发展到了十分荒谬的地步。在他们看来，文学不过是某些政治家手中的一张牌。如此，他们要求文学成为他们的反革命政治的附庸，要求写所谓“与走资派做斗争”的题材，这些都是十分合乎他们的“阶级斗争工具”的文学本质论的。

江青反革命集团被粉碎以后，特别是党的十一届三中全会以来，人们在“解放思想、实事求是”的方针的指导下，开始了对一系列问题的重新思考。在文学的本质的问题上，随着多种多样的文学作品的产生，这种重新思考也不可阻挡地出现了。

“文学是阶级斗争的工具”，这个多年来不容别人讨论的文学本质论，已失去了它的政治后盾，被人们重新提出来讨论。多数人认为，从“左”的单一的政治学观点出发，把文学界定为“阶级斗争的工具”，不能揭示文学的本质，对文学的发展与繁荣是不利的。诚然，文学与政治有密切的关系，但把文学当作政治的婢女的观点，不但缺乏科学的理论根据（要知道，文学不附属于政治，政治也不局限于阶级斗争），而且被以往的实践证明是一种扼杀文学创作的有害的理论。

“文学是社会生活的形象的反映”，这种从1949年以来影响最大、流行最广的观点，是人们从哲学认识论出发对文学的本质所做的结论。这种文学的本质论认为：文学是一种认识，但是一种特殊的认识，形象性就是文学的本质特征。这种把形象性当成文学的特性的观点，显然承继了别林斯基的关于艺术与科学的“差别根本不在内容而在处理特定内容时所用的方法”的观点。无论是在中国还是在苏联，早就有人对此提出怀疑和批评。当然，这种观点不能说毫无道理。从最宽泛的意义上看，文学和科学都反映社会生活，其总的对象和内容是相同的，而且文学的确是用形象的形式反映生活，而科学则用概念的形式反映生活。然而，这种把文学的特殊本质归结为形象性的观点，存在着明显的弱点：首先，形象性并非文学作品所独有，文学作品中也存在着没有形象的佳作；其次，也是更重要的，这种观点不符合内容决定形式、形式表现内容的辩证法常识。它无法回答这样的问题：如果文学和科学的对象内容相同，那么为什么它们的形式又会如此不相同呢？或者说，既然文学和科学的形式如此不相同，那么为什么它们的对象、内容又会相同呢？事实上，文学作为一种长期存在的、无法代替的意识形态，它首先是在对象、内容上具有自己的特点。别林斯基在著作中自己跟自己顶牛，他一方面说文学与科学的区别不在内容而在形式，可另一方面，他又不止一次地谈到文学与科学的内容是不同的，文学的内容必须是“诗意的”内容。

“文学是人学”，人们借用高尔基这句话，想从文学独具的对象、内容上来说明文学的本质特征。持这种观点的同志认为：“文学的对象，文学的题材，应该是人，应该是时时在行动中的人，应该是处在各种各样复杂的社会关系中的人。”这种观点的提出无疑是一种进步。他们意识到继续死守别林斯基的论点，仅从文学反映生活的形式上面，去寻求文学的本质，是没有学术前途的。但我们不能不看到，“文学是人学”的说法未免过于空泛，因为人的生活是多方面的，以人为对象的科学何止一种，生理学、心理学、教育学、伦理学、政治学、社会学、人类学等也都以人为研究对象，所以“文学是人学”的说法不能划清文学和其他以人为对象的科学的界限。有人为了弥补“文学是人学”说法的粗疏，就又提出文学不是像别的科学那样，把人们切割成不同方面加以研究，文学是完整地把握人，反映人的整体生活是文学的特性。这种说法有一定的道理，的确又进了一步。

但所谓“完整”“整体”缺乏明确具体的规定性。什么叫“完整”?什么叫“整体”?难道生理学、心理学、教育学、伦理学、政治学、社会学、人类学所研究的不也是整体吗?相对地说不也具有完整性吗?事实上,文学反映生活的范围总是有限的,不可能十分完整,而且把人的生活整体包罗万象列出来也没有必要。人们说文学完整地反映了人的整体生活,也是在相对意义上说的。

从思想桎梏中走出来的人们,在文学的本质问题上,不但对上述观点进行了重新思考,而且从美学、心理学等新的角度作了新的开拓,改变了过去那种单一从政治学的或哲学认识论的角度进行研究的局面,研究中所涉及的问题也从第一个层次进入第二个层次。这种要深入探讨问题的趋势是新中国成立以来前所未有的。当然,由于某些人对过去文学理论研究中教条主义、庸俗化倾向的厌恶,由于西方文艺思潮的影响,又有人提出“文学是人的心灵的自我表现”的观点,并认为这是“新的美学原则的崛起”。这就从一个极端跳到另一个极端。我认为,把文学看成是人的心灵的自我表现的观点,强调了情感在文学创作、鉴赏中的作用,强调了作家的个性的发挥,对那种僵化的艺术观不无冲击作用,但总的看是离开了辩证唯物主义的轨道,重复了历史上的唯心主义的错误。

目前,在文学的本质的问题上,真正值得注意的是“认识本质论”和“审美本质论”的分歧。“认识本质论”从单一的哲学认识论出发,认为文学是一种认识,基本任务是揭示生活的本质,它的特征是形象性。“审美本质论”则认为,文学包含认识,但又不仅仅是认识,它的特质是审美,并认为单纯用哲学认识论不可能完全揭示文学的本质,必须综合哲学认识论、审美心理学、社会学的方法,从文学创作的客体与主体、文学作品的内容与形式的统一角度入手,才有可能真正揭示文学的本质。我个人是同意后一种意见的。我认为,1949年以来,我们的文学理论总的看还是哲学基本原理的套用,没有进入自己固有的特殊的审美领域，所以脱离文学创作实际的教条主义倾向比较严重。只有在文学理论的各个问题上(首先是文学的本质问题上)引进“审美”的观念，我们的文学理论(首先是文学本质问题)才有可能打开新的局面。

二、关于创作客体的审美属性

“文学是社会生活的反映”这个提法是符合辩证唯物主义的基本原理的，它说明了文学与其他意识形态的共同本质，正确地回答了关于文学的本质的第一个层次的问题，因而是不容怀疑的。但如果要用这个观点来说明文学的特殊本质，说明文学之所以是文学的充分而必要的条件，解决关于文学本质的第二个层次的问题，就还须科学地阐明两点：第一，文学反映的是什么样的(或者说哪个方面的)社会生活，即文学创作的客体的特征问题；第二，文学对社会生活的反映是怎样的一种反映，即文学创作的主体的特征问题。文学是主、客观的统一，或者说是对客体的再现与对主体的表现的统一，我们只有揭示出创作客体和创作主体的特性，以及二者之间的联系，才有可能揭示文学的特殊本质。

我们先来谈谈创作客体的特征问题。

文学反映的是什么样的社会生活呢？应该看到，文学和社会科学虽然都同样地面对着客观的社会生活，但它们从客观的社会生活中撷取的东西是不同的。文学究竟从客观现实中撷取具有什么属性的东西呢？为了正确地回答这个问题，有必要运用“价值”这个观念。众所周知，多年来苏联学者运用政治经济学中的价值学说的方法论去研究美的本质和艺术的本质，已获得了可喜的成果，而且用价值观念研究美和艺术已成一种国际现象。的确，我们在研究文学的本质问题时，只有把哲学认识论的观点和价值论的观点结合起来，才可能比较科学地抓住问题的实质。在现实的事物所包含的多种属性中，一种是非价值属性，一种是价值属性。现实事物的非价值属性和价值属性是不同的。当我们说“这朵玫瑰花是红色的”时候，是在说明玫瑰花的自然属性，在人类出现之前，玫瑰花是红色的，在人类出现之后，玫瑰花依然是红色的，“红色”是玫瑰花的客观的品质。因此，这种属性是不取决于人和人类的存在的，它和人类之间不存在价值关系，人类不能评价而只能说明玫瑰花的红色。“红色”是玫瑰花的非价值属性。当我们说“这朵玫瑰花可以做香料”“这朵玫瑰花很美”的时候是在说明玫瑰花的实用属性和审美属性，这种属性是以人和人类的存在为前提条件的，它表现出了人类对玫瑰花的评价关系。在这种情况下，“可以做香料”和“很美”是玫瑰花的价值属性，它一方面反映了客体的品质，另一方面又表达了与主体的关系。这就是说，没有玫瑰花这个客体本身的价值性，主体不能对它做出评价，但离开了主体，也不可能有这种评价。由此可见，价值是客观事物所具有的一种属性，这种属性因对人们具有意义而被后者认为对他们有价值。正是因为价值是由主体和客体相互作用而形成的，所以在同样也包含了客体与主体相互作用的审美关系中，运用价值这个概念就是非常必要的了。在有了以上这些说明之后，现在我们可以正面来回答“文学究竟从客观现实中撷取具有什么属性的东西”这个问题了。对于客观现实事物来说，除了具有生物的或物理的自然属性(非价值属性)外，还包含一个在人类社会历史实践中形成的价值系统，其中包括实用价值、认识价值、道德价值、政治价值、宗教价值和审美价值等，这些不同形式的价值是在长期的社会历史过程中由不同性质、不同形式的主、客体关系形成的。艺术(包括文学)面对着客观事物的自然属性和价值系统，它的对象是什么呢？它的对象不是客体的单纯的自然属性，否则艺术就将变成生物、物理原理的图解；它的对象也不是客体的单纯的实用价值，否则艺术就将变成物品的使用说明；它的对象也不是客体的单纯的认识价值，否则艺术就将变成通俗化的哲学讲义；它的对象也不是客体的单纯的政治价值，否则艺术就将变成方针政策条文的解说；它的对象也不是客体的单纯的宗教价值，否则艺术就将变成教义的形象讲解；它的对象必须而且只能是客体的审美价值。换句通俗话说，文学艺术的对象必须而且只能是社会生活中具有诗意的属性。例如，陆游和毛泽东的《卜算子·咏梅》词，不是在说明梅的自然属性，不是在介绍梅花可制香料(实用价值)……而是反映梅(客体)与诗人(主体)在社会历史实践中相互交往所形成的诗意的因素，即梅的审美价值(由于审美主体不同，对梅的审美价值的把握也各异)。当然，这里我们要特别强调这样一点：当我们说文学艺术的独特对象是客观现实的审美价值的时候，不要把现实的审美价值当成是独立的存在。现实的审美价值永远和现实的自然属性以及其他价值内在地联系在一起。文学艺术对客观现实的反映，的确是在撷取其审美的价值，但这撷取并不是也不可能是孤立地撷取。审美价值与其他价值是矛盾的统一：一方面，审美价值不同于其他价值，另一方面，审美价值又和其价值互相渗透。现实的审美价值和现实的其他价值并不是相互隔绝的，它们之间不存在鸿沟。应该看到，现实的审美价值具有一种溶解和综合的特性，它就像有溶解力的水一样，可以把认识价值、道德价值、政治价值、宗教价值等都溶解于其中，综合于其中。因此，文学艺术撷取现实的审美因素，不但不排斥非审美因素，相反，总是把非审美因素的认识因素、道德因素、政治因素甚至自然属性交融到审美因素中去。这样，文学艺术所撷取的审美因素总是以其独特的方式凝聚政治、道德、认识等各种因素。譬如，陆游和毛泽东的《卜算子·咏梅》虽是撷取了梅的客体中的审美的价值，但“已是黄昏独自愁，更著风和雨”，“零落成泥碾作尘，只有香如故”，以及“已是悬崖百丈冰，犹有花枝俏”，“俏也不争春，只把春来报”，“待到山花烂漫时，她在丛中笑”等诗句，不正是以艺术的方式折射了强烈的道德、政治因素吗？当然，认识、道德、政治等因素只有溶解于审美价值中，与审美价值化为一体，才可能成为文学艺术的对象和内容。单纯的认识、道德、政治价值，可以成为哲学、伦理学、政治学的对象和内容，却不能成为文学艺术的对象和内容。在审美价值与认识、道德、政治等价值的关系问题上，一方面我们反对唯美主义，因为唯美主义仅仅把文学作品的美丽的形式看成审美因素，排斥文学对社会的认识、道德、政治等因素的反映，把艺术和生活割裂开来，对立起来，为美而美；另一方面，我们也不同意单一的认识论观点，因为这种观点孤立地强调文学作品的认识、道德、政治等因素，或者是把作品的审美因素看成是次要的东西，或者是把审美因素夹杂在认识、道德、政治等因素中。这就不能不助长创作的公式化、概念化、图解化的倾向。以上两种观点都是不可取的。我们认为，文学艺术的对象和内容只能是交融了认识、道德、政治等价值的现实的审美价值。一个作家、艺术家，如果没有在现实中找到诗意的东西或可以加工成诗意的东西，那他就没有找到可反映的对象。人们平时常说，某人某事具有艺术条件，那意思是说某人某事具有不同寻常的审美价值，因此可以成为文学艺术的对象。基于以上这些理解，我认为文学的特质首先根源于现实的审美价值中。文学既然是现实的审美价值的凝聚化和物态化，那么它的特质就是审美。文学区别于非文学的关键之一就在这里。

如果上述论点可以成立的话，那么涉及创作客体方面的其他一些问题，就该用审美的观点加以考察，就应有一种新的理解。

关于题材。题材是文学作品写什么的问题。按“认识本质论”的意见，最佳的题材自然是包含了深广的认识、教育、政治意义的题材，因为选择这种题材最能体现文学是认识的观点。长期以来，我们的理论在“提倡写重大题材”和“题材多样化”上面兜圈子，时而强调写重大题材，时而又说题材应当广阔。在题材问题上这样摇摆，就是因为对文学的审美本质认识不清。从审美的观点看，一个材料能不能成为作品的题材，主要要看作家有没有在这个材料里发现比较浓郁的诗意。如果作家没有从这个材料里发现浓郁的诗意的因素，那么这个材料再重大，也不具备艺术条件，也不能成为作品的题材，硬要去写，结果只能成为历史大事记式的作品，丝毫不能动人，最多只能给读者提供点很不精确的历史或现实的知识而已(这类作品难道我们还见得少吗?)。如果作家面对的是一个小材料，却在这里发现了新鲜浓郁的诗意，那么根据这个题材写成的作品也许就是一篇传世之作了。从审美的观点看，把题材分成大题材、小题材，并没有多少意义，把题材分成富有诗意因素的题材和不具有诗意因素的题材，才是有意义的。列夫·托尔斯泰这样谈自己的体会："写作的主弦之一便是感受到诗意跟感受不到诗意之间的对照……"①文学史上有一种文学现象值得我们思考：古今中外曾有一批取材于政治、军事斗争的风云变幻的作品，经过时间的筛选，早已湮没无闻，人们宁愿去翻历史书，也不再理睬这些带有政治历史知识的却不具有诗意的作品；相反，有一大批以山水、田园、花鸟、虫鱼为题材的作品，倒经得起时间的检验，它们脍炙人口，历久不衰。在这里，起决定作用的因素是什么？是认识因素？是政治因素？还是审美因素？这是不言自明的。当然，我不是说后一类作品毫无认识因素，但使这些作品在文学上立住脚的主要原因，难道不正是这些作品强烈的审美因素吗？我绝不是说重大题材没有审美因素，不应去写。我是说那些不带审美因素或作家没有发现审美因素的重大题材，不应去写。如果某个重大题材本身含有浓郁的诗意，而作家又发现了它，那无疑是个理想的题材，作家要全力抓住不放。在反映时代风

① 托尔斯泰：《列夫·托尔斯泰论创作》，漓江出版社1982年版，第161页。

貌这一点上，这种题材有突出的优长，要特别予以重视。文学史上不乏写重大题材的传世之作。

关于真实性。持“认识本质论”的同志认为，文学是一种认识，认识就应是真实的，所以文学的基本任务就是通过形象揭示生活的本质。而按“审美本质论”看来，文学是认识，但又不仅仅是认识，文学揭示生活的本质是重要的，但又不是唯一的，文学需要有比揭示生活本质更丰富的东西。文学首先是美的领域，它要凝聚生活中富有诗意的东西，让人感情激荡、心旷神怡。它要求真实性，要求揭示生活的本质，但它所揭示的生活的本质，不是客观事物的生物的或物理的自然性的本质，也不是事物的单纯哲学、政治、道德意义上的本质，而是审美意义上的本质，即诗意的本质。苏联著名美学家、文艺理论家阿·布洛夫说得好：“大家知道，任何一种意识形态都力求揭示‘一定现象的实质’。但有各种各样的实质。雷雨的真正实质在于：这是一种大气中的电的现象。是否可以说……诗人在描写雷雨的时候所揭示的实质是另一种东西。请想一想‘我喜爱五月初的雷雨……’这句诗。这里不仅没有表明雷雨的物理实质，而且从严格的科学的观点来看，这种实质似乎被‘遮掩’起来了，假如愿意的话，还可以说是被歪曲了。虽然如此，但这里所揭示的正是艺术所必需的那种实质，因为这里显示出人在一定的典型环境中的强烈的、丰富的和旺盛的典型感受。”[①]同样的道理，李白的《静夜思》（“床前明月光”）和苏轼的《水调歌头》（“明月几时有”），都是咏月亮的名篇，它们描写的真实性，至今没有人提出异议。然而，李白、苏轼笔下月亮的真实性和本质，是什么真实性和本质呢？月亮的真实性和本质是：它是地球的卫星，围绕着地球转动，它本身并不发光，因反射太阳光才被我们看见……然而很遗憾，无论是李白还是

① 阿·布洛夫：《美学应该是美学》，“学习译丛”编辑部编译：《美学与文艺问题论文集》，学习杂志社1957年版，第40页。

苏轼，都没有揭示出月亮的这种物理学的真实和本质，他们在其作品中所揭示的只是月亮(客体)和诗人(主体)交互作用而形成的一种诗意的真实和本质。当然，我们这样来理解文学的真实性，并不是要把客观现实的物理学的真实、政治学的真实、社会学的真实、伦理学的真实与诗意的真实对立起来或隔绝开来。物理学的、政治学的、社会学的、伦理学的真实与诗意的真实，既有联系又有区别，看不到它们之间的联系，会把诗意的真实孤立起来，就可能引导作家在生活的实体之外去找诗意的真实，陷入形式主义的泥潭；但看不到它们之间的区别，把诗意的真实和其他真实等同起来，就不能不导致作家不重视生活真实的审美特性，而把单纯的社会学的、政治学的、伦理学的真实当作文学的真实。我以为，作家所写的真实，不能也不应回避政治学的、社会学的、伦理学的真实，但这些真实必须交融到诗意的真实中。交融了社会历史内容的诗意的真实，这才是作家追求的真实。因此，对于作家来说，他应尽一切力量去发现生活中的真、善、美的交结点，因为只在真、善、美的交结点上，才能找到诗意的真实。

关于典型性。“认识本质论”认为典型就是个别与一般的统一，或者说是个性与共性的统一。这个定义可以说非常之正确，但又丝毫不能说明问题。为什么说这个定义非常之正确呢？因为按辩证唯物主义的原理，“个别一定与一般相联而存在。一般只能在个别中存在，只能通过个别而存在”①。文学的典型的确就是通过个别表现一般，典型是个别与一般的统一。这个结论是不容怀疑的。那么为什么说这个定义又是丝毫不能说明问题呢？问题在这里：文学的典型是个别与一般的统一，可世界上万事万物不也是个别与一般相统一吗？你看，这张桌子，这把椅子，这盏台灯，这棵树，这座房子，

---

① 列宁：《谈谈辩证法问题》，《列宁全集》第 38 卷，人民出版社 1959 年版，第 409 页。

这辆汽车……不也是个别与一般相统一吗？你能从客观世界中找出任何一个东西不是个别与一般相统一的吗？所以，人们说典型是个别与一般相统一，只道出了文学典型与世界上万事万物的最一般的共同的特征，没有指明文学典型之所以是文学典型的特质，这样，即使我们把“典型是个性与共性的统一”这句话重复和解释一千遍一万遍，也丝毫不能帮助人们了解文学典型到底是什么。多少年来，我们的文学理论所使用的方法论，仅仅是哲学方法论。用现成的哲学概念简单地去套文学理论问题，已成为我们文学理论的一种痼疾。当然，我不是说不要用哲学的原理去分析文学问题，哲学的前提是十分必要的，问题在于仅仅把文学问题局限在哲学的范畴里是不够的。就像典型问题仅仅局限在哲学的圈子里，就不能说明什么问题。我们应该把文学理论问题从哲学的台阶提到美学的台阶。应该提出文学中的个别与一般的统一(典型)与其他领域中的个别与一般的统一有何区别，文学的个别与一般的统一本身有什么内在的特征。有人也觉得用个别与一般的统一来界定典型不能说明问题，于是他们(我自己也这样做过)就在“个性”一词前加上“独特的、鲜明的、丰富的”等附加语，在“共性”一词的前面加上“显著的、充分的、深刻的”等附加语。其实这样做也无济于事。不但因为这些附加语都太抽象，根本不可能表示出具体的规定性，而且对非文学的事物，也同样可以在“个性”和“共性”的前面加上同样的或更多的附加语。所以问题的症结还是要探讨作为文学的个性与共性的统一所具有的特征。在这里，关键还要用审美的观点去考察。文学的个别与一般相统一与其他领域的个别与一般相统一的基本区别，在于文学的典型浓缩了现实的审美价值属性。这就是说，文学的典型不仅在于它是个别与一般的统一，而且更重要的在于它本身属于诗意的范畴，在典型的身上总是体现着美或丑、崇高或卑下、悲剧性或喜剧性等诗意的内容。这是区别文学的典型与非文学典型的关键。就阿Q这个典型人物来说，他具有鲜明的独特个性，并体现了那个时期社会生活的某些本质，这是阿Q这个人物成为典型人物的前提条件，但构成阿Q的典型性的基础，是他身上所体现的社会历史条件所造成的悲与喜的诗意因素。在阿Q的性格和命运中那些使人含泪的笑和含笑的悲的因素，使阿Q这个人物与那个时期历史的生活一起搏动，使阿Q成了一个永远激动人心的文学典型。鲁迅为什么不写一个属于地主阶级的阿Q，而要写一个雇农的阿Q，因为在雇农的阿Q身上能最充分地容纳特定现实所构成的令人动魄、令人深省的悲剧性和喜剧性。

三、关于创作主体的审美把握

现实的审美价值不会自动地转化为文学作品。化现实生活为文学作品的是作为创作主体的作家。既然客观现实的价值是由主、客体相互作用形成的，那么现实的审美价值也只有在作为创作主体的作家对现实的积极的评价中才能发现。因此，没有作家对现实生活的把握，文学创作活动也就不能发生。这是显而易见的、无须多说。问题在于作家是作为一般的认识主体逻辑地认识生活呢，还是作为审美主体诗意地去把握生活？马克思说："整体，当它在头脑中作为被思维的整体而出现时，是思维着的头脑的产物，这个头脑用它所专有的方式掌握世界，而这种方式是不同于对世界的艺术的、宗教的、实践-精神的掌握的。"①马克思这里所说的对世界的艺术的掌握方式，实际上就是对世界的审美的(诗意的)掌握方式。作家对生活的掌握方式，毫无疑问应该归入这一类掌握方式中。根据能动的反映论的原则，主体对生活的反映是能动的反映。然而，作为认识主

① 马克思：《〈政治经济学批判〉导言》，《马克思恩格斯选集》第2卷，人民出版社1972年版，第104页。

体的能动性和审美主体(此处指作家，下同)的能动性是否有区别呢?这是我们着重要回答的问题。

可以肯定，审美主体对生活的诗意把握过程，也是认识过程，也要调动主体的感觉、知觉、诗意、记忆、表象、想象、理解等心理机能，就这一点而言，审美主体和认识主体的心理过程有共同之处。但是，审美主体对生活的诗意把握过程，又不仅仅是认识过程，它与认识主体的心理过程又有相异之处。和认识主体的认识过程不同，审美主体在把握生活的一系列心理过程中，始终存在着情感的积极介入。对于一般认识主体来说。他对他感知、思考的事物，在情绪上往往是平静的，甚至是无所谓的，并不是现实中每一种对象都能引起他对它的情感态度的。但对于审美主体来说，他的对象不是事物的纯生物的、物理的自然属性，而是主客体交流中形成的现实的审美价值属性，这就不能不引起主体的情感态度。情感是否介入其他心理过程是审美主体的能动性和一般认识主体能动性的基本区别。

作家作为创造艺术美的主体是否需要特殊才能，这个问题“文化大革命”前就讨论过。讨论的结果是否定了这个命题。仅从认识论的观点去考察，只能得出这样的结论。但从审美的观点考察，这个问题是完全可以提出来的。创作作为一种最高形式的审美活动，是需要特殊才能的。这特殊才能是什么呢?就是创作主体的美学情感的特别活跃。别林斯基说：“情感是诗的天性中一个主要的活动因素；没有情感就没有诗人，也没有诗……”[①]这个论断无疑是经得起实践的检验的。列夫·托尔斯泰在他的著名的《艺术论》中说：“在自己心里唤起曾经一度体验过的感情，在唤起这种感情之后，用动作、线条、色彩、声音，以及言词所表达的形象来传达出这种感情，使别

① 别林斯基：《别林斯基论文学》，新文艺出版社1958年版，第14页。

人也能体验到这同样的感情，——这就是艺术活动。"[①]尽管普列汉诺夫对列夫·托尔斯泰的这段话有过补充和批评，但列夫·托尔斯泰的关于艺术家应是有感情体验的人的论断大体还是不错的。鲁迅说："研究是要用理智，要冷静的，而创作需情感，至少总得发点热。"[②]鲁迅的话也精辟地说明了创作主体须有的素质。当然，喜悦、愤怒、悲哀、欢乐、爱憎、忧郁、颓丧本身不就是文学，情感活跃的人不就是作家，但作家必定是情感特别活跃的人。情感的特别活跃是作家的特殊才能的基本标志。我们强调创作需情感，这并不是说文学创作是"使情成体"，作品仅仅是作家主观情感的表现，而是说文学创作是一个创造美的过程，如果没有作家情感的特别活跃，作家就不能从活生生的现实中发现美、把握美，进而创造美。

文学创作活动是创作主体的多种心理机能协调的运动过程，其中主要是感知、表象、想象、情感和理解等五种心理机能综合的和谐的运动过程。而创作主体的感知、表象、想象、理解等心理过程无不灌注了情感的因素，于是出现了感知、表象与情感的融合，想象和情感的融合，理解与情感的融合。创作主体正是在这"三融合"中发现并把握了生活的美，进而创造了艺术的美。情感在创作过程中不但是一种推动力、组合力，而且是一种发现力和创造力，发现生活的美和创造艺术的美的力量。下面就"三融合"如何发现美、创造美的问题作一点说明。

情感与感知、表象的融合：感知和表象是文学创作主体不可缺少的心理过程。作家通过感觉和知觉获得客体的印象，通过表象重新在脑海里唤起被感知过的印象。但是，一般的印象，如书桌是长方形的、木制的之类，虽是作家必须知道的，但不是作家特别需要的。作家特别需要的是通过感知、表象获得诗意的印象，即"以诗的

---

① 列夫·托尔斯泰：《艺术论》，人民文学出版社 1958 年版，第 47 页。

② 鲁迅：《读书杂谈》，《鲁迅全集》第 3 卷，人民文学出版社 1956 年版，第 332 页。

方式获得现实的印象”(别林斯基)。那么，怎样才能通过感知、表象获得现实的诗意的印象呢？这就要作家美学情感的积极介入。心理学原理告诉我们，人的知觉、表象具有一种选择性，可以把对象的各种属性区分开来，即对象的某种属性得到了强调，而其余的属性则完全地或部分地被淡化，甚至被推到背景上去。当然，这种选择性与客体本身的特点(强度、活动性、对比)有关，但与主体在感知、表象客体时加入情感态度有更密切的关系。例如，有一位作家来到蒋筑英生前所在的单位，他在一个办公室里，看见了一些长方形的、木制的书桌，这没有引起作家的特别注意，并没有寻找到诗意的东西。可是当别人指着一张书桌告诉他：你面前这张旧书桌，就是蒋筑英生前使用过的书桌，上面沾有他的汗水，他趴在这张桌上写完了他最后一篇论文……这时作家就会含着一种深情凝视这张书桌，于是他的知觉立刻出现了选择性，长方形的、木制的特点淡化，“这张桌子是蒋筑英辛勤劳动的证明”这一点被强调出来，大脑皮层中的一个兴奋中心占优势，皮层的其他部分则受抑制，作家终于在这知觉的选择性中，发现了诗意的东西。而这种知觉的选择性的发生是由于作家对桌子抱着情感态度所致。这就是说，蒋筑英的书桌本身存在着诗意的因素，但作家情感的积极介入，才使他发现了诗意的因素。如果说上述例子只是一种假设的话，这里还可举一个真实的例子：许广平在鲁迅生前并未到过绍兴，新中国成立后，她才第一次来到她所热爱的人的出生地。她参观了“三味书屋”，看见了学生们的课桌，这都没有引起她的过分激动。可是当别人把童年鲁迅在三味书屋读书时所使用过的、亲自刻了个“早”字的那张桌子指给她看时，她久久地抚摸着这张桌子，睹物思人，内心十分激动……是的，对于一张普通的书桌，不带感情态度的感知，不能发现诗意的内容，不能构成文学的对象，但一旦主体以情感的态度去感知它时，桌子就不再是孤立的仅供实用的桌子，而是流动着生命、显示着美的活物，作家就可以从这里发现诗意的东西。如果主体在感知客体时，对客体无动于衷，那么，即使主体面对着的是最富有诗意的对象，也不会有任何诗意的发现。所以，马克思说：“忧心忡忡的穷人甚至对最美丽的景色都没有什么感觉。”①当然，如果主体在感知客体时，投入的情感不是美学的情感，那么主体同样也不能发现对象的审美属性，所以马克思又说：“贩卖矿物的商人只看到矿物的商业价值，而看不到矿物的美和特性。”②由此可见，美学情感介入感知和表象，并使它们融合在一起，是作为审美主体的作家把握生活的一个特征。对此，古人早已注意到了，刘勰说“情以物兴，物以情观”，王夫之说“情中景，景中情”“景以情合，情以景生”。刘勰和王夫之的观点是很辩证的，他们一方面强调“情以物兴”“景中情”“情以景生”，说明客观的物对主观的情的制约作用；另一方面，又强调“物以情观”“情中景”“景以情合”，说明了主观的情对客观的物的反作用。刘勰、王夫之指出的第二方面对于作为审美主体的作家来说，具有特别重要的意义。因为当作家“以情观物”之际，作家的情感就像显影液浸泡胶片一样，会使“物”的审美价值属性清晰地显现出来。

情感与想象的融合：文学创作不能离开想象。“真正的创造就是艺术想象的活动”③。但是，想象并非作家所专有。科学家在进行科学研究时也需要想象。在我看来，艺术创作主体的艺术想象的独特之处，主要是情感的积极介入。情感对艺术想象的介入包含两种意思：第一，情感的介入，给艺术想象以推动力，使艺术想象装上了翅膀，能够虚构出艺术形象来；第二，也是更重要的，情感的介入，是情感移入艺术想象中的对象，出现了想象和情感的高度的融合，

---

① 马克思、恩格斯：《马克思恩格斯论文学与艺术》(一)，人民文学出版社 1982 年版，第 150 页。

② 马克思、恩格斯：《马克思恩格斯论文学与艺术》(一)，人民文学出版社 1982 年版，第 150 页。

③ 黑格尔：《美学》第 1 卷，商务印书馆 1979 年版，第 50 页。

从而创造了美。“移情”现象在审美活动中是存在的。用“移情”论来解释美的本质，当然是勉强的，因为美不是什么“心借物表现情趣”。但用“感情的移入”来解释文学创作中的艺术想象活动，则是有意义的。文学创作中的艺术想象活动，实际上是一种模拟性的实践活动，就如同现实生活中真正的实践活动一般，它需要作家把自己的情感完全地移入(或者说沉入)所写的对象，使自己的感受、情感与对象的感受、情感达到同步的状态，甚至与所写的对象仿佛融为一体。拿“移情”论的创立者费希尔的话来说：“我们把自己完全沉没到事物里去，并且也把事物沉没到自我里去：我们同高榆一起昂首挺立，同大风一起狂吼，和波浪一起拍打岸石。”[①]作家的艺术想象只有达到这种极致，才能使艺术想象活动沿着生活的必然逻辑的轨道发展，艺术美才能在这情感与想象的高度融合中被孕育和创造出来。许多作家都谈到创作的想象活动中情感移入、沉入所出现的物我同一、“神与物游”的情况。乔治·桑谈到自己情感沉入所写对象时说：“我觉得自己是草，是飞马，是树顶，是云，是流水，是天地相接的那一条地平线……”福楼拜谈到自己写《包法利夫人》时说：“今天我就同时是丈夫和妻子，情人和姘头，……我觉得自己就是马，就是风，就是雨的情语，就是使他们的填满情波的眼睛眯着的那道阳光。”高尔基也谈到文学家要写一头公羊，也要把自己的情感移入，把自己想象成公羊。巴金说：“我写《家》的时候，我仿佛在跟一些人一同受苦，一同在魔爪下面挣扎。我陪着那些可爱的年轻生命欢笑，也陪着他们哀哭。”这些情况充分说明，创作主体的情感沉入所写的对象，实现情感与想象的高度融合，的确是创造艺术美的一个必要条件。我常想，一个作家很难在创作的中途检验自己作品是否达到真善美的境界，但可以有一个间接的检查方法，那就是看自己在艺术想象

① 转引自朱光潜：《西方美学史》下卷，人民文学出版社1979年版，第257页。

过程中，自己的情感是否移入对象，自己的情感与所写的对象的情感是否达到了同步的状态。当然，我们强调作主体的情感对艺术想象的引导作用，也不应忘记理智因素对艺术想象的制约作用。如果创作主体在艺术想象活动中，只有情感的引导，没有理智的制约，那么形象就会失去分寸，甚至引起创作的中断。据说，过去杭州有个女演员商小玲，以演杜丽娘能进入角色闻名。有一次，演到剧中的“寻梦”一折，当她唱到“待打并香魂一片，阴雨梅天，守的个梅根相见”时，由于自己与角色完全融为一体，过于情真，忘记了自己在演戏，竟随声倒在台上，待春香上场看时，“小姐”已经真的“归天”了。可见在艺术创造中，丧失理智也是不行的，甚至是危险的，连强调感情体验的斯坦尼斯拉夫斯基也认为理智的因素在艺术创造中是不可缺少的，他认为，演员在舞台上生活，在舞台上哭和笑，可是他哭笑的同时，也观察自己的笑声和眼泪。构成他艺术的就是这种双重生活。黄药眠教授也指出过：“表演艺术家，喜欢谈进入角色。但我认为：表演者既要进入角色，又要不进入角色；既要完全体验他所表演的人物，又要不忘记自己是一个表演者，更不要忘记自己是在为台下的观众而表演的艺术家。这是表演艺术的三足，三者缺一，就不能达到完满的境界。”①表演艺术家是如此，作家何尝不是如此。

情感与理解的融合：理解也是创作主体不可缺少的心理因素。因为合规律性是艺术美的一个重要品质，而理解这种心理机能在作家的思维活动中，就主要担负了揭示所写对象的本质和规律的任务。那么，作家的审美的理解与科学家一般的理解是否有区别呢？我认为是有明显的区别的。科学家的理解一般是阐明事物某种逻辑依据，揭示事物的本质和规律。在理解的过程和结论中一般都没有情感的

① 黄药眠：《面向着生活的海洋》，花城出版社 1981 年版，第 188 页。

灌注。作家的审美的理解则始终有情感的介入。不但在理解的过程中，有情感的参与，而且在理解的结果中，也有情感的融入。作家在创作过程中对其笔下生活的理解与他的作品的思想是直接相连的，甚至可以说他的作品的思想就是他创作过程审美的理解的物态化。正是由于作家的理解过程有情感参与，理解的结果有情感的融入，所以文学作品的思想，就不是一般干巴巴的议论，不是纯粹的社会学结论。它带有理性的品格，又被情感所浸润，是思想与情感的合一，或者说是包含了情感的思想，是沾满了情感液汁的思想。别林斯基的"激情说"，理应受到更多的重视。他说："艺术并不容纳抽象的哲学思想，更不要容纳理性的思想；它只容纳诗的思想，而这诗的思想——不是三段论法，不是教条，不是格言，而是活的激情，是热情……因此，在抽象思想和诗的思想之间，区别是明显的：前者是理性的果实，后者是作为热情的爱情的果实。"[①]我认为，这是别林斯基在其杰出的文学批评活动中所把握到的真理性的东西。文学创作的事实表明，文学史上优秀的文学作品的思想是很丰富的，常常是只可意会不可言传的，因而是耐人寻味的。《红楼梦》已诞生二百多年了，"红学"热历久不衰，可是对于《红楼梦》的主题思想，至今似乎仍没有满意的"解味人"（曹雪芹："都云作者痴，谁解其中味?"）。因为它的思想是极其丰富的、浸润着情感的思想。人们可以逐渐领悟它，但却无法用简单的言词限定它。有人问歌德，他的《浮士德》的主题思想是什么，歌德不予回答，他认为人们不能将《浮士德》所写的复杂、丰富、灿烂的生活缩小起来，用一根细小的思想导线来加以说明。列夫·托尔斯泰认为自己的长篇小说的思想与主题很难用语言表达出来："假如我想用语言说出我原来打算用一个长篇去表现的那一切思想，那么，我应当从头去写我已经写完的那部小

---

① 别林斯基：《别林斯基论文学》，新文艺出版社1958年版，第52～53页。

说。”如果说后来的人不能完全“解出”《红楼梦》的“味”还可以理解的话，那么歌德、托尔斯泰连自己作品的主题都说不清楚，岂不太奇怪了。其实这并不奇怪。单纯的思想是易于用言词来表达的，可思想与情感的艺术融合，就难以言传了。人们可以用各种方法去阐述它，说明一个大概，但不可能将其因情感的融入而形成的多义性、丰富性完全地解释清楚。优秀作品思想内涵这种多义性、丰富性不但不削弱作品的美，而且是造成了作品的含蓄美、韵味美、意境美。而这，正是创作主体的情感与理解相融合的心理过程物态化的结果。

从以上说明，我们可以看到，所谓创作主体的审美把握，就是创作主体的感知、表象、想象、理解和情感的自由融合的心理过程。对于美的创造来说，感知、表象是出发点，想象是基本途径，理解是透视力，而情感作为一种自由的元素与上述各种心理功能的融合，是美的发现力。因此，情感的介入与否和介入的程度，是创作主体审美把握的关键。从一定意义上看，我们简直可以这样说，创作主体的审美把握，就是情感把握。当然作家对现实的把握，是一种极其复杂的心理过程，这一过程的奥秘至今还远远没有被精确地揭示出来，还有待更深入地研究。

既然文学所反映的对象、内容是现实的审美价值属性，作家的把握现实的方式又是审美的方式，文学就是对现实生活审美价值属性的审美把握的结果，那么，其特质就不能不是审美。诚然，文学作为一种意识形态包括了巨大的认识因素，但构成文学之所以为文学的充分而必要的条件，则不是认识而是审美。文学作品中的认识因素是重要的，但它只有融入审美因素，化为审美因素，才有存在的权力。连十分强调文学的思想性和认识作用的别林斯基也说：“无疑地，艺术首先必须是艺术，然后才能是一定时期的社会精神和倾向的表现。不管一首诗充满着怎样美好的思想，不管它是多么强烈地反映着当代问题，可是如果里面没有诗，那么，它也就不能表现美好的思想和任何问题，我们所能看到的，不过是体现得很坏的美好的企图而已。”[①]如果我们不承认那些把“美好的思想”“体现得很坏”的作品是真正的文学的话，那么，很明显，文学区别于非文学的关键，就是它的审美特质。

以上这些意见，都很不成熟，我之所以把它写出来，是想抛砖引玉而已。

（《美学、文艺学论文集》，北京师范大学出版社1986年版）

---

① 别林斯基：《别林斯基论文学》，新文艺出版社1958年版，第16页。

文学的“格式塔质”和审美本质

一、文学的“格式塔质”

我们探讨文学的本质这个问题，不能再沿用过去惯用的方法——从文学的某一种性质的分析中去规定文学的本质。我们要运用“整体大于部分之和”的“格式塔”的、结构主义的和系统论的原理，从文学内部诸因素的整体联系中去把握文学的本质。在我看来，文学的本质就是文学的“格式塔质”(Gestalt qualität)。“格式塔质”这个概念是由早期的“格式塔”心理学家奥地利学者艾伦费尔斯首先提出来的。艾伦费尔斯举例说：我演奏一支由六个乐音组成的熟悉曲子，但使用六个乐音作这样或那样的变化(如音调，从C调变成B调，或改用别的乐器演奏，或把节奏大大加快，或大大放慢等)，尽管有了这种改变，你还是认识这只支曲子。在这里一定有比六个乐音的总和更多的东西，即第七种东西，也就是形-质，原来六个乐音的格式塔质。正是这第七个因素或元素能使我们认识已经变了调的曲子①。艾伦费尔斯把“格式塔质”叫作“第七个因素”，这明显还受元素论的影响。实际上，“格式塔质”并不是“第七个因素”，或者说它不是作为一个因素而存在的。它是六个音的整体性结构关系，或者说它是作为结构关系而存在的。它无处不在，无处不有。那么，文学的“格式塔质”是什么呢？既不是再现性，也不是表现性；既不是感情性，也不是社会性；既不是教育，也不是游戏；既不是价值，也不是符号……而是审美。审美是文学的整体性结构关系生成的新质。当人们面对一部文学作品，可以循迹而找到创造、反映、心理、社会、评价、道德、游戏、语言诸因素，在这里却找不到“审美”这种因素。但文学结构中的诸因素所形成的有机网络关系，产生一种形而上的质，一种新质，这就是审美。审美虽不是作为文学结构中一种因素而存在，不可循迹以求之，但它却是决定文学的整体性的东西。它在文学结构中起整合完形的作用。它是穿珠之绳，是皮下之筋，是空中之气，是实中之虚。它不属于具体的部分，却又统领各个部分，各个部分必须在它的制约下才显示出应有的意义。文学有了它，人们似看不见，摸不着；但缺了它，文学就立即化为非文学。举例来说，在《红楼梦》中，你可以找到创造的因素——作者虚构的荣、宁二府和大观园，想象中的宝玉、黛玉、宝钗的三角关系等；你也可以找到反映的因素——一幅中国18世纪的贵族阶级和其他阶级人们的“离合悲欢、兴衰际遇”的图画；你可以找到心理因素——透过“满纸荒唐言”发现作者的“一把辛酸泪”；你可以找到社会因素——封建末世贵族阶级似“百足之虫，死而不僵”的气象和“好一似食尽鸟投林，落了片白茫

① 参见杜·舒尔茨：《现代心理学史》，人民教育出版社1982年版，第297页。

茫大地真干净”的无可挽救回的命运。总之，你可以从《红楼梦》中找到文学结构中的各种因素，但你找不到孤立存在的审美因素。审美在《红楼梦》中是作为文学诸因素之间的关系而存在的，它作为“文学格式塔”而存在，它不可按迹循踪而求，却又处处感觉到它的存在。因为有了它，《红楼梦》中“金陵十二钗”，及她们的“事迹原委”的描写，甚至极其琐碎、枯燥的楼阁轩榭、树木花草、床帐铺设、衣服饮食等描写，才显得五色迷人，耀人眼目，沁人心脾。第三回写王熙凤迎接林黛玉进荣国府时的那句话——“我来迟了，不曾迎接远客”——历来为人称道。人们分析说，未见其人，先闻其声，写尽凤姐的放肆、圆滑和泼辣，道出凤姐在荣府中的特殊地位，令人咀嚼、回味。其实，如果把这句话从《红楼梦》的整体中抽出来看，不过是一句极普通的家常话，既无深意，也无诗意。原来，这句话的深意与诗意并非来自这句话本身，而是来自这句话与《红楼梦》整体的关系，来自这句话与当时那特殊情景、氛围的关系，来自这句话与王熙凤其他言行的关系。美的意味在关系中。第十回写张友士给秦可卿开的药方，第五十三回写乌进孝的账单，若是单挑出来看，当然更是毫无艺术意味的非文学因素。但是作者一旦把它们整合到《红楼梦》的艺术关系中，变成小说的有机组成部分，处于与小说的其他因素的审美联系中，就获得了一种特殊的意味，成为带有文学性的东西。这就说明了审美作为文学的“格式塔质”，虽不是文学的一个具体因素，却比一个具体因素重要得多，正是它把一切非审美的因素整合在一起，使文学成为文学。

二、从心理学角度看审美

既然文学的本质是审美，那么审美又是什么呢？在文学中它是一种什么形态呢？可以从不同的角度来解释审美。在这里，我想从心理学的角度谈点看法。心理学认为，审美是人们的一种体验，这种体验跟人们的其他一些体验，诸如生理快感所引起的体验，因相爱所引起的爱情体验，当了父母所获得的亲情体验，做了好事所获得的精神满足，攻克一个科学难题后所获得的求知愉快等，都可以叫作“高峰体验”，它们有共同的或相似的心理特征。即“在这些短暂的时刻里，他们沉浸在一片纯净而完善的幸福之中，摆脱了一切怀疑、恐惧、压抑、紧张和怯懦。他们的自我意识也悄然消逝。他们不再感到自己与世界之间存在着任何距离而相互隔绝，相反，他们觉得自己已经与世界紧紧相连融为一体。他们感到自己是真正属于这一世界，而不是站在世界之外的旁观者”①。然而只要我们深入地加以考察，就不难发现审美体验与其他体验之间在心理结构上的差异。对于非审美的体验来说，各种心理机制并不是完全贯通的，心理器官之间还是存在着这样的或那样的障碍的。例如，在性体验一类的生理快感中，人的生理欲望几乎压倒一切，人的注意一再被动物性的东西所吸引，人“沉湎于肉体之中，局限于感官之内的快感，就使我们感到一种粗鄙和自私的色调了”②。在道德判断所获得的精神满足中，“良心”的呼唤压倒一切，为了实现道德的完善，必须压抑人的动物性欲望甚至正常的快乐。因为“道德绝不是主要地关心获得快乐的；在一切更深刻更可信的道德格言中，倒更为关心避免痛苦”③。“先天下之忧而忧，后天下之乐而乐”，是中国人民的最崇高的道德格言。一个人达到了此种境界，自然也会有一种幸福感，一种“高峰体验”，但在走向此种境界的途程中，他已吃尽了人间万般苦。因此他的幸福感和“高峰体验”，是以饥饿、疾病、疲劳、孤独、侮辱、死亡等为代价的。在此种情况下，他的心理器官当然不可能

① 马斯洛：《谈谈高峰体验》，林方主编：《人的潜能和价值》，华夏出版社 1987 年版，第 366～367 页。

② 乔治·桑塔亚那：《美感》，中国社会科学出版社 1982 年版，第 25 页。

③ 乔治·桑塔亚那：《美感》，中国社会科学出版社 1982 年版，第 16 页。

是完全畅通的、毫无障碍的。在科学发现所获得的求知愉快中，理智的心理因素压倒一切。对于以探求真理为目的的科学研究来说，情感、印象等都有助于真理的锤炼，然而，科学家必须严格控制自己的感情与印象，因为真理本身要求客观，不允许掺杂任何心理因素。这样，科学家的心理经验也不是以心理器官无障碍为标志的。只有在审美体验中，人的以情感为中心的一切心理机制被全面地、充分地调动起来，并达到了高度的和谐。在诸心理因素之间，不是这个压倒那个，也不是那个压倒这个，各种心理器官完全畅通，达到了无障碍状态。乔治·桑塔亚那说："审美的欣赏和美在艺术上的体验，是属于我们暇时生活的活动，那时我们暂时解脱了灾难的愁云和忧恐的奴役，随着我们性之所好，任它引向何方。"[①]这也就是说，在审美体验中，人们暂时超越了周围的纷扰的现实，而升腾到一种心醉神迷的境界。正是在这个意义上，我们说审美是自由在瞬间的实现，审美是苦难人生的节日。在审美的节日里，人的感知、回忆、联想、想象、情感、理智等一切心理功能都处于最自由的状态，人的整个心灵都暂时告别现实而进入无比自由的境界。尽管你是一文不名的乞丐，却可以当百万富翁，拥有让人看了要惊愕得喘不过气来的珍珠宝贝。尽管你是一个毫无权势的小老百姓，却可以去当至高无上的国王，让成千上万的臣民跪在你的面前。你是一个男人，却可以尝一尝女人分娩时的痛苦。你是一个女人，却可以在瞬间变成一个伟大的丈夫。只要你愿意，你可以成为所有海洋里的所有的鱼，和世界各大街上所有的狗。只要你愿意，你可以成为深秋老树上最后一片叶，和严冬北方的最大一场雪。你生活得很幸福，却可以转进罗密欧与朱丽叶的家庭纠纷，并为二人的爱情悲剧而哭泣。你身体很健康，却可以躺在手术刀下，做一个患了癌症的病人，

① 乔治·桑塔亚那：《美感》，中国社会科学出版社 1982 年版，第 17 页。

去体验疾病和伤痛。你穿着牛仔裤，却可以跟屈原、李白、苏东坡对话。你躺在床上却可以升上太空，遨游宇宙……或者如古人所说“精骛八极，心游万仞”；“寂然凝虑，思接千载”；“悄焉动容，视通万里”；“吟咏之间，吐纳珠玉之声，眉睫之前，卷舒风云之色”；“登山则情满于山，观海则意溢于海”；“谈欢则字与笑并，论蹙则声共泣偕”。概而言之，在审美的瞬间，人的以情感为中心的全部的心灵世界都打开了门窗，实现了完全的舒展、自由与和谐。在现实中的一切不可能，在审美的瞬间变成了一切都可能，在现实中人性的残缺，在审美的瞬间变成了人性的完全。因为人和社会的理想存在，从根本上说就是要使人性得以合目的和合规律地发展。而审美体验就是使这种发展得到充分、具体的确证。必须说明的是，我们说审美以人的心理器官无障碍为标志，并不是说审美就是脱离客观外界事物的毫无目的、毫无规律地去随意感知和胡思乱想。实际上审美是以现实为其对象的，现实很复杂，不但有美，而且有崇高、卑下、悲喜，等等。因此，审美既包括审美，也包括“审丑”“审崇高”“审卑下”“审悲”“审喜”等。当“审”现实中这一切时，引起了人的心理的回响。审美，引起美感；审丑，引起厌恶感；审崇高，引起赞叹感；审卑下，引起蔑视感；审悲，引起怜悯感；审喜，引起幽默感等。尽管美感、厌恶感、赞叹感、蔑视感、怜悯感、幽默感等这些感受和情感是很不相同的，但它们仍然属于同一类型。这就是说我们热爱美、厌恶丑、赞叹崇高、蔑视卑下、怜悯悲、嘲笑喜时，我们都是以情感(广义的，包括感知、想象、联想、理解等)评价事物。所以审美以心理感官的无障碍为其标志，以情感上评价现实为其实质。还必须说明的是审美或审美体验对人来说并不是可有可无的。审美体验是人的原体验，即一种时时处处都在体验并且必须体验的情感过程，对个人而言，没有这种原体验生命就会失去活力，精神就会失衡，生活就难以为继。对社会而言，没有这种体验社会也就缺少维系其存在的重要条件，社会的完整存在就成了问题。

三、审美在文学作品中的形态

在文学创作中，作家将这种审美体验凝结在文学作品中，渗透进文学结构的整体中，物化为语言符号系统。它制约着文学结构的各种因素，同时它又通过文学结构的各种因素及相互关系来体现。那么，文学中的审美究竟是一种什么形态的东西呢？在这里我想提出古典艺术理论中“气韵生动”这个概念。我认为审美在具体的作品中就表现为一种“生动”的“气韵”。“气韵生动”最早由南北朝画家谢赫在《古画品录》中提出。他认为绘画有“六法”，即：“一，气韵生动是也；二，骨法用笔是也；三，应物象形是也；四，随类赋彩是也；五，经营位置是也；六，传移模写是也。”很明显，谢赫的“气韵”就是建立在王充的“元气自然论”的哲学思想基础上的。他所说的“气”，即是指作为天地万物根源的“元气”。在艺术家心灵里，“元气”则变成艺术家对宇宙、世界、人生的刻骨铭心的原体验，即审美体验。在艺术品中，这种体验又变成一种流动于、弥漫于整个艺术画面之间的“气韵”。谢赫之所以把“气韵生动”放在“六法”之首，其意也是讲“气韵”不是绘画中一个元素，而是统领整个画面根本性的东西，是“绘画格式塔”。谢赫以后，讲“气韵”的画家很多，如唐代张彦远在《历代名画记》中说：“今之画纵得形似而气韵不生，以气韵求其画，则形似在其间矣。”五代画家荆浩讲绘画有“六要”，他把“气”和“韵”放到“一要”和“二要”的地位。宋代画家刘道醇也讲绘画“六要”，而“气韵兼力”也被放到首位。在这里特别值得注意的是韩愈和叶燮的关于“气”的论点。韩愈论文也讲“气”，他说：“气，水也；言，浮物也。水大而物之浮者大小毕浮。气之与言犹是也。气盛则言之短长与声之高下者皆宜。”[①]在这里韩愈把作品的“言”与“气”比较起来论列。在他看来，“言”以及“言”所描写的人、事、景、物等是作品的构成因素。它们如同“浮物”，在没有水或水太少的情况下就浮不起来，它们本身并不具活力，最具活力的是如同水一般的“气”。在“气盛”的情况下，无论是“言之短长与声之高下”都各得其所，进入和谐境地。而所谓“气盛”用今天的语言来说，就是审美体验在作品中的强化与浓化。叶燮的理论更有系统。他认为文学作品的构成要素有三个，即理、事、情。然而仅凭这三个要素并不能构成文学作品，还有一种穿行于三个要素之间并起整合作用的东西，这就是气。叶燮是这样说的：“然具是三者，又有总而持之，条而贯之者，曰气。事、理、情之所为用，气之为用也。”“得是三者，而气鼓行于其间，絪缊磅礴，随其自然，所至即为法。此天地万象之至文也。”[②]在这里特别值得重视的是叶燮对“气”的功能和形态的阐述。在他看来，气并不是与理、事、情并列的第四个因素，它不是一个因素，而是一种“鼓行于其间”的对各因素起“总而持之”“条而贯之”的“文学格式塔”。这种“文学格式塔”的“絪缊磅礴”，能让你感受得到，却又测不准、抓不住、说不清。

我认为，“气韵生动”作为审美体验在文学作品中的表现形态，其要点有二。首先，“气韵”的气，既不是指“天气”“地气”一类的物理性的气，也不是“肺腑之气”“经络之气”的生理性的气，当然，也不是指“意气”“浩然之气”的纯精神的气，它是指作为事物的生命之源的“元气”“生气”，以及艺术家对这种“元气”“生气”的感应、评价，是主客观的统一。一方面“元气”“生气”是事物生命的颤动，是事物个性的性情，是此事物之所以成此事物的内在根据。实际上，世界上万事万物，大至宇宙，小至鱼虫，都有其生命、性情和内在根据。

---

① 韩愈：《答李翊书》。

② 叶燮：《原诗·内篇》。

譬如山水，“得其性情，便得山环抱起伏之势，如跳、如坐、如俯仰，如挂脚”，“水便得涛浪潆洄之势，如绮，如云，如奔，如怒，如鬼面”①。不但山水有生命、性情，就是一草一木也无不唱着生命的歌，表露着性情的美，它们“若含蕊舒叶，若披枝行干，虽一花而或含笑，或大放，或背面，或将谢，或未谢，俱有生化之意”。② 另一方面，“气”又是人与物缔结的特殊关系，是人的感应，评价，是人的精神力量。事物的生命，性情及内在根据，是人所感应到的，经过情感评价的生命、性情，是人所认识的内在根据。从这一方面说，“自然山情即我情，山性即我性”，“自然水情即我情，水性即我性”③。所以“气”是自然力与精神力的一种合力。而这种合力表现在作品中，必然会产生一种动人的“韵致”。其次，“气韵”的“韵”，不是指“声韵”“韵律”，而是指“风韵”“韵调”“韵味”“韵致”。“气”是韵的根据，“韵”是“气”所产生的效果。文学作品中有了“气韵”或到达“气韵生动”，文学作品就既反映了现实的内在本质，又灌注了艺术家刻骨铭心的体验，达到了主客观的和谐统一。那么文学作品就获得了它的本体——审美。“气韵”在文学作品中不是作为一个构成因素而存在的，而是作为一种关系而存在的，作为“格式塔”而存在的。它像弥漫于空气中的芬芳之气一样，虽闻到了，却看不见，抓不住。它作为一种“格式塔”、一种关系驾驭着、制约着作品的因素或关系项。在现实生活中看似毫无意味的人、事、景、物、一旦被纳入“气韵”这“文学格式塔”的结构中，就立刻获得浓郁的诗意和特殊的光辉。所谓“浅语皆有味，淡语皆有致”，所谓“遇之匪深，即之愈希”，所谓“不着一字，尽得风流”，所谓“言有尽而意无穷”，所谓“句中有余味，节中有余意”等等，就是“气韵”弥漫于作品整体结构中所造成

① 唐志契：《绘事微言·山水性情》。
② 唐志契：《绘事微言·山水性情》。
③ 唐志契：《绘事微言·山水性情》。

的艺术效果。反之，在现实生活中，本来豁人耳目，动人心魄的人、事、景、物，若不能置于“气韵”这“文学格式塔”的制约下，也会变得意味全无，而使创作归于失败。由此，我们可以得到这样的结论，“气韵”作为审美体验在文学作品中的表现形态，属于文学的本体，反映了文学的本质。

（《批评家》1988年第1期）

审美场——文学的艺术特性

长期以来，形象被看成是文学的艺术特性。这个论断的失误已经使中国现当代文学创作付出了高昂的代价。从艺术的层面来看，是什么决定文学与非文学的区别呢？这就是本文要展开讨论的问题。

一、文学的艺术特性——文学的“格式塔质”

(一)文学的“格式塔质”

我们要探讨文学的艺术特性这个问题，切忌再沿用过去惯用的方法——从文学的某一种性质的分析中去规定文学的本质。我们要运用注重联系的辩证法和“整体大于部分之和”的“格式塔”理论以及一般系统论原理，从文学内部诸因素的整体联系中去把握文学的艺术本质。在我看来，文学的艺术特质不存在于文学的个别因素中，而存在于文学的全部因素所构成的复杂的结构中。我们假定有这么一种东西是“君临”一切的、“统帅”一切的。有了它作为艺术的文学才成为文学，离了它，文学就变成了一些人、事、景、物的堆砌。这样看来，文学的艺术特质不是别的，就是文学的“格式塔质”(Gestalt qualität)。“格式塔质”这个概念是由早期的“格式塔”心理学家奥地利学者艾伦费尔斯首先提出来的。艾伦费尔斯举例说：我演奏一支由六个乐音组成的熟悉曲子，但使六个乐音作这样或那样的变化(如改音调，从C调变成B调，或改用别的乐器演奏，或把节奏大大加快，或大大放慢等)，尽管有了这种改变，你还是认识这只曲子。在这里一定有比六个乐音的总和更多的东西，即第七种东西，也就是形-质，原来六个乐音的格式塔质。正是这第七个因素能使我们认识已经变了调的曲子①。艾伦费尔斯把“格式塔质”叫作“第七个因素”，这明显还受元素论的影响。实际上，“格式塔质”并不是“第七个因素”，或者说它不是作为一个因素而存在的。它是六个音的整体性结构关系，或者说它是作为经过整合完形的结构关系而存在的。如“56 5－356 5－”在《大海啊，故乡》这首歌中，它不是单个音符的相加，而是整体结构所传达出的一种“弦外之音”“象外之象”“景外之景”“言外之意”“韵外之致”。举一个诗歌方面的例子来说，温庭筠的《商山早行》中有“鸡声茅店月，人迹板桥霜”这样两句诗，这是真正的诗，历来脍炙人口。这两个诗句共写了“鸡声”“茅店”“月”“人迹”“板桥”“霜”等六个景物。妙的是诗句仅由此六个景物构成，连衔接的动词都没有。如果把这六个景物孤立起来看，虽说也有言、有象、有意，但都毫无意味。谁也不可能把它们当成诗。但当这六个景物，经过诗人的“整合完形”，并被纳入到这句诗的整体组织结构中时，在我们的感受中就创造了一种不属

① 参见杜·舒尔茨：《现代心理学史》，人民教育出版社1982年版，第297页。

于这六个个别景物，而属于整体结构的意味，这就是那种溢于言表的“羁愁野况”的韵致，它已是“大于部分之和”的整体性的东西，一种“新质”，即“格式塔质”。任何真正的诗、小说、散文、剧本，都存在着这种“格式塔质”，正是它表现了文学的艺术特质，把艺术与非艺术区别开来，把文学与非文学区别开来。

(二)“格式塔质”与“审美场”

文学的这种“格式塔质”究竟是什么呢？它既不是再现性，也不是表现性；既不是感情性，也不是社会性；既不是教育，也不是游戏；既不是价值，也不是符号……它是“审美场”。“审美场”是作为艺术的文学的整体性结构关系生成的新质。当人们面对一部文学作品，可以循迹而找到创造、反映、心理、社会、评价、道德、游戏、语言诸因素，在这里却找不到“审美场”这种因素。但文学结构中的诸因素所形成的有机网络关系，产生一种整体质，一种新质，这就是审美场。审美场虽不是作为文学结构中一种因素而存在，不可循迹以求之，但它却是决定艺术文学的整体性的东西。它在文学结构中起整合完形的作用。它是穿珠之绳，是皮下之筋，是空中之气，是实中之虚。它不属于具体的部分，却又统领各个部分，各个部分必须在它的制约下才显示出应有的意义。文学有了它，人们似看不见，摸不着；但缺了它，文学就立即化为非文学。举例来说，在《红楼梦》中，你可以找到创造的因素——作者虚构的荣、宁二府和大观园，想象中的宝玉、黛玉、宝钗的三角关系等；你也可以找到反映的因素——一幅中国18世纪的贵族阶级和其他阶级人们的“离合悲欢、兴衰际遇”的图画；你可以找到心理因素——透过“满纸荒唐言”发现作者的“一把辛酸泪”；你可以找到社会因素——封建末世贵族阶级似“百足之虫，死而不僵”的气象和“好一似食尽鸟投林，落了片白茫茫大地真干净”的无可挽救回的命运。总之，你可以从《红楼梦》中找到文学结构中的各种因素，但你找不到孤立存在的审美场。审美场在《红楼梦》中是作为文学诸因素之间的关系而存在的，它作为“文学格式塔”似乎是“虚空”，但却又处处感觉到它的存在。因为有了它，《红楼梦》中“金陵十二钗”及她们的“事迹原委”的描写，甚至极其琐碎、枯燥的楼阁轩榭、树木花草、床帐铺设、衣服饮食等描写，才显得五色迷人，耀人眼目，沁人心脾。第三回写王熙凤迎接林黛玉进荣国府时的那句话——“我来迟了，不曾迎接远客”——历来为人称道。人们分析说，未见其人，先闻其声，写尽凤姐的放肆、圆滑和泼辣，道出凤姐在荣府中的特殊地位，令人咀嚼、回味。其实，如果把这句话从《红楼梦》的整体中抽出来看，不过是一句极普通的家常话，既无深意，也无诗意。原来，这句话的深意与诗意并非来自这句话本身，而是来自这句话与《红楼梦》整体的关系，来自这句话与当时那特殊情景、氛围的关系，来自这句话与王熙凤其他言行的关系。美的意味在关系中。第十回写张友士给秦可卿开的药方，什么“人参二钱，白术二钱、云苓三钱、熟地四钱……”全部照录，第五十三回写乌进孝的账单，什么“大鹿三十只，獐子五十只，狍子五十只……”也全部照录，这样枯燥的药方和账单若是单挑出来看，当然更是毫无艺术意味的非文学因素。但是作者一旦把它们整合到《红楼梦》的艺术关系中，变成小说的有机组成部分，处于与小说的其他因素的审美联系中，就获得了一种特殊的意味，成为带有文学性的东西。王蒙的小说《说客盈门》中最后一部分是“统计数字”：

在六月二十一日至七月二日这十二天中，为龚鼎的事找丁一说情的：一百九十九点五人次。（前女演员没有点名，但有此意，以点五计算之）来电话说项人次：三十三。来信说项人次：二十七。确实是爱护丁一，怕他捅漏子而来的：五十三，占百分之二十七。受龚鼎委托而来的：二十，占百分之十。直接受李书记委托而来的：一，占百分之零点五。受李书记委托的人委托而来的：六十三，占百分之三十二。受丁一的老婆委托来劝“死老汉”的：八，占百分之四。未受任何人的委托，也与丁一素无来往甚至不大相识，但听说了此事，自动为李书记效劳而来的：四十六，占百分之二十三。其他百分之四属于情况不明者。

在新时期刚开始不久所发表的小说中，这样的统计语言甚为鲜见。如果小说前面的语言没有建立幽默的文学性关系，那么王蒙的这样枯燥陈述，岂不把自己的小说毁坏。现在不但没有毁坏，反而与前面的描写“相得益彰”，在幽默中耐人寻味。这个例子同样可以说明审美场作为文学的格式塔质，虽不是文学的一个具体因素，却比一个具体因素重要得多，正是它把一切非审美的因素整合在一起，使文学成为文学。别林斯基在评论普希金的作品时曾说：

> 普希金是第一个偷到维纳斯腰带的俄国诗人。不只他的韵文，而且他的每个感觉，每种情绪，每个思想，每种情景的描绘都充满着难以言说的诗。他从一个特别的角度观察自然和现实，这个角度是为诗所特具的。①

这段话说得很好，但什么是“维纳斯腰带”呢？什么是“诗”呢？别林斯基似乎并未说清楚。其实，审美场就是“维纳斯腰带”，只有偷到“维纳斯腰带”(审美场)的作家才是真正的作家，而只有这种作家才能创造出真正的艺术文学作品。

审美场究竟是什么呢？在文学作品中，是什么形态？下面我们将进一步来讨论这个问题。

---

① 别林斯基：《别林斯基论文学》，新文艺出版社1958年版，第57页。

二、文学审美场内涵和实现

(一)审美场的含义

审美场的含义及其实现的条件需要有明晰的说明。对作家和读者来说，文学审美场的实现是一种创造，是多层次的创造。

首先，审美的“审”，即观照—感悟—判断，是主体对信息的接受、储存与加工，即以我们心理器官去审察、感悟、领悟、判断周围现实的事物或文学所呈现的事物。在这观照—感悟—判断过程中，人作为主体的一切心理机制，包括注意、感知、回忆、表象、联想、情感、想象、理解等都处在极端的活跃状态。这样被“审”的对象，包括人、事、景、物以及表达它们的形式，才能作为一个整体，化为主体的可体验的对象。而且主体的心灵在这瞬间要处在不涉旁骛的、无障碍的、自由的状态，真正的心理体验才可能实现。主体的行为是审美的动力。主体如果没有“审”的愿望、要求和必要的能力，以及主体心理功能的活跃，审美是不能实现的。从这个意义上说，文学审美场创造的第一个层面是主体心理层。例如，我们欣赏诗歌《长城谣》：“长城外，古道边，芳草碧连天……”先要我们有欣赏它的愿望、要求，进一步要全身心投入，把我们的情感、想象、理解等都调动起来，专注于这首歌谣所提供的画面和诗意，我们才能进入《长城谣》所吟咏的诗的世界。

其次，审美的“美”是指现实事物或文学中所呈现的事物，这是“审”的对象。对象很复杂，不但有美，而且有丑，还有崇高、卑下、悲、喜等。因此，审美既包括审美(美丽的美)，也包括“审丑”“审崇高”“审卑下”“审悲”“审喜”等，这些可以统称为“审美”。当“审”现实中或文学中这一切时，引起了人的心理的回响性的感动。审美，引起美感；审丑，引起厌恶感；审崇高，引起赞叹感；审卑下，引起蔑视感；审悲，引起怜悯感；审喜，引起幽默感等。尽管美感、厌恶感、赞叹感、蔑视感、怜悯感、幽默感等这些感受和情感是很不相同的，但它们仍然属于同一类型。这就是说我们热爱美、厌恶丑、赞叹崇高、蔑视卑下、怜悯悲、嘲笑喜的时候，我们都是以情感（广义的，包括感知、想象、感情、理解等）评价事物。客体的“美”是信息源，是审美的对象。没有对象，审美活动也不能实现。例如，我们欣赏《长城谣》，必须有这首歌谣的文字的形体、语言的声音、节奏的快慢、声律的特点等，以及这些因素的复合，我们才有可面对可欣赏的客体。从这个意义上说，文学审美场创造的第二个层面是客体物质层。

再次，审美场中的“场”是指审美活动展开所必须有的特定的时空组合和人的心境的关系。“场”本来是从物理学中引进的一个概念。格式塔心理学家认为，像电场、磁场、引力场一样，人类的心理活动也有一个场，即“心理场”。心理场是人类生命的体验赖以存在的时间和空间，或者说心理场是人的生命体验的载体。按美籍德国心理学家K. 勒温的看法，心理场是由人与现实环境、主体与客体、情与景相契合而形成的“具有一定疆界的心理生活空间”。当然，完整地说，这个“心理生活空间”应包括特定的时间、空间和心境及三者的关系。例如，你不能抽象地问《长城谣》美不美，这要看对谁？是什么时间和空间？在何种的心境下？这就如同我们不能抽象地问“暴风雨美不美”的问题一样。从这个意义上看文学心理场创造的第三个层面是生活时空层。

最后，审美场的实现还必须有历史文化的条件。因为审美场不是孤立的存在，它的每一次实现都必然渗透人类的、民族的历史文化传统，同时历史文化传统又渗透、积淀到每一次审美场的实现中。人们总是感觉到审美场让我们想起了过去的什么，似乎是文化传统凝结的成果。例如，我们欣赏《长城谣》，就会联想起我们民族的悠久的历史文化，我们的祖先如何众志成城抵御外寇的侵犯，联想到我们的祖先的坚强的意志和克服一切困难的勇气，联想到我们中华民族的聪明才智和伟大坚强……从这个意义上说，文学审美场创造的第四个层面是历史文化层。

概而言之，审美场是心理处于活跃状态的主体，在特定的心境、时空条件下，在有历史文化渗透的条件下，对于客体的美的观照、感悟、判断。审美场实现的过程是创造的过程。

(二)审美场与体验

然而，我们对审美场的这种解释仍然太简单。可以从不同的角度来阐释审美场。但这里，我想从心理学的角度来进一步揭示审美场的实质。心理学认为，审美是人们的一种体验，这种体验跟人们的其他一些体验，诸如生理快感所引起的体验，因相爱所引起的爱情体验，当了父母所获得的亲情体验，做了好事所获得的精神满足，攻克一个科学难题后所获得的求知愉快等，都可以叫作“高峰体验”，它们有共同的或相似的心理特征。正如美国人本主义心理学的主要代表人马斯洛所说：

> 在这些短暂的时刻里，他们沉浸在一片纯净而完善的幸福之中，摆脱了一切怀疑、恐惧、压抑、紧张和怯懦。他们的自我意识也悄然消逝。他们不再感到自己与世界之间存在着任何距离而相互隔绝，相反，他们觉得自己已经与世界紧紧相连融为一体。他们感到自己是真正属于这一世界，而不是站在世界之外的旁观者。①

然而只要我们深入地加以考察，就不难发现审美体验与其他体

① 马斯洛：《谈谈高峰体验》，林方主编：《人的潜能和价值》，华夏出版社1987年版，第366～367页。

验之间的心理结构上的差异。对于非审美的体验来说，各种心理机制并不是完全贯通的，心理器官之间还是存在着这样的或那样的障碍的。例如，在性体验一类的生理快感中，人的生理欲望几乎压倒一切，人的注意一再被动物性的东西所吸引，人“沉湎于肉体之中，局限于感官之内的快感，就使我们感到一种粗鄙和自私的色彩了”①。在道德判断所获得的精神满足中，“良心”的呼唤压倒一切，为了实现道德的完善，必须压抑人的动物性欲望甚至正常的快乐。因为“道德绝不是主要地关心获得快乐的”②，在科学发现所获得的求知愉快中，理智的心理因素压倒一切。对于以探求真理为目的的科学研究来说，情感、印象等都有助于真理的锤炼，然而，科学家必须严格控制自己的感情与印象，因为真理本身要求客观，不许掺杂任何心理因素。这样，科学家的心理经验也不是以心理器官无障碍为标志的。只有在审美体验中，人的以情感为中心的一切心理机制被全面地、充分地调动起来，并达到了高度的和谐。在诸心理因素之间，不是这个压倒那个，也不是那个压倒这个，各种心理器官完全畅通，达到了无障碍状态。美国美学家乔治·桑塔亚那说：

> 审美的欣赏和美在艺术上的体现，是属于我们暇时生活的活动，那时我们暂时解脱了灾难的愁云和忧恐的奴役，随着我们性之所好，任它引向何方。③

这也就是说，在审美体验中，人们暂时超越了周围的熙熙攘攘的现实，而升腾到一种心醉神迷的境界。正是在这个意义上，我们说审美是自由在瞬间的实现，审美是苦难人生的节日。在审美的节

---

① 乔治·桑塔亚那：《美感》，中国社会科学出版社 1982 年版，第 25 页。
② 乔治·桑塔亚那：《美感》，中国社会科学出版社 1982 年版，第 16 页。
③ 乔治·桑塔亚那：《美感》，中国社会科学出版社 1982 年版，第 17 页。

日里，人的感知、回忆、联想、想象、情感、理智等一切心理功能都处于最自由的状态，人的整个心灵都暂时告别现实而进入无比自由的境界。譬如，在文学创作与欣赏的极致中，你就会进入一种艺术世界，而暂时忘记尘世的一切。尽管你是一文不名的乞丐，却可以当百万富翁，拥有让人看了要惊讶得喘不过气来的珍珠宝贝。尽管你是一个毫无权势的小老百姓，却可以去当至高无上的国王，让成千上万的臣民跪在你的面前。你是一个男人，却可以尝一尝女人分娩时的痛苦。你是一个女人，却可以在瞬间变成一个伟大的丈夫。只要你愿意，你可以成为所有海洋里的所有的鱼，和世界各大街上所有的狗。只要你愿意，你可以成为深秋老树上最后一片叶，和严冬北方的最大一场雪。你生活得很幸福，却可以陷进罗密欧与朱丽叶的家庭纠纷，并为二人的爱情悲剧而哭泣。你身体很健康，却可以躺在手术刀下，做一个患了癌症的病人，去体验疾病和伤痛。你穿着牛仔裤却可以跟屈原、李白、苏东坡对话。你躺在床上却可以升上太空，遨游宇宙……或者如古人所说“精骛八极，心游万仞”；“寂然凝虑，思接千载”；“悄焉动容，视通万里”；“吟咏之间，吐纳珠玉之声，眉睫之前，卷舒风云之色”；“登山则情满于山，观海则意溢于海”；“谈欢则字与笑并，论蹙则声共泣偕”。清代戏剧家和戏剧理论家李渔在《闲情偶寄》中也谈到这种心理状况：

> 言者，心之声也，欲代此一人立言，先宜代此一人立心，若非梦往神游，何谓设身处地？无论立心端正者，我当设身处地，代生端正之想，即遇立心邪辟者，我亦当舍经从权，暂为邪辟之思，务使心曲隐微，随口唾出，说一人肖一人，勿使雷同，弗使浮泛。
>
> 我欲做官，则顷刻之间便臻富贵；我欲致仕，则转盼之际又入山林；我欲作人间才子，即为杜甫，李白之后身；我欲娶

绝代佳人，即作王嫱、西施之元配；我欲成仙作佛，则西天蓬岛，即在砚池笔架之前。

概而言之，在审美的瞬间，人以情感为中心的全部的心灵世界都打开了门窗，实现了完全的舒展、自由与和谐。在现实中的一切不可能，在审美的瞬间变成了一切都可能，在现实中人性的残缺，在审美的瞬间变成了人性的完全。因为人和社会的理想存在，从根本上说就是要使人性得以合目的和合规律地发展。而审美体验就是使这种发展得到充分、具体的确证。还必须说明的是，审美或审美体验对人来说并不是可有可无的。审美体验是人性的一种潜能，将这种潜能发挥出来是人性的完全的表现。因此，审美体验是真正的人必须有的体验。对个人而言，没有这种审美体验，生命就会失去活力，精神就会失衡，甚至生活将难以为继。对社会而言，没有这种体验，社会成员之间就会缺少感情沟通的渠道，缺少维系其存在的条件，社会本身的存在就成了问题。当然，这是极而言之的。还必须说明的是，我们说审美以人的心理器官无障碍为标志，并不是说审美就是脱离客观外界事物的毫无目的、毫无规律地去随意感知和胡思乱想。实际上审美是以现实为对象的，这一点我们已在前面做了说明。这样看来，对作家而言，审美就是他的心灵的自由的表现，审美场则是他的心灵自由表现所构建起来的艺术体验心理的时空。他能否构建起这种心理时空，是衡量他是否是一个真正作家的基本标志。

三、审美场在文学作品中的形态

在文学创作中，作家将这种审美体验凝结在文学作品中，渗透进文学结构的整体中，物化为语言符号系统。它制约着文学结构的各种因素，同时它又通过文学结构的各种因素及相互关系来体现。那么，文学作品中的审美场究竟是一种什么形态的东西呢？

(一)中国古代："气""神""韵""境""味"

中国古代文论中有这么几个观念特别值得注意，一个是"气"(气脉、气韵、气象、生气、气势、气息、才气等)，一个是"神"(神韵、神采、神情、神灵、精神、神髓、风神、神隽、神怀、神骏、神理等)，一个是"韵"(风韵、气韵、神韵、高韵、天韵、性韵、韵致等)，一个是"境"(取境、境象、物境、意境、神境、妙境、虚境、实境、佳境、胜境、境界等)，一个是"味"(真味、至味、余味、韵味、风味等)。我认为，"气""神""韵""境""味"作为中国古代的基本审美范畴，就是审美场在文学作品中的具体表现形态。

应当说明的是，在古典文论中，"气""神""韵""境""味"这些范畴，就其具体内涵而言，是不同的，是不应混淆的，它们各有各的具体规定。

关于"气"，论述很多，如曹丕在《典论·论文》中提出"文以气为主"的论点。南朝画家谢赫在《古画品录》中把"气韵生动"列为绘画"六法"之首。韩愈论文也讲"气"，他说："气，水也；言，浮物也。水大而物之浮者大小毕浮。气之与言犹是也。气盛则言之短长与声之高下者皆宜。"[①]在这里韩愈把作品的"言"与"气"比较起来论列。在他看来，"言"以及"言"所描写的人、事、景、物等是作品的构成因素。它们如同"浮物"，在没有水或水太少的情况下就浮不起来，它们本身并不具活力，最具活力的是如同水一般的"气"。在"气盛"的情况下，无论是"言之短长与声之高下"都各得其所，进入和谐境地。由此看来，古典文论中的"气"是讲作品的一种贯通性、弥散性，体现了一种本原的美。

---

① 韩愈：《答李翊书》。

关于“神”，一般是与“形”相对而言的。汉代刘安在《淮南子·原道训》中说：“故以神为主者，形从而利；以形为制者，神从而害。”这说明“形”与“神”是不可分割的，“形”“神”之间，要以“神”为主。晋代著名画家顾恺之首先提出“传神写照”观点，南朝宋刘义庆《世说新语·巧艺》中说：“顾长康画人，或数年不点目精，人问其故，顾曰：四体妍蚩本无关于妙处，传神写照正在阿堵中。”意思是人物画的精妙，不在四体外形的描画中，而在眼睛的传神写照。其后，谈诗或小说的“入神”“神似”之论不胜枚举，成为中国文论独特范畴。“神”这一范畴意在强调作品的内蕴和精神。

关于“韵”，开始一般指声韵，刘勰《文心雕龙·声律》中说“同声相应谓之韵”。后引申为有音乐美的情调谓之“韵”。进一步的引申，则不是指一般的声韵。宋代一位学者范温的《潜溪诗眼》写道：“盖尝闻之撞钟，大声已去，余音复来，悠扬宛转，声外之声，其是之谓也。”认为“有余意之谓韵”，所强调的是作品语言情调的悠远感。

关于“境”，自唐代以来，一直为诗、词论家所重视。“境”原用于地理方位，如区界、疆界等。唐宋以来，以“境生于象外”①来界说“境”，多指情景交融所产生的诗意空间和氛围。晚清王国维对“境界”作了重新界说：“境非独谓景物也。喜怒哀乐，亦人心中之一境界。故能写真景物、真感情者，谓之有境界，否则谓之无境界。”②王国维主要是吸收了德国哲学家尼采、叔本华的生命哲学，把境界看成是生命力所激发而成的真实氛围和空间，所强调的是作品的真实氛围之美。

关于以“味”论诗，从刘勰、钟嵘开始。钟嵘在《诗品》中评五言诗提倡“滋味”说，主要还是讲诗内味儿。“味外之旨”，特别是“咸酸之外”这两个最著名的论点是司空图提出并经过苏轼补充解释的。苏

① 刘禹锡：《董氏武陵集纪》。

② 王国维：《人间词话》。

轼说："唐末司空图崎岖兵乱之间，而诗文高雅，犹有承平之遗风。其论诗曰：梅止于酸，盐止于咸。饮食不可无盐梅，而其美常在咸酸之外。"①其所强调的是作品的隽永难言之美。

如果"气""神""韵""境""味"可以肯定是审美场在作品中的具体形态的话，那么，此五者内涵不同，所强调的美也不同，正说明审美场在作品中的具体形态是多种多样的，有弥散美（气）、内蕴美（神）、情调美（韵）、氛围真实美（境）以及难言的含蓄美（味）。

但是，我们有什么理由肯定"气""神""韵""境""味"这些范畴，就是审美场在文学作品中的具体表现形态呢？这就要揭示"气""神""韵""境""味"这些范畴与审美场在实质上的联系。实际上，"气""神""韵""境""味"这五者作为中国古代的审美意识的概括，虽有不同内涵和具体规定，但它们又有相同、相似或相通之处。这些相同、相似和相通之处与我们前面所讲的"文学审美场"不但在实质上是一致的，而且在作品中具体地体现了作家所构建的审美场。

第一，"气""神""韵""境""味"这些范畴，从思想根源上看，都来源于老子、庄子的"道"。反映了人们对本原的、终极的生命体验的追求与神往。老子、庄子认为，"道"是一种"莫见其形""莫见其功""莫知其穷"的"物之初"，但它却是客观存在的、永恒的、绝对的美。那么怎样才能获得这种天地之"至美至乐"呢？那就要"游心于物之初"，以"虚静"之心去观照，这样，就可获得那种摆脱一切功利考虑的、本原的自由生命体验，即"逍遥游"。中国古代诗人、作家所追求的"气""神""韵""境""味"，从一定意义上说，都是从不同的层面去追求这种"道"，从而进入"游"的境界，获得那种本原的、终极的生命体验，并把这种体验灌注于作品之中，使作品获得一种生命感、悠远感、无限感。就以"气"而论，在老子的宇宙发生论中，

① 苏轼：《书黄子思诗集后》。

“气”与“道”是同一的，都是原始混沌，“为天下母”，因此“气”是生命的本原。后来的文论中的“气”就由此而来。它是指作为事物的生命之源的“元气”“生气”，以及艺术家对这种“元气”“生气”的感应、评价，是主客观的统一。一方面，“元气”“生气”是事物生命的颤动，是事物个体的性情，是此事物之所以成为此事物的内在根据。在艺术家眼中，世界上万事万物，大至宇宙，小至鱼虫，都有其生命、性情和内在根据。譬如山水：“得其性情，便得山环抱起伏之势，如跳，如坐、如俯仰，如挂脚。”“水便得涛浪潆洄之势，如绮、如云、如奔、如怒、如鬼面。”“或问山水何性情之有？不知山性虽止而情态则面面生动，水性虽流而情状则浪浪具形。”①不但山水有生命、性情，就是一草一木也无不唱着生命的歌，表露着性情的美，它们“若含蕊舒叶，若披枝行干，虽一花而或含笑，或大放，或背面，或将谢，或未谢，俱有生化之意”②。另一方面，“气”又是人与物缔结的特殊关系，是人的感应、评价，是人的精神力量。事物的生命，性情及内在根据，是人所感应到的，经过情感评价的生命、性情，是人所认识的内在根据。从这个意义上说，“自然山情即我情，山性即我性”；“自然水情即我情，水性即我性”③。所以“气”是自然力与精神力的一种合力。而这种合力表现在作品中，必然会产生一种动人的“韵致”。文学作品中有了“气韵”或达到“气韵生动”，文学作品就既反映了现实的内在本质，又灌注了艺术家刻骨铭心的本原的生命体验，达到了主客观的和谐统一，那么文学作品就获得了它的艺术特性——文学审美场。

“神”“韵”“境”“味”都可作如是观，此不赘述。

第二，“气”“神”“韵”“境”“味”都是文学“格式塔”。非常有意思

---

① 唐志契：《绘事微言·山水性情》。

② 唐志契：《绘事微言·山水性情》。

③ 唐志契：《绘事微言·山水性情》。

的是，中国古文论中的“气”“神”“韵”“境”“味”在作品中都不是作为事物的一个因素而存在的，而是作为整体关系而存在，因此，我们要寻找一部真正的作品的气脉、神髓、韵致、境界、真味，不可能在作品个别因素或局部找到，往往要从作品整个关系所形成的言外、景外、象外去寻找。宋代思想家朱熹论赏诗：“这个有两重：识得文意是一重，识得好处又是一重。”所谓“文意”，是指诗的意义，指用散文的语言也可以叙述出来的成分、因素，它的言、象、意等。“好处”，则是指言外、景外、象外、意外的“格式塔质”，即只可意会、不可言传的气势、风神、韵致、境界、至味等。如李白的《早发白帝城》一诗：

朝辞白帝彩云间，千里江陵一日还。
两岸猿声啼不住，轻舟已过万重山。

就“文意”一重说，所写的是李白在流放夜郎的路上遇到赦免，惊喜之极，旋即从白帝城放舟下江陵，船行极快，如脱弦之箭，连两岸的猿声山影也衬托出了诗人的喜悦畅快之心情。但就诗的“好处”这一重论，人们就难以孤立地从某一句诗、某一个景、某一种情中体会、感悟到，你必须熟读全诗，在这四句二十八字之外，在“白帝”城的彩云之外，在轻舟疾驶之外，在猿鸣山影之外去体味感悟，你才能体味、感悟到诗中那种一泻千里的磅礴气势，“惊风雨而泣鬼神”之神髓，空灵飞动之韵致，物我交融之境界，悠远无穷之至味。

古代文论家虽不知现代心理学的“格式塔质”是什么，但在他们的一系列论述中，已深深地感受到“气”“神”“韵”“境”“味”是由整体结构形成的东西，要从整体结构的网络中、从实体之外去寻找。如讲作品中的“气”，清代文论家叶燮在《原诗》中指出，诗文是由“理”“事”“情”三者构成，但“总而持之，条而贯之”者是“气”。所以“事、理、情之所为用，气之为用也”；“三者藉气而行者也。得是三者，而气鼓行于其间，絪缊磅礴，随其自然，所至即为法，此天地万象之至文也”。这就是说，“气”是“理”“事”“情”之外的“格式塔质”，即审美场的一种形态。又如“神”，金圣叹在《杜诗解》中解释说：“传神要在远望中出，写照要在细看中出。”所谓“传神在远望中出”，就如同我们去美术馆看一幅油画，要是近看只能看到一些颜料的涂抹，看不出所画者为何物，一定要后退几步，从远处望去，才能通过把握画面的整体，见出画的精神、风致和气韵。金圣叹的理解完全是属于“格式塔”心理学的。谈到“韵”，司空图说：“近而不浮，远而不尽，然后可以言韵外之致耳。”①苏轼也说：“予尝论书，以谓钟、王之迹，萧散简远，妙在笔画之外。”②这就是说，“韵”不是一个元素，而是一种余韵，它的生成不在言中、景中、象中，而在言外、景外、象外。由此可见，“韵”也是一种“格式塔”。“境”的“格式塔”性质，刘禹锡与司空图讲得最为透彻。刘禹锡说：“境生于象外。”③司空图则说：“戴容州云：‘诗家之景，如蓝田日暖，良玉生烟，可望而不可置于眉睫之前也。’象外之象，景外之景，岂容易可谭哉？”④这里所说的“言外”“景外”“象外”之“境”，就是指超越诗的具体因素的关系质、整体质。又因为“境”是一种不可言说的心理空间，所以说“可望而不可置于眉睫之前”。至于以“味”论诗，以司空图的论点影响最大。他对“味”的“格式塔”性质的规定就更为明确，他认为，好诗不仅要有“味内味”，而且要有“味外味”“味外之旨”。他认为，诗的“全味”不在“咸”，也不在“酸”，而是在“咸酸之外”⑤。这就是说诗的“好处”，不在“咸”或“酸”的个别因素上面，而是在大于“咸”“酸”的

---

① 司空图：《与李生论诗书》。

② 苏轼：《书黄子思诗集后》。

③ 刘禹锡：《董氏武陵集纪》。

④ 司空图：《与极浦书》。

⑤ 司空图：《与李生论诗书》。

整体结构所形成的“新质”上面。

第三，“气”“神”“韵”“境”“味”都是诗人、作家所追求的美的极致，或者说是真正的文学作品的标记。谈到“气”，说“文以气为主”(曹丕)、“气为干，文为支，跨跞古今，鼓行乘空”(刘禹锡)。谈到“神”，说“诗之极致有一，曰入神。诗而入神，至矣，尽矣，蔑以加矣”(严羽)。谈到“韵”，说诗“有韵则生，无韵则死。有韵则雅，无韵则俗。有韵则响，无韵则沈。有韵则远，无韵则局”(陆时雍)。谈到“境”，则说“词以境界为最上。有境界则自成高格，自有名句”(王国维)。谈到“味”，则说“辨于味而后可以言诗”(司空图)。在这些论点中，从不同的角度分别把“气”“神”“韵”“境”“味”视为文学作品美的极致。

“气”“神”“韵”“境”“味”有上述三点相同、相通之处，说明它们的确是文学作品的至美所在；它们不是作为作品中一个孤立因素而存在，而是整体结构所形成的“格式塔质”；它们来源于老庄的“道”，反映了诗人们所珍视的对宇宙人生的本原的、终极的、无限的生命体验。从这三点相同、相通之处，我们不难看出，“气”“神”“韵”“境”“味”与我们前述的“文学审美场”不但精神上是一致的，而且在几个要点上也是完全相应的，只不过“气”“神”“韵”“境”“味”的形态更具体，而且落实在作品中。这样，我们就有充分的理由说“气”“神”“韵”“境”“味”这些美学范畴，就是审美场在文学作品中的具体形态，它们是“君临”“统帅”“涵盖”作品之上的文学的艺术特质。正是它们把艺术与非艺术区别开来了，把文学与非文学区别开来了，也把文学作品的真伪、优劣区别开来了。

(二)西方：“表现性”与“异质同构”

在西方，关于审美场在文学作品中的具体形态，说法也比较多。我认为比较突出的有里普斯的“移情”说，黑格尔和别林斯基的“情致”说，克莱夫·贝尔的“有意味形式”说，贡布里希的“投射”说，“格式塔”心理学派的“表现性”说等。诸说相比，又以“表现性”说最具有启发性，同时又与中国古典文论有相通之处，很值得重视。这里，就什么是“表现性”以及“表现性”为什么是审美场在作品中的具体形态作点说明。

“格式塔”心理学派所主张的“表现性”，其基本含义是每一部艺术作品的诗意和审美特质，并不在作品所包含的个别的人、事、景、物的表象上面，而在超出这些表象的“表现性”中。“表现”这个词，原意是指透过一个人的某种外在的表情和行为的特征，从而把握到此人在此刻的内在情绪、情感、态度和动机。例如，一个姑娘在和另一个人谈话中，突然脸红起来，我们立刻知道，这“表现”了她的害羞的情绪。或者我们从某个家庭室内的物品置放的凌乱不堪，把握到这家主人正处于心烦意乱之中。在“格式塔”的艺术理论中，“表现”的这一含义被扩大了。不但人的表情、行为具有“表现性”，而且那些不具意识的事物也具有“表现性”，“一块陡峭的岩石、一棵垂柳、落日的余晖、墙上的裂缝、飘零的落叶、一汪清泉、甚至一条抽象的线条、一片孤立的色彩或是银幕上起舞的抽象形状——都和人体具有同样的表现性，在艺术家眼睛里也都具有和人体一样的表现价值，有时候甚至比人体还更加有用”①。具体地说，“表现性”并不是指事物的形状、距离、色彩和运动等可以量度的性质，而是指事物所表现的人的情绪的性质。如马致远的《天净沙·秋思》这首散曲：

> 枯藤老树昏鸦，小桥流水人家，古道西风瘦马。
> 夕阳西下，断肠人在天涯。

前四句都是写秋天傍晚的景色，但作者所关注的并非枯藤的形

---

① 鲁道夫·阿恩海姆：《艺术与视知觉》，中国社会科学出版社 1984 年版，第623 页。

状，老树的年轮，昏鸦的颜色，小桥流水人家的位置，古道的长度与宽度，西风的风速，瘦马的样子，夕阳的大小，作者是通过秋天傍晚这些衰败景物的天籁般的描写，表现旅人游子漂泊异乡的悲戚的情绪。因此作者所重视的是这些景物的表现性。表现性对艺术来说是非常重要的，对此，“格式塔”心理学派的艺术理论家鲁道夫·阿恩海姆指出：“如果说表现性是人的日常视觉活动的主要内容，那么在特殊的艺术观看方式中，就更是如此了。我们看到，事物的表现性，是艺术家传达意义时所依赖的主要媒介，他总是密切地注意着这些表现性质，并通过这些性质来理解和解释自己的经验，最终还要通过它们去确定自己所要创造的作品的形式。”①

这里要说明的是，对“表现性”的上述理解，是许多艺术理论家都确认的，也可以说是普通常识。“格式塔”心理学派的贡献在于他们对“表现性”的独特的解释。自然派美学家认为“表现性”完全是客观事物的客观性质，是事物的“第三性质”。主观学派的美学家主张“移情”说、“投射”说，认为“表现性”是人的主观情感外移或外投，是人的感情的“误置”或“投射”，与事物本身无关。“格式塔”派理论家则认为，事物“表现性”是主客观的统一。他们创立了“异质同构”原理，并用它来解释事物的表现性。“异质同构”的思想也是古已有之，这就是先哲们不断提出的身心对应问题，在文学上的运用最早可能是晋代刘勰在《文心雕龙·物色》篇提出的“阴阳惨舒”说，他认为人的感情色调与外物的阴阳具有对应的关系。但真正把它作为一种学说提出来的是“格式塔”心理学家。这一学说的基本思想是：世界上万事万物(即一切知觉的对象)的结构本身就富有情感的“表现性”。例如，“一棵垂柳之所以看上去是悲哀的，并不是因为它看上去像是一个悲哀的人，而是因为垂柳枝条的形状、方向和柔软性本

① 鲁道夫·阿恩海姆：《艺术与视知觉》，中国社会科学出版社 1984 年版，第 620 页。

身传递了一种被动下垂的表现性”[1]。这也就是说，知觉样本本身就具有情感的“表现性”。

然而，人的内心是如何感应到了外物的这种“表现性”的呢？“格式塔”的心理学家回答说：尽管物理世界和心理世界是不同性质的，但这两个世界的“力的结构”可以是同一的。他们从威廉·詹姆斯的关于身心同一的论述得到启发。詹姆斯说：

> 必须指出，为这些作者们所极力强调的活动与情感之间的不等同，并不像乍一看上去那样绝对。在一般的情况下，我们不仅能从时间的连续中看到心理事实与物理现实之间的同一性，就是在它们的某些属性当中，比如它们的强度和响度、简单性和复杂性、流畅性和阻塞性、安静性和骚乱性中，同样也能看到它们之间的同一性。[2]

这段话极富创见，受到了“格式塔”心理学家高度重视。“格式塔”心理学家韦特海墨于是就提出了外在世界与心灵世界“异质而同构”的设想，即认为外在世界是物质性的，心灵世界是非物质性的，但它们在“力的结构”上可以是同一的。他举例说：当我们观看一场舞蹈时，那悲哀和欢乐的情绪看上去是直接存在于舞蹈之中的。对舞蹈动作的表现性的知觉之所以具有如此强烈的直接性，主要是因为，舞蹈动作的形式因素与它们表现的情绪因素之间，在结构性质上是相同的[3]。

---

① 鲁道夫·阿恩海姆：《艺术与视知觉》，中国社会科学出版社1984年版，第624页。

② 转引自鲁道夫·阿恩海姆：《艺术与视知觉》，中国社会科学出版社1984年版，第614页。

③ 参见鲁道夫·阿恩海姆：《艺术与视知觉》，中国社会科学出版社1984年版，第614～615页。

什么是“力的结构”呢？外在世界与心灵世界的“力的结构”又怎样是同一的呢？“格式塔”心理学家所说的“力的结构”或“结构性质”，实际上是从抽象意义来说的，并非指具体形态的相似与相同。他们说：

> 像上升和下降、统治和服从、软弱和坚强、和谐与混乱、前进与退让等等基调，实际上乃是一切存在物的基本存在形式。不论是在我们自己的心灵中，还是在人与人之间的关系中；不论是在人类社会中，还是自然现象中；都存在着这样一些基调。①

这样一来，我们在对事物进行分类时，就可以把事物的“力的结构”作为分类的标准，那么具有同样情感表现性、同一“力的结构”的树和人就可以归并到同一类，他们之间的相似之点甚至可能比人与人之间的类似程度还高。以此类推，暴风骤雨和革命洪流、黑云翻滚与严酷统治、红日东升与积极向上、夕阳西下与消沉倦怠、劲松与坚强、柔柳与软弱、红叶与爱情、落叶与悲哀等就可以归入同一类。这种按情感的“表现性”和“力的结构”的分类法，为艺术家表现情感开辟了一条重要的途径。艺术家只要在外在世界中找到一种与自己的特定情感同一类的对象，就可以通过对对象的描写把自己的特定情感传达出来。

实际上，这种“异质同构”的现象在中国古文论中早有描述，如前面所说的刘勰的“阴阳惨舒”说，就是一个突出的例子。又如陆机在《文赋》中说：“遵四时以叹逝，瞻万物而思纷。悲落叶于劲秋，喜柔条于芳春。心懔懔以怀霜，志眇眇而临云。”在这里，作者分别把

---

① 鲁道夫·阿恩海姆：《艺术与视知觉》，中国社会科学出版社 1984 年版，第 625 页。

属于物理世界和心灵世界的落叶与悲凉、柔条与芳心、寒霜与畏惧、云霞与亢奋一一对应起来。在诗词等艺术创作中通过"异质同构"以达到情感的对象化，也很普遍。此类例子，举不胜举。如明月与乡愁、鸿雁与思念、春花与爱情、秋风与悲愁、古道与苍凉、松树与孤直、竹子与骨气、梅花与高洁、游鱼与自由、深林与寂静、斗酒与豪放、宿鸟与思归、夕阳与断肠、桃花与春情等，几乎成了中国古典诗词的固定模式，可以说是典型的"异质同构"。当然也有比较灵活、复杂的组合，如刘邦的《大风歌》：

大风起兮云飞扬。威加海内兮归故乡。安得猛士兮守四方。

这里是以物理世界中的大风起、云飞扬这两个景物所组合而成的标志上升、兴奋的结构性质(景物)，与悲壮、威武这种同样具有上升标志的结构性质(情感)，相互对应、相互沟通，达到了表现情感的目的。

前面已讲的马致远的《天净沙·秋思》，一般人以为这是在写景，其实不尽然。这里更着重的是写心物对应，即以枯藤、老树、昏鸦、古道、西风、瘦马等组合而成的标志着下降、压抑的结构性质与游子断肠般悲凉这种同样也标志着下降的结构性质沟通契合来表现情感。

以"异质同构"来说明表现性，已被艺术创作实践所证实。问题在于外在的物理世界与内在的心灵世界为什么会出现同形同构呢？在两个不同质的世界之间，究竟以什么作为中介和过渡呢？格式塔心理学家认为，这是人的天生的能力，两个世界的中介是"大脑电力场"。这就是说，人的内在的心灵世界原来就有各种各样的情感的"力的结构"，而外在世界某种事物通过对人的刺激，也会在大脑电力场中形成一种"力的结构"。这样外在事物的"力的结构"一旦与脑电力场原有的某一“力的结构”相对应沟通，那么外在事物看上去就会带有情感的性质，而艺术家就可借这外在事物来传达自己的感情了。把“异质同构”完全说成是成人的一种天生的能力，这种解释显然是存在着困难的。因为作为中介环节的“脑电力场”只是一种假设，并未得到科学试验的证实。在我们看来，比较可行的解释是：“异质同构”是人在同自然和社会的千万年的交往中，逐渐形成的一种能力。人与自然、社会的交往实际上就是社会实践，而社会实践具有塑造人的巨大力量，正是它赋予人这样一种微妙的能力。只不过这种能力主要不是通过学习得来的，而是在集体无意识的长期的发展中形成的。

最后需要说明的是，为什么说“表现性”就是审美场在作品中的具体形态呢？或者说，“格式塔”心理学派所阐明的表现性，与我们所说明的审美场究竟有何相同、相通之处呢？我认为它们在以下三点上是相通的。

第一，如上所述，审美场是人的心灵的自由表现，而“表现性”也是人的心理世界与物理世界的力的结构的自由对应与沟通。在这种对应与沟通过程中，人的心灵超越了具有形状、颜色、运动等可以量度的事物实体的束缚，进入了一个自由的艺术世界。望着的是明月，心却驰往万里之外的故乡；看着盛开的桃花，心灵却与自己所眷恋的姑娘紧贴在一起；听松涛的怒吼，心里想的却是千军万马的场景；听着秋雨敲窗，心却进入对亲人的刻骨而痛苦的思念……

第二，如上所述审美场所表现的审美体验是人的原本的、终极的生命体验，它是人性的一种潜能。“格式塔”心理学派认为对事物“表现性”的知觉、体验和捕捉，是人的天性所固有的，并不是后天学习的结果。他们认为，人类对事物的“表现性”的知觉比对事物的物理性质的知觉要早得多。“我们总以为视知觉就是记录事物的形状、距离、色彩和运动的，事实上，对于事物中类似上述可以度量的性质的知觉能力，是人类发展到晚期之后才具备的。”①而对事物的“表现性”知觉，却是人先天就具有的。“当普通人坐在火炉跟前观看那火焰的跳动时，他并没有去注意火焰的色调和它的明亮度的变换，也没有注意火舌的规则几何形状和运动的速度，而是注意火舌跳动时那优美的姿态和它那生动的色彩。”②根据某些心理学家收集到的资料，已证明“儿童和原始人在描述一座山岭时，往往把它说成是温和可亲的或狰狞可怕的，即使在描述一条搭在椅背上的毛巾时，也把它说成是苦恼的、悲哀的或劳累不堪的等等”③。有实验表明，在婴儿阶段，人就有了对事物的“表现性”的知觉。相反，在成年人那里，“表现性”在人的知觉活动中所占的优先地位，已有所下降。因此作家在其作品中所捕捉到的题材的“表现性”，意味着他找回了童心，意味着找回了完全的人性，意味着他进入到了原本的、终极的生命体验。

第三，审美场是文学的“格式塔”，而“表现性”也是文学的“格式塔”。“表现性”不存在于事物的个别部分或个别性质中，而存在于事物的整体的“力的结构”之中。因而它也是“言外之意”“景外之景”“象外之象”。当作家以明月表现乡愁、以鸿雁表现思念、以春花表现爱情、以秋风表现悲愁的时候，并不是在明月、鸿雁、春花、秋风的实体存在中去寻找“表现性”，而是在这些实体存在之外，即它的整体结构形式所暗示的上升或下降、奋起或压抑的力的运动中去捕捉“表现性”。而且，在“格式塔”心理学派看来，艺术家之所以是艺术

① 鲁道夫·阿恩海姆：《艺术与视知觉》，中国社会科学出版社 1984 年版，第 619 页。

② 鲁道夫·阿恩海姆：《艺术与视知觉》，中国社会科学出版社 1984 年版，第 619 页。

③ 鲁道夫·阿恩海姆：《艺术与视知觉》，中国社会科学出版社 1984 年版，第 619 页。

家，艺术品之所以是艺术品，就以他是否捕捉到这一题材的“表现性”而定。因此，他们特别重视艺术作品中的象征，因为从一定的意义上说，象征就是“异质同构”，就是要在两个完全不同的事物中找到对应点、共同点，从而捕捉到特定事物的最深刻的“表现性”。

“表现性”与我们所说明的作为文学特质的“审美场”有上述相同、相通之处，又完全存在于作品的具体描绘中，所以我们可以肯定地说，“表现性”是“审美场”在作品中的具体形态。

从以上的讨论中，我们不难发现，中西文论在阐明文学的艺术特质方面尽管有不同的形态，差异也很大，但它们在揭示艺术规律的奥秘上面，其共同点是显而易见的。

（《童庆炳文学五说》，时代文艺出版社 2001 年版）

作家的童年经验及其对创作的影响

几乎每一个伟大的作家都把自己的童年经验看成是巨大而珍贵的馈赠，看成是取之不尽、用之不竭的创作的源泉。一般而言，童年经验是指从儿童时期(现代心理学一般把从出生到成熟这一时期称为“儿童期”)的生活经历中所获得的体验。每一个人都有一个童年，有生养他(她)的父母，有养育他(她)的故乡，有属于他(她)的独特的心理事件和喜怒哀乐，等等。这一切构成了他(她)的最初的生活环境和人生遭际，形成了他(她)的短短的却是重要的经历。然而，完整的童年经验并不仅仅是指原本的童年生活的记录，它还包括活动主体对自身童年生活经历的心理感受和印象，带有很强的主观色彩。可以这样说，童年经验基本上是一种心理效应，它是随人的年龄的增长和环境的变化而流动着、改变着，一个人在青年还是老年回顾自己的童年经历，其感觉和印象可以是很不一样的，这也就是说，童年经验作为一种体验更倾向于主观的心理变异。童年经验的这种性质对作家至关重要，它意味着一个作家可以在他的一生的全部创作中不断地吸收他的童年经验的永不枯竭的资源。

一、童心和诗心结构的对应关系

真正的作家的心理结构和儿童的心理结构有许多相同、相通和相似之处，揭示这一点对创作应该追求什么样的品质有着重要的意义。

首先，儿童的“赤子之心”与作家的真诚之心是相同和相通的。儿童由于身心未发展成熟或未完全发展成熟，他们还未被世俗的灰尘所污染，他们以自己的赤裸裸的心灵去面对世界，因此世界在他们的眼中、心中是一种本真的存在。世界是什么样的，就毫无顾忌地、直截了当地看出来和说出来；事物好不好，也毫无顾忌地、直截了当地表示喜欢或不喜欢。儿童不知虚假矫饰为何物。也正是由于他们的心还未被世俗的种种利益所束缚，他们并不太关切事物的实用性和合目的性。这样拿他们不晓世事的眼光看事物，就会获得一种不被世俗偏见所浸染的观察力，从而把事物作为物自体来吸收。安徒生的童话《皇帝的新衣》最能说明儿童的这种“赤子之心”，成人有种种顾忌，明知事情的真相而不敢说，小孩的嘴却没遮拦，一句话就把事情的真相戳穿。中国现代著名的画家和作家丰子恺说：儿童有“明慧的心眼，比大人们所见的完全得多。天地间最健全的心眼，只是孩子们的所有物，世间事物的真相，只有孩子们能最明确、最完全地见到”①。他还认为，大人比起儿童来，“真的心眼已被世

① 丰子恺：《儿女》，《丰子恺随笔精编》，浙江文艺出版社1997年版，第29页。

智尘劳所蒙蔽，所斫丧，是一个可怜的残废者了”[1]。

真正的作家是最多地保有这种“赤子之心”的人。记得法国作家都德说过：“诗人就是还能用儿童的眼光去看的人。”这是至理名言。对作家来说，他们的“赤子之心”就是真诚之心。真诚地而非虚假地看待生活，真诚地而非作伪地对待自己和别人，具有这种真诚之心的作家，才能建筑起一个又一个经得起时间的检验和历史的风吹雨打的真实动人的艺术世界，也才有可能在文学史上争得一席之地。最早把赤子之心与真诚之心联系起来的，可追溯到老子、庄子那里。老子的《道德经》第28章提出“为天下谿，常德不离，复归于婴儿”，意思是说，甘愿做天下的溪谷，容纳那永恒的诚意和德行，而这就要有一颗婴儿的明澈的心。返璞才能归真，还童才能归诚。庄子则在《达生》篇讲完“梓庆削木为鐻”的故事之后，提出“以天合天”的思想。第一个“天”是指人的自然，即孩童般天真纯朴之心，第二个“天”是指物的自然，也就是生活的本真状态。以孩童般天真纯朴之心去契合生活的本真状态，才能获得鬼斧神工般的艺术力量，达到最高的真。明代思想家李贽提出了著名的“童心”说，就是主张作家要有“真心”或“赤子之心”。他说：“夫童心者，绝假纯真，最初一念之本心也。”[2]他反对完全按儒家经典说话、行事，要是说话、行事处处不离经典，“童心”也就丧失了，人就成了“假人”，言就成了“假言”，事就成了“假事”，文就成了“假文”[3]。在西方，与这种“童心说”相类似的说法也是有的，如法国著名画家亨利·马蒂斯曾深有体会地说：“‘看’在自身是一创造性的事业，要求着努力。在我们日常生活里所看见的，是被我们的世俗或多或少地歪曲着。”而要摆脱世俗的浸染“需要某种勇气，对于一位眼看一切好像是第一次看见的那

① 丰子恺：《儿女》，《丰子恺随笔精编》，浙江文艺出版社1997年版，第29页。
② 李贽：《焚书·童心说》。
③ 李贽：《焚书·童心说》。

样，这种勇气是必不可少的。人们必须毕生能够像孩子那样看见世界，因为丧失这种视觉能力就意味着同时丧失每一个独创性的表现。例如，我相信，对于艺术家没有比画一朵玫瑰更困难，因为他必须忘掉在他以前所画的一切玫瑰才能创造”[①]。的确，艺术家要摆脱世俗的困扰、蒙蔽，保持素朴的“童心”，画出或写出生活的本真，需要有艺术家的勇气。饶有意思的是马蒂斯的“第一次看见”和李贽的“最初一念”竟是那样相像，可谓英雄所见略同。实际上，古今成大家者都是靠这种“最初一念”或“第一次看见”的精神获得成功的。曹雪芹和鲁迅是我最佩服的两个大作家，他们创作的原则是相同的，即以真诚之心，毫无讳饰地写事物之本真。他们的共同原则是反对讳饰和虚伪，要求直面人生，要求“童心”般的真。

不难看出，作家和儿童在心理结构上是相同和相通的，诗心和童心在“真实”这一点上交汇在一起。然而，诗心和童心又有所不同，“童心”作为儿童的“赤子之心”是其天性的自然流露，是无须做出特别的努力就可自然而然达到的。但已进入了社会并已扮演了社会角色的作家，他们的真诚之心，则是被世俗的尘土污染，经过困难的洗刷后，向自然天性的回归。一个是出发，一个是返回。从世俗的泥淖中抽身返回的路途必然是荆棘丛生、险阻重重的。因此诗心是童心的更高层次的展现。它的“最初一念之本心”是冲出世俗重围后的自然与潇洒。

其次，儿童的“我向思维”与作家的移情作用是相通或相似的。儿童早期的思维方式与原始人的思维方式十分相似，被称为“我向思维”。“我向思维”的主要特点是以“我”为中心，一切都等同于有生命的“我”，不能区分有生命的现象和无生命的现象，而把整个世界(无论是物还是人)都作为有生命的和有情感的对象来加以对待。在儿童

---

① 参见文艺美学丛书编辑委员会编:《宗白华美学文学译文选》，北京大学出版社1982年版，第239页。

那里，把周围的世界一律加以生命化的现象，是众所周知的。在他们稚气的眼里，月亮是人的脸，或者是星星的保卫者，而星星则眨着眼睛，向所有的人问好……儿童的"我向思维"使他们分不清物理世界和心理世界，分不清知觉到的和想象到的，分不清梦见的和现实的，分不清昨天和今天。在这天真的混沌中，世界上所有的东西无不充满生命的活力。儿童的这种"万物泛灵论"，与原始人的思维模式很接近。因此，意大利著名学者维科在《新科学》中对原始诗性思维的分析，同样也适用于儿童，"最初的诗人们就用这种隐喻，让一些物体成为具有生命实质的真事真物"，是"人凭不了解一切事物而变成了一切事物。……因为人在理解时就展开他的心智，把事物吸收进来，而人在不理解时却凭自己来造出事物，而且通过把自己变形成事物，也就变成了那些事物"①。这种由于对事物不理解而把自己变成物，即把人的生命赋予无生命的物的现象，也可以用法国学者列维·布留尔在《原始思维》一书中的"互渗律"来解释。"互渗律"强调原始人思维中"人和物之间的'互渗'"，"在原始人的思维的集体表象中，客体、存在物、现象能够以我们不可思议的方式同时是它们自身，又是其他什么东西。它们也以差不多同样不可思议的方式发出和接受那些在它们之外被感觉的、继续留在它们里面的神秘的力量、能力、性质、作用"②。儿童的"我向思维"与原始人的"原始思维"的这种相似性，使儿童的心中物我交融，物我化一，使儿童的眼中万物都流动着生命的活力，颤动着生命的琴弦，展现为一个生机勃勃的诗意的世界。

在作家这里，特别是创作过程中，将无生命的事物生命化，是其诗意感受的一个重要来源，而且与儿童的"我向思维"极为相似。按德国的学者里普斯创立的"移情"说和英国学者贡布里希提出的"投

---

① 维科：《新科学》，人民文学出版社 1986 年版，第 180～181 页。

② 列维·布留尔：《原始思维》，商务印书馆 1985 年版，第 69～70 页。

射”说，作家和艺术家在进行审美创造的时候，其对象不是与主体相对立的单纯的实体的存在，而是受到主体的生命灌注的、活动而有力的、自我对象化的形象。真正的作家、艺术家都有一种伟大的同情感，他们会把“亲身经历的东西，我们的力量感觉，我们的努力，超意志，主动或被动的感觉，移置到外在于我们的事物里面去，移置到在这种事物身上发生的或和它一起发生的事件里去”①。或者如贡布里希所说，艺术家在面对一个对象时，他的心中不是一张白纸，而是把一个早已形成的心理图式变成了一种期待，于是出现了“指导性投射”，两座并立的山峰似乎成了“夫妻崖”或“姐妹岭”，一块稍稍向江边或湖边倾斜的岩背被称为“望夫石”，天上飘过的团团白云被看成是一群奔马，月亮上面的阴影被说成寂寞的嫦娥，等等，“在能期待的地方，我们无须去听，在这种背景中投射将代替知觉”②。对此，我们的古人也早有说法，如刘勰说：“登山则情满于山，观海则意溢于海。”就是指作家心中充满情感，在观照自然之际，就会将自己的情感和幻想移置或投射到外在的无生命的事物上面，使无生命的事物生命化，达到物我沟通、物我同一、物我两忘的境界。“绿水解人意，为余西北流。”(李白)“感时花溅泪，恨别鸟惊心。”(杜甫)“溪水无情似有情，入山三日得同行。”(温庭筠)“带酒邀青山。青山虽云远，似亦识公颜。”(苏轼)“旧交只有青山在，壮志皆因白发休。”(陆游)这类“移情”和“投射”的诗句比比皆是，不胜枚举。在这类文学描写中，作家似乎变成了儿童，他们同外部事物的关系，不是一般的认识和被认识的关系，他们凭借自己的开放的心灵去触摸对象，并把自己融化于对象中，人对象化了，对象人化了、生命化了，诗意就从这人化和对象化中找到了泉源。

---

① 里普斯：《论移情作用》，古典文艺理论译丛编辑委员会编：《古典文艺理论译丛》第8册，人民文学出版社1964年版，第40页。

② 贡布里希：《艺术与幻觉》，湖南人民出版社1987年版，第192页。

当然，作家和儿童的无生命事物的生命化是有区别的。在儿童，是由于对事物的不理解，而把自己转化到事物里面去，不自觉地把事物跟自己等同起来，这是人的天性的表现。在作家，是在对事物有了深刻的理解之后，着意把自己与外部事物沟通，使物融入我，我融入物，达到物我融合、物我同一的诗意的世界，这种自觉是作家才能的表现。

最后，儿童的幻想和作家的创造性想象在性质上也是相似的。在儿童那里，由于对世界的确定性知之甚少，他们还较少因果观念和逻辑思维，世界在他们那里是开放的，他们可以超越世界的实在性而无拘无束地幻想。在他们的字典里，找不到“不可能”这个词。丰子恺曾这样来描写孩子的幻想：“你又要把一杯茶横转来藏在抽斗里，要皮球停在壁上，要拉住火车的尾巴，要月亮出来，要天停止下雨。”①尽管儿童的幻想是稚气的、荒唐的、可笑的、散乱的，然而却是大胆的、奇特的、新鲜的、独特的、纯真的，因而具有自由的性质，即具有审美的特性。

作家的创造性想象与儿童的稚气的幻想在自由的性质上是相同的。在作家这里，世界同样是开放的，作家可以超越现实的一切束缚，飞腾到另一个完全属于诗的想象的世界。这种超越性和儿童的幻想超越性是十分相似的。当然，作家的创造性想象有明确的目的性，它是定向的而不是散乱的，它受理性和逻辑的制约，而不能天马行空，随意瞎想。这样作家的想象比儿童的幻想要困难得多。儿童是在无知情况下毫无拘束地幻想，作家却要冲破现实、知识的确定性而想象。按瑞士著名的心理学家皮亚杰的说法：“儿童的心理是在两架不同的织布机上编织出来的，而这两架织布机好像是上下层安放着的。儿童头几年最重要的工作是在下面一层完成的。这种工

① 丰子恺：《给我的孩子们》，《丰子恺随笔精编》，浙江文艺出版社1997年版，第13页。

作是儿童自己做的，它在混乱状态中吸引着他，而且一切看来会满足他的需要的东西都聚结在这些需要的面前了。这就是主观性、欲望、游戏和幻想层。相反，上面一层是一点一滴地在社会环境中构成的，儿童的年龄越大，这种社会环境的影响就越大。这就是客观性、言语、逻辑观念层，总之，现实层。一旦上层的负担过重，它就会弯曲、叽嘎作响乃至崩溃，于是构成上层的这些因素便落到下层而和原来在下层的因素混合起来。”①作家发挥想象的困难在于，他必须在上下层混杂的情况下，清理出一块基地，以便在新的条件下，重建上下层建筑。

童心和诗心的对应结构不止上述三点。如敏感、富于同情心、易受伤害等，也是童心和诗心的相通相似之处。在此不再一一论列。

由于童心和诗心有许多相同、相通和相似之处，所以作家和艺术家都羡慕儿童。歌德说：“小孩子是我们的模范，我们应得以他们为师。”②法国画家柯罗说：“我每天都要请求造物者，要他把我变成一个孩童，就是说，要让我不带成见地去观察和表现大自然，像小孩一样。”③郭沫若说：“小儿如何有可以尊崇之处？我们请随便就一个小朋友来观察吧，你看他终日之间无时无刻不是在倾倒全我以从事于创造、表现、享乐。小儿的行径正是天才生活的缩型，正是全我生活的规范！”④歌德、柯罗、郭沫若如此说，无异于说，对作家和艺术家而言，天才不是别的，就是童年能够自由地重现和恢复。然而，一个作家或艺术家如何能变成小孩呢？这是不可能的。但作家作为成人，可以不失其童心，正如孟子所说：“大人者不失其赤子

① 让·皮亚杰：《儿童的语言与思维》，文化教育出版社 1980 年版，第 4 页。

② 转引自郭沫若：《〈少年维特之烦恼〉序引》，《沫若文集》第 10 卷，人民文学出版社 1959 年版，第 180 页。

③ 盖多凯维契编：《柯罗——艺术家·人》，人民美术出版社 1983 年版，第 83 页。

④ 郭沫若：《〈少年维特之烦恼〉序引》，《沫若文集》第 10 卷，人民文学出版社 1959 年版，第 180 页。

之心。”或者如马克思所说：“成人不能再变成儿童，否则就变得稚气了。但是，儿童的天真不使他感到愉快吗？他自己不该努力在一个更高阶梯上把自己的真实再现出来吗？”①实际上，真正的作家和艺术家就是永葆“赤子之心”的人，他们的创作是童心在更高阶段上的再现。

二、童年经验对文学创作的影响方式

既然童心与诗心的结构有上述这些对应关系，那么童年经验对作家而言必然是刻骨铭心的，必然要这样或那样影响他一生的创作。每一位成名的作家都意识到自己的童年经验在他的事业中占有极大的分量，而不能不向他的童年经验投以感激的一瞥，哪怕他的童年经验中充满痛苦和不幸。曾有一位青年作者问海明威：“一个作家最好的早期训练是什么？”海明威回答说：“不愉快的童年。”海明威深知童年经验对创作的影响。

童年经验以何种方式影响作家的创作呢？

首先，在许多作家那里，童年经验以作品的生活原型和题材直接进入创作之中。列夫·托尔斯泰、高尔基的同名小说《童年》以及许多作家的自传体小说，都直接把自己完整的童年经验作为题材写进作品。曹雪芹、歌德等许多作家则以童年经验为生活原型进行创作，《红楼梦》《少年维特之烦恼》等基本上是作家童年生活的结晶。至于利用童年的生活片段加工、改造而写成的作品就更多。在许多作家那里，几乎每一部作品都可以或多或少地寻找到童年经验的印记。譬如，如果我们有意识的查证的话，作家笔下的可亲的女人形象，都可以找到他的初恋少女和母亲的影子。换言之，初恋少女和

---

① 马克思：《〈政治经济学批判〉导言》，《马克思恩格斯选集》第2卷，人民出版社1972年版，第114页。

母亲将永远陪伴作家的一生，并不断在他的作品中重现。

童年经验一般以回忆的机制与作家现时的生活经验接通，从而进入作家的创作视野。这里有两点须进一步加以论列。

第一，如本文开头所述，作家回忆中的童年经验已不是它的原本与自然态。在作家的成长和生活的变化中，童年经验已经过他的自组织和再创造。在主体的心理定向结构的作用下，记忆已不是单纯的储存，回忆也不是对原本经验的机械再现。人脑的一大功能就是不断地对已有的经验进行组织活动，而这种“组织”我们称之为“自组织”，这是因为它是在无意识中自动进行的。譬如一个长期远离故乡的游子，由于经常的乡愁冲动得不到缓解，思乡之情郁积于心，形成了一种眷恋故园的心理定向结构，这样他记忆和回忆中的故乡，已与他童年时的原本的故乡大不相同。他已可能给他的故乡罩上美丽的、温馨的、古雅的轻纱，故乡被他的记忆和回忆改造了、美化了、诗化了。在记忆和回忆的机制中，遗忘的规律也起作用。当你记住那些有意义、有价值的东西时，你也就将那些无意义的、无价值的东西忘掉。遗忘在这里起到了一种筛选的作用，即把那些有意义、有价值的东西筛选出来。这也就是说，对作家和其他人而言，童年经验经过了成年经验的重塑。正如弗洛伊德所说：“在所谓的最早童年记忆中，我们所保留的并不是真正的记忆痕迹而却是后来对它的修改。这种修改后来可能受到了各种心理力量的影响。因此，个人的‘童年记忆’一般获得了‘掩蔽性记忆’的意义，而且童年的这种记忆与一个民族保留它的传说和神话有着惊人的相似之处。”①这就意味着，随着一个作家的经验的不断丰富和变化，他就可能不断地“修改”他的童年经验，从而变异出新的内容，发现它的新的意义。正是在这个意义上，我们说童年经验是作家的取之不尽、用之不竭

---

① 弗洛伊德：《日常生活的精神病理学》，车文博主编：《弗洛伊德主义原著选辑》上卷，辽宁人民出版社1988年版，第150页。

的泉源。

第二，童年经验作为题材直接进入创作，必须有偶然机遇的触发，有相关的情感、心境作为中介。童年经验并非由于作家强硬的命令而进入创作，作家的自觉的回忆作用也微乎其微。童年经验进入创作视野往往是由于偶然机遇的触发。童年的原本的记忆在一般的情况下，作为档案静静地躺在那里，人们忙于俗务而懒于翻阅它。必须有适当的刺激，它才能激活。犹如一堆干柴，必须有火的引动，才会熊熊燃烧起来。马尔克斯创作《百年孤独》，用他自己的话说，是“给童年时期以某种方式触动了我的一切经验以一种完整的文学归宿”，因为他对自己的童年生活永远忘不了。他说：“我的童年是在一座凄凉的大房子里度过的，身边是一个吃土的妹妹，一个总是占卜未来的祖母，还有许多同名的亲戚，他们对幸福和想入非非从来不太区分。”马尔克斯一直想写一部再现童年生活的长篇小说，为此他已“打了十五六年腹稿”，“可是一直没遇到使我觉得它真实可信的气氛”。有一天，他和他的妻子带着孩子们到一个海滨胜地去休假，半路上，他触景生情，突然想起小时候外祖父带他去看冰的情景，他的创作欲望被燃烧起来，他立刻折回寓所，写下了《百年孤独》的第一句话①。另外，童年经验能否充分被利用还与作家创作时的心境密切相关。特定的心境和情感是沟通他现时经验与童年经验的桥梁。美国学者阿瑞提说：“意象不是忠实的再现，而是不完全的复现。这种复现只满足到这样一种程度，那就是使这个人体验到一种他与所再现的原事物之间所存在的一种情感。”②这也就是说，心境和情感与童年储存的意象愈吻合，所唤起的意象就愈鲜明，心境和情感制约着意象的再现以及再现的程度。特定情感之外的意象就不

① 马尔克斯：《谈〈百年孤独〉的创作》，王宁、顾明栋编：《诺贝尔文学奖获奖作家谈创作》，北京大学出版社1987年版，第501～504页。

② S. 阿瑞提：《创造的秘密》，辽宁人民出版社1987年版，第61页。

会再现出来。如巴金这样谈到他写《家》时的情形："我一个字一个字地写下去，我好像在挖开我的记忆的坟墓，我又看见了过去使我心灵激动的一切。在我还是一个孩子的时候，我就常常被逼着目睹一些可爱的年轻生命横遭摧残，以至于得到悲惨的结局。那个时候，我的心由于爱怜而痛苦，而同时它又充满诅咒。"①

其次，童年经验作为先在意向结构对创作产生多方面的影响。一般地说，作家面对生活时的感知方式、情感态度、想象能力、审美倾向和艺术追求等，在很大程度上都受制于他的先在意向结构。对作家而言，所谓先在意向结构，就是他创作前的意向性准备，也可理解为他写作的心理定式。根据心理学的研究，人的先在意向结构从儿童时期就开始建立。整个童年的经验是其先在意向结构的奠基物。就作家而言，他的童年的种种遭遇，他自己无法选择的出生环境，包括他的家庭，他的父母，以及其后他的必然和偶然的不幸、痛苦、幸福、欢乐，他的缺失，他的丰溢，他的创伤，他的幸运，社会的、时代的、民族的、地域的、自然的条件对他的幼小生命的折射，这一切以整合的方式，在作家的心灵里，形成了最初的却又是最深刻的先在意向结构的核心。这个先在意向结构核心是如此顽强，可能对他的一生都起着这样和那样的引导、制约作用。我们甚至可以这样说，作家后来创作的成败，作品的基调、情趣、风格等，起源于他的先在意向结构的最初的因子。由童年经验所建筑的最初的先在意向结构具有最强的生命力。冰心说："提到童年，总使人有些向往。不论童年生活是快乐，是悲哀，人们总觉得都是生命中最深刻的一段；有许多印象，许多习惯，深固的刻画在他的人格及气质上，而影响他的一生。"②冰心的这些话具有普遍意义。

---

① 巴金：《和读者谈谈〈家〉》，《巴金论创作》，上海文艺出版社1983年版，第212页。

② 冰心：《我的童年》，刘家鸣编：《冰心代表作》，黄河文艺出版社1986年版，第355页。

与童年经验相联系的作家的最初的先在意向结构对创作的影响是多方面的，这里无法一一展开来讲，仅将先在意向结构中的“母亲意象”和“父亲意象”对创作倾向的影响提出来讨论。

母亲和父亲是儿童身边最重要的两个人物，给予儿童的影响也最深刻。父母是塑造儿童先在意向结构的最重要的力量。但对某个儿童来说，是谁来充当父亲和母亲的角色，其情况可能是很复杂的。有的父亲却不像父亲，倒更像母亲；有的母亲却不像母亲，倒更像父亲。有的孩子在幼年期就丧失父母，其父母的角色就由别的亲人来充当。因此仅从生养的意义上来讨论父母对建构儿童的先在意向结构就没有意义，鉴于此，我们提出“父亲意象”和“母亲意象”这两个概念。

“母亲意象”可以指生身母亲，也可以指其他代替母亲角色的给予母爱的人。母爱是世界上最无条件的爱。母亲给予孩子以无限的爱，而不求回报。母亲永远与爱、慈祥、温暖、感性、诗意、敏感、美丽、善良、纯洁、柔情、安全等字眼连在一起。正如埃·弗罗姆所说：“母亲就是生养我们的家，她就是自然，她就是土地，她就是海洋。”①母亲是爱与诗的象征。从文学要求感性、诗意和情感这个角度看，“母亲意象”对作家产生更直接的影响，因为母亲对塑造作家的丰富的活跃的内心世界，培养美好的情操和伟大的同情感，起奠基的作用。我们甚至可以说，一个作家的观看世界的艺术的眼睛是母亲给予的。中外许多作家都有类似体会。例如，法国著名作家乔治·桑说：“我的母亲却全出于本能地、自然而然地为我打开了一个美的世界，它的万般奇景全都色彩纷呈地出现在我的面前。就这样每当我们看见一片轻柔的浮云，一道艳丽的阳光，一溪清澈的流水，她总是让我停下来，一边对我说道：‘瞧；多美呀，瞧瞧吧。’这

① 埃·弗罗姆：《爱的艺术》，华夏出版社 1987 年版，第 37 页。

些东西我本来也许并没有留意，可是突然间它们竟变得那么美丽奇妙，好像我的母亲手持一把神奇的钥匙，一下子打开了我思想的门户，使我体味到了她所具有的那种粗犷而又深沉的感情。”①母亲的爱和指点不知不觉中内化为乔治·桑的心理定式，使她在创作中能带着一种积极的、明丽的眼光来看世界，从而能更多地看到善良和美好，写出人们所希望、所理想的，令人感到温馨的东西。这也就是说，母亲的原则决定了她的创作倾向。

如果作家在幼年就失去母亲，连“母亲意象”也比较暗淡，没有得到应有的母爱，那么就会对作家的童年造成精神创伤，这种情况也会内化为心理定式，使他用另一种病态的眼光看世界，并从创作倾向上表现出来。例如，郁达夫幼年失去父母，得不到母亲的爱，“母亲意象”十分暗淡，幼年的悲哀建构了他的忧郁性的心理定式，再加上他青年时期婚姻不幸福，亲眼看见劳动人民的痛苦，于是他的忧郁就自然而然流诸笔端，形成了郁达夫式忧郁的格调。这是“母亲意象”对创作的另一种影响。

“父亲意象”可以指生身父亲，也可以指其他代替父亲角色的负有监护责任的人。在儿童的心目中，父亲是威严的象征，他和理性、责任、能力、纪律、遵从、功利、刻苦、奋斗、冒险、秩序、权威等字眼连在一起。弗罗姆认为，父亲“代表人类生存的另一个不同的方面；那就是思想的世界、人造物的世界、治安的世界、戒律的世界、走东闯西与冒险的世界。父亲是儿女的教育者，是儿女走向世界的指路人”；“父亲的爱是有条件的，它的原则是：‘我爱你，因为你满足了我的要求；我爱你，因为你尽到了你的职责；我爱你，因为你像我。’”②这也就是说，父亲的原则是要把孩子引上社会，适应社会的规范，成为社会的人。这样泯灭童心和诗心是符合父爱的原

---

① 乔治·桑：《乔治·桑自传》，上海译文出版社 1987 年版，第 26～27 页。

② 埃·弗罗姆：《爱的艺术》，华夏出版社 1987 年版，第 37 页。

则的。

对作家而言，由父爱的内化而建立起来的先在意向结构可能对创作产生多种不同的影响。一种是儿女选择作家这种职业，遭到父亲的反对，从反面激发了作家的决心，他们更坚定地走上创作的道路；但不知不觉中又从父亲那里得到理性的启迪，使他们对社会、人生有独特的深刻的思考，其作品则表现出对现实的冷峻透视与批判。像巴尔扎克、福楼拜、左拉、司汤达等都属这种情况。另一种是虽然违背了父亲的意愿和安排，走上了文学之路，却永远怀着负疚感而焦虑不安，无法摆脱父亲的威严的阴影，形成了一种自卑而又不甘屈服的变态心理。这后一种情况对作家的影响更为深刻。卡夫卡就是一个突出的例子。在众多的作家中，卡夫卡一生都生活在父亲的阴影中，他的父亲情结深深地影响他的几乎全部创作。他的父亲海尔曼是个犹太人，出身贫寒，饱尝艰辛，他凭着自我奋斗，从穷乡僻壤闯到布拉格，成为一名富商。这样一种经历使他在家里成为暴君，对卡夫卡的性格和创作的影响极大。海尔曼完全不顾卡夫卡个人的意愿，强迫他去读法律。对他的创作丝毫不感兴趣。而且经常打击他、辱骂他、惩罚他。特别是童年的一些经历，对他造成了精神创伤。他在《致父亲》中，曾谈到一件小事，有天夜里，小卡夫卡哭闹着要水喝，海尔曼不但不给，还要威胁他，卡夫卡继续哭闹，他父亲就将他从被窝里拉出来，拽到阳台上罚站。卡夫卡后来说："也许从那时起，我就变得听话了，好管教了，可是这件事在我的心灵里留下了一个创伤。"然而更为重要的还是卡夫卡对其父亲的互相矛盾的双重态度。一方面，他觉得父亲就是成功和权力的象征，他佩服父亲，甚至对父亲说："你是我心目中的万物的圭臬。"他深深地为自己不能成为父亲的接班人而感到内疚，感到渺小，感到自卑；另一方面又觉得父亲是暴君，对父亲强加给他的一切罪名，连同父辈的文化，进行顽强地反抗，然而他又感到这种反抗是注定要失败的，因为父亲和父亲所代表的文化太强大了。卡夫卡从小就对父亲所形成的两面态度，内化为意向性的心理结构，不仅表现为他的作品常选择父子冲突的题材，更重要的是这种两面性的心理结构深入到他的一系列的作品的思想内核。审父意识和恋父意识像两条扭结在一起的绳索，难解难分。为什么在《变形记》中主人公在变成甲壳虫后，在遭到家人的厌弃后，仍然想和家人重归于好呢，要负起赡养父母的责任呢？为什么在《判决》中，主人公对父亲的两面态度处于胶着状态，难解难分呢？为什么他的长篇小说《城堡》中的主人公K在遭到城堡当局长期的无情拒绝后，他一方面是恨透了城堡当局，可另一方面仍然不甘心，仍然想进城堡，甚至为弄到一张城堡边的村子的居留证而不惜耗费几乎全部精力呢？这一切都是卡夫卡从小形成的审父和恋父情结在作品中的投射，是其独特的父亲意象内化而成的先在意向结构在暗中作用的结果。

如果作家的童年生活比较正常的话，“父亲意象”和“母亲意象”在内化为先在意向结构中互相补充，合二为一。因为“心理健康和达到成熟的基础就在于，首先以依恋母亲为中心再发展到以依恋父亲为中心，最后把这两种依恋结合在一起”①。这类作家的心理历程是，他先得到爱、诗情、丰富的感性，然后再得到能力、智慧、深刻的理性，在其成熟阶段则把两者结合起来。这样他们的作品就会表现出诗情和智慧、感性和理性、直接性和规律性的完整统一。

最后，童年经验作为创作的动力源。一般而言，童年经验按其类型可分为两种，一种是丰富性经验，一种是缺失性经验。所谓丰富性经验，即他的童年生活很幸福，物质、精神两方面都得到了最大限度的满足，生活充实而绚丽多彩。所谓缺失性经验，即他的童年生活很不幸，或是物质匮乏，或是精神遭受摧残、压抑，生活极

① 埃·弗罗姆：《爱的艺术》，华夏出版社1987年版，第39页。

端抑郁、沉重。童年的丰富性经验，在作家那里成为丰富性创作动机，创作是他童年绚丽多彩的生活的泛溢，就像那春溪的水流涨满，溢出河床，形成生动的景观。但与缺失性经验所形成的缺失性动机相比，丰富性动机的力量要小得多，甚至就不能成为动力。弗洛伊德说："幸福的人从来不会幻想，幻想只发生在愿望得不到满足的人身上。幻想的动力是未被满足的愿望。"[①]弗洛伊德的话不无道理。因为丰富性经验与幸福相连，而幸福就是欲望的满足，满足更容易变成厌倦，满足的厌倦会使生命失去追求的动力。童年的缺失经验更易于转化为强大的创作动力。

童年的缺失性经验之所以能转化为强大的创作动力，是由于以下两个原因。

第一，童年的缺失要求成年时期得到补偿。补偿是心理分析学的概念。意思是说人有一种心理的力量，要以现时的成功的行为来消解先前由缺失、不幸、痛苦所引起的失败感。比如先天的或后天的残疾，使人丧失某一方面的能力而感到自卑，这样就会激起他的热情和力量，突出他发展其他方面的能力，并通过获得成功以求精神补偿。对作家来说，童年的缺失性经验是难以忘怀的、深入骨髓的，它推动着作家去追求成功，追求独特的创造，以便从艰苦的劳动中获得精神的慰藉和补偿。创造的成功可能使他的心获得一种超越一切的自由感，使他觉得自己和一切幸福的人一样，达到人生的至境。一般而言，一个人童年的缺失往往与作为一家之长的父亲的失败相关。著名的话剧《推销员之死》的作者阿瑟·密勒认为作家童年目睹父亲的失败会激发作家渴望成功，他说："福克纳、海明威、菲茨杰拉德、契诃夫、麦尔维尔等许多重要作家都有一个共同点：他们的父亲不是被他们看出将要失败，就是已经败下阵来或自杀身

---

① 弗洛伊德：《作家与白日梦》，《弗洛伊德论美文选》，知识出版社1987年版，第32页。

亡了……这样的环境是会在一个孩子或青年身上引起一系列的反应的。他相信自己能以一种复杂的心情重建一个世界，一个已经逝去的世界。所谓一个复杂的心情，是指他想到自己失败的父亲不免有一种危险和痛苦的感觉。而他发现事业为自己大显身手敞开大门又不禁雄心勃勃。不论他干什么，只要他有雄心大志，一个作家就会认为他是在创造新的东西。”由此可见，作家童年的不幸，实际上是他的大幸，因为这是他的创作动力的泉源。

第二，童年的缺失性经验蕴含更丰富更深刻的人生况味，从而更能激发作家的想象力，鼓舞作家的创作热情。幸福犹如软饮料，只能给人以瞬间的愉快，我们的心理器官就会在感觉不到其内部的本质的情况下而过分顺利地移动；缺失、不幸、苦难则使人长久地沉思，沉思人的命运何以如此不公平，为什么有人那样幸运，而有人则如此坎坷。缺失、不幸、苦难的经验其外在的形态对人们的心理器官具有阻拒性，它不会给人们轻易带来快感，但却具有一种吸引力，促使人们从对象的外表中解脱出来而去关注与追寻对象内部的真实而深刻的人生意味。而且在沉思中，人将变得更敏锐、更聪慧。现代心理学的研究表明，人处在“感觉剥夺”的缺失的状态中，将变得高度敏感，连极微小的刺激也会做出强烈的反应，并伴随认知的异常活跃，从而达到对事物的深刻理解。与此同时，缺失也刺激人的想象力，关于这一点，康德已注意到了，他说：“由于想象力在观念上比感官更丰富更多产，所以如果有情欲的加入，则缺乏对象比有一个对象还更能激发想象力。”[①]所谓“缺乏对象”，就是人的感觉欲望不能满足，这种情况更能使人的想象力得到充分的发挥。一位童年时期挨过饿的作家，与从未挨过饿的作家，他们对世界的看法是不同的，他们的想象力也是不同的。由缺失所引起异常认知

① 康德：《实用人类学》，重庆出版社1987年版，第64页。

和想象力的活跃，都可能成为创作的动力源。

概而言之，童年的缺失性经验，从根本上说，是作家的沃土，作家在他的一生中永远可以从这里获得生命力的发动。人的身体需要在运动中保持活力。人的心灵也需要在活动中得到滋养。回忆早年的缺失、不幸、苦难诚然使人感到痛苦，但却能使人的生命能量畅然一泻，从而使人快乐地享受生命的自由与甜美。

三、社会化与保持童心

对作家来说，保持童心并充分利用童年经验是重要的。康·帕乌斯托夫斯基说："对生活，对我们周围一切的诗意的理解，是童年时代给我们的最伟大的馈赠。如果一个人在悠长而严肃的岁月中，没有失去这个馈赠，那他就是诗人和作家。"①那么一个作家怎样来接受这伟大而珍贵的馈赠，永葆童心不泯，童年经验常用常新呢？这基本上是一个实践问题，不完全是理论问题。

儿童或迟或早要进入社会。儿童的成长过程也就是社会化过程。对儿童而言。所谓社会化过程大体上是指儿童依照社会的需要、意识形态、道德规范、法律契约融入社会的过程。社会化要求儿童逐渐去适应某种社会角色，扮演某种社会角色，遵从社会规范。从这个意义上来看，社会化是以求同为标志的，是人的合群性的表现。无论在哪种社会中，在特定的文化思想环境中，一致性、相似性总是处于统治地位。一般来说，在特定的社会思想文化环境的制约下，几乎每个人都操同一种语言，有大体相同的价值观，有大体相同的道德规范，遵守着相同的法律契约，采用大体相同的行为方式，甚至有着相同的审美趣味和审美理想。从社会学的观点看，社会化是

① 康·帕乌斯托夫斯基：《金蔷薇》，上海译文出版社1980年版，第22页。

人对现实环境的适应性的必然现象，是一个人走向成熟的标志。对社会来说，人的社会化是维系一个社会稳定的必要条件；对个人来说，通过遵从社会规范，我们就能准确无误地表达自己的思想感情，避免令人难堪的误解或灾难性的打击。总之，无论对社会还是对个人，社会化都是必要的、有益的。对作家来说，社会化也是重要的。作家应该是有高度社会责任感的人，他必须深入社会、了解社会、适应社会，才能以自己的创作行为改造社会。一个拒绝社会化的作家是难以被人理解的。

然而上面所述，只是问题的一面。问题还有另一面。社会化是以“遵从”原则为特征的，他或多或少迫使个人放弃自己原初的独特的观察、体验、理解和发现，不得不以社会多数人的见解为见解。于是在这里作家遇到了一个“二律背反”：社会化对作家是重要的，是他的社会责任感的表现；社会化迫使作家遵从社会规范，放弃自己原初的独特的观察和体验，使其童心和诗心或多或少受到削弱。作家如何处理好这个“二律背反”就成为他能不能保持艺术力量的一个关键。某些作家身上存在一种现象，即思想越进步而艺术越后退，其原因是复杂的，其中之一可能与社会化过速、过深有关。越是社会化，越是深入社会，越是了解社会，思想也越是进步，与他人就会有更多的共识，这当然是很好的。但社会化的过速、过深意味着自己原有的某些独特感受生活能力和独特观察视角的丧失，而这就是有的作家思想进步而艺术退步的原因。如果这些作家要想阻止艺术退步，那么就必须获得社会性阻滞，以保持童心和诗心。即在社会化的同时，自觉地、顽强地保留自己的独特的艺术视野。对作家而言，不社会化是不可能的，但过分社会化也是不可取的，在这里作家在社会与艺术之间保持适当的平衡就显得十分重要了。

一个社会化过深的人，遵从心理紧紧地束缚着他，不敢越雷池一步，童心丧尽，完全失去独立思考和感受生活的能力，是不宜当作家的。因为这种人“几乎在所有的社会情境中，对偏离的恐惧都是一个基本的因素。人们不想突出自己而与众不同，总想与别人差不多。一个面临着与群体意见不一致的人是不愿意偏离的。他想要群体喜欢他、优待他、接受他。他害怕如果他与群体意见不一致，群体会讨厌他、虐待他或驱逐他。为了避免这些后果，他总是趋于遵从”①。作家是所有人中最能发出自己独特的声音的人，一旦他在过分的社会化中，怀着偏离的恐惧，他也就失去了真正的艺术家的勇气，他写出来的不过是迎合群体和世俗的东西，那么他拿什么去面对读者的期望呢？所以作家在社会化的同时，又获得某些社会化阻滞，而不随波逐流，在某种程度上“孤立自己”，这样才能保持一片童心去面对世界，并怀着坚定的信心，敢写自己之所感，敢道自己之所见，敢发自己之声音，像儿童那样毫无畏惧地宣布自己对生活的独特的发现。也许伟大的作家就在毫无畏惧地宣布自己对生活的独特的发现中诞生。

（《文学评论》1993 年第 4 期）

① J. L. 弗里德曼、D. O. 西尔斯、J. M. 卡尔史密斯：《社会心理学》，黑龙江人民出版社 1984 年版，第 442 页。

现实主义文学的审美范型

现实主义无论作为一种文学思潮，还是作为一种文学类型，都属于历史的范畴。自古至今没有完全不变的现实主义。只要对中外文学史上的现实主义稍作考察，就会有清楚的理解。但是从古代的现实主义和19世纪的批判现实主义，到后来的革命的现实主义，再到“新写实主义”，这些不同历史时期的作品都被叫作“现实主义”或“写实主义”（现实主义和写实主义完全是一个意思的不同说法），并不是没有原因的。就是说，现实主义的内容可以因历史的变化而变化，但作为文学类型或文学思潮的现实主义在“变”中仍有不变的东西。这基本不变的东西就是“现实主义”文学的审美范型。有人重提“现实主义”话题，并对刘醒龙的《分享艰难》、谈歌的《大厂》、何申的《年前年后》等若干比较贴近现实生活的作品大加赞扬，称之为“现实主义冲击波”，在这个时候，从理论的视野来讨论一下现实主义文学的审美范型也许是有益的。

一、创作客体：想象的飞腾与逻辑的规定

现实主义的客体是现实主义审美范型的重要内容之一。我们当然不能把现实主义文学的客体或对象，说成是实际的现实生活本身，客体或对象是相对于主体而言的。我们可以如20世纪50年代美学大辩论时朱光潜先生所做的区分那样，把实际的现实生活称为“物甲”，把作为主体的作家掌握的现实生活（即素材或题材）称为“物乙”。“物乙”诚然来源于“物甲”，但“物乙”又不同于“物甲”。“物甲”是纯然的生活本身，不具有主观性，它一般是科学家的对象；“物乙”是作家把握了的生活，或多或少，或浓或淡渗透了作家的主观性，这其中甚至已有作家的想象。

现实主义的作家运用带有主观性的“物乙”进行构思、想象和艺术加工，在构思、想象和加工时，作家并不时时处处受真实的生活制约，作家完全可以仅仅根据现实生活中那么一点点事情的启示，就虚构出一个看起来完全真实的故事。这里就出现了现实主义文学的一个“悖论”：它是想象的、虚构的，甚至是完全想象和虚构的，但又要尊重客体固有的内在逻辑性的规定。对现实主义作家来说，他必须“忠于”他的笔下的现实生活（物乙），而不能把笔下的现实生活当作自己的“傀儡”随意调动、安排。例如，作家笔下的人物性格和命运是被其笔下的现实生活的必然性所规定的，现实主义作家必须寻找并揭示这种必然性，才可能创造出活生生的能够反映社会生活的本质的人物形象。无论哪个时代的现实主义的作家和理论家都强调“真实性”。所谓真实性并不是如实描写生活本身，而是指作家所构思、所想象、所描写的对象的内在逻辑性。你可以写悲剧，但你要写出美好的事物损毁的必然原因，不是仅仅由于偶然性所造成

的结果，当然这里也可以有偶然的因素在其中起作用，但这偶然的背后仍然有必然的内在逻辑在延伸；你可以写喜剧，但要写出丑恶的事物败露的必然原因，你让读者笑，但笑过之后是有可以让人沉思的真实意义。对现实主义文学来说，重要的不是情节多么曲折，重要的是事物发展的普遍的规律和逻辑是不是被充分揭示出来。

对象的内在逻辑性并非表面的特征，它深藏在现实生活的底层，它就是作家殚思极虑所追寻的生活奥秘之所在。列宁曾说过，事物有初级本质、二级本质、三级本质……对象的逻辑性应该是事物的最深层的本质。这种本质由于埋得深，藏得远，同时又处在变动中、发展中，因此要把握它并不是容易的。也许，这正是现实主义作家的一种才能，巴尔扎克说过："在真正是思想家的诗人或作家身上出现一种不可解释的、非常的、连科学也难以明辨的精神现象。这是一种透视力，他帮助他们在任何可能出现的情况中测知真相，或者说得更确切点，是一种难以明言的、将他们送到他们应去或想去的地方的力量。"[①]这种力量并不是每个作家都具有的。像俄国的列夫·托尔斯泰等这些现实主义的大师，应该说他们把握社会生活本质的能力都是很强的，但就是这些大师常感到构思好的作品被他们描写的人物所"推翻"，他好心好意让他的安娜·卡列尼娜活下去，但安娜"自己"不想活了，她要钻到火车轮子下面去，托尔斯泰无法挽救他心爱的主人公的生命，只好听从安娜自己的命运安排。照理说，作家写作由自己做主，人物命运得听他的安排、调遣，人物说什么话、做什么事在他的艺术规定之中，怎么会发生这种看起来是人物指挥作家而不是作家指挥人物的事情呢？作家做出这样的改变是怎么回事呢？事情的关键就在作家开始构思时，他还没有完全把握自

① 巴尔扎克：《〈驴皮记〉·初版序言》，中国社会科学研究院外国文学研究所外国文学研究资料丛刊编辑委员会编：《欧美古典作家论现实主义和浪漫主义》(二)，中国社会科学出版社1981年版，第107页。

己所要描写的人物的固有的性格逻辑和命运发展的真实轨迹，只是后来随着情节的发展，人物性格的进一步展开，人物命运的真实的发展，作家才意识到自己并没有把握住人物的性格或命运的逻辑真相，没有揭示围绕人物形象的社会生活的本质，他所描写社会生活的内在逻辑向作家发出了呼声，作家听到了这种声音，这才做出了必要的改变。

这就说明了现实主义作家所描写的客体是“物乙”而不是“物甲”，“物乙”中已有想象的飞腾，但“物乙”由于是作家“研究”生活的结果，就会有其应有的逻辑的规定性，作家必须严格尊重这种逻辑的规定性，才能深刻洞见生活的本质，而其创作的现实主义性质才能得到充分的体现。所以，艺术想象与逻辑规定的“悖论”是现实主义的范型之一。

二、创作主体：深情冷眼

创作客体的逻辑规定性及其艺术描写，必须在主体的“深情冷眼”中看出和写出，是现实主义的文学范型的又一特征。现实主义作家与非现实主义作家不同之处，是他们对社会现实生活的特别关注和热情介入，他们看到了现实生活中种种“溃疡”“癌症”，总想负起社会责任来，认真地当一名医治社会的医生，他们要把这“溃疡”“癌症”的部位指出来，并提出医治的药方。他们希望尽快把社会的弊病消除掉。因此他们对现实生活不但不冷漠，反而抱着常人所没有的“深情”。这种“深情”在作品中常常化为对现实的尖锐的批判与揭露，因为在他们的理解中，现实生活中社会问题如此严重而没有得到解决，首先是人们熟视无睹，还没有深刻地认识到这些社会问题将如何给国家、民族和人类带来深重的灾难，所以第一要紧的是把问题凸显出来，以引起人们的警觉，让人们感到社会问题已严重到非解决不可的程度了。他们的这股赤热之心，真是无人可比。甚至连政治家，也很难有那样一种冲动之情。而且一般而言，他们对社会的揭露和批判并非要推翻他们生活于其中的社会。从这个意义上说，现实主义作家往往是入世型的“补天”派。这一点我们只要看一看莎士比亚当年如何用人文主义精神来解救他所生活的社会，巴尔扎克和托尔斯泰如何用人道主义来改造社会，以及鲁迅如何揭示出社会的弊病以引起疗救的注意，就可获得深刻的理解了。因此，现实主义的作家虽然常常不在作品中“露面”，给人以冷静甚至冷漠的感觉，但在字里行间却掩饰不住对社会改造的“深情”。这种“深情”是现实主义作家作为主体所必有的东西。

当然，对现实主义文学来说，“深情”是蕴含和埋藏在作家感情世界里的“心理现实”，是不能明言的；在艺术的表现上要求的是极度的“冷眼”。“深情”与“冷眼”作为现实主义创作的“里”与“表”看起来又是一个“悖论”，但真正现实主义文学的范型就要求这种看似难以相容的“悖论”。“冷眼”的意思，是指现实主义作家描写人物、场景时的极度的冷静和客观，不把自己的同情与憎恨等感情直接地显露于作品的艺术描写中。他们力图造成这样一种艺术效果：我只是把纯客观的事件的演变、人物的行止告诉你们，这是真实得不能再真实的东西，你们同情谁、怨恨谁、赞成什么、反对什么是你们自己的事，我本人对我描写的事件和人物并没有什么“感情色彩”，我不下什么“判断”，更不想教训人，一切由你们自己去体会吧！在这个问题上俄国的现实主义作家契诃夫有几段话说得特别精彩和透彻，他在写给阿·谢·苏沃陵的信中说：

……你骂我客观，说这种客观态度是对善和恶的漠不关心，说它是理想和思想的缺乏等。你希望我在描写偷马贼的时候应该说明：偷马是坏事。不过话说回来，这种话就是我不说，别人也早已知道了。让陪审员(指读者——引者)去裁判吧,我的工作只在于表明他们是什么样的人。我写道,您要跟偷马贼打交道,那么您得知道,他们并不是乞丐,而是吃得饱饱的人,这些人算得是一种狂热的信徒,偷马不单纯是盗窃,而是癖好。当然把艺术跟说教配在一起是愉快的事,不过对我个人来说,这却非常困难,并且由于技术条件而几乎不可能。要知道,为了在七百行文字里描写偷马贼,我得随时按他们的方式来说话,按他们的心理来感觉,要不然,如果我加进主观成分去,形象就会模糊,这篇小说就不会像一切短小的小说所应该做的那么紧凑了。我写的时候,充分信赖读者,认定小说里所欠缺的主观成分读者自己会加进去。……

在这段话里,契诃夫作为一个严格的现实主义作家对现实主义的艺术描写的范式何以这样,说明了两点理由:1. 现实主义艺术描写的特征是客观性,不当“裁判”,描写人物就得按人物应有的方式来说话,按人物应有的心理来感觉,只有这样形象才不会模糊;2. 充分信任读者,如果你把“什么样的人”客观地写具体了,那么读者是有感受力的,他们会把作品所欠缺的主观成分自动地加进去,读者的判断是不会错的。契诃夫在写给丽·阿·阿维洛娃的信中还说:

……我以读者的身份给您提一个意见:您描写苦命人和可怜虫,而又希望引起怜悯的时候,自己要极力冷心肠才行,这会给别人的痛苦一种近似背景的东西,那种痛苦在这背景上就会更明显地露出来。可是如今在您的小说里您的主人公哭,您自己也在叹气。是的,应当冷心肠才对。……

在这里契诃夫更深一层地从艺术描写效果的角度，说明描写的客观性对现实主义的重要意义。提出了艺术描写背景的问题，实际上就是艺术描写中的“辩证法”问题。这使我们想到我们的相声演员在“抖包袱”引听众笑的时候，他们自己得绷住脸，显得极其认真严肃，这样的表情使听众觉得如此可笑的事为什么他们自己不笑，这就更觉得可笑。实际上他们心里何尝不笑，他们心里是在“观看”自己的艺术所引发的笑声，也许他们比观众笑得更得意。对现实主义的作家来说，道理是同样的，您描写你的心爱的主人公的痛苦，但你自己不要从文字流露出那种唉声叹气的态度来，似乎你不过是客观地呈现，这样你的态度与你所描写的内容就形成了反差，在这“反差”中痛苦就会因背景的衬托而变得更痛苦，鲁迅难道不同情他笔下的阿Q吗？但在小说中似乎对阿Q很无情，岂但是无情，还有点“残酷”，竟然把阿Q当作一个嘲笑的对象。甚至引得读者开始时也一起去嘲笑阿Q，但是真正有鉴赏能力的读者就会从这嘲笑中读出苦涩、读出难堪、读出痛苦、读出复杂的感情来。概而言之，深情的内在态度与冷眼的客观艺术描写的“悖论”构成了现实主义文学艺术描写范型。

三、艺术至境：典型的创造

艺术至境是指对文学创作的最高境界的追求。不同的文学类型有不同的艺术至境追求。一般而言，浪漫主义类型的作品追求意境的营构，象征主义类型的作品追求意象的呈现，而现实主义的作品则追求典型的创造。人类通过这三足鼎立的艺术至境的追求，实现人类自身心理功能知、情、意在文学上的充分实现。现实主义文学通过文学典型形象的创造，使人类的“知”(认识)的心理功能在文学上放出异彩。没有一个伟大的现实主义作家不通过典型形象的创造而能在文学史上占有一席之地。莎士比亚的哈姆雷特，笛福的鲁宾孙，塞万提斯的堂吉诃德，巴尔扎克的葛朗台，托尔斯泰的安娜·卡列尼娜，罗贯中的刘备、孔明、张飞，施耐庵的宋江、李逵、鲁智深、林冲，曹雪芹的贾宝玉、林黛玉、薛宝钗、王熙凤，鲁迅的阿Q，等等，这些人物的名字成为社会生活中的“共名”而家喻户晓，一代又一代流传下去。现实主义若是不能创造程度不同的典型人物，也就不是充分的现实主义了。

究竟什么是典型呢？过去有许多讨论。有的说，典型是个性与共性的统一；有的说，典型是偶然性与必然性的统一；别林斯基说：典型是熟识的陌生人。这些说法都有一定的道理，但又都没有揭示出典型的特征。因为，用哲学术语来解说典型，总是把问题大而化之，我们可以说不但典型是个别与一般的统一、偶然与必然的统一，实际上世界上万事万物都是个别与一般的统一、偶然与必然的统一。所以这种典型理论说了等于没有说。至于别林斯基的说法则是一种比喻，我们可以理解，但仍然没有得到确定的说明。值得注意的是，上述这些说法，都建立在“综合”论、“拼凑”论的基础上，就是说，典型是对于同类的许多人的相同行为特点的综合和拼凑。要写一个商人的典型，就必须从许许多多商人身上的相同点去综合，这种理论实际上是“类型”论，不是典型论。对现实主义作家来说，最失败的事情是把典型写成类型。典型正如黑格尔说的独特的“这一个”，它不跟其他任何人雷同，但又的确有普遍性，在不同历史阶段和不同的地区，都可以发现它的影子。

我曾经提出一种典型论。我认为典型是具有特征的、能够激发人们的美感的人物形象。在这个界说中，“特征”是一个关键词，按德国艺术鉴赏家希尔特的说法，特征是“组成本质的那些个别标志”，

"艺术形象中个别细节把所要表现的内容突出地表现出来的那种妥帖性"①。他的理论得到了黑格尔的激赏和发挥，并提出了"特征化"原则。别林斯基谈过特征的美学功能。法国文学理论家泰纳在他的《艺术哲学》一书中，也特别看重"特征"这个概念，苏联著名作家阿·托尔斯泰对此也有论述。按我的综合和理解，就其外延说，它可以是一句话、一个细节、一个场面、一个事件、一个人物、一种人物关系等；就内涵而言，特征也是一种"悖论"：它的外在形象是极其具体的、生动的、独特的；但它通过外在形象所表现出来的内在本质又是极其深刻和丰富的。所以，特征是生活的一个凝聚点，现象和本质在这里相连，个别和一般在这里重合，形与神在这里联结，意与象在这里汇合。作家如果在生活中抓住了生活中的一些特征(不必考虑在数量上的多少)，将其扩大、提升、深化，也就是黑格尔所说的"特征化"(不是综合、拼凑)，那么就可能创造出成为"共名"的、能够引起人们的美感的典型人物来。典型人物的创造成功，哪怕是一个典型人物创造成功，那么你的现实主义也就达到了极致。

四、不算题外的话

如果我们对现实主义范型的上述理解能够成立的话，那么我们对被称为"现实主义冲击波"的作品，也就可以获得一个衡量的标准并做出我们应有的评价了。

我所看到的所谓"现实主义冲击波"的作品，当然多少有一定的价值，因为毕竟接触到了现实的某些矛盾方面的现象。但不能对它们估计太高，更不能任意"抬高"。就这些作品所描写的对象来看，只是接触到现实生活中的一些现象，作家们似乎看见了什么就写什

① 黑格尔：《美学》第1卷，商务印书馆1979年版，第22页。

么，他们似乎并没有研究过生活。“研究”这个词似乎是与理论家相关，与作家无关。其实这是一种误解。(作家要用自己的直觉去“研究”生活，在一瞬之间，就能洞穿生活现象而体认本质。)因此他们并没有把现实关系的“真相”深刻地揭开给人们看，他们看到的并不比普通人更多，甚至更少。这怎样能达到现实主义文学的客观规定性的要求呢？不能想人所未想，发人所未发，道人所未道，没有艺术家的起码的勇气，就不要想在自己的头上戴上“现实主义”的桂冠。这是第一点。

第二，就艺术描写的范式看，主体与其主人公的感情太一致。他的主人公受苦，作家也在受苦，主人公叹气，他自己也叹气，作家真是跟他的主人公“分享”了“艰难”。作家作为创作主体“深情”不多，而“冷眼”则完全没有。有的描写给人一种中学生写作文的感觉。入得不够，出得也不够。“热”得不够，“冷”得也不够。比起之前的“新写实主义”的“老辣”来所差就不是一点了。

第三，从创造典型的角度说，我很难记住他们的“名字”，因为他们不是“共名”。这里没有堂吉诃德，没有葛朗台，没有安娜，没有“变色龙”，没有曹操，没有王熙凤，没有阿 Q，没有江姐，没有朱老忠，甚至没有李双双，没有谢惠敏……总的说，没有抓住时代的特征，更谈不上典型。

我不是一味泼冷水，我想中国这样一个有着悠久的伟大文学传统(其中包括现实主义文学传统)的泱泱大国，新时期以来又有一次文学“复兴”时期，出现过不少优秀作品，推进了当代文学的发展，在这之后，如果只能“捧”这些还比较粗糙的不成熟的“冲击波”，那么我们不是太可悲了吗!?

(《北京社会科学》1998 年第 1 期)

特征原则与作家的发现

一

读着近几年发表的数量多得惊人的新作，我心里不免产生这样一个问题：为什么有些作品堆砌了那么多的生活细节，罗列了那么多的生活场景，为人物设置了那么多的“斗争的旋涡”，为现实编制了那么详尽的目录，它的作者似乎把吃奶的力气也用上了，却不能给人留下丰富而深刻的印象，反而给人以冗长、累赘之感？为什么有些作品只抓住一个细节、一个场面、一个人物的一种心理、一个举动，甚至一句话，只闲闲几笔勾勒，就能感人肺腑，令人荡气回肠，掩卷深思？

我觉得在回答这个问题之前，需要重新提出“特征”这样一个大家重视得不够的概念。“特征”的概念是由德国学者希尔特（Hirt，1759—1839）

提出来的。黑格尔称希尔特为“现代一位最大的艺术鉴赏家”。从黑格尔的转述中，我们知道，他在《论艺术美》一文中提出：“正确地评判艺术美和培养艺术鉴赏力的基础就在于特性的概念。”①他认为“特性”就是“组成本质的那些个别标志”，是“艺术形象中个别细节把所要表现的内容突出地表现出来的那种妥贴性”②。黑格尔说，根据希尔特的“特性”的定义，“只有适合于照实表现恰恰某一确定内容的东西才应该纳入艺术作品”③。在希尔特的启发下，黑格尔又进一步把“特性化”“特性原则”当作艺术创作的重要原理加以提倡。根据我的理解，就外延而言，“特征”可以是一句话、一个细节、一个场景、一个事件、一个人物、一种人物关系等；就内涵而言，“特征”具有两种属性：其一，它的外在形象是极其具体的、生动的、独特的；其二，它通过外在形象所表现的内在本质又是极其深刻和丰富的。“特征”是生活的一个凝聚点，现象和本质在这里相连，个别与一般在这里重合，形与神在这里联结，意与象在这里聚首，情与理在这里交融。而“特征化”就是指作家对他所抓取的生活凝聚点的加强、扩大和生发的过程。因此，哪位作家要是在生活中抓住了富有特征的东西，并加以特征化，那么，那位作家就可能有重大的艺术发现，就有可能创造出成功的典型来，写出新颖的富有独创性的作品来。

创作实践表明，一部优秀的作品，并不需要许多支撑点。一个或几个真正富有特征的细节、场面、事件，就有可能把它支撑起来了。刘心武的《班主任》无疑是经得起时间检验的作品。一个小流氓和一个“好学生”竟不约而同地把《牛虻》说成是黄书，这一富有时代特征的细节，就是这篇小说的主要支撑点。这个细节简直就像一面镜子，照出了时代留下的变态、畸形、创伤、教训，等等。如果把

---

① 黑格尔：《美学》第1卷，商务印书馆1979年版，第22页。
② 黑格尔：《美学》第1卷，商务印书馆1979年版，第22页。
③ 黑格尔：《美学》第1卷，商务印书馆1979年版，第23页。

这一发人深省的细节抽去，作品的思想内涵也就随着变得肤浅。无可否认，这一具有特征意义的细节以及据此创造的具有典型性的人物谢惠敏，是刘心武对生活的重要发现。《高山下的花环》的成功，并不在于赵、梁两家两代人的出乎寻常的巧遇（这恰恰是作品的败笔），而在于作者选取了“曲线调动”、血染的账单、军长甩帽、两发臭弹等这几个极富特征的事件和细节。正是这几个“特征”，在想象力的帮助下，支撑起了一部不可多得的优秀作品。设想一下，如果把这几个“特征”从作品中抽去，光靠那人物的巧遇，这部作品还能动人吗？巴尔扎克说：“在今天，一切可能的组合看来都已被发掘完，一切情境看来都已被描写净尽，连无法做到的事都已尝试过了，本作者坚信，今后唯有细节能够构成被不确切地称为‘小说’的作品的价值……”[①]巴尔扎克的话也许说过了头，但绝不是毫无道理的。一个编故事的专家，无法保证他作品的成功，而一个抓取特征的能手，其创作的成功率倒要大得多。蒋子龙的小说受到人们的重视，绝不是偶然的。他的作品的动人力量来自何处？是靠情节曲折呢？还是靠结构精巧？是靠语言漂亮呢？还是靠特殊的韵味？我看主要不是靠这些。蒋子龙的才能在于他是一个抓特征的能手。他的短篇《拜年》抓住年初五头一天上班互相拜年这样一个富有特征的细节，展开了对胡万通和冷占国两个人物的性格描绘。一个要拜年，要搞好“人缘儿”，靠甜嘴蜜舌、靠磕头搞工作；一个则反对拜年，要靠周密的计划、严格的规章制度来搞工作。生活是如此不公正，“拜年式”的人物胡万通，虽没有多少本事，倒跟周围的人保持着良好的关系，且官运亨通，被提拔为副厂长；而那个铁面无私的冷占国虽有一身本事、一心扑在工作上，倒显得那么孤立无援。当然，一旦胡万通真的被提到副厂长的位置上时，群众又怀疑起来，他们又把目

---

① 中国社会科学院外国文学研究所外国文学研究资料丛刊编辑委员会编：《欧美古典作家论现实主义和浪漫主义》（二），中国社会科学出版社 1981 年版，第 105 页。

光转向冷占国。在蒋子龙笔下，普普通通的一个拜年的细节，经过特征化的艺术处理，意蕴是那么丰富而深刻，社会的陋习、现实的严峻、“国民性”弱点、生活的浊流、“四化”的艰难步履……都与“拜年”这个富有特征的细节联系在一起了。他的中篇《赤橙黄绿青蓝紫》获得成功，同样在于作者抓住了生活的特征。小说一开头刘思佳卖煎饼，就是一个极富特征的场面。工厂的混乱、制度的缺陷、领导的无能、清醒者的愤懑、青年人的玩世不恭等错综复杂的现实都融于这一富有时代特征的场面中。蒋子龙正是由于会抓时代的特征，而大大地提高了创作的成功率。

在文学创作中，作家能不能在生活中发现并抓住特征，是现实主义深化的关键。所谓“深化”，就是要深入到生活固有的内在矛盾中去揭示矛盾。而富有特征的事物，如前面所分析的那样，是矛盾的扭结点，所以作家发现并抓住了生活里富有特征的事物，也就抓住了生活固有的内在矛盾。编目式的罗列生活现象的作品之所以显得冗长、累赘，不能给人留下丰富而深刻的印象，就是因为它没有抓住生活的特征。而那些能以少胜多、一以当十的作品之所以发人深思、动人心魄，就是因为它抓住了特征。

人们可能要问：这里所说的“特征”和“特征化”，跟典型和典型化不是一样的吗？我认为，希尔特所提出的特征的概念和目前流行的典型的概念既有联系，又有区别。希尔特所说的“特征”（德文charakteristische)，朱光潜教授把它译为“特性”。他指出：也可“译‘特征’，近于‘典型的’”①。“近于‘典型的’”，并不等于典型。按我的理解，特征是“组成本质的那些个别标志”，但它只是一些幼芽（还没有成长），一些枝节（还不够完整）。它还只是典型的部分初坯，它比一般的生活原型高，却比典型低，因而是介于生活原型与艺术典

---

① 黑格尔：《美学》第1卷，商务印书馆1979年版，第22页页下注②。

型之间的一个概念，生活原型要提升到艺术典型的高度，必须经过“特征化”。比方说，生活是那无尽的矿石，从生活的矿石中，我们发现了生活的璞——特征，而生活的璞要经过加工才能变成美玉——典型。因此，我们可以说，“特征化”是创造典型的必由之路。过去，由于我们不重视“特征”和“特征化”这个概念，忽视这个“中介”环节，典型和典型化问题就讲得过于简单，不够科学，这就给创作带来了一些有害的影响。譬如，过去我们一谈到典型和典型化，就笼统地强调对生活的综合、缀合、集中或“拼凑”“杂取”等，似乎作家只需把他所搜集的生活材料一归拢，就可以创造出作品来，于是大事记式的、编目式的作品出现了，从生活中，东挑一点、西挑一点拼凑起来的，百衲衣式的作品出现了。当然，我不是说创作不需要综合、缀合、集中或“拼凑”“杂取”，我是说这种综合、缀合、集中或“拼凑”“杂取”要建立在选取特征的基础上。作家首先要从生活中发现并提取出富有特征的东西来，这富有特征的东西可能不够重大、不够深刻、不够完整，于是作家就充分发挥自己的主观能动作用，让自己的艺术想象力燃烧起来，扩大它，加强它，生发它，最后把它创造成重大的、深刻的、完整的典型。而综合、缀合、集中或“拼凑”“杂取”等工作，只能在扩大、加强、生发特征的过程中进行。这样创作出来的才是浑然一体的带有艺术性印记的作品。不选取特征，不靠特征的生发，单纯靠综合而拼凑起来的作品，不会是流动着生命的、完整的优秀作品。在这里，苏联著名作家阿·托尔斯泰有一段话是特别值得我们注意的。他认为：“艺术跟科学一样，都是在认识生活。科学是用经验（受科学家的观念指导的经验）来认识真理的。经验愈多，事实愈丰富，科学的结论就愈精确。”①“艺术在进行概括的时候，不必去追求经验在数量上的多少。艺术力

① 阿·托尔斯泰：《致青年作家》，《论文学》，人民文学出版社 1980 年版，第 265 页。

图寻求具有特征的事实……你遇见一个人，并且同他攀谈起来，于是你感觉到，根据这个人你可以塑造出一个时代的典型来。这种情况是否可能呢？是可能的。我再说一遍，艺术依据的是少量的(跟科学比较而言)经验，但是，它却根据的是艺术家的信念，即艺术家的‘强词夺理’借以揭示时代概括的那种经验。”[①]阿·托尔斯泰的典型论跟那种一味强调综合、缀合、集中或“拼凑”“杂取”的典型论不同，他认为典型论的基础是“寻求具有特征的事实”(可以是少量的事实，只要这事实具有特征)，而关键则是作家的“信念”。我觉得他的论点，既强调了客观的基础，又强调主观的能动创造，符合创作的实际，科学地总结了创作的规律，比其他观点更接近真理。

二

精心地选取并生动地描绘生活中具有特征的事物，是文学作品思想性和艺术性的基础。

作品的思想性与作品反映生活的深刻程度是相联系的。“这部作品开掘得深”，“那部作品写得浅”，这几乎成了我们的评论家的口头禅。问题是作品的“深”与“浅”的关键在哪里？我们经常遇见这样两类作品，一类是：作品的形象不足，作者使劲地用所谓深刻的议论去补充它，力图使作品能给人以“深刻”的印象。然而读者读着这样形销骨立的作品，仍免不了产生肤浅之感。另一类作品是：作品只描写了一个或几个激动着作家自己的人和事，但出乎作家意料之外，都引起了强烈的反响，那些敏锐的评论家和热情的读者从作品里发掘出来的深刻的思想内涵，连作家自己也大吃一惊。比较上述两类作品，我们不难发现，前一类作品所缺少的是具有特征的形象，因

---

① 阿·托尔斯泰：《致青年作家》，《论文学》，人民文学出版社 1980 年版，第 265 页。

此，它的思想肤浅绝不是所谓深刻的议论所能弥补的；后一类作品则正是由于选取和描写了具有特征的形象，而获得了“形象大于思想”的效果。实际上，“特征”的思想力量可以在未经作者理性过滤的情况下表露出来。这就是说，作家本人对他笔下所选取的某些具有特征的形象，还没有用理性去分析过(或分析得不够)，但它所蕴含的内在意义已不自觉地显露出来。正是在这个意义上，我们说，作家从生活中抓住了特征，也就为他的作品奠定了思想性的基础。

创作实践表明，文学作品的高度的思想性，就寄寓在作品的富有特征的细节、场景和人物形象中。蒋子龙的短篇《一个工厂秘书的日记》以“开掘得深”著称。其实，它深就深在作品的结尾抓住了一个极富特征的细节。假如把小说的结尾部分——金凤池在醉意中告诉魏秘书，反对他当人民代表的三票中，有一票是他自己投的，他自己看不起自己，他为刘书记那样的好人没有当选，为思想作风不正的自己当选，而感到悲哀——删去，那么整篇作品就变成了一般地批评“走后门”的平庸之作了。显然，蒋子龙由于熟悉金凤池这类人物，所以在小说结尾，按人物固有的性格逻辑，抓住了这样一个具有特征的人物内心表露的细节，使他的作品思想升华为对生活的新鲜发现，让人们久久地咀嚼、回味、深思。高晓声的《陈奂生上城》的主题至今仍有争论。人们对这篇作品的主题的几种概括，都不能说没有道理。这种文学评论现象本身就说明了这篇作品思想内涵极其丰富。小说写的事件是那么简单：一个卖油绳的普通农民陈奂生，承蒙县委书记的关心住了县招待所，不得不心疼地付出五元钱住宿费，可他“因祸得福”，这个坐过县委书记的吉普车并住过五元一夜招待所的陈奂生，从此遐迩闻名了。这个从生活中提炼出来的简单事件，却是富有特征意义的。它扭结了现实生活中那么丰富而深刻的东西，吸引着人们去玩索、探究它的象外之旨、弦外之音。从以上分析中，我们不难引出这样的结论：“特征”好比一粒在土壤中吸饱了水分的种子，它潜藏的东西，远比我们在生活表土上看到的要丰富得多，深刻得多。“特征”就是“用最小的面积惊人地集中了最大量的思想”(巴尔扎克)。因此，选取特征是提高作品思想性的一个基本途径。

特征的选取与描写不但与作品的思想性相关，而且也与作品的艺术性相连。别林斯基说：“艺术性在于：以一个特征、一句话就能生动而完整地表现出；若不如此，也许用十本书都说不完的东西。由于这缘故，凡没有艺术性印记的作品，就特别冗繁而累赘。艺术家与此相反，他不用费很多话：他只要一个特征、一句话去表示意思就够了，而光是说明那个意思，有时就非得写一整本书不成。”① 别林斯基的话无疑对我们有启发。我们的一些小说、电影，常常写吃饭、睡觉、散步等场面，为什么要没完没了写这些场面呢？似乎只是为了交代事件发展的过程，或是为了给人物找个谈话的场所，于是关于这些场面以及房间里过分阔气的布置、餐桌上那随意摆上的美酒佳肴、街道上熙熙攘攘的人流一类的琐细描写，使读者、观众大倒胃口。这种缺乏艺术性的描写，根源还在于作者不善于抓取特征。其实，作家“无须在他的小说中描写主人公每次如何吃饭；但是他可以描写一次他吃饭的情形，假如这一餐对他的一生发生了影响，或者在这一餐上可以看到某一时代某一民族吃饭的特点的话”②。或者是“人们吃饭，仅仅吃饭，可是在这时候他们的幸福形成了，或者他们的生活毁灭了”③。电影《人到中年》写主人公陆文婷在书桌旁流着泪啃她的儿子为她准备的那个干火烧时，许多观众都感动得流泪。因为工作的重负、生活的艰辛、难言的感情，一切的一切，都凝聚在这顿具有鲜明特征的午饭上了。

---

① 别林斯基：《别林斯基论文学》，新文艺出版社1958年版，第121～122页。
② 别林斯基：《别林斯基论文学》，新文艺出版社1958年版，第127页。
③ 契诃夫：《契诃夫论文学》，人民文学出版社1958年版，第420页。

巴尔扎克曾这样谈到法国著名悲剧演员塔尔玛的富有艺术感染力的表演，他说："当塔尔玛口中才说出一个字，就能把全场两千观众的心灵都吸引到同一种感情的激动中去，这个字就像是一种巨大的象征，这是一切艺术的综合。他只用一种表情就传达出一个史诗场面的全部诗意。对每个观众的想象力来说，这里既有画面或情节，又有被唤醒了的形象和深刻的美感。这就是艺术作品的力量。"①文学作品中的特征描写，就像塔尔玛所说的那个字，所做的那种表情一样，具有一种立体感、纵深感和艺术生命力。它像最美的浮雕一般，既能给人以生动、新鲜、突出的具体印象，又能给人以刻骨入髓的深刻感受。它使人如入幽谷，越往前探，越进入胜境，不能不引人惊奇、叫绝。对于读者来说，一切都可能忘记，但特征却是忘不了的。人们可能把读过的小说的故事、人物等统统淡忘，但书中某个人物的一句话、某个不同寻常的细节、某个精彩动人的场面却久久不忘，多少年过去，可这些仍历历在目，令人回味。这是为什么呢？这就是因为小说中的某句话、某个细节、某个场面的特征性特别鲜明。由此可见，特征的选取和描写，是文学作品获得新颖、简洁、含蓄、蕴藉、深沉等艺术品格的基本途径，是文学作品的艺术感染力和生命力的基础。

当然，我们说特征的选取和描绘是文学作品思想性和艺术性的基础，这并不是说，一部作品只要有了富有特征意义的东西，就等于有了一切。应该说，特征的选取和描绘使作品有可能达到高度的思想性和艺术性，而要把这种可能性变为现实性，还有赖于从观察到表现的整个过程的全部努力。还有，特征化也要有分寸，适可而止。当特征被过分夸张时，那就变成了"特性的泛滥"，而"这种泛滥却不是为着表现特性所正当要求的，它成了一种累赘的重复，使特

① 古典文艺理论译丛编辑委员会编：《古典文艺理论译丛》第10册，人民文学出版社1965年版，第101页。

性本身受到歪曲”①。

三

伟大的作家都非常重视从生活中去捕捉“特征”。歌德说，“艺术的真正生命正在于对个别特殊事物的掌握和描述”②。列夫·托尔斯泰说，“艺术家的事情便是捕捉典型的东西”③，“艺术的事就在于找出焦点并把它显示出来”④。歌德、托尔斯泰所说的“个别特殊事物”“典型的东西”“焦点”，实际上都是指外貌特别生动、意蕴特别丰富的具有特征的事物。问题是作家从生活中捕捉富于特征的事物是容易的吗？

在生活中，具有特征的事物并不是孤立存在着的，而是潜藏在事物内在的和外在的复杂的联系中。一个特异的、引人注目的生活现象，不一定就具有特征性，因为它可能没有处在生活的矛盾、冲突的节点上。一个司空见惯的、极普通的生活现象，可能由于它跟其他生活现象的特定的关系，而显示出鲜明的特征。例如，打喷嚏和发困都是不足挂齿的小事，但在契诃夫的小说《小公务员之死》和《困》里，由于作家把它们安置在特定的情境和关系里，让打喷嚏和悲惨的死、发困和杀人合情合理地联系在一起，就使不足挂齿的小事，具有了不同寻常的、震撼人心的特征力量。这就是作家对生活的独特发现。由此可知，所谓作家的发现，就是当作家用自己的眼睛去看别人熟视过的东西时，能够从别人司空见惯的事物上面，发现别人没有发现的特征。而要做到这一点是非常不容易的。真正的难关是作家的生活功底和思想透视力。

---

① 黑格尔：《美学》第1卷，商务印书馆1979年版，第23页。
② 埃克曼辑录：《歌德谈话录》，人民文学出版社1978年版，第10页。
③ 托尔斯泰：《列夫·托尔斯泰论创作》，漓江出版社1982年版，第76页。
④ 托尔斯泰：《列夫·托尔斯泰论创作》，漓江出版社1982年版，第97页。

“特征”存在于生活的内在联系中，作家要发现它，绝不是走马观花所能奏效的。王充说：“涉浅水者见虾，其颇深者察鱼鳖，其尤甚者观蛟龙。”①“特征”就是潜藏在生活最深处的“蛟龙”，作家们要发现它，非自己长期扎根于生活的深处、摸清生活的来龙去脉不可。蒋子龙说：“猎奇可以得到故事，却不容易碰到典型。典型是作家的心长期埋在土壤里所得到的结果。”②这个体会无疑是很深刻的。如果刘心武只在生活的窗口向经过“文化大革命”的中学瞥一眼，自己没有长期地在中学生活中“摸爬滚打”，那么他就只能跟许多人一样，只能看见“文化大革命”所造成的“外伤”，为学校那破碎的玻璃窗和宋宝琦一类堕落了的学生叹息，他不可能发现像谢惠敏这样富有特征的人物，不可能深入地揭示出“文化大革命”所造成的“内伤”。如果韦君宜只是站在生活的孤岛上瞭望，不曾在动乱的生活的旋涡中搏击，摸透了生活的内在脉搏，那么她也许只能步别人的后尘，一般地去诉说“文化大革命”所造成的外伤、内伤，她不可能发现王辉凡(《洗礼》主人公)这样一个在一场错误的“革命”中重新找到了自己生活位置的、富有特征的老干部。在这里，我记起了契诃夫的一段有趣的话。大概有一次有人抱怨说，生活里可写的题材太少。契诃夫不同意这种意见，他说：“怎么会没有题材呢?”“一切都是题材，到处都有题材啊，您看这堵墙。似乎它连一点有趣的地方都没有。可是您凝神看着它，就会在那里面有所发现，找到别人以前还没注意到的东西，那您就可以把它写下来了。我向您担保，好小说是可以因此写成的。又例如月亮，虽然已经是个很老的题材，可是仍旧可以用它来写成好东西，而且会写出有趣味的东西来。不过当然也得注意观察月亮，得到自己的发现，而不是别人的、已经陈旧的东

① 王充：《论衡·别通》。
② 蒋子龙：《跟上生活前进的脚步》，《文艺研究》1981年第3期。

西。”[1]契诃夫说这些话时，他没有说清楚他为什么会有此把握。原来契诃夫的把握来自他对生活的熟悉和理解。如同一个有经验的老工人，可以从机器微小的异样的声音里，从机器上一个螺丝钉的松动里，立刻知道机器某部位有故障，及时防止了一场事故的发生一样，一个熟悉并理清了生活的内在脉络的作家，他对生活有整体的理解，他可以见微知著，左右逢源，他可以从微不足道的小事上或陈旧的题材里见出生活中富有特征的东西，得到新的重大的发现。

当然，这并不是说，谁熟悉生活谁就一定可以发现特征。发现特征还有赖于作家的思想透视力。一个眼光敏锐、思想深刻的作家，才能异常警醒地在瞬息万变的生活中捕捉住别人不以为意的富有特征的东西。当然，我们不应在作家的思想修养和一般地学习理论之间画等号。对作家来说，一般地读些理论书，会讲些大道理，是没有多大用处的。作家的思想透视力是一种很微妙的东西。巴尔扎克说：“在真正是思想家的诗人或作家身上出现一种不可解释的、非常的、连科学也难以明辨的精神现象。这是一种透视力，它帮助他们在任何可能出现的情况中测知真相；或者说得更确切点，是一种难以明言的、将他们送到他们应去或想去的地方的力量。”[2]其实，作家的这种透视力虽然微妙，却不是不可以解释的。概而言之，作家的透视力是作家的思想与直觉的一种结合。作家的任务既然是要捕捉生活中的特征，而具有特征的事物又不是赤裸裸的本质存在，而是具体感性的存在，那么，作家就要靠自己感知的触须去探测。这样一来，至关重要的是作家的深刻思想必须积淀到自己的感觉、知觉里，化为自己的直觉本能。当富于特征的事物从自己身边通过时，他的直觉本能就能像那灵敏的电子测试装置，立刻发出信号，立刻

---

① 契诃夫：《契诃夫论文学》，人民文学出版社1958年版，第418～419页。

② 中国社会科学院外国文学研究所外国文学研究资料丛刊编辑委员会编：《欧美古典作家论现实主义和浪漫主义》(二)，中国社会科学出版社1981年版，第107页。

伸出钳子般的“手”。果戈理和其他人一起听了那个小公务员丢失新买的猎枪的故事，为什么其他人都无反应，只有果戈理低下头来沉思？看来是果戈理的直觉本能里所积淀的思想比别人深刻，所以他有一种直感，一下子就从这个不起眼的故事里捕捉到了特征，发现了不寻常的东西。应该说，作家不仅用头脑思考，而且用一切感觉器官思考。这样说未免有点不科学，但创作的实际就是如此。我们反对直觉主义，因为直觉主义完全排斥作家的思想。但我们不能否定艺术直觉。艺术直觉能力对一个以形象的创造为基本任务的作家来说，无论如何是需要的。重要的是作家的思想必须“内化”为自身的感觉、知觉。

笔者相信，特征原则与作家的发现永远是联系在一起的。一旦作家从生活中捕捉住了特征，并在艺术想象的帮助下进行特征化，那么创作典型的工作才真正开始，被称为“创作”的这样一项劳动才真正开始。

（《北京师范大学学报（社会科学版）》1984 年第 4 期）

艺术真实性问题再议

艺术真实性问题是新中国成立以来文艺理论界谈论得最多的问题之一，也是意见最为分歧的问题之一。我之所以选这个问题来发表自己的意见，是因为这个问题无论就文艺理论还是文艺评论而言，都是一个重要的问题，是学习文艺理论必须解决的问题。

什么是艺术真实性呢？有各种各样的界说。艺术真实就是要以形象反映生活的“真相”和“真义”①。“所谓艺术的真实，是以生活真实为基础，通过概括、集中、提炼创造出来的具体生动的艺术形象，表现出社会生活的某些方面的本质和规律性。”②“艺术的真实性，就是艺术作品反

① 蔡仪：《文学概论》，人民文学出版社1979年版，第15页。

② 十四院校《文学理论基础》编写组：《文学理论基础》，上海文艺出版社1981年版，第41页。

映社会生活所达到的正确程度。”①这些定义的表述有所不同，但其基本意思是一致的，那就是认为艺术真实性是作品正确地反映了生活的本质和规律。这个认识对不对呢？当然对，可又丝毫不解决问题。因为不但文学艺术要反映生活的本质和规律，而且，一切科学都要反映客观世界的本质和规律。文艺和科学作为人类所钟爱的两姐妹，都包含了对真理的追求。真理性这一点是它们的共同之处。所以把艺术真实性界说为“反映生活的本质和规律”，就会把艺术真实和科学真理混为一谈，就不能说明艺术真实区别于科学真理的独特个性。

举例来说，月亮，就它本质而言，它是地球的卫星，它环绕地球一周要用约27天的时间，它本身无风、无云，它本身不发光……我们能不能要求诗人正确地写出这种“真相”和“真义”来呢？如果诗人在咏月时不揭示这种“本质和规律”，是否就违反了艺术真实性呢？实际上，诗人在吟咏月亮时给自己提出的任务从来就不是揭示月亮的物理本质。中国古代的咏月诗多得不可胜数，可有哪一首咏月诗是表现月亮的物理本质的呢？杜甫的诗句“月是故乡明”，如按月亮固有的本质去衡量，就完全不真实，甚至可以说歪曲了月亮的本质，可人们从未对这句诗的艺术真实性提出过异议。可见，艺术真实在诗里不是一般的科学真理，而是文学所必需有的本质——诗意的真切的感受。单纯用“反映生活的本质和规律”来界说艺术真实性，显然是不够的。

在我看来，艺术真实是作家创造出来的。作家在创造艺术真实时，有认识但又不只是认识。作家在创造艺术真实过程中投入了自己的全部的心理动作——感知、情感、想象、理解等。因此，艺术真实既是客观的，又是主观的；既有理，又有情；既是一种假定，

---

① 高等艺术院校《艺术概论》编著组：《艺术概论》，文化艺术出版社1983年版，第19～20页。

又是一种真实……如果这种理解不错的话，那么我们就可以用“合情合理”这四个最普通的字眼来说明艺术真实性。

所谓“合理”，是指艺术形象应符合生活的逻辑，是指它可以被人理解的性质。由于文学艺术都是虚拟的，所以人们要求它“符合生活逻辑”，是以假定为前提的。既然是一种艺术的假定，就不必经过考证与检验。这也就是说艺术的真实性不要求作家笔下所写的真有其人、真有其事。作家完全可以虚构，关键是要“合理”。一件在生活中发生过的事，由于写得不合理，即不符合事物发展的固有逻辑，不可能达到艺术的真实性。相反，一件生活中从未有过的事，由于作家充分地揭示了它在假定情境下的内部发展逻辑、内在的联系、内在的规律性，也完全可以是真实的。对于艺术真实性来说，重要的不是所写人、事、景、物是否真实存在过，而在于所写人、事、景、物的整体的联系。细节的逼真诚然是重要的，但整体的联系更重要。如果一部作品只注意细节的逼真，不注重整体的合理性，仍不免给人以虚假的感觉。

这里我想介绍一下《红楼梦》的主人公贾宝玉对真实性的看法。大家知道，“稻香村”是大观园中一景，孤立起来看，那黄泥墙，那茅屋，那青篱，那土井，那菜园，都与真农舍十分相像，可以说是逼真极了。贾政见此称赞不已，说：“倒是此处有些道理。”但贾宝玉则不以为然。他说：“此处置一田庄，分明见得人力穿凿扭捏而成。远无邻村，近不负郭，背山山无脉，临水水无源，高无隐寺之塔，下无通市之桥，峭然孤出，似非大观。争似先处有自然之理，得自然之气，虽种竹引泉，亦不伤于穿凿。古人云‘天然图画’四字，正畏非其地而强为地，非其山而强为山，虽百般精而终不相宜。”贾宝玉的这段话是很有见地的。在他看来“天然”不“天然”(即真实不真实)，不在事物局部的逼真逼肖，而在符合不符合事物的内在联系。“稻香村”作为一个农舍，放在大观园中，与那些雕梁画栋、楼台亭榭连在一起，是不自然的，因而是不合理的。倒是“怡红院”“潇湘馆”等与大观园内的景观有一种整体的联系，所以“有自然之理，得自然之气”。贾宝玉的话给我们这样的启发：对于文学艺术来说，是可以虚构的，但在假定的情境中，则不可人为地编造，不可“非其地而强为地，非其山而强为山”，要充分注意到事物之间的整体的、天然的联系，即要“合理”，这样才有可能创造出艺术真实来。

“合理”是艺术真实性的客观方面，是有客观标准的。那种认为在假定情境中的“合理”，无法用现实生活的逻辑加以衡量的说法，是不可取。因为“理”即生活的规律，是从生活中来的。作家的作品写得“合理”，是因为他在生活中领悟到了这个“理”，因此读者尽管面对着虚拟的生活画面，仍然可以用自己在生活中领悟到的“理”来加以衡量。

艺术真实性还有它的主观方面，因此它除了要求“合理”之外，还要“合情”。在某种意义上，“合情”是更加重要的。因为艺术中的理不是直接说出的，主要以情感作为中介。“合理”必须与“合情”结合在一起，才真正达到艺术真实性的要求。

所谓“合情”是指作品的艺术形象反映了人们的真切的感受、真挚的感情、真诚的意向。人的感受、感情和意向都是主观的东西，因人而异，对作家来说重要的是真切、真挚和真诚。感受的真切、感情的真挚、意向的真诚可以把看起来不真实的描写升华为真实。

李白的诗句：“黄河之水天上来，奔流到海不复回。”后一句完全是真实的，可第一句的描写客观地看起来就不怎么真实。黄河之水是从巴颜喀拉山一路流出来的，并不是从天上倾泻下来的，而且天上只下“雨”，从来不下“河”。然而对这样一种明明是不真实的描写却从未有人指出过，相反古今读者都觉得这样描写是可信的，这是怎么回事呢？原来李白在这里是写自己的真切的感受：你看，黄河之水从高原奔腾而来，水流湍急，巨涛滔天，一泻千里，使人觉得这条河水似乎是从天而降。黄河的雄伟气魄被这句诗淋漓尽致地写出来了。真切的感受把看起来不符合事实的描写变成真实了。如果诗人不按自己的这种真切的感受去写，而是如实地写“黄河之水从巴颜喀拉山流出来”，那么事实倒是事实，可那诗的意味也就全部丧失了。诗的意味一旦丧失，艺术真实也就丧失。在李白这两句诗的后面还有这样两句：“高堂明镜悲白发，朝如青丝暮成雪。”从表面看起来，这种描写也是不真实的。因为头发变白是一个渐进的过程，哪有一天之间就由“青丝”变成“白雪”的呢？但如果我们仔细思索一下就不难发现，原来李白是写人生短促的真切感受。特别当一个人被愁苦所压倒的时候，往往觉得在一夜之间就变老了。这种感受是很真切的，因此由这真切感受所引发出来的描写也是很真实的。

在文学艺术创作中真挚的感情的作用就更大。真挚的感情往往可以把虚幻的东西升华为真实。汤显祖的《牡丹亭》描写杜丽娘痴情，竟然死而复生。在实际生活中，死而复生的事是完全不可能的。可在《牡丹亭》中写来又是那样真实，在这里起作用的就是一个“情”字。用汤显祖自己的话说：“生者可以死，死可以生。生而不可与死，死而不可复生者，皆非情之至也。……嗟夫，人世之事，非人世所可尽，自非通人，恒以理相格尔。第云理之所必无，安知情之所必有邪。”这就是说，只要情真意切，虚幻和不合理的东西，也可以变得真实。关汉卿的名剧《窦娥冤》的结尾，窦娥被判死刑。临刑前她对天发了三个愿：如果她是被冤屈的，那么就会出现血溅白练、六月飞雪和楚州大旱三年的奇迹。她死后，这三个愿都灵验了，证明她的确含冤受屈，最后一幕还出现了窦娥的鬼魂，她托梦给她多年不见的、已做了大官的父亲，请他为她昭雪。三愿的灵验、鬼魂的出现，都是不可能的，都是虚幻的，而古今的读者、观众之所以乐于接受这个结尾，认为它是符合艺术真实的，仍是由于其中贯穿了下层群众对昏庸官吏的强烈的愤怒之情、复仇之情，贯穿了作者对含冤受屈人们的真挚的同情，正是这两种情感的结合，使虚幻变为真实。

在文学艺术创作中作者的真诚的意向，也可以让不可理解的描写变成可以理解。我们在文学作品中常常看到这样的描写：离奇怪诞，不可理解。但一旦读者明白作者的用心，尤其明白作者那种真诚地想表达某种愿望、意向的时候，读者就会心悦诚服地接受它、相信它。离奇怪诞变得可以理解。鲁迅在《药》中，在夏瑜的坟上凭空添了一个花环，时隐时现。表面看起来这是怪诞的，不可理解的。实际上，鲁迅在这里故意用此奇笔，就是因为他有一个真诚的愿望和意向，就是希望病态的社会得到疗救，正如他自己所说："为达到这希望计，是必须与前驱者取同一的步调的，我于是删削些黑暗，装点些欢容，使作品比较的显出若干亮色。"正是这种真诚的愿望和意向，使读者感动，而不能不接受作品的看似不可解实则极可解的东西。卡夫卡的长篇小说《城堡》，写一位土地测量员应邀进城堡去工作，可这位土地测量员花尽毕生的力气，也没有走进城堡中去。城堡就在眼前，可走呀走呀，怎么走都走不到。这是一种多么怪诞的事情呀！可我们细细品味，这情景是很真实的，在生活中我们常会遇到这种情况：目的虽有，可无路可循，我们花尽力气也没有达到目的。由于作者要表达的是这种从生活中深刻体验到的真诚的意向，所以我们能透过荒诞捕捉到真实。

通过以上说明，我们可以得出这样的结论：作品的艺术真实性就是指艺术形象的合情合理的性质。它既包含客观的真理，又包含主观的真情，是这两者的和谐的统一。

在文学创作中，要求客观的真理与主观的感情的统一，但有时这两者也会产生了矛盾，情和理不一致。在这种情况下，是牵情就理还是牵理就情呢？在科学研究那里，当然是要尽可能排除感情的影响，让客观的真理充分地显示出来。譬如，死者不可复生，就是一条铁的科学规律。如果有那篇论文想证明死者可以复生，那他就偏离了科学的轨道，走向迷信。可是文学艺术这里，则应牵理就情。只要情真，“生者可以死，死者可以生”。如《牡丹亭》里所写的那样。《红楼梦》写了封建贵族之家无可挽回的没落和崩溃，按“理”说，作者应该完全抱批判的态度，不应有丝毫的同情与惋惜。可曹雪芹偏偏不按“理”来写，而是以自己特有的那种眷恋的情绪来写，为封建贵族之家的崩溃唱起了挽歌。正是这种挽歌情调，使《红楼梦》所写的人、事、景、物，获得了一种特殊的韵味，达到了高度的艺术真实。刘勰说“情者文之经”，这句话总结了一条很重要的艺术规律。我们在谈论艺术真实性时，要充分考虑这条规律。对科学来说，在情和理之间，它毫不犹豫地选择了理而抛弃了情；对文学艺术来说，在情和理之间，它两者都要，它追求至情至理，但如果情与理发生了矛盾，它就要以情来制约、规范理，这就是科学真理与艺术真实的根本不同之处。

不难看出，我们过去把艺术真实性单纯地解释为“反映生活的正确程度”“反映生活的本质和规律性”，是单纯从哲学认识论看问题的结果。艺术真实性问题属于美学的领域，应该从美学角度提出，并做出美学的回答，才有可能做出科学的解释。

在文学艺术中，艺术真实性是极其重要的。虚假是无力的，唯有真实才有力。虚假永远不能征服人心，唯有真实才能动人。虚假走向陈旧，唯有真实转成新鲜。虚假是速朽的，唯有真实才能永久。艺术真实问题如此重要，因而是值得一议再议的。

（《自修大学》1986 年第 12 期）

论文学的结构原理及其审美心理学的根据

一、文学结构与生命结构

作家们为结构而苦恼。翻开近几年的小说创作，我们立刻就会看到，作家们真是为作品的结构费尽心机，各种各样的结构方法都尝试过，然而那种天衣无缝的、浑然无迹的、令人叹为观止的艺术结构，除少数伟大作家外，仍可求而不可得。单线结构，一个情节直贯篇终，缺少纵横开阖之趣，让人觉得单调乏味。复线结构，忽甲忽乙，交错发展，看似摇曳多姿，终露斧凿痕迹。连环结构、联珠结构、链式结构，意在求不支不蔓，跌宕腾挪，然而又往往弄巧成拙，给人以机械拼凑之感。网状结构、辐射结构，力求错落有致、花团锦簇，然而往往因笔力不济，而失之繁缛……看来，简单地变换一些结构的方式，并不能通往艺术的佳境。一部作品采用什么结构，要依据内容而定，而无论采用什么结构，又都必须深刻理解艺术结构的原理及其根据。

对此，古人早已注意到了。所以他们总是在阐明结构原理的同时，说明这些原理是根据什么提出来的。刘勰说："何谓附会？谓总文理，统首尾，定与夺，合涯际，弥纶一篇，使杂而不越者也。若筑室之须基构，裁衣之待缝缉矣。"①王骥德说："作曲，犹造宫室者然。工师之作室也，必先定规式，自前门而厅、而堂、而楼，或三进、或五进、或七进，又自两厢而及轩寮，以及庫庾、庖湢、藩垣、苑榭之类，前后、左右、高低、远近，尺寸无不了然胸中，而后可施斤斫。"②李渔也认为结构如"工师之建宅"，"基址初平，间架未立，先筹何处建厅，何方开户，栋需何木，梁用何材，必俟成局了然，始可挥斤运斧"③。在这里，刘勰、王骥德、李渔三人都不约而同地将文学的结构与工师之筑室相类比。在这个朴素的比喻中，他们阐明了作为人类精神产品的文学结构与作为人类物质产品的建筑结构，存在着某种同构关系，也可以这样说，他们认为文学的结构原理，是以人类在物质生产中形成的结构观念为依据的。刘勰等人提供的思路(即从文学之外去寻找文学结构原理的依据)是可贵的，但他们从工师筑室作为确立文学结构法则的参照系，则是大可商榷的。工师之建宅，总的说是一种机械式的排列和组织，与文学艺术的创造活动相比，它的结构要简单得多。关于这一点只需进行这样的比较就可以证实：一个作家难以凭借文艺理论中提供的一种结构法则去写小说，但一群建筑工人却可以凭借设计师绘制的图纸，建造起像人民大会堂如此复杂、如此辉煌的建筑物来。所以刘勰等人对文学结构所做的比喻，只是在较浅层次上对结构原理的一种说明，

① 刘勰：《文心雕龙·附会》。

② 王骥德：《曲律·论章法第十六》。

③ 李渔：《闲情偶寄》。

其局限性是很明显的。

对于文学的结构原理，如果想从一个深层水平上去寻找根据和说明的话，那么我们应该想到生命这一重要现象。我们经常用“栩栩如生”“生气灌注”“呼之欲出”“活跳纸上”“鲜蹦活跳”“活脱脱”“活生生”等一类词语来评价文学作品和作品中的艺术形象。我们经常说，作家的首要任务是赋予他的作品以“生命”。一部“死”的作品肯定是不成功的。当然，我们把文学作品看成是生命体，这不过是一个隐喻。正如美国当代著名美学家苏珊·朗格所说：“艺术品并不真正地等同于那些具有生物机能的有机体，绘画本身并不能呼吸，也没有脉搏的跳动，奏鸣曲本身也不能吃饭、睡眠，更不能像生物那样自我恢复，如果小说自身被放置在图书室里，它们也不会像生物那样生育繁殖，等等。”①可是，这位美学家接着又指出：“但是，在艺术领域中所流行的这一‘生命形式’或‘有机形式’的暗喻具有如此强大的影响力，以至于当一个严肃的和热爱思考的艺术家听到我们将刚才所引用的那些字眼(指‘生命形式’等)称之为暗喻时，会对这种肤浅的说法感到异常吃惊。”②这就意味着我们有理由把文学看成是生命的形式。因此，文学的结构与其说跟建筑的结构具有同构关系的话，还不如说与生命活动的结构具有更内在的、更深刻的同构关系。

在我看来，无论就一部优秀作品的结构的获得，还是就一般的文学结构原理的确立，都应从生命活动的规律和特征中去寻找。一个作家在创作中要获得一种理想的结构，既不能从文艺理论教科书提供的结构方法中去挑选，也不能靠人为的编造。当你要写的人物、事件、景物还没有活脱脱地站立在你的面前时，当它们还仅仅是一堆死材料时，你就是用多么巧妙的方法去编制结构提纲，也是毫无意义的。这样结构出来的作品至多不过是摆得好一些的积木而已，

---

① 苏珊·朗格：《艺术问题》，中国社会科学出版社1983年版，第42页。

② 苏珊·朗格：《艺术问题》，中国社会科学出版社1983年版，第42页。

是不会有艺术魅力的。一部作品的真正富于艺术性的结构的获得，有待于作家获得一种无法抗拒的结构感，而此种结构感的获得是不容易的。当你对你构思中的人物、事件、景物等都已经烂熟于心，而且它们都各自获得生命的活力，它们都已知道自己在作品中将按什么样的生活逻辑行事，按什么轨迹运动，只有在这时，作家的结构感才会出现，真正富于艺术性的结构才会获得。关于作品的结构有赖于人物生命力的形成这一点，苏联著名作家阿·托尔斯泰说得极好，他说："当他笔下的人物开始过着独立自主的生活的时候，开始过着活生生的人的生活的时候，——这就是创作的最高境界。……这时，结构感支配着作家的全部身心，占有了他的思想、感觉和感情。"①不但具体作品的结构是由构思中人物等的生命运动规律所决定的，而且一般的文学结构原理也是跟生命形式的基本特征相对应的。

二、生命有机整体性与结构的有机统一原理

生命形式的基本特征是什么呢？与其相对应的文学结构原理又是什么呢？

关于生命，迄今为止，还没有一个大家都能接受的、准确的定义。对生命的特征，不同专业的研究者倾向于用本专业的术语来表述。但其中有一些基本特征是各专业的研究者普遍认同的。譬如，具有生命的个体都是有机体，有机体各部分关系协调，具有不可分割和不可改变的统一性。如果将其整体分割或改变，有机整体就遭到破坏。就有机整体性这一点说，地球上一切有生命的个体，从最低等的、原始的单细胞生物，到一片碧绿晶莹的叶子，直到作为万

① 阿·托尔斯泰：《向工人作家谈谈我的创作经验》，《论文学》，人民文学出版社1980年版，第247页。

物之灵的人，都是大自然的无与伦比的杰作。

与生命这一有机整体性的特征相对应，文学结构的第一原理是有机的统一原理。

文学结构的第一原理，在文学理论史上，先由柏拉图提出，后经亚里士多德阐明了它的含义。亚里士多德说："悲剧是对于一个完整而具有一定长度的行动的模仿(一件事物可能完整而缺少长度)。所谓'完整'，是指事之不有头，有身，有尾。所谓'头'，指事之不必然上承他事，但自然引起他事发生者；所谓'尾'，恰与此相反，指事之按照必然律或常规自然的上承某事者，但无他事继其后；所谓'身'，指事之承前启后者。所以结构完美的布局不能随便起讫，而必须遵照此处所说的方式。"①其后，他又进一步解释说，悲剧所模仿的完整行动，"里面的事件要有紧密的组织，任何部分一经挪动或删削，就会使整体松动脱节。要是某一部分可有可无，并不引起显著的差异，那就不是整体中的有机部分"②。亚里士多德这些话，看似普通，实际是很精到、很深刻的。关于文学结构有机的统一原理，我们的古人也早已注意到了，谈得最好的是上文提到的刘勰提出的"杂而不越"的观点。所谓"杂而不越"，就是要在多样中实现有机的统一。柏拉图、亚里士多德提出的有机的统一原理，是所有文学结构原理中最重要的一条，可以说是主导原理，其他原理都从它这里生发出来，并围绕着它。根据创作经验的总结和文艺理论家的论述，我认为有机的统一这个结构原理包含了以下几个原则。第一，文学作品作为一个生气灌注的整体，是有机组织起来的，它必须像许多生命一样有头、有尾、有中段。元代散曲家乔孟符说："作乐府亦有法，曰凤头、猪肚、豹尾六字是也。大概起要美丽，中要浩荡，

① 亚里士多德：《诗学》，中国科学院文学研究所外国古典文艺理论丛书编辑委员会：《诗学·诗艺》，人民文学出版社 1962 年版，第 25 页。

② 亚里士多德：《诗学》，中国科学院文学研究所外国古典文艺理论丛书编辑委员会：《诗学·诗艺》，人民文学出版社 1962 年版，第 28 页。

结要响亮。尤贵在首尾贯穿，意思清新。”①乔氏所强调的就是头、尾、中段俱全的完整原则。第二，文学作品的头、尾、中段，依照必然性规律所决定，各在必然的位置上，而不是随意安排的。别林斯基这样说过：“任何艺术作品之所以是艺术的，因为它是依据必然性规律而制作的，因为其中没有任何随意武断的东西：没有一个字、一种声音、一笔线条是可以被另外的字、声音或线条去代替的。”②别林斯基所强调的就是整体中各因素之间联系的必然性原则。第三，文学作品中的头、尾、中段之间实现了有机联系，既没有多余的东西，也不缺少东西；既不能挪动，也不能删削；某一部分发生变化，其他部分也必然受影响而不能不发生变化，所谓牵一发而动全身。列夫·托尔斯泰曾这样说过：“在艺术作品里，只有在这样的情况下，即既不能加一个字，也不能减一个字，还不能因改动一个字而使作品遭到损坏的情况下，思想才算表达出来了。”③列夫·托尔斯泰这里所强调的作品整体的不可侵犯性和脆弱性，实际上是有机性原则的表现。完整原则、必然性原则和有机性原则相结合，构成了有机的统一原理。

一个真正的艺术品，其结构必然是有机的统一的，因而是不能随意改动的，或者说是不可侵犯的。人们都熟知五代十国时期著名画家黄荃奉皇帝之命改吴道子的画的故事。本来，在这幅画中，钟馗是用食指掐鬼目的，皇帝却要黄荃改画成用拇指掐鬼目。黄荃苦思数日，终不能下笔，他对皇帝说：“吴道子所画钟馗，一身之力俱在第二指，不在拇指，以故不敢辄改。”黄荃的高明之处在于他看出了原画的结构是一个不可改动的统一整体，是按有机的统一原理构造成的，因而是具有生命活力的。如果按照皇帝的命令去改，那么

① 参见陶宗仪：《辍耕录》。

② 别林斯基：《别林斯基论文学》，新文艺出版社1958年版，第3页。

③ 参见季莫菲耶夫主编：《俄罗斯古典作家论》下卷，人民文学出版社1958年版，第1129页。

就破坏了原画的有机性、必然性和完整性，消灭了原画的生命活力。与此相反，如果是一个结构上有缺陷的作品，那么它必然要受到有机的统一原理的检验，从而暴露出病弱之处，最终不能不受到应有的处理。罗丹砍掉巴尔扎克雕像的手的故事，就充分说明了这一点。罗丹在完成了巴尔扎克的雕像之后，十分地兴奋。曾先后叫了他的三个学生来欣赏。这几个学生先后站立在巴尔扎克雕像面前，都把目光集中在雕像胸前那双叠合的手上，他们不约而同地称赞这双手的奇妙。罗丹听了之后生气了，他毅然拿起斧子，把那双"完美的手"砍掉。学生们大惑不解。他向他们解释说："这双手太突出了，它们已经有了自己的生命，已不属于这个雕像的整体了。记住，一件真正完美的艺术品，没有任何一部分是比整体更重要的。"直到现在，陈列在巴黎罗丹美术馆的巴尔扎克雕像仍然没有手。它仿佛在向人们显示这样一个艺术真理：任何奇妙的完美的部分，如果不与有机的整体融合为一，它就必然要受到严酷的艺术处置。有情的艺术受制于无情的艺术法则，这是一切艺术家在创作时都不应该忘记的。

这里有一个问题须进一步加以考察：一般说，在艺术品中，完整性原则的实现还是比较容易的，而必然性、有机性原则的实现就非常困难。只有少数艺术高手才能克服困难，完全地在自己的作品中实现上述有机的统一原则所包含的三个原则。就文学作品各部分如何组成统一的整体看，最常见的有三种不同的组织方法，即三种不同的"完整"，拿著名的剧作家威廉·阿契尔在《剧作法》中的话来说，就是有三种不同"结构的一致"：葡萄干布丁式的一致，链条式的一致和帕提侬神殿式的一致。让我们称它们为：糅合的一致，连锁的一致和整体的或有机的一致。

所谓"葡萄干布丁式的一致"，就是："把许多成分，搅揉在一起，包在一块布里，煮到一定程度，于是用轻轻的幽默的蓝色火焰，端上桌来让我们吃——这就是萧伯纳《结婚》一剧的一致。他把各种关于结婚的思想，成见，观点和奇想搅揉成一堆，用布包起来，煮成粘在一起的混合物，所以当包布拿去之后，它们正能保持由于外面压力而粘在一起的一团，而不至于立即碎成小块。”我以为刘心武的小说《钟鼓楼》也是采用这种“葡萄干布丁式的一致”的结构。薛家办喜事，女大学生单恋，年青的翻译和他的女友的生活受到一位农村姑娘的干扰，一个京剧演员和她的丈夫的矛盾，一位老编辑被一个“文坛新人”气得发抖……这些生活碎片之间并无多少必然的联系，但作者用庄重的历史感这块布把它们包裹起来，放到艺术的蒸笼上去蒸煮，于是这些生活碎片终于混合到一起。你不能说这类作品的结构不统一，它是统一的，是完整的，但它所缺的是浑然无迹的有机性，人为的痕迹太重。有机统一的结构原理在这里没有得到完全的实现，因而不是理想的结构。

所谓“连锁的一致”，就是把一连串事件，或多或少地牵连在一起，但并不是相互依赖地组织起来的。例如，《水浒传》《儒林外史》《官场现形记》等小说，就属于“连锁的一致”，一个故事完了，接着再来一个故事，故事与故事相连，但也可独立成篇，增加和减少一个或数个故事并不影响整体，把故事前后挪动也不影响一致。这类结构也具有统一性和完整性，但它缺少必然性和有机性，有机的统一的结构原理实现得更不完全，因而也不是理想的结构。

所谓“帕提侬神殿式的一致”（帕提侬神殿是祭祀雅典女神的神殿，这座神殿在希腊雅典城内，它以完整一致、匀称美观为世人所瞩目），是真正的有机的统一，它内部的因素不是乱七八糟地排列在一起，它匀称整齐又错落有致，它经过精心的计划可又不露痕迹，它既无多余东西，但也不缺少东西，各部分相互联系又相互依存，“任何部分一经挪动或删削，就会使整体松动脱节”。《红楼梦》就是“帕提侬神殿式”结构的典范作品。这部作品虽然是经过作者长期精心规划过的，但它浑然一体，不露雕镂痕迹。所有的构成部分都是由必然性所规定的。其有机性已达到这样的程度，只要稍稍改动它，它的整体性就立刻受到损害。例如，作者出于某种原因，把原稿中“秦可卿淫丧天香楼”一节删去，结果在结构上就留下了无可弥补的缺陷。因为这个部分已成为作品生命有机体的不可分割的组成因素，它与其他部分都有了血脉般的联系，作者把它删去，整体就出现了松动，许多问题就无法解释。连焦大骂的“爬灰的爬灰”这句话都失去了依据。读者在审美欣赏中就必然要产生挫折感。如果我们把这人为的缺陷不计在内，那么《红楼梦》的结构是有机统一原理的完全实现，它已达到了文学作品结构的最高理想。

值得特别指出的是有机的统一与单调、单一是完全不同的。单一的东西，甚至是单调的东西，也可以是有机的整体。例如，那一节节的木头，你不能说不是整体，不能说不是有机的整体。但是这种单调式的整一，不能给人以美感。美国著名美学家乔治·桑塔亚那说：“单调的倾向有两种，而且在两个方向妨害我们的快感。当重复的印象十分刺眼，无止境的千篇一律使人难忘，这种单调就使人痛苦了，不断地诉诸同一感觉，不断地要求同一反应，就使精神系统疲倦，我们希望变化一下好松一口气。如果重复的刺激不是十分尖锐，我们顷刻之间就会淡忘了它们，像时钟的嘀嗒声一样，它们不过变成我们体内状态的一个要素，按照情形，或引起懒散的快感或引起不安的情绪，但是不能表现出一件可以辨别的东西。”[①]他举例说：“一排士兵或一条铁轨有其感人之处，但是不能久长地取悦我们，也不能以越来越深沉的兴趣吸引着我们，像我们对着一群牛羊或一片树林沉思那样。”[②]由此可见，单一、单调并不符合有机的统一原理。更准确地说，有机的统一原理应叫作多样的有机统一原理。

---

① 乔治·桑塔亚那：《美感》，中国社会科学出版社 1982 年版，第 72 页。
② 乔治·桑塔亚那：《美感》，中国社会科学出版社 1982 年版，第 72 页。

刘勰所说的“杂而不越”，也就是多样统一的意思。中国古代画论最讲究“多样统一”，最忌呆板，画一山一水、一人一物，既讲统一，又讲多姿。如说：“布置之法，势如勾股，上宜空天，下宜留地。或左一右二，或上奇下偶，约以三出。为形忌漫团散碎，两互平头，枣核虾须。”①论画山，就讲“山无云则不秀，无水则不媚，无道路则不活，无林木则不生，无深远则浅，无平远则近，无高远则下。”②论画树，就讲：“小树大树，一偃一仰，向背浓淡，各不相犯。繁处间疏处，须要得中。”③论画竹，则讲：“有宾主，有掩映，有补缀，有衬贴，有照应，有参差，有烘托。”④这些都很细致地讲了多样统一原理。黑格尔在艺术作品的结构上，特别看重和谐。其实，他所看重的和谐，也就是多样的统一。他说：“比单纯的符合规律更高一级的是和谐。和谐是从质上见出的差异面的一种关系，而且是这些差异面的一种整体，它是在事物本质中找到它的根据的……和谐一方面见出本质上的差异面的整体，另一方面也消除了这些差异面的纯然对立，因此它们的互相依存和内在联系就显现为它们的统一。”⑤正是基于这样的看法，黑格尔断言：“这种不整齐中的整齐和不合规则中的规则却也可以被某些艺术用为唯一的原则。”⑥

为什么有机的统一的结构原理如此重要呢？我想从审美心理学的角度来作些探讨。让我们先来看一看，结构不统一、不完整的作品会给人什么印象呢？结构不统一不完整，如在头、尾、中段中缺少其中一段，或虽有头、尾、中段，却缺少有机联系，就会使人觉得这个组织是有缺陷的（少了东西）、偶然的（缺少必然联系）和短暂

① 邹一桂：《小山画谱》。
② 郭熙、郭思：《林泉高致》。
③ 黄公望：《写山水诀》。
④ 蒋和：《写竹杂记》。
⑤ 黑格尔：《美学》第1卷，商务印书馆1979年版，第180～181页。
⑥ 黑格尔：《美学》第1卷，商务印书馆1979年版，第316页。

的(不稳定感)，因此人们就觉得这是一种临时性的、病弱的东西，从心理上感到不稳定，似乎觉得作品中各种因素各个部分都不满意自己所处的位置，都显现出一种极力想改变自己所处的位置以便达到一种更加适合于有机整体结构状态的趋势。在这样一种情况下，由于作品中各种因素、各个部分缺少合理的艺术要求的安排，作品中的力的结构就不能形成一种共同的指向，于是艺术品所传达的含义就变得不可理解，或者使读者在两个或更多的含义之间徘徊。这时他们又会进一步产生这样的想法：这部作品是在创作过程中中断了，它还未完成，它还需继续加工。可作者却把它作为完成的东西推到读者的面前，于是，读者就会产生挫折感，于是他们烦躁起来，失去了耐心，就像调一部电视机的图像，图像怎么也调不好而终于把电视机关掉。现在让我们再来探讨一下，有机的完整统一的结构又会引起人的什么心理反应呢？第一，由于作品中各种因素和谐相处，消灭了彼此之间的对立，它们都恰到好处地得到了安置，已不需要有些微的改变。这样，读者就会觉得这个结构是完整的(既不缺东西，也不多东西)、必然的(有一种不可抗拒的内部联系)和平衡稳定的。在这种情况下，作品结构的各种力就会形成一种共同的指向，使作品的含义显豁起来，清晰起来，读者就会产生一种完满感。第二，多样统一的有机整体结构与那种单调的整一的结构不同，与那种多样而不统一的结构也不同，它是作家的才能的表现，这种结构无论用于再现生活或表现人的内在情感，都可以获得最佳效果，这是因为多样统一的结构本身就是社会生活和人类情感的真实反映和概括。就情感刺激力来说，它大大超过那种单调的整一的结构，因为它是一个动的过程，从不平衡到平衡，从紧张到松弛，从不完全到完全，与动的过程相对应，人们的感受也就有了变化，如从不稳定到稳定，从紧张到松弛，从杂乱到和谐，等等。具有这种情感刺激力的结构，当然能够给人以高度的审美享受。

需要补充说明的是，结构的有机统一原理，并不意味着作品在结构上不能有所省略。当然，头、尾、中段是必须有的。但对其中各段的处理，可以有不同的变化，如某些段只需简单地提示一下、暗示一下就够了，也就是可以通过“不完全”来求完全。所以，结构的统一完整并非把头、尾、中段机械地、呆板地拼凑在一起。对此我们古人早有论述，如宋代画家郭熙、郭思在谈到绘画的章法时就说过：“山欲高，尽出之则不高，烟霞锁其腰，则高矣。水欲远，尽出之则不远，掩映断其脉，则远矣。盖山尽出，不惟无秀拔之高，兼何异画碓嘴？水尽出不惟无盘折之远，何异画蚯蚓？”①这就是说，作为结构的有机统一原理是规律性的东西，是不能违背的，违背了，结构就失败。但作为有机统一原理的运用则可以灵活多变。而且越是灵活多变，其结构就越有艺术魅力。这也正是清代学者姚鼐所说：“古人文有一定之法，有无定之法。有定者，所以为严整也；无定者，所以为纵横变化也。二者相济，而不相妨。”②“一定之法”与“无定之法”，看似矛盾，实际上是有机统一整体的结构要求与章法的纵横变化这二者之间的矛盾统一，即所谓“不定之中为一定”。

为什么整体的某些部分的省略、变化不会使人觉得结构不完整呢？这就可用“格式塔”心理学来解释。人们的知觉在特定情况下，都有趋合倾向。所谓趋合倾向是指某些事物这样的被感知，以至于它们看起来似乎是完整的或封闭的，而不是不完整的和不封闭的。例如，∩明明是一个有缺口的圆形，但人们往往会在感知中把那个缺口补上，仿佛看到的是一个完整的圆形。又如，△本来是三个无关的“∠”号，但人们在知觉中有种趋合倾向，把它们理解为一个三角形。这也就是说，一切不完整的东西，只要它们之间有某种联系，那么人们平时形成的追求完整、对称，追求和谐、统一的心理

① 郭熙、郭思：《林泉高致》。
② 姚鼐：《与张阮林》。

定势就会起作用，从而把本来不完整的、不统一的事物通过知觉将它们趋向为完整、对称、统一和谐的事物。在文学作品的结构中，作家完全可以利用人们的知觉趋合倾向，通过创造似乎是不完整的却是具有艺术趋合力的结构，造成一种意味、一种倾向，达到更具艺术魅力的、有机统一的完整结构。例如，可以通过省略头、尾、中段的某些部分，并将一些具有特征的部分突出出来，使其产生一种艺术的张力，使读者能顺着这张力自己去把不完整的部分补充起来，从中获得一种审美再创造的愉悦。

三、生命的灵性与结构的主题原理

生命的又一特征是它具有物性、灵性。草木喜生长在向阳处，向日葵总是朝着太阳转，大雁到季节就要整队南飞，最小的麻雀也知道保护自己的幼子，狗总是向着自己的主人……这就是生物的物性和灵性的表现。作为高级生命体的人，他的中枢神经系统对其他器官的机能活动有支配的权力，他有思想，有灵魂，其灵性是其他生物无法比拟的。

与生命的这种物性、灵性的特征相对应，文学结构的第二原理是主题原理。这里所说的主题的意思，包括主旨，也包括特征、重点、特色等多方面的意思，如主色、主调、主旋律、主风格等，概括地说是指作品要强调的方面。文学结构的主题原理在创作中的实现，就是要艺术地突出作品所需要强调的方面，做到有主有宾，主宾协调，有轻有重，轻重分明，使作品获得生命体所具有的灵性、灵魂。主题原理与有机统一原理有着密切关系。譬如，一部作品有许多思想并存，如果这许多思想都被同样地对待，作品就必须形成多中心、多重点，实际上是无中心、无重点，也就不能给人以统一的印象。这样，作家就必须在这许多思想中选定一个思想为主题，其他思想则被定为围绕主题的情节思想，这才能使作品的结构轻重分明、主次分明、纲举目张、尊卑有序，这样作品才能达到整一的境界。对文学作品来说，主旨是特别重要的东西。每部作品都必须有一个主旨，结构上就要把重点完全放在主旨上，要在主旨上面渲染烘托，使作品所创造的艺术形象成为一个崭新的世界，并使这个世界远远超出其他世界之上，从而给人以强有力的印象。古人对结构的主题原理很重视。清代刘熙载就说过："主脑皆须广大精微……不可硬出意见。主脑既得，则制动以静，治烦以简，一线到底，百变而不离其宗。如兵非将不御，射非鹄不志也。"①国学大师黄侃也说："近世有人论文章命意谋篇之法，大旨谓一篇之内，端绪不宜繁多。譬如万山旁薄，必有主峰；龙衮九章，但挈一领。否则首尾冲决，陈义芜杂。"②这些论述说明了一部作品总有一个主旨，主旨是纲，与主旨相联系的材料是目。就像众星捧月一般，主旨要突出，其余材料都依次附在它的周围。

上面说的主题是思想主题。实际上结构的主题原理不限于此。每部作品都追求某种艺术特色、格调、韵调，而这些也可以成为作品所强调的方面。有些作品就往往以此为主题来结构作品。

结构主题原理在实际运用中也不能机械化、呆板化。实际上，主题原理中包含了主题变化原理。无论是思想主题，还是艺术主题，都可以在不同的形式中加以重复和变化，就如同在乐曲中主旋律变成了另一种相似的旋律。就文学的结构来说，只要不离主题，就可千变万化。越是多样的变化，越能丰富主题。黄宗羲曾说过："杜牧之曰：'丸之走盘，横斜圆直，不可尽知。其必可知者，知是丸不能出于盘也。'夫宗旨亦若是而已矣。"③这里所说的"盘"，就是主题。

---

① 刘熙载：《艺概·经艺概》。

② 黄侃：《文心雕龙札记·熔裁》，中华书局1962年版，第112页。

③ 黄宗羲：《明儒学案发凡》。

在这个主题的范围内，作者结构线索的“丸”，可以横斜圆直，自由滚动，只要不出盘的范围就可以了。这样，既肯定了作品的主题，又肯定了主题的变化。所以，黄宗羲的话是有道理的。如果把《红楼梦》的结构和《水浒传》的结构比较一下的话，那么就会发现《红楼梦》在结构的主题原理的变化上大大超过了《水浒传》。《水浒传》的结构在贯彻“官逼民反”这个主题上面是十分突出的，每一个故事都暗含“官逼民反”的思想，但从结构上说，每一个故事都仅是前一个故事的结构重复而已，这样主题就缺少变化，就不能使主题在变化中步步加深。《红楼梦》的结构没有超出自己的主题范围，但千变万化，迂回曲折，脂砚斋在第二十七回的批语中写道：“石头记用载法、岔法、突然法、伏线法、由近渐远法、将繁改简法、重作轻抹法、虚献实应法，种种诸法总在人意料之外，且不曾见一丝牵强。”主题却就在这多种多样的变化中丰富了、加深了。

结构的主题原理的心理机制，一般地说与注意力集中的原则有关。大家知道，注意就是意识把一些所感知的客体分出来，使它们脱离其他客体，这样，意识就对一定客体具有了选择性和指向性。读者对文学作品的欣赏需要集中审美注意，需要意识的选择性、指向性，因为只有这样，读者才能沉浸在作品的艺术境界之中，感受到艺术的价值。而要使读者进入审美注意，产生意识的指向性，这不仅与读者的主观努力有关，也与读者注意的对象(作品)有关。如果作品的结构没有体现主题原理，轻重不分，主次不分，出现多重点、多中心的情况，读者由于受注意广度所限，那么就不能在自己的意识中将某个感知的对象从其他对象中分出来，意识就没有一个选择性、指向性，读者也就在作品面前感到迷惑，感到眼花缭乱，而无所适从。只有当作品的主题方面得到强调的情况下，读者才能够集中注意，把作品的主题方面从其他方面分出来，成为意识指向的对象，成为前景，而把其余方面作为背景。在这种情况下，背景不但不会干扰前景，反而会加强和突出前景。同时，读者必然会产生明显的负诱导，全身心都沉浸在作品所描绘的世界之中，似乎把周围世界完全忘记了。所以在结构作品时，作家应使作品主题方面得到强调，找出读者注意力集中的点与线来。英国有位剧场经理巴脱莱说过这样的话：“如果你要英国的观众明了你在台上做什么，你必须告诉他们你准备要做什么，然后你必须告诉他们你正在做什么，最后你还必须告诉他们你已经做了什么。于是，他们才能明了你。”[①]这段话说明了要集中观众的注意力是多么困难。因此，作家必须充分考虑到“心无二用”的心理规定，在结构作品时贯穿主题原理。

四、生命的流动性与结构的节奏原理

生命的再一个特征是它的流动性、交替性。所有的生命活动都按春夏秋冬的节令进行周期性地、有规律地流动和交替。而所有生命体中最明显的流动性与交替性活动是人的心脏的跳动和呼吸的运动，苏珊·朗格说：“在心脏跳动时，每一次收缩都是下一次扩张的开始，每一次扩张也都是下一次收缩的开端……当第一次吸入的氧气用尽时，便形成一个紧急要求氧气的指令，这也就是下一次吸入的开始了，而这种相互之间的调节作用便是有机活动的规律。你愈是细心地观察这种形成我们称之为‘生命的运动形式’的全部生理过程，就愈能发现更多的精细、多样和复杂的节奏。”[②]

与生命这一流动性、交替性相对应，文学结构的第三原理是节奏原理。文学是一种时间艺术，是演进性的。比如小说要写事件，事件就有一个发展过程。事件发展的次序有两种，一种次序是作品

---

① 参见顾仲彝：《编剧理论与技巧》，中国戏剧出版社1981年版，第155页。

② 苏珊·朗格：《艺术问题》，中国社会科学出版社1983年版，第48页。

所要表现的事件本身固有的先后次序，事件的开头也就是它的开端，事件的结尾也就是它的收尾。另一种次序就是所谓描写次序、暴露次序。暴露线索，这是作品揭示事件的次序。例如，可以把事件的结尾或中段提到前面来写、来揭示。《祝福》是从结尾写起的，《哈姆雷特》则从中段写起。在作品中无论怎样安排事件的次序，都要有逻辑性。也就是前一部分自然引出后一部分，是后一部分不可缺少的前提，而后一部分是前一部分的必然承续。总而言之，在事件的演进过程中，要有符合逻辑的次序。那么如何来安排这次序，这就有一个节奏问题。英国批评家佩特说："一切艺术都以逼近音乐为指归。"克罗齐则说："一切艺术都是音乐。"所以与音乐一样同是时间艺术的文学，就特别重视节奏。在文学的结构上也有一个拍子问题，即节奏问题。抒情作品中的情感的起伏，叙事作品中故事演进的速度、强度和变化，就是节奏问题，它对作品所起的影响是很大的。就以事件演进的速度而言，可以有两种速度：慢速度和快速度。前者使事件在平缓中一步一步向前移动，半部小说过去了，主人公还可以躺在床上。后者则可以是跳跃式的突然变化，闪电般地演进，几行文字就可以使好几年过去了。

究竟用快节奏的结构好，还是用慢节奏的结构好，这并无一定之规。从审美心理学的角度看，表现悲哀的情感，一般说结构的节奏就应放慢一些，表现轻快的情感，一般说结构的节奏就得放快一些。总的说，作品的结构的节奏应是快慢相间，时快时慢。因为始终是太快的节奏，读者是不容易接受的，如同我们站在火车道边，看见列车从身边飞驰而过，心理压力过大，精神过于紧张，这就可能使我们失去审美的心境。而始终是太慢的节奏，读者也是不容易接受的，因为慢节奏的结构显得平淡，缺少刺激和振奋，使人感到厌倦而失去耐心。快慢相间的结构则使读者的情绪由紧张到松弛，又由松弛到紧张。既不缺少刺激，又让人觉得这刺激是承受得了的。

这样节奏自然能够引起人的审美愉悦。如中篇小说《这里的黎明静悄悄》，一段写平缓的和平生活，一段写紧张的战争生活，把和平与战争穿插起来写，这就是按快慢相间的节奏来结构的，因此取得了明显的艺术效果。

文学作品结构的原理不止这三个，还有其他一些。但有机的统一原理，主题原理和节奏原理是三个基本的原理，则是可以肯定的。

（《北京师范大学学报(社会科学版)》1987年第3期）

文学语言论

语言是文学的第一要素。但至今我们在文学语言方面研究得很不够。对于文学语言的种种问题，只停留在浅层的描述上。如语言在文学中到底具有什么功能、处于什么地位呢？为什么又有那么多的作家呼喊“语言的痛苦”呢？文学语言与日常语言有没有区别？如果有区别的话，那么文学语言的深层特征又是什么呢？本文将对这些问题做初步的探讨。

一、语言在文学中的地位和功能

从古典到现代，人们都非常重视语言在文学中的地位。但他们对语言在文学中究竟占有什么地位、具有什么功能的看法是各异其趣的。中外古典文论所持的是“载体”说，语言只是一种“形式”“工具”“媒介”“载体”，它的功能在于表达生活和情感的内容，内容有“优先权”，包括语言在内的形式则处于被内容决定的地位。20世纪西方科学主义文论则持“本体”说，认为语言是文学的“本体”，文学就是语言的建构，语言是文学存在的家园。古典文论与20世纪西方文论的文学语言观就这样分道扬镳。文学语言观念从古典到现代的转变是怎样发生的呢？

20世纪西方哲学和人文科学领域发生的一个重大事件就是所谓的“语言论转向”。在西方，在19世纪以前，占主导地位的是理性主义，理性制约一切，所以理性作为文学的内容也自然处于“统治”地位，语言只被看成是传达理性内容的工具。20世纪初叶以来，人们觉得过去崇拜的理性不灵了，反理性的思潮应运而生。这就导致了所谓的“语言学转向”。人们不再追问语言背后的理性，而认为“语言是存在的家”(海德格尔)，“想象一种语言意味着想象一种生活方式”(维特根斯坦)。语言不是单纯的媒介、手段、载体，它是存在本身，人是语言的动物。语言观上的这种变化，很自然引起文学观念的变化。20世纪形成的科学主义的文论流派在文学语言观上一脉相承。他们认为作品中的语言就是文学的本体。什克洛夫斯基在《艺术作为手法》一文中在反复强调了文学语言的特异性之后说：“这样，我们就可以给诗歌下个定义，这是一种困难的、扭曲的话语。”①罗兰·巴特走得更远，他强调“语言和文学之间的一致性”，认为“从结构的角度来看，叙事作品具有句子的性质”，“叙事作品是一个大句子”②，超过语言层就是文学的“外界”。

这种现代语言论的文学观念是有一定的道理的。我们可以从“人”和“文化”这两个视角来证明文学语言本体论有其理论基础。

语言是人的最重要的一种符号，因此，在卡西勒看来语言也是

---

① 茨维坦·托多罗夫：《俄苏形式主义文论选》，中国社会科学出版社1989年版，第77页。

② 罗兰·巴特：《叙事作品结构分析导论》，《马克思主义文艺理论研究》编辑部编选：《美学文艺学方法论》下册，文化艺术出版社1985年版，第535页。

区别人与动物，并指明人的独到之处的一个重要方面。卡西勒说有两种不同的语言，一种是情感语言，一种是命题语言。在类人猿那里有情感语言，它可以表达情感，但不能指示和描述。因为它不具有“延迟模仿”和“移位”的认知机制，也不具备转换、开放的机制。只有在人这里，才用具有认知、转换、开放机制的“命题语言”进行交往活动。人才是真正的语言符号动物。进一步说，人的语言与人的感觉、知觉、想象、理解等心理机能是同一的。语言是内在于人的感觉的，就以个体的人的语言发展而言，他的语言与他的感觉是一致的。一个老年人说不出儿童那样天真烂漫的话，是因为他已经在社会化过程中失去了“童心”，找不到儿童的感觉；同样的道理，儿童有时会说出一些完全不合理、不合逻辑但却极生动和极富诗意的话，就是因为他们无知，他们还没有“社会化”，他们的语言与幼小心灵的感觉是同一的。在现代生活交往中拥有一个新词或新的词语组合，就表明对生活的一种新态度，或者是人们的一种旧的生活方式的结束，或者是一种新的生活的开始，或者显示某种生活正处在变动中。

既然语言与人的感觉、知觉、想象等是同一的。那么文学语言的“美学功能”与人们的艺术直觉具有同一性就更凸显出来了。如果说日常语言具有“实用”和“美学”两种功能的话，那么在文学语言中，语音的搭配，词的组接，句子的连接，就不单是为了传达信息，它们本身就具有审美意义。例如，唐代岑参的诗《白雪歌送武判官归京》：

北风卷地白草折，胡天八月即飞雪。忽如一夜春风来，千树万树梨花开。……

在这头四句中，如用保存古音较多的南方音读，那么“折”和

“雪”都应该读急促摩擦的入声，而后面的“来”和“开”则是流畅浩荡的平声。在这首诗中，由入声转入平声，象征着由封闭到开放，由寒冷局促的冬天到百花盛开的春天的转换。这里，词的这种先后安排本身就含有审美意义。这就是因为作者强调了语言的美学功能，似乎平时作为传达手段而毫不起眼的语言突然开始强调自己的存在。这里需要特别指出的是，在文学作品中，作家为什么这样选择和安排词句，而不是那样选择和安排词句，这是因为语言的运用是与作家的艺术直觉同一的。他们这样运用语言，不是单纯摆弄某种技巧，乃是因为他们如词语这般感觉生活。卡西勒在评论莎士比亚的剧作时，在指出他笔下那些故事本身都是陈旧的大家都熟悉的之后，接着说：

> 没有莎士比亚的语言，没有他的戏剧言词的力量，所有这一切就仍然是十分平淡的。一首诗的内容不可能与它的形式——韵文、音调、韵律——分离开来。这些形式成分并不是复写一个给予的直观的纯粹外在的或技巧的手段，而是艺术直观本身的基本组成部分。①

卡西尔的这个看法很精到，说明作家笔下的语言的确不是单纯的技巧，而是内在于作家的“艺术直观”。莎士比亚艺术感觉的特征与文学语言的运用是同一的，他的语言只是他的感觉的组成部分。抽离他的语言，他的作品就变得十分平淡。

语言又是一种文化，从而它能够规定人们思考的不同方式。应该说，语言本身就是一种文化。因为人是必须用语言来思考问题的，语言不同，思考的方式自然不同，作为思考的产物的文化也就不同。

---

① 卡西勒：《人论》，上海译文出版社 1985 年版，第 198 页。

操英语的人和操汉语的人，不仅仅是用不同的语言工具，实际上是拥有不同的文化和对事物的不同理解。例如，“梅花”这个词，整个欧洲都没有，因为欧洲没有梅花。那么中国人的松、竹、梅“岁寒三友”的观念，欧洲人也就不可能有。他们对中国文学中各种“咏梅”诗词同样也难于理解。像法国古典主义时期，在文学作品中，不能直呼“chien”（法文，狗），而要称为“de la fidélité respectable soutien”（忠诚可敬的帮手），对我们而言，也是无法理解的，甚至觉得很可笑。这里显示出基督教文化与儒教文化的差异，是文化差异导致的生命意识的根本不同。从这个意义上说，语言的不同归根结底是文化的不同，不仅仅是使用的工具不同。

以上两点可以说明，20世纪以来的语言论的文学观念，即把语言看成文学的本体是有一定的道理的。但是我们说它有“一定的道理”并不是说它全对。“理性工具崇拜”论是不对的，可“语言拜物教”也未必全对。实际上，传统的语言“载体”说和现代的语言“本体”说，都有它的片面性。上述两种理论倾向，尽管在观点上截然对立，但在思想方法上的偏颇则是相同的。“载体”说没有看到文学作品中语言的特殊性，把文学语言与其他领域中的语言混为一谈。“本体”说则过分夸大了文学语言特性，而没有看到文学语言与其他领域中的语言的共同性，即任何文学语言都建立在日常语言的基础上，它不是文学家造出来的另一类语言。

巴赫金认为，文学语言具有“全语体性”。所谓“全语体性”就是指各种语言体式在作品中实现了交汇，它既是交际和表达的手段，同时它又有了新质、新的维度，它本身就是被加工的对象，就是构筑成的艺术形象。简略地说，文学语言既是手段又是对象。巴赫金说：

> 语言在这里不仅仅是为一定的对象和目的所限定的交际和

表达的手段，它自身还是描写的对象和客体……在文学作品中我们可以找到一切可能有的语言语体、言语语体、功能语体，社会的和职业的语言等等。……“全语体性”正是文学基本特性所使然。[①]

这就是说，文学作品中的语言一方面仍然要传达交往中的信息，因此语言的实用功能仍然在发挥作用，没有一篇作品不蕴含一定的审美信息，那么传达这些信息仍然有必要把语言当成“载体”“手段”和“工具”，以便让读者能够无障碍地接受作品所传达的信息。但是文学语言之所以不同于日常语言、科技语言、公务语言，就在于它本身的确又成了对象和客体，语言的美学功能被提到主要的地位。作家作为主体加工这个或那个，实际上都是把话语当成对象来加工。而且在这种加工中有其独特的规则，与日常语言中的规则不同。

就文学作品的语言说，大体上可以分成两大类，一类是描写景物、人物、事件的语言，另一类是人物的对话(包括独白)。

前一类语言主要以景物、人物和事件作为描写对象，但是正如巴赫金所说“描写性的语言多数情况下都趋向于成为被描写的语言，而来自于作者的纯描写性的语言也可能是没有的”[②]。这是很有见解的论断。作家似乎是用语言描写对象，风花雪月如何，阴晴圆缺如何，但其实他的描写性语言不知不觉中成为他的艺术直觉和艺术个性的显露。因为在作家那里，语言与他的艺术直觉、艺术个性与描写性语言是同步的，结果给人的印象是作家的艺术直觉和个性掌握了语句，词句成了被掌握的对象或客体。如杜甫的《船下夔州郭宿雨湿不得上岸别王十二判官》：

---

① 巴赫金：《文学作品中的语言》，钱中文主编：《巴赫金全集》第4卷，河北教育出版社1998年版，第276页。

② 巴赫金：《文学作品中的语言》，钱中文主编：《巴赫金全集》第4卷，河北教育出版社1998年版，第276页。

依沙宿舸船，石濑月涓涓。风起春灯乱，江鸣夜雨悬。晨钟云外湿，胜地石堂烟。柔橹轻鸥外，含凄觉汝贤。

这首诗写的是杜甫坐船到夔州天晚了靠岸住宿，原想第二天早晨上岸，去拜访他的朋友王十二判官。但船一靠岸，就下起大雨来。杜甫忧心忡忡，担心受风雨的阻隔而上不了岸。果然，第二天仍然阴云密布，杜甫只得心中告别朋友，继续自己的行程。在诗中有对月色、风雨、江水、钟声、鸥鸟的描写等。杜甫是一位特别重友情的人，他忧心风雨大作影响他与朋友的会面，于是在他眼中，船上春灯的晃动被描写为“春灯乱”，“乱”既是写春灯晃动的样子，又写出了他的心情。夜间大雨被描写成“夜雨悬”，“悬”即挂的意思，雨怎么会“悬挂”在空中呢？这里既是写雨，也是写诗人的心情，从一个忧心人的眼中，那雨就像一根从天而降的绳子，永不隔断地悬挂在那里了。钟声如何会“湿”呢？这是从一位多情诗人听觉所产生的变异，钟声从密布的阴云中传过来，似乎被云沾湿而有点喑哑。这些描写性的话语，如“乱”“悬”“湿”等，似乎不是诗人从语言中选择出来的，而是与诗人的艺术直觉和生活遭际密切相关的，词语只是被显露出来而已。它们本身就是活生生的文学世界的有机组成部分，而不是单纯的“载体”。

文学作品中语言的另一类就是人物对话。作品中的人物对话与现实生活中的人物对话是不同的。在现实生活中，人物的对话只是传达对话人的信息，哪怕这些话含有情态性质，也只是传达具有情态的信息而已。所以，现实生活中的话语，还只是信息的“载体”。但在文学作品中，人物对话也被当成了加工的对象，经过艺术加工，人物的对话有丰富内涵。它虽然有传达信息的一面，但又不止于传达信息。巴赫金曾这样分析托尔斯泰《复活》中的人物对话：

> 作品作为统一整体的背景。在这个背景上，人物的言语听起来完全不同于在现实的言语交际条件下独立存在的情形：在与其他言语、与作者言语的对比中，它获得了附加意义，在它那直接指物的因素上增加了新的、作者的声音（嘲讽、愤怒等等），就像周围语境的影子落在它的身上。例如，在法庭上宣读商人尸体的解剖记录（《复活》），它有速记式的准确，不夸张、不渲染、不事铺张，但却变得十分荒谬，听上去完全不同于现实的法庭上与其他法庭文书和记录一起宣读的那样。这不是在法庭上，而是在小说中；在这里，这些记录和整个法庭都处在其他言语（主人公的内心独白等）的包围之中，与它们相呼应……在各种声音、言语、语体的背景上，法庭验尸记录变成了记录的形象，它的特殊语体，也成了语体的形象。①

巴赫金的分析揭示了文学作品中与现实生活中人物对话的不同，并深刻说明了这种不同是如何产生的。巴赫金洞见到文学作品中"人物对话"不仅从自身获得意义，而且还从整篇作品的各种声音、言语、语体的背景上获得意义，并组成为语体形象。这一洞见极为重要。我们这里要对巴赫金做出补充的是，不仅作品中的人物对话，而且日常生活的信息语言，一旦纳入到作品中，被作品的背景、特别是其中的语境所框定，就变成文学话语，那么它就不再是单纯的传达信息的"载体"，而获得了丰富的审美的附加意义。这附加意义是指，作品中的全部话语处在同一大语境中，因此任何一个词语、句子、段落的意义，不但从它本身获得，同时还从前于它或后于它，即从本作品的全部话语语境中获得。话语意义不仅从本身确定，还从其前后左右的话语联系中重新确定。我们似乎可以把这种现象称

① 巴赫金：《文学作品中的语言》，钱中文主编：《巴赫金全集》第4卷，河北教育出版社1998年版，第283页。

为“大语境”性。

就这一点讲，文学话语与普通话语是不同的。普通语言一般说只具有小“语境”性，而文学话语则具有“大语境”性。这就是说，在普通的日常话语中，由于指称是主要的，所有的意义必然是词典意义，由词所组成的句子或句子群，其本身就是一个符号系统，指涉意义是被句子、句子群(即“小语境”)限定的，一般地说，它不必在整个谈话中再次确定它的意义。但在文学话语中，情况就不同了。文学话语在作品中是一个美学整体，而且主要功能是表现。尽管在叙事作品中，也用普通话语写成，但它是一种前设性和后设性的话语。句子和句子群的意义并不是限定于这个句子和句子群，它还从作品的整个话语系统(“大语境”)中获得意义。

美国“新批评”派理论家布鲁克斯在引用了著名诗人 T. S. 艾略特认为诗的“语言永远作微小变动，词永远并置于新的、突兀的结合之中”这句话后说：“科学的趋势必须是使其用语稳定，把它们冻结在严格的外延之中；诗人的趋势恰好相反，是破坏性的，他用的词不断地在互相修饰，从而互相破坏彼此的词典意义。”①日常用语中“小语境”性要求用语遵守词典意义，文学话语的“大语境”性，则往往导致词语“破坏”词典意义，而仅属于作品整体的符号系统的意义。“大语境”性使作家在创作时，每落一字一句，都不能不“瞻前顾后”，力求使自己笔下的句子能够属于作品整体的符号系统。前句与后句之间，前句群与后句群之间，应形成一种表现关系(即非指称关系、单纯因果关系等)，或正面烘托，或反面衬托，或象征，或隐喻，或反讽，或悖论……使作品中的符号系统形成一种“表现链”。具有“表现链”的话语，才是真正有表现力的话语。

从上面讨论中，我们似乎可以得到结论，文学言语在文学中是

---

① 克林斯·布鲁克斯：《悖论语言》，赵毅衡编选：《“新批评”文集》，中国社会科学出版社 1988 年版，第 319 页。

载体，但又不仅是载体，它更重要的是文学的对象，文学赖以栖身的家园。

二、面对审美体验时的语言痛苦

文学语言是文学赖以栖身的家园。但并非任何语言都能成为文学的家园。在这里作家们遇到了困难。最常见的现象是，作家们常常感到，自己想说的很多很多，可实际说出的却很少很少。德国作家歌德说泄气话："那试图用文字表达艺术经验的做法，看来好像是件蠢事。"高尔基也借用纳德松的话："世界上没有比语言的痛苦更强烈的痛苦了。"而中国的先秦时期，就提出了"不可言传"和"言不尽意"的问题。庄子在《天道》中说："世之所贵道者，书也。书不过语，语有贵也。语之所贵者，意也。意有所随；意之所随者，不可以言传也。"值得注意的是，在文学创作的语言表达中所遇到的问题，与庄子所遇到的问题非常相似。所以陆机、刘勰以后的文论，对"言不尽意"的命题一直十分注意。在陆机、刘勰那里，已深深感到正是语言的"征实"性与审美体验的丰富性之间的距离，造成了文学创作中"言不尽意"这种困境。

"言不尽意"的困境给作家带来了大显神通的机会。我们古人苦于"言不尽意"，提出了超越语言的理想，而其思路和实践则与现代心理学息息相通。

寄意于言外，就是古人提出的超越语言的理想。刘勰首先在《文心雕龙·隐秀》篇提出"文外之重旨"和"义主文外，秘响旁通，伏采潜发"的主张。所谓"文外之重旨""义主文外"，即追寻"言外之意"。这一思想可以说是刘勰的一大发现。他认识到"言征实而难巧"，于是就想到是否可以在提炼语言的基础上，使意义产生于语言之外，就好像秘密的音响从旁边传来，潜伏的文采在暗中闪烁。这样一来，不但“言不尽意”的困难被克服了，而且可以收到以少总多、余意无穷的效果。所以，从“言不尽意”到“义主文外”，可以说在思想上实现了一次飞跃。在刘勰所开辟的这一超越语言的思路上，后人多有发挥与补充。如唐代司空图就直接提出了“韵外之致”和“味外之旨”的重要命题①。这里特别要提到的是宋代著名诗人梅尧臣的见解，他曾对欧阳修说：“诗家虽率意而造话亦难。若意新语工，得前人所未道者，斯为善也。必能状难写之景，如在目前；含不尽之意，见于言外，然后为至矣。”他认为“作者得于心，览者会以意，殆难指陈以言也”②。但通过景物、形象的真切描写，还是可以“略道其仿佛”的。以上所述，是我们的古人解决文学语言与审美体验疏离、对立的思路，即以语言去写景状物，从言外去追寻所要表达之意。

从现代心理学的角度看，“义主文外”说或“言外之意”说，就将言语与感觉、想象同一化，是很有道理的。语言作为一种心理实体，具有指称和表现两种功能，索绪尔说：

> 语言符号连接的不是事物的名称，而是概念和音响形象。后者不是物质的声音，纯粹物理的东西，而是这声音的心理印迹，我们的感觉给我们证明的声音表象。它是属于感觉的。③

这个观点是符合实际的。例如，“山”这个词，一方面它是一个“概念”，即所指，它是对各种各样的山的一种抽象，它无法直接作用于人的感觉，任何人也无法感觉到作为概念的“山”。另一方面，“山”这个词又是一种“音响形象”，即能指，中国人听到“Shan”这个词的声音，就会立刻在头脑中唤起那高低起伏的、苍翠碧绿的峰峦

---

① 司空图：《与李生论诗书》。

② 欧阳修：《六一诗话》。

③ 索绪尔：《普通语言学教程》，商务印书馆1985年版，第101页。

的形象。如果你的命运与山有着不同寻常的关系的话，那么“山”这个“音响形象”还可能拨动你的心弦。这时候，“山”这个词已属于我们的感觉、情感和想象的心理领域，或者说“山”与我们的感觉、情感、想象实现了某种同一。这样“山”这个词的表现功能就凸显出来。一般地说，语言的指称和表现两种功能是重合在一起的。但在文学创作中，语言的表现功能被提到了更加重要的地位，因此作家就可以利用语言的表现功能，栩栩如生地去写景状物，这样，语言就感觉化了、心理化了，语言也就突破了自身一般化的缺陷可以自由地去表现那只可意会、不可言传之情和意，收到“含不尽之意于言外”的效果。

三、文学语言的深层特征

以“言外之意”的策略来消解语言的一般性与审美体验特殊性之间的疏离与对立，所强调的是文学语言的形象性、生动性、含蓄性、音乐性等，总的说还停留在对文学语言表层现象的描述上，只是揭示了文学语言的表层特征。下面我们将按“文学语言是文学赖以栖身的家园”的新思路探求文学语言的深层特征，尝试着揭示文学语言的根本规律。

文学的真不等于自然的真。更进一步说，文学是语言编织出来的事件。这样，普通生活中的客观世界和文学作品的艺术世界在逻辑上是不同的。在这两个世界的岔道上，文学话语与日常话语也就分道扬镳了。虽然就语言系统看，文学话语与日常话语并没有什么不同。同一个词语，既可以在日常话语中运用，也可以在文学话语中运用，文学并没有一种独立的语言系统。正如巴赫金所认为的那样，日常的话语一旦进入小说，就发生“形变”：

> 它们（指文学语体等）在自身的构成过程中，把在直接言语交际条件下形成的各种第一类（简单）体裁吸收过来，并加以改造。这些第一类体裁进入复杂体裁，在那里发生了形变，获得了特殊的性质：同真正的现实和真实的他人表述失去了直接的关系。例如，日常生活中的对话对白或书信，进入长篇小说中以后，只是在小说的内容层面上还保留着自己的形式和日常生活的意义，只能是通过整部长篇小说，才进入到真正的现实中去，即作为文学艺术现实的事件，而不是日常生活的事件。①

巴赫金想说明的是，日常的话语进入文学作品后，它就属于文学现实事件的统辖，而与原本的现实话语失去了直接的关系。这个看法是对的。可以这样说，日常话语是外指性的，而文学话语是内指性的。日常语言指向语言符号以外的现实环境，因此它必须符合现实生活的逻辑，必须经得起客观生活的检验，也必须遵守各种形式逻辑的原则。譬如，如果朋友见面时问你："你住在哪里？"你必须真实地回答说"我住在北京西长安街"之类，你不能回答说："我住在天堂，我同时也住在地狱！"因为前者可以检验，而后者则无法验证。文学话语是"内指性"的话语，它指向作品本身的世界，它不必符合现实生活的逻辑，而只需与作品艺术世界相衔接就可以了。例如，杜甫的名句"露从今夜起，月是故乡明"，明显地违反客观真实，月亮并非杜甫家乡的才明，但由于它不是"外指性"的，而是"内指性"的，因此在诗的世界里它不但说得通，而且深刻地表现了杜甫对故乡的情感的真实。概而言之，文学语言的"内指性"特征，只要求它符合作品的艺术世界的诗意逻辑，而不必要经过客观生活的验证。从这个意义上说，文学作品中的语言是"自主符号"。"内指性"是文

① 巴赫金：《言语体裁问题》，钱中文主编：《巴赫金全集》第4卷，河北教育出版社1998年版，第143页。

学语言的总体特征，它表明了文学语言可以不受客观事件的约束，只管营造文学自身的世界。

当然，上面所述的文学语言作为一种“内指性”的不必经过现实检验的语言，并不是指作家笔下的语言可以随意扭曲生活。恰恰相反，文学语言必须是真实的，不是一般的逼真，是深刻的心理真实。这样作家在语言与体验的疏离的痛苦中，就力图寻找一种更贴近人的心灵、人的审美体验的语言，一种带着生命本初的新鲜汁液的语言，一种与人的审美体验完全合拍的语言，一种更具有心理真实的语言。那么有没有这样一种语言呢？

苏联一些著名的语言学家提出了一种称为“内部言语”的概念。A. P. 鲁利亚认为，语言的产生是由内心意蕴的发动到外部语言的实现的基本过程，这个过程可分为四个阶段：

(1)起始于某种表达或交流的动机、欲望、总的意向；(动机)

(2)出现一种词汇较为稀少，句法关系较为松散，结构残缺但都黏附着丰富心理表现，充满生命活力的内部言语；(内部言语)

(3)形成深层句法结构；(深层句法)

(4)扩展为以表层句法结构为基础的外部言语。(外部语言)①

鲁利亚认为，“内部语言”是主观心理意蕴与外部语言表现之间一个十分重要的中间环节，它具有这样两个特点：(1)功能上的述谓性。即内部语言总是与言语者的欲望、需求、行为、知觉、情绪的表达密

① A. P. 鲁利亚：《神经语言学的主要问题》，莫斯科大学出版社1975年版，可参见赵吉生对此书的摘译，载《国外语言学》1983年第2期。

切相关，动词、形容词占较大的比例。(2)形态上的凝缩性。没有完整的语法形态，缺少应有的关联词，只有一些按顺序堆置起来的中心词语，所含意蕴是密集的。由此不难看出，这种“内部言语”与人的欲望、情绪更贴近，与人的难于言说的审美体验更相对应，因而也更真实。作家若是把这种中间性的“内部语言”直截了当地倾吐于稿纸上，那就可以以本初形态去表现自己的欲望、情绪和种种审美体验，填平语言与审美体验之间因疏离而形成的峡谷。我们古人也懂这个道理，苏轼作诗讲究“冲口而出”，他说：

好诗冲口谁能择，俗子疑人未遣闻。(《重寄一首》)

此数十纸皆文忠公冲口而出，纵手而成，初不加意者也。其文采字画皆有自然绝人之姿，信天下之奇迹也。(《跋刘景文欧公帖》)

所谓“冲口而出，纵手而成”，也就是截获“内部语言”，不加修饰，直接倾吐，结果所得到的是“自然绝人之姿”。实际上，不少作家就是尝试着用这种“内部语言”写作的。譬如，法国作家司汤达就喜欢用不假修饰的“内部语言”写作。他在给巴尔扎克的回信中就说：“口授修道院的时候，我想，就照草样付印罢，这样我就更真实、更自然、更配在 1880 年为人阅读了，到那时候，社会不再遍地都是俗不堪耐的暴发户了，他们特别重视来历不明的贵人，正因为自己出身微贱。”[①]司汤达这里所说的那种“更真实、更自然、更配在 1880 年为人阅读”的“照草样付印”的言语，实际上就是那种更贴近心灵本初、更贴近深度体验的“内部语言”。

“内部语言”究竟是什么形态的？这里我想举郭沫若的《天狗》

① 巴尔扎克：《拜尔先生研究》，《巴尔扎克论文选》，新文艺出版社 1958 年版，第 198 页。

为例：

我是一条天狗呀！我把月来吞了，我把日来吞了，我把一切的星球来吞了，我把全宇宙来吞了。我便是我了！

我是月底光，我是日底光，我是一切星球底光，我是X光线底光，是全宇宙底Energy(能)底总量！

我飞奔，我狂叫，我燃烧。我如烈火一样地燃烧！我如大海一样地狂叫！我如电气一样地飞跑！我飞跑，我飞跑，我飞跑，我剥我的皮，我食我的肉，我吸我的血，我啮我的心肝，我在我神经上飞跑，我在我脊髓上飞跑，我在我脑筋上飞跑。我便是我呀！我的我要爆了！

首先，这首诗所用的动词特别多，比例特别大，其中有些动词重复地出现，动词如“飞奔”“狂叫”“燃烧”“剥”“食”“啮”“吸”“爆”等，在诗中占有突出的地位，其意义与诗的情绪本身密切相关。这就说明这首诗的语言功能的“述谓性”特别强。诗以“我”作为行为、情绪、欲望的主体，向四方八方发射“我”的动作，达到极为狂放和为所欲为的地步，而且这一切似乎不加思索、随口喷出，使人感到诗人落在纸上的不是词语，而是欲望、情绪本身。其次，诗的言语在语法上、逻辑上都不合规范，如“我便是我呀”“我的我要爆了”“我在我的神经上飞跑”“我在我脊髓上飞跑”等，都有语法、逻辑上的毛病，但这些话语让人获得鲜明的感受，并被人理解。而关联词极少，但像“月”“日”“星球”“宇宙”“皮”“肉”“血”“神经”“脊髓”“脑筋”这些系列名词与系列动词结合成中心词语，都按顺序排列，意蕴十分密集。这样就形成了这首诗言语形态的凝缩性特征。这首诗的言语完全是紧贴人的欲望、情感、意绪的，是不加思索就落在纸面上的，保持了语言的本初性特点，从而更深地传达了诗人的体验。

文学不但要求真实，而且还要求新鲜。语言的“陌生化”命题，就是为适应文学的新鲜感而提出来的。

文学语言“陌生化”的思想早已有之。但作为学术观点正式提出来的，却是俄国的学者什克洛夫斯基。什克洛夫斯基在《艺术作为手法》这篇重要的论文中，把“陌生化”与“自动化”对立起来。他认为“自动化”的语言缺乏新鲜感。“自动化”的语言，由于我们反复使用，词语原有的新鲜感和表现力已耗损殆尽，已不可能引起我们的感觉。因此在“自动化”的语言里，“我们看不到事物，而是根据初步的特征识别事物。事物仿佛被包装起来从我们身边经过，我们根据它所占的位置知道它是存在的，不过我们只看到它的表面。在这样的感觉的影响下，事物首先在作为感觉方面减弱了，随后在再现方面也减弱了”①。这样，什克洛夫斯基就提倡“陌生化”的言语作为文学的手法。他说：

> 为了恢复对生活的感觉，为了感觉到事物，为了使石头成为石头，存在着一种名为艺术的东西。艺术的目的是提供作为视觉而不是作为识别的事物的感觉；艺术的手法就是使事物陌生化(又译奇特化——引者)的手法，是使形式变得模糊、增加感觉的困难和时间的手法，因为艺术中的感觉行为本身就是目的，应该延长。②

根据我对什克洛夫斯基这一思想的理解，所谓“陌生化”语言，主要是指描写一个事物时，不用指称、识别的方法，而用一种非指称、非识别的，仿佛是第一次见到这事物而不得不进行描写的方法。

---

① 茨维坦·托多罗夫编选：《俄苏形式主义论选》，中国社会科学出版社 1989 年版，第 64 页。

② 茨维坦·托多罗夫编选：《俄苏形式主义论选》，中国社会科学出版社 1989 年版，第 65 页。

对此，什克洛夫斯基举了许多列夫·托尔斯泰的例子来说明这一点。

必须说明的是，陌生化言语手法是多种多样的，上述这种非指称性、非识别性的对事物原本形态的描写，只是陌生化最重要的一种。

（《学习与探索》1999年第3期）

论美在于内容与形式的交涉部

艺术作品区分为内容与形式两个要素。或者说，艺术作品是由内容与形式两个要素构成的。对此，哲学所提的问题是：是内容决定形式，还是形式决定内容？内容与形式之间什么是第一位，什么是第二位的？等等。美学提出的问题则是：在内容与形式两个因素中，美在何处？这种美又有何特征？等等。哲学与美学所提的问题不同，那么它们的回答也应该有所不同。美学无法代替哲学的回答，但哲学也不应代替美学的回答。这样，美学首先要提的问题是作为内容与形式的结合体的艺术作品，它的美在何处呢？美在内容还是在形式？或者是在内容与形式的统一中？对这个问题历来就存在着不同的、甚至对立的看法。

一、第一种观点：认为美在于内容

许多理论家都持这种看法。即认为艺术作品的根本是生活内容与思想内容，形式只是把内容呈现出来而已，因此美在艺术作品的内容中。车尔尼雪夫斯基的观点可以作为这种看法的一个典型代表。

在车尔尼雪夫斯基看来，“艺术作品任何时候都不及现实的美或伟大”①，“客观现实中的美是彻底地美的”②，而作为艺术作品形式的形象则“只是现实的一种苍白的，而且几乎总是不成功的改作”③。这样他就认为，生活内容通过艺术形式的呈现与传达，不但不能增加生活的美，相反还要使生活的美受到损害。那么，人们为什么还需要艺术这种形式呢？他说：“现实的美是完全的美，但是可惜它并不总是显现在我们的眼前……海是美的，当我们眺望海的时候，并不觉得它在美学方面有什么不满人意的地方；但是并非每个人都住在海滨，许多人终生没有瞥见海的机会；但他们也想要欣赏欣赏海，于是就出现了描绘海的图画。自然，看海本身比看画好得多，但是，当一个人得不到最好的东西的时候，就会以较差的为满足，得不到原物的时候，就以代替物为满足。”④车尔尼雪夫斯基的这些看法，包含了两层意思：第一，艺术作品仅仅是生活的蹩脚的替代品，艺术作品的美远远不及生活的美；第二，就艺术作品内部构成看，具有美学意义的是内容，因为这种生活内容，可以“使那些没有机会直

---

① 车尔尼雪夫斯基：《艺术与现实的美学关系》，《生活与美学》，人民文学出版社1957年版，第90～91页。

② 车尔尼雪夫斯基：《艺术与现实的美学关系》，《生活与美学》，人民文学出版社1957年版，第108页。

③ 车尔尼雪夫斯基：《艺术与现实的美学关系》，《生活与美学》，人民文学出版社1957年版，第108页。

④ 车尔尼雪夫斯基：《艺术与现实的美学关系》，《生活与美学》，人民文学出版社1957年版，第90～91页。

接欣赏现实中的美的人也能略窥门径；提示那些亲身领略过现实中的美而又喜欢回忆它的人，唤起并且加强他们对这种美的回忆”①。而艺术形式则仅仅起一种“复制”作用，而且由于这种“复制”是“苍白的”“不成功的”和“低劣的”，它不具有美学意义，不能成为美感的一个来源。用他自己的话说：“艺术形式无法使一篇作品免于轻蔑或怜笑，假如作品不能用它思想的重要性去回答‘值得为这样的琐事呕心血吗？’这个问题的话。”②

车尔尼雪夫斯基的这种重内容、轻形式的看法是不符合艺术实际的。在艺术作品中，内容诚然是重要的，但形式绝不是消极地仅仅起“复制”作用的因素，更不是什么损害生活美的破坏力量。艺术形式在艺术作品中起非常积极的、特殊的和独特的作用，具有非同寻常的美学意义，它是美感的一个重要来源。这是因为在艺术作品中，内容无法独立于形式之外，或者说艺术作品只有在既有的形式中才能存在并发挥它的心理影响。

从艺术与生活的关系看，艺术美高于生活美。艺术再现生活，但又超越生活。毛泽东认为：艺术和生活“虽然两者都是美，但是文艺作品中所反映出来的生活可以而且应该比普通的实际生活更高，更强烈，更有集中性，更典型，更理想，因此就更带普遍性”。既然艺术与生活的关系是这样，那么严格地说艺术的起点乃在生活的终点，或者说艺术开始于生活“止步”而形式开始起步的地方。某种生活材料，如果说没有得到艺术的形式表现，仍然是生活材料本身，当然不是艺术；如果仅仅得到艺术形式的消极“复制”，则只能是平庸的艺术；只有得到艺术形式的积极改造、独特解释和艺术安排，那才是真正的艺术。艺术形式绝非可有可无的细枝末节。非常重视

---

① 车尔尼雪夫斯基：《艺术与现实的美学关系》，《生活与美学》，人民文学出版社1957年版，第91页。

② 车尔尼雪夫斯基：《艺术与现实的美学关系》，《生活与美学》，人民文学出版社1957年版，第94页。

内容的唐代文豪韩愈说："体不备，不可以为成人；辞不足，不可以为成文。"①清代著名文论家姚鼐也说："文章之精妙不出字句声色之间，舍此便无可窥寻矣。"②历代都有许多"一字师"的佳话，一字之改，往往就使所写的情景形神毕现，魅力无穷，其基本精神也在说明形式中最小的因素关系到作品的整个艺术生命。俄国文学巨匠列夫·托尔斯泰十分重视艺术形式的作用，他举例说：俄罗斯画家勃留洛夫说过的关于艺术的一句意义深长的箴言……勃留洛夫替一个学生修改习作的时候，只在几个地方稍微点了几笔，这幅拙劣而死板的习作立刻就变得生动活泼了。一个学生说："看！只不过稍微点几笔，一切就都改变了。"勃留洛夫说："艺术就是从这'稍微'两个字开始的地方开始的。"他这句话正好说出了艺术的特征③。托尔斯泰认为，艺术形式中"所必需的无限小的因素"，仍是"艺术开始的地方"。"所有一切艺术都是一样：只要稍微明亮一点，稍微暗淡一点，稍微高一点，低一点，偏右一点，偏左一点(在绘画中)；只要音调稍微减弱一点或加强一点，或者稍微提早一点，稍微延迟一点(在戏剧艺术中)；只要稍微说得不够一点，稍微说得过分一点，稍微夸大一点(在诗中)，那就没有感染力了。只有当艺术家找到了构成艺术作品的无限小的因素时，他才能感染别人，而且感染的程度也要看在何种程度上找到这些因素而定。"④很明显，托尔斯泰这里所说的"无限小的因素"，实际上是艺术作品中各个组成部分的对比和构成关系，也即形式的因素。他所说艺术就从"稍微"两个字开始，也即是说艺术开始于形式开始发生作用的地方。

艺术形式的巨大的美学和心理学意义，是可以验证的。例如，我们可以做一个实验，用一般的语言形式来改写杜甫的《闻官军收河

---

① 韩愈：《答尉迟生书》。

② 姚鼐：《与石甫侄孙》。

③ 列夫·托尔斯泰：《艺术论》，人民文学出版社 1958 年版，第 123 页。

④ 列夫·托尔斯泰：《艺术论》，人民文学出版社 1958 年版，第 124 页。

南河北》，尽可能地保留这首诗的全部的生活内容和优点，结果会怎样呢？结果我们只能得到这样一个构架：叛乱已平，捷报传来，又惊又喜，纵酒放歌，返家路途已无阻隔，游子归家的愿望已不难实现。这样一个干巴巴的“构架”，与诗的原作是无法相比的。原诗“句句有喜跃意，一气流注，而曲折尽情，绝无妆点，愈朴愈真，他人决不能道”①。改写后则诗的意趣、生气、神韵全部丧失，当然诗的神髓和艺术感染力也不复存在。又如，《红楼梦》作为一出悲剧，要是换去它的富于表现力的文字，无懈可击的结构等一切表现形式，把这悲剧化为单纯的事实，用报道性的语言写出来，那么《红楼梦》悲剧的全部的美和人情味也就失去了，剩下的只是一些钩心斗角、争风吃醋的人的愚蠢行为而已，它至多只能引起人们某种好奇心，但要人们受感动却是万万做不到的。有人建议列夫·托尔斯泰用扼要的文字把《安娜·卡列尼娜》的内容概括出来，对此，他断然拒绝，他说：“如果我想用词句来说出我原想用一部长篇小说去表现的那一切思想，那么，我就应当从头去写我已经写完的那部小说。如果近视的批评家认为，我只是愿意描写我所喜爱的东西，如奥布朗斯基怎样吃饭。卡列尼娜有怎样的肩膀，那他们就错了。在我所写的全部作品，差不多是全部作品中，指导我的是：为了表现，必须将彼此联系的思想搜集起来，但是，每一个用词句表现出来的思想，如果单独地从它所在的联系中抽出来，那就失掉了它的意义，而大大的失色了。这联系本身(我认为)不是由思想组成，而是由一种什么别的东西组成的，所以，绝不可直接用词句来表现这联系的基础；只能间接地——以词句来描写形象，行动，情况。”②不难看出，托尔斯泰这里所说的思想和文字的“贯穿”，正是使作品获得艺术秩序

① 王嗣爽评语，参见仇兆鳌：《杜少陵集详注》。

② 文艺理论译丛编辑委员会编：《文艺理论译丛》第1期，人民文学出版社1957年版，第231页。

的形式因素。文学作品之所以不可改写，就是因为作品的内容不是独立于形式而存在的，而是贯穿、溶解于特定的形式中，内容是表现在形式中的内容，形式是表现着内容的形式，两者不可分离。某个内容变换了或离开了特定的形式，作品的美感和艺术感染力也就立刻消失。从心理学角度看，任何艺术作品都引导读者的情绪向两个方面展开，一方面是由内容引起的情绪，另一方面则是由形式引起的情绪。变换了形式的“作品”，已不再是艺术作品，至多只是生活内容的简单复述，由形式所引起的情绪已消失殆尽。它所能引发的只是一种普通的非艺术的情感，这种情感也可能引起心灵的某一角落的激动，从而留下某种印象，就如同在生活中你跟人吵了一架一样地留下心理残迹，但要使人的整个心灵都发生震颤，并使精神进入一种自由的境界，是不可能的。因为导致人的精神进入此种境界的、由内容情感与形式情感汇合而成的艺术情感已不复存在。由此可见，对艺术作品来说，艺术形式绝不是无足轻重的、仅仅起呈现内容的因素，而是一种给内容以美学阐释，并使内容获得艺术秩序的力量，它的美学意义是完全不可忽视的。闻一多甚至说：“诗的所以能激发情感，完全在它的节奏；节奏便是格律。莎士比亚的诗剧里往往遇见情绪紧张到万分的时候，便用韵语来描写。歌德作《浮士德》也曾用同类的手段。”[①]因此，不能说艺术美只在作品内容上，而与形式无关。

值得指出的是，车尔尼雪夫斯基的上述观点跟他的其他一些观点是自相矛盾的。当他强调艺术仅仅是复制现实，只能成为现实的替代品时，他是忽视形式的，认为艺术之美与形式无关。可当他论证艺术“说明生活”，“对生活现象下判断”时，则又不能不肯定形式的某种美学意义，如他说：“当事物被赋予活生生的形式的时候，我们就比看到

① 闻一多：《诗的格律》，《闻一多全集》第3卷，生活·读书·新知三联书店1982年版，第413页。

事物的枯燥的记述时更易于认识它，更易于对它发生兴趣。”“诗却永远必须用鲜明清晰的形象来表现事物的主要特征。”“从这里就可以看出诗的描绘胜过现实的地方。”①这就说明，连车尔尼雪夫斯基自己也未必相信艺术美与作品形式无关，而仅仅存在于作品内容之中。

二、第二种观点：认为美在于形式

持这种看法的人也相当多，他们认为艺术作品中的生活、历史、社会、心理内容，统统都是文学的“外界”，唯有艺术形式才属于艺术作品的本体，因此艺术美自然就在于形式上面。俄国形式主义、英美“新批评”派、法国结构主义等都是力主这个观点的突出代表。

俄国形式主义者认为，“艺术即手法”（什克洛夫斯基），文学作品则仅仅是一种语言建构。当然，他们并不否认文学与生活的关系，不否认文学作品再现生活、表现情感，但他们认为生活、情感是宗教学、社会学、政治学、伦理学、心理学范畴的东西，它们处在文学的外部，它们不是文学作品的构成因素。因此，他们认为文学作为一种美是纯粹美，即不依存于内容的纯形式的美。雅柯布逊提出了一个“文学性”的观念。他说：“文学科学的对象不是文学，而是‘文学性’，也就是说使一部作品成为文学作品的东西。”②那么什么是“文学性”呢？他们认为，“文学性”无法体现在题材上，因为任何一种题材都可以进入文学作品。“文学性”仅仅是文学作品的形式，尤其是语言形式，至于文学中的社会、历史、心理内容，那是社会学家、历史学家、心理学家的事，它们与文学无关，因为它们不能体现“文学性”。或者说，文学不是生活、情感而仅仅是由词语制造

---

① 车尔尼雪夫斯基：《艺术与现实的美学关系》，《生活与美学》，人民文学出版社1957年版，第101页。

② 雅柯布逊：《现代俄国诗歌》，转引自茨维坦·托多罗夫编选：《俄苏形式主义文论选》，中国社会科学出版社1989年版，第24页。

的。什克洛夫斯基说："如果我们要给诗歌感觉甚至是艺术感觉下一个定义，那么这个定义就必然是这样的：艺术感觉是我们在其中感觉到形式(可能不仅是形式，但至少是形式)的一种感觉。"[①]当然，文学之美也只能在形式上面，而与内容无关。俄国形式主义的这些论点对英美"新批评"派、法国结构主义都产生了深远的影响。

在"新批评"派内部，尽管对作品的内容与形式的关系存在着不同意见，但其基本思想是大体一致的，即认为形式是文学的自足本体，艺术美只能到形式中去寻找。

"新批评"派的代表人物，美国现代著名文论家、诗人兰色姆在作品的内容与形式的关系上提出了"构架-肌质"说。他认为一首诗可分为构架(structure)和肌质(texture)两部分。构架是指"诗可以意释而换成另一种说法"的部分，即可以用散文加以转述的东西，是使作品的意义得以贯通的逻辑线索(这相当于通常意义上的内容)，肌质则是指作品中那些无法用散文转述的部分，它"并非内容，而是一种内容的秩序"(这相当于通常意义上的形式)。在兰色姆看来诗的本质、精华，诗的美和魅力都在于肌质，而不是构架。"新批评"派的另一重要代表人物、捷克出生的美国现代文论家韦勒克则提出"材料-结构"说。他说："如果把所有一切与美学没有什么关系的因素称为'材料'(material)，而把一切需要美学效果的因素称为'结构'(structure)可能要好一些。这绝不是给旧的一对概念即内容与形式重新命名，而是恰当地沟通了它们之间的边界线。'材料'包括了原先认为是内容的部分，也包括了原先认为是形式的一些部分。'结构'这一概念也同样包括了原先的内容和形式中依审美目的组织起来的部分。"[②]实际上，韦勒克所说的"材料-结构"与"内容-形式"大体相

---

① 什克洛夫斯基：《词的复活》，转引自茨维坦·托多罗夫编选：《俄苏形式主义文论选》，中国社会科学出版社 1989 年版，第 29 页。

② 韦勒克、沃伦：《文学理论》，生活·读书·新知三联书店 1984 年版，第 147 页。

当。在他看来，材料的意义是微乎其微的，“几乎没有什么艺术品的梗概不是可笑的或者无意义的”，因此，“一件艺术品的美学效果并非存在于它所谓的内容中”，只有结构才是“积极的美学因素”，才能产生“美学效果”。由于“新批评”派认为美在于形式，因此他们把形式看成是文学的本体，把对作品的形式的考察称为“内部研究”，把对作品所反映的生活的考察贬之为“外部研究”。

以罗兰·巴特为代表的法国结构主义，在作品的内容与形式关系问题上，与俄国形式主义、英美“新批评”派一脉相承，所不同的仅仅是他们把形式强调到更绝对的地步。罗兰·巴特说“叙事作品是一个大句子”，“叙事作品具有句子的性质”。他同样认为，唯有具有结构功能的语言单位，才是作品的构成因素，而社会生活、主观情感都不在作品的构成之内。他说：“叙事作品中‘所发生的事’从(真正的)所指事物的角度来说，是地地道道的子虚乌有，‘所发生的’仅仅是语言，是语言的历险。”①“叙事的代码是我们的分析所能达到的最后层次……叙述不可能从使用它的外界取得意义，超过了叙述层就是外界，也就是说其他体系(社会的，经济的，思想意识的体系)。这些体系的项不再只是叙事作品，而是另一种性质的成分(历史事实，决心，行为，等等)。”②这样一来，作品的美和魅力只能依存于作为叙述层的形式，也就合乎罗兰·巴特的逻辑了。

上述这些论点可以统称为形式主义论。

形式主义论的致命弱点是把不可分离的东西分离开来，并加以本末倒置。这就是说，他们把作品的内容与形式人为地分离开来，把形式看成独立自主的可以与特定的内容无关的东西，这样他们就自然地把艺术的美和魅力都归之于形式。对此，他们是供认不讳的，

---

① 罗兰·巴特：《叙事作品结构分析导论》，《马克思主义文艺理论研究》编辑部编选：《美学文艺学方法论》下册，文化艺术出版社 1985 年版，第 561 页。

② 罗兰·巴特：《叙事作品结构分析导论》，《马克思主义文艺理论研究》编辑部编选：《美学文艺学方法论》下册，文化艺术出版社 1985 年版，第 555 页。

例如，什克洛夫斯基曾这样说：“文学作品是纯形式，它不是物，不是材料，而是材料的比。正如任何比一样，它也是零维比。因此作品的规模，作品的分子和分母的算术的意义无关紧要，重要的是它们的比。戏谑的、悲剧的、世界的、室内的作品，世界同世界或者猫同石头的对比——彼此都是相等的。”①这里所说的“作品的规模”，“作品的分子和分母的算术意义”，实际上是指作品的内容，这里所说的“比”，实际上是指形式。在什克洛夫斯基看来，内容“无关紧要”，重要的是作为“材料之比”的形式，而且这种形式是可以脱离开材料而独立自主存在的。这就等于说，从艺术角度看，描写一场战争与描写一群狗与狗的互咬是完全没有区别的，无关紧要的，重要的仅仅是其中的“材料的比”。这种“材料的比”凌驾于一切材料之上，可以独立发生美学作用。

形式主义论的观点是不符合艺术事实的。实际上在艺术作品中，内容与形式不可分离，形式是一定内容的形式，内容是一定形式的内容。没有无内容的纯形式，也没有无形式的纯内容。内容与形式就如同光线穿过水晶、盐溶解于水一般，你无法把它们分离开来。为了强调内容与形式这种不可分离的关系，别林斯基提出了“具体性”这一概念。他指出“具体性”这个词源自拉丁文动词——“结合”(Concresco)，“我们在这里用它指思想和形式的有机的统一。这样的东西是‘具体的’，如果它的思想贯穿在形式里，而形式也表现了思想；取消它的思想就取消了它的形式，取消它的形式也取消了思想。换句话说，‘具体性’就是思想和形式的隐秘的、不可分的、必要的融合，这种融合成为一切的生命，没有它，任何东西都没有生命了。这在艺术作品中尤为显著”②。别林斯基所提出的“具体性”的

① 什克洛夫斯基：《罗扎诺夫》，转引自维果茨基：《艺术心理学》，上海文艺出版社1985年版，第63页。

② 别林斯基：《别林斯基论文学》，新文艺出版社1958年版，第2页页下注③。

概念极为重要，是他在长期的文艺批评实践中把握到的真理性的东西。它说明了那种所谓“艺术中形式就是一切，而材料是没有任何意义”的形式主义论，是极其错误的。按别林斯基的理解，作品的美和魅力不在形式中，而在于内容与形式的这种隐秘的融合中。他强调说：“具体性是真正诗的作品的主要条件，没有具体性的作品是技艺之作，是人造的蔷薇，固然它也有蔷薇的颜色和香气，但没有蔷薇的生命，没有那种说不出名目的、但却含蕴着生命的某种东西。”①

实际上，就艺术作品的内容与形式的关系而言，形式以内容为对象，无论如何，形式不是绝对自由的，形式是表现内容的手段，并归根到底是根据内容的要求而形成的。任何一个艺术家都明白，当他寻找着新的艺术形式时，并不是仅仅为了显示他具有寻找新的艺术形式的本领，而是为了更加突出某项内容，使读者得到更为强烈、深刻的审美反应。从这个意义上，我们可以说，关于形式的工作，不是为形式而形式，而是给形式赋予内容，形式总是有目的、有内容的，总是受目的、内容制约的。刘勰说：“夫水性虚而沦漪结，木体实而花萼振，文附质也。”②这就是说内容是根本，形式是在根本上长出来的枝叶花朵。刘勰还强调不能“为文而造情”，而要“为情而造文”③。这是深得内容与形式两者关系的精辟结论。杜牧说：“凡为文以意为主，气为辅，以辞彩章句为之兵卫，未有主强盛而辅不飘逸者，兵卫不华赫而庄整者。四者高下圆折步骤随主所指，如鸟随凤，鱼随龙，师众随汤、武，腾天潜泉，横裂天下，无不如意。”④王夫之也说：“无论诗歌与长行文字，俱以意为主。意犹帅也。无帅之兵，谓之乌合。”⑤这些论述把形式受制于内容的思想讲得

---

① 别林斯基：《别林斯基论文学》，新文艺出版社1958年版，第2～3页。

② 刘勰：《文心雕龙·情采》。

③ 刘勰：《文心雕龙·情采》。

④ 杜牧：《答庄充书》。

⑤ 王夫之：《姜斋诗话》。

很透彻。这是一条艺术定律，不论你是否同意，只要你是一个真正的艺术家、理论家，总是自觉不自觉地要承认它。譬如，俄国形式主义者在这个定律面前就不能不陷入惊人的自我矛盾。一方面，他们反复强调在艺术中重要的不是物，不是材料，不是内容，而是“材料的比”，是纯粹的形式；可另一方面，一旦他们要为他们提出的某种手法（如“陌生化”）找理由时，又不能不强调采用某种新手法是为了更鲜明地显示材料、表现内容，并使人更强烈、更尖锐地体验材料、内容本身。

三、第三种观点：美在于内容与形式的有机统一

持此观点的人就更多。从亚里士多德到黑格尔，再到别林斯基、托尔斯泰，都力主“有机统一”论，认为艺术之美就存在于作品整体的有机统一中。不过，亚里士多德、别林斯基和托尔斯泰等的“有机统一”论，系指作品的结构而言，侧重于强调作品形式方面的完整性和有机性。黑格尔所论的才是真正意义上的内容与形式的有机统一论，因此我们在这里着重要谈谈他的观点。

作为运用辩证法的高手，黑格尔强调内容与形式的不可分割性，他说：“没有无形式的内容，正如没有无形式的质料……内容所以成为内容是由于它包括有成熟的形式在内。”①在这里黑格尔把事物的内容与形式看成同一事物的两个相互依存的侧面，无内容即无形式，无形式即无内容，内容与形式永远是同体的、密不可分的。对此，列宁予以肯定评价，说：“黑格尔则要求这样的逻辑，其中形式是具有内容的形式，是活生生的实在的内容的形式，是和内容不可分离地联系着的形式。”②黑格尔把他的这种辩证法运用到作品的内容与形式的关系的论述中去。他说：“文艺中不但有一种古典的形式，更

① 黑格尔：《小逻辑》，商务印书馆1980年版，第279页。
② 列宁：《哲学笔记》，人民出版社1956年版，第89页。

有一种古典的内容；而在一种艺术作品里，形式和内容的结合是如此密切，形式只能在内容是古典的限度内，才能成为古典的。假如拿一种荒诞的、不定的材料做内容，那么，形式也便成为无尺度、无形式，或者成为卑劣的和渺小的。”①他还说：“只有内容与形式都表明为彻底统一的，才是真正的艺术品。我们可以说荷马史诗《伊利亚特》的内容就是特洛伊战争，或确切点说，就是阿喀琉斯的愤怒；我们或许以为这就很足够了，但其实却很空疏，因为《伊利亚特》之所以成为有名的史诗，是由于它的诗的形式，而它的内容是遵照这形式塑造或陶铸出来的。同样，又如莎士比亚《罗密欧与朱丽叶》悲剧的内容，是由于两个家族的仇恨而导致一对爱人的毁灭；但单是这个故事的内容，还不足以造成莎士比亚不朽的悲剧。”②黑格尔的意思是，一定的内容本身已含有某种外在的、感性的形式，一定的内容与一定的形式应该相互匹配。一定的内容必然赋予一定的形式，反之，一定的形式也必然赋予一定的内容，内容与形式融为一体，不可分离。而艺术和美也就在这种内容与形式的有机统一中。曾经是黑格尔思想的信徒的别林斯基这样说：“作品里呈现了思想和形式的具体的融合，其中思想只通过形式而存在。以确切不移的必然性为基础的‘创造的自由’这一规律派生了‘具体性’规律。任何艺术作品之所以是艺术的，因为它是依据必然性规律而制作的，因为其中没有任何随意武断的东西；没有一个字、一种声音、一笔线条是可以被另外的字、声音，或线条去代替的。但不要以为我们因此就抹杀了创造的自由：不，我们这种说法正是肯定了它，因为自由是至高的必然性，凡是不见必然性的地方就没有自由，有的只是任意，其中既没有智慧，意义，也没有生命。艺术家不仅可以改动字、声音和线条，而且能改动任何形式，甚至他的作品的整个部分，但是随着这

① 黑格尔：《历史哲学》，商务印书馆1963年版，第111页。
② 黑格尔：《小逻辑》，商务印书馆1980年版，第279～280页。

种改变也改变了思想和形式；它们将不是以前的思想，以前的形式，而是修改过的新思想和新形式了。因此，在真正艺术的作品中，既然一切都依据必然性规律而出现，就不会有任何偶然的、多余的或不足的东西；一切都是必然的。”①别林斯基这段话可以说是对黑格尔关于内容与形式的辩证法的最深刻的理解和最透辟的论述。

黑格尔和别林斯基的“有机统一”论，是对作品内容与形式关系的哲学问题的解决，这种解决无疑是正确的，但又是不够的。因为黑格尔和别林斯基的论点运用到其他事物上面，也同样正确。说明黑格尔、别林斯基只是揭示了一般事物的内容与形式的关系的共同特征，并没有揭示艺术作品内容与形式关系的特有的审美特征。这也就是说，我们可以同意，艺术与美在于作品的内容与形式的有机统一上面，但这种“有机统一”与其他事物的“有机统一”又有何区别呢？或者说在艺术作品中内容与形式的“有机统一”是如何达到的呢？我们以为要回答这个问题，仅仅停留在哲学辩证法的范畴里是寻找不到答案的，答案在美学的心理学的分析中。

四、美在于内容与形式的交涉部

作品的内容与形式的美学关系究竟是怎样的呢？

我认为，作品的内容与形式的美学关系，不是一般的决定与被决定的关系，而是彼此相互征服的关系。艺术美正是在这种独特的相互征服中显露出来。应该充分认识到，在艺术作品的构成因素中，内容因素和形式因素其本性是不同的。内容作为生活之流永远是变动不居的，每时每刻都在发展或萎缩，前进或后退，丰盈或贫乏……，而形式作为一种建立秩序的力量则要求稳定、固守、确立、

① 别林斯基：《别林斯基论文学》，新文艺出版社 1958 年版，第 3～4 页。

物化……；另外，内容可能是一种主题、情调、氛围、定向，而形式则可能是另一种主题、情调、氛围、定向，如死刑（内容）可能是令人恐惧、悲哀的，可形式上却可以“像写鲜花那样去写死刑”（列夫·托尔斯泰语），从而供人享受。这样一来，在艺术构思中，内容因素与形式因素就处于一种相互征服、相互消灭的相生相克的冲突中。内容力图控制形式，形式则力图反过来塑造、组织、改造内容。因此，艺术作品中内容与形式的统一，并不是静态的统一，而是对立的统一，冲突、斗争中的动态的统一。

席勒曾提出过这样一个观点，他说：“艺术家通过艺术加工不仅要克服它的艺术门类的特性本身所带来的限制，还要克服他所加工的特殊素材所具有的限制。在真正美的艺术作品中不能依靠内容，而要靠形式完成一切。因为只有形式才能作用到人的整体，而相反地内容只能作用于个别的功能。内容不论怎样崇高和范围广阔，它只是有限地作用于心灵，而只有通过形式才能获得真正的审美自由。因此，艺术大师的独特的艺术秘密就是在于，他要通过形式来消除素材。素材本身越宏伟、越傲慢、越富诱惑力，素材越是专擅地显示自己本身的作用，或者观众越倾向于直接介入素材，那种主张支配素材的艺术就越成功……在艺术中对待最轻浮的对象也必须把它直接转变成极其严肃的东西。对待最严肃的素材我们也必须把它更换成最轻松的游戏，激情的艺术如悲剧也不例外。”[①]我认为，席勒这番话真正地接触到了艺术作品中内容与形式的美学关系，尽管他的论点是有严重缺陷的。席勒的观点中包括了这样几层意思：第一，内容作为一种素材只能有限地作用于人的心灵，而形式则作用于人的心灵的整体，在艺术作品中要靠形式来建立艺术秩序，并完成一切；第二，艺术大师的本领就在于能以形式征服内容；第三，艺术的普遍

① 席勒：《美育书简》，中国文联出版公司 1984 年版，第 114～115 页。

规律是以形式对抗内容，消解内容。席勒立论偏颇在于完全否定内容的积极作用，这是片面的、错误的，但他指出了形式与内容的对抗关系，并进而提出形式征服内容的观点，则是极富见地的。它比之于那样简单地套用哲学概念的做法不知要深刻多少倍，因为它真正揭示了艺术作品中内容与形式的美学关系(尽管还不全面)。

我的基本看法是这样的：艺术作品中内容与形式之间存在着一种相互征服的关系。一定的内容吁请一定的形式。或者说，一定的形式只有在一定的内容的基础上才能产生。如果没有内容作为基础，形式就成为不可能存在的空中楼阁。这就是刘勰所说的“木体实而花萼振”的意思。没有内容这个根，哪来的形式这些枝、叶、花、果呢？所以形式总是一定内容的形式，形式在总体上必须归顺内容，受到内容的支配。但是一旦形式受内容的吁请而出现、而形成后，它就不是消极之物，而是一种“攻击性”的力量。它与内容相对抗，并组织、塑造、改变内容，最终是征服、消融内容。丑的内容可以被形式征服，而转化为美的形态。悲的内容可以被形式消解，而转化为喜的形态。然而，在艺术作品中，为何用此一形式，而不用彼一形式，为何进行这种征服，而不进行另一种征服，这又受到艺术家这个主体的思想情感意图的牵制与制约，即形式的运用是听从艺术家思想情感意图的调遣的，而不是绝对自由自主进行活动的。这就意味着在形式征服内容的同时，又存在着一种逆向的运动，即内容征服形式。实际上艺术作品中内容与形式之间存在着一种双向逆反的相互征服运动。艺术之美在于内容与形式的交涉部。

限于篇幅，这里我只能略约地提出我的观点，我将在另一篇文章里再展开我的论述。

(《文艺理论研究》1990年第6期)

论文艺作品内容与形式的辩证矛盾

一、题材、内容、形式及其边界线

普列汉诺夫说："在任何稍微精确的研究中，不管它的对象是什么，一定要依据严格地下了定义的术语。"[①]关于文艺作品的内容与形式，历来众说纷纭。如果作品的内容与形式之间的界限不清楚，其关系也就很难谈。西方许多学者苦于传统理论中关于作品内容与形式边界线不易划清，有过种种补救办法。德国学者帕特等人提出"内形式""外形式"之说，试图说明内容与形式的分野所在。俄国形式主义文论的代表什克洛夫斯基把"内容-形式"改为"材料-形式"，从而扩大了"形式"的"地盘"。美国"新批评"派文论家则以

① 普列汉诺夫：《没有地址的信　艺术与社会生活》，人民文学出版社1962年版，第3页。

“构架（structure）-肌质（texture）”取代“内容-形式”，以肯定形式的“本体论”地位。“新批评”派的另一代表人物韦勒克，则认为以“材料（material）-结构（structure）”的说法，才能沟通内容与形式之间的边界线。企图给“内容-形式”重新命名的做法几乎成为一种理论时髦。但我认为“内容-形式”这个名称并没有什么不妥，重要的是要给它们一个明确而又比较合理的界说。

文艺作品的内容和形式的分野在何处呢？

我想首先是要明确解决这一问题的前提，那就是文艺作品内容与形式的不可分离性。形而上学的看法就是把内容和形式这本是不可分割的统一体，生硬地切割开来。在这个问题上，我们要回到黑格尔。黑格尔认为“没有无形式的内容，正如没有无形式的质料一样”，“内容所以成为内容是由于它包括有成熟的形式在内”①。换言之，内容是具有形式的内容，形式是具有内容的形式，在真正的作品那里，二者永远不可分离，一旦两者变得可以分离，就不能构成真正的作品。所以黑格尔强调说：“只有内容与形式都表明为彻底统一的，才是真正的艺术品。”②在这样一个前提下来探讨艺术作品的内容与形式的分界处及其关系，才有可能得出正确的结论。

由于艺术作品内容与形式犹如盐溶解于水般的不可分离性，我们想孤立地、封闭地去分解艺术作品的内容和形式，就变得非常困难。把盐溶解于水是容易的，但要从盐水中重新把盐和水分解开，如不借助于一定的科学方法，就几乎不可能。所以我们认为要界说艺术作品的内容和形式，划清它们的边界线，必须借助于一个“中介”概念。这个中介概念就是题材。

我们的基本想法是：艺术作品的内容是经过深度艺术加工的题材，形式则是对题材进行深度艺术加工的独特方式，一定的题材经

---

① 黑格尔：《小逻辑》，商务印书馆1980年版，第279页。

② 黑格尔：《小逻辑》，商务印书馆1980年版，第279页。

过某种独特方式（形式）的深度艺术加工就转化为艺术作品的内容。在上述定义中关键是题材。毫无疑问，题材是经过艺术家初步筛选的生活材料。它来自生活，但又不等于生活。一方面，题材是艺术家从生活中寻找到的并初步选择过的材料，它不能不带有艺术家主观思想感情的印痕，因此它不完全是“第一自然”；另一方面，题材毕竟还是生活材料，未经深度的艺术加工，有很强的客观性，因此，它又不完全是“第二自然”。正是由于它带有较强的客观性，它具有明显的材料性质，所以一部艺术作品的题材一般是可以意释的，可以用说明式言语转述出来的。但一旦题材经过特定艺术形式的深度加工，转化为特定内容之后，一般说就不可以意释和转述了。如果你硬要意释和转述，那只能破坏既定的内容，或你意释和复述的仍然是题材而已。例如，荷马史诗《伊利亚特》的题材就是特洛伊战争，或确切地说，就是阿喀琉斯的愤怒，但这种意释和复述即使再详尽，也仅仅是指出了《伊利亚特》的题材，还不是《伊利亚特》的内容，“因为《伊利亚特》之所以成为有名的史诗，是由于它的诗的形式，而它的内容是遵照这形式塑造或陶铸出来的”。同样，《红楼梦》的题材可以说是封建末世一个贵族之家由盛而衰以及一对青年男女追求自由婚姻的失败所造成的悲剧，这可以或详或略地加以意释或转述，但其内容却是无法原封不动重述出来的，因为它已经过了独特形式的塑造。《红楼梦》作为内容与形式的有机的结合体，只有靠它本身的全部魅力显示出来，那氛围、那情调、那韵味即或在最高明的批评家笔下也无法完全地重现出来。即或是内容极为单纯的短诗，如李白的《静夜思》，你可以说它的题材是“月夜思乡”，但要用散文的语言原原本本地把它的真正内容重述出来，却是做不到的。你可以背诵它，而要意释它却不容易。这就说明了题材本身还不是内容，题材至多只能说是内容的材料，只有经过与它相切合的形式的深度艺术加工之后，才转化为真正具有审美意义的内容。艺术作品的内容是从艺术形式深度加工过的题材那里转化出来的。从这个意义上说，“内容非他，即形式之转化为内容”①。这样，我们也就不难看到艺术形式在形成艺术内容中所起的积极作用了。

艺术作品形式作为对一定题材的深度艺术加工的方式，不应如通常所理解的那样，只是指某种体裁样式和结构方式，叙述、描写、抒情的具体手法。艺术作品形式既然是在深度艺术加工中发生作用，那么它的起点是对题材的处理，它的终点是内容与形式相统一的整个作品的完成。就创作角度说，它是一个过程。就其内涵说，它本身是一种复杂的统一体。实际上，当我们说文学反映生活时，不仅仅指作品内容反映生活，而且作品形式也反映生活。当我们说文学表现艺术家的思想情感时，不仅仅指作品内容表现艺术家的思想情感，作品形式也表现艺术家的思想情感。同样的题材，以不同的形式去加以塑造，其所反映的生活，所抒发的感情可能是完全不同的。人们常说诗是不可翻译的，这就是因为诗是一种形式感特别强的文体，诗的形式中浸润着思想与感情。翻译尽管仅是作品形式的部分改换，也会部分地或全部地破坏、扭曲原诗固有的思想与感情，更不用说对艺术神韵的减损了。形式绝不是与思想情感无关的东西。

当代英国著名学者伊格尔顿如下一段话，可以帮助我们理解形式究竟是什么。他说：“形式通常至少是三种因素的复杂统一体，它部分地由一种‘相对独立的’文学形式的历史所形成；它是某种占统治地位的意识形态结构的结晶，如我们已经看到的小说方面的情形；还有……它体现了一系列作家和读者之间的特殊关系。马克思主义批评所要分析的正是这些因素之间的辩证统一关系。因而，在选取一种形式时，作家发现他的选择已经在意识形态上受到限制。他可以融合和改变文学传统中于他有用的形式，但是这些形式本身以及

① 黑格尔：《小逻辑》，商务印书馆1980年版，第278页。

他对它们的改造是具有意识形态方面意义的。一个作家发现手边的语言和技巧已经浸透一定的意识形态感知方式，即一些既定的解释现实的方式。”①伊格尔顿这段话的旨趣无疑在说明艺术形式与意识形态的密切关系，但它关于艺术形式至少是三种因素的复杂统一体的思想，则告诉我们，不要把艺术作品的形式看成是单纯的技术性、技巧性的因素，它包括了极为丰富的内涵。

根据我们对形式的上述理解，我们认为，伊格尔顿讲的还不够全面，作品的形式实际上应包括以下四个因素。其一，形式是一种历史传统，它在艺术历史发展中形成，同时在历史发展中又成为一种惰力，要摆脱这种惰力，创造一种适合于新的内容的艺术形式，绝不是轻而易举的事。一种新的艺术形式的出现，甚至一种新的形式技巧的采用，都是对历史成规的突破，都需要有一种超越历史的精神。“五四”新文学革命中白话文的采用，就是向历史传统成功的挑战，它的确是文学形式因素的改变，却绝不是小事一桩。它体现了作家们感知社会现实的新方法。其二，形式又是“意识形态结构的结晶”，形式本身已经“浸透了一定意识形态感知方式”，或者说形式中有意识形态的投影。普列汉诺夫在《法国戏剧文学和法国十八世纪绘画》中有力地论证了法国古典主义悲剧向言情喜剧的转变反映了贵族价值观向资产阶级价值观的转移。因此艺术家们选择什么样形式，如何运用某种形式，都不是与思想意识无关的小事。形式的选择与运用往往反映了时代的、阶级的意识形态，也充分地体现了艺术家个人感知现实生活的方式和对生活的认识的深度和广度。当然，艺术形式的变化与意识形态的变化并不是完全对应的，形式有其相对独立性，它不会完全屈从意识形态的每一次风向的改变。其三，形式是赋予作品以审美效应的重要手段，毛泽东同志所说的文艺作品

① 伊格尔顿：《马克思主义与文学批评》，陆梅林选编：《西方马克思主义美学文选》，漓江出版社1988年版，第685～686页。

反映出来的生活，“可以而且应该比普通的实际生活更高，更强烈，更有集中性，更典型，更理想，因此就更带普遍性”，这六个“更”，不完全是在选择题材过程中的艺术加工，更重要的是在赋予题材以形式过程中的深度艺术加工。离开形式化这一深度艺术加工，六个“更”也就不可能达到，艺术作品的审美效应也就无从发生。从这个意义上说艺术作品的形式是艺术家对生活的回赠，它充分体现了艺术家的创作个性和审美理想，是艺术家主体潜能的充分发挥。其四，形式标示艺术家与读者的特殊关系。艺术家创作时，心目中都有一个隐含的读者群，对于这个读者群的愿望、要求、欣赏水平和审美趣味，不但要在题材的选择中起作用，而且也必然要在形式的选择与运用中起作用。因此，形式在一定意义上说，又是艺术家与读者关系的表征。有人会认为，我们把形式的“地盘”拓展得太大了，其实这不是我们主观任意的拓展，我们不过是还“形式”以本来的“地盘”而已。也许正是在这个意义上，卢卡奇才在他的早期论文《现代戏剧的发展》(1909 年)中那么绝对地说：“文学中真正的社会因素是形式。”并针对庸俗社会学的理解，提出警告说：艺术中意识形态的真正承担者是作品本身的形式，而不是可以抽象出来的内容①。

通过以上论述，我们似乎可以这样说，题材作为形式与内容的中介环节，一方面受到形式的锻造，一方面则在锻造后转化为内容。形式对题材的锻造一旦获得成功，内容与形式的美学关系得以建立，一部内容与形式有机统一的、有艺术生命的作品也就诞生了，而题材则“退出”，只作为“隐在”的方式而存在着。进一步说，在一部内容与形式高度统一的作品中，内容与形式就如同水乳交融不可分离。我们很难指出作品中哪里是纯粹的内容，哪里是纯粹的形式。我们无法划清它们之间的边界。一部作品如同一个铜板的两面，从这一面看是内容，

---

① 参见伊格尔顿：《马克思主义与文学批评》，人民文学出版社 1980 年版，第 24、28 页。

从那一面看是形式。当我们感受它时，它是内容，当我们判断它时，它是形式。唯有形式才具有内容，并拥有它。反之，唯有内容才具有形式，并拥有它。从美学的角度看，我们无法把一部作品的内容与形式硬拆开来，并进一步谈论它们之间的决定与被决定的关系。能够而且应该谈论的是形式与作为内容坯料的题材的美学关系。

二、题材吁求形式

如果我们上述的理解可以成立的话，那么题材作为艺术家选定的介于“第一自然”与“第二自然”之间的材料，只能看成是未来作品的“准内容”。“准内容”还不是“内容”，但它往往急迫地“想”成为真正的内容。但它在未被赋予一定的形式之前是不可能成为内容的。题材在未被深度艺术加工之前，其“缺陷”是显而易见的。它即或再完整、再具体，也还缺少应有的艺术秩序，它就如同纺织工人手边那些纱料一样，从那里可以见出数量和质量，但它还没有布的“秩序”，还不是布。这样，还不具有“艺术秩序”的题材，就还不能构成活生生的艺术世界。进一步说，题材是一种停留于艺术家心中的未定型的东西，还是“眼中之竹”，至多是“胸中之竹”，它还不是审美对象，还不能与读者构成对话关系，因而也不具美学效果。甚至可以说，题材能不能转化为真正的作品内容也还难说，它可能在痛苦中出生，也可能因各种主客观原因而在母体内窒息而死。在这种情况下，如果一个艺术家选择了一个题材，那么，他和它就会急切地吁求形式，吁求某种理想的形式，以促使题材向真正的内容转化。对艺术家来说，这是一个喜悦和焦虑交织的时刻，他为获得一个题材而喜悦，同时又为寻找具有表现力的形式而焦虑，而且常常是焦虑超过喜悦，如同一个临产的孕妇，喜悦中充满恐惧。这就是说，题材与其相匹配的形式的关系，绝不是简单的决定与被决定的关系。

题材吁求形式，是作为题材拥有者的艺术家苦心追求的过程，并非有了什么样的题材，就一定会有什么样的形式自然而然地出现。“吁求”与“决定”的含义是不同的。“吁求”强调艺术家寻找形式的主动性，“决定”则强调艺术形式呈现的被动性，似乎艺术家不必苦心孤诣地创造，形式在冥冥之中已被内容决定了。这种看法不符合艺术创作的规律。

从形式这一面说，一定的形式只有在题材的吁求下才出现。题材的吁求是形式出现的前提条件。作品的形式无论如何是一定内容的形式。一定的形式以一定的题材为对象。可以这样说，形式的工作就是把形式赋予题材进而转化为内容的工作。形式一旦脱离开它的工作对象，就变得毫无意义了。这一点正如马克思所说：“如果形式不是内容的形式，那么它就没有任何价值了。”[①]如同社会的生产方式决定上层建筑一样，作品形式归根到底是根据题材的要求而形成的。题材是形式形成的根本动因。作品的形式能否出现，能否形成，决定于题材是否有吁求。从这个意义上说，题材吁求决定形式的呈现，题材征服形式。中国古代诗论深得此中规律，在“意”(题材)与“语”“象”“文”“笔”(形式)关系上，指出“无论诗歌与长行文字，俱以意为主。意犹帅也。无帅之兵，谓之乌合”(王夫之)，因此要“后于语，先于意”(皎然)，要“意在象前，象生意后”(徐寅)，要“意在笔先，然后着墨”(沈德潜)。强调忽视内容的、孤立的形式不能产生美，叶燮在《原诗·外篇》中谈到波澜之美，他认为只有在明净的水质中，由微风吹动的波澜才是美的，如果是一条臭水沟，在风的作用下也会出现波澜，可它只能散发出臭味。所以他说：“波澜非能自为美也，有江湖池沼之水以为之地，而后波澜为美也。”又如苍老也可以是一种美，然而“苟无松柏之劲质，而百卉凡材，彼苍老何所

---

① 马克思：《第六届莱茵省议会的辩论(第三篇论文)》，《马克思恩格斯全集》第1卷，人民出版社1956年版，第179页。

凭藉以见乎？必不然矣。”就诗而言，诗的质(题材)就是“诗之性情，诗之才调，诗之胸怀，诗之见解”，而诗的形式则是诗的“体格、声调、苍老、波澜”，后者依赖于前者，或者说后者的出现与活跃有待前者的吁求与呼唤。

再进一步说，在题材对形式的吁求中，已包含了深一层的要求，从而对形式作了深一层的规定。这就是任何一个艺术家所选定的题材中，都已含有内在的逻辑，其中又可分为来自生活的生活固有逻辑和来自艺术家主体的情感逻辑，这种内在的逻辑吁求形式对它做出与之匹配的呼应。这也就是说，艺术家对一定题材赋予什么形式，尽管有其发挥创造性的宽广天地，但题材固有的内在逻辑，使艺术家在考虑采用何种形式时，不能不受到一定的制约。遵从这种制约，才能使形式与题材的“性格”相匹配。因为一定的形式只有深刻地切入到题材的内在逻辑，才能充分地、艺术地表现这种题材，才能转化成真正富于艺术魅力的内容，进而获得理想的审美效果。这里可能产生两种形式与题材不相匹配的倾向。一种是形式完全违拗了题材固有的内在逻辑的规定，结果题材是一种色调，形式则是另一种色调，两种色调又无法达成妥协而产生和谐感，这样形式与题材就对立而不统一，古人常讲的“以文无质”“有墨痕无血痕”的弊病就是这样产生的。另一种是形式力量不足，题材溢出形式，这样艺术家的感情就不能彻底地转换为艺术情感。马克思烧掉了他早期的抒情诗，其原因是诗的形式力量稍差，诗中狂热的感情束缚不住，成了致命伤。

三、形式征服题材

然而，形式如何才能切合题材的内在逻辑呢？形式只要消极地适应题材的需要，并将题材呈现出来，就可达到目的了吗？情况并非这样简单。如果我们只是强调形式对题材的适应，许多问题我们就解决不了。例如，艺术家为什么总是热衷于写人生的苦难、不幸、失恋、挫折、伤痛、死亡、愁思、苦闷？丑以什么理由进入艺术创作中，难道它仅仅是因为可以作为美的对照，或可以供美的理想的批判，才得以进入艺术创作的吗？为什么现代艺术家往往喜欢写生活的荒诞、异化、变形、失落、沉重、邪恶？可以想到，要是形式总是消极地适应这些题材，那么艺术作品还能产生美感吗？

一直存在着这样一种观点：内容是主人，形式是仆人，形式仅仅是消极地配合、补充内容，服服帖帖地为内容服务。如古代诗论中就有这种说法："作诗必先命意，意正则思生，然后择韵而用，如驱奴隶。"①作诗要"先命意"，这是不错的，这一点我们已在上文论证过。但形式是否就是"奴隶"，只能恭恭敬敬地听任"意"（题材）的驱遣呢？我们的看法不是这样。的确，题材吁请形式，题材是主人，形式是客人，然而一旦把"客人"请到了家，"客人"是否时时处处都听从"主人"的安排，就很难说。实际上艺术创作的实践证明，"客人"一旦到了"主人"的"家"，往往就"造起反来"，最终往往是客人征服主人，重新组合，建立起一个新的家。形式征服题材，两者在对立、冲突中建立起新的艺术秩序和有生命的艺术世界。我们的基本观点是：艺术创作最终达到的内容与形式的和谐统一，不是形式消极适应题材的结果，恰好相反，是形式与题材对立、冲突，最终形式征服（也可以说克服）题材的结果。形式与题材二者相反相成。

苏联早期心理学家、艺术理论家列·谢·维果茨基提出"要在一切艺术作品中区分开由材料引起的情绪和由形式引起的情绪"，他认为"这两种情绪处于经常的对抗之中，它们指向相反的方向"，而艺术作品"应包含着向两个相反的方向发展的激情，这种激情消失在一

---

① 魏庆之：《诗人玉屑》。

个终点上，好像消失在‘短路’中一样”。维果茨基的意思是，在许多作品中，形式与题材的情调不但不相吻合，而且处于对抗之中，如题材指向沉重、苦闷等，而形式则指向超脱、轻松等，形式与题材所指的方向完全相反，但却又相反相成，达到和谐统一的境界。维果茨基所举的最有名的一个例子，是他对布宁的短篇《轻轻的呼吸》的分析。这篇小说就题材看，所描写的是“一个放荡的女中学生的生活故事”，“一个外省女中学生的毫不稀奇、微不足道和毫无意义的生活”，她刚15岁就轻佻地与一个哥萨克军官谈恋爱，然而又与一个五六十岁的地主乱搞。这个漂亮的女中学生在生活刚刚开始之际，就突然被那个军官在火车月台上枪杀了。维果茨基说“故事的实质就是生活的混沌，生活的浑水”，“生活的溃疡”。如果我们若是在真实的生活里听说这么一件事的话，那么我除了感到恶心和可怕之外，恐怕不会有其他的感觉。但这样一个恶心、可怕的题材，经作家布宁赋予诗意的形式，作过深度的艺术加工之后，“整个小说给人的印象就不同了”，或者说“小说同本事所产生的印象截然相反，作者所要达到的正好是相反的效果，他的小说的真正主题当然是轻轻的呼吸，而不是一个外省女中学生的一段乱七八糟的生活。这不是一篇写奥丽雅·梅歇尔斯卡娅的小说，而是一篇写轻轻的呼吸的小说。它的主线是解脱、轻松、超然和生活透明性的感觉，而这种感觉从作为小说基础的事件本身是无论如何得不出来的”。维果茨基以细致入微的分析，令人信服地说明了布宁的小说《轻轻的呼吸》，其形式与题材不但是对立的，而且“形式消灭了内容”，题材的“可怕”完全被诗意形式征服，通篇“都浸透着一股乍暖犹寒的春的气息”①。

就小说而言，题材与形式之间对立是经常的事。小说的题材就是本事，本事作为生活原型性的事件，必然具有它的意义指向和潜

① 参见维果茨基：《艺术心理学》，上海文艺出版社1985年版，第193～214页。

在的审美效应。然而当小说家以其独特形式——叙述方式——去加工这个本事时，完全可以发挥它的巨大功能，对本事进行重新塑造，从而引出与本事相反的另一种意义指向和审美效应。因为作为叙事方式的形式负责把本事交给读者，它通过叙述视角和叙述语调的刻意安排，把这个故事而不是那样一个故事交给读者，它可能引导读者不去看本事中本来很突出的事件，而去注意本事中并不重要的细节，引导读者先看什么事件然后再看什么事件等，这样读者从小说中所获得的思想认识和审美感受与从本事中所得到的可能会完全不一样。形式与题材对抗，并进而征服了题材。例如，布宁的小说《轻轻的呼吸》中，女中学生奥丽雅被哥萨克军官开枪打死，无疑是本事中最为重大的事件，但作家仅仅用"开枪打死"四个字带过，并将其安排在一个长句中间，而且"开枪打死"作为这篇小说最可怕、最令人难受的一个短语，又"完全被掩盖于对哥萨克军官的一长串平静的、匀称的描写和对月台，对刚刚下火车的广大人群的描写中了"①。相反，在本事中并不重要的奥丽雅与她的女友关于女性美的一次谈话，通过女级任老师——一个处女——的回忆，被大肆渲染。奥丽雅家的藏书中有一本《古代笑林》，把"轻轻的呼吸"视为整个女性美的最重要一点。奥丽雅说："轻轻的呼吸！我就是这样的，——你听我怎么喘气，——真是这样吧?"维果茨基对此分析说，这个细节"是整个小说的 pointe(法文，意为关键点)，是揭示小说的真正含义的一个逆转"。的确是这样，在这一个细节里凝聚的思想意义和审美效应比整个作品加在一起还要多。拿古代诗论的话说，这是"诗眼""文眼"，是画龙点睛的一笔。作家正是通过强调这一点和忽视那一点等艺术形式的深度加工，使形式征服题材，让题材归顺形式。维果茨基的结论是："形式是在同内容作战，同它斗争，形式克服内

---

① 维果茨基：《艺术心理学》，上海文艺出版社 1985 年版，第 207 页。

容，形式和内容的这一辩证矛盾似乎正是我们的审美反应的真正心理学含义。”[①]如果把这段话中的“内容”改为“题材”的话，那么我们就完全赞同维果茨基的观点。

我们认为维果茨基上述观点，是对内容与形式关系的一大发现。它带有普遍性。凡成功或比较成功的作品都是形式征服题材的范例。

上面我们主要是以事实为依据，来说明通过形式征服题材达到内容与形式的统一，是一条普遍的艺术规律。但是作为一种科学的理论仅靠举例说明是远远不够的。只有进一步从理论上进行有力论证，才能确立它的真理性质。

我们认为，艺术创作中形式与题材对立、冲突，进而出现形式征服题材的“逆转”，反映了人类活动的特征。人类从事着各种各样的活动，其基本特征是辩证矛盾，或者说是对立的统一。

著名的生物学家达尔文在《人类和动物的表情》中，提出了一条人和动物表情运动的“对立的原理”。达尔文认为人和动物都是这样，“如果有一种直接相反的思想情绪，就会有一种强烈的、不由自主的意向要做出那些直接相反性质的动作”，“而在实现直接相反的动作时，我们就使一组相反的肌肉发生作用，例如，向右转和向左转，把一件东西推开或拉近，把重物举起或放下……因为在相反的冲动下做出相反的动作已经成为我们和低等动物的习惯性动作，所以，当某一类动作同某些感觉或情感活动联想起来的时候，自然就可以假设，在直接相反的感觉或情感活动的影响下，由于习惯性联想的作用，完全相反性质的动作便会不由自主地发生”[②]。达尔文的意思是说，人和动物的表情动作，都遵循着“对立的原理”，某种表情动作是以与之相反的表情动作为条件的。细细一想，达尔文的“对立原理”的确是人类活动的一大特征。就以我们人类的动作而言，若向前

① 维果茨基：《艺术心理学》，上海文艺出版社1985年版，第213页。

② 转引自维果茨基：《艺术心理学》，上海文艺出版社1985年版，第280页。

先要向后，若向左先要向右，若向上先要向下，若要吸先要呼，如运动场上的赛跑，每个运动员都拼命向前跑，可他能不能向前跑，取决于他的腿和脚向后蹬得是否有力。跳高运动员要跳得高，很大程度上取决他在起跳前的向下一踏是否有力。至于掷铅球、铁饼、标枪，目标也是向前掷，但在向前掷的前一瞬间则是向后运动。据行家讲，举重是向上运动，可其诀窍则是在运动员向下蹬的姿势中。在人的表情活动中，“对立的原理”也处处体现出来。人愤怒到极点反而狂笑，开心到极点时反而流泪，悲哀到极度反而流不出泪，绝望到极度反而显得平静。俗话说“打是疼，骂是爱”，更是对“对立的原理”的通俗说明。总而言之，人们表现感情经常是与日常生活中被认为是自然的、优美的、有益和快适的行动恰好相反的。

在人类的审美和艺术活动中，是否也遵循“对立的原理”呢？普列汉诺夫以大量的事实证明，达尔文提出的“对立的原理”不但可以转移到社会学，而且也可以转移到审美学、艺术学。他尤其深刻地说明了人的审美兴趣的发展，部分地也是在对立原理影响下进行的。他举例说，在塞内冈比亚（今塞内加尔与冈比亚），富有的黑人妇女穿着很小的鞋子，小到不能把脚完全放进去，穿着这种小鞋走路其步态是很别扭的，但富人们都以这种步态为美。当时普通的劳动妇女穿着正常的合脚的鞋，他们的步态是自然的正常的，却不认为是美的。富人妇女的步态“仅仅由于与劳累的（因而也是贫穷的）妇女的步态恰恰相反，所以才获得意义”[①]。换句话说，富人妇女的别扭步态被视为是美的，仅仅是因为她们的步态与穷苦妇女的步态相对立，她们从观念上认为凡与穷苦人相对立的言谈举止是美的。又如，山在今天的人们的眼中，都认为是美的，可“对于十七世纪（欧洲）的人们，再没有什么比真正的山更不美的了。它在他们心里唤起了许多

① 普列汉诺夫：《没有地址的信》，《普列汉诺夫美学论文集》第1卷，人民出版社1983年版，第327页。

不愉快的观念。刚刚经历了内战和半野蛮状态的时代的人们，只要一看见这种风景，就想起挨饿，想起雨中或雪地上骑着马作长途的跋涉，想起在满是寄生虫的肮脏的客店里给他们吃的那些掺着一半糠皮的非常不好的黑面包”。这是法国学者伊·泰纳在《比利牛斯山游记》中告诉我们的①。他说明，即使在欣赏风景的问题上，对立的原理也在起作用。普列汉诺夫还指出由阶级斗争所引起的对立原理的心理作用，使英国贵族在“复辟以后，法国风味开始支配英国舞台和英国文学。人们蔑视莎士比亚……把他当作‘烂醉的野蛮人’”②。其原因仅仅是因为莎士比亚属于平民，属于民主主义，所以贵族必须跟他对立，才能显出自己的“高雅”。

达尔文提出的“对立原理”可不可以运用到艺术作品的内容与形式的关系上面呢？维果茨基认为是可以的。他说：“达尔文发现的这一奇妙规律，毫无疑义地运用于艺术，看来，下面的情况对我们来说再也不是个谜了：同时引起我们对相反性质的激情的悲剧，大概就是按照对立定律发生作用的，它把相反的冲动送到相反的各组肌肉上去。悲剧仿佛迫使我们同时向右、向左转，同时把重物举起和放下，它同时刺激肌肉及其对抗体。”“任何艺术作品——寓言、短篇小说、悲剧——都包含有激情矛盾，引起互相对立的情感系列，并使这些对立的情感系列发生‘短路’而归于消灭。这也可以叫作艺术作品的真正效果。”③维果茨基的意思是：任何艺术作品的内容与形式这两个因素，其情感指向是不同的，内容“向右”转，而形式则“向左”转，形式与内容对抗，并战而胜之，从而转出一个属于艺术的新的情感世界，这是“对立的原理”在艺术内部构成中的体现。正因为

---

① 转引自普列汉诺夫：《普列汉诺夫美学论文集》第1卷，人民出版社1983年版，第331页。

② 普列汉诺夫：《没有地址的信》，《普列汉诺夫美学论文集》第1卷，人民出版社1983年版，第328页。

③ 维果茨基：《艺术心理学》，上海文艺出版社1985年版，第280～281页。

“对立的原理”的这种作用，艺术才可以去描写苦难、不幸、失恋、挫折、伤痛、死亡、愁思、苦闷、丑恶、变态、异化等。很清楚，种种消极的、压抑的题材及其情感指向，只有在形式与之对立，并进而塑造它、克服它、征服它的情况下，才能由不快感转化为快感，由痛感转化为愉悦感。列夫·托尔斯泰说过一句话，他要求作家“像写鲜花那样去写死刑”。死刑作为题材仍然是死刑，不是鲜花，但在艺术中通过艺术形式的作用，其压抑的性质可以得到缓解。譬如，我们可以把烈士的死写得非常崇高、壮美，读者看到这种描写才会在悲愤、惋惜的同时，获得审美的快感。

实际上，艺术形式对题材的控制、改造、转化、征服，早就被一些伟大的思想看到了。狄德罗在谈到演员必须以自己的声音、节奏(形式)控制表演时这样说：“什么？有人会问：这位母亲发自肺腑的如此哀怨、痛苦的叫声，猛烈地震撼着我的心灵，难道她此时此际并没有动真情，并非处于绝望的境地？绝对没有。证据是这些叫声都是经过衡量的；它们是一种朗诵体系的组成部分；只消比一个四分音高上或者低下二十分之一，它们就变得不可信；它们都受一个统一法则的支配；如同演奏和声，它们都是准备好了，到适当时机才出现的。”①狄德罗的话可能有点太绝对，但很深刻地说明了在戏剧表演中，演员的声音、动作作为一种形式，必须非常准确，连每一个“叫声”都必须“经过衡量”，成为“一种朗诵体系的组成部分”，只有这样，才能控制住所要表现的感情，才能使某些让人恐惧、悲哀的压抑性质的情感，变得可以供观众“享受”，而不是让观众一味地恐惧、悲哀。这里特别值得注意的是席勒的论述，他说：“艺术家通过艺术加工不仅要克服它的艺术门类的特性本身带来的限制，还要克服他所加工的特殊素材所具有的限制。在真正美的艺术作品中

---

① 狄德罗：《演员奇谈》，《狄德罗美学论文选》，人民文学出版社1984年版，第285～286页。

不能依靠内容，而要依靠形式完成一切。因为只有形式才能作用到人的整体，而相反的内容只能作用于个别的功能。内容不论怎样崇高和范围广阔，它只是有限地作用于心灵，而只有通过形式才能获得真正的审美自由。因此，艺术大师的独特的艺术秘密就在于，他要通过形式来消除素材（重点号为原文所加——引者）。素材本身越宏伟、越傲慢、越富诱惑力，素材越是专擅地显示自己本身的作用，或者观众越倾向于直接介入素材，那种主张支配素材的艺术就越成功……在艺术中对待最轻浮的对象也必须把它直接转变成极其严肃的东西。对待最严肃的素材我们也必须把它更换成最轻松的游戏，激情的艺术如悲剧也不例外。”①席勒的“要靠形式完成一切”的看法无疑是片面的，但他的总体思想却对我们有启发。艺术创作的确是这样，在题材确定之后，主要矛盾就转到“怎么写”的问题上面，即如何安排艺术形式上面。形式并不是起消极呈现题材的作用，而是一种“攻击”力量，塑造力量，它与题材对抗，“严肃”的题材往往用轻松的形式去征服，而“轻浮”的题材则往往又用“严肃”的形式去克服，这样就可获得深度艺术加工的内容与形式有机和谐统一的艺术作品，这种艺术作品就可以整体地作用于读者的心灵，使读者步入审美自由的境界。

我们认为形式征服题材，并不是我们不重视作品的内容。恰恰相反，我们强调形式对题材的巨大的塑造作用，正是为了突出作品的内容，突出作品内容形式的辩证规律。说到底，艺术形式如同一幅画的背景，这个背景的颜色与其要衬托的事物内容的颜色反差愈大，那么，被背景衬托的事物也就愈突出。契诃夫在写给丽·阿·阿维洛娃的一封信中说：“我以读者的身份给您提一个意见：您描写苦命人和可怜虫，而又希望引起读者怜悯的时候，自己要极力冷心

① 席勒：《美育书简》，中国文联出版公司1984年版，第114～115页。

肠才行，这会给别人的痛苦一种近似背景的东西，那种痛苦在这背景上就会更明显地露出来。可是如今在您的小说里，您的主人公哭，您自己也在叹气。是的，应当冷心肠才对。”①契诃夫以一个艺术家的卓识道出了一条重要的艺术规律。实际上写什么(题材、内容)与怎么写(形式)是不能相混淆的。这两者愈是相抗衡，从抗衡中获得统一的可能性就愈大。这就是相反相成。形式在内容的关系中诚然处于次要的、被吁求的地位，内容是“主”，形式是“客”，这一点不容怀疑，但为了突出“主人”的地位，非得有脾气、性格不同的“客人”才行。形式与题材相对抗，并不是单纯为了显示形式自身，而是为了对抗中产生“逆转”，并从这“逆转”中获得真正的艺术内容。

(《文艺理论研究》1991 年第 2 期)

① 契诃夫：《契诃夫论文学》，人民文学出版社 1958 年版，第 205 页。

艺术作品内容与形式辩证矛盾的心理学内涵

在我已发表的《美在内容与形式的交涉部》《论文艺作品内容与形式的辩证矛盾》两篇文章中，我提出了这样的观点：题材(作为潜在的内容)吁求形式，形式征服题材，并赋予题材以艺术生命，从而在形式与题材的辩证矛盾中，生成内容与形式和谐统一的艺术作品。在上述论点中，我强调了形式对题材的改造、塑造、征服作用。实际上，在文艺创作中，形式的作用是毋庸忽视的。如若不讲清楚形式的作用，要深刻理解文艺创作中内容与形式的美学关系就根本不可能。恩格斯在他的晚年非常诚恳地谈到，他和马克思的著作中，通常总是“把重点放在从作为基础的经济事实中探索出政治观念、法权观念和其他思想观念以及由这些观念所制约的行动”，“但是我们这样做的时候为了内容而忽略了形式方面，即这些观念是由什么样的方式和方法产生的，这就给了敌人以称心的理由来进行曲解和歪曲”①。恩格斯这些话的重要性在于教导我们谈论任何一种观念形态(其中也包括文学艺术)时，都不应该“为了内容而忽略了形式方面”。而我们过去的某些理论“总是因为内容而忽略形式”②。

本篇要讨论的是文艺创作中题材(作为潜在内容)与形式辩证矛盾的心理学内涵。我们认为这种讨论有利于深化对形式改造、塑造、征服题材的理解。

一、形式征服题材——审美情感生成

我们认为，在艺术创作中形式对题材的改造、征服的心理学意义，在于将自然情感转化为审美情感。艺术作品中所灌注的必须是审美情感，而不是原始的自然情感，这已是多数人的共识。问题在于艺术作品的审美情感是怎样生成的呢？其中的心理机制又是怎样的呢？

毫无疑问，就艺术鉴赏的角度而言，我们欣赏的是“有血痕无墨痕”(贺贻孙)的佳作，而不喜欢“有墨痕无血痕”的赝品。作品的极致应是“清水出芙蓉，天然去雕饰”(李白)，应是“但见性情气骨”，“不见语言文字”(刘熙载)，然而这并非说形式的加工不重要，恰恰相反，要达到此种极致，有赖于艺术形式对题材的千锤百炼。这就是所谓“极炼如不炼，出色而本色，人籁悉归天籁矣”③。刘熙载认为像晏元献的“无可奈何花落去”，宋景文的“红杏枝头春意闹”一类佳

① 恩格斯：《恩格斯致弗·梅林》，《马克思恩格斯选集》第4卷，人民出版社1972年版，第500～501页。

② 恩格斯：《恩格斯致弗·梅林》，《马克思恩格斯选集》第4卷，人民出版社1972年版，第500、502页。

③ 刘熙载：《艺概·词曲概》。

句，都是“极炼如不炼”的典范①，所谓“极炼”，就是指形式对题材的深度艺术加工，其中包括形式对题材的完全征服。

是否可以这样说，由题材所引起的情绪和由形式所引起的情绪，其性质、指向是不一样的，甚至可能是相反的。譬如，题材情感是哀怨的、愤懑的、凄凉的、压抑的、消极的等，而形式情感却是轻松的、愉快的、洒脱的、高昂的、优美的等，如果艺术家像写早春那样去写严冬，像写胜利那样去写失败，像写清流那样去写愁苦，像写初恋那样去写绝望，“像写鲜花那样去写死刑”(列夫·托尔斯泰)，即以上述形式情感去控制、渗透、改造、征服上述题材情感，那么就会产生一种“混合情感”，如悲中带喜或喜中带悲，笑中含泪或泪中含笑，那么一种感人至深的而又悦人心胸的情感就会油然而生，我们的心就会处于一种无障碍的高度自由状态，作品的审美情感也就生成了。流行于内蒙古原伊克昭盟(今鄂尔多斯市)一带的一首爬山调是这样的：

> 哎哟——
> 男子汉拿不定主意哎哟……受一辈子穷——
> 女人家拿不定主意哎哟……换七十二家门——
> 男子汉没老婆哎哟……好凄惶——
> 女人家没老汉哎哟……泪汪汪——

这首爬山调，仅就题材情感说，无非是诉说男子汉没老婆和女人没丈夫之苦，既平淡无奇又沉重压抑，但经过诗歌和音乐的艺术形式化之后，那审美效应就完全不同了。据说唱此调时，“哎哟”两个字一声唱起，音节可延长到十拍、二十拍。每一句歌都以起伏跌

---

① 刘熙载：《艺概·词曲概》。

宕的旋律漫步在无边的草原上，让人觉得是那样粗犷、深厚、悠扬。在这里，爬山调的独特的音乐形式，特别是其中的节奏、韵律，以一种完全不同于题材的形式情绪与题材固有的情趣相对抗，结果是形式改造、征服了题材，从而形成了可供享受的审美情感。

那么，形式情绪改造、征服题材情绪，并形成审美情感的心理过程是怎样的呢？

我们可以用一个简单的表标示如下：

表 一

	第一阶段		第二阶段		第三阶段
形式征服题材	题材情感	吁求⇄征服	形式情感	⟶	艺术世界
心理过程	兴奋	⟶	阻滞	⟶	舒泄

我们可以分三个阶段加以说明。第一阶段，题材情感作为一种刺激，引起人们情感的**兴奋**。这里所说的情感的兴奋，实际上是一种情感双向交流过程。一方面是题材把它所固有的情感色调灌注于人们，使人们的情感不能不受题材情感色调的感染，用刘勰的话来说，这是主体“随物而宛转”的过程；另一方面是人们把自身的情感移入题材，使主体与题材中的人物、景物合而为一，达到一同悲欢的境地，用刘勰的话来说，这是客体“与心而徘徊”的过程。但是应该着重指出的是，这种题材与“我”交流所引起的物我交融及其所造成的情感兴奋，与人们在普通实际生活中受到某种事物的刺激所引起的情感兴奋毫无二致，它是人们感性知觉的共同组成部分，不具有任何特殊的审美意义。譬如，一个男子在生活中找不到与他相爱的女子，或一个女子在生活中找不到与她相爱的男子，这是凄惶、痛苦的，有时不免“泪汪汪”。上述爬山调的**题材**所引起的情感兴奋与生活中的凄惶、痛苦感受，并无本质的区别。又譬如，某个男子的爱妻死了，这使他很伤心，很痛苦，它可以作为艺术的题材而存

在，但这种伤心、痛苦是单纯的、原始的、自然的甚至是非理性的，它还不是艺术作品所需要的审美情感。艺术上的自然主义是很复杂的，但其中一个重要的弊病就是过分看重题材所引起的自然情感，以至于把它原原本本地、不加选择地、纯客观地呈现出来，往往缺乏艺术形式上的深度加工，把“不炼”的原始当成“极炼”后的“天然”，结果混淆了艺术与生活的界线。某些浪漫主义诗作又为题材所包含的原始题材情感所激动，也缺少艺术形式的深度加工，缺乏艺术形式的“对抗”与改造，甚至连诗的节奏也没有，一味大喊大叫，结果流于直露，毫无诗的蕴含。也许正是在这个意义上，马克思、恩格斯才这样提出疑问：“有谁听说过伟大的即兴作者也是伟大的诗人呢?”①以上所述旨在说明由题材所引起的情绪兴奋还不是艺术所需的审美情感。这样题材就必须吁求形式。形式对题材的控制、改造、征服也就成为艺术创造的必然。

第二阶段，形式在题材的吁求下出现，形式情感与题材情感发生“对抗”、冲突，最终形式情感征服了题材情感。此时尽管情感的兴奋仍然保持最大的强度，但由于艺术形式的分隔作用，主体已把审美刺激物与非审美刺激物分开，进而产生了幻象，这就保证艺术中题材所引起的激情兴奋通过幻象得到纯中枢的缓解与阻滞，并保证这些兴奋的激情不会表现为外部的动作。列·谢·维果茨基说：“正是外部表现的阻滞，才是艺术情绪保有其非凡力量的突出特征。我们完全可以说明，艺术是中枢情绪或主要在大脑皮层得到缓解的情绪。艺术情绪本质上是智慧的情绪。它并不表现在紧握拳头和颤抖上，它主要是在幻想的映象中得到缓解。狄德罗说得对，他说，演员流的是真眼泪，但他的眼泪是从大脑里流出来的，这样他就道

① 马克思、恩格斯：《马克思恩格斯论艺术》(一)，人民文学出版社1960年版，第113页。

出了一般艺术反应的实质。”[1]在这段话中，维果茨基力图说明艺术形式对题材的表现(其中包括改造、征服)，可以使题材所固有的原始的、非理性的自然情感，得到理性的梳理，从而使自然情感发生性质上的改变，即由原始的自然情绪变为“智慧的情绪”，这样一来，原始的自然情绪就不会诉诸“外部动作”，“不表现在紧握拳头和颤抖上”，因为原始的自然情绪在艺术形式阻拦、“对抗”中已得到“缓解”。这无疑是一个重要的思想，它证明艺术中的审美情感一方面是自由的，无障碍的，另一方面又应该是经过理智节制的，受到阻滞的，不是放纵的、随意的，而在这里起关键作用的是艺术形式及其征服力量。

实际上，这个问题一直是美学、艺术理论所关注的问题。英国美学家布洛提出的著名“心理距离说”，已为大家所熟悉，此处无须赘述。从艺术创作这一角度看，这一理论比里普斯的“移情”说深刻得多。“移情”现象不但存在于艺术中，而且在普通生活中也普遍存在，很难说明艺术创作的特性。但“审美心理距离”却只有在审美过程、艺术创作、鉴赏中才存在，所以布洛称他的“心理距离说”是“艺术因素与审美原则”。然而，无论是布洛本人还是后来的阐释者都强调审美过程中视点的转换，即从实用的视点改为无功利目的的审美视点，很少有人追问一下在艺术创作中这种视点的转换是由什么造成的。实际上，如果我们从形式与题材的美学关系的角度看，正是艺术形式的征服作用和分隔作用，使视点发生了由有功利目的的视点，转换为超功利目的的视点。正是艺术形式的作用消解了直接的功利目的，而形成了无关功利的审美聚焦，使夹带着泥沙的不可控制的自然情感之流注入深潭，得到控制、回旋与缓解，进而变成审美情感的清流悠然倾泻出来。这里让我们举个例子来分析一下，苏

---

① 维果茨基：《艺术心理学》，上海文艺出版社 1985 年版，第 278 页。

轼的《江城子·乙卯正月二十日夜记梦》：

十年生死两茫茫，不思量，自难忘。千里孤坟，无处话凄凉。纵使相逢应不识，尘满面，鬓如霜。

夜来幽梦忽还乡。小轩窗，正梳妆。相顾无言，惟有泪千行。料得年年肠断处，明月夜，短松冈。

这是苏轼为悼念亡妻而写的一首词，感情的深挚溢于言表。苏轼不可能在他妻子刚死时写出来，只有在他妻子死后十年的“痛定思痛”中才可能写出来。因为时间距离使他淡化了功利得失的考虑，这样就能站到某种超脱的视点进行审美观照。但是这超脱的审美视点又是与这首词优美的艺术形式的分隔作用密切相关的。就题材情感而言，试想伉俪情深，却一死一生，痛苦、哀伤的情感之流汹涌澎湃，除了泪千行之外，还能怎样呢？真是“此情无计可消除”(李清照)。但苏轼词中所营构的曲折转合的意象，忽而现实，忽而想象，忽而现在，忽而过去，忽而眼前，忽而梦中，犹如多个反差很大的快镜头组合，给人以目不暇接之感；“不思量，自难忘”，“相顾无言，惟有泪千行”，这些悖论语言和悖论情景的设置，以及笔势的摇曳跌宕、变幻莫测，韵律的铿锵，都给人以美不胜收的感觉。这样，艺术形式就使题材本身所固有的痛苦、哀伤的情感之流得到了控制、缓解，并出现了“逆转”：这已不是哭诉自己的痛苦、哀伤，而是歌唱自己的痛苦、哀伤，整首词所抒写的悲情变成至情，变成可以欣赏和享受的感情。这是真正的“以歌为哭”。不难看出，正是由于艺术形式的塑造，使直接功利的视点消失，而出现了一种超越直接功利的审美视点。

也许德国戏剧家布莱希特是最自觉地认识到艺术形式对题材情感起缓解阻滞作用的一位艺术家。他在《戏剧小工具篇》中提出一个著名的论点，即“间离法”。他充分地认识到，一个艺术家写什么(题材)与怎么写(形式)之间，应保持辩证矛盾，不可完全一致，如若形式与题材完全一致，那么对读者、观众来说就会因感觉不到形式而引起精神的过分紧张，因为他们意识不到自己在看戏，把戏中的一切都当真，而“像投河那样一头扎进剧情而难以自拔”。因此，他在艺术的题材与形式的关系上，提倡“间离法”，他提出“间离的反映是这样一种反映：对象是众所周知的，但同时又把它表现为陌生的”①。这也就是说，作为艺术表现的形式应与它所表现的对象(即题材)相“抗衡”，使题材与形式两者之间出现距离观众就会意识到自己在看戏，题材情感之流于是得到“阻滞”，从而能够清醒地运用自己的理智进行评判。布莱希特欣赏中国京剧并非偶然。京剧从脸谱、戏装到程式化的动作、表情、唱腔等属于艺术形式、表现方式的因素，都与真实的生活保持距离，即使是角色的哭，也有特殊的规范，与生活中见到的另是一样，这就十分有利于题材的“野性”情感得到适应的舒缓和阻滞，进而有利于将自然情感转为审美情感。

艺术形式对题材情感的缓解与阻滞，实际上就是艺术节制。应该看到，一方面艺术来源于生活，生活永远是艺术的唯一源泉；另一方面，艺术又不等同于生活。生活有生活的规律，艺术有艺术的规律。“艺术不应当完全屈从于自然的必然性，它还有它本身的规律。”(歌德)当然，艺术的规律很多，但艺术对生活应加以节制就是其中重要的一条。生活之流可能因野性而汹涌泛滥，夹带着大量的泥沙，浑浊不堪，这时候艺术就要以特有的渗透着理性的形式、手段去控制它，征服它。当生活经过艺术的醇化处理之后，就会变得高尚静穆，沁人心脾，其中的情感就量而言可能有所节制，可品质却提高了，因为它深刻化了，艺术化了。明代画家顾凝远在《画引》

① 布莱希特：《戏剧小工具篇》，中国社会科学院外国文学研究所外国文学研究资料丛刊编辑委员会编：《外国现代剧作家论剧作》，中国社会科学出版社 1982 年版，第 102 页。

中所提出的“深情冷眼”的观点，精辟地概括了艺术节制原理。所谓“深情”，即指创作主体的艺术家应该激情澎湃，进入情感体验的高峰，使心灵处于无障碍的自由状态。所谓“冷眼”，就是要在“沉思”和“凝心”中，冷静地去处理那火热的激情，以精心设置的艺术形式将情感引进审美的轨道。德国著名艺术理论家莱辛认为，造型艺术家应避免描绘激情顶点的顷刻，这不仅仅因为“在一种激情的整个过程里，最不能显出这种好处的莫过于它的顶点。到了顶点就到了止境”，而且还因为像塑造“拉奥孔”这类题材时，若不“表情中有节制”的话，就会“使人对那整个对象感到恶心或是毛骨悚然”，就像“笑已变成狞笑”一样，可以供人“享受”的“哀号”，就会变成使人心绪失宁的痛哭，艺术也就变成非艺术①。著名的美国舞蹈家伊莎多拉·邓肯也深知艺术形式对题材情感的缓解、阻滞作用是十分重要的，她举过这样一个例子：“舞蹈在古代曾达到过顶峰，当时它是和希腊悲剧里的合唱结合在一起的。合唱出现在悲剧的高潮部分，即悲伤和痛苦发展到最强烈的时候，这时观众都悲痛欲绝；而随着歌声和舞蹈的出现，他们的心灵会重新恢复平和，因为合唱使观众变得心胸开阔，才经受得住这痛苦的时刻，否则的话，他们会感到极大的恐惧，会感到简直难以忍受。”②邓肯的说明无疑是有道理的。悲剧是一种题材情感极为浓烈的艺术，它所引起的情感兴奋如不采取适当的艺术处理，其情感就可能失控，而发展为外部的动作，所以在悲剧的高潮部分插入形式感特别强的合唱和舞蹈艺术，就形成了艺术节制的机制，就能使痛苦、恐怖的情感得到缓解和阻滞。当然，真正悲剧的审美情感的形式，不能光靠剧情高潮中插入合唱和舞蹈，要靠它自身形式与题材之间展开冲突斗争，要靠自身的形式战胜题材。

---

① 莱辛：《拉奥孔》，人民文学出版社 1982 年版，第 18～21 页。

② 邓肯：《邓肯论舞蹈艺术》，上海文艺出版社 1985 年版，第 78 页。

应当说明的是，艺术形式征服题材情感，使情感得到缓解与阻滞，可以说是艺术中审美情感形成的重要一环，但并不是审美情感形成的全部机制所在。因为人们在普通生活中的情绪，也可以通过理智的思考和想象的飞驰在神经中枢得到缓解与阻滞，所以情感不表现为外部行动，并不是审美情感形成的唯一标志。

第三阶段，形式情感改造、征服题材情感的最终心理反应，是情感的舒泄与升华。情感的缓解与阻滞作为向审美情感发展的心理中介是重要的，但缓解与阻滞只是表明由艺术品引起的激情，不会变为外部行动，但就情感的量而言，它仍然在蓄积，就情感的质而言，它还没有实现由不快感向快感、美感的转换。一般地说，情感的蓄积不具有美学意义，相反它是阻滞情感审美化的。思想和情感所遵循的是不同的规律。在思想中记忆规律起主导作用，而在情感中占优势的是遗忘规律。思想积累是可行的，但情感的积累是不可行的。维果茨基在他的《艺术心理学》中曾引述过奥夫夏尼科·库科夫斯基如下观点：

> 我们的情感心灵简直可以被比作常言所说的大车：从这辆大车上掉下什么东西，就再也找不回来。相反，我们的思想心灵却是一辆什么东西也掉不下去的大车。车上的货物全都安放得很好，而且隐藏在无意识的领域里……如果我们所体验的情感能保存和活动在无意识的领域里，不断地转入意识（就像思想所做的那样），那么，我们的心灵生活就会是天堂和地狱的混合物，即使最结实的体质也会经受不住快乐、忧伤、懊恼、愤恨、爱情、羡慕、嫉妒、惋惜、良心谴责、恐惧和希望等等这样不断地聚积。不，情感一经体验并消失，就不会进入无意识的领域……情感主要是有意识的心理过程，与其说情感是积累心灵

的力量，不如说它们是消耗心灵的力量。情感生活是心灵的消耗。①

既然“情感生活是心灵的消耗”，那么艺术创作中题材情感的受阻滞所形成的情感堤坝，对心灵来说就成为一种压力和沉重的负担。因为堤坝内涌动着的情感潮水，往往是一种压抑感、痛感、磨难感，因此情感的缓解与阻滞并不是目的，不是形式情感征服题材情感的最后心理机制。应该看到，审美情感本质上是一种自由的情感，能够畅快地宣泄的情感，缓解与阻滞也是为了形成情感堤坝后的有效的、自由的宣泄。这样，形式情感征服、消融题材情感，并不是为了实现形式本身，而是为了使形式与题材在“对抗”后达成“妥协”与“和解”，进而生成一个生机勃勃的形式与内容高度和谐统一的艺术世界。一旦这个形式与内容高度和谐统一的艺术世界生成，它就成了情感的有效导向机制的溢洪道，情感就可在这溢洪道中自由地舒泄，压抑感、痛感、磨难感就可转化为快感、愉悦感、欢畅感，这样情感不但在量上得到了消耗、舒泄，而且在质上也产生转换，转换为一种混合情感。实际上是升华的一种美感。例如，在悲剧中，如果形式情感最终完全消融了题材情感的话，那么主人公被毁灭使我们痛苦地流下眼泪的那一刻，也正是美感最为强烈地被感受到的那一刻。在闪着泪花的眼里，竟放射出欢乐的光芒。这就是说，我们不但感受到被主人公所感到的东西，我们还感到主人公没有感到的别的东西。而这里所讲的“别的东西”主要是由溶化了题材情感的艺术形式所提供的。没有与题材情感相冲突的形式的爆发力量，情感的积蓄就变得没有出路，那么它就变成损害我们心灵的有害的东西了。

中国古代诗学深知情感的艺术形式化，是发泄、宣导情感的必要

① 维果茨基：《艺术心理学》，上海文艺出版社1985年版，第263～264页。

途径，是化自然情感为审美情感的重要中介。所谓“止怒莫如诗”（《管子·内业》）、“愁极本凭诗遣兴”（杜甫《至后》）所讲的就是这个道理。另外中国古代诗学还主张“情景交融”，强调“情”不能直接喊出来，要“以景结情”，特别强调“景语”的重要。认为“不能作景语，又何能作情语邪？古人绝唱句多景语，如‘高台多悲风’‘蝴蝶飞南园’‘池塘生春草’‘亭皋木叶下’‘芙蓉露下落’，皆是也，而情寓其中矣，以写景之心理言情，则身心中独喻之微，轻安拈出”①。从一定意义上说，这些精辟之论，也是强调情感的对象化和形式对建立情感导向机制的重要意义。因为就诗而言，“情为主，景是客”（李渔），所以如何选择与描写组合景，实则是如何抒情的问题，带有明显的艺术形式营构的性质。这里特别值得一提的是王夫之的另一段话：“‘昔我往矣，杨柳依依。今我来思，雨雪霏霏’以乐景写哀，以哀景写乐，一倍增其哀乐。”②这是很有见地的话。人悲景亦悲，人喜景亦喜，这也是浅人捷径。但要“以乐景写哀，以哀景写乐”，做到相反相成，就极不容易。这种说法不但说明了情感对象化的重要意义，而且与我们前面反复强调的形式与题材相对抗，并进而以形式征服题材，在精神实质上是一致的，因为两者都强调了对立面的统一。这也就是说，形式情感愈是以对立面的身份去征服题材情感，艺术形式所安排的情感溢洪之道就愈合理，那么情感的舒泄也就愈自由，艺术中的审美情感就愈易生成。

西方诗学对于有意味的形式具有舒泄梳理人的情感的作用，也是十分重视的。英国著名诗人拜伦在给别人的信中写道：诗歌这种艺术形式是“想象力的熔岩，它的爆发避免了地震。人们说诗人从来不会发狂或很少发狂……但他们往往几乎要发狂，所以我不得不认为，诗的用处正在于预见到并防止人混乱发狂”③。拜伦的说法与杜

---

① 王夫之：《姜斋诗话》。

② 王夫之：《姜斋诗话》。

③ 转引自朱光潜：《悲剧心理学》，人民文学出版社 1983 年版，第 179 页。

甫的“愁极本凭诗遣兴”的说法十分相似，他们两人都是著名诗人，他们都真切地体会到诗歌这种形式为心中涌动的强烈折磨心灵的情感炸开了一条舒泄的通道。有了这个通道，情感就可按艺术的规则有控制地，又是充分自由地奔流，情感随意泛滥，以至诉诸外部动作危害身心的情况就可以避免。

以上所述，说明了形式情感征服、消融题材情感，导致了我们的情感沿着兴奋→缓解、阻滞→舒泄、升华的路线前进，而这条路线的终点就是人们渴望的、能够给我们心灵以慰安的艺术中的审美情感。

二、题材超越形式——审美情感的消失

为了进一步证明上述论点，我们还可以提出另一种情况来讨论，即艺术创作中题材情感超越、消灭形式情感，会产生什么效果呢？我们可以再列一个简单的表标示如下：

表　二

	第一阶段	第二阶段	第三阶段
题材超越形式	题材情感	超越→形式情感	→生活本身
心理过程	兴奋	→更兴奋	→外部动作

这种情况也可分三个阶段来说明。

第一阶段，题材情感作为一种激动人心的力量，对人们的心灵产生了刺激，作为对这种刺激的反映，人们的情感兴奋起来，譬如他被某个人物的不幸命运深深地感动了，产生了不能自制的痛苦之情，甚至产生了移情，即把自身的同情移入到人物身上，与人物一起遭受磨难和痛苦。

第二阶段，假如这时候艺术形式不能与这种情感相对抗，不能控制住情感的兴奋，倒是题材情感超越、甚至消灭了形式情感，即人们已感觉不到艺术形式的存在(如看戏人意识不到自己在看戏)，那么单纯由题材所激起的情感就进一步蓄积起来，出现了一种不可

压抑的、更加兴奋的状态，即情感之流达到了极限的临界点。

第三阶段，由于形式情感的无力以至完全消失。题材情感还原为生活本身，这样内心蓄积的情感没有合理的宣泄渠道，就会导致外部动作。这种情况在艺术创作中较为罕见，但也不是没有。清人焦循的《剧说》中记载了这样一件事："杭有女伶商小玲者，以色艺称，于《还魂记》尤擅场。尝有所属意，而势不得通，遂郁郁成疾。每作杜丽娘《寻梦》《闹殇》诸剧，真若身其事者，缠绵凄婉，泪痕盈目。一日演《寻梦》，唱至'待打并香魂一片，阴雨梅天，守得个梅根相见，盈盈界面'随声倚地。春香上视之，已气绝矣。临川寓言，乃有小玲实其事耶?"商小玲作为一个表演艺术家，竟在创造角色时伤心过度而死，这就是因为她在创造角色时，题材情感处于压倒一切的地步，而感觉不到形式情感(竟忘了这是演戏)，这样演员兴奋起来的激情得不到形式的缓解和阻滞，在心中形成一个情感心理堤坝，终于导致外部动作——随声倚地而死。这样，艺术中的审美情感就完全被破坏。当然，我们不应把这种情况与艺术家创作中因深入角色而产生幻觉情况相提并论。后者在许多大艺术家创作中时常出现，如巴尔扎克写到高老头死时，自己似乎也得了一场大病。福楼拜在写爱玛服毒自杀时，仿佛自己的口里也有砒霜的气味。柴可夫斯基创作《黑桃皇后》写到葛尔曼之死时，他深深地哭泣了。这种种情况是艺术家对自己写的人物投入了情感，产生了幻觉，是艺术家身上一种必要的素质。然而他们的幻觉因有形式感的作用，并未超过临界点，并未诉诸外部动作。这与商小玲的随声倚地而死是完全不同的。

艺术接受中，上述题材情感得不到形式情感的控制，而产生了接受主体诉诸外部动作的情况更是时有发生。清人陈其元在他的《庸闲斋笔记》中记载："余弱冠时，读书杭州，闻有某贾人女，明艳工诗，以酷嗜《红楼梦》，致成瘵疾。当绵惙时，父母以是书贻祸，取投诸火，女在床，乃大哭曰：奈何烧杀我宝玉？遂死。"这样的记载还有好几则。众所周知，歌德的小说《少年维特之烦恼》，也使不少青年读者自杀，这是怎么回事呢？当然，这不是作者的过错。就作者而言，创作这篇作品恰好是使他的几乎无法控制的情感得到了有力的导向，正如作者所说："我借着这篇作品，比起其他任何的创作的尝试来，最能把我从暴风雨似的心境中拯救出来。"因为作者"把实际化为诗而心境轻快明朗"①。但对于那些读了此书而自杀的青年男女来说，情况恰好相反。这就是说，这些失恋的青年男女往往是在无望的相思中深感悔恨与绝望，甚至厌倦刚刚开始的生活。他们在此种心境下去读《少年维特之烦恼》，照理他们会比任何人都更能理解作品的内涵。然而恰恰因为此书的题材情感与他们的个人经历过分接近，他们在阅读中把所写的一切都当成事实，于是形式感消失了，不但不能为他们消除绝望，反而更强烈地意识到自己的烦恼与绝望，这样就产生了一个逆转，本来是在欣赏小说，实际上他们不再把歌德的小说作为艺术品为欣赏，不再想维特和夏洛蒂，而只感到自己失恋的哀痛和绝望。阅读变成了自伤身世。阅读中形式感的消失、使他们的情感复原为自然情感，并得不到缓解、阻滞，痛苦、绝望之情就会直泻而下，甚至可能导致自杀等外部动作。由此可见，无论是在艺术创作还是艺术欣赏中，形式情感的有与无，形式情感能否超越、征服题材情感是至关重要的，它决定着艺术中审美情感的生成或消失。这样我们就从创作与欣赏的失败经验证明，艺术中内容与形式的有机的和谐和统一，审美情感的生成，艺术世界的建立，并不是在内容与形式简单的、静态的相互适应中达到的，恰恰相反，是在题材与形式动态的辩证矛盾运动中达到的。

（《艺术家》1991 年第 3 期）

---

① 歌德：《歌德自传》下册，人民文学出版社 1983 年版，第 624 页。

苏联的“审美学派”及其对我国文艺学建设的启示

一

1956年，对于苏联的美学界、文艺学界来说，是一个十分重要的年头。这一年，马克思的《1844年经济学哲学手稿》和马克思其他早期论著以《马克思恩格斯早期著作》的名义第一次公开出版。《手稿》中丰富的美学思想立即引起了广泛的兴趣和热烈地讨论。与此同时，两部观点对立的美学专著——德米特里耶娃的《审美教育问题》和布洛夫的《艺术的审美本质》——的出版，也引起了美学界和文艺学界的极大关注，持对立观点的人展开了各不相让的激烈的争论，一场长达10年之久的关于审美本质和艺术本质的大讨论的序幕就这样揭开了。

在这场学术讨论中，形成了两种截然不同的学术观点。以德米特里耶娃、波斯彼洛夫、叶果罗夫、阿斯塔霍夫、别利克、科尔尼延科等人为代表的一派持“自然说”，即认为美的本质在于对象的自然属性，它不以与人的关系为转移，无论是在人类出现之前，还是出现之后，美作为一种对象的自然属性，都是存在的。拿波斯彼洛夫的话来说，美是事物的“同类中的优越者”。“例如，特别对称的螺旋状的银河，或被海潮磨光的卵石，或黄昏时刻布满白雪的林中旷地和斜坡等，是美丽的。但所有这些都属于物理性本质的现象，在这些现象中，其本质表露得特别完满。”①按照这个思路推演下去，他们认为艺术作为一种意识形态，其本质是认识，它的特征是形象性、典型性等。他们断定：“生活中没有任何现象，其本质是审美的。艺术当然也不例外。它的本质本身绝不是审美的。”②以布洛夫、斯托洛维奇、万斯洛夫、鲍列夫、塔萨洛夫、帕日特诺夫、戈利津特里赫特等为代表的一派则持“社会说”，简要地讲，他们从马克思的《1844年经济学哲学手稿》的“人化的自然”的观点中受到启发，从而认为美的本质并不单纯是对象的自然属性，首先是对象的社会属性。任何事物只有在与人发生一定的关系时，才可能是美的。在人类出现前，尽管存在着种种客观事物，但因为没有人，即没有主体，无所谓美与不美。只有在人类出现以后，人类在社会实践中与周围的事物建立起一定的关系，即审美关系，美才显现出来。拿布洛夫的话说：“美在其基础上是客观性质，但是它（这种性质）没有主体就不能作为美而显现出来。”③用鲍列夫的话说：“审美的本质是‘超自然的’，并具有社会历史的和社会文化的性质，这种性质是通过感性

① 格·尼·波斯彼洛夫：《论美与艺术》，上海译文出版社1981年版，第137～138页。

② 格·尼·波斯彼洛夫：《论美与艺术》，上海译文出版社1981年版，第142页。

③ 斯托洛维奇：《现实中和艺术中的审美》，生活·读书·新知三联书店1985年版，第24页。

的对象材料获取其外在的表现的，在其与人的实践关系中，在其作为物种的人的价值中，物的自然特征和社会特征从审美上得到体现。”[①]拿斯托洛维奇的话说：“审美属性就其内容来说是社会属性。”[②]他还认为按“自然”性质来说最不足道的现象，如果被引入具有社会历史重要性的事件中去，就会获得审美意义。这个事实说明了社会关系对审美属性的制约性。

这派人从上述美学观点出发，认为艺术是审美关系的最集中和最高的体现，并把艺术的本质说成是审美的和艺术的。他们十分强调把“审美”的观念引进文艺学的各个领域，认为只有这样，才有可能揭示艺术的审美特性和艺术规律。这派观点在苏联和东欧各国美学界、文艺学界引起了浓厚的兴趣并产生了巨大的影响。连他们的对立派的代表人物波斯彼洛夫也不得不承认“他们著述很多，相互支持，形成一条牢固的阵线，虽然内部也存在一些分歧。他们并且坚信，他们的观点就是马克思列宁主义美学……这种种情况，自然给人留下强烈印象，因而这个新学派已经有了许多坚定不移的追随者”[③]。正是波斯彼洛夫把这一学派命名为“审美学派”，并充分肯定了他们做出的两大贡献：“他们令人信服地论证说，美学问题的探讨，不应离开人类社会的实际历史，而应该立足于这个历史，立足于对这个历史的具体的、历史唯物主义的理解上。”“新学派的另一个贡献是以其著述大大提高了我国广大群众对于美学问题的兴趣。”[④]

在这篇短文里，要想弄清楚“审美学派”的全部美学观点并加以评价是不可能的。但介绍一下他们对文艺的本质和特征问题的看法，

---

① 鲍列夫：《美学》，中国文联出版公司1986年版，第55页。

② 斯托洛维奇：《现实中和艺术中的审美》，生活·读书·新知三联书店1985年版，第33页。

③ 格·尼·波斯彼洛夫：《论美与艺术》，上海译文出版社1981年版，第17页。

④ 格·尼·波斯彼洛夫：《论美与艺术》，上海译文出版社1981年版，第22～23页。

也许对于我国的文艺学的建设不无益处。

二

在苏联，关于文艺的本质和特征问题的探讨，走过了一条曲折的道路。在十月革命前的俄国和革命后的艺术学领域，流行一种“庸俗社会学”观点。“庸俗社会学”歪曲马克思主义的社会经济基础决定上层建筑的理论和阶级分析的方法，用社会生活的经济、政治情况直线式地、片面地、简单地说明艺术现象，把艺术与其他意识形态完全等同起来，完全抹杀艺术的审美本质和自身的规律。20世纪30～40年代，“庸俗社会学”遭到了毁灭性的打击。这个时期，人们十分注意从反映论的角度来解释艺术，把艺术的本质归结为认识，把审美关系也仅仅归结为认识关系。

别林斯基的如下一段话在许多文艺理论书籍中被一再引用：“人们只看到，艺术和科学不是同一件东西，却不知道它们之间的差别根本不在内容，而在处理一定内容时所用的方法。哲学家用三段论法，诗人则用形象和图画说话，然而他们所说的都是同一件事。”① 他们借此力图说明，文艺的本质同科学是一样的，都是认识，文艺的特点是形象性。这就使他们得出了这样一个定义：“艺术以形象的形式反映生活。”

到了20世纪50年代，尽管这一定义还广泛流行，但新崛起的“审美学派”从其美学观点出发，都不满意这个定义，并进而对别林斯基的论点提出怀疑和批评，布洛夫早在1953年发表的《论文艺内容和形式的特性》一文中就对别林斯基的论点提出质疑。1956年布洛夫在《文学报》上发表的题为《美学应该是美学》的文章中又这样写道：

① 别林斯基：《别林斯基论文学》，新文艺出版社1958年版，第20页。

“在我们的美学中几乎成为老生常谈的是这样一个原理：艺术是用形象的形式来反映现实，它与科学和思想体系不同，后两者虽也反映现实，但是用另一种形式即逻辑形式来反映的。”从哲学的认识论的观点来看，这个定义一点也不错，因为艺术在事实上是反映客观现实，认识现实并以形象的形式来表现现实的。但是，由于这里没有充分揭示出艺术的审美特征(哲学的定义不会提出这个任务)，所以这还不能算美学的定义。如果研究一下这个定义，就会得出结论说，艺术和其他的意识形态之间的差别在于表现形式，而决不在于内容。内容在这里和那里都是一样的。于是，似乎艺术就没有特殊的审美内容，艺术中一切审美的东西都取决于形式。这样一来，内容就被排除在美学范围之外，而形式简直就成了美学的基础。在同一篇文章中布洛夫断定，这不是唯物主义的定义，而是康德主义的定义，而“从康德主义出发只有两条路可走：不是纯粹形式的创作，就是把艺术内容和其他社会意识形态的内容庸俗化地等同起来”。①

“审美学派”十分强调艺术不仅在形式上而首先是在对象和内容上有区别于其他意识形式的、自身独有的特征。斯托洛维奇针对别林斯基的上述观点和其他论者的相同观点质问道：“难道科学、宗教、道德、艺术、哲学都反映同样的生活方面吗？如果真是这样的话，那么，怎样解释它们的存在呢？每种社会意识形式都表现一定的社会需要，服务于社会实践的一定方面，因此，都面临着自己的独特的任务。在解决这些任务时，各种社会意识形式反映现实的独特方面，这些方面就是它们的特殊对象，或者特殊客体。”②那么，艺术区别于其他意识形态的特殊对象是什么呢？或者说艺术作为一种特殊的意识形态反映现实哪个独特方面呢？

---

① 《美学应该是美学》译文见“学习译丛”编辑部编译：《美学与文艺问题论文集》，学习杂志社1957年版，第35～44页。

② 斯托洛维奇：《现实中和艺术中的审美》，生活·读书·新知三联书店1985年版，第196页。

为了回答这个问题，他们首先论证了人与周围的现实建立了各种各样的关系：功利实践关系、科学认识关系、道德关系、伦理关系、宗教关系和审美关系等。而每种关系都是对现实的一个方面的反映，或者说都有只属于自己的特殊对象。现实的功利价值是功利实践关系的对象，现实的自然属性是科学认识关系的对象，现实的道德价值是道德关系的对象……同理，现实的审美价值是审美关系的对象。那么，艺术作为人与现实的审美关系的最集中和最高的表现，其独特的对象当然是现实的审美价值，或者说艺术反映的是现实的审美属性这一独特方面。由此，他们认为艺术的本质不是认识而是审美，审美才是艺术区别于科学的独具特性。他们断定："无论审美关系还是艺术都不归结为认识；艺术和科学各自有着不同的认识功能和不同的社会功用。"①针对对立派强调艺术是对现实的认识的说法，他们指出："如果情况是这样的话，那么艺术的存在只能由科学知识的不发达状况来解释。而根据科学——无疑是最重要的认识领域——发展的程度，使用艺术这样陈腐的认识工具的必要性自然逐步消失；艺术既不利用规范地进行的实验，又不利用现代科学研究的逻辑。"②就这样，他们高举起"审美"这面旗帜，向传统的理论提出了挑战。

然而，把艺术的认识对象规定为现实的审美价值，而把现实的其他属性和价值撇在一边，把艺术的本质归结为审美，而把"认识"从艺术的本质中剔除，这会不会把艺术狭隘化呢？会不会陷入唯美主义的泥潭？对此，斯托洛维奇作了两点说明。第一，审美价值不是自身闭锁的世界。"审美价值本身把各种社会-人的关系包括在它的内容中，因此对世界的审美关系不仅不排除道德关系、政治关系等，而且还以特殊的方式折射这些关系。"③当然，现实的道德价值、

① 斯托洛维奇：《审美价值的本质》，中国社会科学出版社1984年版，第14页。
② 斯托洛维奇：《审美价值的本质》，中国社会科学出版社1984年版，第14页。
③ 斯托洛维奇：《审美价值的本质》，中国社会科学出版社1984年版，第166页。

政治价值同艺术的审美意义并不是折中地共存并处，而是交融到审美熔炉中。这样，艺术虽是审美的，但不排除认识，它以特殊的方式来发挥认识作用。第二，现实的道德关系、政治关系等也有它们的审美方面。“它们在具体可感的表现中可以作为美或丑、崇高或卑下、悲和喜。正因为如此，这些关系能够进入艺术的内容中。”①基于这样的理解，把艺术的本质归结为审美，并不会把艺术狭隘化，也不会陷入唯美主义的泥潭。

我认为苏联“审美学派”对艺术的本质的探讨是十分有益的和令人信服的。长期以来，人们一直对于艺术的本质特征不加重视，这是造成艺术的公式化、图解化的原因之一。传统的理论把艺术的本质归结为单纯的认识，说艺术是现实的形象的认识，这只是从艺术和其他意识形态相同的方面去研究，尽管这种研究可以确定艺术的社会形态性质，是必要的，但却是不够的，它不可能揭示艺术独具的本质特征和艺术固有的规律。“审美学派”的探讨既肯定了艺术的意识形态性质，把理论建立在马克思主义的哲学基础上，同时又不停留在一般哲学的层次，而是从哲学的层次进入了美学的层次，鲜明地提出并回答了艺术区别于其他意识形态的审美特征问题，这无疑是把对艺术本质问题的研究推进了一步。苏联“审美学派”在艺术本质问题上跨出的这关键的一步对我国的文艺学建设是有启迪作用的。

三

毋庸讳言，新中国成立以来我国文艺学的建设是从学习苏联开始的。但我们学习的主要是苏联 20 世纪 30～40 年代的东西，至多是 50 年代初期的东西。例如，关于文艺的本质问题，我们的许多文

---

① 斯托洛维奇：《审美价值的本质》，中国社会科学出版社 1984 年版，第 166 页。

艺理论教科书都总是说，文艺是生活的反映，文艺和科学不同之处在于科学用逻辑的形式来反映生活，文艺则用形象的形式来反映生活。很明显，这个定义并非我们的创造，它是别林斯基提出来的，并为苏联30～40年代文艺理论教科书所反复强调过。

如前所述，这个定义从哲学认识论来说是绝对正确的，但它只强调了文艺与其他意识形态的共性，却没有强调文艺独具的个性，因而不能揭示文艺的审美特性。又如典型问题，我们的理论总是说，典型是个性和共性的统一。这个定义也不是我们自己研究的结果。从黑格尔、别林斯基直到苏联的各种文艺理论教科书，都在重复这个结论。当然，我们也发现了这个定义的不足，于是在“共性”一词前面加上“充分的、深刻的”等修饰语，在“个性”一词前面加上“鲜明的、丰富的、独特的”等修饰语(笔者自己过去就是这样做的)。然而，什么叫“充分的、深刻的”？什么叫“鲜明的、丰富的、独特的”？这是无法做出科学规定的，于是提法的核心还是那个“个性与共性的统一”。把文艺作品中的典型界定为个性与共性的统一，从哲学角度看当然是绝对正确的，可又丝毫解决不了文艺典型自身的问题，因为岂止文艺典型是个性和共性的统一，世界上的万事万物，大至宇宙，小至鱼虫，有哪一个事物不是“个性与共性的统一”呢？这就说明文艺学虽然要以哲学理论作为自己的基础，但仅运用一般的哲学原理是提不出也解决不了文艺学自身的问题的。

我国文艺学界有相当多的学者已觉悟到单一的哲学认识论难以解决文艺学中种种复杂问题，对传统的定义和理论进行反思，改造和革新文艺学的呼声甚高。于是各种各样的理论蜂拥而出，现代科学的各种理论都想在文艺学中一显身手。就以文艺的本质这个问题来说，第一种学者认为，文艺是一个系统；第二种学者说，文艺即信息；第三种学者说，文艺是定向控制、定度控制、定势控制；第四种学者说，文艺是符号学体系；第五种学者说，文艺是社会学现象；第六种学者说，文艺是价值；第七种学者则说，文艺是模糊集合……这众多的说法对不对呢？可以说都对，因为这些方面的确也说明了文艺和其他事物的某种共同属性和功能；但我们又可以说，这些说法都不对，因为这众多的理论没有一种理论能够揭示文艺自身的特征和规律。往这条路上走，同往哲学认识论走，看起来是那样的不同，但有一点又是那样的相同：只见森林，不见树木，或者说只见共性，不见个性。

当我国的文艺学界正在寻找新的出路的时候，我认为苏联的“审美学派”给了我们以有益的启示。首先，文艺学的建设必须坚持以马克思主义的哲学作为理论基础。苏联的“审美学派”在强调“审美”的时候，并没有抛开马克思，相反他们从马克思早期的著作和后期成熟的著作中寻找理论根据。在“审美学派”看来，马克思的《1844 年经济学哲学手稿》虽保留有费尔巴哈思想的痕迹，但它包含着丰富的、至今仍未充分挖掘出来的美学、艺术学思想。如关于“人化的自然”的观点，要是加以阐发、引申，就必然得出美不能脱离人和社会而存在的结论。特别是马克思所阐发的哲学认识论、价值论，在把握艺术与社会生活的关系、审美主体与审美客体的关系等方面都是最有力的理论武器。因此，当我们对传统文艺学进行反思时，我们决不可对马克思主义哲学理论基础有丝毫的动摇。其次，文艺学的建设着重要解决文艺的特征和自身艺术规律的问题，不能总是在外部规律上面绕圈子。而要达到此目的，就必须把文艺学的一般哲学的探讨深入到审美的探讨，要充分阐明艺术的审美本质，并在文艺学的各个范畴里引入“审美”这个观念。苏联的“审美学派”认识到艺术是美的领域，以“审美”的观点来审视各种艺术现象，才能揭示其内在的规律性。而这一点正是我国文艺学建设的最薄弱的方面。

（《百科知识》1987 年第 5 期）

苏联文论与中国当代文论建设

新中国成立以来，在“全面学习苏联”的口号下，苏联文论（主要是苏联20世纪50年代的文论）成为中国当代文论建设的主要参照系。当然，它给我们带来过积极的影响，那就是使当代中国文论建立在辩证唯物主义的基础上。但毋庸讳言的是我们也接受了它的庸俗社会学和机械唯物论。在苏联，在它还没有解体之前，20世纪70～80年代的苏联的文论早已超越了苏联50年代的文论。然而，在我国，情况显得很特别，就文艺理论教学来说，由于多还采用60年代编写的教材，或受60年代旧教材影响的“新”教材，这样我国的文艺理论教学仍然笼罩在苏联50年代文论的阴影中。就文艺理论研究领域而言，一有风吹草动，这种带着“左”的烙印的理论，就钻出来吓唬人、折腾人。理性地反思苏联50年代文论对中国当代文论建设的影响，仍然是一个十分迫切的课题。本文只提出一些极为粗浅的看法，供对此问题有兴趣的同志参考。

一、给苏联20世纪50年代上半期的文论定性

从今天的视点看来，苏联20世纪50年代上半期的文论究竟是什么性质的文论呢？这是我们在研究这个课题时首先必须弄清楚的问题。苏联20世纪50年代的文论是俄苏文论自身演变发展的结果，同时又是特定时代的产物，因此我们在给苏联20世纪50年代的文论定性时，必须从这两个方面进行考察。

第一，俄苏文论自身有一个发展过程，苏联20世纪50年代的文论是19世纪以来俄苏文论的必然发展，因此简略地回顾俄苏文论发展中的一些重要倾向及其斗争是有意义的。历史表明，俄苏文论的发展始终存在两种倾向：一种倾向是强调文学的意识形态共性，把文学和其他社会科学都看成是阶级斗争的工具，因此强调文学与社会的关系，看重内容，认为内容才是文学的本体，甚至把这种共性和关系绝对化，完全忽视文学自身的特点；另一种倾向是，强调文学自身的这样或那样的特性，反对文学成为工具，强调作家的个性，看重形式，认为形式才是文学的本体，甚至把文学形式绝对化，完全割断文学与社会生活的联系。

上述两种倾向从19世纪下半期就开始出现了。这就是以车尔尼雪夫斯基、杜勃罗留波夫等革命民主派为代表的现实主义文论和以德鲁日宁、鲍特金、安年科夫等自由派为代表的“纯艺术论”两种倾向的斗争。车尔尼雪夫斯基等从俄国社会和文学发展的现实斗争的需要出发，认为：“美学观念上的不同，只是整个思想方式的哲学基础不同的结果……美学问题在双方看来，主要不过是一个战场，而

斗争的对象却是对智的生活的一般影响。”①基于这样的认识，车氏提出了“美是生活”的命题，并且判定“客观现实中的美是完全令人满意的”，“现实比起想象来不但更生动，而且更完美。想象的形象只是现实的一种苍白的，而且几乎总是不成功的改作”②。所以，他认为“再现生活是艺术的一般性格的特点，是它的本质”。在他的观念中，文学艺术是现实的替代品，是在现实不在眼前时的苍白的替代品。文学艺术本身并没有独立的意义，它不过是屈从于现实的附属品。文学艺术本身的特征被忽略了。杜勃罗留波夫也是强调“文学的主要意义是解释生活现象”，强调文学的人民性原则，对文学自身的规律也缺乏进一步的探讨。而以自由派为代表的“纯艺术论”，则把文学理论分为两种，一种是“教诲的批评”，上述车氏、杜氏的批评就属于“教诲的批评”，这是只顾道德上的教益，不顾艺术的特点的批评；另一种是“优美的艺术批评”，这是他们所主张的理论，在他们看来，诗的世界和平庸的散文式的现实生活是相互隔绝的，诗人只要以“真、善、美”为永恒的原则，不应该为眼前的、现实的利益服务。所以他们认为政治是“艺术的坟墓”，文学理论应着重“解释和阐释作家的魅力、艺术习惯、他的技巧和表现主题的特殊方式”，因为正是这些特征构成了一个作家区别于其他作家的“文学面貌”③。所以他们认为“如果缺乏明确的艺术形式，单独的人民性并不属于艺术，而属于民俗学”④。

19 世纪末的学院派批评也出现过“文化历史学派”和“心理学派”

---

① 车尔尼雪夫斯基：《车尔尼雪夫斯基选集》上卷，生活·读书·新知三联书店 1958 年版，第 167 页。

② 车尔尼雪夫斯基：《车尔尼雪夫斯基选集》上卷，生活·读书·新知三联书店 1958 年版，第 101 页。

③ 转引自刘宁、程正民：《俄苏文学批评史》，北京师范大学出版社 1992 年版，第 139 页。

④ 转引自刘宁、程正民：《俄苏文学批评史》，北京师范大学出版社 1992 年版，第 140 页。

的对立。文化历史学派受实证主义哲学的影响，把文学作品看成是文化史文献，研究文学仅仅是为了了解作品所属的时代的世界观和风尚，忽视了文学的特殊性。心理学派则特别重视作家的个性，认为创作的奥秘在于作家的个性中，艺术创作是通过语言的形象传达一定的生活感受、生活印象和想象的心理过程，艺术作品是心理的产物。因此理论研究要解释创作的心理过程，解释艺术作品的心理内涵，探讨艺术典型的审美内容和作家的审美态度。

应该说明，在俄国整个19世纪，社会处于激烈的斗争中，而文学又几乎成了表达思想的唯一手段，因此特别适合于现实主义文论和文化历史学派的发展。

十月革命前后一段时期，上述两种倾向的对立仍在继续，而且各执一端的情形更加严重。众所周知，俄国形式主义派重视文学的特异性，他们提出"文学性"的概念，并从文学的语言层面的"陌生化"来规定文学的特性，而把社会生活、思想感情都看成是文学的外部的东西。但他们的观点遭到了毫不留情的批判，把文学看成是"经济的审美形式""阶级的等同物""阶级心理的投影"，看成是阶级斗争工具的观点占了上风。20世纪20年代的苏联文论在"左"的思潮影响下，把文艺与政治的关系简单化、庸俗化。庸俗社会学的学者和"拉普"的领导人完全不顾文艺自身的特点和创作的规律，把文艺当作政治宣传的工具，文艺沦为政治的附庸。这里值得谈的是以沃隆斯基为代表的"山隘"派和以罗多夫、列列维奇等为代表的"岗位"派("拉普"前身)之间所展开的斗争。这场斗争的核心问题是文艺与政治的关系问题。"岗位"派认为文艺是"特定阶级意识形态的产物"，是"阶级斗争的有力工具"，要在文艺领域划清敌我，进行"一场在政治领域那样的斗争"，他们否定过去的文学遗产，认为"以往时代的文学都渗透了剥削阶级的精神"，等等。"山隘"派却强调"文艺是对生活的认识"，突出文艺的客观性，注意文艺的特点。鲁迅对当时这两派的斗争发表过这样的意见："对于阶级文艺，一派偏重文艺，如瓦浪斯基等，一派偏重阶级，是'那巴斯图'（即'岗位'派——作者注）的人们。"[①]"山隘"派很快被打下去。"拉普"的庸俗社会学错误则没有得到彻底的清算，文艺问题被混淆为政治问题一直延续到 20 世纪 50 年代中期。30 年代初，又提出社会主义现实主义的创作方法，这就把一个政治概念和一个文学概念直接地联系在一起。这个政治与文艺联姻的概念成为苏联文学发展的"宪法"，取得了至高无上的霸权地位。

影响我国文艺理论建设的苏联 20 世纪 50 年代文论，基本上是上述强调文艺的意识形态共性这种倾向的继续和发展，"纯艺术论"和形式主义文论继续受到严厉的批判，形式主义文论的代表人物什克洛夫斯基本来在《共产主义与未来主义》一文中曾断言："艺术总是离开生活而保持自由，在它的色彩中从来也没有反映出那飘扬在城市堡垒上空的旗子的颜色。"[②]但后来一再检讨，直到 1959 年出版的《小说管见》一书中，60 多岁的什克洛夫斯基仍然在纠正 20 多岁的什克洛夫斯基："当时我在旗子的颜色上抬了杠，不懂这旗子就决定了艺术……在诗歌中旗的颜色意味着一切。旗的颜色，就是灵魂的颜色，而所谓灵魂是有第二个化身的，这就是艺术。"[③]从他的检讨中，可以看到苏联 20 世纪 50 年代主流文论对形式主义文论压迫之深。而"拉普"的庸俗社会学和机械论则被当作思想方法问题，没有得到应有的批判，相反，还得到像季莫菲耶夫这样的权威某种程度的肯定。把文学问题当作政治问题成为一条定律。一些纯文学问题被拿到苏联共产党中央政治局去讨论，并做出决定，或反映到党代会的政治报告中去。最典型的一个例子，就是在苏联共产党第十九次代

---

① 鲁迅：《〈文艺政策〉后记》，《鲁迅全集》第 17 卷，人民文学出版社 1973 年版，第 669 页。

② 转引自阿·梅特钦科：《继往开来》，中国社会科学出版社 1983 年版，第 157 页。

③ 转引自阿·梅特钦科：《继往开来》，中国社会科学出版社 1983 年版，第 160 页。

表大会上马林科夫所做的政治报告中，竟然大谈艺术典型问题，而且竟然认为典型是“与一定的社会历史现象的本质相一致的”，是“党性在现实主义艺术中表现的基本范围”，“典型问题任何时候都是一个政治问题”。既然典型成为已经有了定论的政治问题，谁还敢说三道四呢？文学问题的政治化，是苏联20世纪50年代文论的一大特征。

此外就是苏联文论的哲学化问题。应该承认，20世纪50年代苏联有不少文论家用辩证唯物主义哲学来解释文学现象，特别是用列宁的反映论来揭示文学的规律，取得了一些成果，因为文学中确有一些哲学问题，需要通过哲学的视角才能得到解决。但哲学不是万能的，文论的哲学化带来的是理论的空洞化，许多文学的特殊问题在哲学化的过程中，被过分抽象化、一般化，结果是什么问题也解决不了。如文学的本质通常被定义为“以形象的形式反映生活”，典型通常被定义为“个性与共性的统一”，真实性通常被定义为“以形象反映生活的本质”，作品的构成通常被定义为“内容和形式的辩证统一”……所有这些定义都对，都正确，可又丝毫不解决文学自身的特殊问题。早在1956年，苏联思想比较开放的文论家阿·布洛夫在《美学应该是美学》一文中就谈过这类定义，他说：“由于这里没有充分揭示出艺术的审美特性(哲学的定义不会提出这个任务)，所以这还不能算是美学的定义。”他认为，对美学和文艺学来说，“它不能仅仅用一般哲学的方法论原理和概念来说明自己的对象。它必须揭示对象的内在的特殊的规律性，即制定自己的方法论和专门术语”①。文论的哲学化，导致文论仅仅沦为哲学的例证，而文学自身的问题则较少进入研究的视野。

第二，苏联20世纪50年代的文论不但是俄苏文论自身演变的

① “学习译丛”编辑部编译：《美学与文艺问题论文集》，学习杂志社1957年版，第36、39页。

结果，而且也是时代的产物。第二次世界大战之后，世界进入冷战时期，50年代是冷战最为激烈的时期。以苏联为首的社会主义阵营，和以美国为首的资本主义阵营，在政治、经济、文化等所有的方面全方位对立，双方壁垒森严，互相封锁，互相抵制，“不是东风压倒西风，就是西风压倒东风”。在这种时代背景下，苏联的文论完全是处在封闭的状态，自我孤立，自我称霸。他们当时在文化上提出了“反对世界主义”的口号。对西方的文化和文论流派一概斥之为“资产阶级的没落颓废货色”，完全拒之门外。长期担任苏联领导人之一的日丹诺夫在1948年一次关于苏联音乐工作的讲话中，他断言说：“处在衰颓和堕落状态中的现代资产阶级音乐，那是没有什么可以利用的。所以对于处在衰颓状态中的现代资产阶级音乐表示奴颜婢膝，是尤其愚蠢和可笑的。”他甚至把未来主义、立体主义、现代主义统统说成“疯狂的胡闹”①，这就完全断绝了与西方文艺流派和文论流派的来往。更可悲的是对苏联本国产生的一些优秀文论，如巴赫金的文论，也弃之如敝屣。然而，正是巴赫金在苏联建立了一种全新的诗学，他既克服了形式主义只重视文学的语言的片面性，又克服了庸俗社会学把文学等同于政治的错误，把语言和它所表现的意义艺术地联系起来，把外部规律与内部规律结合起来考察，提出了一系列新鲜独到的观点，如他的社会学诗学、他的复调小说理论等，都是很有见地的。但在20世纪50年代，他处在社会和学术的边缘，直到70年代他的学说才为世人所瞩目，而且他的理论在西方的影响似乎比在本国的影响还要大一些。由此不难看出，20世纪50年代的苏联文论受冷战时期各种因素的影响，基本上是冷战时期的理论。

苏联20世纪50年代的文论当然也并非一无是处，起码有两点是值得注意的：1. 重视用列宁的反映论来解释文学现象；2. 对人道

① 日丹诺夫：《日丹诺夫论文学与艺术》，人民文学出版社1959年版，第64～65、68页。

主义与文学的关系的肯定。前一点，使文论建立在唯物主义的基础上，后一点使文学重视人的地位，表现在文学创作中，就是敢于写人的命运和情感的变化，这与19世纪俄国文学的优秀传统是相通的。但无可否认的是苏联20世纪50年代的文论是带有“左”的烙印的、政治化的、哲学化的、封闭保守的文论形态，是缺少活力的文学教义。

二、苏联20世纪50年代文论对我国1949年以来文论建设的影响

20世纪50年代初、中期，是一个全面学习苏联的时期。我国的文论建设也正是在这个时期起步。苏联的文论通过两条渠道进入中国，一是翻译，几乎在苏联占着主流地位的文论的专著和论文，以及重要的教材，都一一被翻译过来，如季莫菲耶夫的三卷本《文学原理》，涅陀希文的《艺术概论》，在中国产生了很大的影响；二是请专家来华传授，如北京大学请了毕达科夫，北京师范大学请了柯尔尊，等等。他们在中国开班设课，编写讲义出版，其授课的对象是新中国第一代青年文艺学教师，他们的影响也是很大的。在一个时期里，我们这个有几千年文明史的国家竟然在文学上得了“失语症”，完全是亦步亦趋地跟在苏联文论后面。可以这样说，20世纪50年代的苏联文论在新中国开创时期取得了霸权地位，中国文论则完全臣服于苏联文论的脚下。这就不能不带来严重的后果。

第一，文学问题的政治化，堵塞了文学理论的普通知识，严重扼杀了敢于独立思考的、有真知灼见的一代文论家的创造。正像苏联把典型问题当政治问题一样，中国也把“写真实”论、“题材广阔”论、“中间人物”论、“人性”论、“人道主义”论，当作修正主义来批判。发展到“文化大革命”被概括为“黑八论”，要大批特批，一大批

长期从事文学批评和文论研究的专家学者，遭到了惨无人道的摧残。如钱谷融先生，在 1957 年发表了论文《论“文学是人学”》，“想为高尔基的这一意见作一些必要的阐释；并根据这一意见，来观察目前文艺界所争论的一些问题”，对季莫菲耶夫《文学原理》中的“人的描写是艺术家反映整体现实所使用的工具”的观点，提出商榷，强调文学要写具体的活生生的人，认为“人道主义精神是我们评价文学作品的最低标准”，结果遭到了长期的批判，乃至政治性的批判。秦兆阳发表了论文《现实主义——广阔的道路》一文，不过对西蒙诺夫的观点表示同感，建议把“社会主义现实主义”改为“社会主义时代的现实主义”就遭到了政治的批判和斗争。由于随意把文学问题政治化，文论研究除了重复一些马列词句外，也就无法进行下去。文艺理论成果微乎其微，也就可以理解了。由于把文学问题混同于政治问题，就人为地设置许多禁区，这是文论的悲剧，这不能不说与苏联 20 世纪 50 年代文论的影响是密切相关的。

为什么苏联 20 世纪 50 年代和中国当时会把文学问题跟政治问题相混淆呢？这与如何给文艺学定位有关。按照马克思主义的论点，文学是悬浮在上层的意识形态，那么以文学为研究对象的文艺学，也是悬浮在上层的意识形态，文艺学与政治虽然有关，但这种关系是比较远的。我认为，应该把文艺学定位在人文学科上面，它有意识形态性，但与政治的关系在非特殊的情况下是比较远的。或者可以这样说，人文精神和意识形态有一定的联系，但它们是两个不同层面的问题。主流的意识形态关心的是作为统治阶级如何延续和加强自己的统治的问题，它对个人的生活命运并不十分关心；人文精神则是关心人的生活的意义和价值，关心人的生活如何变得更丰富、更美好。在政治生活正常的时期，这两个层面的问题有较大的一致性，但在政治走进误区的时期，这两个层面就可能会产生矛盾，如“文化大革命”中，意识形态压倒人文精神，这样的时期自然没有真正的文学，也没有真正的作为人文学科的文艺学。

第二，文学问题的哲学化，使文论囿于哲学的视角，不能揭示文学所固有的特殊规律，丧失了理论应有的活力。当然，对文论来说，哲学的前提是重要的。但哲学的解决不能代替美学的解决和文艺学的解决。我们认为，反映论可以解释文学的本质问题，但必须是艺术的反映论，而不是哲学的反映论。如季莫菲耶夫的《文学原理》在谈到文学的本质时，说“形象是艺术反映生活的特殊形式”，或者说文学是“生活的本质”“生活的规律”的反映，他认为这是“文学原理的核心”。这样来界说文学实际上等于什么也没有说。因为不但文学反映生活的本质和规律，其他许多科学也反映生活的本质和规律，甚至反映得更精确一些。况且像“月是故乡明”这样的诗句，又如何反映月亮的本质和规律呢？月亮是地球的卫星，这才是月亮的本质。杜甫这句诗岂不根本没有揭示月亮的本质？如果文学仅是为了反映生活的本质，那么科学更能反映生活的本质，文学也就没有独立存在的权力了。至于“形象”，则不但文学有，其他学科也有。况且有些没有形象的作品也不失为优秀的作品。由此一例，说明哲学化的文论，一旦进入分析艺术事实的时候，就暴露出它的软弱无力和混乱不堪。我国文论建设长期停滞不前的原因之一，就是我们囿于一般的哲学方法论，我们没有文艺学自身的方法论，因而在揭示文学自身的特性与特殊规律上面，就显得无能为力。

文艺学之所以能成为一门学科，就因为它不是哲学的附庸，它有自身的概念、范畴、体系和自身的方法论。哲学可以影响甚至指导文艺学，但它不能代替文艺学。文艺学中有宏观的哲学问题，但更多的是微观的艺术问题。如果把文艺问题都大而化之只作哲学的宏观考察，那么文艺学也就可以取消了。

第三，由于苏联20世纪50年代文论自身的封闭性、保守性以及它在中国50年代的霸权，使我们的文论在很长的一段时间里，既失去了与西方20世纪文论交流、对话的可能，又割断了与传统文论的血脉联系。因为我们搬过来的苏联20世纪50年代的文论处于自足状态，与西方文论和中国古代文论不但缺少通道，而且互相排斥。这样理论的僵化就是必然的了。20世纪被称为“批评的世纪”，西方各种文论流派纷呈迭出，从各个不同的角度考察文学现象，提出了许多文学观念和批评方法，尽管这些理论流派有这样或那样的不足，但都把握到某些真理性的东西。以开放的心态与西方的20世纪文论进行平等的交流与对话，肯定是有益的。世界各民族的思想家的思考和创造，是世界人民共同的精神财富，理应共享，这不能一味用阶级性加以反对。“反对世界主义”更是狭隘的民族主义心理的表现。至于中国古代和现代的文论遗产，是中华民族长期的精神创造的结果，它的精辟与丰富之论，经过必要的转化，完全可以作为当代文论建设的基础。

第四，苏联20世纪50年代的僵化理论培养了中国的一些自称“左派”的人。苏联20世纪50年代文论的一个突出特征就是以批判见长。这种理论思维习惯也传染给我们。在我们的队伍里也出现了一些缺乏思考能力，却善于抓人家的辫子、给人家戴帽子的人。他们以“左派”自居，口里念着马列的词句，以整人为职业。姚文元就是其中最突出的一个。苏式理论最大的危害就是它为我们社会造就了一批姚文元式的人物。不但为我们的文论建设带来了障碍，也给我们的国家政治生活带来了不健康的因素。这是事实证明了的。

如前所述，苏联文论也有长处，但很可惜的是，列宁的反映论在我们这里常常变成了机械的反映论，而“人道主义”论在中国的命运则比在苏联坏得多，经常遭到无情的批判。

三、我们应该汲取什么教训

苏联20世纪50年代文论之所以能在中国很长一段时间里获得

霸权，根本原因在我们自身。在“文化大革命”结束以前的近三十年中，以“阶级斗争为纲”的“左”的路线占了主导的地位。这样在我们的头脑中就很自然地形成了一种“左”的预成图式，当我们去吸取苏联文论时，就与其一拍即合。我们觉得我们需要的就是这些东西，这些东西很对我们的胃口。例如，新时期以前的文学创作存在着严重的“图解化”的毛病，20 世纪五六十年代就提出过“写中心、画中心、演中心、唱中心”的口号，这是“拉普”的口号在中国的翻版，1931 年斯大林对经济工作作了《新的环境和新的经济建设任务》的报告，“拉普”领导立即做出《关于斯大林的讲话和“拉普”的任务》的决议，认为“斯大林讲话的每一部分都是艺术作品有价值的主题”。可以说“拉普”的做法，我们是心领神会的。因此，我们似乎不必对苏联 20 世纪 50 年代的文论说三道四，问题还是我们自己身上有“病”。先要治好自己的“病”，我们才可能心明眼亮，那么无论我们面对的是什么对象，都能放出眼光来，有所鉴别，有所取舍。

苏联 20 世纪 50 年代中期以后，他们的文艺思想进行了调整。特别是新出现的“审美学派”专注于文学艺术的审美特性的揭示，对 20 年代的形式主义文论流派也有重新的评价，符号论文论也取得了令人瞩目的成果，对西方也采取开放的态度，社会主义现实主义改为社会主义现实主义的开放体系。但在新时期以前的中国，还是延续苏联 20 世纪 50 年代初期的文论。而且后来 60 年代的“反修”斗争，大批“人道主义”论等，不但没有抑制苏联 50 年代初期“左”的东西，相反把其“左”的东西更推进一步，一直发展到“文化大革命”的极“左”的灾难。这是沉重的教训，不能不吸取。我这样说，丝毫没有把自己排除在外的意思。实际上，我自己教学和研究的生涯也是从学习苏联 20 世纪 50 年代的文论开始的，自己的著作中，也常跟着苏联 50 年代初期的文论的脚印走，错误是很多的。我只是想把自己摆进去，进行理性的客观的反思，从中吸取必要的教训。

以史为鉴，今天我们在评介西方20世纪文论时，也不能全盘照搬，一定要放出眼光来，有所鉴别，有所取舍，学会博取众长，熔古铸今，努力建设新的生气勃勃的文艺学形态。

(《文艺理论研究》1994年第1期，越南《文学》杂志全文译载)

文学艺术与审美心理

第一章　艺术家的创作个性和创作动机

一、艺术家的创作个性

当我们进入艺术创作心理问题的讨论时，劈头遇到的第一个问题，就是艺术家的创作和科学家的工作的基本差异是什么？于是我们会立刻发现，艺术家的创作和科学家的研究，其活动坐标系的原点是不同的。“科学是我们，艺术是我”。科学围着客观事实转，而创作则往往从“我”这里投射出去。科学家的研究要排除个性特征，因为科学是对客观真理的认识，而真理并不取决于科学家的个性特点，不取决于他的兴趣、爱好、心境和气质。因此科学研究活动坐标系的原点是不掺杂个性的客观事实。科学家奉献给世界的应该是完全从大自然那儿得到的，必须排除一切个性的表现。但对艺术家的创作来说，无论是创作过程，还是创作成果，都渗透着艺术家个性的因素。艺术创作活动坐标系的原点是艺术家个人。别林斯基说："诗人创作活动的源泉是从他的个性里表现出来的那种精神。他的作品的特色及精神应该在他的个性里去求得初步解释。"①艺术创作都发自个性，发自一个统一的、完整的、独特的个性。艺术家创作个性的深刻、有力和独特，是作为创作行为的准备动力而起作用，是艺术品得以诞生的第一个决定性因素。

(一)创作个性及其对创作活动的意义

1. 创作个性的含义

什么是个性？个性从某种意义上说就是区别于他人的较稳定的个别性。"所谓个别性就是人的心理特点的独特的结合。其中包括性格、气质、心理过程进行的特点、主导的情感和活动动机的总和以及形成的能力。"②现代心理学又把人的个性分成两个基本的亚结构，一是要受人的生物因素制约的"内向心理组织"，如感受性、记忆、思维和想象的特点，以及意志力、冲动等特性；二是主要受社会因素决定的"外向心理组织"，如个人的经验和态度系统，其中包括兴趣、理想、占优势的情感等。人的个性就是这两种心理组织的统一。根据对个性的这种理解，所谓艺术家创作个性，既包含了艺术家先天所有的气质悟性、情绪记忆、形象思维、意志冲动等特性，又包括了艺术家在后天实践中形成的生活经验、思想倾向、趣味理想、艺术能力等精神特点。总的说，创作个性是指在一定生理基础上并在社会实践中形成的，艺术家个人独特的、较稳定的全部心理特征的总和。

为了正确理解创作个性，需要从以下两点对创作个性加以进一步的界说。

---

① 别林斯基：《别林斯基论文学》，新文艺出版社1958年版，第138页。

② 彼得罗夫斯基：《普通心理学》，人民教育出版社1981年版，第105页。

首先，艺术家的创作个性不能等同于艺术家的主观随意性。艺术家主观方面的特点是很复杂的，并非艺术家主观方面的任何一个特点都可以成为创作个性的组成部分。例如，艺术家个人的某种怪癖和病态，可能阻碍他反映生活和抒发情感，就不能视为他的创作个性。艺术家个人主观方面的特点，只有同时恰好是客观存在的一种独特反映时，才能形成真正的创作个性。马克思在《评普鲁士最近的书报检查令》一文中说："真理是普遍的，它不属于我一个人，而为大家所有；真理占有我，而不是我占有真理。我只有构成我的精神个体性的形式。"所谓"真理占有我"，就是讲"我"以"我的精神个体性形式"负载真理。如果"我"的"精神个体性形式"不能负载真理，那么即使这种形式非常独特也是毫无意义的。在马克思看来，个性不能离开真理。就艺术家而言，艺术家的自我的"精神个体性形式"也应以显现诗意的真理为条件。创作个性应该是精神个体性和"真理性"的融合，那种完全偏离真理的主观随意性并不能构成真正的创作个性。对真正的创作个性而言，个体性不能取代、妨碍真理性，真理性也不能取代个体性。如果个体性取代了真理性，那么就不能通过创作个性去揭示历史的必然，探求人生的真谛，导致艺术创作走向病态、畸形。如果以真理性取代个体性，那么就必然要抹杀艺术的独创性，导致艺术走向平庸、浅薄。真正的创作个性应该实现个体性和真理性的契合。如果上述道理可以成立的话，那么目前，文坛上出现的一些怪到令人无法卒读的作品，就不能认为是真正的创作个性的表现。

其次，艺术家创作的个性不等同于艺术家的日常生活中所表现出来的个性。毫无疑问，艺术家的创作个性与艺术家的生活个性特点是密切联系着的。艺术家的生活个性是艺术家创作个性的基础，无论如何，艺术家个人的实际性格等心理特征，总是这样那样地、或多或少地制约着他的创作个性和创作活动。艺术家的个性心理特征与创作的联系，我们的古人早注意到了，扬雄在《法言·问神》篇中早就提出过“故言，心声也；书，心画也。声画形，君子小人见矣”的论点，说明了作者的心理与创作的联系。曹丕的“文以气为主”以及这种气“虽在父兄，不能以移子弟”的论点，说明了作家个性、气质与创作面貌的密切关系。刘勰在《文心雕龙·体性》中对曹丕的论点作深入的发挥，提出了“各师成心，其异如面”和“吐纳英华，莫非情性”的论点，他就此举例说：“是以贾生俊发，故文洁而体清；长卿傲诞，故理侈而辞溢；子云沉寂，故志隐而味深；子政简易，故趣昭而事博；孟坚雅懿，故裁密而思靡；平子淹通，故虑周而藻密；仲宣躁锐，故颖出而才果；公干气褊，故言壮而情骇；嗣宗俶傥，故响逸而调远；叔夜俊侠，故兴高而采烈；安仁轻敏，故锋发而韵流；士衡矜重，故情繁而辞隐；触类以推，表里必符。”扬雄、曹丕、刘勰的论点有一定的道理，点明了艺术家生活个性与创作个性之间的密切关系，但他们似乎把生活个性与创作个性完全等同起来，这就不能解释许多极为复杂的现象。实际上，艺术家的生活个性在生活实践中形成，并在实际生活中起作用。而艺术家的创作个性在创作实践中形成，并在创作实践的审美创造中起作用。生活个性还不是创作个性，生活个性要通过创作实践的审美的升华，才能变为创作个性。“文如其人”的说法，把生活个性跟创作直接地、简单地联系起来，不能解释全部创作现象。无论古今中外，文与人不相类(创作与一般个性不相类)的情况是屡见不鲜的。赫拉普钦科说：“创作个性和艺术家日常生活中的个人的相互关系可能是各种各样的。绝不是所有标志出艺术家日常生活中的个人的东西都可以在他的作品中得到反映。另一方面，并不经常总是，而且也不是所有一切显示出创作的‘我’的东西，都能在作家的实际的个人的特点中找到直接的完全符合的表现。”①唐代诗人、散文家韩愈就是一个表里

① 赫拉普钦科：《作家的创作个性和文学的发展》，上海译文出版社 1982 年版，第 82～83 页。

不符的典型。在他的个性中，存在着极为卑下的一面，贪权媚贵，好财溺色，小人之心，处处可见。但他文章所表现出来的创作个性则是浩然正气，滚滚滔滔，君子风度，不可侵犯。在西方这种情形也随处可见，巴尔扎克曾举过这类例子："拉伯雷——一个有节制的人——却在他的生活中驳斥了自己的风格的无节制以及自己作品中的形象……他喝的是白水，却颂扬新酿的酒，正像布里亚-萨瓦兰一样，他吃得很少，却赞美丰富的食物。""大不列颠可以引为自傲的最富有独创性的现代作家马图林也是这样的；马图林是一个神父，留传给我们的有《夏娃》《美尔莫特》和《贝尔特拉姆》等作品；他自命风流，殷勤体贴，尊敬妇女；这个在其作品中专门描写灾祸的人，每到夜晚，就变成了巴结献媚妇女的人，就变成了花花公子。布瓦洛也是这样，他的柔和文雅的谈话跟他那种大胆诗句的讽刺精神是不相称的。"①当然，也有不少艺术家的生活个性与创作个性是一致的，他们的创作如同生活，如屈原、陶渊明、李白、杜甫、苏轼、曹雪芹等，都是"文如其人"的典范。此外还有的艺术家生活个性很复杂，但创作个性则比较单纯。如乔治·桑的个性中有恨也有爱，她恨资本主义种种腐败、黑暗、堕落，她爱人与人之间的和睦与友爱，但在创作中她个性的恨的方面没有转化为创作个性，她在一系列作品中表现出来的一种田园牧歌式的爱，她的创作个性与她的复杂个性相比要单一得多。

为什么艺术家的生活个性与创作个性会出现如此复杂的情况呢？怎样来解释这种现象呢？我认为，这要运用审美活动的规律来加以解释。应该知道，人们的审美活动与日常生活活动之间的关系是既有联系又有区别的。生活活动是审美活动的基础，审美活动是生活活动的升华和超越。一般地说，生活活动是以直接的功利目的为中

---

① 转引自赫拉普钦科：《作家的创作个性和文学的发展》，上海译文出版社 1982 年版，第 83 页。

心而展开的，而审美活动则必须在一定程度上超越直接的功利目的才能展开。而艺术家的生活个性，特别是个性中“外向心理组织”，主要受制于现实生活的直接功利——包括民族的、阶级的、集团的、阶层的、个人的各种功利性，而艺术家的创作个性则主要受制于审美活动的超功利性。作为审美创造主体的作家，只有在一定程度上摆脱各种实用功利欲求，以审美的态度去拥抱生活，才能将生活个性转化为创作个性。所以在日常生活中一个人格(人格也是个性的一个内容)高尚的人，如果他无法拉开一定的审美心理距离，他对周围的一切总是保持一种实用的、功利的眼光，那么他的高尚人格也无法转变为创作个性。同样，在日常生活中一个人格卑下的人，如果他能超越现实的功利目的，进入一种审美的境界，那么在创作中他的卑下的人格也可以不化为创作个性。由此可见，艺术家在日常生活活动中形成的个性与创作个性不是等同的，这两者不能混淆。

2. 创作个性对创作活动的意义

对于创作活动来说，创作个性有着重要的意义。艺术家和科学家的劳动都是精神劳动。但作家的劳动是个性化的，科学家的劳动是非个性化的。对科学家来说，他们的目标是如实地揭示客观事物的某种规律性，因此他们的研究工作要求客观化，愈是排除主观，愈是接近客观，就愈能靠近真理。所以科学研究的成果不要求打上个人的印记。艺术家的创作则恰好相反，他们要求保持个人的鲜明特征，要求艺术家具有独特地理解现实、独特地表现现实的能力。社会生活是无限丰富多样的、具体感性的存在，它全方位地向艺术家开放，在这种情况下，艺术家对社会生活的反映，就有了施展他个人全部才能的广阔天地。艺术家在创作活动中保持创作个性不但是可能的，而且也是必要的。艺术家独特的创作个性，可以使他对现实做出不同于他人的独特的发现，开拓出艺术的新的疆土。一个艺术家如果只能重复前人的东西，没有自己的发现，那是他平庸和缺乏创作才能的表现。屠格涅夫说："在文学天才身上……不过，我以为，也在一切天才身上，重要的是我敢称之为自己的声音的一种东西。是的，重要的是自己的声音，重要的是生动的、特殊的自己个人所有的音调，这些音调在其他每一个人的喉咙里是发不出来的……为了这样说话并取得恰恰正是这样的音调，必须恰恰具有这种特殊构造的喉咙。这正像禽鸟一样……一个有生命力的、富有独创精神的才能卓越之士，他所具有的主要的、显著的特征也就在这里。"①一个艺术家要做到这一点并不是容易的。一般初学创作的人，在他们的脑子里总是盘踞着他们所崇拜的大艺术家的身影，他们下笔之际，总是沿着这些大艺术家走过的路走去，想不出自己可以按自己的创作个性走出一条新路来。为此，高尔基这样教导青年作家："不要用别人的语句在您心灵纯洁的篇幅上写任何东西——决不要写！要细心地、时时刻刻细心地倾听您自己，以便正确地知道——这是谁说的？是您，亚尔采娃，还是屠格涅夫、拜伦、契诃夫、海涅踞坐在您的心灵里？……如果是他们的话——那就赶走他们。滚出去！非这样不可，谁要敢当作家，谁就必须永远是无限真诚的。谁要想当作家，谁就必须在自己身上找到自己——一定要找到！"②的确，艺术家"必须在自己身上找到自己"，哪怕你找到的"自己"很微小，但这到底是见人所未见，发人所未发，是属于你自己的，这是你的创作才能的标志。在达到这一点之后，你才能说你是一个够格的艺术家。

不仅如此，你还要在创作中充分体现你的创作个性，这样你的作品才会有生命力，才能获得永久的价值。法国学者布丰在他的著名演说《论风格》中这样说："只有写得好的作品才是能够传世的：作

① 转引自赫拉普钦科：《作家的创作个性和文学的发展》，上海译文出版社1982年版，第70页。

② 高尔基：《给玛·格·亚尔采娃》，《高尔基文学书简》上卷，人民文学出版社1962年版，第133页。

品里面所包含的知识之多，事实之奇，乃至发现之新颖，都不能成为不朽的确实保证；如果包含这些知识、事实与发现的作品只谈论些琐屑对象，如果他们写得无风致，无天才，毫不高雅，那么，他们就会是湮没无闻的，因为，知识、事实与发现都很容易脱离作品而转入别人手里，它们经更巧妙的手笔一写，甚至于会比原作还要出色些哩。这些东西都是身外物，风格却就是本人。因此，风格既不能脱离作品，又不能转借，也不能变换。”[①]布丰这里说的风格就是创作个性的体现与外化。创作的内容(包括题材与主题)都可能轻而易举地转到别人的手里，唯有创作个性是别人无法模仿、转借的。因此，一部作品能不能经得起时间的检验，能不能传世，其重要的关键在于你的作品是不是体现了一种别人无法转借的创作个性。

此外，艺术的繁荣也有赖于创作个性的多样化。如果艺术家们按一个路子去写作，千人一面，千篇一律，那么艺术的花朵就要由单一而枯萎。如果每一个艺术家都在创作中找到了自己，都具有区别他人的创作个性，你从这个角度发现了生活的意义，他从那个角度摸到了生活的搏动，那么艺术的领域就会增添一个个新的省区，创作这块疆土就会变得无限辽阔和富于魅力。

(二)创作个性在创作活动中的表现

艺术家的创作个性通过创作活动的各个阶段、各个环节、各个方面表现出来。可以这样说，在创作活动中，创作个性是无所不在的。它像溶于水中的盐，渗透到了创作的一切最细微方面。以下四个方面，是艺术家艺术个性表现得最为突出的地方。

1. 创作个性与题材的选择

世界无比丰富、无比宽阔，艺术家对此应接不暇，可供他选择的题材是无限多的。整个世界都是他的题材。实际的情况是每个艺

---

① 布丰：《论风格》，《译文》1957 年第 9 期。

术家所选择的题材又总是有限的，并非所有的对象都能引起他的创作冲动，只有那些与他的创作个性相契合的对象，才能引起艺术家的兴趣和激动，促使他进入创作过程。那些不懂这一艺术规律的作者，见什么就写什么，而不顾描写的对象与自己的创作个性是否适应，这种创作必定要以失败告终。歌德说："说到究竟，最大的艺术本领在于懂得限制自己的范围，不旁驰博骛。"①他还说："对本身自在价值，也就是本来具有诗意的材料，也须契合主观世界才被采用；如果它不契合主观世界，那就用不着对它进行思考了。"②这样说来，并非整个世界都是他的题材。每个艺术家都只有与自己的创作个性相契合的一口"井"，这似乎限制了艺术家，但正因为有这种限制，他才能从自己的"井"里发现新的东西，从而给整个艺术贡献出新的艺术世界，从这个意义上说，这又是一种开拓。每一个尊重自己的创作个性的艺术家，都有自己的敏感区，都有只属于自己的园地。冈察洛夫说："我有(或者曾经有)自己的园地，自己的土壤，就像我有自己的祖国，自己家的空气，朋友和仇人，自己的观察、印象和回忆的世界——我只能写我体验过的东西，我思考过和感觉过的东西，我爱过的东西，我清楚地看见过和知道的东西，总而言之，我写我自己的生活和与之长在一起的东西。"③实际上，任何艺术家都只能在与自己创作个性相契合的园地里耕耘，才能得心应手，应付裕如，进入一种自由创造的境界。

2. 创作个性与艺术家的体验

创作个性特别突出地表现在艺术家对生活的独特的体验、理解、评价上面。选择什么样的题材还是创作活动中一个较浅的层次，在选定某个题材后，艺术家对自己选定的题材如何体验、理解、评价，

① 埃克曼辑录：《歌德谈话录》，人民文学出版社1978年版，第80页。

② 埃克曼辑录：《歌德谈话录》，人民文学出版社1978年版，第46页。

③ 冈察洛夫：《迟做总比不做好》，古典文艺理论译丛编辑委员会编：《古典文艺理论译丛》第1册，人民文学出版社1961年版，第189页。

是创作活动中更深的层次。正是在这个更深的层次上，更能表现艺术家的创作个性。列夫·托尔斯泰反复向作家提出这样的问题："关于应当怎样看待生活这一点，你能够对我说出些什么新鲜的东西来呢?""你现在是从哪一个方面向我阐明生活呢?"契诃夫则说："作者的独创性不仅在于风格，而且也在于思维方法、信念及其他。"要达到托尔斯泰和契诃夫的要求，关键在于艺术家敢于并善于按自己的创作个性去体验和理解生活，对生活做出不同于别人的独特的评价。要做到这一点是不容易的。正如高尔基所说："大多数人是不提炼自己的主观的印象的；当一个人想赋予自己所感受的东西尽量鲜明和精确的形式的时候，他总是运用现成的形式——别人的字句、形象和画面，他总是屈从于占优势的、众所公认的意见，他形成自己个人的意见，就像别人的一样。"①这也就是说习惯势力作为一种心理式，束缚着艺术家，使他总是按多数人对事物的理解去理解，难以超越世俗之见。只有当艺术家创作个性真正的确立，有了自己独特的感受和理解生活的方式之后，他才能"找到自己，找到自己对生活、对人们、对既定事实的主观态度"②，在这种情况下，即使他写的是个许多人都写过的陈旧的题材，他也能翻奇出新。例如，在古代诗歌中，写送别是一个陈旧的题材，哀伤、流泪、断肠、惆怅等则是对送别的最为流行的感受和理解。然而，王勃的《送杜少府之任蜀州》虽然也写送别，但王勃写出了他不同于别人的独特体验和理解，诗中写道："海内存知己，天涯若比邻；无为在歧路，儿女共沾巾。"这里所写的离别之情是多么豪爽、旷达，丝毫也没有那种一把鼻涕、一把泪的辛酸之态，使人耳目一新。这是王勃的独特创作个性的表现。曹雪芹笔下的宝黛爱情，鲁迅笔下的中国人的"国民性"

① 高尔基：《给康·谢·斯坦尼斯拉夫斯基》，《高尔基文学书简》上卷，人民文学出版社1962年版，第426页。

② 高尔基：《给康·谢·斯坦尼斯拉夫斯基》，《高尔基文学书简》上卷，人民文学出版社1962年版，第426页。

等，都是艺术家在创作个性制约下对生活的一种新的态度、新的理解、新的评价、新的观念。因此，我们可以说，艺术家的创作个性意味着在人的熟悉的世界里去发现新的隐秘。也正在这个意义上，我们似乎可以说，富于创作个性的艺术家总是在启发人用一种新的观念去看周围的生活。

3. 创作个性与艺术构思

艺术家对生活的独特的体验、理解、评价一般不能直接宣讲出来，而必须通过艺术构思构筑具体可感的艺术世界。因此，一个艺术家的独特的创作个性，也必然要体现在艺术构思中。不应该把艺术构思理解成一般的创作意图或具体细节的设计，也不应把艺术构思理解成对作品层次结构的设想。艺术构思是艺术家在体验、理解、评价生活的基础上，在艺术想象中形成的关于未来作品的内容和形式的总观念、总设想、总方案。因此它又是比体验、理解、评价生活更深层次的问题。在这个更深的层次上，艺术家的独特的创作个性必然要以这样或那样的方式渗透进去，从而获得更为突出的表现。例如，屈原的《天问》的构思十分奇特，用郭沫若的话说："《天问》这篇要算空前绝后的第一等奇文字。全篇以一'曰'字领头，通体用问语，一口气提出了一百七十二个问题。以那种主要以四字为句、四句为节的板滞的格调，而问得参差利落，奇矫活突，毫无板滞的神气，简直可以惊为神工。而那提出的问题，从天地开辟以来一直问到他自己，把他对于宗教信仰上的、神话传说上的、历史记载上的、人生道德上的各种各样的怀疑，都痛痛快快地表示了一个淋漓尽致。那种怀疑的精神、文学的手腕，简直是前无古人、而后无来者。"①《天问》构思之奇，乃是屈原的独特个性的表现。屈原在中国历史上是一个伟大的探索者，他的上下求索和敢于怀疑的精神是他创作个

① 郭沫若：《屈原研究》，《沫若文集》第12卷，人民文学出版社1959年版，第353页。

性的重要方面。他的这种创作个性正是通过那前无古人、后无来者的奇特的艺术构思得到了最充分的体现。契诃夫的《一个小公务员之死》的艺术构思，也出人意料。本来对这个题材最可能的是这样一种构思：写将军因区区一件小事如何用残忍的手段逼死小公务员，也就是把构思的重点放在谴责将军的霸道和欺凌普通人民上面，而把小公务员则写成一个纯粹的使人同情的受害者。然而契诃夫没有采用这样一个现成的构思，他把构思的重点放在小公务员没完没了的赔罪上面。这种构思的旨趣在于：既然卑贱的乞怜已成为小公务员的条件反射，那就说明了这种奴才性格乃是整个社会严酷的等级制度和专制政策的产物，使人们在觉得可笑的同时，不能不深感这个社会的可怜与可悲。这个构思对社会的批判意义无疑是更加深广的。这是因为契诃夫比一般人对俄国社会的认识更加深刻、透彻，他的独创的创作个性使得他获得一种新的角度、新的眼光、新的思想和艺术力量。总之这样一种艺术构思更加吻合他的创作个性。

4. 创作个性与艺术表现

艺术家在头脑中构思好的艺术世界，要成为作品中定型的审美现实，就还须通过结构、手法、语言的选择和运用，即通过艺术表现。创作个性不但表现在写什么上面，还表现在怎么写上面。甚至可以说，作家的创作个性表现在怎么写上面，比表现在写什么上面，具有更大的必然性。老舍先生在他早年编写的《文学概论讲义》中引过英国散文家伯罗兹如下一段话：“在纯正的文学，我们的兴味，常常在于作者其人——其人的性质，人格，见解——这是真理。我们有时以为我们的兴味在他的材料也不一定。然而真正的文学者所以能够使任何材料成为对于我们有兴趣的东西，是靠了他的处理法，即注入那处理法里面的人格的要素。我们只埋头在那材料——即其中的事实、议论、报告——里面是决不能获得严格的意味的文学的。文学所以为文学，并不在于作者所以告诉我们的东西，乃在于作者怎样告诉我们的告诉法。换一句话，是在于作者注入那作品里面的独自的性质或魔力到若干的程度；这个他的独自的性质或魔力，是他自己灵魂的赐物，不能从作品离开的一种东西。蜜蜂从花里所得来的，并不是蜜，只是一种甜汁；蜜蜂必须把它自己的少量的分泌物即所谓蚁酸注入在这甜汁里。才把这单是甜的汁改造为蜜的，是蜜蜂的特殊的人格的寄予。在文学作品里面的日常生活事实和经验，也是被用了与这同样的方法改变而高尚化的。”伯罗兹认为艺术家的创作个性不表现在“告诉我们什么东西”上面，这有失偏颇。但他强调艺术家的创作个性特别突出地表现在“作者怎样告诉我们的告诉法”上面的见解，是合理的，对我们是有启发的。伯罗兹所说的“告诉法”，用今天的术语来说也就是“艺术表现”。的确，在艺术表现上面往往更能入木三分地表现艺术家的创作个性。甚至艺术家想有意识地换一副笔墨，用另一种表现方式，把自己的创作个性隐藏起来，结果还是做不到，创作个性依然要在艺术表现上面顽强地表现出来。为了对此问题加深认识，在这里介绍一下钱锺书先生对扬雄“心声心画”说的批评与补充也许是有益的。钱锺书先生认为，如果要驳倒扬雄的说法，不须旁征博引，可以以子之矛攻子之盾，他说：“‘心画心声’，语本《法言》，而《法言》者，橅放《论语》，非子云心裁意匠之所自出；譬声之有回响，画之有临本，出于假借，所‘形’者果谁之‘心’哉。”①钱锺书先生认为，对扬雄的“言，心声也；书，心画也”的说法，若从内容的角度就无法解释，他举了元稹的例子：“元微之《诲侄等书》云：‘吾生长京城；朋从不少。然而未尝识倡优之门，不曾于喧哗纵观，汝知之乎。’严词正气，一若真可以身作则者。而《长庆集》中，如《元和五年罚俸西归至陕府思怆曩游五十韵》《寄吴士矩五十韵》《酬翰林白学士代书一百韵》《答胡灵之见寄五十韵》诸作，皆

---

① 钱锺书：《谈艺录》，中华书局 1984 年版，第 162 页。

追忆少年酗酒狎妓，其言津津，其事凿凿，《会真》一记，姑勿必如王性之之深文附益可也。”[①]元稹的书信与诗作在内容上岂不是自相矛盾吗？所以钱锺书先生认为“心画心声”之说，从内容上说是讲不通的。但如果从艺术表现的角度上说，则是可以成立的。他说：“心画心声，本为成事之说，实是先见之明。然所言之物，可以饰伪；巨奸为忧国语，热中人作冰雪文，是也。其言之格调，则往往流露本相；狷急人之作风，不能尽变为澄澹，豪迈人之笔性，不能尽变为谨严。文如其人，在此不在彼也。”[②]钱锺书先生这个解释和补充，是很合理的。他给我们这样的启发：艺术家的创作个性，在格调上，在表现方式上，是必然要表现出来的，而不论艺术家本人是自觉还是不自觉。为什么作家在内容上可以做假(即“巨奸为忧国语，热中人作冰雪文”之类)，这主要是因为内容所反映的是艺术家的显意识，而一般说来，显意识是可以“自我控制和调节”的。为什么作家在语言格调上、表现方式上不可能做假，必然要表现他的创作个性？这是因为语言格调和表现方式主要是平日积累而成的能力，这种能力在一定意义上说，已变成了作家的潜意识，而潜意识是无法“自控”“自调”的，不论在何种情况下，都必然要流露出来的。所以一般地说，作家创作的结构、手法、语言等，主要不是取决于临时的练习，而主要是取决于平日积累所形成的心理定式，即未被注意的对创作活动的准备状态。

总而言之，独特的题材，独特的体验、理解、评价，独特的艺术构思，独特的艺术表现这四者的统一，构成了一个艺术家的真正的创作个性。或者说，只有在创作的所有环节充分地表现出来的创作个性，才是艺术家的现实的创作个性。

---

① 钱锺书：《谈艺录》，中华书局 1984 年版，第 162 页。

② 钱锺书：《谈艺录》，中华书局 1984 年版，第 162～163 页。

二、艺术创作的动机系统

艺术家为什么要创作？他们创作的推动力是什么？这是一个极其复杂的问题。千百年来，学者们研究人类活动的动机，有过多种多样的解答。但至今仍无一致的结论。至于艺术家创作动机问题，心理学家们似乎不屑于去研究它，而艺术家们自己的解答不是过于感性肤浅，就是故弄玄虚，真正具有理论深度的、又符合艺术家创作实际的解答还比较少，这不能不是一个极大的缺憾，这里，我们想就艺术家的创作动机系统做粗略的探讨。

(一)艺术创作动机问题的复杂性

按普通心理学的定义，动机是指为满足人的需要的人的行为的动力。动机是一种人的内在力量，正是这种内在力量引起、推动、维持并实现人的行为，而人的这种行为又导向某一目标，即满足人的某种需要和愿望。创作是艺术家的一种行为，引起、推动、维持并实现这种行为的内在力量是什么呢？艺术家们为什么要做他们所要做的事情呢？这就是艺术创作动机问题。艺术创作动机问题的复杂性在于以下几方面。

第一，艺术家的创作动机不可能是单一和单纯的。实际上，人的任何行为的动机一般都不是单一和单纯的，而是多种动机的结合。人本主义心理学家马斯洛尽管把人的需要(动机)分成由低向高的多个层级，但他也不能不承认："任何行为都可能是多种冲动发泄的渠道。或者换句话说，大多数行为都由多种动机促成。在动机决定因素的范围内，任何行为都往往由几个或者全部基本需要同时决定，而非只有其中的一个决定。由一种动机决定的情况往往是例外。"①

① 马斯洛：《动机与人格》，华夏出版社1987年版，第64页。

马斯洛举例说，性享乐看起来是一种单纯的生理需要促成的行动，其动机似乎也应是单一的，即性欲的发泄，其实不然，“一个人进行性行为，可能不仅出于性欲发泄的目的，而且还要确立自己的男性的自信，或者是为了一次征服，获得强者的感觉，或者是为了赢得更基本的感情”①。连性行为都是由多种动机引起的，那么作为人的复杂精神活动的艺术创作，就更是由动机簇引起的。这就是说艺术家之所以要创作，并不是出于单一动机。抒发愤懑，舒泄痛苦，爱或攻击，获得名誉、地位、成就，以及赚钱、游戏等合力构成了动机簇，成为艺术创作的动力。但是在这动机簇中，各种动机的力量又往往不是以相同的比例的分量加入到合力之中，其中有主导动机，有非主导动机，有时两种动机之中还会发生冲突，如抒发愤懑的动机与赚钱的动机之间发生了冲突，冲突的结果可以是两种力量互相抵消，动机消失，也可以是两种力量达成了默契，动机反而得到加强，也可能还有第三、第四种情况。例如，大文豪巴尔扎克的创作动机无疑有极其崇高的一面，抨击当时法国社会的黑暗，抒发他的人道主义的情感，为面临崩溃的法国社会开药方等等，都是推动他去创作的内在力量。这些动机我们都可以从他的作品和自我表白中看到。但在这些崇高的动机中，又夹杂着另一个动机，那就是赚钱还债。他曾一度当过出版商，但由于经营不善和其他原因，他破产了。他陷入了一贫如洗、债台高筑的境地，终日借新债还旧债。他甚至还饱尝过负债人监狱的铁窗风味。所以他发愤著书，其动机之一就是为了赚钱还债。勃兰兑斯曾这样地揭示过巴尔扎克创作的这一动机：

这位地地道道的诗人，他和债务生活在一起，就像和取之

① 马斯洛：《动机与人格》，华夏出版社1987年版，第64页。

不尽的感情源泉生活在一起一样。他一想到债务，就会惊醒过来，只要一睁开眼睛，他就似乎看到他开出的期票出现在每个墙角落里，像蚂蚱一样在满屋子里活蹦乱跳，这时他的想象便仿佛接受了每日都有的刺激，开始辛勤劳动起来。①

不难看出，巴尔扎克是在多种动机的相克相生中进行写作的，我们要揭示他创作某部作品的主导动机是什么，非主导动机是什么，主导动机与非主导动机的关系等，只有在材料非常充分、确凿，并经过十分认真细致的分析的情况下，才勉强能够做到。值得指出的是，巴尔扎克创作动机的复杂性还跟他人格的复杂性有密切的关系。巴尔扎克曾无情地剖析过自己：

就我所知，我的性格最最特别。我观察自己，如同观察别人一样；我这五尺二寸身躯，包含一切可能有的分歧和矛盾。有些人认为我高傲、浪漫、顽固、轻浮、思考散漫、狂妄、疏忽、懒惰、懈怠、冒失、毫无恒心、爱说话、不周到、欠礼教、无礼貌、乖戾、好使性子，另一些人却说我节俭、谦虚、勇敢、顽强、刚毅、不修边幅、用功、有恒心、不爱说话、心细、有礼貌、经常快活，其实都有道理。说我胆小如鼠的人，不见得就比说我勇敢过人的人更没道理，再如说我博学或者无知，能干或者愚蠢，也是如此。没有什么使我大惊小怪的。②

当然，人格不等于动机，但人格与动机又必然有某种联系。然而人格又是通过哪条线掣动了哪个动机，这都是十分复杂的。总之，

---

① 勃兰兑斯：《十九世纪文学主流》第五分册，人民文学出版社1982年版，第191页。

② 段宝林编：《西方古典作家谈文艺创作》，春风文艺出版社1980年版，第340页。

用一种人格或一个动机来解释艺术家的创作行为，都是幼稚的、肤浅的。

第二，艺术家的创作动机是隐匿的，它常常处于个人意识知觉的范围之外。人们要揭示艺术家创作的动机，往往要从创作的成果——作品——的分析中进行推论。常发生这样的情况：一部艺术品已经产生出来了，可艺术家本人却说不清创作动机。贝多芬说："你也许会问我乐思从何而来，我无法明确地回答这一问题：它们是不请自来，或是自动地或是不自动地。是我在寂静的夜晚或清新的早晨在森林里散步时，用手在空中捕捉来的。"①柴可夫斯基也说："未来作品的种子经常是以十分出人意料的方式突然出现了。如果土壤适宜，也就是说，如果有创作情绪，这种子会以无比的力量和速度生根出土，吐枝叶，最后开花朵。我除了用这种比喻以外，不能对创作过程有其他解释。"②艺术家为什么创作，与农民为什么播种，其情况是大相径庭的。农民清楚地知道，种瓜得瓜，种豆得豆。但在艺术家那里，可能是种瓜得豆，种豆得瓜。就是说对艺术家而言，刺激与反应并非总是对应的，这两者之间难以建立必然的联系。一个重大的、强烈的刺激，未必能转化为创作动机。而一个微小的、平淡的刺激，倒可能转化成一件佳作的创作动机。几个艺术家同时受到某一件事的刺激，有的毫无反应，有的则转化为创作动机。在这里，主要取决于艺术家的气质、性格、生活经历、审美取向等主观的原因。但这并不是说动机的形成就与刺激材料无关。实际上，动机是刺激材料与主体反应达成的一项默契。这就使创作动机问题更加复杂化。

第三，艺术创作动机不是平面的，而是一个纵深的系统。英国美学家阿诺·里德说："究竟是什么东西推动艺术家进行创作呢？从

---

① 萨姆·摩根斯坦编：《作曲家论音乐》，人民音乐出版社1986年版，第30页。

② 萨姆·摩根斯坦编：《作曲家论音乐》，人民音乐出版社1986年版，第143页。

某种意义上说是所有的一切。艺术家进行创作的动因，这包括了他过去所有的生活状况，他创作时的身心状况、意识和气质。包括所有能引起灵感现象的一切情况。这些情况严格说来可以包括直到艺术家所描写的那件事情为止以前全部宇宙的历史。”①尽管引起创作动机的情况是如此繁杂，几乎就是整个人生，但我认为艺术创作动机系统还是可以分为四个相互联系的层面：

①潜在动机——无意识；

②显在动机——缺乏性与丰富性的心理体验；

③随机性动机——艺术触发；

④起动性动机——情绪的复活。

这四个层面由深及浅，一层推动着一层，就像那海潮一般，后浪推着前浪，使艺术家获得一种不得不写的力量。创作动机的这四个层面及其相互关系，也是创作动机问题复杂性的表现。下面将着重讨论创作动机系统的四个层面，以期揭示艺术家不得不写的深刻原因。但讨论的次序则改为③⟶②⟶①⟶④。

(二)随机性动机——艺术触发

艺术家创作任何作品，都有一个足以激起他的创作欲望的第一个直接的动机。艺术家对周围的世界有独特的感受、体验和理解，他们的心里储存了许多原料，他们为创作某部艺术品的意向甚至已酝酿了多年，但他或她总是不能激起一种强烈的创作欲望，获得一种足以推动他或她进入创作过程的驱动力。然而在艺术家毫无准备的时间和空间里，他或她目睹耳闻了一件意外的，或大或小的事情的发生，或一个什么别的东西偶然拨动了他或她的心弦，于是一个像女人受了孕并生下孩子的过程在艺术家那里发生了。这就是被艺术家所说的**艺术触发**。这种艺术触发的随机性很强，专门求之而不

---

① 阿诺·里德：《艺术作品》，中国社会科学哲学研究所美学研究室编：《美学译文》(一)，中国社会科学出版社1982年版，第90页。

可得，无意寻觅倒不期而至，正是它成了艺术创作的可以意识到的第一个直接动机。

艺术触发作为艺术创作的直接动机虽然随机性很强，但并不神秘，其实质是主体与客体的相互契合。

一般地说，艺术家的艺术触发作为一颗艺术种子落到他的心灵上的契机，必须有刺激场的刺激条件。克雷奇等人著的《心理学纲要》中说："动机的激起既有赖于体内失衡的内部状态，也有赖于外部的刺激条件。一般地说，导致激起动机的刺激情境是由刺激场内变化引起的。这种变化可以是强度的增减或是特性的一种变化。"①对艺术家来说，导致激起直接动机的刺激情境是多种多样的，也可以是一个特点鲜明的形象，也可以是一桩震撼人心的生活事件，也可以是报纸的一个标题，也可以是偶尔听到的一句话……所有的一切都可以变为艺术创作的刺激情境。例如，加西亚·马尔克斯所重视的是形象，他认为形象是引起他创作的直接动因。他在回答记者提出的"是什么激起你的写作愿望"时说："是一种形象，起初，常常遇到这样的形象，它似乎与作品的故事不相干。所谓形象，首先是一个有生命的细胞。这细胞有时会莫名其妙地繁殖起来。"②再如，王蒙所重视的是生活本身，认为生活是创作的种子和幼芽，他曾说："小说来自生活，来自对于生活的艺术发见。就是说，小说作家发见了生活中那些迷人的、有魅力的、有趣味的、美的、诗的、发人深省而又有教益的东西。通常，这些东西、这些生活中的小说的因素、小说的种子和萌芽，是无所不在的，比比皆是的。一个优秀的作者总是觉得可写的东西太多，写不完、写不好。但同时，这些因素、种子和萌芽又往往是深藏的，不那么引人注目，像盐一样地溶化在

---

① 克雷奇等：《心理学纲要》下册，文化教育出版社1982年版，第383页。

② 加西亚·马尔克斯：《文学作品的形象》，王宁等编：《诺贝尔文学奖获奖作家谈创作》，北京大学出版社1987年版，第508页。

生活的大海里。”[1]而保尔·瓦莱里则认为，不但是生活，而是任何一切，都可以是创作的萌芽与触发。他说：“有时是某种主题，有时是一组语词，有时是一种简单的韵律，有时(甚至)是一种诗法的大体设想……重要的问题在于，要记住一种萌芽可能和另一种一样完好……一张空白的纸；悠闲的片刻；一次口误；一次引导错误；一支乐于握住的笔。”他认为创作起始的状态“很不正规，轻率易变，非自愿的，脆弱的……失之或得之，都出于偶然”[2]。不管艺术家创作的艺术触发是多么的不同，但一般地说都与刺激情境中的刺激有关。一个在封闭的环境中生活、每一天都没有任何刺激、心境永远如同一潭死水的人，绝不会有创作的欲望。艺术触发对艺术家而言，往往意味着他心理的倾斜与失衡，而心理的倾斜与失衡，必须以一定的刺激作为条件。上述加西亚·马尔克斯、王蒙和瓦莱里的话虽然强调的方面不同，但又都说明一个随机性的刺激情境对艺术触发是不可缺少的。

艺术触发既然离不开刺激情境，那么我们就应进一步研究究竟是什么样的刺激情境最有利于艺术触发，最有利于引发创作的直接动机，在刺激情境中客体与主体各起什么作用，它们之间又是如何相互影响、契合的。在这里我想就刺激的强度、活动性、对比情境与艺术触发的关系提出来讨论。

1. 刺激情境的强度与艺术触发

心理学的常识告诉我们，人的任何有目的行动都要以人的大脑皮层保持某种清醒和紧张状态为条件。而人要保持某种清醒和紧张状态则又必须有一定的刺激的存在作为前提。刺激情境的强度一般可分为微弱、中等、强烈三等，究竟是哪一等的强度的刺激情境最能引起艺术触发呢？

---

① 王蒙：《漫话小说》，《小说林》1982年第1期。

② 转引自韦勒克：《西方四大批评家》，复旦大学出版社1983年版，第43页。

第一，微弱的刺激。不言而喻，微弱的刺激，如一点灰尘轻轻地落在皮肤上，习以为常的饮食起居，看惯了的行色匆匆的人群，平淡的书斋生活等，虽然在艺术家的感觉的阈限之内，但它们由于平淡单调、千篇一律、习以为常而消磨了刺激的强度，不能引起艺术家们的注意、情感、欲望。艺术家的大脑皮层不能形成优势兴奋中心，注意与情绪的涣散，欲望的抑制，都不利于形成审美的选择性，因此一般地说过于微弱的刺激对艺术触发是不会产生效应的。但所谓刺激的强度对敏感性不同、审美感受的选择性不同的艺术家来说，是不等同的。一个本来很微弱的刺激，对于敏感性稍差的艺术家甲来说是微弱的，但对敏感性很强的艺术家乙而言就变得够强的了。在艺术家甲那里这种刺激不能引起他的艺术触发，但在艺术家乙那里，同样的刺激引起了他的艺术触发。这里有一个大家都很熟悉的例子，安年科夫在他的回忆录中讲了这样一件事：

> 有一次果戈理听到了官场中的一件逸闻，一个很穷的小官吏酷爱打鸟，他节衣缩食，在公务之外牺牲休息时间找额外的工作来做，终于积到二百来个卢布，买了一支很好的猎枪。第一次当他坐上了一艘小船到芬兰湾去打猎的时候，他把宝贵的枪放在船头，据他自己承认，当时简直有些得意忘形，直到他向船头看了一眼，不见了新买的宝贝时才清醒过来。原来在他的船走过一处芦苇丛的时候，枪被茂密的芦苇带到水里去了。怎么找也是白费力气。小官吏回到家里，躺到床上就再也爬不起来：发了高烧。亏了他的同僚们知道了这件事，大伙凑钱给他买了一支猎枪，他才算恢复了生命，但是一想到这件可怕的事，他的脸色就白得像死人……①

① 转引自多宾：《论情节的典型化与提炼》，作家出版社1956年版，第5页。

安年科夫就此事分析说：这个逸闻是有事实为基础的，大家都把它当作笑话，发出了笑声。这也就是说，这事件太普通、刺激度太弱，不能引起这些艺术家的艺术触发，不能产生创作动机。安年科夫接着说："只有果戈理若有所思地倾听着，低下了头。这件逸闻是他那奇妙的中篇小说《外套》的第一个动机，这篇小说就是那天晚上在他的心中萌芽的。"①这就意味着对在座的其他作家不能构成艺术触发的刺激过弱的事件，在果戈理这里，经过他敏感心灵的悄悄调整，刺激量已大为增加，变成了一个足够强的刺激体，成为他创作《外套》的直接动机。当然，这个例子不但说明了果戈理与其他作家的敏感性不同，而且也表明果戈理的审美感受的选择性不同。如果我们对果戈理的全部生活经历所形成的审美感受的选择性进行分析的话，就不难看出果戈理对社会下层小人物特别关切，因此有关这类小人物的生活琐事、逸闻、笑料也能够成为他关注、沉思的对象，给他以艺术的触发，激活创作动机的发生。由此可见，一个微弱的刺激能否成为艺术家的艺术触发点，并不是绝对的，这一切都是由艺术家的心灵、精神准备、心理素质和刺激情境的相互影响所决定的。在这里主体的心灵、精神准备、心理素质所起的作用似乎更大一些。有时靠着艺术家的主观的力量，甚至于可以把一次平淡的街头散步的刺激转化为一首诗、一幅画、一曲音乐的直接动机。因此，对某些真正的艺术家而言，刺激情境永远不会太微弱。

第二，中等的刺激。按心理学的实验和我们的经验提示："中等强度的不定性是诱发兴趣和维持最合适动机状态的最合适的条件。"②什么是"中等强度"的刺激，这也很难划分。一般地说，是指这种刺激和它激起的需要，"大于体内平衡的零点，又不超出我们能

① 转引自多宾：《论情节的典型化与提炼》，作家出版社1956年版，第5页。
② 克雷奇等：《心理学纲要》下册，文化教育出版社1982年版，第384页。

应付的水平”①。就艺术家的艺术触发和动机的发生来说，这一普通心理学的结论也是适用的。为什么这样说呢？这是因为如果刺激太微弱，在人的感知阈限范围之外，那么，体内平衡丝毫不受影响，根本就不会产生满足需要的驱动力。反之，如果刺激太强烈，体内严重失衡，人处于或极度悲哀，或极度烦乱，或极度愤怒的状态下，满心是利害得失的考虑，人就会直接诉诸外部动作，采取某种解除失衡的现实行动，根本不可能获得审美的心境和情绪，这样太强的刺激也是不利于艺术家的艺术触发和创作动机的发生的（详下）。唯有中等程度的适当的刺激情境，才使艺术家心理处于最佳状态，他的注意力集中但感觉又不板滞，他的情感专注但精神又不过分亢奋，他的思路有倾向性但又不缺乏灵活的自由联想与幻想，总之此时他可以自由地调动自己的全部心理机制进行自由的创造。在这种精神状况下，最有利于艺术触发，最易于激活创作动机。必须说明的是，所谓中等程度的刺激，也是相对艺术家心灵的不同感受能力而言的。对某个艺术家说来是微弱的刺激，对另一个艺术家来说可能就是中等的刺激。前面所举的果戈理创作《外套》的动机的例子，也可以说明这一点，那个官场逸事对其他作家而言是引不起动机的微弱的刺激，可对果戈理而言，则是一个恰好可以引起创作动机的中等的刺激。

第三，强烈的刺激。一般人以为刺激条件越强烈，越能引起艺术家的艺术触发和创作动机。其实不然。心理学的知识告诉我们，任何人都有他的“绝对感受性”。所谓“绝对感受性”是指分析器觉察出正好引起感觉的刺激量的能力。任何一种刺激物必须符合一定的量，具有一定的强度，才能引起分析器的活动而产生感觉。刺激物过弱不行，但刺激物过于强烈，如频率超过 20 kHz 的声波，也不能引起人的相应感觉。作家的艺术触发，创作的第一个动机，情况与

① 克雷奇等：《心理学纲要》下册，文化教育出版社 1982 年版，第 384 页。

此相似，即刺激情境过弱和过强都不能引起艺术家的适度的兴奋，不能激活创作欲望。比如一个艺术家刚得知自己的一个亲密的朋友死了，或他的妻子正在吵闹着要跟他离婚，他为自己的朋友之死而伤心落泪，悲痛欲绝，或者他正为已破裂的婚姻而心烦意乱，陷入绝境。这对他来说无疑是一个极强烈的刺激情境，但可以肯定地说，他此刻根本不会萌动创作的念头和欲望。狄德罗说："你是否在你的朋友或情人刚死的时候就作诗哀悼呢？不会的。谁在这个当儿去发挥诗才，谁就会倒霉！"①斯塔尔夫人也说："一定程度的感情足以激发诗情，可是如果稍微超过限度的话，那就把诗情抛却了。"②鲁迅也说："我以为感情正烈的时候，不宜做诗，否则锋铓太露，能将'诗美'杀掉。"③为什么在刺激情境强烈、感情冲动之时，不会产生艺术触发，不能进入创作过程呢？这是因为在这种情况下，艺术家因情感的过分冲动而使注意力涣散，感受力因过强的刺激而变得麻木，理解力因被利害得失的干扰而变得紊乱，想象力因整个自我卷入过大而受到束缚，整个心境都因心烦意乱而无法趋向审美，所以过分强烈的刺激情境不但不会促使艺术家触发，相反是扼制艺术触发的。朱光潜先生说得对，蔡琰在丢开亲生子返国时不可能写出《悲愤诗》，杜甫写出《自京赴奉先县咏怀五百字》，也不能在"入门闻号咷，幼子饥已卒"之时。实际上，"如果眼睛还在流泪，笔就会从手里落下，当事人就会受感情驱遣，写不下去了"④。

但是，并非过强的刺激情境就与艺术家的艺术触发无缘。实际上，强烈的刺激情境经过艺术家的心理调整，也可以转化为适当的中等的刺激情境。布洛的审美"心理距离"说的旨意就在于把过强的

---

① 狄德罗：《狄德罗美学论文选》，人民文学出版社1984年版，第305页。

② 斯塔尔夫人：《论文学》，古典文艺理论译丛编辑委员会编：《古典文艺理论译丛》第2册，人民文学出版社1961年版，第87页。

③ 鲁迅：《两地书》，《鲁迅全集》第9卷，人民文学出版社1958年版，第79页。

④ 狄德罗：《狄德罗美学论文选》，人民文学出版社1984年版，第305～306页。

刺激情境，通过保持一定的心理距离的办法，消磨它的功利得失的一面，实现它的审美的另一面，把它转换成适宜于审美经验(包括艺术触发)发生的对象。比如亲密朋友死亡、妻子闹离婚的强刺激，经过一定的时间和空间，拉开了心理距离，它们已变成一种深沉的回忆，那么朋友之死、婚姻不幸也可以成为适度的刺激情境，从而产生艺术触发，产生创作欲望。所以狄德罗在说了上面所引的那些话后又说："只有当剧烈的痛苦已经过去，感受的极端灵敏程度有所下降，灾祸已经远离，只有到这个时候当事人才能回想他失去的幸福，才能够估量他蒙受的损失，记忆才和想象结合起来，去回味和放大过去的甜蜜时光。也只有到这个时候他才能控制自己，才能做出好文章。"①古今中外许多艺术品都产生于对某种强刺激情境的回忆，回忆作为一种心理机制，其功能之一就在于把强刺激转为适度的、有利于艺术触发的刺激。

2. 刺激场的活动性与艺术触发

心理学的实验和我们的经验都表明，刺激场的变化最易于导致激起动机的刺激情境。克雷奇等人说："拿光刺激来说，灯光开亮或熄灭，亮度的增减，或变更色彩；通过使个体面向刺激场的变化部分；这些刺激的任何改变都能开创激起动机的最初阶段。"②艺术创作动机的产生也有赖于艺术家生活于其中的刺激场的变化。艺术家生活于其中的刺激场要是单调、板滞、毫无变化，就会对艺术家的神经系统产生负诱导作用，结果是艺术家昏昏欲睡，失去了对周围一切事物的兴趣和感受力。即或是我们生活在一个很强的刺激场中(如战争)，如果每天只是单调地重复(每天都听惯了枪炮声、看惯了流血死人)，也会使我们的感觉钝化，不能做出不寻常的反应。俗话说：入芝兰之室久而不闻其香，入鲍鱼之肆久而不闻其臭。艺术家

---

① 狄德罗：《狄德罗美学论文选》，人民文学出版社1984年版，第305～306页。

② 克雷奇等：《心理学纲要》下册，文化教育出版社1982年版，第383页。

长久生活在一个不具活动性变化的刺激场，就失去了对一切事物的敏感，而作为第一个动机的艺术触发，自然也就不可能发生。从这个意义上说，社会的大变动，使艺术家生活于其中的刺激场新奇事物迭出，对激起艺术家的创作动机是十分有利的。因为在刺激场不断变化的情况下，整个机体及其心理机制被充分唤醒，并保持某种紧张、戒备状态，为了接受大量的信息而集中注意，准备对一切突然活动做出反应。所以也可以说，在刺激场具有活动性变化的情况下，艺术家也相应地处于艺术创作动机的激活的最佳心理状态。

3. 刺激场的对比情境与艺术触发

在一个刺激场内，性质和特征相反的事物同时出现或继时出现，会引起人的感觉的对比。例如，特定的两种颜色的对比会互相增强其感觉的强度。黑色与白色同时并列或依次出现，黑的会变得更黑，白的会变得更白。红色与绿色的对比也能互相增强。感觉强度的加强必然会使人把注意力集中到眼前出现的对比情境上，从而增强感受的选择性而引发人的动机。当然，对艺术家来说，刺激场对比的事物比上述颜色对比要复杂得多，可以这样说，艺术家面前的对比，主要是性质、特性不同的生活情景的同时或继时对比，但其道理与上述颜色的对比的道理是相通的。即不同生活情景的对比，可使对比双方都得到加强，从而更加吸引艺术家的注意，而激活创作动机。杜甫创作《自京赴奉先县咏怀五百字》这首诗的艺术触发和动机已无从考察，但从“朱门酒肉臭，路有冻死骨”这两句诗看，肯定与杜甫所处刺激场的对立生活情景的同时性对比有关。曹雪芹创作《红楼梦》，其第一个动机可以肯定是他目睹了生活情景的继时性对比。《红楼梦》第一回甄士隐对空空道人“好了歌”作了如下注解：

> 陋室空堂，当年笏满床；衰草枯杨，曾为歌舞场；蛛丝儿结满雕梁，绿纱今又糊在蓬窗上。说什么脂正浓、粉正香，如

何两鬓又成霜？昨日黄土陇头送白骨，今宵红灯帐底卧鸳鸯。金满箱，银满箱，展眼乞丐人皆谤。正叹他人命不长，那知自己归来丧！训有方，保不定日后作强梁。择膏粱，谁承望流落在烟花巷！因嫌纱帽小，致使锁枷扛；昨怜破袄寒，今嫌紫蟒长：乱烘烘你方唱罢我登场，反认他乡是故乡。甚荒唐，到头来都是为他人作嫁衣裳！

在这里，每一个分句，就是一个继时性的鲜明对比的生活情景，这些对比的生活情景，可以肯定地说，都是曹雪芹的亲见亲闻。正是这种由封建末世的特征所决定的对比的生活情景，以极大的力量，深深地触动了曹雪芹的心灵，这就使他不能不长久地注视着这一切，对比的生活情景终于变成了艺术触发，形成了创作动机。当然，这些对比性很强的见闻之所以会在曹雪芹那里成为一个拨动创作欲望的契机，这又与他自身经历了从钟鸣鼎食之家跌落到举家食粥的生活巨变有密切的关系，正是他自身及家庭的变迁，使他有了这方面的深刻的心理体验，从而使他形成了独特的艺术感受的选择性，并终于获得了不得不写的动力。

上面我们分别说明了刺激情境的强度与艺术触发、刺激场的活动性与艺术触发、刺激场的对比情境与艺术触发，从中我们可以看到，作为艺术创作的第一个动机的艺术触发，其产生的条件是两个，一是刺激客体，一是反应主体。心理学常识认为：通常，面向或注意环境中一个事件，它的抉择是由人的认识状态和刺激变化之间相互影响所决定的。这样看来，动机激起的程度是不确定的。如果主体没有精神准备仅有刺激客体，即或再适度，也不可能得到主体的回答性的反应，艺术触发是不会发生的。当然，如果没有刺激场的存在仅有主体的愿望，即或再强烈，艺术触发也不会发生。艺术触发是主体与客体相互碰撞的结果，在这一碰撞过程中，客体可以影响主体，主体也可以改变客体。在这里，主体的精神准备尤为重要。实际上，艺术家总是把自己的感受选择性投射出去，从这投射中总会意外地发现他所要选择的对象，从而激活他的创作动机。

(三)显在动机——缺乏性与丰富性的心理体验

作为艺术创作的第一个动机的艺术触发，犹如一粒种子，播到了艺术家心灵这块土地上，它能不能生根、发芽，这就要看艺术家的心理状态。著名心理学家莱温认为：需要的唤起由不平衡状态所伴随。一般地说，不平衡可以定义为一种贯穿个人全身的程度不同的紧张状态。一切动机行为的最终目标都是使人回到一种平衡状态，这时，便得到紧张的解除。如饥饿，性的欲望，和希望受到别人承认的需要，造成带有强烈紧张的不平衡状态。这些需要满足时，紧张便消失了，平衡再度恢复①。这就是说一切动机都伴随着人的心理失衡状态，行为目标的实现才能恢复人的心理的平衡。艺术创作的动机的发生，不但有赖于意外的印象的刺激，还有赖于艺术家心理的失衡。只有在心理失衡的状态下，他的审美知觉才会处于最敏锐的状态，他的审美情感和审美想象才会被激起，他的作为艺术家的一切本质力量才能被调动起来，要求在不平衡中求平衡，这时候艺术触发才会真正转化为创作动机。这也就是说，创作的种子只有在心理失衡这块肥沃的土地上才会生根、发芽。

艺术家的心理失衡状态是怎样造成的呢？为了回答这个问题，我们还得借用心理学关于缺乏性动机和丰富性动机的理论。

所谓缺乏性动机是指："以排除缺乏和破坏、避免或逃避危险和威胁的需要为特征的动机。它包括生存和安全的一般目的。缺乏性动机是以张力缩减为目的的。"②人在生存和安全受到威胁的情况下，

① 参见J.P.查普林、T.S.克拉威克：《心理学的体系和理论》下册，商务印书馆1984年版，第86页。

② 克雷奇等：《心理学纲要》下册，文化教育出版社1982年版，第388页。

他的心理就失去平衡，他就会以具有明确目标的动机与行为来获得生存的权利和安全的保障，以求解除紧张状态，恢复心理平衡。就艺术家而言，他的“缺乏”，不是指生存和安全方面的，主要是指精神方面的。这也就是说，外部环境的种种非正义、不合理以及自身的不幸遭际，使他感受到生活的压迫，引起他的痛苦、悲哀、愁苦、愤怒，从而使他的心理失去平衡，获得一种深刻的缺失心理体验。在这种心理状态下，要是获得了随机性的艺术触发，就立刻转化为强大的创作动力。中国古代的“愤书”说大致上阐明了缺乏性心理体验是激发创作动机的艺术规律。司马迁在《史记》中提出了“愤而著书”的理论，他在《太史公自序》中说：“昔西伯拘羑里，演《周易》；孔子厄陈蔡，作《春秋》；屈原放逐，著《离骚》；左丘失明，厥有《国语》；孙子膑脚，而论兵法；不韦迁蜀，世传《吕览》；韩非囚秦，《说难》《孤愤》；《诗》三百篇，大抵贤圣发愤之所为作也。此人皆意有所郁结，不得通其道也，故述往事，思来者。”在《屈原贾生列传》中，司马迁从普通心理的角度进一步论述了他的“发愤著书”说：“人穷则反本，故劳苦倦极，未尝不呼天也；疾痛惨怛，未尝不呼父母也。屈平正道直行，竭忠尽智以事其君，谗人间之，可谓穷矣。信而见疑，忠而被谤，能无怨乎？屈平之作《离骚》，盖自怨生也。”韩愈提出了“不平则鸣”的观点，他在《送孟东野序》中说：“大凡物不得其平则鸣：草木之无声，风挠之鸣；水之无声，风荡之鸣，——其跃也或激之，其趋也或极之，其沸也或炙之；金石之无声，或击之鸣。人之于言也亦然：有不得已者而后言，其歌也有思，其哭也有怀。凡出乎口而为声者，其皆有弗平者乎！”欧阳修则在《梅圣俞诗集序》中提出“穷而后工”的看法，他说：“予闻世谓诗人少达而多穷，夫岂然哉！盖世所传诗者，多出于古穷人之辞也。凡士之蕴其所有而不得施于世者，多喜自放于山巅水涯，外见虫鱼草木风云鸟兽之状类，往往探其奇怪；内有忧思感愤之郁积，其兴于怨刺，以道羁臣寡妇之所叹，而写人情之难言，盖愈穷则愈工。然则非诗之能穷人，殆穷者而后工也。”“发愤著书”说、“不平则鸣”说和“穷而后工”说具体观点虽有不同，但从心理学上看，都因精神缺失而引起心理失衡，心理失衡则又要求恢复平衡，而那种不得不写的创作动机由此形成。在西方，痛苦这一标示人类一种情感的词，在某些学者那里，被置放在艺术创作动力学的核心地位。斯塔尔夫人说：“对幸福的人而言，生命可以说是不知不觉地流逝过去的。可是当内心痛苦的时候，思想就活跃起来，去寻觅希望，或者去发现遗憾的原因，去深入思考过去，去预见未来。当人们在安静与幸福中时，这种观察的能力差不多完全导向外界事物，只是当人们遭到厄运的时候，它才在我们自己的印象上起作用。痛苦的不倦作用使一些概念和情绪在我们心中不断地反复闪现，折磨我们，好像每时每刻都会有巨大事变发生似的。对戏剧天才来说，这是何等取之不竭的思考的源泉啊！”[①]应该说，斯塔尔夫人的论述已具备了初步的心理学色彩，她力图说明痛苦的心理体验对激发、活跃艺术家的思想和愿望是多么重要。的确，从一定的意义上说，痛苦是艺术之母。叔本华从他的意志论出发，揭示出普遍的痛苦是世界的规律。他说：“我们既已在无知无识的自然界看到大自然的内在本质就是不断的追求挣扎，无目标无休止的追求挣扎；那么，在我们考察动物和人的时候，这就更明显地出现在我们眼前了。欲求和挣扎是人的全部本质，完全可以和不能解除的渴望相比拟。但是一切欲求的基本却是需要，缺陷，也就是痛苦；所以，人从来就是痛苦的，由于他们的本质就是落在痛苦的手心里的。”[②]叔本华还认为在人的心理自然趋向上，我们又常易于忘记自己过去快乐的经验，对于痛苦的遭遇却很少人能

---

① 斯塔尔夫人：《论文学》，古典文艺理论译丛编辑委员会编：《古典文艺理论译丛》第2册，人民文学出版社1961年版，第86页。

② 叔本华：《作为意志和表象的世界》，商务印书馆1982年版，第427页。

磨灭，这就证明人在根性上原是与痛苦同在的。人既然这样的痛苦，那么如何去解脱呢？叔本华认为通过艺术创作，我们就可将意志所生的欲望世界，提升到忘我的精神境界中，这时，我们就会暂时忘却人世的不幸与痛苦。所以在叔本华看来，意志所生的欲望、痛苦，可以通过艺术创作得到转移与解脱，艺术家对欲望、痛苦的心理体验自然就是艺术创作的动力。弗洛伊德提出艺术是痛苦的升华的论点，厨川白村提出艺术是“苦闷的象征”的说法，进一步说明了艺术家的缺乏性心理体验是艺术创作动机发生的必要条件。值得注意的是，恩格斯也提出过“愤怒出诗人”的论点，这个论点在一定意义上，也是讲艺术家的缺乏性心理体验是艺术创作动力产生的内在根源。由此看来，痛苦对艺术家来说绝对不是坏事。痛苦是艺术创作的积极因素。因痛苦，心理失去平衡，这就要在呐喊中求解脱、求转移、求升华，而在这呐喊中，艺术创作的动力爆发出来了。

与缺乏性动机相反的是丰富性动机。所谓丰富性动机是指：“以经验享乐、获得满足、理解和发现、寻找新奇、有所成就和创造这些欲望特征的动机。它包括满足和刺激的一般目的。与缺乏性动机相反，它往往可能包含张力的增强而不是张力的缩减。”①当然，对艺术家而言，他们的丰富性的心理体验，也主要是指精神方面的，而不是肌体方面的。比如爱，欢乐，渴望成功等，都是艺术家一种丰富性的心理体验，当爱，欢乐，渴望成功等情感过盛之际，艺术家心理同样也会失衡，于是内心出现一种骚动的力量，非把此种爱、欢乐、渴望抒写出来不可。俗话说，水满则溢。艺术家的情感也是这样，爱、胜利、幸福一类的情感过分丰盛，心理也要出现倾斜，而排解这种倾斜的创作动力也就由此而生。譬如战争这个人类自相残杀的行为，它给人类带来的痛苦，在艺术家那里作为一种缺乏性

---

① 克雷奇等：《心理学纲要》下册，文化教育出版社1982年版，第387页。

动机，产生了许多艺术杰作；但在正义战争获得胜利的时刻，它也给人们带来狂喜，在艺术家那里就作为丰富性的创作动机，同样也产生了许多艺术杰作。胜利作为一种积极的情感，也会使人的心理因负荷过重而失去平衡，此时也会产生一种强烈的诉诸笔墨、一吐为快的欲望。如杜甫在《闻官军收河南河北》中这样写道：

> 剑外忽传收蓟北，初闻涕泪满衣裳。
> 却看妻子愁何在，漫卷诗书喜欲狂。
> 白日放歌须纵酒，青春作伴好还乡。
> 即从巴峡穿巫峡，便下襄阳向洛阳。

公元763年春天，史朝义兵败自缢，他的部下田承嗣、李怀仙等投降，河南、河北相继收复。当时杜甫寄寓四川。听到这个消息，他在惊喜中写下此诗。从这首诗中的“忽传”“初闻”“却看”“漫卷”“即从”“便下”等一连串让人喘不过气来的仓促的用词中，我们似乎触摸到了杜甫由胜利的喜悦所产生的汹涌起伏的情绪，杜甫在另一首诗把此种情绪称为“失喜”，是非常有道理的。说明胜利这一类的积极情感，如果过于丰盛的话，也会使艺术家既欲歌又欲哭，心理处于失衡状态，而创作的动力也就在这心理状态中蓄积而成。另外，像爱这种情感，也是与创作动力联姻的。海明威说：“最好的写作一定是在恋爱的时候。”普希金、巴尔扎克等都说过类似的话。俄国文学史上有所谓“波尔金诺之秋”的说法，指的就是普希金在1830年秋天，向美丽的冈察洛娃求婚成功，他抑制不住内心的兴奋，创作激情勃发，短短的三个月，接连写出《叶甫盖尼·奥涅金》《别尔金小说集》和几十首诗。从此以后，每逢秋天，他就会回忆起初恋的幸福，诗情也就会油然而生，一个丰收的创作季节于是又到了，所以普希金说：“秋天来了，这是我喜爱的季节。”

值得注意的是，对艺术家来说，“缺乏性动机”和“丰富性动机”并不总是割裂的，它们完全可以结合在一起。马斯洛所说的“自我实现”的需要，实际上就往往是两种动机的调和和结合。艺术创作作为艺术家的“自我实现”活动，其动力既来自抒发自己的痛苦、愤懑情感的需要，又来自渴望创造和成功的需要，是这两种需要动机的统一。当然，不论是“缺乏性动机”还是“丰富性动机”，或者是两者的统一，一般说都是艺术家自己可以意识到的，所以我们把这个层面的动机称为显在动机。从上面的说明中我们可以清楚地看出如下过程：

艺术触发——→痛苦(缺乏性心理体验)
爱(丰富性心理体验)——→心理失衡——→要求恢复心理平衡——→创作动机激活

(四)潜在动机——无意识的升华

艺术家的心理体验所产生的失衡状态作为可以意识到的创作动机能不能成为真正的、持久的动力，这还要看它的背后是否有强大的无意识的本能动力的支持。艺术创造总是从深邃的无意识的层次上获得营养和内驱力。艺术家比起一般人来总是更善于驾驭自己的内驱力。无意识作为艺术创作的一种潜在动力是绝不可少的。

弗洛伊德在其代表作《精神分析学导论》中说：“在艺术活动中，精神分析学一再把行为看作是想要缓解不满足的愿望——这首先体现在创造性艺术家本人身上，继而体现在听众和观众身上。艺术家的动力，与促使某些人成为精神病患者和促使社会建立它的制度的动力是同一种冲突。”“艺术家的第一个目标是使自己自由，并且靠着把他的作品传达给其他一些有着同样被抑制的愿望的人们，他使这些人得到同样的发泄。他那最个性化的、充满愿望的幻想在他的表达中得到实现，但它们经过了转化——这个转化缓和了幻想中显得唐突的东西，掩盖了幻想的个性化的起因，并遵循美的规律，用快乐这种补偿方式来取悦于人——这时它们才变成了艺术作品。精神分析学根据艺术享受这一明显作用，毫不困难地指出了隐藏着的本能释放这个源泉，它虽潜伏着却显得有力。”①弗洛伊德所说的艺术创作是愿望的缓解、被压抑的愿望的发泄、幻想的转化、本能的释放，以及在他的其他著作中提出的艺术是人的欲望的转移和升华，都是有一定道理的，特别是对艺术创作动力的解释更是别开生面。但是，问题在于弗洛伊德当作艺术创作动力的被压抑的愿望、幻想、本能究竟是什么？弗洛伊德认为是“力必多”（本我），主要是人的性欲。这样，他得出结论说：“艺术家是一些被过分的性欲需要所驱使的人。”艺术即是无意识的性欲在想象中的满足。显而易见，弗洛伊德把艺术家只看成是一种具有生理欲望的动物，艺术创作的动力就深藏于此种生理欲望中。这种把艺术创作的无意识动力完全归结于性的欲望的观点，是不符合实际的，是很难被人接受的。

精神分析学另一学派的代表人物荣格也认为，艺术创作的动力来源于无意识，是“无意识命令”。他所理解的无意识主要是集体无意识。集体无意识被认为是人类祖先经过千百万年的实践在每一个人身上遗传下来的记忆痕迹。荣格发现，某些表现在古代神话、部落传说和原始艺术中的意象，反反复复地出现在各种不同的文明民族中，他由此推断，这些原始意象或者说原型，一定是人类对其远古故园的记忆，它表明人类有共同的、普遍一致的深层无意识结构。他把这种结构称为集体无意识。而艺术创作的唯一深厚的动力就来源于这集体无意识之中。他说：“对艺术家的分析不断地表明：不仅创作冲动的力量，而且它那反复无常、骄纵任性的特点也都来源于无意识。伟大艺术家们的传记十分清楚地证明了：创造性冲动常常是如此专横，它吞噬艺术家的人性，无情地奴役他去完成他的作品，甚至不惜牺牲其健康和普通人所谓幸福。孕育在艺术家心中的作品

① 弗洛伊德：《弗洛伊德论美文选》，知识出版社 1987 年版，第 139 页。

是一种自然力，它以自然本身固有的狂暴力量和机敏狡猾去实现它的目的，而完全不考虑那作为它的载体的艺术家的个人命运。创作冲动从艺术家得到滋养，就像一棵树从它赖以汲取养料的土壤中得到滋养一样。因此，我们最好把创作过程看成是一种扎根在人心中的有生命的东西。在分析心理学的语言中，这种有生命的东西叫自主情结。它是心理中分裂了的一部分，在意识的统治集团之外过着自己的生活。依靠其能量负荷，它可以表现为对意识活动的单纯干扰，也可以表现为一种无上的权威，驯服自我去完成自己的目的。这样看来，那种与创作过程保持一致的诗人，就是一个无意识命令刚开始发出就给以默认的人；而另一种诗人，既然感到创造性力量是某种异己的东西，他也就是一个由于种种原因而不能对此加以默认的人，因而也就是一个出其不意地被俘获的人。"①荣格的理论也许有些道理，人总是在不知不觉之中从自己的祖先那里找寻力量和楷模，但他的理论明显地存在着两个问题：第一，他认为艺术的动力完全是天赋的，与后天毫无关系，这很难说得通；第二，他认为艺术家之所以要创作完全是被动的，他只是集体无意识的载体，集体无意识命令他、俘虏他，他只有默认，他只能成为集体无意识的传声筒(尽管这是不自觉的)，不能有丝毫的个性的表现，这一点与创作实际相距甚远。所以荣格的集体无意识假设可能是一个了不起的发现，它可以解释许多现象，但在解释艺术创作动机问题上却是无能为力的。

在无意识创作动机问题上，我倾向于用 A. 阿德勒的"个性心理学"。阿德勒理论的中心观念是"自卑情绪"。他认为"自卑感"从人进入社会就产生了。婴儿极端不能自助和弱小必然引起自卑感。而成人在各种强大的社会力量面前，也会遇到障碍，从而本能地产生精

① 荣格：《心理学与文学》，生活·读书·新知三联书店 1987 年版，第 113～114 页。

神上的“自卑感”。他说：“我们每个人都有不同程度的自卑感，因为我们都发现我们自己所处的地位是我们希望加以改进的。如果我们一直保持着我们的勇气，我们便能以直接、实际而完美的唯一方法——改进环境——来使我们脱离掉这种感觉。没有人能长期地忍受自卑之感，它一定会使他采取某种行动，来解除自己的紧张状态。”①这就是说自卑感是社会关系所造成的、下压到无意识深层的潜流，我们每一个人似乎在生活中都在追求优越，实际上是以追求优越来摆脱自卑感的困境，只是我们自己没有意识到而已。如果说自卑感是“推”的话，那么追求优越就是“拉”，阿德勒相信这种“推与拉”的过程在人的整个一生都在进行着，而且正是在这“推与拉”中蓄积着人的行为的动力源。我认为艺术家的深层的创作动机在对自卑的超越之中。对艺术家来说，无意识的自卑感不但不是消极的，相反是积极的。因为自卑，精神就会有一种无形的压力，就必然处在一种紧张的状态，就会激起以艺术创造来追求优越的力量。只要我们仔细地观察，就不难发现许多艺术家之所以要创作，就在于他们企图超越自卑感。这里且不说像凡·高、陀思妥耶夫斯基这些身患疾病的艺术家的自卑感如何推动他们的艺术创作，就拿那些身体没有残疾的艺术家来说，自卑感作为一种深藏在无意识中的骚动力量，是绝对不可忽视的。例如，卡夫卡一生都处在孤独之中，严父对他的呵斥、嘲弄像魔影一般纠缠着他的一生，社会的压力也使他感到弱小而孤立无援，他自己曾将巴尔扎克手杖上的著名题词作了语句上的主宾换位，说“一切障碍都在摧毁我”，自卑感之浓重溢于言表。德国文艺批评家龚特尔·安德尔曾这样分析卡夫卡：“作为犹太人，他在基督徒中不是自己人。作为不入帮会的犹太人(他最初确是这样)，他在犹太人当中不是自己人。作为说德语的人，他不完全属于

① A. 阿德勒：《自卑与超越》，作家出版社1988年版，第46～47页。

奥地利人。作为劳动保险公司的职员，他不完全属于资产者。作为资产者的儿子他又不完全属于劳动者。但他也不是公务员，因为他觉得自己是作家。但就作家来说，他也不是，因为他把精力花在家庭方面。而‘在自己的家庭里，我比陌生人还要陌生。’”[1]这就是说，生活就像一堵堵又高又厚的墙，他处处遇到障碍，正是这种境遇在他无意中凝成“自卑情结”，正是这种“自卑情结”把他推上了小说创作之路，因为他想从小说创作中获得解脱与补偿，实现对自卑的超越。实际上他已获得了成功，但他自卑感太重了，他的许多作品没有勇气拿出去发表。直到1924年6月临死之前，自卑感仍牢牢地控制着他，他的好友马克斯·布洛德在他的遗物中找到了一封信，信是这样写的：

> 最亲爱的马克斯，我最后的请求：（也就是书箱里、衣柜里、写字台里、家里和办公室里，或者可能放东西的以及你想得起来的任何地方），凡属日记本、手稿、来往信件、各种草稿，等等，请勿阅读，并一点不剩地全部予以焚毁，同样，凡在你或别人手里所有我写的东西和我的草稿，要求你，也请你以我的名义要求他们焚毁，至于别人不愿交给你的那些信件，他们至少应该自行负责焚毁。[2]

这封信说明卡夫卡是一位至死都被自卑感压得抬不起头来的作家。但也正是自卑感无形中给了他以创作的动力，使他死后享有世界性的盛誉。卡夫卡的情况诚然比较特殊，但就超越自卑、实现优越这一点而言，则是在每一个艺术家身上都存在的，尽管艺术家自己不一定意识到。由此看来，自卑作为艺术家的深层心理，并不是

---

① 参见丁方、施方：《卡夫卡和他的作品》，《世界文学》1979年第1期。

② 卡夫卡：《诉讼》，外国文学出版社1986年版，后记。

坏东西。正是在超越自卑中，艺术创作获得了最强大的驱策力。

(五)起动性动机——情绪的复活

艺术家创作一件艺术品，一气呵成也是有的。但对创作比较大型的艺术品而言，一部作品的完成往往要经过几天、几个月、几年甚至几十年。这样每当他睡了一觉重新面对自己的未完成的艺术品时，他并不能立刻进入创作境界，这就需要寻找到一种力量，让自己的情绪重新兴奋起来。这实际上就是一种暂时性的、起动性的动机。在艺术家那里，一般都养成某种适合于自己的习惯，以习惯来使创作情绪复活。这样习惯也进入了创作动机心理学的领域，因为习惯从某种意义上看，可以是一种良性条件反射，又称为“动力定型”，它是一种强大的力量，巩固的习惯作为“动力定型”能促使艺术家重新进入创作境界。由于艺术家的气质类型、性格特征、生活经历等等不同，艺术家所养成的习惯是千奇百怪的。李白“斗酒诗百篇”，大概李白是靠饮酒来激发创作情绪的。据说拜伦夜间写作，当灵感不来时，就要“喝一种用杜松子酒掺了水的淡酒”。酒能刺激诗人的神经，使诗人的诗情勃发起来。所以饮酒作为习惯对李白和拜伦来说是一种创作的信号。席勒的习惯却是闻烂苹果味。歌德曾回忆说：

有一天我去访问他(指席勒)，适逢他外出。他夫人告诉我，他很快就会回来，我就在他的书桌旁边坐下来写点杂记。坐了不久，我感到身体不适，愈来愈厉害，几乎发晕。我不知道怎么会得来这种怪病。最后发现身旁一个抽屉里发出一种怪难闻的气味。我把抽屉打开，发现里面装的全是些烂苹果，不免大吃一惊。我走到窗口，呼吸了一点新鲜空气，才恢复过来。这时席勒夫人过来了，告诉我那个抽屉里经常装着烂苹果，因为席勒觉得烂苹果的气味对他有益，离开它，席勒就简直不能生活，也不能工作。

席勒这个奇怪的习惯也是不难理解的。烂苹果发酵，有点酒味，闻起来有点晕眩，这对歌德不合适，但对席勒却是合适的。这有利于刺激和振奋他的神经，有利于激活创作情绪。这是席勒的与众不同的创作习惯。巴尔扎克的习惯是喝咖啡。他写的《司汤达研究》出版时，书的封面上印有一把咖啡壶，并题了这样一段话："就是这把咖啡壶，支持他一天写十六小时的文章，心脏受伤，活到五十岁死掉，骨头都快为喝咖啡变成了黑色。"保持安静，这是大多数艺术家在恢复创作情绪时所需要的。许多艺术家都谈到这一点。例如，加西亚·马尔克斯养成的习惯是："书房里要安静无声，暖气要足，有吵闹声，房间里冷，我是写不下去的。"但对于安静，每个艺术家的要求也有细微区别。例如，福克纳习惯于娱乐场附近的地方写作，上午宁静无声，入夜热闹非常。他觉得这种安静与热闹相间的生活有利于复活创作情绪。但也有的艺术家可以养成在不断有干扰的环境中创作的习惯。辛格就是有这种习惯的一个艺术家。他说："我早晨起床后，总想坐下来写作。多数工作日里，我确实写了些东西，但就在这时我会接到电话，有时我不得不给《前锋报》写文章。偶尔我还得写评论，还有人来采访，总是有人打断我的创作。但我总能设法坚持下去，不必跑开，有些作家说，他们只有到一个遥远的岛上才能写作，为了不受干扰，他们真想飞到月球上去写作。我认为，受干扰是人们生活的一部分，有时受到干扰倒是有益的，因为你可以中断写作。你休息的时候，忙着干别的事，你的视野就会改变，或者说眼界就会开阔起来。"各人有各人的习惯。有的作家要听着大海的呼啸才能写作。有的要先读几页莎士比亚剧作才能动笔。有的要听一段音乐，情绪才能恢复到原位。有的不停地走来走去，文思才能喷涌出来……

艺术创作是一项艰苦而又微妙的劳动。艺术家在每一天继续写他未完成的作品，都像一部熄了火的汽车要重新发动一样，都必须有自己的习惯，习惯一旦巩固，就成了一种创作“生物钟”，它向艺术家发出信号，它可以把艺术家从睡眠状态中唤醒，把艺术家的情绪激活，这时艺术家就会不由自主地重新面对艺术那个瑰丽的艺术世界，诗情画意也随之源源而来。

创作动机系统的四个层面互相联系着，缺一不可。创作是一种燃烧。动机四层面的互相配合，才能保证艺术家的创作之火越烧越旺。无意识——潜在动机，使艺术家的创作获得最深厚、持久的内驱力，它如同发动创作机器的不可缺少的能源。缺乏性与丰富性体验——显在动机，是导致艺术家心理失衡的根源，使艺术家获得创作的饱满的情感积累，它如同聚积能源的油箱。艺术触发——随机性动机，使艺术家获得最可宝贵的创作契机，它如同起火器，使创作之火点燃起来。情绪的复活——起动性动机，使艺术家获得持久的创作心境，它如同鼓风机，使创作之火长烧不灭。

第二章　艺术创作中的审美注意

一、审美注意与普通注意

人类从事任何活动都须集中注意。生产劳动、科学实验须聚精会神，用志不分，才能取得预期的效果。艺术创作作为人类的一种特殊的精神活动，当然也须凝神专注。但是，作为人们在活动中不可缺少的心理功能的注意，是否都是一样的呢？就是说，人们在从事生产劳动、科学实验时的普通的注意与进行审美艺术创作时的注意是否完全一样呢？或者说，有没有一种在人们创作时才有的特殊注意——审美注意呢？我以为是有的。当然，无论是审美注意，还是非审美注意，都是指人的大脑皮质形成了优势兴奋中心，使自己的意识集中于一定的客体或客体的特定方面，并排除其他无关的刺激客体，表现出人对一定客体或客体的特定方面的指向性和选择性，从而提高人的活动的质量和效果。但是审美注意和非审美注意在相同中又包含着不同。这样说也许太抽象，我想就自然、生活和艺术各举一例来说明它们之间的不同之点。

假定一个诗人和一个采集中药的农民同时攀登一座树木茂密的山，假定他们都集中了注意，那么对于那个采集中药的农民来说，那在微风中摇动的青翠的树枝，那在树丛上跳跃着的鸟儿的歌唱，那在花丛中飞舞着的蝴蝶的嬉戏，那山顶上变幻着的云彩……都被撇在一边，视而不见，听而不闻，他的意识只指向树丛、草丛中的药材。他关注的只是药材。药材已从其他客体脱离出来，成了他意识指向的目标。或者说农民注意的客体——药材——成为“前景”，而其余的一切成为“背景”。而对于那位诗人来说，情形恰好相反，那摇动的树枝，那歌唱的小鸟，那飞舞着的蝴蝶，那变幻着的云彩，成了关注的中心，其余的一切，包括那十分珍贵的药材，都从他视野中消失。农民眼中的“前景”，变成了诗人眼中的“背景”；农民眼中的“背景”，变成了诗人眼中的“前景”。面对同一个自然景象，采药农民的注意是非审美注意，诗人的注意则显然是审美注意。

面对同一种生活，是不是也有审美注意和非审美注意的区别呢？假定张三是一位有审美力的年轻男子，一次他与一位有倾国之色的姑娘邂逅。她那如花般的脸庞，那柔美的身段，那文雅的举止，尤其是那纯朴大方而富有魅力的笑，令他心驰神往。他欣赏她的娇姿倩影，为她的美所倾倒，为造物主有如此杰出的创造而感到生活是多么美好。至此张三对那个美丽姑娘的静观，是不带丝毫邪念的欣赏。他的注意只指向美，而不指向其他。那么此刻他的注意是审美注意。但是，如果张三看着看着就产生了邪念，一种抑制不住的动物的欲望控制了他，他想立刻占有这个美女……那么这时张三所关注的只是“占有”，美在他眼前消失了，这时候张三的注意已变为一种非审美注意。

在艺术的面前，难道人们注意也有区别吗？有。我们观看莎士比亚的名剧《奥赛罗》，我们沉浸在那真实动人的氛围中，我们为奥赛罗和苔丝德蒙娜的悲惨命运感到悲哀，但我们又清醒地意识到舞台上是在演戏，我们不会把它当作自己身边发生的事，我们把它从普通实际生活中分离出来观赏，我们的注意集中在这个像有画框一般的舞台上，我们不会把它和日常真实的生活混淆起来。然而，1822年8月，在巴尔地冒尔剧场却发生这么一件事。当时舞台上也正在演出《奥赛罗》，当演至第五幕，奥赛罗凶狠地扼住苔丝德蒙娜的脖子时，有个在剧场执行警卫任务的士兵，突然大喊起来："我决不允许一个该死的黑人，当着我的面杀死一个白女人!"士兵边喊边开枪，结果打伤了饰演奥赛罗的演员的胳膊。这个士兵混淆了艺术与实际生活的界限，把舞台上的一切都当真，他注意的不是艺术，而是维护白人的尊严。舞台这个"画框"在他的注意中消失了。他忘记了这是在演戏，很显然，他的注意是非审美注意，而我们作为正常观众的注意则是审美注意。

上述三个例子，说明了的确存在一种特殊的注意——审美注意。审美注意与非审美注意虽然都是人的意识撇开其余一切而指向某一客体或客体的某一属性，但指向的客体或客体的属性是不同的。当人处在非审美注意时，人的意识往往指向与人的直接功利有关的非审美的客体或客体的非审美属性，如那位上山采药的农民的意识只指向和集中在可以卖钱的药材上面；张三后来的注意集中在美女的可以满足自己的占有欲的方面；那个士兵的意识只指向维护白人尊严上面。实际上那座山，那个美女，莎士比亚的那出戏，都有它们的审美属性，但对处于非审美注意状态下的人来说，他们往往是视而不见，听而不闻，这是一种明显的负诱导现象。当人处于审美注意时，情形恰好相反，人的意识指向与人无直接功利的审美客体或客体的审美属性，如那位诗人的意识指向美丽的山景，张三起初的意识指向美女的外观，正常观众的意识指向悲剧的美学价值。由此可见审美注意与非审美注意的确是有区别的。的确存在着一种特殊的注意——审美注意。

一般地说，审美注意有两大特征。

一是审美的选择性、指向性。巴甫洛夫谈到注意的生理机制时说："我们在集中思考时，在沉湎于某件事情时，我们看不见，也听不见我们身边发生的事情——这是明显的负诱导。"审美注意也是这样，所注意的客体或客体的审美属性被选择出来，并使它们脱离其他客体，成为意识指向的目标，而其余一切非审美的客体或客体的非审美属性，都由于视而不见、听而不闻而自动远离，变成了"背景"。这也就是说，审美者注意的目标与"背景"之间似乎形成了一段距离。或者说，在距离的两端，一端是目标，一端是"背景"。在形成了审美注意的情形下，审美者的意识选择指向了目标，而撇开"背景"。

二是无直接功利性。采药农民一心想采药卖钱，是一种直接的功利考虑，所以他的注意不能变成审美注意。诗人游山则并无直接的功利目的，所以他感受到了山景的美。张三起初面对那个美丽的姑娘，欣赏她的娇姿倩影，这时他没有直接的功利考虑。所以这时的注意还是审美注意。后来他想占有她，有了直接的功利目的，他的注意也就转为非审美注意了。由此可见，无直接功利性应是审美注意的一个重要特征。马克思在《1844年经济学哲学手稿》中说："忧心忡忡的、贫穷的人对最美丽的景色都没有什么感觉；经营矿物的商人只看到矿物的商业价值，而看不到矿物的美和独特性。"为什么会这样呢？这是因为穷人一心想填饱肚子，商人一心想赚钱——都是最实际的功利考虑，所以他们的注意不可能转变为审美注意。由此可见马克思也认为审美注意应是无直接功利性的。

二、中西审美注意理论的不同形态："虚静说"和"距离说"

审美注意理论在中国和西方有着完全不同的形态。在中国流行的是"虚静说"，在西方流行的是"距离说"。本节将考察"虚静说"和"距离说"怎样以不同的理论形态，共同揭示了审美注意的特征和功能。东西方这两种理论的相同和相似之点，深刻地总结了人类审美活动的某些规律，是很值得重视的。因而对它们的比较研究，不但是有意义的，而且是饶有兴味的。

"虚静"与"距离"从字面上看起来，似乎是风马牛不相及，倘若从现代心理学的观点加以深入考察，就不难发现，它们在内涵上有惊人的相似之处。

"虚静说"和"距离说"是怎样揭示审美注意的基本特征的呢？

作为西方的一种审美理论的"心理距离"说，是由英国美学家爱德华·布洛于 1912 年在《作为艺术因素与审美原则的"心理距离说"》①中提出来的。然而任何一种理论都不完全是新的。布洛的理论起码跟以下三个人的理论有明显的承继关系。首先是 18 世纪英国美学家埃德蒙·伯克。伯克在著名的《关于崇高与美的观念的根源的哲学探讨》②一文中，在谈到崇高感的起源时，就已提出了"距离"问题。他认为，如果一种危险或痛苦离我们太近，就只能引起人的恐惧，而不能产生崇高感。因此，我们必须和实际的危险或痛苦相隔"一定的距离"，也即是说，一个对象必须引起我们的恐惧或痛苦，又不能使我们真正地陷入恐惧或痛苦的境地，这样它才能成为崇高的对象。伯克的这一见解实际上已隐伏了后来布洛所提出来的"心理

---

① 参见中国社会科学院哲学研究所美学研究室编：《美学译文》(二)，中国社会科学出版社 1982 年版，第 92～107 页。

② 参见古典文艺理论译丛编辑委员会编：《古典文艺理论译丛》(五)，人民文学出版社 1963 年版，第 38～72 页。

距离说”。其次是康德。康德在《判断力批判》这部著名美学著作中提出了美是与利害无关的，美是超功利的。他认为：“那规定鉴赏判断的快感是没有任何利害关系的。”“一个关于美的判断，只要夹杂着极少的利害感在里面，就会有偏爱而不是纯粹的欣赏判断了。”[①]譬如一幅古画，你必须撇开它值多少钱的考虑，专注于古画本身，以一种无利害的态度去欣赏它，它才可能是美的。显然，康德的“无利害感”的论点，给予布洛以极大的启发。再次是费歇尔。费歇尔在其六卷本的《美学》中早已指出：“我们只有隔着一定的距离才能看到美，距离本身能够美化一切。”例如，你登上了高山之巅，与高山下的众山和平原拉开了距离，你就会立刻领略到众山和平原的美。是距离把众山、平原美化了。毫无疑问，布洛也从费歇尔的论述中吸收了养分。布洛的“心理距离说”一经提出，就产生了巨大的影响，至今这种影响也没有消失，仍然有不少人用布洛的“心理距离说”去解释审美经验的特征。这就说明，明确提出“心理距离说”的是布洛，但由于他上承伯克、康德、费歇尔，下启众多美学家，所以我们不应把“心理距离”视为布洛一人的思想，而应把它看成是在整个西方都产生了共鸣的一种美学理论。

我们首先要弄明白的是，布洛所说的“距离”，不是实际的“空间距离”和“时间距离”。布洛指出：“关于‘实际空间距离’，亚里士多德在他的著作《诗学》中已经有所论述；至于‘重现空间距离’则一直在绘画史上以透视的形式发挥着重大作用。”他认为他自己所说的“距离并不是从上述任何一种含义的角度上提出来的”[②]。而是“心理距离”。什么叫“心理距离”呢？布洛的论点是用例子来证明的：

---

① 康德：《判断力批判》上卷，商务印书馆1964年版，第40～41页。

② 布洛：《作为艺术因素与审美原则的“心理距离说”》，中国社会科学院哲学研究所美学研究室编：《美学译文》(二)，中国社会科学出版社1982年版，第92～93页。

> 用一段简短的说明就可以解释清楚“心理距离”的含义：设想海上起了大雾，这对于大多数人都是一种极为伤脑筋的事情。除了身体上感到的烦闷以及诸如因担心延误日程而对未来感到忧虑之外，它还常常引起一种奇特的焦急之情，对难以预料的危险的恐惧，以及由于看不见远方，听不到声音，判别不出某些信号的方位而感到情绪紧张。船只的胡乱飘动及其发出的警报很快就会打乱旅客的心神；而且，当人们处于这种情境之中时往往会伴随而来的那种特殊的，充满希冀而又缄默无言的焦急之情与紧张状态，一切都使得这场大雾变成了海上的一场大恐怖……
>
> 然而，海上的雾也能够成为浓郁的趣味与欢乐的源泉。就像所有那些兴高采烈地登山的人们并不计较体力上的劳累及其危险性一样(尽管无可否认，有时这种情况也偶然会渗入欢乐的情绪之中，并增强欢乐之情)，你也同样可以暂时摆脱海雾的上述情境，忘掉那危险性与实际的忧闷，把注意力转向“客观地”形成周围景色的种种风物……这种经历把宁静与恐怖离奇地糅合在一起，人们可以从中尝到一种浓烈的痛楚与欢乐混同起来的滋味。这种情绪与另一些方面所形成的盲目而反常的焦躁之情形成了尖锐的对比。①

面对着同样的海雾，人们的情绪为什么会在顷刻间由恐怖变为欢快呢？布洛说：

> 这是一种看法上的差异，是由于距离从中作梗而造成的(请

① 布洛：《作为艺术因素与审美原则的“心理距离说”》，中国社会科学院哲学研究所美学研究室编：《美学译文》(二)，中国社会科学出版社1982年版，第93～94页。

允许我作这样的比喻)。这距离就介于我们自身与我们感受之间。[1]

布洛的论点是很清楚的。在上述海上遇雾的情境中，人们的情绪由恐怖转化为欢快，并非由于空间和时间的变化，而是由于人们强行对自己的注意力进行了自我调节。最初，人们的注意指向和集中在海雾所造成的航行的危险性上面，而对海雾所造成的周围景色的朦胧缥缈的美无暇顾及。这也就是说，人们大脑皮质的优势兴奋中心在客体的非审美属性方面。在负诱导规律的作用下，人们对雾海航行中所造成的美景视而不见。这是明显的非审美注意。但是如果能凭着自己的意志力，强制调节自己的注意力的话，那么人们大脑皮质的优势兴奋中心实现转移，人们的意识反过来指向和集中于雾海航行所造成的周围朦胧缥缈的美景上面。同时负诱导规律也起了作用——暂时忘记了雾海航行中带来的忧闷与恐怖。在这种情况下，人们的审美心理与功利考虑之间就拉开了距离，那么此时的注意自然就是审美注意了。我们可以将上述分析图示如下：

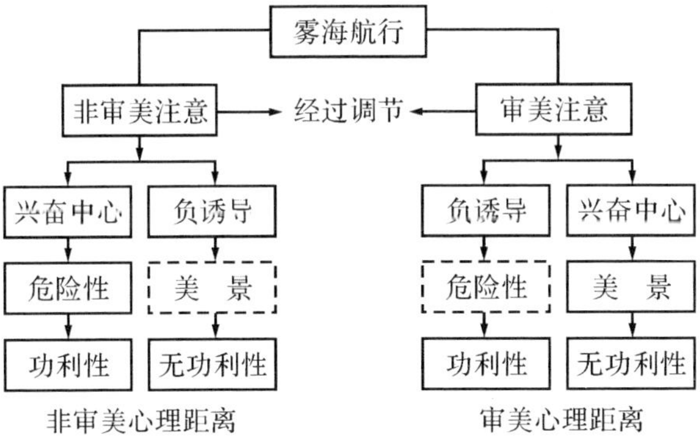

图　一

① 布洛：《作为艺术因素与审美原则的"心理距离说"》，中国社会科学院哲学研究所美学研究室编：《美学译文》(二)，中国社会科学出版社 1982 年版，第 93～94 页。

通过以上分析不难看出，布洛的“心理距离说”不但符合我们上面所讲的审美注意的含义，而且也揭示了审美注意的审美选择性、指向性和无直接功利性的特征。显然，就雾海航行这个场景来说，具有两面性，一面是场景的实际情况，危险性——非审美方面；一面是场景的美的形象，引起欣赏的因素——审美方面。在人们拉开了审美心理距离，把普通注意调节为审美注意的情况下，那么就“摒弃了事物实际的一面，也摒弃了我们对待这些事物的实际态度”①，而事物的另一面——审美方面，就成了人们意识的必然选择。而这样选择正是审美的选择。对此布洛这样描述道：“它像是某种片刻之间涌现出来的新的急流；或者有如强烈的亮光一闪而过，照得那些本来也许是最平常、最熟悉的物体在人们眼前突然变得光耀夺目。”②这种因注意的转换而出现审美选择的情形是人人都有的一种体验。譬如，我们遇见一件倒霉事，只看到事情的潜伏危险的一面，于是内心异常愁闷。但是“由于我们内心的看法突然变化”（布洛），以“祸兮福所倚，福兮祸所伏”来调整自己的注意力，这时愁闷一扫而空，倒觉得这件倒霉事说不定将给自己带来幸福呢！布洛的“心理距离说”大致上揭示了审美注意的审美选择性、指向性的特征，这是他对审美经验理论的一个贡献。

那么为什么会在拉开了“心理距离”，产生了审美注意的情况下，出现审美的选择性、指向性呢？布洛回答说：“在海雾中，距离所造成的变化，可以说，一开始就是由于使现象超脱了我们个人需要和目的的牵涉而造成的——总之，正如人们常说的，是由于‘客观地’

---

① 布洛：《作为艺术因素与审美原则的“心理距离说”》，中国社会科学院哲学研究所美学研究室编：《美学译文》（二），中国社会科学出版社1982年版，第95页。

② 布洛：《作为艺术因素与审美原则的“心理距离”说》，中国社会科学院哲学研究所美学研究室编：《美学译文》（二），中国社会科学出版社1982年版，第94页。

看待现象而造成的。”[1]这里所说的“超脱了我们个人需要和目的的牵涉”，实际上就是我们前面说的“无直接功利性”。布洛所说的“心理距离”也就是人的审美心理与功利心理之间的距离。所以布洛的“心理距离说”是以无直接功利为前提条件的。这样布洛实际上揭示了审美注意的又一重要特征。当然，在布洛所举的雾海航行的例子中，人们能不能完全把安危撇在一边，把朦胧缥缈的美孤立出来欣赏，这是可以怀疑的。但布洛认为审美注意具有无直接功利性的特征是可以成立的。

如果我们稍加比较，就不难发现，中国的“虚静说”与西方的“距离说”在揭示审美注意的基本特征上面表现出了很大的一致性。

中国的“虚静说”提出得很早。托名于春秋时代齐相管仲的《管子》，就认为要虚静恬淡，专心致志，才可能达到最高的认识。《心术》篇说：“去欲则宣，宣则静矣，静则精，精则独立矣，独则明，明则神矣。”《内业》篇中又说：“四体既正，血气既静，一意搏心，耳目不淫，虽远若近。”但是《管子》中的“虚静说”，主要是从认识论角度提出的，跟审美无关。其后，《周易·系辞》、荀子、韩非子等曾提过“寂然不动，感而遂通天下之故”，“虚壹而静”，“闲居静思则通”，“虚以静后”等各种不同的“虚静”理论，然而它们同样也是从认识论角度提出，并未运用于审美。与审美靠近的“虚静说”是道家的代表庄子首先提出来的。庄子的理论把“道”(一种绝对精神)作为万物之本，作为最高层次的美。那么怎样才能获得“道”呢？这就要有“虚静”的精神状态。他说：“澹然无极而众美从之。”[2]又说：“以虚静推于天地，通于万物，此之谓天乐。”[3]在他看来，这种合于“道”的“天乐”才是至高无上的乐。而这种至高无上的“天乐”是要在“虚

---

① 布洛：《作为艺术因素与审美原则的“心理距离说”》，中国社会科学院哲学研究所美学研究室编：《美学译文》(二)，中国社会科学出版社1982年版，第94页。

② 《庄子·刻意》。

③ 《庄子·天道》。

静”状况下才能享受到的。所以“虚静”是鉴赏美、把握美的前提。问题是庄子所说的“虚静”与布洛所说的“心理距离”是不是说同一种心理功能——审美注意呢？我认为《庄子·达生》篇中“痀偻者承蜩”与“梓庆削木为鐻”这两则寓言，与布洛所举的“雾海航行”的例子有异曲同工之妙，可以清楚地回答上面的问题。让我们先来研究一下“痀偻者承蜩”：

> 仲尼适楚，出于林中，见痀偻者承蜩，犹掇之也。仲尼曰："子巧乎？有道邪？"曰："我有道也。五六月累丸二而不坠，则失者锱铢；累三而不坠，则失者十一，累五而不坠，犹掇之也。吾处身也，若橛株枸；吾执臂也，若槁木之技；虽天地之大，万物之多，而唯蜩翼之知。吾不反不侧，不以万物易蜩之翼，何为而不得？"孔子顾谓弟子曰："用志不分，乃凝于神，其痀偻丈人之谓乎！"①

从宽泛的意义上说。粘蝉似乎也可以说是一种技艺性的艺术活动。这个驼背人为什么能做到粘一个就是一个，个个都粘着，就像拾取东西一样呢？原来他有“道”。这个“道”可分为两种因素。一种因素是平日的严格的训练，另一种因素，就是动作时“用志不分，乃凝于神”，“虽天地之大，万物之多，而唯蜩翼之知”，“不反不侧，不以万物易蜩之翼”。这也就是说，他把蝉翼从天地万物中分离出来，成为他的意识指向，集中和选择的唯一目标。他的大脑皮质的优势兴奋中心在蝉翼上，而负诱导规律使他对天地万物都视而不见，听而不闻。蝉翼成为“前景”，天地万物皆成“背景”。他一心在“前景”上，在“前景”与“背景”之间就拉开了“心理距离”。不难看出，

① 《庄子·达生》。

“痀偻者”粘蝉时的“虚静”状态正是审美注意心理状态，他的“不以万物易蜩之翼”的说法，再好不过地说明了审美注意的审美选择性、指向性的特征。

如果说“痀偻者承蜩”着重说明审美注意的选择性、指向性特征的话，那么“梓庆削木为鐻”则着重说明审美注意的无直接功利性的特征：

> 梓庆削木为鐻，鐻成，见者惊犹鬼神。鲁侯见而问焉，曰：“子何术以为焉?”对曰：“臣工人，何术之有！虽然，有一焉。臣将为鐻，未尝敢以耗气也，必齐以静心。齐三日，而不敢怀庆赏爵禄；齐五日，不敢怀非誉巧拙；齐七日，辄然忘吾有四枝形体也，当是时也，无公朝，其巧专而外骨消，然后入山林，观天性，形躯至矣，然后成见鐻，然后加手焉；不然则已。则以天合天，器之所以疑神者，其是与！”①

这里所说的“鐻”，是一种乐器，似夹钟(司马彪)，也就是装在木架上的钟鼓。“削木为鐻”的活动从广义角度看也是一种带有审美性的技艺活动。木工庆做鐻的过程中，真正做到“用志不分，乃凝于神”，即审美注意力高度集中，具有审美特征的鐻在他的意识中成为指向和选择的中心，成为“前景”，其余一切，包括任何人都不敢忘记的朝廷，也置之脑后，仅仅成为“背景”，“前景”与“背景”之间拉开了“心理距离”。问题在于木工庆是怎样做到这一点的呢？也就是说，他怎样使自己的大脑皮质形成优势兴奋中心？他的办法就是“心斋”。庄子在《人间世》中提出“心斋”这个概念：“气也者，虚而待物者也。唯道集虚。虚者，心斋也。”如果用现代的语言将“心斋”翻译

① 《庄子·达生》。

出来，就是“无功利性”。你看木工庆为做成鐻是如何严格实行“心斋”的？他为了达到“斋以静心”的目的，让自己的功利考虑在虚静中逐渐减少以至完全消失。斋戒三日，不敢怀庆赏爵禄的心念；斋戒五日，不敢怀毁誉巧拙的心意；斋戒七日，不再想念自己的四肢形体，甚至忘记了朝廷，心意专一，外扰全消。不难看出，这个“心斋”的过程，就是“去欲”的过程，就是消灭一切直接功利性的过程。所以“虚静说”中“心斋”论点，实际上很准确地揭示出了审美注意的无直接功利性特征。

值得注意的是，在庄子之后，中国历代美学家、艺术理论家和作家从不同角度丰富和发展了作为一种审美理论的“虚静说”，因而也更明确和深入地揭示了审美注意的基本特征。

三、“虚静说”“距离说”与艺术创作

“虚静”和“心理距离”作为审美注意，是艺术创作的前提条件。艺术家在没有形成审美注意以前，是不可能开始创作过程的。审美注意除了激发艺术家进入创作的预备情绪以外，它还有如下功能。

第一，审美注意促使艺术家发现审美客体，并使审美客体的审美价值特征得以充分显现。

在普通的日常生活和大自然中，到处都有美，但并非人人都能发现它。正如罗丹所说：“美是到处都有的。对于我们的眼睛，不是缺少美，而是缺少发现。”审美注意使艺术家的大脑皮质形成优势兴奋中心，使意识集中地指向具有审美特征的客体和审美客体的审美价值，并由于负诱导规律的作用，把与审美无关的客体与方面都排除在外。这样一来，审美注意就如同一个画框，把画框在里面，把“非画”排除在外面，这就使画与“非画”隔离开来，使艺术家聚精会神于画框里的画。在这种凝神的静观中，生活的美质就有可能在艺

术家的面前充分地显现出来了。由此可见，审美注意的功能之一是使客体的美充分地显现。而“距离说”和“虚静说”共同总结了审美注意对艺术创作的这一功能。

“距离说”有一个论点，即对于人来说，客体有“正常视像”和“非正常视像”的区别。拿我们今天的话来说，就是有“常态”与“异态”的区别。譬如在雾海航行的例子中，由于大雾使船迷失航向而引起的危险性，这是“正常视像”，是“常态”，这是人们最易于感受到的侧面，也是“具有最强的实际吸引力的一面”（布洛）。而这一侧面恰好是非审美的侧面。事情还有另一个侧面，即“非正常视像”“异态”——大雾所造成的朦胧缥缈的美。而这一侧面在通常的情况下是“不能迅速地真正打动我们的侧面”，因此在一般情况下，人们“总是不予理会的”（布洛）。那么怎样才能让这“异态”的、却是具有审美价值的这一面进入我们的视野，并发现它的美呢？这就要拉开审美“心理距离”，使审美的方面从非审美的方面分离出来，浮现出来，显现出它的美质来。布洛说：“人们平常看不到的事物背面的形象一旦突然出现就会成为对人的一种启示，确切地说，就是艺术的启示。从这一最广泛的意义上说，距离乃是一切艺术的共同因素。”[①]艺术创作所追寻的就是那种事物背后的独特形象，由此看来，与事物的功利方面保持一定的心理距离，是艺术创作的重要原则。

“虚静说”则以主体的静与客体的动之间的关系，来论证审美注意能使客体的美得以充分显现的功能。“静”有消极的“静”与积极的“静”之分。消极的“静”，使艺术家心闲意懒，使艺术家的注意力不集中，使艺术家的主观能动性处于睡眠状态，这样艺术家就无法深入客体，无法把握客体的审美属性。积极的“静”则正好相反，它使艺术家的精神沉静下来，使艺术家专注于一个目标，使艺术家的审

① 布洛：《作为艺术因素与审美原则的“心理距离说”》，中国社会科学院哲学研究所美学研究室编：《美学译文》（二），中国社会科学出版社1982年版，第95页。

美能力被唤醒，使艺术家的一切审美心理功能都处于最敏锐的状态，这样艺术家就易于深入客体，并迅速地把握客体的审美属性。而“虚静说”中的“静”属于积极的“静”。刘勰直接把“虚静说”运用于艺术创造上面。他说：“是以陶钧文思，贵在虚静，疏瀹五藏，澡雪精神。”[1]他强调虚静的心境，易于感受外物的审美特征，提出了“四序纷回，而入兴贵闲”的论点。意思是说，四季风物变化，地天万物之美顺序回到诗人的面前，这时候，诗人的心境应虚静空灵，才能体察、领略、把握地天万物之美，从而感发起兴，进入构思过程。“贵闲”，是指艺术家心境的“静”，是前提；而“入兴”，才是艺术家感受万物的“动”，是目的。要“入兴”，先要“贵闲”。这就清楚地揭示了作为静观的审美注意具有显现客体美的功能。苏轼的《送参寥师》一诗，高度评价了僧人参寥在寂静淡泊中所写出的诗歌。值得注意的是他在诗中充分肯定“虚静”的功能。他写道：“欲令诗妙语，无厌空且静。静故了群动，空故纳万境。”这意思是说，处于虚静的境界，可以掌握和了解各种动态的美；处于空灵的境界，可以容纳万般景致的美。在这里，苏轼同样也是强调以主体的“静”去观客体的“动”，使客体的美充分显现出来。显然，苏轼对主体的静与客体的动的辩证关系的理解比之刘勰又进了一步。在这里特别值得一提的是明代“公安派”袁中道在《爽簌亭记》中通过听泉声的审美经验，生动描述、阐明了主体之静与客体之动的深刻关系：

其初至也，气浮意嚣，耳与泉不深入。风柯谷鸟，犹得而乱之。及瞑而息焉，收吾视，返吾听，万缘俱却，嗒焉丧偶，而后泉之变态百出。初如哀松碎玉，已如鹍弦铁拨，已如疾雷震霆，摇荡川岳。故予神愈静，则泉愈喧也。泉之喧者入吾耳，而注吾

[1] 刘勰：《文心雕龙·神思》。

心，萧然冷然，浣濯肺腑，疏瀹尘垢，洒洒乎忘身世而一死生。故泉愈喧，则吾神愈静也。[1]

起初，“吾”(审美者)受泉声以外种种杂音的干扰，“气浮意嚣”，不能形成审美注意。“及瞑而息焉，收吾视，返吾听，万缘俱却”，进入“坐忘”一般的“虚静”状态，这时候“吾”(艺术家或审美者)才领略到了泉声的种种变态之美。而泉声入耳之后，又“浣濯肺腑，疏瀹尘垢”。这样，主体与客体就互相深入。所谓“神愈静，则泉愈喧”，是主体深入客体，客体之美充分显现于审美者面前；所谓“泉愈喧，则吾神愈静”，是客体深入主体，使主体与客体融为一体。袁中道的静(主体)与动(客体)相互促进论，更深刻地揭示了审美注意使艺术家或审美者的意识契入客体，从而显现客体的审美属性的功能。

第二，审美注意能使审美主体调动一切审美心理功能，得到最大限度的审美自由，或完成真正的艺术创造。

大家都有过这样的体验：当人处于聚精会神、注意力高度集中的状态下，平日感受不到的东西突然感受到了，平日忘记了的东西突然回忆起来了，平日根本不相关的东西，突然在脑际联系起来了，平日从未有过的想象仿佛突然跳到自己的面前，平日不理解的东西突然理解了……审美注意也是这样，它能够调动艺术家的一切审美心理功能，使审美的感知、回忆、联想、想象和理解都处于最活跃的状态，从而使艺术家获得真正的审美自由。例如，当我们来到了桂林的七星岩，我们的注意指向那些大小不同、形状不同的钟乳石，我们一边走着，一边看，我们突然觉得来到了一个神奇的世界，我们几乎给每一个钟乳石命名，这是狮子滚绣球，那是飞龙穿彩云，这近处是八仙过海，那远处是嫦娥奔月……实际上呢，这里什么也

① 袁中道：《珂雪斋近集·爽籁亭记》。

没有，有的只是一堆一堆又冷又硬的石头而已。这一切都是由于你的审美注意把你的一切审美心理功能调动起来的缘故。为什么审美注意可以调动人的一切审美心理功能呢？这又是大脑皮质的优势兴奋中心所造成的。在大脑皮质形成了优势兴奋中心的情况下，这种"优势"具有高度的稳定性、持续性、坚固性的特征，对于心理过程的进行，对于艺术创作，这是最有利的条件。因为敏锐的知觉、迷恋的情感、清晰的记忆、丰富的联想、美丽的想象、深刻的理解都是同优势兴奋中心联系着的。西方的"距离说"和中国的"虚静说"也共同描述、总结了审美注意这一功能。

布洛的"距离说"用所谓"距离的内在矛盾"的说法，间接地阐明了审美注意的这一功能。在布洛看来，艺术家要保持审美注意，就必须保持审美心理距离，这就能调动艺术家的一切审美心理功能。反之，如果审美心理距离"丧失"，那么也就不能保持审美注意，当然也就无法调动艺术家的审美心理功能。布洛认为："距离的丧失可以出于如下两种原因：或失之于'距离太近'，或失之于'距离太远'。"[①]这种"距离太近"和"距离太远"之间的矛盾，布洛称之为"距离的内在矛盾"。

所谓"距离太近"，就是指审美者的心理没有与功利欲望考虑拉开距离，结果审美者的心理被名利欲望死死缠住，这就不可能使审美者一切审美心理功能都活跃起来。他举了一个对妻子有猜忌的男人看《奥赛罗》的例子。照理说，这个男人对妻子有猜忌之心，他的体验与奥赛罗的体验就十分相似，他最能体会奥赛罗的情感，因而也最能欣赏这个剧。布洛说：其实不然。"实际情况是，这种协调只会促使他更加痛切地意识到自己的忌妒心"。[②] 这就是说，他本来是

① 布洛：《作为艺术因素与审美原则的"心理距离说"》，中国社会科学院哲学研究所美学研究室编：《美学译文》(二)，中国社会科学出版社1982年版，第101页。

② 布洛：《作为艺术因素与审美原则的"心理距离说"》，中国社会科学院哲学研究所美学研究室编：《美学译文》(二)，中国社会科学出版社1982年版，第99页。

在看剧，实际上则想自己的心事。他的审美心理功能不但没有被充分调动起来，反而被自己的“忌妒心”——一种实际的功利思考——死死地捆住了。这就是因“距离太近”而使“距离丧失”。这种情况的确是存在的。鲁迅就说过：“……中国人看小说，不能用赏鉴的态度去欣赏它，却自己钻入书中，硬去充一个其中的脚色。所以青年看《红楼梦》，便以宝玉，黛玉自居；而年老人看去，又多占据了贾政管束宝玉的身分，满心是利害的打算，别的什么也看不见了。”[1]所谓“满心是利害的打算，别的什么也看不见了”，就是指人的心理与功利目的靠得太近，致使审美心理距离的丧失，而不能形成审美注意。一般的艺术欣赏是如此，艺术创作同样是如此。当艺术家的心被“利害打算”完全牵绊住之际，他作为创作主体的一切审美心理功能必然也处于睡眠状态。

所谓“距离太远”，是指审美客体本身过分朦胧、荒诞、空疏，无法引起审美者的兴趣和情感反应。这样艺术家的心理与客体之间的距离就太远，审美注意也无法形成，审美心理功能也必然无法调动起来。布洛认为，在“理想主义的艺术”中，“由于概括和抽象而不得不蒙受损失，由于普遍使用的范围太广而无法引起个人对它们的兴趣。另一方面又由于它们太缺乏具体个性，所以也就无法阻止它们倾其全力一股脑儿对我们袭来的势头。它们面向一切的人，所以也就无法打动任何一个人。欧几里得的一项几何原理之所以不属于任何个人，正是由于它迫使所有的人都得表示赞同的缘故。普遍的概念诸如爱国主义、友谊、爱情、希望、生和死等等，对迪克、汤姆、哈里和我通通一视同仁。因此，要么我就与它们不产生任何的个人关系；要么就是恰恰相反，我一旦与之有了个人关系，那它们就会立刻明显而具体地变成了‘我的’爱国主义、‘我的’友谊、‘我

① 鲁迅：《中国小说的历史变迁》，《鲁迅全集》第8卷，人民文学出版社1957年版，第350页。

的'希望、'我的'生与死。仅仅有概括普遍真理或一般概念的力量与我自己的距离还是太远，因而我就无法获得具体的认识。反之，假使我一旦有了具体认识，我只能把它们理解为我这个实际存在的实体的一部分，也就是说，它们就完完全全地陷落在距离极限的下面去了。结果，在这种奇异的困难情况中，'理想主义的艺术'往往由于它们那距离太远而转化成为距离太小的吸引力而蒙受挫折——由于主体方面往往容易犯'距离太小'的毛病，而不易出现'距离太远'的问题，所以上述的转化就更加易于发生"①。"理想主义的艺术"是不是就一定"距离太远"，恐不能一概而论。但布洛所说的"距离太远"的情形在艺术创作和欣赏中是的确存在的。一些文学刊物常登载一些过分朦胧隐晦的诗，一般读者面对一个个都认识的字，却不解其意。这就是因为读者的心理与诗的意象之间"距离太远"，所以这些诗也就不能引起读者的兴趣和情感的共鸣，不能使读者形成审美注意，不能调动读者的审美心理。

"距离太近"和"距离太远"都使"距离丧失"。而"距离丧失"，就不能形成审美注意，审美心理也就无法活跃起来，审美创造力也就丧失了。那么究竟保持什么"距离"最易于形成审美注意，最易于调动创作主体的审美心理呢？布洛回答说："无论是在艺术欣赏的领域，还是在艺术生产之中，最受欢迎的境界乃是把距离最大限度地缩小，而又不至于使其消失的境界。"②实际上这是一种"不即不离"的距离。对此朱光潜先生做出这样的解释：凡是艺术都要有几分近情理，却也都要有几分不近情理。它要有几分近情理，"距离"才不至于过远，才能使人了解欣赏；要有几分不近情理，"距离"才不至于过近，才不至使人由美感世界回到实用世界去。而这种"不即不

① 布洛：《作为艺术因素和审美原则的"心理距离说"》，中国社会科学院哲学研究所美学研究室编：《美学译文》(二)，中国社会科学出版社1982年版，第105页。

② 布洛：《作为艺术因素和审美原则的"心理距离说"》，中国社会科学院哲学研究所美学研究室编：《美学译文》(二)，中国社会科学出版社1982年版，第100页。

离”的距离最易于调动主体的一切审美心理机制，因为“距离最大限度地缩小”，所以审美主体与客体之间就容易产生情感的沟通，由情感的沟通，主体的回忆、联想、想象、理解等心理机制就会同时活跃起来。由于距离“又不至于使其消失”，所以，主体的情感没有由审美世界退回到实用世界，审美的心理就不会被功利实用的考虑牵绊住，而可以进入自由活动的境界。

中国的“虚静说”则从主体本身的“静”与“动”的辩证关系入手来阐明审美注意具有调动主体的一切审美心理的功能。

庄子最先肯定审美注意的这一切功能。他说：

> 彻志之勃，解心之谬，去德之累，达道之塞。贵富显严名利六者，勃志也。容动色理气意六者，谬心也。恶欲喜怒哀乐六者，累德也。去就取与知能六者，塞道也。此四六者不荡（荡乱）胸中则正，正则静，静则明，明则虚，虚则无为而无不为也。①

庄子这段话，如用通俗的话来说，就是，各种各样的功利欲望是束缚人的心灵的，去掉这些功利欲望，让自己的精神进入虚静的状态（即形成审美注意），那么就可“无为无不为”。所谓“无为无不为”，意思是说主体的心理由静而动，进入自由、活跃的境界，那就没有什么做不成的了。庄子的话中实际上包含了“虚静说”一个基本公式：去欲（摆脱束缚）——→虚静（形成审美注意）——→自由（一切审美心理机制的活跃）。在庄子以后，关于“虚静说”功能的论述很多，但都只是丰富了这一基本公式的内容，而没有超出这一由静而动的基本公式。

① 《庄子·庚桑楚》。

陆机、刘勰继承老庄的“虚静说”，运用于艺术创作。在谈到艺术构思时，陆机说：“其始也，皆收视反听，耽思傍讯，精骛八极，心游万仞。其致也，情曈昽而弥鲜，物昭晰而互进……浮天渊以安流，濯下泉而潜浸……观古今于须臾，抚四海于一瞬。”①刘勰也说：“文之思也，其神远矣。故寂然凝虑，思接千载；悄焉动容，视通万里。”②这就是说，在审美的创造活动中，“收视反听”，“寂然凝虑”，进入虚静境界，才能充分调动自己的审美感知（所谓“物昭晰而互进”就是审美感知在起作用）、情感（“情曈昽而弥鲜”）、想象（“精骛八极，心游万仞”，“思接千载”，“视通万里”）、理解（“观古今于须臾，抚四海于一瞬”）等心理机制，并进入活跃状态，完成审美创造。

这种先静后动、动由静生的道理，一直为历代文论家、诗论家所津津乐道。如唐代司空图在其《诗品·冲淡》中所说的：“素处以默，妙机其微。”也是对“虚静说”调动主体心理功能的说明。首先要有静默的境界，这才能使自己的审美知觉及体验被唤醒，这样才能感知、体验到诗的微妙之处，还有刘禹锡所说的：“能离欲，则方寸地虚，虚而万景入。”③苏轼所说的：“居士之在山也不留于一物，故其神与万物交，其知与百工通。”④郭若虚所说的：“神闲意定则思不竭而笔不困也。”⑤所有这些说法都阐明了作为审美注意时的虚静境界，有解放艺术家的心灵的作用，因而能使艺术家的审美心理达到高度的活跃状态，从而使艺术家得到真正的审美自由，进到真正的审美创造。由此可见，“虚静说”也清楚地揭示了审美注意能调动艺术家的审美心理的功能。

---

① 陆机：《文赋》。
② 刘勰：《文心雕龙·神思》。
③ 刘禹锡：《秋日过鸿举法师寺院便送归江陵》诗引。
④ 苏轼：《书李伯时〈山庄图〉》。
⑤ 郭若虚：《图画见闻志》。

第三章　艺术创作中的审美知觉

一、审美知觉与普通知觉

知觉是艺术创作的起点，这几乎是艺术创作理论的一条确定不移的定律。因为任何艺术家建立任何艺术世界，都必须以知觉材料作为基础。主张艺术是再现的艺术家，他们认为“写作的首要条件是强烈而生动的感觉方式”①，“如要创作，第一须观察”②，这是极自然的，不必多说。就是那些主张艺术是表现、是变形、是抽象的艺术家，他们也不得不承认通过知觉所获得的信息、印象，正是构成表现、变形、抽象的必要前提和条件。有时候，艺术家创作出来的形象整

① 斯塔尔夫人：《论德国》，伍蠡甫等编：《西方文论选》下卷，上海译文出版社1979年版，第134页。

② 鲁迅：《致董永舒》，《鲁迅书信集》上卷，人民文学出版社1976年版，第398页。

体，是宇宙间不存在的事物，即人类从未知觉过的心造的幻影，如妖魔鬼怪和外星人。然而艺术家笔下的妖魔鬼怪“也不过是三只眼，长颈子，就是在常见的人体上，增加了眼睛一只，增长了颈子二三尺而已”①。至于太空人也不过是人身蛙嘴，而他骑摩托则和我们在街头看见的完全一样。不管你愿意也好，不愿意也好，艺术创作总是要受到人的知觉的“纠缠”的。据此我们是否可以这样说，属于人的内部世界的艺术在某种意义上又是属于外部世界的，因为正是视觉、听觉和其他一切知觉所获得的外部世界的印象，为艺术创作埋下了种子。如果企图摆脱知觉的“纠缠”，那么历史上就不会有也不可能有一位音乐家、画家和诗人。

然而，对于艺术家来说，仅仅有视力足够好的眼睛和足够灵敏的耳朵就够了，还是要有“有音乐感的耳朵”和“能感觉形式美的眼睛”(马克思)呢?

知觉并非人所独有。实际上知觉作为适应机制是人和某些动物共有的能力。心理学的实验证明，某些动物不但有一般的知觉，甚至有深度——坠落知觉。“假设它是一只幼小的落基山小羊，站立在科罗拉多山峰紧靠悬崖边缘的一个小隐蔽所里。它是昨晚刚出生的。现在正是它出生后的第二天清晨，它为试试腿力，开始头一次的蹦跳。它越过被春天花朵点缀着的一片牧草地，突然发现已跑到峭壁悬崖的边缘。正像它的祖先曾经做过的那样，停在那里，不再前进一步。它回转头，穿过牧草地继续它的旅行。为什么在峭壁悬崖边缘停步不前呢？那是由于它有一种天生的能力，感觉到将掉进深谷，而且有一种不惜一切代价避免坠落的倾向。”②所有其他的实验都证明，对人和动物来说，知觉机制和与之相联系的行为，主要是由先

---

① 鲁迅：《叶紫作〈丰收〉序》，《鲁迅全集》第6卷，人民文学出版社1973年版，第224页。

② 托马斯·L. 贝纳特：《感觉世界：感觉和知觉导论》，科学出版社1983年版，第4页。

天决定的，或者说，早在知觉充分发展之前，人和动物的脑中就装上了遗传的线路。然而实验又证明，“有音乐感的耳朵和能感觉形式美的眼睛”则是人所独有的。孔雀开屏多么美丽，但这只对人而言是这样，对孔雀本身而言不过是生殖季节的求偶的生理活动而已，它和它的同伴并没有感觉到开屏羽毛的审美特征。由此我们似乎可以说，审美知觉是人所独有的一种特殊知觉。然而问题并不这样简单。对于人来说，究竟存在不存在一种不同于普通知觉的审美知觉？艺术家创作是以普通知觉为基础，还是以审美知觉为基础？

这一直是一个难度极大并引起热烈争论的问题。

在当代西方美学家、心理学家那里，两种对立的见解相持不下。一种意见认为，根本就不存在一种与普通知觉有质的不同的审美知觉。I. A. 理查兹在《文学批评原理》一书中认为，所谓审美知觉和普通知觉比较起来，“一点也不是新的或不同的东西”，他说：“实际上在我们看一幅画，读一首诗，听一段乐曲的时候，和我们早晨起来到阳台上去或穿衣服等活动是没有什么根本区别的。”杜威也倾向于这种看法，他认为审美知觉和日常的普通知觉之间不存在类的区别，如果一定要说有什么审美知觉的话，那不过是把日常普通知觉显得零散的感觉因素结合成一个完整体罢了。他在《艺术即经验》一书中说：“我认为虽然并不是没有审美这种东西……但它那种被净化、被强化和发展了的经验仍然是从属于正常而完满的经验的。”鲁道夫·阿恩海姆也差不多持这种看法，他在《艺术与视知觉》一书中说：“任何一个人的眼力，都能以一种朴素的方式展示出艺术家所具有的那种令人羡慕的能力，这就是那种通过组织的方式创造出能够有效地解释经验的图式的能力。”既然他们不承认特殊的审美知觉的存在，那么他们就自然地认为，艺术创作只能以普通知觉作为基础。另一种意见则认为，不同于普通知觉的审美知觉是的确存在的，艺术创作的基础不仅仅是普通知觉，更重要的是审美知觉。英加登、苏珊·朗格、贡布里希和V.C.奥尔德里奇等学者都持这种看法，尽管他们的具体见解不完全相同。我是赞同后一种意见的，我认为审美知觉是客观存在着的，它作为艺术创作的基础是有充分根据的。

审美知觉是由知觉客体与知觉主体相互契合和深入而形成的。因此，我们想证明审美知觉的存在，就必须从审美知觉客体和审美知觉主体的结合点上去寻找根据。

审美知觉是一种对事物的表现性的知觉。或者说，审美知觉的对象不是事物的客观的物理属性，而是事物的审美属性。在上述这个界说中，“表现性”“审美属性”是关键的概念，我们必须首先把它们弄清楚，才能把审美知觉的含义弄清楚。而为了弄清楚事物的“表现性”“审美属性”及其相关的观念，我们不妨先举出一些具体例子，然后再从理论上来说明它。

宋代沈括在《梦溪笔谈》里曾记录了这样一个故事：“小窑村陈用之善画，迪见其画山水，谓用之曰：‘汝画信工，但少天趣。’用之深伏其言，曰：‘常患其不及古人者正在于此。’迪曰：‘此不难耳。汝先当求一败墙，张绢素讫，倚之败墙之上，朝夕视之。观之既久，隔素见败墙之上，高平曲折，皆成山水之象。心存目想：高者为山，下者为水，坎者为谷，缺者为涧，显者为近，晦者为远，神领意造，恍然见其人禽草木飞动往来之象，了然在目。则随意命笔，默以神会，自然境皆天就，不类人为，是谓活笔。’用之自此画格得进。”宋迪可谓是一个深谙事物的表现性和审美属性的人，他的一个小小的建议，竟能使陈用之画格大进，获得天然的韵致，这是很了不起的。像这种“败壁成象”的故事在中国古代甚多，最早见于应劭《风俗通义》所记载的当时人们玩壁上污迹而想象图画的事迹。钱锺书的《管锥编》对此类事作了详细的考证。令人感到意外的是宋迪对陈用之的忠告，与意大利文艺复兴时期画坛巨匠达·芬奇在《论绘画》中的某些说法，竟惊人的相似。达·芬奇这样启发大家：“你应当看着某些潮湿的玷污的墙面，或凹凸不平的有颜色的石头，如果你要创造某种背景，就能从这些墙面或石头上看见天赐的风景画，上面有山、遗迹、石头、森林、大平原、山丘和溪谷，千姿百态，然后你还会在上面看见战斗、暴力行动中的奇怪的人物，他们的面部表情和服装，以及大量你能从那些完整、独特的形状中分析出来的东西。这种在墙上看出形象的情形与听钟声相似，在它的每一声响中你都可以发现一切能想象得到的词。”①特别值得一提的是宋迪和达·芬奇的相似的话，都被当代英国艺术心理学家贡布里希的名著《艺术与幻觉》所引用。贡布里希同时引用东西方两位画家的话，绝非偶然。这不但是因为他们的话相似，而且是因为他们的话蕴含了深刻的艺术心理学原理。

按西方经验派美学家的见解，同一事物有多种性质。英国心理学家洛克首先把事物分为第一性质和第二性质。事物的第一性质是指事物超越感知的性质，无论我们是否知觉，它们都存在于事物之中，如败墙的大小、形状，都是可以客观计量的，就属于第一性质。事物的第二性质是指事物的颜色、气味、声音等，它不存在于事物之中，而存在于人们的知觉中。如败墙的陈旧的颜色、潮湿发霉的气味、叩击时所发出的声音，都必须依赖于我们的知觉才能存在。很明显，事物的第一性质和第二性质都还是事物的物理性质。后来，乔治·桑塔亚那和鲍桑葵又提出了事物的第三性质，即人们在知觉事物中所产生的情感和带情感的幻象。实际上，事物的第三种性质就是事物的表现性质，如在久视败墙之后所看到的山水、人物，以及由此产生的欣喜之情。当然，经验派美学家关于事物可分为三种性质的理论带有浓厚的机械论的色彩，是不科学的，但他们的见解却给我们以启发，事物的性质的确大体上可分非表现性的一面和表

① 达·芬奇：《芬奇论绘画》，人民美术出版社 1979 年版，第 45 页。

现性的一面。当陈用之和西方的那些画家面对败墙之际，如果只看见败墙的形状、大小、颜色(即所谓第一性质和第二性质)等，那么他们的知觉所把握到的不过是普通人的知觉也能把握到的事物的非表现性的一面，即事物的物理属性。可是，当他们在凝视败墙之际，却仿佛看见山水、峡谷、人禽、草木等活生生地飞动起来，心中产生了愉悦之情，那么他们的知觉就把握到了事物的表现性的一面，即事物的审美属性。从这里，我们就可以清楚知道事物的表现性(或者说审美属性)是超越事物的物理空间的形象与感情，即“象外之象”“象外之韵”“景外之景”“景外之情”。因此，当你看到一张扭曲的脸，而知道这个人心中充满愤怒的时候，当你在街头遇到了一群美丽的兴高采烈的少女，而感到了有一股春天般的气息向你扑来的时候，当你望着台湾海峡的汹涌的海水，而联想到那是思亲的泪水的时候，当你看到一轮红日喷薄而出而仿佛听到祖国前进的脚步声的时候，当你看见太阳落山，黄昏来临而感到有一种结束的欣然的时候，当你从农舍的袅袅的炊烟中感到宁静与温情，从小溪旁的草地上感到自由与和谐的时候，当你从败墙的污迹中看到了美丽的风景，从飘浮的白云中看到了骏马的奔驰、群狮的戏耍的时候……那么，你就知觉到了事物的表现性。不难看出，在审美知觉中，知觉客体和知觉主体都发生了转换。就客体而言，在审美知觉中它已由物理客体转换为审美客体；就主体而言，他已把观看转换为领悟。在上述“败墙成象”的例子中，败墙已变成了可供欣赏的山水、峡谷、人禽、草木，而陈用之等也不是在单纯地“看”，而变成了“悟”。如果只是单纯地“看”的话，是无论如何“看”不出山水、峡谷、人禽、草木来的，只有在“悟”中，即在“神领意造”中，人的知觉才能不被限定在事物的物理空间里，才能被赋予活力，而进行相对自由的创造。正是在这个意义上，我同意 V. C. 奥尔德里奇如下的见解：“同一个物质性事物，在人们的知觉中，或者实现为物理客体，或者实现为审美客体。这就关系到两种不同种类的知觉方式。”①即一种是普通知觉，另一种是审美知觉。

实际上，世界上万物都具有表现性(即审美属性)，问题在于你运用何种知觉方式。要是运用普通知觉方式，那就跟事物的表现性无缘；要是运用审美知觉方式，那么事物表现性就会立即呈现出来。然而在现实生活中，人们为了自身的生计，已变得越来越“俗气”了，人们总是用实用的、贪欲的眼光来观看周围的一切，难得有机会用审美的眼光来解悟周围的一切，因此事物的表现性难得在眼前呈现出来。随着科学技术的发展，这一情况将变得越来越严重。倒是在儿童或原始人那里，审美知觉方式被频繁地运用，事物的表现性处于优先被把握的地位，这一点正如鲁道夫·阿恩海姆所说：“表现性在人的知觉活动中所占的优先地位，在成年人当中已有所下降，这也许是过多的科学教育的结果，但在儿童和原始人当中，却一直稳固地保留着。按着维尔纳和柯勒收集的资料，儿童和原始人在描述一座山岭时，往往把它说成是温和可亲的或狰狞可怕的，即使在描述一条搭在椅背上的毛巾时，也把它说成是苦恼的、悲哀的或劳累不堪的等等。”②成年人对事物表现性的麻木，儿童和原始人对事物表现性的敏感，说明了审美知觉与人的社会化是成反比的。人愈是社会化，就愈用全社会都认同的观点去观察事物，也就愈少用生命个体的、独特的、异乎寻常的艺术眼光来对待周围的事物，那么审美知觉的能力也就愈益萎缩。反之，人愈少社会化(像在儿童和原始人那里)，就愈能用生命个体的、独特的、异乎寻常的艺术眼光来解悟周围的世界，那么审美知觉能力也就愈益发展。因此，对成年人来说，要恢复和发展自己的审美知觉，就必须从过分的社会化中退

① V. C. 奥尔德里奇：《艺术哲学》，中国社会科学出版社1986年版，第30页。

② 鲁道夫·阿恩海姆：《艺术与视知觉》，中国社会科学出版社1984年版，第619页。

出来，重新寻找回自己的童心，寻找回诗和画的世界。英国前首相丘吉尔的经历是一个很好的例子。丘吉尔在1915年5月离开了海军部，但他仍是内阁和军事委员会的成员。由于某种原因，他在这个职位上，“什么都知道，却什么都不能干”。于是他“被迫赋闲”并开始学画油画。在其学画之初，他的体会是这样的：“人们会惊讶地发现在自然景色中还有那么许多以前从未注意到的东西。每当走路乘车时，附加了一个新目的，那可真是新鲜有趣之极。山丘的侧面有那么丰富的色彩，在阴影处和阳光下迥不相同；水塘里闪烁着如此耀眼夺目的反光，光波在一层一层地淡下去；表面和边缘那种镀金镶银般的光亮真是美不胜收。我一边散步，一边留心着叶子的色泽和特征，山峦那迷梦一样的紫色，冬天的枝干的绝妙的边线，以及遥远的地平线的暗白色的剪影，那时候，我便本能地意识到了自己。我活了四十多岁，除了用普通人的眼光，从未留心过这一切。”①丘吉尔在四十多岁开始学画之时，之所以能够从“普通人眼光”转移到一种能够发现大自然的美的眼光来知觉周围世界，是因为他“被迫赋闲”，无事可做，从而远离功利。即从某种程度上退出了失落自己生命个体的社会化过程。从上述这个意义上说，我们简直可以把审美知觉视为一种非社会化的、保持生命个体的知觉。

艺术家的知觉主要不是普通人都具有的普通知觉，而是审美知觉，因此，审美知觉才是艺术创作的基础。当一个艺术家只能用视力很好的眼睛观看周围的世界之时，他至多只能精确地掌握物理世界，他不能进入诗的世界，不能发现世界表现性或审美属性，在这种情况下他的创作只能充满匠气，而不可能有丝毫的灵气。这当然不能称为真正的艺术创作。为什么艺术创作必须以审美知觉而不是以普通知觉为基础呢？这跟艺术对象的独特性密切相关。虽然从最

① 丘吉尔：《我与绘画的缘分》，《世界文学》1981年第1期。

宽泛的意义上说，艺术与科学都以客观的世界为对象，但具体而论它们的对象又是根本不同的。如前所述，客观的事物有多种属性，既有非表现性，又有表现性；或者说既有自然属性、实用属性、认识属性、道德属性、政治属性、宗教属性，又有审美属性。就以月亮来说，它是地球的卫星，它环绕地球一周要花约 27 天的时间，它本身无风、无云、无雨、无雪、它本身也不发光……在美国的第一艘载人登月飞船返回地球后，我们还得知了月球岩石的成分……很明显，这一切都是月亮的物理属性(即非表现性)，它是科学的对象，人们掌握这种属性所运用的是普通知觉。然而，对于艺术家来说，他如果只是运用此种普通知觉去掌握月亮的这些物理属性的话，那是毫无意义的。没有任何一种艺术会对月亮的这些物理属性感兴趣。以诗歌创作来说，以月亮为题材的诗篇在古诗中不可胜数，如“床前明月光，疑是地上霜”(李白)，“星垂平野阔，月涌大江流”(杜甫)，“高星粲金粟，落月沉玉环”(白居易)，“上人分明见，玉兔潭底没”(贾岛)，“暮云收尽溢清寒，银汉无声转玉盘”(苏轼)，“平生绝爱初三月，况是平池浸玉钩”(陆游)，“月色溶溶夜，花阴寂寂春”(董解元)，“桂宫袅袅落桂枝，早寒凄凄凝白露”(沈约)……这些咏月诗是在描写月亮的自然属性吗？不，诗人们在吟咏月亮时所要描写的是另一种东西，即月亮的表现性，审美属性，就如上述诗句中所吟咏的那种东西。诗人、艺术家必须运用与普通知觉不同的审美知觉，才能发现这些东西。中外许多艺术家、理论家早就注意到了这一点。南北朝时期著名的画论家谢赫讲绘画方法，把“气韵生动”放在第一条，五代时期画论家荆浩讲绘画六要，也是把“气”和“韵”放在头二要，这都不是偶然的。这是因为宇宙间万千景物，纷然杂陈，以艺术眼光看，不论有无生命，无不灌注生气，尽态极妍。“如画山徒绘其形，则筋骨毕露，而无苍茫细缊之气，如灰堆粪壤，乌是画哉？

又何能取赏于烟霞之士?”[1]所以艺术不能以形似为满足，必须以气韵为主，必须在“应物象形”基础上，表现出对象的风致、韵味来。正如唐志契所说：“凡画山水，最要得山水性情。得其性情，便得山环抱起伏之势，如跳如坐，如俯仰，如挂脚，自然山情即我情，山性即我性，而落笔不生软矣。水便得涛浪潆洄之势，如绮如云，如奔如怒，如鬼面，自然水情即我情，水性即我性，而落笔不板呆矣。或问山水何性情之有？不知山性虽止，而情态则面面生动；水性虽流，而情状则浪浪具形。……岂独山水，虽一草一木亦莫不有性情，若含蕊舒叶，若披枝行干，虽一花而或含笑，或大放、或背面、或将谢、或未谢，俱有生化之意。画与写者，正在此处着精神，亦在未举笔之先，预有天巧耳。不然，则画家六则首云气韵生动，何以得气韵耶?”[2]罗丹也说过类似的话，他认为一个伟大的画家“不仅在动物身上看见宇宙灵魂的反映，而且在树木、荆丛、原野、山丘中也看见。一般人看来不过是树木和土地，在伟大的风景画家眼中，却像是硕大动物的形象。柯罗在树顶上、草地上和水面上看见的是善良；米莱在这些地方所见的都是苦痛和命运的安排”[3]。那么怎样才能把事物的性情、气韵、灵魂、表现性、审美属性透视出来呢?这就要求艺术家要“有音乐感的耳朵和能感觉形式美的眼睛”，即敏锐的审美知觉。所以罗丹说：“所谓大师，就是这样的人：他们用自己的眼睛去看别人见过的东西，在别人司空见惯的东西上能够发现出美来。”“艺术家所见到的自然，不同于普通人眼中的自然，因为艺术家的感受，能在事物外表之下体会内在真实。”[4]克罗齐也说：“画家之所以为画家，是由于他见到旁人只能隐约感觉或依稀瞥望而不

---

① 布颜图：《画学心法问答》。
② 唐志契：《绘事微言·山水性情》。
③ 罗丹：《罗丹艺术论》，人民美术出版社1978年版，第98页。
④ 罗丹：《罗丹艺术论》，人民美术出版社1978年版，第5页。

能见到的东西。”[①]艺术家的这种不同于普通人的、能够发现事物的内在真实和美的眼睛，即艺术家所具有的审美知觉的基本特征，就在于他们不仅仅“观看”，而且在“解悟”，不仅仅用感官，而且用心灵，正如维科所说：哲学家把心从感官那里抽开来，而诗的功能却**把整个的心沉浸在感官里**。

二、审美知觉的生成机制

对一个人来说，审美知觉的形成，可能是一瞬间的事情，但若把这一瞬间用“慢镜头”方法来加以处理，就会发现这是一个极其复杂、曲折和微妙的过程。对这一过程的解析，将进一步证明审美知觉的确是一种不同于普通知觉的特殊知觉。

根据我的初步研究，我认为审美知觉的形成过程可分为六个阶段：1. 对象刺激；2. 审美注意；3. 期待—投射；4. 盲点—冲突；5. 领悟—完形；6. 自由境界。

为了阐明审美知觉形成的“瞬间”，寻找到一个典型的例子是必要的。

在北京西山“八大处”的山腰上，有一座古色古香的建筑。在这座不大的建筑物的天井旁，竖立着一块宽几十厘米、高约一米的白色的石板，石板的正面布满了深浅不 、形状不一、纵横交错的自然形成的槽纹。在这块竖立的石板面前，总是有许多游客在围观。如果你是第一次来到这个地方，你也挤进去看。那么你立刻会感到失望。因为你只看到一块普普通通的石板和石板上的槽纹。但是，你如果静下心来，凝神片刻，就会依稀从那槽纹中瞥见了某种图画。但你还不明白，人们为什么会对它发生兴趣，于是你求助于石板旁

① 克罗齐：《美学原理》，作家出版社 1958 年版，第 9～10 页。

边的文字说明。原来说明文字中讲，此石板上的槽纹只要你长久凝视，就可以变幻出许许多多幅山水画来。于是你带着这种期待再次凝视那石板上的槽纹，开始还是有些茫然，有些焦急，但你看得长久些，那些槽纹似乎消失了，你终于看见了高山、峡谷、小溪、树木、雁行，以及由这些景物构成的风景画，而且你发现只要变化一下视点，另一幅不同的山水画就栩栩如生地呈现出来了……在人们的眼中一块普通的石板变成一幅幅山水画的过程，就是审美知觉生成的过程。下面就让我们结合这个典型的例子来说明审美知觉形成的六个阶段。

(一)对象刺激

审美知觉和普通知觉一样，它的发生首先有赖于某种对象的刺激。对象刺激是审美知觉的起点，没有对象及其刺激，审美知觉一系列复杂而微妙的过程就不会发生。正如英加登所说：“某些以特殊方式形成的实在对象构成了审美知觉的起点，构成了某些审美对象赖以形成的基础，一种知觉主体采取的恰当态度的基础。”①在上述例子中，那块石板及其槽纹在那个古建筑中的存在，就是审美知觉的起点。但是，对审美知觉来说，石板作为一个刺激物，并不是作为一块普通的石板呈现给我们的，而是作为“山水画”呈现给我们的。虽然在观看刚开始之际，由于我们的知觉还是普通知觉，除石板及其槽纹之外，我们还什么也看不出来。

(二)审美注意

如前所述，对象有两面，非表现性的一面和表现性的一面。在对象的面前如何才能使自己的知觉集中指向对象的表现性一面呢？这就需要知觉主体形成审美注意。中国古代的“虚静说”和西方的“距离说”都是讲审美注意问题②。审美注意是伴随审美刺激物的呈现而

① 英加登：《审美经验与审美对象》，M. 李普曼编：《当代美学》，光明日报出版社1986年版，第288页。

② 参见第二章。

形成的。远离功利考虑是审美注意生成的前提条件。在审美注意形成之后，对象的表现性（审美属性）从多种属性中被选择出来，成为知觉集中指向的目标，而其余一切非表现性（非审美属性）由于被视而不见而自动远离，或者仅仅成为一种“背景”。在上述的例子中，知觉主体受周围条件的影响（如这块石板被竖立起来供人观赏，而游客又都在观赏等）逐渐放弃从实用、功利方面去观看，那些自然形成的槽纹淡化、远离，他（她）隐约感觉或依稀瞥见了类似图画的不平常的东西，即注意的对象由石板的物理属性，转换成了还不十分清晰的审美属性。审美注意的形成，是审美知觉形成的不可缺少的预备阶段。

（三）期待—投射

几乎与审美注意形成的同时，知觉主体产生了一种期待，并在期待中唤起了幻觉。期待在审美知觉中的作用是不容忽视的。实际上，人们总是倾向于看见自己期待看见的东西，听见期待听见的东西。心理学家曾做过这样的实验：让一群人坐在电视屏幕前，事先告诉他们这是进行对光的反应敏感度的实验，谁先见到了光点，谁就立刻说明见到了光点，见到了几个光点。实验开始后，被试者在暗室面对屏幕，就开始有人报告见到了光点，到后来报告见到光点的人越来越多。而实际上，实验者根本就没有往屏幕上打光。这些报告见到光点的人不过是由于执着的期待产生了幻觉。在审美知觉中，类似的情况也常发生。你期望着从败墙污迹中看到山水，你记忆中有关山水的痕迹就活跃起来，于是你看到了山水。你期望从一团又一团翻滚的黑云中看到骏马的奔驰，你记忆中有关骏马奔驰的印象就清晰起来，于是你果然看见了它……所以贡布里希在谈到幻觉产生的条件时强调说：“我们的知识与期待影响着我们的听觉。”“期待创造着幻觉。”“在能期待的地方，我们无须去听，在这种背景中，投射将代替知觉。”[①]在上述的例子中，石板旁的文字说明和已经完成审美知觉的游客的议论、指点，使我们产生了从石板上看见山水画的期望，期望像一位导师，终于教导我们从石板上看见了山水画。期望变成现实。但期望又是如何变成现实的呢？这是“投射”机制作用的结果。在贡布里希的审美知觉理论中，“投射”是一个关键的概念。他在《艺术与幻觉》第三章中援引了瑞士精神病学家罗尔沙赫的著名的墨迹实验，即将一个标准的墨迹给受试者解释，受试者就会将自己记忆中的形象“投射”到那团什么也不是的墨迹上面，于是同样的墨迹可以被解释为一只蝙蝠或一只蝴蝶。同样的道理，我们可以将一幅熟悉的战斗图“投射”到败墙的污迹上，将一幅熟悉的奔马图投射到一片相似的云的形状上。由此可见，“投射”机制就是将知觉主体在过去生活经验中获得的主观的范式投射到客体上面，使客体符合主体的范式。在上述欣赏石板的例子中，由于期待山水画在石板上呈现，这样知觉主体就将平日对中国山水画的印象作为一种范式，“投射”到纵横交错的石板的槽纹中，于是一幅幅山水画就呈现在自己的眼前。

(四)盲点—冲突

然而，“投射”机制发生作用的那一瞬间是两种力的冲突和斗争的过程。由于社会化的缘故，一般成年人总是从实用的、功利的观点来看待对象，这就自然而然地形成了一种心理力，这种力紧紧地束缚着人们的知觉，迫使人们总是从实在的观点来观察对象。但是，在审美注意形成和期待—投射机制发生了作用之后，非实用、非功利的意识在无意中又形成了另一种心理力，这种力力图摆脱前一种心理力的束缚，召唤人们转到审美的视点来对待对象。这样就形成了两种心理力的对立和冲突。一种力要向实用的、功利的方向伸张，

① 贡布里希：《艺术与幻觉》，湖南人民出版社 1987 年版，第 192 页。

另一种力要向审美的方向转换。在投射机制刚起作用的一刹那间，由于两种力处于一种势均力敌、旗鼓相当的相持状态，或者说两种力互相抵消，于是出现了“盲点”状况。这里所说的“盲点”是指在一瞬间出现的什么也看不见的奇妙现象。这种现象是由于两种心理力相互冲突造成的，因为在“投射”刚开始的那一刻，即将要向审美的视点转换的那一刻，对象的自然属性在知觉中被“破坏”，因此对象的实在的自然面目变得模糊了，但是，实用的、功利的习惯势力是强大的，它作为一种惰性又顽强地“抵抗”着审美视点的产生，于是对象的表现性又难以呈现出来。这就出现了瞬间的空白点、盲点。在那一刹那间，对象既非作为物理客体而存在，又非作为审美客体而存在。就如“邯郸学步”，新的未学会，旧的又忘了。从情绪上看，在“盲点”出现的这一刹那，知觉主体充满了一种探索的焦虑不安。“盲点”消失之后，可能产生两种不同的结果，一种是由于“投射”机制太弱，主观范式未能发生作用，退回到实用的、功利的立场上，于是对象的自然属性得以恢复；另一种是“投射”机制强而有力，主观的范式与对象的形式获得了匹配，审美的视点超越了实用的、功利的视点，对象的表现性得以显现。在上述例子中，知觉主体在听说从这块石板上可以看见山水画之后，就把昔日对山水画的印象作为一种范式投射到石板及其槽纹上，这一过程实际上就是知觉主体摆脱实用的、功利的心理力向审美的心理力倾斜所做的一种努力。在这种努力中，有那么一刹那间，知觉主体会出现一种茫然、焦虑、着急的情绪，因为他发现他什么也看不见了，原有石板的槽纹好像消失了，看不清了，可山水画一时又还未呈现出来。在这种焦急状态中，他继续加强“投射”机制，极力想从石板上寻找出与他印象中的山水画相匹配的山水画来。他的这种努力，既可以因无法摆脱实用的、功利的心理力而归于失败，也可能因审美心理力的强大而获得成功。由此看来，“盲点”是普通知觉和审美知觉的一个临界点，在这个临界点上两种心理力的对立和冲突的结果，将决定着对象是显示为审美对象还是还原为物理对象，决定着知觉是提升为审美知觉还是恢复为普通知觉。

(五)领悟—完形

在知觉主体处于“盲点”之时，是一种什么方式帮助他摆脱实用的、功利的心理力的束缚，进入一种审美知觉境界呢？这就是领悟。领悟是与观察不同的观看方式。在观察中，对象的性质都是限定的，不具活力的。例如，你观察那石板的槽纹，那么那些槽纹就只是一些自然形成的槽纹，你可以运用度量标准和测量活动将它的长度、弯度、深度等一一加以测定，你不会联想到别的东西。但在领悟中，情况就完全不同。对象的性质和外观不会被限定，相反，它充满活力和可塑性。V. C. 奥尔德里奇在他的《艺术哲学》所举的一个例子对我们很有启发，他举的是下面这样一幅图案：

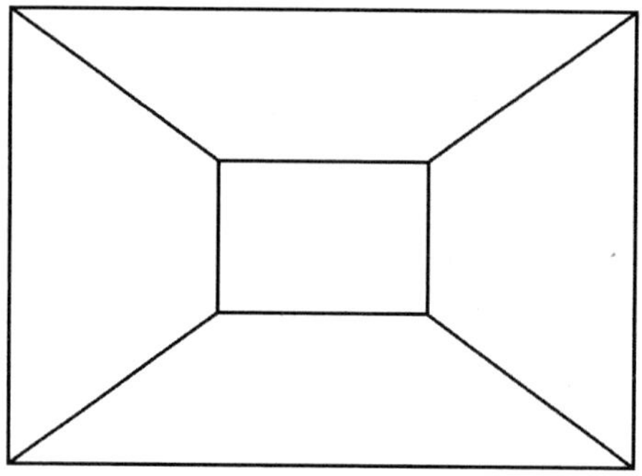

图　二

奥尔德里奇说，可以给它加上五个标题：“(1)悬在框架中的正方形，(2)从上往下看到的灯罩，(3)从下往上看到的灯罩，(4)从外往里看到的隧道，(5)截去了顶端的金字塔鸟瞰。”[①]为什么一幅图案会如此变幻莫测，具有如此强大的活力和可塑性？这是因为我们运

① V. C. 奥尔德里奇：《艺术哲学》，中国社会科学出版社1986年版，第28页。

用“领悟”而不是“观察”的知觉方式的缘故。奥尔德里奇说：“如果你愿意的话，领悟也可以说是一种‘印象主义的’观看方式，但它仍然是一种知觉方式，它所具有的印象给领悟的物质性事物客观地灌注了活力。”[①]印象主义观看方式的必然产物是“完形”的呈现，即对象不再是个别部分的简单综合而呈现，而是所有个别部分自动地趋合为具有活力的整体而呈现。知觉主体所观看到的不再是个别的细节，而是一种整体的力的结构。在上述观赏石板的例子中，如果你的“投射”取得了主、客体互相匹配的效应的话，那么你已经不是在观察，不是在调查，不是在测量，而是在领悟，或者说是在“神领意造”，正是你的领悟，使你的知觉超越了那些被限定的槽纹，并使那些槽纹具有了活力，而变幻出一幅幅具有完形性质的山水画来。

(六)自由境界

审美知觉最终将知觉主体的心灵导入自由境界。在普通知觉中，知觉主体的心理是有障碍的。即认知因素得到畅通，而情绪、情感、想象等因素则受到抑制，心灵不是处于和谐与自由的状态的。但在审美知觉的最后阶段，知觉主体的心理是无障碍的，在那一瞬间，整个心理机制都处于活跃和自由的状态，记忆与想象沟通，知觉与思维相连，再现与创造结合，认知与情感相融……或者说观看中包含了想象，知觉中包含了思维，直觉中包含了创造……知觉主体的各种心理能力差不多都有心灵在发挥作用，因为眼睛是与心相应的，知觉主体的心理能力已作为一个整体在活动着。在这种情况下，即使是你仅仅面对着几块小小的雨花石，你却可以自由地“看见”：“日出东海”“富士山下的歌舞伎”“塌鼻老太”“双僧对坐”“青山峦”“白毛女”“唐僧师徒西行”“地球与卫星”……[②]在上述观赏石板的活动中，在审美知觉的最后阶段，你获得了空前的自由，你面前出现的已不

---

① V.C.奥尔德里奇：《艺术哲学》，中国社会科学出版社1986年版，第31页。

② 参见《知识与生活》杂志1986年第6期封底照片。

是一幅山水画，而是无数山水画，你仿佛刚从南方山明水秀的峡谷中走出来，又进入了北国的白雪皑皑的崇山峻岭，你仿佛刚从宋代米芾的墨淡模糊的云山中走出来，又进入了清代石涛的离奇苍古而又细秀妥帖的竹石之间，你仿佛刚从滚滚滔滔的长江之滨走过，又来到了像野马一般狂奔的亚马孙河之旁……你的心灵超越了眼前的现实，获得了无限的自由。与此相联系的是身心的和谐与愉悦。由此看来，审美知觉虽然还不是整个审美经验，但它与审美经验之间已无截然的界线。

三、审美知觉的深层特征之一：非关功利与有关功利的二律背反

审美知觉是一种区别于日常知觉的、能够揭示事物的表现性(或审美属性)的特殊知觉。因为它能以诗的方式获得诗的印象，所以它是艺术创作的起点和基础。

中国当代艺术家的作品，尽管在艺术性上有了长足的进步，但总的说还是太实太死，缺少一种内在的美和抚慰人心的诗情。艺术家还是为自己没有偷到维纳斯的腰带而苦恼。从创作心理的角度看，主要是审美知觉的能力还不够强。因此，重新来认识审美知觉的基本特征并不是没有意义的。

关于审美知觉的基本特征，一直是当代美学研究中的热门话题。通常美学家们用否定性和肯定性这两方面来描述审美知觉的特征。即说明审美知觉的发生必须排除某种不应有的情况，和必须肯定某种应有的条件。如 H. S. 兰菲尔德认为审美知觉必须有两种否定性特征和三种肯定性特征：排除实用性和占有欲，肯定全神贯注、身心的完全参与、感觉的非现实性。杜威则认为审美知觉只有一种否定性特征和两种肯定性特征：排除欲望，肯定整体性和完美性。

M.C. 比尔兹利没有提出否定性特征，只提出了四种肯定性特性：注意力、强烈度、凝聚力和完整性[①]。这里不准备重复上述做法，因为审美知觉作为人的一种精神活动是极其复杂和微妙的。对主体来说，审美知觉是两种心理力的激烈、反复的冲突斗争过程。因此要揭示审美知觉的特征远非简单罗列几种否定性和肯定性特征就能做到的。实际上，对审美知觉的心理机制而言，往往是肯定中有否定，否定中有肯定，这里存在着深刻的二律背反运动。本节将从知觉主体复杂的心理冲突的角度来考察审美知觉，以期在更深的层次来揭示审美知觉的基本特征。

康德在《判断力批判》中提出了“美是无一切利害关系的愉快的对象”，同时他把“无利害关系”当成是“鉴赏判断的第一个契机”，指出“鉴赏是凭借完全无利害观念的快感和不快感对某一对象或其他表现方法的一种判断力”。自此之后，西方许多美学家都把“无利害关系”作为一个核心的观念，用以说明审美知觉的基本特征。他们认为审美知觉是一种无私的观照，“画家并不带着渴而思饮的眼光来看一池清水，也不带着荒淫好色的眼光来看一个美人”[②]。一旦带着渴而思饮（即物质需要）的眼光来看一池清水，带着荒淫好色（即生理欲望）的眼光来看一个美人，那么清水和美人的美也就隐匿不见．主体的知觉也就变成了非审美知觉了。但是这个被许多美学家视为现代美学的重大发现，在另一些美学家们看来不过是似是而非的论调而已。有的人认为，我们只有占有某种对象之后，才能充分地欣赏某种对象，因此无利害关系并不是审美知觉的一种特征（马克斯·德苏瓦尔）；有的人认为“欣赏一幅画固然不同于购买它的欲望，但是欣赏总是或者应该是与购买欲有密切关系的，而且应该说是它的预备行为”（乔治·桑塔亚那）；还有的人认为，审美知觉与官能的愉快是不

---

① 参见朱狄：《当代西方美学》，人民出版社 1984 年版，第 251 页。

② 乔治·桑塔亚那：《美感》，中国社会科学出版社 1982 年版，第 25 页。

能分割的，而且审美知觉本身就有益于人类，有益于社会，怎么能说审美知觉是无关利益呢(居约)？上述两种完全不同的见解各有各的理由，由此看来审美知觉是有关功利还是无关功利是一个极其复杂的问题。

有些学者已注意到了这一难题，他们提出了一些说法，试图解开这个美学“死结”。

有的学者认为，审美知觉无关功利，不是指知觉效果而言的，而是指知觉过程中的心理状态而言的。就效果而论，审美知觉可以使人的心灵进入一种和谐、宁静、自由的境界，补偿和抚慰人的精神，使人暂时从尘世的烦闷、苦痛中解脱出来，这是有益于人的身心健康的。而人的身心的安宁在最终也有益于社会，因为全社会成员的安宁正是社会的安定的一个条件。由此可见，仅从审美知觉的效果而言，审美知觉不是无关功利的，恰恰相反，它是有很强的功利意义的。然而，从审美知觉主体的心理状态看，在审美知觉的瞬间必须是无关功利的。这是因为人的知觉广度是有限的，一般地说，人们不能在同一瞬间既知觉对象的审美属性，又知觉事物实用属性。而人们在某一瞬间究竟知觉到对象的什么属性，这又和人们在某一瞬间的知觉定势相关。换句话说，我们总是倾向于知觉同我们在那一瞬间所采取的态度和主导的需要、欲望相一致的对象的属性。一个异常干渴而受尽折磨的人，终于找到了一条流水潺潺、清澈见底的小溪，他必定无心观看、欣赏这条小溪及其两岸风景的美，他的第一个动作是立刻跑到溪水旁，捧着清水喝个够。因为这时他的主导知觉定势是要解除渴的折磨，解渴的生理需要被推到突出的地位，而影响和支配他的知觉的选择，其他的需要、欲望、动机、情绪都被推到注意的边缘而受到抑制，暂时不会影响和支配知觉的选择。很明显上述普通知觉是以人的强烈生理欲求所产生的有关功利的心理状态为其特征的。假如那条小溪是张家界或九寨沟的一个风景点，而上述那个人是专为观看、欣赏这条风景如画的小溪来到这里，那么他在第一眼瞥见这条小溪之时，他必定会忘情地欢呼："这太美了！"因为对他来说，此刻他的主导知觉定势既不是为了满足生理的欲求，也不是为了买下这条小溪，他仅仅是为了欣赏小溪的美景，即一种不关实际功利目的的愿望。如果此刻他的目的转向其他实用的方面，那么小溪的美就会立刻消失。舍夫茨别利早就说过："可以想象，你在一定距离之外去欣赏大海的美，而同时你心里却在想怎样能像那些熟练的海军上将那样去支配它，难道这种想法不有点荒谬吗？"所以，就主体在审美知觉那一瞬间的心理状态而言，是无关功利的。

有的学者则进一步指出，审美知觉的非关功利和有关功利具有矛盾二重性。一方面，审美知觉具有不经个人理智活动或逻辑思考的直觉特点，因此审美知觉的确跟实用的、功利的、道德的目的无关。例如，一个人在欣赏梅花之际，他的确不会想到什么社会意义和功利价值。但另一方面，在任何一个人的功利的审美知觉中，即已不自觉地包含一个阶级、一个时代、一个民族客观的、理智的功利判断，只是这种功利判断不为知觉者本人所觉察而潜移默化地积淀到主体的知觉中去了。或者换句话说，"五官感觉的形成是迄今为止全部世界历史的产物"（马克思），在审美知觉中，早已渗入人的功利、欲望，隐匿着人的利害考虑的更为古老的"沉积物"。因此人的审美知觉中不带功利是不可能的。在不少民族那里，布谷鸟的声音是最美的，这是因为布谷鸟的叫声"向劳动者宣告春天的开始——艰难的冬日的结束"，这样审美知觉总是历史地受到功利目的的制约。斯托洛维奇也持上述观点。

无疑上面两种观点，在一定程度上推进了问题的解决。但离解开"死结"还离得很远，因为审美知觉是一种流动的并充满复杂的心理力的冲突的过程，对它仅作静态的考察，是不能把握其特征的。

我以为审美知觉是非关功利还是有关功利，或者是非关功利与有关功利并存，这要把审美知觉置放到原来的流动过程中去考察。

对任何一个人而言，审美知觉总是一瞬间的事情，但在这短暂瞬间里所蕴含的心理活动是极其复杂、曲折和微妙的。英加登说："如果一个审美过程始于纯粹的感觉，那么，这一过程的最有趣的部分、最难于把握的部分就是从对一个实在对象的感觉向审美经验的诸方面的过渡阶段。这是一种从我们日常生活中采取的实际态度、从探究态度向审美态度的转变。"[①]审美知觉过程中从日常实际态度向审美态度的过渡和转变，虽然是最难于把握的，但恰恰正是这过渡和转变中的心理变化是最有趣的，而且也最能体现审美知觉深层的特征。

当知觉主体从纯粹知觉过渡为审美知觉或者说从日常实际态度转变为审美态度的那短暂的瞬间，知觉主体的心理处于怎样一种状态，经历了怎样一种变化呢？毫无疑问，在过渡与转化这一时刻，知觉主体如果面对的是具有审美特质的对象的话，他必然会不由自主地超然于功利并被对象的审美特质所吸引，从而中断了对周围物质世界的正常的知觉活动。换句话说，在这过渡和转变的瞬间，知觉主体处于一个被争夺的临界点上，一方面，审美对象的特质所构成的审美世界召唤着他，像磁铁那样吸引着他，在激动中，使他不能不暂时摆脱受着功利、欲望控制着的经验世界，使他对经验世界产生一种"假遗忘"状态；可另一方面，他所熟悉的、由强大的功利、欲望所构成的经验世界，又挽留着他，像一个情人那样抱拽着他，尽量不使他超越临界点，阻止他顺利地进入审美世界。这就是说，在"过渡"和"转变"这一瞬间，知觉主体的心理有两种力在进行反复的较量和斗争，一种是现实世界的欲望、功利的力，一种是审美世

---

① 英加登：《审美经验与审美对象》，M. 李普曼编：《当代美学》，光明日报出版社1986年版，第289页。

界的超欲望、超功利的力，这两种心理力的较量与斗争及其结果，决定着审美知觉能否实现。

巴尔扎克在题为《论艺术家》的论文中曾提出过“第二视觉”的概念，他认为，对那些一心贯注在发财、寻乐、经商和掌权的人们，就是面对着最具有审美属性的对象，他们也往往不容易发现美，因为他们只有充满欲望、功利的“第一视觉”。真正能够发现对象的美的是区别于“第一视觉”的、超然于欲望和功利的“第二视觉”。而“第二视觉”的获得是抑制和排除“第一视觉”的结果。无独有偶，著名画家马蒂斯也提出第一只眼睛与第二只眼睛斗争的论点：

你知道只有一只眼睛的人吗？他用这一只眼睛观看和记录每一事物，这只眼睛就像一架拍细照的高级照相机，很灵敏，很小巧。根据照片，一个人能够对自己说：“这次我了解到了事物的真实样子”，他会静一会儿，然后慢慢地，在另一只眼睛中无形地显现的形象就会把主体本身添加到照片上去，从而向他提供了完全不同的一幅照片。

于是，我们这位先生就不再能清楚地看东西了，在第一只眼睛与第二只眼睛之间开始产生了斗争，战斗是激烈的，最终第二只眼睛占了上风，接管了一切，这就是这场战斗的结束。现在，它控制了局面，这样第二只眼睛就能够独自地继续自己的工作，根据内心幻觉法则去推敲修整它自己的照片。在这儿(指脑袋)就能找到这种很特殊的眼睛。①

这是一位伟大的艺术家以他自身的丰富经验，十分清晰地说明

① 杰克·德·弗拉姆编：《马蒂斯论艺术》，河南美术出版社1987年版，第178～179页。

了普通知觉过渡、转变到审美知觉的过程，并深刻地揭示了审美知觉的心理活动的轨迹，马蒂斯的“第一只眼睛”与“第二只眼睛”的说法与巴尔扎克的“第一视觉”与“第二视觉”的说法何其相似乃尔。但是马蒂斯的话中所提出来的可供我们思考的有意义的问题更多，更深入。譬如我们可以追问：第一，人的第一只眼睛与第二只眼睛是如何形成的？它们有何区别？第二，“在第一只眼睛与第二只眼睛之间开始产生了斗争”意味着什么？第三，为什么在“另一只眼睛中”所看到的形象显现之际，人们“就不再能看清东西了”？第四，“第二只眼睛占了上风，接管了一切”这又意味着什么？可以说，对这四个问题的回答，构成了对审美知觉基本特征的揭示。下面，就尝试着来解答这四个相互联系的问题。

的确，人类在长期的生存竞争和社会实践中形成了两种眼睛、两种视觉(同样也形成了两种耳朵、两种听觉等)。在人类形成了一个社会之日起，人受到了来自内外双重力量的夹击。一方面，人仍然是动物之一种，食欲、性欲、求生欲等动物身上有的生理欲望，人也具有。这种欲望形成了一种内部的压力，使人不断地“屈从”于它、受制于它。另一方面，人作为社会动物，又形成了人类的大团体。人生活在团体中，就又无时无刻不感受到团体的压力，在这种团体的压力下，个人的原来的行为倾向同团体中无形中形成的大多数成员的行为倾向不相同时，就会不由自主地去迎合团体的行为倾向。当然，人类作为一个团体其内部是分阶级、分阶层的，所形成的压力也多种多样，但重功利则是一种共同团体压力，你尽管想像庄子或陶渊明或唐僧那样超脱，但在你的工资提不上、职称评不上、房子分不上时，你仍然无法摆脱社会世俗所形成的压力，你不由自主地陷入了焦虑、烦闷、痛苦之中，并不能不采取某种实际行动去关心自己的功利。这是来自外部的压力。这来自内外的两种压力，使人不得不“遵从”，从而形成了满足欲望、关切功利的强大的知觉心理定式。正是这种知觉心理定式，创造了人的第一只眼睛，并以第一只眼睛去看周围的世界，在这第一视界内，事物的真实样子总是跟人的欲望、功利相联系，所有的形象都蒙上了一层欲望与功利的灰尘，因此，尽管周围的世界处处都有诗情画意，都有美，人们还是不易知觉到它、发现它。

与此同时，人在另一种压力下，又形成了第二只眼睛和第二视界。按日本美学家黑田鹏信的猜测，无人不具美欲。所谓美欲，就是求美的欲望，它与食欲、色欲，同为人类三欲之一。人所以倾向美和艺术，都根源于此种美欲。他说："不仅满足食欲及色欲，而求肴馔的美观，与美人，其起源也可用美欲来说明。然美欲所生的主要的东西，当然是艺术。为美欲的冲动的，就是艺术冲动。又模仿，表现，装饰三种冲动，也多起源于美欲。即模仿美的东西，表现美的感情，要美而装饰便是。又游戏冲动……与美欲关系甚深。描画，折色纸，其间也有美欲活动着。"[①]在"文化大革命"的审美饥饿中，人们以无比的耐心在烈日或寒风中排几个小时的队，去买一张朝鲜故事片《卖花姑娘》的票，其原因之一就是体内的美欲冲动在作怪。为什么人们普遍认为食欲、色欲是人的本能，而不认为美欲是人的本能呢？这是因为食欲、色欲可以为每一个人所感觉到、体验到，而美欲则不易为人所明显地感觉到、体验到。时至今日，黑田鹏信的美欲论，已为现代生理实验所证实。美国斯坦福大学生物学家高德斯丁以令人信服的实验，证明了人的审美愉悦，与人身上一种叫作内啡肽的内分泌物有关。他在70名大学生身上做了如下的实验：以一种药剂注射到人的体内，破坏人体内的内啡肽的分泌状态，然后再让受试者各自听自己喜欢的音乐，发现这些受试者对自己平日喜欢的音乐已不再喜欢，即不再产生平时听音乐时的审美愉悦。这

① 黑田鹏信：《艺术概论》，开明书店1947年版，第50～51页。

就证明了，如果抑制人体内的产生审美愉悦的特定生理机制的话，那么音乐对于他也不再是音乐了。这样，高德斯丁的实验实际上证明了黑田鹏信的关于美欲的猜想。人的美欲作为人的潜在的本能在社会实践中得以提升。或者说，人在生产劳动、巫术活动、图腾崇拜活动中，促进了审美知觉能力的最后的诞生。这样，人就有了第二只眼睛，能够按“美的规律”来观照世界的眼睛。

人类的这两种眼睛是如此不同，第一只眼睛顽固地倾向于欲望、功利，以强大的定势建构充满实在经验的第一视界，而第二只眼睛则执着地追求美，以独特的功能建构充满诗情画意的第二视界。在一般人那里，由于总是承受着巨大的社会压力，并形成了世俗化的心理定式，所以第一只眼睛总是处于优先地位。当我们面对一个既具有功利属性又具有审美属性的对象之际，世俗化的心理定式，使我们总是先运用第一只眼睛，把握到对象的可以满足我们欲望和功利的方面。对于那些过着极其贫困的生活、终日被捆绑在机器和土地上的异化了的穷人，和那些过着穷奢极欲生活、终日追逐官能刺激和利禄的，同样也被异化的富人，他们的美欲在异化中萎缩。他们的第二只眼睛已处于几乎失明状态，他们已难得转入第二视界。由此我们不难看到，马蒂斯所说的第一只眼睛与第二只眼睛的区别，实际上就是讲受欲望、功利束缚的普通知觉和摆脱欲望、功利的、能够感受到对象的美的审美知觉的区别。因此，普通知觉向审美知觉的过渡转换，就是以第二只眼睛取代第一只眼睛的过程。

人的第一只眼睛（普通知觉）是如何转变为第二只眼睛（审美知觉）的呢？

马蒂斯说，这种转变的实现，有赖于“在第一只眼睛与第二只眼睛之间开始产生了斗争”。如前所述，这两只眼睛的斗争，是两种心理力的冲突。欲望、功利的心理力，支持着人的第一只眼睛。这种倾向于欲望、功利的心理力量，在社会化过程中变得非常强大，马克思说："私有财产使我们变得如此愚蠢而片面，以致任何一个对象，只有当我们拥有它时，也就是说，当它对我们说来作为资本而存在时，或者当我们直接享有它，吃它，喝它，穿戴它，住它等等时，总之，当我们消费它时，它才是我们的……因此，一切肉体的和精神的感觉为这一切感觉的简单的异化即拥有感所代替。"[①]马克思在这里所说的"拥有感"，正是我们反复讲的倾向于欲望、功利的心理力。这种心理力量因其私人性的特点而变得十分顽固。人要从第一只眼睛转向第二只眼睛，或者说从普通知觉过渡到审美知觉，就意味着要跟弥漫于自己心中的这种顽固而强大的力量进行斗争。

理论家们普遍看到了审美知觉所带来的审美快感，但往往未能看到在获得审美快感前的"不快"感。这是因为要从第一只眼睛过渡、转向审美的第二只眼睛，首先必须中断关于周围物质世界的事物的正常的、具有强大惯性的活动，限制对以前经验的回忆，压抑本能欲望的诱惑，这不能不是"不快"的、"痛苦"的。让我们举一个最明显的例子。世俗男子面对年轻的裸体的女子，他们总是首先用第一只眼睛去观看，从而刺激并燃烧起了他们的性的欲望，这是极其正常、自然的事情。现在让这些男子压抑下这种正常、自然的欲望，转而用第二只眼睛去观看，并发现女性裸体的圣洁的美，就像雕塑家罗丹所看到的那样：

> 人体，由于它的力，或者由于它的美，可以唤起种种不同的意象。有时像一朵花：体态的婀娜仿佛花茎，乳房和面容的微笑，发丝的辉煌，宛如花萼的吐放；有时像柔软的常春藤，劲健的摇摆的小树。……
>
> 有时人体向后弯屈，好像弹簧，又像小爱神爱洛斯射出无

① 马克思：《1844年经济学哲学手稿》，人民出版社1979年版，第77页。

形之箭的良弓。

有时又像一座花瓶。我常叫模特儿向我坐着，臂伸向前方，这样只见背影，上身细，臀部宽，像一个轮廓精美的瓶，蕴藏着未来的生命的壶。①

用此种圣洁而优雅的第二只眼睛来看裸女对世俗者来说是困难的。因为要做到这一步，就必须压抑人的正常的、自然的欲望，排除诱惑，就必须克服一切容易产生的邪念，这不能不是一场严重的心理力的冲突。而这种“压抑”“排除”“克服”“冲突”，对人而言，首先是一种不快、一种痛苦。而最后的审美愉悦是冲出重围后带着眼泪的欢呼，是分娩后带着倦意的微笑，是越过险滩后对平潭的流连，是思乡之痛后游子的回归。从这个意义上说，第二只眼睛接管第一只眼睛所产生的心理力的斗争虽然是一瞬间的事，但其历程是十分曲折的、微妙的。

普通知觉转变为审美知觉的曲折和微妙的特征，特别深刻地体现在第二只眼睛去接管第一只眼睛的那一刹那间出现的“空白”现象，由于出现了“空白”，就如马蒂斯所说的知觉主体“不再能清楚地看东西了”。这种奇特的现象的产生，乃是由于知觉主体的两种心理力的斗争正处于相持、拉锯状态的缘故。倾向于欲望、功利的力顽强地制约着他用第一只眼睛去观照对象，可超越欲望、功利的力则又尽力敦促着他用第二只眼睛去观照对象，这样知觉主体就在第一只眼睛与第二只眼睛之间晃动、徘徊，他原有的第一视界遭到破坏，可第二视界又建立不起来，在这种视角不断变化的情况下，人的眼睛就像没对好焦距的照相机，是不可能看清东西的。在许多地方都有叫“望夫石”“神女峰”“公鸡峰”“狮子峰”“莲花峰”“九龙峰”之类的风

① 罗丹：《罗丹艺术论》，人民美术出版社1978年版，第62页。

景点，在观众中，经常有人焦急地向同伴说：“我怎么看不出来?”很清楚，上述“望夫石”“神女峰”之类，是景物的“格式塔质”(见本书第一辑相关论文)，它属于第二视界，需要人们用第二只眼睛去观看。对于那些试图摆脱现实经验的束缚而实际上又还未摆脱束缚的人来说，他眼前的景物既已离开第一视界，但又未能完全进入第二视界，所以他们眼前是模糊的空白，于是“怎么也看不出来”。明代人方孝孺在他的《逊志斋集》中记载了这样一件事情：

> 然余少时尝从诸老生游于市，修衢广巷，车马往来，鼓吹闹耳，珠玉锦绣之肆交陈乎前，余憧憧而行，不知其所底。及暮而归，失道者数四。至家而思之，凡触乎目者，漫不能记。而老生方坐而为人言，所遇马几蹄，车几轮，鼓吹几部，道中人语者歌者为谁，所语何言，所歌何辞，何为道以行，行凡几异，皆识之无所失。余大惊以问。老人曰：“子知子之所由忘乎？心之为物，静则明，动则眩。子不见夫鉴乎？妍媸小大毕应者，以其静耳。使人持而摇之，与破鬲何异?”余曰：“敢问吾心何以不静乎?”老人曰：“嘻！子何见之暮也。子见夫车马，得无愿乘之乎？子见乎悦目而娱耳者，得无愿有之乎？人惟无欲，视宝货犹瓦砾也，视车马犹草芥也，视鼓吹犹蛙蝉之音也，则心何往而不静？子有欲之之心存，虽欲静而明，得乎?”余闻其言，始骇而悟，退而养吾心三年，果与老人无异。

这是一个很好的案例。它说明了当知觉主体未进入“静”的境界，即有欲之心与无欲之心乃处于争斗的状态，那么他的眼睛即非第一只眼睛，又非第二只眼睛，它不能不是眩晕的、看不清东西的。就像那镜子，本来可以照见一切，但如果不断地摇晃，就与破锅无异，不能照见任何事物。方孝孺心中有占有欲，所以他不能有第二只眼睛，进入第二视界，他的心中只能是一片空白，什么也记不住。只有在他养心三年之后，他的无欲之心力已足够强大，他已经能战胜有欲之心，或者说他的“第二只眼睛占了上风，接管了一切”，“空白”现象也随之消失，审美知觉得以实现。

通过以上分析，我们可以得到这样的认识：审美知觉作为一个动态过程，不能简单地说是“无关欲望”“无关功利”的，只能说它从欲望、功利的束缚中解放出来，达到无关欲望、功利的境界。有欲是无欲的对立面，但有欲又是无欲超越的条件。甚至可以说，欲望、功利的拖累愈是沉重，对此欲望、功利超越后的审美愉悦也愈是痛快淋漓。这就如同一支陷入重围的军队，处境愈是艰险，那么冲出重围之后的欢快愈是强烈。伟大的艺术家们深知这一审美规律，因此总是给自己的艺术创作设置困难。曹雪芹从充满利害、冲突的场景中，去寻找诗情，完成了长篇巨著《红楼梦》；巴尔扎克从充满铜臭的氛围中，去偷“维纳斯的腰带”，创作了《高老头》；托尔斯泰从充满血腥的战场去发现诗意，写出了《战争与和平》；而雕塑家罗丹的《永恒的偶像》，是两个互相依偎得那么紧的男女裸体，但看上去却没有丝毫的淫猥，它被一种优美娴雅的情感所调和，让人产生一种无私的、圣洁的崇拜心理。在裸体基础上建立起的艺术，就像那荷花，想到它出淤泥而不染，就更加令人肃然起敬。罗丹说：“苦痛，亲人的死亡，甚至朋友的背叛，也会给予伟大的艺术家(我指画家、雕塑家，同时也指诗人)以一种酸辛的快乐。”①这是深得审美知觉奥秘的警辟之语。是的，审美知觉的极致应是：它深陷功利之中，又超越功利之上，它的基本特征是有关功利与无关功利的二律背反。

① 罗丹：《罗丹艺术论》，人民美术出版社1978年版，第27页。

四、审美知觉的深层特征之二：超越与限制的二律背反

根据马蒂斯的看法，当第二只眼睛控制了局面（即审美知觉得到实现）之后，知觉主体就“根据内心幻觉的法则”进行工作。幻觉也是知觉，但同错觉都是知觉的变异。俄国精神病学家维克多·赫利桑佛维奇·康津斯基认为：“幻觉是一种与外界印象并无直接关系，但对于幻觉产生者却具有客观真实性的感觉映象。”①把没有的形象看成有，把没有的声音听成有，这是“活见鬼”，是人的一种病态的表现。马蒂斯所说的“内心幻觉”是一种审美幻觉。审美幻觉把作为病态表现的幻觉升华为一种审美创造和艺术创造，因而审美幻觉实际上是审美知觉的高潮和极致。宋代画家翟院深曾有这样一段故事：

> 翟院深，营丘人，名隶，乐工，善击鼓，师乡人李成画山水，喜为峰峦之景。一日郡中宴客作乐，会云气耸起，如峰相叠，院深引望翘企，不觉登鼓，节奏遂失。太守诘之，具以实对。翊日，命院深为画，果有竦突之势，甚异之。②

翟院深因画画入了迷，竟把云团（其实是水气）的变幻当成层峦叠嶂的山峰，连自己正在干什么都忘得一干二净，这就是一种审美幻觉。有趣的是莎士比亚在《安东尼与克娄巴特拉》中也这样描写过天上的云团：

> 我们有时看一片云像一条龙，
> 一团蒸汽像一头熊或一头狮子，

---

① K. 普拉托诺夫：《趣味心理学》，科技普及出版社 1984 年版，第 126 页。

② 刘道醇：《圣朝名画评》。

像一个有塔楼的城堡，

　　一块悬空的巨石，

或峰峦迭起的山、

　　或是蓝色的海湾，

上面有树，向世界点头致意，

它们和空气一起嘲弄我们的眼睛

……

翟院深眼中的云，和莎士比亚笔下的云和蒸汽，变成了起伏的山峦，变成了龙、熊、狮，变成了城堡、巨石、海湾，对象与印象之间并没有直接关系，这不过是离开对象的一种幻觉的创造，是典型的审美幻觉。

审美幻觉是审美知觉的极致。但审美知觉不限于审美幻觉，它还包括审美错觉、审美联觉等。那么包括审美幻觉、错觉、联觉的审美知觉的突出特征是什么呢？这就是知觉主体在知觉过程中主体对客体的超越。审美知觉和普通知觉的基本区别在于，在普通知觉中，物质性事物的表征，都是被限定的，你看到云团就是云团，你看到是蒸汽就是蒸汽，它们不会变成什么山峦、龙、熊、狮、城堡、巨石、海湾。但在审美知觉及其极致审美幻觉中，最初阶段对实在对象的纯粹感觉转变为离开对象的另外一种感觉，即对象已被赋予了活力的“外部”，云团、蒸汽不再是云团、蒸汽本身，而是山峦、龙、熊、狮等别的东西。这就是知觉主体对知觉客体的超越。审美知觉的这种超越性特征，在艺术鉴赏中表现得最为明显。譬如，你鉴赏雕塑，在你眼前摆着的明明是一块经过加工的石头，可你却可以把它知觉为一个亭亭玉立、穿着五颜六色新装、冲着你微笑的年轻女郎。你鉴赏音乐，本来是一些高低不同乐音的组合，可你似乎听到了森林中鸟儿美妙的歌唱，海潮中呼啸而来的风，草原上飞奔而去的马蹄的声响，或是战场上千军万马的厮杀……你鉴赏舞蹈，你看到的明明是四处奔跑的人和扭动的身体等，可眼前却出现一个充满喜怒哀乐的令人沉醉的世界。你鉴赏小说，你看到明明是一行行的字，可是眼前却仿佛看到大观园的省亲庆典，梁山泊一百零八员大将排座次，或是唐僧师徒过火焰山……你离开了你眼前真实的对象，进入了与物质性的事物无关的另一个世界。实际上，你在艺术鉴赏中，你不会被对象限定，你总是忽略了对象的一些属性又补充了对象所没有的成分，甚至幻化出新的东西。英加登这样谈到他对雕塑“维纳斯”的鉴赏：

> 到过巴黎，见过名叫“维纳斯”的那块大理石的人都知道，这块大理石的许多属性，不仅不能有助于审美经验，反而会妨碍这种经验的实现。为此我们总是尽力忽略它们。例如，“维纳斯”鼻梁上的一块污痕，或它的胸脯上可能是由于水的浸蚀而产生的许多粗斑、空穴、水孔等等，就会有碍于它的审美感觉。在审美经验中，我们会忽略这块大理石的这些特殊性质，好像根本就没有看到它们。我们似乎看到它的鼻梁毫无瑕疵、胸脯平滑，所有的洞穴都被填上，还有完好的乳头(实际上这乳头已经给毁掉了)等。我们在“思想中”，甚至在一种特殊的知觉反映中补充了对象的这些细节，使其在给定的条件下有助于造成审美印象的最佳条件，更确切地说，我们给我们的审美对象的形状补充的细节使它通过在特定条件下出现的审美价值完全展示出来。这种过程对一块真实的石头的认识或调查研究是根本不合适的。可是在“审美认识”中，却“非常合适”。①

---

① 英加登：《审美经验与审美对象》，M. 李普曼编：《当代美学》，光明日报出版社1986年版，第292页。

在审美知觉中，对这些对象的某些属性的忽略和对对象的细节的补充，实际上是对对象的幻化，这也就是知觉主体对知觉客体的超越。这种超越的意义就在于“有助于造成审美印象的最佳条件”，使对象的“审美价值完全展示出来”。

对艺术家而言，他们在艺术创造中，面对的是自然形态的生活，他们在审美知觉过程中对审美对象的忽略、补充和幻化，即对自然形态生活的超越，比之于艺术鉴赏中的超越要困难得多。因为在艺术鉴赏中，毕竟有一个完整的艺术品作为你的知觉对象，对象本身就是审美化的、艺术化的，所以鉴赏在知觉过程中尽管也还需要超越，但相对而言，其困难要小得多。在艺术创造中，艺术家不能完全地重复生活、照抄生活，“艺术之所以为艺术，正因为它不是自然”(歌德)。艺术家是以生活的结束点为自己的知觉起点的。艺术家审美知觉常常是这样：他从眼泪中见出欣喜，从欢笑中见出眼泪；他把红色的太阳看成黑色的，又把子夜的黑暗当作黎明的曙光；他从大海的波涛中见出思亲的泪水，又把思亲的泪水看成是滔滔的江河；他从人中见出狗，又能从狗中见出狼；他从美中见出丑，又从丑中见出美；他从不幸中感受到幸福，又从幸福中感受到不幸……艺术家审美知觉中的错觉、联觉、幻觉等超越情况，千变万化，千奇百怪，任何概括、归纳都不可能妥帖。譬如，通常总是这样概括主体对客体的超越：在审美知觉中，知觉主体所知觉到的总是比生活本身更集中、更强烈、更理想。这种情况的确存在。当生活本身过分分散、过分平淡、过分卑琐时，审美知觉主体就会将它们集中化、强烈化、理想化，以有利于造成最佳的审美印象。这是一种超越。但有时情况恰好相反，当生活过分集中、过分强烈、过分理想时，就不利于最佳审美印象的实现，这时，作为知觉主体的艺术家就会将它们分散化、平淡化、普通化。因为只有这样才能冲淡那种令神经承受不了的过分集中、强烈和理想的东西。这又是一种超越。

你想象一下，你站在铁路边，一列火车风驰电掣从你身边飞奔而过，你感到心脏受了压迫，感到头晕目眩，你受不了这种“强烈”。你这时就会离铁轨远一些，从而调整自己的知觉距离，让火车显得并不太快。真正的艺术家是懂得这一审美知觉规律的。巴尔扎克说过：“生活不是过分充满戏剧性，或者就缺少生动性。”如果是生活缺少生动性，那么作为知觉主体的艺术家，自然应把生活生动化，但如果生活过分充满戏剧性，作为知觉主体的艺术家，自然就应把生活平淡化，拿巴尔扎克的话来说：“常常不得不冲淡一些事物原来的强烈性质。”①因为只有这样做，才能造成最佳审美印象，使对象的审美价值得以充分展示出来。有的读者认为巴尔扎克的《高老头》是对儿女对待父母态度的一种诽谤。巴尔扎克解释说，的确“作为小说基础的那个事件真是令人感到毛骨悚然，就是在吃人的野蛮人那里，这种情况也是绝无仅有。一个不幸的父亲，他最后的那口气拖了二十来个钟头才咽了下去。他无可奈何地要求给他点水喝，可是没有一个人来帮他一下忙。他的两个女儿都不在家，一个参加舞会去了，一个去看戏，虽然她们都知道自己的父亲已经病危”②。巴尔扎克意思是说，生活的原型比小说中所写的还要可怕，他在审美创造中，已“冲淡”了原型，而不是把它强烈化、集中化。

总而言之，艺术家的审美知觉，是主体对客体的超越，在超越的瞬间，客体获得活力，客体不像在普通知觉中那样限定主体；主体获得自由，他不受时间和空间的束缚，达到了“观古今于须臾，抚四海于一瞬”的境地。或者如英国诗人布莱克《天真的预言》(宗白华译)诗中所写，在审美知觉的瞬间，主体的超越达到了这样的高度：

---

① 巴尔扎克：《〈古物陈列室〉〈钢巴拉〉初版序言》，王秋荣编：《巴尔扎克论文学》，人民文学出版社1986年版，第142～143页。

② 巴尔扎克：《〈古物陈列室〉〈钢巴拉〉初版序言》，王秋荣编：《巴尔扎克论文学》，人民文学出版社1986年版，第142～143页。

一沙一世界，一花一天国，

君掌盛无边，刹那含永劫。

这种超越现象是怎样达到的呢？这就是因为审美知觉不同于普通知觉，它是一种独立于根据律之外的知觉方式，在审美知觉的瞬间，知觉主体把知觉对象从真实生活的洪流里拔了出来，对象就孤立地呈现在面前了。“而这一个别的东西，在那洪流中本只是微不足道的一涓滴”，但在审美知觉中却是总体一个代表，“是空间时间中无穷‘多’的一个对等物”①。

然而，在审美知觉中，主体对客体的超越是不是无限的、任意的呢？当然不是。审美知觉中主体对客体的超越要受到来自两个方面的限制。

首先，是来自客体的限制。尽管审美知觉客体不同于普通知觉的实在对象，但我们可以说，“某些以特殊方式形成的实在对象构成了审美知觉的起点，构成了某些审美对象赖以形成的基础，一种知觉主体采取的恰当态度的基础。”②或者说，审美知觉客体总是这样或那样地引导、规范着审美知觉主体的超越活动。譬如，在艺术鉴赏中，人们常说“一千个读者就有一千个哈姆莱特”，但人们心目中毕竟还是哈姆莱特，而不是堂吉诃德，也不是阿Q。上述鉴赏雕塑维纳斯的例子，尽管不同审美知觉主体面对那块大理石，所忽略、所补充的东西不相同，但大家心目中毕竟都是美丽的爱神，而不可能是一个老翁或老妪。在艺术创作中，艺术家的审美知觉同样也是如此。一方面，主体获得了某种自由，不完全受客体的限制，但另一方面，客体的力的结构及其所形成的完形等特质，又不能不大致

---

① 叔本华：《作为意志和表象的世界》，商务印书馆1982年版，第259页。

② 英加登：《审美经验与审美态度》，M. 李普曼编：《当代美学》，光明日报出版社1986年版，第288页。

上规定着知觉主体的起点、基础和方向。尽管知觉主体在错觉、幻觉、联觉等心理过程中已使客体变了形，甚至已变得面目全非，但主体又总要在某一点、某一方面上仍然受到客体的牵制、引导，主体任意地、不受丝毫制约地脱离、超越客体的情况是不会发生的。战国时代，韩非就有“画犬马难画鬼魅易”的议论。为什么画犬马难呢？这是因为“犬马人所知也，旦暮罄于前，不可类之，故难”。实际上就在于犬马作为客体是难于完全超越的。而“鬼魅”则从来不是一个实在对象，是可以任意涂写的。马蒂斯的油画，把西红柿画成蓝色的，肖洛霍夫在《静静的顿河》中把太阳写成黑色的，徐悲鸿笔下的奔马不合比例，但马蒂斯毕竟把西红柿画成圆的，肖洛霍夫毕竟把太阳写成亮的，徐悲鸿毕竟画的是马……

艺术家的艺术实践证明，审美知觉主体越是深入客体，越是受客体的制约，就越能脱离客体、超越客体，并使主体对客体的超越达到一个更深的层次。明代画家李日华这样谈画境：

> 凡画有三次第。一曰身之所容：凡置身处，非邃密，即旷朗，水边林下，多景所凑处是也。二曰目之所瞩：或奇胜，或渺迷，泉落云生，帆移鸟去是也。三曰意之所游：目力虽穷，而情脉不断处是也。然又有意所忽处，如写一树一石，必有草草点染取态处；写长景必有意到笔不到，为神气所吞处。是非有心于忽，盖不得不忽也。其于佛法相宗所云极迥色、极略色之谓也。①

李日华在这里把画境分成三个层次，其最深层次所谓“目力虽穷，而情脉不断处”，所谓“意到笔不到”“为神气所吞”，是一种“最

① 李日华：《紫桃轩杂缀》。

高灵境的启示”，或者说是“禅境的表现”(宗白华)，这是对于知觉客体的最深层次的超越。但这种超越不是凭空达到的。它必须先有“身之所容”“目之所瞩”的直观感相的摹写作为基础。正是这种对客体的直观感相的摹写，使主体得以深深地切入客体，并使客体与主体心中的意向、情绪融为一体，这才实现了“意之所游”这一高层次的超越。那些不懂得审美知觉主体必须受客体限制，而随意涂写的人，就如同传说中的地主老爷，他要一座楼的第三层，但不想要第一、第二层，这种“超越”肯定是不会实现的。

其次，审美知觉中主体对客体的超越，还要受到来自主体自身的限制。我这里所说的“主体自身”，主要是指主体的知觉定势。所谓知觉定势就是指知觉主体对刺激对象作特殊反应和特殊组织的准备。“知觉定势主要来自两个方面；早先的经验和像需要、情绪、态度和价值观念这样一些重要的个人因素”，“每一个知觉者把她的凝视或她的其他感觉置于知觉定势的某种程度的影响之下”。或者说，“我们倾向于看见我们以前看过的东西，以及看见最适合于我们当前对于世界所全神贯注的和定向的东西”，同时，“我们倾向于知觉同我们的态度和主导的价值观念相一致的对象和事件”①。

早年的经验，特别是童年时期的经验，成为一种无法摆脱的定势，给审美知觉以强大影响(实际也就是一种限制)。德国学者伽达默尔说：“经历物的意义内涵于其中得到规定的自传性或传记性的反思，仍然是被溶化在生命运动的整体中的，而且不断地继续伴随着这种生命运动。这正是体验的存在方式，即它是如此受限定地存在的，以致人们并没有与它断绝联系。尼采说：‘在涵养深的人那里，一切经历物是长久延续着的。’他所指的就是，一切经历物不是很快被忘却的，对它的吸收是一个长久的过程，而且它的真正存在以及

① 克雷奇等：《心理学纲要》下册，文化教育出版社1982年版，第78～82页。

意义恰恰存在于这个过程中，而不只是存在于这样的原初经验到的内容中。”①

这里所说的“经历物”，首先是指人的童年的“经历物”。童年的“经历物”，成为一种强固的定势，直接地或间接地制约着人的一生的知觉。这种情况在艺术家那里表现得尤为明显。冰心这样说过：“提到童年，总使人有些向往，不论童年生活是快乐，是悲哀，人们总觉得都是生活中最深刻的一段；有许多印象，许多习惯，深固地刻画在他的人格及气质上，而影响他的一生。”②

艺术家的全部经历，他的全部的所见所闻、所历所知，都像一扇又一扇的窗户，它们限定艺术家从这样一些框架内去知觉周围的事物。实际上，知觉，特别是审美知觉，不仅仅是主体对客体的反应、反映，而且还是主体对客体的投射，即知觉主体把自己所熟知的事物的形象投射到客体上面，从而对知觉的客体进行印象归档。例如，当你面对滚动的云团，你把熟知的动物的形象投射上去，于是云团似乎变成了龙、狮、熊。如果知觉者根本就未见过汽车，那么他是不会把云团归到汽车这一档的。贡布里希对此做了这样的结论：“我们越来越认识到，我们永远也不能整齐地把所见从所知分出来……我们称之为观看的东西总是由我们所见的东西的知识(或信念)来着色和形成的。”③

早年经验所形成的知觉定势对审美知觉的限制，表面看起来使主体在一定程度上失去了知觉的自由，使主体不能天马行空，任意往来，似乎对艺术创造是一种“束缚”。实际上，一个艺术家如果真正把握了“所见”乃是由于“所知”的规律，他就可以在艺术创作中充分地运用它，并创造出艺术奇迹来。中国传统绘画最讲究“空白”，

---

① 伽达默尔：《真理与方法》，辽宁人民出版社1987年版，第95页。

② 范伯群编：《冰心研究资料》，北京出版社1984年版，第42页。

③ 贡布里希：《艺术与幻觉》，湖南人民出版社1987年版，第367页。

讲究“虚实相生，无画处皆成妙境”，其根据就在于“所见”出于“所知”的美学原理。既然某些事物、情景已为人所熟知，那么下笔之时，就可留下空白，空白的部分可由观众自己去弥合与补充，这样就可达到“半大于全”“笔不周意周”的效果。贡布里希在其《艺术与幻觉》一书中，引用中国画论中如下几句话：“必须无目而若视，无耳而若听……实有数十百笔所不能写出者，而此一两笔忽然而得，方为入微。”他大加赞赏中国画论对绘画中“空白”的认识，认为“远东的艺术比其他地方的艺术传统要理解得更深刻”。

人的需要、动机、期待、情绪、态度、心境和价值观念等也作为知觉定势，制约着主体的审美知觉。心理学的实验已充分证实了知觉者的需要、动机、期待指导着（或者说限制着）他的知觉。Sanford 曾作过如下研究：他研究饥饿对于模棱两可的图形的知觉所起的影响。他的测试者是 10 名儿童，在饭前和饭后将图形呈现给他们。当问他们图形像什么时，在饭前回答与食物相关的东西相像的儿童的人数是在饭后做出同样回答的儿童的人数的 2 倍①。情绪、态度对知觉的限定，最清楚不过地反映在那个疑邻人窃斧的故事中，由于认定斧子是邻人所窃，于是对邻人就带有怀疑的、不信任的情绪与态度，于是邻人的一举一动在知觉者眼中无不与盗窃相关。心境对知觉的限制更是明显。例如，大海在心境不同人的眼中，其形象都是由知觉者的心境着色、成形的，在恋人眼里，它是柔情的波浪；在孤儿眼里，它是慈母的歌；在游子眼里，它是思亲的泪水……其实，大海就是一汪水，恋人、孤儿、游子把它看成不同的东西，是心境对知觉所产生的限制性影响。价值观念作为一种心理定式，在更深的层次上限制人的知觉。一把旧式的木椅，在经历过贫穷的痛苦的老母亲眼中，是无价之宝；在讲时髦的女儿那里，不

① 托马斯·L. 贝纳特：《感觉世界：感觉和知觉导论》，科学出版社 1983 年版，第 240 页。

过是一堆垃圾。其实那把椅子既非无价之宝，也非一堆垃圾，只不过母亲和女儿的价值观念相差太远，从不同的方面限制了他们的眼睛，从而做出完全不同的知觉判断。

人的需要、动机、期待、情绪、态度和价值观念所形成的知觉定势对艺术家知觉的限制，是有利于艺术创造，还是不利于艺术创造，这就要由艺术家自身修养的高下而定。对修养低下的人，他所形成的知觉定势必然要在他的艺术品中流露出来，从而破坏他的创造，美国著名诗人惠特曼一针见血地指出这一点，他说："在你写的东西中，没有一个特征不是你自己身上的。如果你凶恶而庸俗，那是逃不过任何人的眼睛的。如果你喜欢吃午饭的时候背后站着一个仆人，那这也会表现在你的作品里。如果你爱唠叨，好嫉妒，看女人的样子下贱，这些都会表现在你有意省略的地方，甚至将会表现在你尚未写出的东西里。"[①]反之，如果艺术家修养高尚良好，那么主体的知觉定势，将帮助他瞥见一般人无法发现的、蕴藏在一切事物中的无穷的秘密，尽管这也是主体超越客体中的一种限制。

综上所述，在审美知觉中，主体超越客体是一条规律；主体又受客体和主体的知觉定势的限制也是一条规律。审美知觉的特征就在超越与限制的二律背反中。

---

① 转引自魏列萨耶夫：《果戈理是怎样写作的》，天津人民出版社 1980 年版，第 98～99 页。

第四章　艺术创作中的审美情感

一、审美情感及其多极性

就艺术创作而言，审美知觉是起点和基础，但核心问题是审美情感和审美想象。这是因为艺术创作仅仅以感性的知觉活动开始，却不以此结束。一旦艺术家进入艺术构思过程，那么他们的活动主要就在情感和想象的领域里展开。这样，我们的研究只有深入到情感和想象的领域，才有可能揭开创作心理的奥秘。苏联早期著名心理学家列・谢・维果茨基认为，知觉问题不是艺术心理学的中心问题。因为“在艺术中，反应仅仅以感性知觉活动开始，但当然不是以它结束”。所以他认为艺术心理学的研究不能停留在知觉问题上面，正确的艺术心理学只能在情感和想象这两个问题的交叉上建立，“所有试图说明艺术的心理学体系其实都是某种联合的想象和情感的学说”①。然而，情感和想象问题是心理学研究中最被人忽视的问题。就拿本节要论述的情感问题来说，尽管心理学家们无不承认它的重要性，但在实际的研究中由于情感问题本身的难度，而常常被回避，结果情感的研究长期被排斥在心理学研究的主流之外。今天我们要探讨审美情感问题，发现心理学中可供利用的成果寥寥无几。所幸中外历代艺术家、美学家关切情感问题，他们的论述倒可以作为审美情感研究的坚实的起点。

(一)审美情感与非审美情感的区别

艺术家当然要在其作品中表现情感，但是不是表现了情感就必定是艺术品呢？让我们先来听一听别林斯基的议论，他说：“情感是诗的天性中一个主要的活动因素；没有情感就没有诗人，也没有诗；但也并不是不可能有这样一种人：他有情感，甚至写出了浸润着情感的不算坏的诗——却一点也不是诗人。”②在这里别林斯基实际上提出了这样一个问题：艺术家在其作品中所表现的情感可能有两种，一种是审美情感，只有浸润着审美情感的才是真正的艺术品，其作者才是真正的艺术家；而仅仅表现非审美情感的就不是真正的艺术品，其作者也称不上是真正的艺术家。别林斯基的见解无疑是极有意义的。这样人们就不能不回答如下问题：审美情感与非审美情感有何区别？别林斯基对此也作过回答，他说：

在真正诗的作品里，思想不是以教条方式表现出来的抽象概念，而是构成充溢在作品里的作品灵魂，像光充溢在水晶体里一般。诗的作品里的思想，——这是作品的**热情**。热情是什

① 参见维果茨基：《艺术心理学》，上海文艺出版社1985年版，第259～260页。

② 别林斯基：《别林斯基论文学》，新文艺出版社1958年版，第13～14页。

么？——就是对某种思想的热情的体会和迷恋。①

> 艺术并不容纳抽象的哲学思想，更不要容纳理性的思想：它只容纳诗的思想，而这诗的思想——不是三段论法，不是教条，不是格言，而是活的激情，是热情……什么是热情呢？……这意味着有一种强烈的力量、一种不能抑制的激情在推动他，怂恿他。这种力量，这种激情就是热情。在热情中，诗人是思想的爱好者，他把思想当作美丽的生命那样爱着，热烈地被它所浸润，——他并不是以智慧、理性、感情，或者自己心灵的任何一种性能来体会它，而是交出了自己整个的、充沛的伦理生命，——因此，思想在他的作品中并不成为抽象的思想……②

别林斯基这里所说的“热情”，又译为“动情力”“情致”。这是别林斯基在文学批评活动中把握到的真理性的东西，他揭示了艺术品中情感的特殊性质，至今对我们仍有重大启发。在我看来，别林斯基所说的“热情”，就是使作品成为艺术品、使作者成为艺术家的那种情感，即审美情感。但由于当时别林斯基在论述这个问题时，着重要强调诗歌创作不仅仅是诗人理性活动的结果，所以他的论述主要是划清了“诗情”与抽象思想之间的界限，没有用更多的力量去划清审美情感与其他非审美情感的界限。因此，今天我们如果要进一步界说审美情感，就先要着力说明审美情感与自然情感的区别，再进一步说明审美情感与理智情感、道德情感的区别。

1. 审美情感与自然情感

就如同艺术真实来源于生活真实，但又不等同于生活真实一样，审美情感来源于生活中的自然情感，但又不等同于生活中的自然情

---

① 别林斯基：《别林斯基论文学》，新文艺出版社1958年版，第51页。

② 别林斯基：《别林斯基论文学》，新文艺出版社1958年版，第52～53页。

感。实际生活中的快乐、愤怒、恐惧和悲哀，都还不是艺术所必需的审美情感。那种认为把自己心中涌动着的某种情感，真实地、自然而然地流泻、释放出来就是艺术的想法是不对的。苏珊·朗格强调说："一个艺术家表现的是情感，但并不是像一个大发牢骚的政治家或是像一个正在大哭或大笑的儿童所表现出来的情感。"[①]她举例说："一个号啕大哭的儿童所释放出来的情感要比一个音乐家释放出来的个人情感多得多，然而当人们步入音乐厅的时候，绝没有想象到要去听一种类似于孩子的号啕的声音。假如有人把这样一个号啕的孩子领进音乐厅，观众就会离场"。[②] 同样的道理，"洞房花烛夜"快乐的笑声，向敌人开火时心中涌动的愤怒，在荒山野岭遇到狼群时的恐惧，急诊室里儿女趴在已死的母亲身上的哀哭……它们作为一种自然的感情，也能感染人打动人，但它还不是审美情感。

为什么自然情感不能自动成为审美情感呢？这主要因为自然形态的情感往往只带有刺激人、折磨人的特性，而不带有可供享受的特性。政治家大发牢骚，可以刺激人，激起人的同感或反感，但不能给人带来享受的愉快。孩子在音乐厅号啕大哭，则只能干扰、折磨人。即使是某英雄跳水救儿童的举动，在你瞥见的那一瞬间也只能使你感动，你还来不及、顾不上去"欣赏"它，你的心灵还无法进入享受状态，所以还不能说是审美情感。那么自然形态的情感要经过怎样的转换、移置才能变成可供享受的审美情感呢？在这里关键的是回忆与沉思，或者说是"再度体验"。人们在谈到英国著名诗人华兹华斯的艺术见解时，无不提到他的"诗是强烈情感的自然流露"的话，甚至把他的话加以曲解，认为他主张诗是人的丰盛情感的自然的溢流。实际上在"诗是强烈情感的自然流露"之后，诗人紧接着写道：

---

① 苏珊·朗格：《艺术问题》，中国社会科学出版社1983年版，第23～25页。

② 苏珊·朗格：《艺术问题》，中国社会科学出版社1983年版，第23～25页。

它（指诗——引者）起源于平静中回忆起来的情感。诗人沉思这种情感直到一种反应使平静逐渐消逝，就有一种与诗人所沉思的情感相似的情感逐渐发生，确实存在于诗人的心中。一篇成功的诗作一般都从这种情形开始，而且在相似的情形下向前展开；然而不管是什么一种情绪，不管这种情绪达到什么程度，它既然从各种原因产生，总带有各种的愉快；所以我们不管描写什么情绪，只要我们自愿地描写，我们的心灵总是在享受的状态中。如果大自然特别使从事这种工作的人获得享受，那么诗人就应该听取这种教训，就应该特别注意，不管把什么热情传达给读者，只要读者的头脑是健全的．这些热情就应当带有极大的愉快。①

在华兹华斯看来，诗的情感（即审美情感）诚然以过去的生活感受为基础的，但其起点是诗人的平静的回忆，由回忆进入沉思，诗人的心弦被强烈地拨动，内心失去了平静，出现了一种与沉思的情感相似，实则得到了艺术的升华的情感。尽管你沉思的是失去母亲的悲痛和饥寒交迫时的难堪，但由于这种情感已进入到了艺术的境界，因此“心灵总是在一种享受的状态中”。诗人把这种情感传达给读者，读者也会“带有极大的愉快”。这种经过回忆与沉思得到了艺术升华、并使艺术家与读者的心灵都处于享受状态中的情感，才是审美情感。

华兹华斯关于生活情感通过回忆、沉思转换成审美情感的观点是十分深刻的。后来，列夫·托尔斯泰在《艺术论》中也不约而同地表达了上述的见解。有趣的是，人们在谈论托尔斯泰的艺术观点时，也是只注意引述他如下的话：“艺术起源于一个人为了要把自己体验

---

① 华兹华斯：《〈抒情歌谣集〉序言》，刘若端编：《十九世纪英国诗人论诗》，人民文学出版社1984年版，第22页。

过的感情传达给别人，于是在自己心里重新唤起这种感情，并用某种外在的标志来表达出来。”①往往忽略了在这段话后所举的一个例子，实际上正是这个例子更清楚地说明了托尔斯泰对艺术情感的界说：

> 我们以一件最简单的事作为例子：比方说，一个遇见狼而受过惊吓的男孩子把遇狼的事叙述出来，他为了要在其他人心里引起他所体验过的那种感情，于是描写他自己、他在遇到狼之前的情况、所处的环境、森林、他的轻松愉快的心情，然后描写狼的形象、狼的动作、他和狼之间的距离等等。所有这一切——如果男孩子叙述时再度体验到他所体验过的感情，以之感染了听众，使他们也体验到他所体验过的一切——这就是艺术。如果男孩子并没有看见过狼，但时常怕狼，他想要在别人心里引起他的那种恐惧的感情，就假造出遇狼的事，把它描写得那样生动，以致在听众心里也引起了想象自己遇狼时所体验的那种感情，那么，这也是艺术。②

很清楚，在托尔斯泰看来，一种情感能否称得上是艺术的，关键在于这种情感是不是经过“再度体验”。即时的、自然的情感，如那个男孩子在遇到狼时所产生的恐怖，它不但不能给人的心灵带来享受，相反是带来了损害，所以这种自然形态的情感，尽管释放出的能量十分大，也不会是艺术的。只有在“再度体验”这种情感时，这种恐怖才变成了不涉及个人利害的“愉快的恐怖”，才转化成艺术情感。在这里托尔斯泰用了“再度体验”这个概念，应该说比华兹华斯的“回忆”与“沉思”更准确。因为托尔斯泰所说的“再度体验”不仅指“回忆”和“沉思”，而首先是指心灵的创造。在“体验”中，过去所

① 列夫·托尔斯泰：《艺术论》，人民文学出版社1958年版，第46页。

② 列夫·托尔斯泰：《艺术论》，人民文学出版社1958年版，第46～47页。

经历的情感，已经过了玩味、梳理、改造、加工，并且在这一过程中使原始的感情升华和净化为“第二度情感”，即可供心灵享受的审美情感。

在这里我们试举台湾著名诗人余光中的《乡愁》来分析一下，原诗是这样的：

小时候
乡愁是一枚小小的邮票
我在这头
母亲在那头

长大后
乡愁是一张窄窄的船票
我在这头
新娘在那头

后来啊
乡愁是一方矮矮的坟墓
我在外头
母亲在里头

而现在
乡愁是一湾浅浅的海峡
我在这头
大陆在那头

关于这首诗的种种艺术特征这里都不谈，这里仅分析一下诗人如何把自然的、原始的乡愁冲动变成一种诗情，一种审美情感。读了这首诗我们不难想象思念故国、故乡、故园之情，时时袭击着诗人的心。在苦恋故园之际，那情感肯定是复杂的、繁乱的、难以忍受的。尽管这种自然的、原始的乡愁冲动带有潜在的审美价值，但毕竟还不是审美情感。诗人是在“再度体验”中才把原始感情蒸馏成诗的情感。“小时候”“长大后”“后来啊”都明显地是指逝去的过去，“而现在”也不是即时的“现在”，也是“过去时”。诗人在平静中回首过去岁月中思乡之情的痕迹，进入“再度体验”，激起了一种难以言说的强烈思念故土之情。在体验中，心灵的创造力得到高度发挥，诗人终于把难以言说之情以清晰的物像诉说了出来。诗人梳理出了这样的情感印痕：

> 邮票。我在这头，母亲在那头。
> 船票。我在这头，新娘在那头。
> 坟墓。我在外头，母亲在里头。
> 海峡。我在这头，大陆在那头。

这种经过梳理的情感，既获得了鲜明的可以直观的形象，又升华为不涉及私人利害的、纯净的、可供心灵享受的情愫，而这种情愫是一种审美情感，与一般游子在浪迹天涯时所产生的焦灼的乡愁冲动虽说是有联系的，但在品格上已完全不同。

由于审美情感与生活中的自然情感有上述不同，因此艺术家在创作中，对自己的情感一般都要经过一个“冷处理”。感情冲动之时，并不利于创作。狄德罗有过如下一段绝妙的议论：

> 你是否在你的朋友或情人刚死的时候就作诗哀悼呢？不会的。谁在这当儿去发挥诗才，谁就会倒霉！只有当剧烈的痛苦

已经过去，感受的极端灵敏程度有所下降，灾祸已经远离，只有到这个时候当事人才能回想他失去的幸福，才能够估量他蒙受的损失，记忆才和想象结合起来，去回味和放大过去的甜蜜的时光，也只有到这个时候他才能控制自己，才能做出好文章。他说他伤心痛哭，其实当他冥思苦想一个强有力的修饰语的时候，他没有功夫痛哭。他说他涕泪交流，其实当他用心安排他的诗句的声韵的时候，他顾不上流泪。如果眼睛还在流泪，笔就会从手里落下，当事人就会受感情驱遣，写不下去了。①

鲁迅也有一段精辟的话：

我以为感情正烈的时候，不宜做诗，否则锋铓太露，能将“诗美”杀掉。②

苏珊·朗格也说：

一个专门创作悲剧的艺术家，他自己并不一定要陷入绝望或激烈的骚动之中。事实上，不管是什么人，只要他处于上述情绪状态之中，就不可能进行创作，只有当他的脑子冷静地思考着引起这样一些情感的原因时，才算是处于创作状态中。③

狄德罗、鲁迅和苏珊·朗格的见解是符合创作活动的实际的。几乎每一个人都有这样的体会，一个人在感情冲动的那一刹那，会失去理智而变得平庸、愚蠢。患得患失、心烦意乱、思路不清、智

① 狄德罗：《演员奇谈》，《狄德罗美学论文选》，人民文学出版社 1984 年版，第 305～306 页。

② 鲁迅：《两地书》，《鲁迅全集》第 9 卷，人民文学出版社 1958 年版，第 79 页。

③ 苏珊·朗格：《艺术问题》，中国社会科学出版社 1983 年版，第 23 页。

力下降等，是感情冲动时的心理特征。而当感情平静之后，个人的利害得失变淡了，人的聪明与智慧恢复了，人才能估量、体验、回味发生过的事情，才能把原始自然的情感转化为审美情感，才能把审美情感投射到可感的时间和空间进而变成可供鉴赏的艺术。从这个意义上说，审美情感是一种平静的情感、智慧的情感，它不是突发的激情，而是经过提升的“热情”。但这“热情”又是“冷”的。

2. 审美情感与理智情感、道德情感

审美情感与理智情感、道德情感同为人类的高级情感，它是人的精神生活整体的不同方面，是有机地联系在一起的。在审美情感中包括了理智情感和道德情感的成分，反之在理智情感和道德情感中又包括了审美情感的成分。作为完整的人三种高级情感是不能截然分开的。从生理心理学的角度看，三种高级情感也有共同的基础，在此基础上的心理反应也差不多都表现为愉快、不愉快、喜悦、悲哀、赞叹、厌恶、自豪、自卑、疑惑、失望、愤懑等等。但是，我们不能据此就认为三种高级情感是一样的。实际上，审美情感、理智情感和道德情感各自有其特殊性，我们不应该将其混同。对艺术创作来说，将这三种情感混同，往往是导致创作失败的一个重要原因。

实际上，一切情感都有自己的对象性，这种对象性导致情感内容的定向不同。或者说，各自的对象基础赋予情感以特殊色彩，透露出它们的不同。理智情感的对象是人和客观世界的认识关系，人在认识客观世界过程中所产生的求知欲、好奇心，以及成功地解决问题的满足、喜悦、自豪和遇到困难时的失望、悲观、自卑等，我们称之为理智情感。这种情感经常在科学研究中表现出来，并以追求真为最高目的。当然，在科学研究中，也常有令人欣慰、喜悦之情产生，但这只是理智情感的伴随物。如果科研以快乐为最高目的，那么科研就变成了审美的游戏了。道德情感以人与人之间的行为关系为对象，在人与人之间行为关系基础上所表现出来的崇拜、愤怒、爱、恨、自豪、自责、向往、鄙弃、喜欢、厌恶等情感，我们称之为道德情感。很明显，人与人之间的关系是道德情感表现的领域，道德情感的最高规范是善。自然，道德情感中也含审美情感，但“道德绝不是主要关心获得快乐的；在一切更深刻、更可信的道德格言中，倒更为关心避免痛苦”(桑塔亚那)。审美情感以生活和艺术中的美丑关系、悲喜关系等为对象，在此基础上所产生的愉快、不愉快、爱、恨、悲哀、愤怒、喜悦、神往等情感，我们称之为审美情感。审美情感活跃于生活和艺术的广阔领域，它的最高目的是美。当然审美情感也要真和善，或者说真和善也是审美情感中的要素，然而真与善之所以是要素，之所以是一种艺术优点，只因为它们也是引起我们快感的因素。如果谁把真与善抬到优先地位，那么由此产生的情感，就不是审美情感，而是理智情感和道德情感了。由此看来，我们还是可以根据审美情感赖以产生的对象，把它和其他情感区别开来。“轻舟短棹西湖好/绿水逶迤/芳草长堤/隐隐笙歌处处随/无风水面琉璃滑/不觉船移/微动涟漪/惊起沙禽掠岸飞。”①在这里，既不涉及真假，也不涉及善恶，所写的是颍州的西湖美景所引起的赏心悦目的愉悦之情，很明显是一种审美情感。当然这并非说西湖的风景只能引起审美情感，人只要换一个观点，西湖就可以引起理智的情感或道德的情感。譬如，如果有人去追究这个风景点地形与地貌的形成原因，考证它形成的年代，那就是一种理智情感反应。如果哪个阔佬，见到此景心花怒放，他就产生了占有此风景区的愿望，想办法把它变成一座私人花园，那就是一种道德情感反应了。这就是说，同一对象也可以引起不同的情感，主要取决于人以什么态度来对待对象。朱光潜先生在《谈美》中所举的“我们对于一棵古松的三

① 欧阳修：《采桑子》。

种态度”的著名例子，就清楚说明因人们的观点、态度不同，即使面对的是同一对象，也可引起三种不同的情感：

> 假如你是一位木商，我是一位植物学家，另外一位是画家，三人同时来看这一棵树，可是三人所“知觉”到的却是三种不同的东西。你脱离不了你的木商的心习，你所知觉到的只是一棵做某事用值几多钱的木料，我也脱离不了我的植物学家的心习，我所知觉到只是一棵叶为针状、果为球状，四季常青的显花植物。我们的朋友——画家——什么事都不管，只管审美，他知觉到的只是一棵苍翠劲拔的古树。我们三人的反应态度也不一致。你心里盘算它是宜于架屋或是制器，思量怎样去买它，砍它，运它。我把它归到某类某科里去，注意它和其他松树的异点，思量它何以活得这样老。我们的朋友却不这样东想西想，他只在聚精会神地观赏它的苍翠的颜色，它的盘屈如龙蛇的线纹以及它的昂然高举、不受屈挠的气概。①

朱光潜先生这里所说的“反应态度”，实际上就是三种高级情感。需要补充说明的是，朱先生把三种情感的产生完全归结为三个人所采取的主观态度不同所致，这是不够全面的：实际上，同一棵古松引起三种不同的情感，不但与三个人所采取不同的观点、态度有关，而且也与古松本身包括了三种不同的客观属性、价值有关。古松既具有可供使用、占有的道德价值，而且也具有可供研究的植物属性，同时还具有可供鉴赏的审美属性。古松在商人、科学家、画家身上引起不同的情感反应，首先跟这种客观属性、价值密切相关。这也就是说审美情感与理智情感、道德情感的区别根源于它们有不同的

① 朱光潜：《谈美》，《朱光潜美学文集》第1卷，上海文艺出版社1982年版，第50～51页。

对象定向属性。

上面我着重从对象的角度，即客体的角度说明了审美情感与理智情感、道德情感的区别，下面我们想再从主体心理的角度来说明审美情感与其他两种高级情感的区别。

理智情感和道德情感的产生往往是以主体心理器官的部分障碍作为代价的。在理智情感的反应中，求知欲、好奇感、兴趣感、矛盾感、窘迫感等控制住了主体的心理，主体心理的记忆、思维等相关区域处于极其兴奋的状态，而其他区域则相对受到了抑制。这就是说心灵不完全是自由的。这是因为"科学越发展，越离开直接的现实，它沿着抽象的阶梯向高处攀登，离人的直接感受越来越远了。为了了解大自然深处的奥秘，就应该离开一定的距离，在感觉和理性之间造成一定的间隔，为它使用各种手段提供一定的自由"①。是啊，为了使用手段的自由，人的心灵却不能在感性与理性之间自由穿行。这就是代价。在道德情感的反应中，主体的心理器官也是有障碍的。乔治·桑塔亚那认为："人生的苦事，是要逃避人性使我们遭受的某些可怕灾难——死亡，饥饿，疾病，疲劳，孤独，侮辱等等。这些灾难幽灵似的躲在每一道德禁令的后面，其实良心的责备就是慑于这些灾难的威严；一颗深受感动的心灵，相形之下，就不禁感到寻乐是极其无聊，也不禁感到纵情娱乐、爱恶无常的生活必然会不知不觉间陷入丧身的危险。"②显然在道德情感反应中，心灵或者是听命于道德的禁令而受束缚，或者是违反道德的禁令而陷入自谴自责，主体心理的局部障碍也就由此产生。

只有在审美情感的反应中，人的心灵获得充分的自由，人的感知、情感、想象、理解、意志等都处于协调的状态，人的整个心灵都颤动起来了。主体的心理器官是无障碍的。正如别林斯基所说，

---

① 苏霍金：《艺术与科学》，生活·读书·新知三联书店1986年版，第49页。

② 乔治·桑塔亚那：《美感》，中国社会科学出版社1982年版，第17页。

对于审美情感，“他并不是以理智、理性、感情或者自己心灵的任何一种可能来体会它，而是交出了自己整个的、充沛的伦理生命”，或者如桑塔亚那所说，审美情感的产生，“是属于我们暇时生活的活动，那时我们暂时解脱了灾难的愁云和忧恐的奴役，随着我们性之所好，任它引向何方”①。

我想
　　生在
　　　　所有的国家，
让地球像西瓜一样，
　　　　　　为我
　　　　　　　自己把秘密掰开。
我想成为所有海洋里的
　　　　　　　　所有的鱼，
和世界各大街上
　　　　　　所有的狗。
我不想在任何神主面前
　　　　　　　　弯腰低头，
…………
但我想深深地、深深地
　　　　　　　　潜入贝加尔湖，
又呼哧呼哧地
　　　　　从密西西比河
　　　　　　　　　钻出。
我想在我的珍爱而又可恶的

① 乔治·桑塔亚那：《美感》，中国社会科学出版社1982年版，第17页。

宇宙，
成为一棵孤苦无告的牛蒡——
不是那好生保养的紫罗兰，
成为上帝的任何一种畜生——
哪怕是一条最坏的长疥的猎狗，
但要做一个暴君——决不干
做暴君的猫——决不干。
我想做
任何实体的一个人：
…………
但不是实体的败类。
我想躺在
全世界外科医生的手术刀下，
…………
体验一切疾病、一切创伤和畸形，
做一个战争的残存的碎片，
捡拾肮脏烟头的人——
只要里边不要爬进
优越感的肮脏的细菌。
我不想在上流社会里混，
但是，当然，也不在一群胆小的畜生中间，
不想当牧羊犬，
也不愿当畜群需要的牧人，
我想要幸福，
但只是不要靠牺牲不幸的人。
我想要自由，
但只是不要靠牺牲不自由者。

我想爱

　　　世界上的一切女人，

我还想成为一个女人，

　　　　　　哪怕只有一次……

…………

这是苏联著名诗人叶夫图申科的诗作《我想……》的前半段，可以这样说这是诗人审美情感的一次试验，看一看审美情感可以达到多么充分的自由，看一看在审美情感流淌的瞬间人的心灵可以如何越过时间与空间的障碍而无拘无束地任意飞翔。试验的结果证明，人的审美情感的确可以自由地流淌到理智情感、道德情感不许到也不可能到的地方。什么地球为一个诗人像西瓜那样掰开，什么深深地潜入贝加尔湖，又从密西西比河钻出，这对理智情感来说，简直是亵渎。什么“我想爱世界上一切女人”，这对规范的道德情感来说，也是绝对不允许的。但对审美情感来说，它可以和想象结合在一起，随诗人“性之所好，任它引向何方”。在审美情感发生的瞬间，人的灵魂似乎忘记了一切，幻想、想象活跃起来，主体进入了一种似乎可以自由自在地遨游全世界的境界。心灵可以从中国走到南美，从地上飞升到天上，而不觉得身体哪里有丝毫的紧张。从这个意义上说，在人的诸种高级情感中，唯有审美情感是自由的情感。

我们把审美情感跟理智情感和道德情感作了如上的区别，对艺术创作有重大意义。我们在前面已经指出过，审美情感不是孤立的，它可以而且也应该包含理智情感和道德情感。或者说理智情感和道德情感也可以转化为审美情感。但是，审美情感和理智情感、道德情感又是不能等同和混淆的。如果艺术家在创作中把理智情感、道德情感混同于审美情感，并加以单独和直接的表现，那么艺术创作就可能变成了思想议论和道德训诫，所有的公式主义和图解主义的作品也就由此产生。1949年以来的中国艺术深受公式主义和图解主义之害，其症结正在于此。应该清楚地认识到，艺术作品所表现的只能是审美情感，理智情感和道德情感进入作品，必须经过审美情感的照射和溶解。就如同盐溶解于水一样，无痕有味，体匿性存。在《红楼梦》中，理智的、道德的情感到处可见，但一丝一毫都经过审美情感的溶化，因此，哪怕是介绍最琐屑的生活常识或最乏味的省亲、婚丧仪礼，哪怕是写最可厌的公子偷情或丫鬟斗嘴，哪怕是写最可鄙的仗势欺人或官场倾轧……都能给人以清新的、隽永的、雅致的、缠绵的美和令人心醉的人情味。这样，《红楼梦》的审美情感就达到高度明净优美的境界。这也就是《红楼梦》远远高出其他古典小说的地方。普希金之所以能够在俄罗斯文学史中首屈一指，也因为他的笔下无论什么内容，都是经过最美好的审美情感溶化过的。“普希金是第一个偷到维纳斯腰带的俄国诗人。不只他的韵文，而且他的每个感觉，每种情绪，每个思想，每种情景的描绘都充满难以言说的诗。他从一个特别的角度观察自然和现实，这个角度是为诗所特具的。”①“于是我们就会看到，他还有一种把最平庸的事物变为诗的奇异才能。”②“如果说任何人性的(不是兽性)感情，由于本身是人性之故，已经是美的；那么，在普希金的笔下，任何感情，作为艺术的感情，是尤其美的。……普希金每首诗的基本情感本身就是优美的，雅致的，娴熟的；它不仅仅是人的情感，而且是作为艺术家的人的情感。在普希金的任何情感中永远有一些特别高贵的、温和的、柔情的、馥郁的、优雅的东西。”③实际上，不仅仅是曹雪芹和普希金，而是在所有艺术大师那里，他们的作品的审美情感总是

---

① 别林斯基：《别林斯基论文学》，新文艺出版社1958年版，第57～58页。
② 别林斯基：《别林斯基论文学》，新文艺出版社1958年版，第57～58页。
③ 别林斯基：《别林斯基论文学》，新文艺出版社1958年版，第59页。

包容、消化了理智情感、道德情感。他们从不孤立地、直接地去表现理智情感、道德情感。他们一旦在这个问题上犯错误，那么他们就不再是伟大的艺术家，而变成了可怜的说教者和牧师。

（二）审美情感的多极性

人们常有一种误解，以为审美情感就是感知和体验美时的特殊快感，甚至连《苏联大百科全书》也给审美情感下这样的定义：“审美情感是人在感知现实中和艺术作品中的美时所体验到的特殊快感。”按照这个定义，审美情感就变成了单一的情感——对美的事物的特殊快感。在文学艺术的创作实践中，如果我们只主张歌颂，不喜欢批判，只提倡写光明面、积极面，不让写黑暗面、消极面，那么，创作就会出现单调、贫瘠、疲软的局面。产生这种现象的认识上的原因就是把审美情感仅仅看成单一的美感。实际上，审美情感是两极性的，即对美的美感和对丑的厌恶感，都是审美情感。而且还不止于此，在美感和厌恶感之外的悲伤、恐惧、惊骇、同情、怜悯、赞叹、蔑视、恣肆、豪放、凄婉、忧郁等等，也可以是审美情感。这也就是说审美情感不仅是两极的，而且是多极的。

过去人们的误解是怎样产生的呢？这主要是理论上对“审美”的阐释产生了片面性。我们从一些具有权威的美学论著中看到为了说明“审美”对“美”字作了考证，产生了“羊大为美”还是“羊人为美”的讨论，争论双方的观点看似不同，但在基本点是相同的，都把“审美”看同审“美”，而把美以外的其他审美范畴都排斥在外。在我看来，应该从一个更开阔的角度来看“审美”。“审美”表示人对生活和艺术的一种独特的情感评价关系。而生活和艺术中审美范畴是多种多样的，这里既有美，也有丑，还有悲、喜、崇高、卑下、荒诞、古拙，还有中国传统的审美范畴，如阳刚、阴柔、素朴、华彩、中和、古雅、浅近、深奥、豪放、凄婉、苍茫、朦胧等。感知和体验这些不同的美，必然会引起不同的情感反应，如美引起美感，丑引起厌恶感，悲引起怜悯感，喜引起幽默感，崇高引起赞叹感，卑下引起蔑视感，阳刚引起惊讶感，阴柔引起同情感，素朴引起真诚感，华彩引起铺张感，中和引起舒适感，古雅引起脱俗感，浅近引起清晰感，深奥引起错杂感，豪放引起洒脱感，凄婉引起悲凉感，苍茫引起阔大感，朦胧引起模糊感，……这些情感是不同的，但它们都是审美情感。那么究竟是什么原因把如此不相同的情感统称为审美情感呢？简言之，这主要是因为这些情感都可以使人的心灵进入享受的状态，它们不论如何不同，但都给人带来特殊的快乐。斯托诺维奇认为："这些感情尽管有明显的区别，它们仍是同一类型的。当我们憎恶丑、嘲笑喜、怜悯悲时，我们在情感上评价不同的现象，而且从我们关于美的概念和美的理想的观点来评价它们。因此，审美感情使我产生称之为审美享受的特殊愉悦。"①

如果这样解释是可以成立的话，那么进一步我们就须说明：为什么不但美、崇高、阳刚、阴柔、豪放等积极的范畴可以带来审美的愉悦情感，而且连丑、卑下、悲、凄婉等消极的范畴也可以引起审美的愉悦情感？这是一个相当复杂的问题。

丑的对象何以能引起审美情感呢？各人的回答是不一样的。雨果从对比的原则出发来说明丑怪可以激起美感："根据我们的意见，滑稽丑怪作为崇高优美的配角和对照要算是大自然给予艺术的最丰富的源泉。……古代庄严地散布在一切之上的普通的美，不无单调之感；同样的印象老是重复，时间一久也会使人生厌。崇高与崇高很难产生对照，人们需要任何东西都要有所变化，以便能够休息一下，甚至对美也是如此。相反，滑稽丑怪却似乎是一段稍息的时间，一种比较的对象，一个出发点，从这里我们带着一种更新鲜更敏锐的感受朝着美而上升，鲵鱼衬托出水仙，地底的小神，使天仙显得

① 列·斯托洛维奇：《审美价值的本质》，中国社会科学出版社 1984 年版，第 231 页。

更美。”[①]罗丹认为，关键是要表现出丑的“性格”和“内在真实”：“自然中认为丑的，往往要比那认为美的更显露出它的‘性格’，因为内在真实在愁苦的病容上，在皱蹙秽恶的瘦脸上，在各种畸形与残缺上，比在正常健全的相貌上更加明显地呈现出来。既然只有‘性格’的力量才能造成艺术的美，所以常有这样的事：在自然中越是丑的，在艺术中越是美。”[②]而更多的学者则采用以美裁判丑的说法，这类说法可以以斯托诺维奇如下论述为代表：

> 当然，丑的现象本身不会令人高兴。同卑鄙的家伙交往很少有愉悦可言。但是痛斥他却真是一种快事呀！对丑的审美关系——这是对丑的谴责，在美的理想之光照射下使之目眩，让丑的劣迹在美面前原形毕露。由于美的理想主持对丑的裁决，难道这一切不产生特殊的愉悦和享受吗？不过我们只有从美的高度去看待丑，对于它的审美感情才可能产生。[③]

应该说，以上三种看法各有各的道理，都有一定的说服力。它们的一个共同点是：肯定丑是美的对立面，丑本身不会激起审美情感，丑只有在经过变形、经过对照、经过谴责之后，才可能激起审美情感。我以为这在人与现实丑的审美关系中的确是这样的。但就艺术创作中来说，上述看法就还显得比较肤浅。这是因为在艺术中表现丑，情况又更复杂一些。仅仅说丑可以成为美的对照，或丑在受到嘲弄后可以引起快感，都还没有切入到艺术如何表现丑的核心问题中。实际上布瓦洛早就说过：“没有一条蛇，没有一个丑恶的怪物不会在艺术再现中不被人们所喜爱。”这句话暗示出这样的意思：

---

① 雨果：《论文学》，上海译文出版社1980年版，第35页。

② 罗丹：《罗丹艺术论》，人民美术出版社1978年版，第26页。

③ 列·斯托洛维奇：《审美价值的本质》，中国社会科学出版社1984年版，第231页。

丑和美是根据同样的理由进入艺术领域的。这就涉及形式与内容的关系这样一个重要而复杂的问题，这个问题不是三言两语能够说得清楚的，我们将在下面来详细地讨论它。

此外，悲何以也能激起审美情感？流行的回答，就如斯托诺维奇所讲的那样：

> 看到死亡和痛苦当然感到不快和沉重。但是，为什么自古以来艺术一直热衷于悲剧题材和情节呢？为什么人们不可遏制地迷恋于表现罗密欧和朱丽叶的死亡、安娜·卡列尼娜的痛苦和恰巴耶夫的毁灭的艺术呢？古希腊人就说过，悲剧引起卡塔西斯——感情的净化。人在深深地怜悯悲时，不仅体验到感情极度紧张以后的轻松，而且道德上变得更高尚，审美上变得崇高和豁亮，因为他们吸收了由痛苦以至死亡所确证的价值。这样，对悲的审美感知和体验使恐惧所引起的消极情感，变成产生审美满足的积极情感。①

这个说法自然有一定的道理。但我认为对悲和悲剧何以能激起审美情感问题的解答，最终要从审美主体的心理变化加以说明。悲剧的基础是抑制与兴奋的心理二重性及其变化。在悲剧中，抑制作为一种心理的力像秤砣一样压着人的心灵的天平，它使人心理处于严重的失衡状态，从而产生沉重感、痛苦感；但在悲剧中美好的东西被毁灭又能产生最为兴奋的情绪，这种兴奋使人的心灵被提升到从未有过的高度。当秤砣般的沉重被战胜之后，会产生一种难以言说的轻松感，当至深的痛苦被克服之后，会产生一种无与伦比的胜利感，这就是悲剧何以能激发审美情感的心理原因。

---

① 列·斯托洛维奇：《审美价值的本质》，中国社会科学出版社1984年版，第231～232页。

审美情感的多极性，不但表现在每一审美范畴都可以引起独特的情感，而且也表现在美感本身上面。这就是说，美感也是多种多样的，有狂热的美感，也有静谧的美感，有明快的美感，也有繁复的美感，有温馨的美感，也有忧郁的美感。当然，更多的情况是各种各样的美感交织在一起，给人带来一种复杂的、难于言说的情感。审美情感的多极性，使艺术家不必挤在一条狭窄的小路上。每一位艺术家都可以根据自己的兴趣和条件来选择自己的路，来表现带有自己个性印痕的独特情感。审美情感有多么广阔，艺术家的路就有多么广阔。

二、审美情感的生成机制

一般地说，艺术家的审美情感的生成机制主要有三个环节，这就是：原始唤起—内觉体验—情感外化。

(一)原始唤起

艺术家的情感，都可以追溯它的原始唤起——即它的最初的原始感情模型是怎样产生的，何以能保存在艺术家的记忆里。情感当然是主观现象，但“我们的感情总是由生动的对象激起的”(杜勃罗留波夫)。关于艺术家的情感的原始唤起，中国古文论有清晰的论述。《礼记·乐记》中提出：“凡音之起，由人心生也。人心之动，物使之然也。感于物而动，故形于声。”后来刘勰在《文心雕龙·明诗》篇中做了进一步的阐述：“人禀七情，应物斯感，感物吟志，莫非自然。”《物色》篇中则说得更具体、更精到：“春秋代序阴阳惨舒，物色之动，心亦摇焉……岁有其物，物有其容；情以物迁，辞以情发。一叶且或迎意，虫声有足引心，况清风与明月同夜，白日与春林共朝哉！”总之，“睹物兴情”或者说“情以物兴”是情感原始唤起的必然规律。

如果上述关于情感唤起的朴素的唯物观点可以肯定的话，那么人们就可以进一步指出，情感并不是纯主观的状态，从一定意义上说，情感甚至是客观事物的一种性质(即第三种性质)。这一点无论在艺术欣赏中还是在评价生活事件中都可以得到证实。

以音乐欣赏为例，“如果我说‘这音乐是愉快的’，我说的就可能不是自己的感觉而是我听到的音乐本身的‘现象上的客观性质’。虽然听众在听了同样的音乐作品后对作品中包含着什么样的情感这一点似乎是仁者见仁、智者见智，但事实并非完全如此。某些实验已经表明，如主体全神贯注地倾听音乐(而不是只去注意自己的感觉和幻想)，那么他们对音乐的情感性质的评论就会趋于一致”①。人们从齐白石画的虾中感到一种生机勃勃的情绪，这种情绪是画在客观上所赋予的，它与我们发现的画的其他性质一样属于这幅画。甚至可以说不仅这幅画表现了这种情绪，它本身就包含了这种情绪。在艺术欣赏中情况是如此，在评价客观事物中情况同样是如此。客观事物本身对人的情感唤起具有一定的制约性，由此推论，只有那些具有审美特性的事物才能唤起艺术家的审美的、艺术的情感，而那些不具有审美特性的事物，就不可能唤起审美的、艺术的情感。这里我想举出斯坦尼斯拉夫斯基两条材料来说明这一点。斯坦尼斯拉夫斯基说：

> 什么叫作艺术的和非艺术的印象呢？这用一些例子比较易于说明。
>
> 看到一群狗在撕裂自己的牺牲品，所产生的印象是强烈的，但也是不愉快的。
>
> 它使人感到压抑和受凌辱。

① R. W. 赫伯恩：《情感与情感特质》，M. 李普曼编：《当代美学》，光明日报出版社1986年版，第310页。

这种贬抑情感的印象叫作反艺术的印象。

勇敢者奋不顾身拯救在大海里快要淹死的人，所引起的却是完全不同的印象。

这个场面令人激动的程度不下于前者，但与此同时却在我们心灵里激起对于这位英雄和被救援者的崇高的、热爱的和感激的情感。

这些情感会提高人们的心灵。

这些崇高的印象叫作艺术的印象。①

鲁迅说：

作为缺点较多的人物的模特儿，被写入一部小说里，这人总以为是晦气的。殊不知这并非大晦气，因为世间实在还有写不进小说里去的人。倘写进去，而又逼真，这小说便被毁坏。譬如画家，他画蛇，画鳄鱼，画龟，画果子壳，画字纸篓，画垃圾堆，但没有谁画毛毛虫，画癞头疮，画鼻涕，画大便，就是一样的道理。②

他们两个人所论的对象不同，但他们的思路却是一致的，即认为人的情感的产生是受客观对象制约的，有什么样的对象，就会引起什么样的情感。具有美的属性的事物引起艺术的印象，唤起审美情感，因而可以进入作品；反之，不具美的属性的事物，引起反艺术的印象，唤起非审美情感，因而不能进入作品。

上面所述是解释情感唤起的第一种说法，我们称为“客体决定

---

① 斯坦尼斯拉夫斯基：《摘自关于演员创作的著述的准备材料》，《斯坦尼斯拉夫斯基全集》第5卷，中国电影出版社1983年版，第216页。

② 鲁迅：《半夏小集》，《鲁迅全集》第6卷，人民文学出版社1958年版，第483页。

论”。不能说这种理论没有一点道理，因为它的确阐明了情感唤起的一方面的原因，但要用它来完全深入地解释情感唤起是存在着困难的。因为，情感唤起绝不是客体单方面刺激所能做到的。客体的刺激与情感唤起之间并不是等值关系。事实上，一个强刺激在一个反应极其迟钝、麻木的主体那里可能等于零。反之，一个弱刺激在一个迅捷、敏感的主体那里却可以产生强烈的情感反应。进一步说，一个美好、崇高的对象作用于一个丑恶、卑下的主体，未必能够引起艺术的印象，唤起审美情感(在生活中不是有人鄙夷地嘲笑那些奋不顾身去抢救溺水者的人吗，说他们太傻)；反之，一个丑恶的、卑下的对象作用于一个崇高的、有艺术天才的主体，可以经过主体心灵点化，而产生艺术的印象，形成审美的情感(鲁迅自己在《阿Q正传》里写了癞头疮，并给人留下多么深刻的印象和强烈的审美情感)。罗丹讲过这种化丑为美的艺术辩证法："一位伟大的艺术家，或作者，取得了这个'丑'，能当时使它变形……只要用魔杖触一下，'丑'便化成美了——这是点金术，这是仙法！"[①]这样看来，用"客体决定论"来解释情感唤起的确是存在困难的。

除"客体决定论"之外，有的人走到另一个极端，他们用"投射"理论来解释情感唤起。在此只简单介绍一下"投射"理论。"投射"理论要点是：人作为主体本身就存在一个内部生成的情感结构，人在感受对象的同时，就把这种先在结构强加于对象，即人把自己的情感"投射"到我们正在感知的对象中去。因此，我们面对对象时所唤起的情感，不是对象本身具有唤起此种情感的属性，而是主体自己的情感的外射。譬如，我看见蔚蓝的天空在微笑，并不是蔚蓝的天空本身具有引起愉快的性质，而是我把我的喜悦之情"投射"到蔚蓝天空的缘故。这也就是说，是我进入到对象之中，这才使对象带有

① 罗丹：《罗丹艺术论》，人民美术出版社1978年版，第24页。

情感，成为情感唤起的契机。当然，在他们看来，人的情感“投射”得以实现也是要有条件的。第一，对象必须是具有空白或不确定性，足以容纳人的情感的“投射”，而不会把“投射”去的情感弹回来。就像那靶一样，它的性质允许箭射上去而不会弹回来。“我看见蔚蓝色的天空在微笑”，“我看见平静的大海在微笑”，“我看见金黄的麦浪在微笑”，“我看见长满鲜花的草原在微笑”……这都是可以的。因为“蔚蓝色的天空”“平静的大海”“金黄色的麦浪”“长满鲜花的草原”这些对象具有空白和不确定性，人可以用自己的喜悦的情感去“塑造”它们，使它们带上人的微笑。如果我们说“黑夜在微笑”“流血的战场在微笑”“坟地在微笑”……那么一般的人就无法理解，因为“黑夜”“流血的战场”“坟地”与喜悦之情不匹配，或者说这些对象对喜悦之情来说不是空白，不具有可塑的因素，因而人们无法把喜悦的情感“投射”上去。第二，在情感“投射”的瞬间，“投射”者一定处于过度的兴奋而多少失去理智，这样才能通过“投射”制造“情感的幻象”。约翰·罗斯金曾这样分析过金斯莱《阿尔顿·洛克》中的如下诗句，“他们划着冲过滚滚的浪花——残酷的、爬行着的浪花”：

> 浪花既不残酷，也不爬行。诗人的心情将一个活物的这些特点加在它上面，在这种心情中悲哀已使理智脱了白。一切强烈的感情都具有同样的效果。它们在我们心中使一切外界事物的印象产生了虚妄，这种虚妄，我一般把它称之为“感情的幻象”。①

这也就是说，当主体的情感处于强烈起伏的时刻，人的理智多少受到影响，主体不顾周围对象的性质而把自己的情感外射于对

① 罗斯金：《近代画家》，古典文艺理论译丛编辑委员会编：《古典文艺理论译丛》第8册，人民文学出版社1964年版，第92页。

象，使对象都染上了主体情感的色彩。“感时花溅泪，恨别鸟惊心”（杜甫），花如何会溅泪，鸟如何曾惊心，这都是杜甫在“感时”“恨别”那一瞬间，悲哀之情使理智下降，不顾花与鸟是生气勃勃的活物而把悲愁之情外射到它们身上，于是出现了“花溅泪”“鸟惊心”的“幻象”。

上述“投射”理论仅从主体的角度来解释情感唤起是一种“主体决定论”。用这种理论来说明情感的唤起当然也有一定的道理，因为情感毕竟是心灵的特征，而不是物质对象的特征。但是要用“投射”理论来解释所有的情感唤起现象，也存在困难，因为像上面所说那种情况的发生并不是普遍的，在更多的情况下，似乎还是“睹物兴情”，而不是什么情感外射。正如李斯托威尔所批评的那样，“投射”理论“企图把丰富多彩的美感经验归结到一个单一的方面。不管这个方面，意义多么重要，多么深刻，都不可避免地只能代表整体中一个微弱的方面”①。

在这里，我想提出来讨论的是一种兼顾主客体的情感唤起理论——主体客体关系论，即认为情感的唤起，既不是根源于客体（就像“客体决定论”者所假定的那样，主体的情感反应是受制于他以外的客体的缘故）；同时又不是根源于主体（就像“客体决定论”者所假定的那样，主体一开始就具有先验的内部生成的结构，并把这些结构强加于客体）。正如皮亚杰在谈到认识的发生时所说：“心理发生学分析的初步结果，似乎是与上述这些假定相矛盾的。一方面，认识既不是起因于一个有自我意识的主体，也不是起因于业已形成的（从主体的角度来看）会把自己烙印在主体之上的客体。认识起因于主客体之间的相互作用，这些作用发生在主体和客体之间的中途。”②皮亚杰谈论的是认识的发生，但我认为这对情感的唤起也是

---

① 李斯托威尔：《近代美学史评述》，上海译文出版社 1980 年版，第 145 页。

② 皮亚杰：《发生认识论原理》，商务印书馆 1981 年版，第 21 页。

适用的，因为认识与情感都是人的精神现象，属于同一类型的问题，因此分析它们的思路也应是相同的。皮亚杰如下一段话，对我们特别有启发：

> 主体与客体的界限，事实绝不可能预定，而且它越是重要的，界限越不稳。在每一个活动中，主体和客体都融合起来。当然，主体需要客体的信息，以认识自己的活动，但它仍然需要好些主观的成分。缺少长期的实践或者没有建立分析、综合的细致工具，他就不可能理解什么属于客体，什么属于作为能动的主体本身，也不知道什么属于原来的状态，而后来才转化为最后状态的活动本身。因此，知识的来源，既非来自客体，也非来自主体，而是来自最初无法分开的客体与主体之间的相互作用。①

应当说明的是，皮亚杰的这些话是指儿童认识的发生而言的。然而，艺术家作为永葆童心的人，其情感唤起正与儿童认识的发生十分地相似，当艺术家以艺术的眼睛面对客体的那一瞬间，他被激发起某种情感，他弄不清也不愿弄清这些情感究竟是客体的性质所致，还是主体的内部结构的自动生成，他在那一瞬间甚至于可能分不清主客体的区别，即他觉得物进入我之境，而我又进入物之境，物我互赠，物我融合，情感正是在这主客体的互赠关系、融合关系中生长出来。或者可以这样说，情感的唤起是主客体的真正统一所致，正是情感把主客体两方面熔于一炉，使得这两方面不再互相对立与外在。从主体角度看，情感的唤起是艺术家最亲切的内心生活的表露；从客体方面看，它又是对象提供的，它似乎是对象的特征，

---

① 陈孝禅等译：《皮亚杰学说及其发展》，湖南教育出版社1983年版，第16～17页。

或者说客体是引起情感反应的第一推动力。因此我们可以说情感的宝座是建立在内在世界与外在世界的相遇、相抱之处，它发生于这两个世界重叠的每一点上。刘勰一方面讲“情以物兴”，另一方面又讲“物以情观”，实际上情感的发生是“情以物兴”“物以情观”的重合，只有在这种重合中，情感才得以充分地唤起。大画家石涛曾有这样的体会：

> 山川使予代山川而言也，山川脱胎于予也，予脱胎于山川也，搜尽奇峰打草稿也。山川与予神遇而迹化也，所以终归之于大涤也。

这就清楚地说明，在艺术家那里，情感的唤起是极不简单的事，客体虽是情感唤起的本源，但主体与客体犹如你和我，我脱胎于你，你又脱胎于我，我是你的“投射”，你又是我的“投射”，我与你终于神遇、迹化，审美情感于是才被唤起。

（二）内觉体验

原始情感的唤起并不等于情感的生成，没有一个艺术家会把原始情感一丝不改地倾泻出来，而且实际上这也做不到。对艺术家来说，原始情感和伴随它的意象，就像一颗种子一样，虽然落到了心灵这片土地上，如果有适当的条件，它可能生根发芽，成长为艺术大树，如果没有必要的条件，它就可能静悄悄地躺在那里，永远不会开出艺术的花朵。柴可夫斯基这样说过：“未来作品的种子经常是以十分出人意料的方式突然出现的。如果土壤适宜，也就是说，如果有创作的情绪，这种子会以无比的力量和速度生根出土，吐枝叶，最后开花朵。我除了用这种比喻以外，不能对创作过程有其他解释。全部的困难在于种子出现并处于有利的条件。其余的一切就会迎刃而解。”[①]什么是“创作的情绪”，什么是“有利的条件”呢？在我看来，就是使原始情感能够进入内觉体验的情绪、条件。

前面我们引述了华兹华斯和列夫·托尔斯泰的论述，他们认为自然情感要经过“回忆”“沉思”“再度体验”才能转化为审美情感。实际上，更准确地说，他们所说的“回忆”“沉思”“再度体验”，主要是内觉体验。内觉体验是化原始情感为审美情感的必要机制，一旦原始情感进入了内觉体验，就像那种子找到了适宜的土壤和空气，其生根、发芽、开花就变成极其自然的事，或者用柴可夫斯基的话说：“其余的一切就会迎刃而解。”

究竟，什么是内觉体验呢？美国当代心理学家S. 阿瑞提把内觉界定为一种“无定形认识、一种非表现性的认识——也就是不能用形象、语词、思维或任何动作表达出来的一种认识。由于它是发生在个人的内心之中，我已把这种特殊的机能称作内觉，用来把它和概念相区别”[②]。一般地说，内觉体验不但是非语言的，而且是无意识或前意识的，它所处理的情感处在一种流动的、不确定的状态。内觉体验超越了感知、思维、概念阶段，它为人的意象、情感记忆提供了一个迂回、盘旋的机会。原始情感就像那从险滩上奔流而下的、带着大量流沙的混浊的水，流到内觉这个深潭，正是深潭表面的平静掩盖了巨大的回流与旋涡，在这里，情感不但沉淀了它原有的泥沙，而且又积蓄了一种新的力量，获得了新的深度，再向高级认识的河床流去。

艺术家和科学家对内觉体验的需要不是一样的。对科学家来说，如果他不是处在创造力高度发挥的时期，他一般只把通过实验所感知到的事实的材料汇集起来，进行归纳整理，直接上升为概念，而不必经过内觉体验阶段，或者说他们的工作不需要内觉的资源去丰

① 萨姆·摩根斯坦编：《作曲家论音乐》，人民音乐出版社1986年版，第143页。

② S. 阿瑞提：《创造的秘密》，辽宁人民出版社1987年版，第70页。

富它。甚至可以说，内觉体验对实实在在的科学推论有时是有害的。对艺术家来说，情况就完全不同。他们只要进入创作过程，就必然地要经过内觉体验的阶段，因为原始的意象、情感必须经过内觉的反复体验，才能获得独特的、诗意的、深刻的特性，才能变成审美的情感。艺术家之所以如此需要内觉体验，这是由于内觉有它的特殊功能。“内觉过程虽然模糊不定，但也会自然增长。它们自我扩张、自我丰富，增添新的范围，即使在高水平的心理活动出现后也是如此。”①内觉体验有一种组织、变形、深化、生长的能力。所谓组织能力，就是把混乱的、不确定的情感梳理成有序的、确定的情感；所谓变形能力，就是把过于规范而不具艺术特征的情感，变通为新颖的、具有艺术特征的情感；所谓深化，即把肤浅的、不能启迪人的情感，改造为深刻的、具有哲学意味的情感；所谓生长能力，就是扩大原有情感的范围，并使它变为一个自由情感。由于上述原因，内觉体验成为艺术家创造的重要机制，成为超越原始情感，步入艺术思维的必经之途。

这里，我想举俄国著名画家列宾创作《伏尔加河上的纤夫》的例子。据他自己的回忆，1896 年夏天，列宾和他的同学萨维茨基一起到涅瓦河去写生，就在这一次不平常的写生活动中，他的情感被激活：

> 清晨，我们已经在涅瓦河上破浪前进。两岸风光旖旎，空气清新，使我欣喜莫名，天气是绝佳。……而现在突然呈现出这样丰富的植物界，那么蓊翳茂密，青翠欲滴的绿色。有丁香、板栗、椴树……还有白桦，真正的白桦；在我们老家几乎完全没有白桦，为什么人们不承认这些呢？而且还有，在整个天堂

① S. 阿瑞提：《创造的秘密》，辽宁人民出版社 1987 年版，第 72 页。

似的背景之上，必须承认，比什么都美的是人，但我们这些傻瓜在这里没有份儿！穿的多么干净！多么合身！对那些令人销魂的对象——少女们，我甚至已经害怕看到她们，只要被吸引住以后就甭想摆脱了。做梦也会梦见的……从所有这些天生的尤物身上都散发出一种使人心醉的东西。我完全被这种活脱的天仙弄得神魂颠倒了。

这时候列宾看见一队在拉平底船的纤夫从远处过来：

他们走近了。噢！天呐！他们怎么这样的肮脏和褴褛？一个人撕破了的裤腿儿在地上拖着，赤裸的膝头在闪着光亮；另一些人露着胳臂肘；有几个人没有帽子；瞧那衬衣！这是什么衬衣！统统破乱不堪。辨认不出他们身上一条条挂着的原来是玫瑰色印花布，有的甚至分不清它们原来是什么颜色和什么布料。真是破衣烂衫啊！曳纤的胸脯裸露着，被磨得通红，晒得黝黑。……阴郁的面色上，有时偶尔从耷拉下来的发绺里闪现出沉痛的目光，淌满汗水的面庞闪闪发光，衬衣完全变黑了……这正好同那些一尘不染：满身香气，花团锦簇的老爷太太们形成对照！待到完全走近时，这曳载人群开始截断游客们顺阶磴走向轮船的通道……不可能想象出比这更具有绘画性和具有倾向性的画面了！可我看见了什么！这些阴郁的骇人怪物竟露出了某种孩子般的善良的微笑，注视着游兴正浓的花枝招展的贵人，并且喜爱地打量着这些人的面孔、身段和装束。走在最前面已横跨过阶蹬的一名纤夫，甚至用自己晒得黝黑的大手举起纤绳，让这些迷人的蓬莱仙子能够轻移莲步飘飘而过。“真是一幅难以思议的图画！”我向萨维茨基喊道，“谁也不会相信的！”

真的，纤夫们给人的沉重印象，犹如一团乌云遮盖了欢乐的太阳。我的目光一直追随着他们，直至他们从视野中消失。

很明显，涅瓦河旁的衣衫褴褛的纤夫和他们拉纤时的表情动作，以及与花团锦簇的老爷太太们的对比，作为强大的刺激激活了列宾的情感，他喊了起来："这简直是骇人听闻！""把人当牲口使呀！"他感到愤怒，又感到辛酸、痛苦，又产生了同情……但这一切都还是原始情感，它还不够新颖、独特，不够深刻有力，他还处在情感的丝团中，一时还理不清，但他感到这是"一幅不可思议的图画"，他的创作欲望已经被激起，于是情感的潜流进入了内觉体验的深潭，并在这深潭里回复、旋转：

我被整个画面所震惊，差不多没有听到他说什么，而是一直思索着。我认为最动人心目的是，一只流汗的粗大的手高举在小姐们头上的一瞬间，我决定无论如何要勾勒一张这个场面的草图。……不论在游戏时，还是在熟人家的脂粉队里厮混，我总摆脱不掉这群纤夫，画了各种速写，有时画一群人，有时画个别人物。①

列宾这里所说的"思索"过程，甚至在"游戏时"，与别人"厮混"时，都"摆脱不掉"纤夫的心理状态，就是一种典型的内觉体验。内觉体验由于它主要在无意识和前意识里活跃着，所以往往是自己不能控制和察觉的，尽管艺术家干着别的事，想着别的事，可在无意识中内觉体验继续工作着，它不会中断。艺术家和一般劳动者的一个不同之处，在于一般的劳动者在工作时想工作、干工作，在休息

① 柯·楚科夫斯基：《列宾回忆录》下册，人民美术出版社 1984 年版，第 351 页。

时可以不想工作、不干工作，而艺术家一旦在自己的心里埋下了情感的种子，那么他们就无时无刻不在孕育着，不论是在白天还是黑夜，不论你是思考还是在休息，不论是自觉还是不自觉，不论你是意识到还是没有意识到，因为情感的内觉体验在形成作品之前是不会中断的。这也就决定艺术家的心理永远处在满负荷的状态。歌德的《浮士德》用了六十多年的时间才得以完成，在这六十多年的日日夜夜，歌德的关于浮士德的内觉体验从未中断过，正是这六十多年的内觉体验，使他的情感每天都在生长、跃动，最后他才得以完成这部巨著。这种长期的内觉体验，有时给人带来负荷过重的痛苦，但有时又给人带来喜悦与幸福。歌德在讲到他的民歌诗作《柯林特新娘》的内觉体验时这样说："这些诗原来在我头脑中已酝酿多年了。它们占住了我的心灵，像一些悦人的形象或一种美梦，飘忽来往；我任凭想象围绕它们徜徉游戏，给我一种乐趣。我不愿下定决心，让这些多年眷恋的光辉形象体现于不相称的贫乏文字，因为我舍不得和这样的形象告别。等到把它们写成白纸黑字，我就不免感到某种怅惘，好像和一位挚友永别了。"①

当然，艺术家们偏爱情感的内觉体验，不但是因为它可能给他们带来梦幻般飘忽的乐趣，更重要的是它会给他们带来创作的成功。大家知道，艺术创作之大忌是辗转因袭，落入窠臼。尽管没有一个艺术家不知道创新的重要，没有一个艺术家不想"闯前人未经之道，辟前人未历之境"，没有一个艺术家不盼望有一天自己能"卓然自成一家，而雄视百代"，但由于社会常规的力量和自身心理结构的趋同性的束缚，一旦拿起笔来，仍不免陈陈相因，落入窠臼，重复雷同之弊难以消除。这样，一些真正掌握了创作规律的艺术家为克服重复雷同之弊，就会自觉地求助于内觉体验。贝多芬说："在落笔之

① 埃克曼辑录：《歌德谈话录》，人民文学出版社 1978 年版，第 207 页。

前，我总要把我的想法保留一段时间在心中，有时是很长一段时间。”[①]贝多芬所说在心中保留一段时间，它实际上是自觉进入内觉体验过程，并希望在内觉体验的无定形的认识中给他带来千古独步的东西。

一般地说，艺术家的心灵可以向着两个不同的方向发展，一是从低水平到高水平，二是从高水平到低水平。这也就是说，就内觉体验而言，它有两个来源：“1. 原始的来源，它可能产生于被抑制了的意象或其他还未分化出来的心理产品；2. 来源于高水平的心理内容，是为了逃避意识或逃避有条理的行为规范，或者是由于其他原因而去寻找不同的途径以便返回到原始水平中去。”[②]前面所说的列宾画《伏尔加河上的纤夫》时的内觉体验，属于第一种情况。列宾是从感知、意象开始，然后再进入内觉体验，即由低水平到高水平。但有许多艺术家的内觉体验是属于第二种情况，即他们在创作中，通过心理运动，已进入高水平的心理内容，题材、主题、人物、情节、结构、语言形式都已大致确定，但他们发现这一切都没有新意，缺乏独创品格，没有摆脱自己和别人已写过的路子，把这样的作品写出来，只能落入俗套而不会给世界和自己增添任何新的东西。这时候，艺术家们宁可把自己辛苦建造起的、却毫无新意的艺术世界毁掉，把自己明确了的、并提到高水平的心理内容否定掉，重新回到内觉体验中去，S. 阿瑞提曾阐明了此种情形：

> 我们不应当认为，一个人从概念水平退回到内觉水平仅仅是逃避焦虑、神经病或者危险。有创造力的人也要逃避既定的或所谓正确的秩序体系。也就是，他处在通常的概念秩序中而感到有毛病和缺欠，或者由于对它不满而产生出其他什么动机。因此，他让自己的一部分精神活动回复到无定形认识阶段，回

① 萨姆·摩根斯坦编：《作曲家论音乐》，人民音乐出版社 1986 年版，第 30 页。
② S. 阿瑞提：《创造的秘密》，辽宁人民出版社 1987 年版，第 76 页。

复到一个模糊不定、含混不清的大熔锅里，同时进行着和先后发生着各种意料不到的变化。①

这就意味着，在理性阶段没有解决好的问题，让它返回到作为感性阶段的内觉体验中去得到解决。许多艺术家都曾这样做过。例如，列夫·托尔斯泰在创作《复活》过程中，前后经过十年，几经周折，一次又一次把已经梳理好的情感和明确了的构思毁掉，在他的日记中，开始时曾写道："散步，关于科尼的故事想得很多。一切都清楚而且妙极了。"可过不久他在日记中又写道："试着写科尼的故事，但是写不好。""仍然写不好。""根本写不出来。"1890 年 6 月 18 日的日记，表明托尔斯泰在经过了长达几个月的内觉体验之后，有了新的收获，他写道："将这部作品好好地想了一下——科尼的故事应该从开庭审讯写起……应该立刻把法庭的全部荒谬表现出来。"1890 年 12 月 15 日的日记中说："昨天给科尼的故事起了一个头。写得很畅快。"然而明确的东西在三年多后又"要不得"了，托尔斯泰在 1894 年 6 月 14 日的日记中写道："决定不再写下去了。我把小说的艺术基础全部重新检查了一遍。整个要不得。如果还要写的话，必须全部从头来过，写得更真实点，不要杜撰。"托尔斯泰一再陷入创作危机。1895 年 10 月 13 日他写给斯特拉霍夫的信说："我写的东西变得非常复杂起来，而且叫我生厌——毫无意思，庸俗。"应该说，在长达十年的劳动中，他的心理活动并不是没有进入高水平。恰恰相反，托尔斯泰多次把自己的心灵活动提高到了概念的最高水平，明确得不能再明确，但他认为自己的情感不真实，肤浅，庸俗，没有翻洗窠臼，没有新颖独特的情感，所以他一次又一次将其推翻，他散步，他吃饭，他干别的事，或"啥事也没干"，但他一刻也没有停止对问

① S. 阿瑞提：《创造的秘密》，辽宁人民出版社 1987 年版，第 78 页。

题的思考，只是这种思考已从高水平退回到无意识的低水平，退回到内觉，用他自己的话来说是退回到“再度体验”的心理活动中去。让明确的重新变得不明确，以便在无定形认识的心理状态中使情感得到解放与生长，并获得新的选择的机会。托尔斯泰经常说，我在等待，“揪心地等待着从事写作的心境”，实际上是等待内觉体验的最后完成。像列夫·托尔斯泰这种从高水平的思维活动退回到低水平的内觉体验活动，以求情感提炼达到一个独特、新颖的水平的做法，在艺术家的创造活动中是常见的，而且往往能够取得良好的效果，因为正是这种内觉使他们的情感获得解放，使他们从社会常规和功利欲望的羁绊中逃避出来，跃入一个广阔的、纯净的、新颖的、独特的审美情感的天地。

值得指出的是，情感的内觉体验与艺术直觉、艺术灵感有极其密切的关系。按一般的看法，直觉就是一种无须准备、无须推论就直接地获得真理的方式。那种无须准备、无须推论就直接获得真理的情况是不存在的，但直觉又的确是存在的，原因就在于为直觉所做的准备、所做的推论是在人的主观上觉察不到的内觉体验中进行的。同样，灵感似乎是瞬间爆发出的天才的火花，殊不知为这火花的爆发，人的内觉体验已在神不知鬼不觉中做了最充分的准备。从这个意义上说，内觉体验又是直觉和灵感的前提条件。甚至可以说，没有内觉体验，也就没有直觉，也就没有灵感。

（三）情感外化

情感经过内觉体验机制的处理，可获得新颖、独特的品格，但由于它只存在于艺术家的心中，没有变为具体可感的形式，它仍然不能变为一种确定的、能唤起别人共鸣的审美情感。审美情感区别于自然情感的一个根本特征在于它是对象化的、形式化的。因此，经过内觉体验处理过的情感必须经过某种外化机制，才能成为审美情感。人的情感与人的感觉、知觉不同。铁钦纳曾说过：“情感没有清晰的特性。快感和不快感可能是强烈的、持久的，但它们绝不会是清晰的。这就是说——如果我们改用通俗心理学语言来说——在情感上不可能集中注意力。我们越是注意感觉，感觉就越清晰，我们对它记忆就越牢，越明确。但我们完全不能把注意力集中在情感上；如果我们试图这样做，快感和不快感就会立刻消失，我们就会发现自己在观察我们并不想观察的完全无关紧要的感觉或映象。"①这样一来，艺术家就面临着这样一个矛盾：一方面，即兴的情感爆发——如小孩儿号啕大哭和政治家发牢骚——不能成为可供享受的审美情感，可另一方面聚精会神地、平静地来叙述又会使具体的带着血泪的情感消失(至多只剩下爱、恨、悲哀、愤怒、恐惧等情感概念)。那么究竟如何通过解决这个矛盾来获得审美情感呢？唯一的选择就是使情感对象化、形式化。关于这一点不少美学家都注意到了。鲍桑葵说：

> 美是情感变成有形。
>
> …………
>
> 试以爱与恨为例。恨应是爱的对立面；好吧，那你恨的什么，为什么恨呢？你的恨指向什么呢？它不能指向一个空的东西。它必须指向某个具体的，而且为某种理由连在一起的东西，而这个理由一定是这样性质的东西：它在某些地方使你生气，破坏你的目的和你的喜爱。所以当你找出它的内容，并且拿来和它所想望的东西放在一起全面看时，你的恨就变成一种爱了；它成了对某些东西的积极感情，但被某些别的东西所阻碍。②

乔治·桑塔亚那说：

---

① 转引自维果茨基：《艺术心理学》，上海文艺出版社1985年版，第260～261页。

② 鲍桑葵：《美学三讲》，上海译文出版社1965年版，第51～52页。

审美快感的特征在于客观化。①

苏珊·朗格说：

艺术品是将情感（指广义的情感，亦即人所能感受到的一切）呈现出来供人观赏，是由情感转化成的可见的或可听的形式。它是运用符号的方式把情感转变成诉诸人的知觉的东西，而不是一种征兆性的东西或是一种诉诸推理能力的东西。艺术形式与我们的感觉、理智和情感生活所具有的动态形式是同构的形式，正如亨利·詹姆斯所说的，艺术品就是“情感生活”在空间、时间或诗中的投影，因此，艺术品也就是情感的形式或是能够将内在情感系统地呈现出来以供我们认识的形式。②

这三位美学家所强调的重点是一致的：1. 艺术品所需要的不是自然情感，而是审美情感；2. 审美情感不能靠推理性说明，也不是一种征兆性的东西；3. 内在的审美情感必须通过可以知觉的对象呈现出来；4. 这样审美情感就从无形变为有形，可以供人认识和欣赏。

在艺术创作中，审美情感怎样才能通过可以知觉的对象呈现出来，变无形为有形呢？

第一条途径是托物寄情。通过描写客观的、具体可感的人物、景物来寄托和蕴含情感，这样读者通过对人物、景物的理解，就可以感受到艺术家通过人物、景物所传达出来的情感，从而引起共鸣。中国古文论在这方面论述颇为精辟。如刘勰说：“岁有其物，物有其容，情以物迁，辞以情发。”③范晞文说：“景无情不发，情无景不

① 乔治·桑塔亚那：《美感》，中国社会科学出版社 1982 年版，第 30 页。
② 苏珊·朗格：《艺术问题》，中国社会科学出版社 1983 年版，第 24 页。
③ 刘勰：《文心雕龙·物色》。

生。”[1]谢榛说：“作诗本乎情景，孤不自成，两不相背。……景乃诗之媒，情乃诗之胚；合而为诗，以数言而统万形，元气浑成。”[2]王夫之说：“情景名为二，而实不可离。神于诗者，妙合无垠。”[3]李渔说：“词虽不出‘情景’二字，然二字亦分主客。情为主，景是客。说景即是说情，非借物遣怀，即将人喻物，有全篇不露秋毫情意，而实句句是情，字字关情者……”[4]王国维说：“词家多以景寓情。”“昔人论诗词，有景语、情语之别，不知一切景语，皆情语也。”[5]上述诸论，说法虽有异，但基本点是相似的，即诗词创作一般不能把情与景拆开，而要使两者相融，以达到以景抒情的目的。通过这种办法实现情感对象化。这条途径在艺术创作中最为普遍，在此不再举例。

第二条途径是“移情”，即把艺术家的情感移入对象之中，使情感与对象合而为一，并把这种物我不分、情感与对象不分的状态表现出来，使人读了也沉入对象、进入特定的情感世界。为了把这一点搞清楚，在这里，有必要评述一下“移情”理论的要点。

“移情”说的雏形古已有之。但是第一次明确提出“移情”观念的是德国学者罗伯特·费希尔和他的父亲。在费希尔父子看来，我们对于周围世界的审美观照，其基本的特点是一种自发的外射作用。那就是说，它不仅是主观的感受，而且是把真正的心灵的感情“投射”到我们的眼睛所感知到的人物和事物中去。一句话，它不是感受，而是“移情”。外射的动作是紧接着知觉而来的，并且把我们的人格融合到对象中去，因此，它不可能被说成是一种联想或回忆。在这种情况下，光线和颜色，看起来不是欢快的，就是悲哀的。当

---

① 范晞文：《对床夜语》。
② 谢榛：《四溟诗话》。
③ 王夫之：《姜斋诗话》。
④ 李渔：《窥词管见》。
⑤ 王国维：《人间词话》。

"移情"作用完成时，我们自己的人格就与对象完全融合一致了。在费希尔父子那里，已大致确定了"移情"观念的意义。

然而，"移情"说的主要代表是德国美学家、心理学家里普斯。里普斯在《空间美学和几何学、视觉的错误》《美学》《论移情作用、内模仿和器官感觉》《再论移情作用》等著作中，都详细地论述了作为审美原理的"移情"观念。里普斯反复论证，审美体验是一种审美享受，而审美享受不是别的，是一种客观化的自我享受。在审美享受的瞬间，审美者把自我移入到一个与自我不同的对象(自然、社会、艺术中的事物)中去，并在对象中玩味自我本身。里普斯一再强调，"移情"所产生的情感与一般感受所产生的情感是不同的，在感受过程中，主体面对客体，主客体是分离的。而在"移情"过程中，主体被移入到客体之中，主客体融合为一。他举例说：如果我在一根石柱里面感觉到自己的出力使劲，这同我竖立石柱或毁坏石柱的出力使劲是不大相同的。再如我们在蔚蓝的天空里面以"移情"的方式感觉到我的喜悦，那蔚蓝的天空就微笑起来。我的喜悦是在天空里面的，属于天空的。这和对某一个对象微笑却不同。由此，我们不难看出，"移情"的基本特征是物我同一和物我互赠。即在"移情"发生的片刻，主体与客体的对立完全消除了，两体合为一体。对主体而言，他或她完全地沉没到对象中，在对象中流连忘返，处在一种忘我的境界。对客体而言，它与生命颤动的主体融为一体，于是原本没有生命的物体也立刻变成有人格、有活动力的，生气灌注的生命体。同时，在"移情"发生之际，物我互赠，我的情趣和物的情趣往复回流。有时物的情趣随我的情趣而定，有时我的情趣也随物的姿态而定。总而言之，物我同一，物我交感，物我互赠，物我回还，这就是里普斯所阐明的"移情"观念的特征。

这里存在着一个问题。物我之间的同一、交感、互赠、回还通过何种途径呢？或者说，物移入我，我移入物，以什么作为中介呢？

对这个问题的回答，里普斯和谷鲁斯、浮龙·李是不同的。德国学者谷鲁斯和英国学者浮龙·李认为在“移情”之际物我之间的中介是人的生理活动，即“移情”的发生须借重人的身体各部分所起的适应活动。谷鲁斯认为，“移情”现象起源于人的“内模仿”。人都有模仿的冲动。挂钟响时，我们的筋肉也一松一紧，这实际上是以筋肉的松紧来模仿钟声的节奏。这是不能产生美感的普通模仿。美感的模仿也有筋肉的动作相配合，不过往往隐含在内，不真的表现出来，所以谷鲁斯称它为“内模仿”。他举例说，“一个人在看跑马，真正的模仿当然不可能实现，他不愿离开他的座位，而且他有许多理由不能去跟马跑，所以他只心领神会地在模仿马的跑动，在享受这种内模仿所产生的快感。”

浮龙·李也基本上持这种“内模仿”的观点。她举例说，“山峰耸立”这句话并不是表明山从地面上突然隆起的动作，它表明了一种“移情”现象。那么这种“移情”现象是怎样发生的呢？她说：如果我们不是举首、昂头、抬眼望的话，我们便不能看着山、树、塔之类的事物而说它们“耸立”着。这就是说，正是由于观赏者的举首、昂头、抬眼望的身体动作，才使观赏者自我与山峰相遇而合一，并获得“耸立”之感。没有举首等身体动作为中介，“山峰耸立”的“移情”现象就不会发生。

里普斯在回答这个问题时，所持的观点与谷鲁斯、浮龙·李不同。里普斯承认“移情”过程中有内模仿，但他认为内模仿的感觉运动与美感效应无关。他明确指出：“一个对象的美在任何时候都是这一对象的美，从来不是这一美的对象以外的另一事物或不是这对象的某一组成部分的事物的吸引力。这句话特别指我的身体状况所生的快感——我的身体既然和所观照的对象毫不相同，也许还和它在空间里隔得很远——不能由我感觉成为这审美对象所生的快感。身体状况所生的快感只有在我注意到身体状况时才会感觉到。说一件东西是愉快的就等于说我心眼注视到这对象时感到一种快感，但是我在注意到我的身体状况或身体器官活动时所感到的快感，和我不注意器官活动过程而全神贯注到审美对象上面时所感到的欣喜，决不能全体地或部分地同一起来。总是A不能等于非A。”里普斯举例说：“在看一座大厦时，我感到一种内心的‘扩张’，我的心‘扩张’起来，我对我的内部变化起了这种特殊的感觉。与此相关的有筋肉的紧张，也许是胸部扩张时所引起的那种筋肉紧张。只要我的注意力是集中在这座宽敞的大厦上面，上述那种感觉对于我的意识当然就不存在。”里普斯肯定地认为，“移情”过程中物我之间沟通的中介不是身体感觉，而是“类似联想”的心理活动。里普斯最常举的实例就是观照希腊“多利克式”石柱时的情形。古希腊的神庙常用一排石柱来支撑屋顶的重压。在高大的石柱上面刻有凸凹相间的纵直的槽纹。人们在观看“多利克”石柱时产生了一种奇妙的感觉：不但没有产生向下垂的感觉，反而产生一种耸立腾飞、不甘屈服的感觉。我们为什么会觉得石柱向上腾飞而不是向下垂呢？这是因为“我们也硬着颈项，挨过艰难困苦，亲领身受过出力抵抗时的一种特殊的身心的紧张。这种经验已凝结为记忆，变为‘自我’的一部分。现在目前的石柱不也是在那里撑持重压么？不是仿佛在挺起腰杆向上面的重压说‘你要压倒我，我偏要腾起来’吗？我和石柱就出力抵抗这一点经验说，有些类似。这个类似点就成为移情作用的媒介”。

里普斯不是因为对“联想”说不满才提出“移情”说的吗？为什么他自己又回过来用“联想”来解释“移情”呢？这岂不又把“移情”与“联想”等同起来了吗？然而，里普斯并不认为自己的说法自相矛盾。他极力解释说，引起联想的事物只能使人重温某种情感，而不能直接表现某种情感；而引起“移情”的事物则既能使人重温某种情感，又能直接表现某种情感。例如，你曾与你的爱人在梅花盛开时候发生初恋，所以你如今又见到梅花盛开，你就重温了你初恋时的幸福感，这是联想。但如果你直接从梅花的形态、颜色、风姿、韵致中感到欣赏、欢愉和精神抖擞，这才是“移情”。

由于“移情”有上述功能，所以艺术家不但在创作中常会有“移情”的经验（乔治·桑、波德莱尔、福楼拜都有这方面的经验体会，可参见朱光潜先生的《文艺心理学》），而且还可以直接利用“移情”实现情感的对象化。在中国诗词里，这种借“移情”功能使情感获得可以感知的形态的诗句是很多的，例如：

白云抱幽石，绿筱媚清涟。

——谢灵运

相看两不厌，只有敬亭山。

——李白

颠狂柳絮随风去，轻薄桃花逐水流。

——杜甫

人老簪花不自羞，花应羞上老人头。

——苏轼

野桃含笑竹篱短，溪柳自摇沙水清。

——苏轼

日暮北风吹雨去，数峰清瘦出云来。

——张耒

怨春不语，算只有殷勤，画檐蛛网，尽日惹飞絮。

——辛弃疾

野蔓有情萦战骨，残阳何意照空城。

——元好问

这些诗句作为情感的对象化，是怎样实现的呢？白云如何会环抱幽石，绿竹如何会取媚清流，山与人为什么会相互看而不厌，柳絮何以会颠狂，桃花何以会轻薄，花为什么会羞人，野桃怎么会含笑，山峰为何会清瘦，蛛网如何会对春天献殷勤，野藤怎么会对战骨有情，残阳怎么会对空城有意，这都是因为诗人把自己的情感移置于景物所造成的。并非景物有情，而是人有情，人的情进入景物，人的情感就有所附丽，情感也就外化为可供人享受的审美情感了。

第三条途径是异质同构。即通过人的情感与外部景物的同形对应关系，进行艺术的类比与对照，把内在的东西与外在的东西联系起来，借以实现情感的对象化。异质同构的思想也是古已有之，这就是先哲们不断提出的身心对应问题。但真正把它作为一种学说提出来的是“格式塔”心理学家。这一学说的基本思想是：世界上万事万物(即一切知觉的对象)的结构本身就富有情感的表现性。例如，“一棵垂柳之所以看上去是悲哀的，并不是因为它看上去像是一个悲哀的人，而是因为垂柳枝条的形状、方向和柔软性本身传达了一种被动下垂的表现性”①。这也就是说，知觉式样本身就具有情感的表现性。

然而，人的内心是如何感应到了外物这种情感的表现性的呢?“格式塔”心理学家回答说：尽管物理世界和心理世界是不同质的，但这两个世界的力的结构可以是同一的。他们从威廉·詹姆斯的关于身心同一的论述得到启发。詹姆斯说：“必须指出，为这些作者们所极力强调的活动，与情感之间的不等同，并不像乍看上去那样绝对。在一般的情况下，我们不仅能从时间的连续中看到心理事实与物理事实之间的同一性，就是在它们的某些属性当中，比如它们的强度和响度、简单性和复杂性、流畅性和阻塞性、安静性和骚乱性中，同样也能看到它们之间的同一性。”②这段话极富创见，受到了

① 鲁道夫·阿恩海姆：《艺术与视知觉》，中国社会科学出版社1984年版，第624页。

② 詹姆斯：《心理学原理》，英文版第六章。

“格式塔”心理学家高度重视。韦特海默于是就提出了外在世界与心灵世界异质而同构的设想，即认为外在世界是物质性的，心灵世界是非物质性的，但它们在力的结构上可以是同一的。他举例说：当我们观看一场舞蹈时，那悲哀和欢乐的情绪看上去是直接存在于舞蹈之中的。对舞蹈动作的表现性的知觉之所以具有如此强烈的直接性，主要是因为，舞蹈动作的形式因素与它们表现的情绪因素之间，在结构性质上是相同的。①

那么什么是“力的结构”和“结构性质”呢？外在世界与心灵世界的“力的结构”是怎样同一的呢？“格式塔”心理学家所说的“力的结构”或“结构性质”，实际上是从抽象意义来说的，并非指具体形态的相似与相同。他们说：“像上升和下降、统治和服从，软弱和坚强、和谐与混乱、前进与退让等等基调，实际上乃是一切存在物的基本存在形式。不论是在我们自己的心灵中，还是在人与人之间的关系中；不论是在人类社会中，还是自然现象中，都存在着这样一些基调。”②这样一来，我们在对事物进行分类时，就可以事物的“力的结构”作为分类的标准，那么具有同样情感表现性、同一“力的结构”的树和人就可以归并到同一类，他们之间的相似之类甚至可能比人与人之间的类似程度还高。以此类推，暴风骤雨和革命洪流、黑云翻滚与严酷统治、红日东升与积极向上、夕阳西下与消沉倦怠、劲松与坚强、柔柳与软弱、红叶与爱情、落叶与悲哀等就可以归并为同一类。而这种按情感的表现性和“力的结构”的分类法，为艺术家表现情感开辟了一条重要的途径。艺术家只要在外在世界中找到一种与自己的特定情感同一类的对象，就可以通过对对象的描写把自己的特定情感传达出来。实际上，这种异质同构的现象在中国古文论

① 参见鲁道夫·阿恩海姆：《艺术与视知觉》，中国社会科学出版社 1984 年版，第 614～615 页。

② 参见鲁道夫·阿恩海姆：《艺术与视知觉》，中国社会科学出版社 1984 年版，第 615 页。

中早有描述，如陆机《文赋》中说：“遵四时以叹逝，瞻万物而思纷。悲落叶于劲秋，喜柔条于芳春。心懔懔以怀霜，志眇眇而临云。”在这里，作者分别把属于物理世界和心灵世界的落叶与悲凉、柔条与芳心、寒霜与畏惧、云霞与亢奋，一一对应起来。在诗词等艺术创作中通过异质同构以达到情感的对象化，也很普遍。此类例子，举不胜举。如明月与乡愁、鸿雁与思念、春花与爱情、秋风与悲愁、古道与苍凉、松树与孤直、竹子与骨气、梅花与高洁、游鱼与自由、深林与寂静、斗酒与豪放、宿鸟与思归、夕阳与断肠、桃花与春情等，几乎成了中国古典诗词的固定模式，可以说是“典型”的异质同构。当然也有比较灵活、复杂的组合，例如：

> 大风起兮云飞扬。威加海内兮归故乡。安得猛士兮守四方。
>
> ——刘邦

这里是以物理世界中的大风起、云飞扬这两个景物所组合而成的标志上升、兴奋的结构性质与悲壮这种同样标志上升的结构性质相对应、相沟通，来达到情感对象化的目的。

> 枯藤老树昏鸦，小桥流水人家，古道西风瘦马。夕阳西下，断肠人在天涯。
>
> ——马致远

一般人以为这是在写景，其实不尽然。这里更着重的是写心物对应，即以枯藤、老树、昏鸦、古道、西风、瘦马等组合而成的标志着下降、压抑的结构性质与游子断肠般悲凉这种同样也标志着下降的结构性质沟通契合来传达情感。

异质同构的现象大量存在，并已被艺术创作实践所证实。问题在于外在的物理世界与内在的心灵世界为什么会出现同形同构呢？在两个不同质的世界之间，究竟以什么作为中介和过渡呢？“格式塔”心理学家认为，这是人的天生的能力，两个世界的中介是“大脑电力场”。这就是说，人的内在的心灵世界原来就有各种各样情感的力的结构，而外在世界某种事物通过刺激，也会在“大脑电力场”中形成一种力的结构。这样外在事物的力的结构一旦与“大脑电力场”中原有的某一力的结构相对应沟通，那么外在事物看上去就会带有情感的性质，而艺术家就可借这外在事物来传达自己的感情了。把异质同构完全说成是人的一种天生的物理能力，这种解释显然是存在着困难的。因为作为中介环节的“大脑电力场”只是一种假设，并未得到科学实验的证实。在我们看来，比较可行的解释是：异质同构是人在同自然和社会的几百万年的交往中，逐渐形成的一种能力。人与自然、社会的交往实际上就是社会实践，而社会实践具有塑造人的巨大力量，正是它赋予人这样一种微妙的能力。只不过这种能力主要不是通过学习得来的，而是在集体无意识的长期发展中形成的。

综上所述，艺术创作中审美情感形成的机制，首先是原始唤起。原始唤起是激活审美情感的必要条件。其次是内觉体验。内觉体验是促成审美情感成熟的关键。最后是情感外化。多种途径的外化，是审美情感化为可感形式的最后机制。

三、审美情感的深层特征之一：自我情感与人类情感的相互征服

艺术创作中审美情感的特征，是一个极其复杂的问题。尽管有许多理论家、艺术家就这个问题发表过各种各样的意见，但是全面的、深刻的、具有说服力的解答仍不易找到。然而这个问题是如此

重要，以至于某一种意见就是一种艺术流派的纲领、一种理论派别的根据。所以在这里重新把艺术创作中审美情感的特征问题提出来讨论，仍然是十分必要的。

(一)“自我表现”论与人类情感表现论

艺术创作要表现情感，这已为多数人所接受。艺术要以情动人，而艺术之所以能以情动人，乃是由于在艺术作品中表现了情感。但是，真正的艺术创作中所表现的情感究竟是什么情感呢？人们对这个问题的理解就很不一样。最常见的看法有如下两种。

第一种看法，认为艺术创作是艺术家情感的“自我表现”。自西方艺术中的浪漫主义思潮产生之后，这个看法就为许多艺术家所坚持。就诗歌创作领域而言，从英国浪漫派华兹华斯、雪莱到中国的浪漫诗人郭沫若都持这种看法。华兹华斯在其著名的《〈抒情歌谣集〉序言》中两次强调说：“诗是强烈情感的自然流露。”并以此为基础建立起他整个的诗歌理论。华兹华斯所说的“情感的自然流露”，当然是指诗人自己的情感的自然倾吐，所以华兹华斯实际上是西方较早的“自我表现”论者。雪莱则在《为诗辩护》中说：“诗是最快乐最良善的心灵中最快乐最良善的瞬间的记录。”他所强调的也是情感的“自我表现”。郭沫若则说：“我想我们的诗只要是我们心中的诗意诗境之纯真的表现，生命源泉中流出来的Strain，心琴上弹出来的Melody，生之颤动，灵的喊叫，那便是真诗，好诗，便是我们人类欢乐的源泉，陶醉的美酿，慰安的天国。”①当然，所谓“生之颤动，灵的喊叫”，即“自我表现”，也并非在诗里终日喊“我爱”，“我恨”，“我愤怒”，“我恐惧”。这种喊叫，并不是表现情感，仅仅是描述情感。正如科林伍德所说：“如果你要表现某种东西所造成的恐惧，你绝不可使用‘可怕的’那种形容词，因为那是描述情感而不是表现情感，而

① 郭沫若：《论诗三札》，《沫若文集》第10卷，人民文学出版社1959年版，第204页。

且你的语言马上就会变得索然无味，即没有表现力了。一个真正的诗人在写作真正的诗歌的时候，你不直称他正在表现的那种情感。”[①]“自我表现”论者深知此点，所以他们并不拒绝写景状物，甚至不拒绝写故事情节，但他们强调唯有诗人、艺术家自己的激情才是诗的、艺术的灵魂，华兹华斯就明白地说“是情感给予动作和情节以重要性，而不是动作和情节给予情感以重要性”。这就是说，诗和艺术中虽也写景状物、说故事，但这景物、故事只不过是诗人、艺术家自己情感的客观对应物而已。用清代李渔的话来说：“词虽不出‘情景’二字，然二字亦分主客。情为主，景是客。说景即是说情，非借物遣怀，即将人喻物，有全篇不露秋毫情意，而实句句是情，字字关情者，切勿泥定即景咏物之说，为题字所误，认真做向外面去。”[②]或者用王国维的话来说：“一切景语皆情语。”

艺术中的情感既然是艺术家情感的“自我表现”，那么这种自我情感能否与读者的情感相通，引起读者的共鸣呢？在这个问题上，“自我表现”论者又可分为两派。一派认为，艺术就是自己情感的表现，你心中充满了激情，你将它溢流出来了，你获得了情感释放的愉快，这就够了，至于有没有读者，或能不能引起读者的共鸣，艺术家可以不予考虑。济慈公然宣称：“我从未带着公共思想的些微影子写下一行诗句。”而雪莱也说：“诗人是一只夜莺，栖息在黑暗中，用美妙的歌喉唱歌来慰藉自己的寂寞。”[③]对此说得最绝对的是英国评论家约翰·斯图尔特·米尔。他认为“诗歌是情感，是在孤独的时刻自己表白自己”，“所有的诗歌都具有自言自语的性质”，如果说诗歌有读者的话，那就是诗人自己。他还说：“倾诉的行为本身不是目的，只是达到目的的手段——即通过他自己表现的情感，去激发情

① 科林伍德：《艺术原理》，中国社会科学出版社1985年版，第115页。

② 李渔：《闲情偶寄》。

③ 雪莱：《为诗辩护》，刘若端编：《十九世纪英国诗人论诗》，人民文学出版社1984年版，第127页。

感、信仰或另一个人的意愿——当他感情的表现也被那目的、被那种在另一个心灵上造成印象的愿望所感染，那时它就不再是诗歌，而变成了耍嘴皮。”①在这一派人眼里，艺术属于自己，读者无足轻重，因此不是读者的反应决定艺术的价值，自我情感宣泄的充分与否才是艺术价值的所在。另一派“自我表现”论者则强调，艺术只有表现艺术家自己的情感，那么艺术作品中所流露出来的情感才可能是真实和真诚的，虚假和虚伪的情感是不能打动人的，唯有真实和真诚的情感才能打动人、感染人、引起人们的共鸣。著名音乐家勋伯格是主张“自我表现”的，他说：“艺术家所努力追求的只有一个最大的目标，就是表现自己。”但他之所以强调表现自己，是因为他认为“一件艺术品，只有当它把作者内心中激荡的感情传达给听众的时候，它才能产生最大的效果，才能由此引起听众内心情感的激荡”②。这就是说，读者、听众是重要的，正是因为读者、听众，艺术才需要情感自我表现。著名画家马蒂斯也是强调“自我表现”的。他说：“作品是自我的发挥与反射。我的素描和油画就是我自己的一部分，它们全体构成了亨利·马蒂斯。作品反映我、表现我、使我永存。”“一位艺术家必须尽力从一开始就完全地表现自我。”但他之所以如此强调表现自我，是因为“这样就不会变老，如果他真诚，有人性，富于创造力，他永远会在后代之中获得反响”③。很清楚，马蒂斯是把“自我表现”与后代的反响联系起来的。尽管“自我表现”论者这两派人在是否重视听众、读者问题上有如上分歧，但他们的基本观念是一致的，那就是认为艺术创作中的情感只能是自我的情感，而且他们这一观念的确立也有他们的理由：就艺术地把握世界而言，艺术家只有通过自己情感的燃烧，才能照亮眼前的现实，才能有所

① 转引自 M. H. 艾布拉姆斯：《批评理论的趋向》，《文艺理论研究》1986 年第 6 期。
② 彼得·斯·汉森：《二十世纪音乐概论》，人民音乐出版社 1986 年版，第 64 页。
③ 杰克·德·弗拉姆编：《马蒂斯论艺术》，河南美术出版社 1987 年版，第 234 页。

发现。正如胡风所说："尽管题材怎样好，怎样实有其事……但如果它……没有在作者的情绪世界里面溶解，凝晶，那你就既不能把握它，也不能够表现它的。因为，在现实生活上，对于客观事物的理解和发现需要主观精神的突击，在诗的创造过程中，客观事物只有通过主观精神的燃烧才能使杂质成灰，使精英更亮，而凝成浑然的艺术生命。"①

第二种看法，认为艺术创作不是情感的"自我表现"，而是人类情感的表现。托·斯·艾略特曾提出艺术创作中"非个人化"问题，他说："诗不是放纵感情，而是逃避感情；诗不是表现个性，而是逃避个性。"他认为艺术家的创作过程是"不断地牺牲自己，不断地消灭自己的个性"的过程②。"自我表现"论的主要反对者是美学家苏珊·朗格。她在《哲学新解》一书中强调指出："发泄情感的规律是自身的规律。""纯粹的自我表现不需要艺术的形式。"当然，也就不可能形成审美情感。她举例说："以私刑为乐事的黑手党徒绕着绞架狂吼乱叫，母亲面对重病的孩子不知所措；刚把情人从危难中营救出来的痴情者浑身颤抖，大汗淋漓或哭笑无常，这些人都在发泄着强烈的情感，然而这些并非音乐需要的东西，尤其不为创作所需要。"她在《艺术问题》一书中肯定地说"一个号啕大哭的儿童释放出来的情感要比一个音乐家释放出来的情感多得多"，然而人们决不要听这哭声，"因为人们不需要自我表现"。苏珊·朗格得出了这样的结论："艺术家表现的绝不是他自己的真实的情感，而是他认识到的人类情感。"③

苏珊·朗格所说的"人类的情感"究竟是什么呢？为什么艺术表现的是人类的情感呢？艺术又是如何来表现这种情感的？苏珊·朗格在谈到舞蹈所表现的情感时说："这种情感并不是那种属于某个演

① 胡风：《胡风评论集》中，人民文学出版社1984年版，第362页。

② 参见伍蠡甫主编：《现代西方文论选》，上海译文出版社1983年版，第275页。

③ 苏珊·朗格：《艺术问题》，中国社会科学出版社1983年版，第23～25页。

员个人的情感，而是属于舞蹈本身的情感。”又说：“一个舞蹈并不是舞蹈演员本人情感的征兆，而是它的创造者对各种人类情感认识的一种表现。”[①]这两句话可以帮助我们理解所谓“人类的情感”的含义。在苏珊·朗格看来，艺术中的人类的情感不是个人的现场情感的流露，如大哭或大笑等征兆性信号性的东西，而是经过加工的一种情感概念，“是标示感情和其他主观经验的产生和消失过程的概念，是标示主观感情产生和发展的概念，是再现我们内心生活的统一性、个别性和复杂性的概念”[②]。而这种情感概念是属于人类的，我们无法时时与它相遇(譬如，不能在欢乐时遇到痛苦，或不能在痛苦时遇到欢乐)，但我们可以从概念上去认识它、反映它、想象它(譬如，我们可以在心情平静时去想象欢乐或痛苦)。动物也有情感，但只有个体的征兆性的情绪(如饥饿时的焦急的呼喊)，它们没有情感概念。情感概念只有人类才有。因此，艺术表现的对象不是像动物身上那种只带有信号特征的征兆的情感，而是人类普遍的情感概念。艺术只有表现这种情感概念，才有可能在人与人之间的心灵上搭起桥梁。艺术表现人类的情感概念，不是用描写、暴露的方式，而是以客观对应物来呈现。苏珊·朗格在谈到艺术如何表现人类情感概念时说：“就是以一种客观的符号将一个主观的事件或活动表现出来。任何一件艺术品都是这样一种形象，不管它是一场舞蹈，还是一种雕塑品，或者是一幅绘画、一部乐曲、一首诗，本质上都是内在生活的外部显现，都是主观现实的客观显现。这种形象之所以能够标示内心生活中所发生的事情，乃是因为这一形象与内心生活中所发生的事情含有相同的关系和成分的缘故。这种形象不同于物质结构，一种舞蹈的物质材料结构与情感生活的结构是不相同的，只有创造的形象

① 苏珊·朗格：《艺术问题》，中国社会科学出版社 1983 年版，第 6～8 页。
② 苏珊·朗格：《艺术问题》，中国社会科学出版社 1983 年版，第 6～8 页。

才具有情感生活所具有的成分和结构式样。”[①]显然，苏珊·朗格在这里所借用的是“格式塔”学派的异质同构理论。苏珊·朗格反对艺术创作中的“自我表现”，主张艺术表现人类的情感也有她的相当充分的理由。因为艺术所表现的情感的确不是艺术家即时的自我情感，而是经过再度体验的、具有典型性和普遍性的情感，正是这种情感使艺术成了沟通人类心灵的精神力量。

(二)“自我表现”论和人类情感表现论的弱点

这样看来，“自我表现”论和人类情感表现论的确是对立的，但又各有各的理由。艺术究竟是表现什么情感呢？是艺术家的自我情感还是人类的情感概念，这是至今仍令人困惑的艺术理论上的“哥德巴赫猜想”。还是让我们把“自我表现”论和人类情感表现论的理论弱点评说一番，然后再试图提出我的一些想法，看一看能不能打破上述两说的对立。

认为艺术是艺术家的情感的“自我表现”理论，当它跟机械的“再现论”作战时，的确显示了它的力量，因此这一理论至今仍有众多的拥护者。但它的理论弱点也是致命的。为了把“自我表现”论的弱点说透，让我们从表演艺术说起。因为表演艺术有两度创造，即作者的创造和表演者的创造。而表演者的艺术创造最易于暴露“自我表现”论的弊病。就以戏剧表演而论，演员要传达的是剧本中规定的情感。也就是说，感情的性质、逻辑、流程、强度及其变化都是由剧本规定的，演员要忠实地把它传达出来，过与不及都会损害演出，凭着自己即时的心情“自我表现”便会歪曲剧中的情境，并使动作变形，这是绝对不行的。著名演员于是之说：“我认为，表演只讲‘从自我出发’是片面的。例如，让你演阿巴贡丢钱，你光从自我出发就演不出来。因为法兰西你不了解，莫里哀你不了解，莫里哀的那个

① 苏珊·朗格：《艺术问题》，中国社会科学出版社1983年版，第8～9页。

时代你也不了解，一切都不具备，就假设我丢了钱，假设了半天，还是你自己。我们要你演的是莫里哀写的那个阿巴贡丢钱，你不能篡改，你只能按作者写的演。……如果你老是想着那个自我，‘假如我碰见这事怎么办’，你老不想那个‘他’，你想创作出性格来是很不容易的。”[①]把这个问题说得特别透彻的是启蒙时代伟大的思想家狄德罗，他撰写过一篇题为《演员奇谈》的对话体论文，通篇都在批判演员在演出时情感的“自我表现”。他认为在舞台上演员凭自己的情感即兴式的表演既做不到，也要不得。为什么说做不到呢？因为一个演员要在舞台上扮演各种各样的角色，既要善演领袖、英雄、勇士、正直的人、善良的人，也要善演“吝啬鬼”，赌徒，马屁精，怨天尤人者，打出来的医生——这是迄今为止诗人想象出来的最不动感情、最鲜廉寡耻的人物，贵人迷，无病呻吟者，无缘无故怀疑自己戴绿帽的丈夫，尼禄，密特里达德，阿特柔斯，弗卡斯，塞托里乌斯，以及其他许多悲剧或喜剧性格[②]。每一种角色都有独特的情绪基调，作为一个演员，哪怕他(她)是一个伟大的演员也不可能亲历过这许多角色的生活，熟悉这许多角色的情感基调及情绪的细微变化。作为有着自己独特的性格特征和情感基调的演员，如果只是想着“自我表现”，那么他永远不可能进入各种各样的角色，他演的永远是他自己，他把众多的角色演成一个样子、涂上一种色调。由此可见，演员在他扮演的每一角色中都“自我表现”，这是做不到的。那么为什么说演员在舞台上“自我表现”是要不得的呢？狄德罗举例说：“有位男演员正在热恋一位女演员。一个偶然的机会使他们同演一场戏，由男演员表演吃醋的情人。如果他是个平庸的演员，这场戏因此增光。如果他是高明的演员，这场戏却要失色，因为那时候

① 于是之：《表演漫谈》，《于是之论表演艺术》，中国戏剧出版社 1987 年版，第 102～103 页。

② 狄德罗：《演员奇谈》，《狄德罗美学论文选》，人民文学出版社 1984 年版，第 313 页。

伟大的演员又变成他自己，不再是他揣摩出来的满怀醋意的情人的理想、高妙的范本。有一点足以证明那时候这位男演员和这位女演员都降低到日常生活的水准上去，那就是，如果他们还保留演戏的架势，他们定会忍不住相对大笑。他们会觉得表演夸张的、悲剧式的嫉妒心等于炫耀他们切身感受的嫉妒心。”①这就是说，当表演变成了演员在生活中的情感、情绪自然流露，即“自我表现”时，艺术就还原为生活本身，演员所表演的也不过是某一个人的精确的动作、心态，这种表演是不可能具有艺术的普遍性的。这是一种完全失败的表演。真正伟大的演员总是能排除自我的情感，而按剧情所规定的情境来进行表演。对此，狄德罗也举了一个有趣的例子：有一对关系极其紧张的夫妻演员，同台演出莫里哀的《情仇》，男演员演爱拉斯特，吕西的情人，他的妻子则演吕西，爱拉斯特的情人。狄德罗说：“我很想为你描绘由一位男演员和他妻子同台演出的一场戏，这两口子本是冤家对头，却扮演一对温柔多情的情侣。他们在舞台上的公开表演如同我将要为你描写的那样，可能比我描写的还要精彩。这场戏里两位演员似乎完全进入角色，他们获得池座和包厢连续不断的掌声，我们的掌声和喝彩声曾十次打断他们的演出。……他俩就这样演下去，身兼二职，既是情人，又是夫妻。这场戏演完后，爱拉斯特送他的情人吕西到后台去，这时候男演员那么使劲地夹住他亲爱的妻子的胳膊，以致后者痛得叫出声来，而他却用最侮辱人的字眼，最辛辣的语句来回答她的惨叫。”②这一对夫妻演出之所以获得成功，恰恰在于他们控制住了自己的情感，不在舞台上暴露他们之间的恶感和敌意，完全沉浸到角色所规定的情感中去，把剧中人的柔情蜜意完美地呈现出来了。这样，狄德罗就认为，演员

① 狄德罗：《演员奇谈》，《狄德罗美学论文选》，人民文学出版社 1984 年版，第 308～309 页。

② 狄德罗：《演员奇谈》，《狄德罗美学论文选》，人民文学出版社 1984 年版，第 297～299 页。

在表演时不能感情冲动，尤其不能“自我表现”。感情冲动、“自我表现”不能保证表演成功，相反可能导致表演失败。所以狄德罗认为：“假如演员易动感情，他怎么可能真心诚意地连续两次以同样的热情扮演同一个角色并且取得同样的成功呢？如果他在第一场演出中异常热情冲动，到第二场演出他将筋疲力尽，变得和大理石一样冰凉。……凭感情去表演的演员总是好坏无常。你不能指望从他们的表演里看到什么一致性；他们的表演忽强忽弱，忽冷忽热，忽而平庸，忽而卓越，今天演得好的地方明天再演就会失败，昨天失败的地方今天再演却又很成功。”①这种演员的表演之所以不稳定，主要在于他们过于相信“自我表现”。当角色的情感与自我的情感一致时，角色与我合为一体，他们就演得好，当角色的情感与自我的情感不一致时，他们就无法进入角色，角色是角色，我是我，两种情感无法合流，在这种情况下就必然会以自我的情感去歪曲角色规定的情感，从而使表演归于失败。“自我表现”论者特别强调舞台演出中演员的即时的情感征兆，但是即时的情感征兆不但不能有助于演员进入角色，反而会使他（她）分心，使表演动作变形。关于这一点，苏珊·朗格有一段极富说服力的阐述：

那些真正伟大的专家们——舞蹈编导，舞蹈家，美学家，历史学家——虽然毫不含糊地强调情感征兆这一观点，然而在涉及任何具体舞蹈或特定过程时却又含含糊糊地否定它。据我所知，还没有人肯定巴甫洛娃运用实际感觉到的虚弱和病态，来表演《天鹅之死》中慢慢衰竭下去的生命是最出色的，也没有人会提出在玛丽·维格曼上台前几分钟，告诉她一个可怕的消息，从而使她进入悲惨的《夜舞》中的角色。一个优秀的芭蕾舞

---

① 狄德罗：《演员奇谈》，《狄德罗美学论文选》，人民文学出版社1984年版，第281页。

大师，在要求女演员表现沮丧时，可能会说："想象一下，假如你最要好的朋友，和你的男朋友私奔了，你当作何反应！"他恐怕绝不会一本正经地说："你的男朋友让我转告你，'再会了，咱们各奔前程吧！'"他也可能对一个要表演"欢乐舞蹈"的文静、美丽的女演员说："你应该想象自己是在加利福尼亚度假，在棕榈树下和橘丛中漫步。"而绝对不会告诉她排练之后还有一个令人激动的约会，因为那样会使她从舞蹈中分心，以致造成动作失常。①

从狄德罗和苏珊·朗格的具有说服力的分析中，我们不难看到，对戏剧、舞蹈表演来说，"自我表现"是不适宜的。因为"自我表现"必然要有情感激动(或情感征兆)，而情感冲动或情感征兆使演员的情感只能滞留在自我的欢乐之中，而不能进入角色所规定的情境里，从而使表演的动作变形或失常。作为戏剧体验派的大师斯坦尼斯拉夫斯基也是反对"自我表现"的。他认为演员要是热衷于"自我表现"，那么这些演员在舞台上仍旧是他们本人，或是角色与本人的混合物。他批评有的演员已习惯于用自己本身的、演员的感觉去填补角色的空白，他们根本觉察不出那是一种混合物，是角色的情感和他们个人的情感在他们内心渗合在一起组成的。他认为，"自我表现"必然会使"演员对待自己的角色，像对待稻草人一样，他们是以灵机一动所获得的情感和感觉的某些混合物去填满角色的腑脏"②。

也许有人要问，戏剧、舞蹈表演是再度艺术创造，其中情感的性质、形态、逻辑、变化等都是由剧本来规定好的，因此，演员表演时不宜凭自己的情感自我表演，但对一度创造的诗歌、小说、剧

① 苏珊·朗格：《情感与形式》，中国社会科学出版社 1986 年版，第 202 页。

② 斯坦尼斯拉夫斯基：《斯坦尼斯拉夫斯基全集》第 5 卷，中国电影出版社 1983 年版，第 521 页。

本、雕塑、绘画、音乐等艺术创作而言，自我表现就是适宜的了。其实不然。我们认为，艺术家一旦进入构思过程，那么他笔下的人物、景物等一切对象，就获得了独立的、确定的情感性质、形态、逻辑以及变化的轨迹，它实际上已形成了一种客观的力量，左右着艺术家的选择，甚至领着艺术家向前走。在这种情况下，艺术家尽管是一个创造者，但他的权力已很小，他已不能根据自我的情感需要随意支配他笔下的人物、景物及附着其上的情感性质、情感逻辑和情感变化的轨迹。如果硬要“自我表现”，即以自我即时的情感去对笔下的人物、景物着色，那么势必破坏人物、景物已形成的情感性质和逻辑，改变情感运动的轨道，结果毁坏整个艺术构思。这里我想引用茅盾的小说《追求》创作失败的例子：

> 《追求》从4月份开始写，到6月份写完。《追求》原来是想写一群青年知识分子，在经历了大革命失败的幻灭和动摇后，现在又重新点燃希望的火炬，去追求光明了。这也是我写《创造》时的心情。可是，在写作的过程中，我却又一次深深地陷入了悲观失望中。我从德沚以及几个旧友那里听到了愈来愈多的外面的迟到的消息，这些消息都是使人悲痛，使人苦恼，使人失望的。这就是在革命不断高涨时的口号下推动“左”倾盲动主义所造成的各种可悲的损失。一些熟识的朋友，莫名其妙地被捕了……到了四五月间，我却完全被这些不幸的消息压倒了，以至我写的《追求》完全离开了原来的计划，书中的人物个个都在追求，然而都失败了。同年7月16我在《从牯岭到东京》中写有一段话，很清楚地道出了我当时的情绪：“我那时发生精神上的苦闷，我的思想在片刻之间会有好几次往复的冲突，我的情绪忽而高亢灼热，忽而跌落下去，冰一般冷……并且使我的作品有缠绵幽怨和激昂奋发的调子同时并在。《追求》就是这么

一件狂乱的混合物。”①

茅盾的这个例子清楚地说明，征兆性的自我情感激动是不利于创作的。在这种情况下，确定了的构思，安排好的情感流向，都被自我情感表现破坏了。

因此许多艺术家都讲情感冲动，或情绪波动时，虽然最宜于“自我表现”，但不宜于作诗写小说、不宜于作曲写剧本。我们在前面曾引过狄德罗、鲁迅、苏珊·朗格的话，说明在情感正烈之时，在眼睛还在流泪之时，难以把握对象的情感逻辑，是不能作诗的。华兹华斯也持有相似的看法，他认为诗歌并非情感紧张时的征兆，诗歌是“于万籁俱寂中汇集起来的情感”。音乐家莫扎特曾给他父亲写信说：“我必须不停地写作，我需要一个清醒的头脑和平静的心。”“我的心不平静，我的脑子全乱了，有谁能在这种情况下去思考去理智地工作呢?”他显然认为情绪波动会干扰创作。法国著名演员哥格兰也说过：“演员并不是在生活，而是在表演。他对他所表演的对象保持着冷静的态度，而他的艺术却必须是完美的。”我们可以肯定地说，世界上一切最好的诗、最好的悲剧与喜剧、最好的乐曲和绘画，都是在艺术家心境平静时创造出来的。在创作过程中，艺术家可能激动过，为笔下的人物命运流泪，为笔下的情感异变激动，但其动笔之初，心境却是异乎寻常的平静。情感冲动，诚然便于自我发泄，便于自我表现，但情感冲动会大大地降低人的智力，甚至会使人变得愚蠢，而愚蠢是艺术创作的敌人。

我们把艺术创作中情感的“自我表现”论，作了这么多的批评，那么是不是说人类情感表现论就毫无缺点呢？比“自我表现”论要强得多呢？情况并非如此。人类情感表现论所遇到的问题是：艺术家

① 茅盾：《创作生涯的开始》，《人民日报》1981年4月3日。

所表现的人类情感，是怎样来到艺术家的心中和笔下的呢？难道艺术家为了认识并表现人类的情感概念，不需要艺术家的情感体验吗？可以肯定地说，艺术家要表现人类的情感，就首先必须对人类的情感有深刻的体验。而这里所说的体验，是艺术家本人的体验，因此是“我”的体验。这就是说，尽管艺术家表现的是人类的情感，但必须找到自我的情感与人类的情感的交接点、重合点、结合点，使人类的情感和个人的情感融为一体。否则即或表现了人类的情感概念，也不会真切动人。于是之对此有深切体会，他在《演员创造中的“我”和“他”》一文中，在说明“演员心中必须有‘他’（指角色——引者）”的同时，又强调说：

> 演员在排练中，最幸福的时刻莫过于感到自己与角色的心理状况一致起来。——我们平素常说的“我已经感觉到了他”或者“我觉得就是他”了所指的便是这种境界。这时候，我不必再用语言向人分析他的痛苦和欢愉。我也不必费力气地去表演他们了，而是我感到了那痛苦，我享受到了那欢乐。“我”和“他”是统一起来了的。①

然而“我”和“他”是怎样统一起来的呢？于是之说：

> 我想，一切艺术创作，无论是美术家运笔作画，提琴家拉琴，或是小说家写他的作品，在创作的当时，大体上总是要用自己的情感去体验那要表现的对象的。并且这种情感便成为一种支配的力量，驾驭着其他纯熟的技巧，驰骋纵横，最后写出、画出、奏出他精彩的作品来的。②

---

① 于是之：《于是之论表演艺术》，中国戏剧出版社1987年版，第30页。
② 于是之：《于是之论表演艺术》，中国戏剧出版社1987年版，第29页。

于是之的意思是必须把对象所蕴含的人类的情感通过自己的体验，化为“我”的情感，这样才能真实、深刻地表演对象所蕴含的人类的情感。这就是说通过“有我”，达到“无我”，达到对于人类情感的客观呈现。很明显，于是之的理论是受到斯坦尼斯拉夫斯基的“体验派”表演理论的启发的。斯坦尼斯拉夫斯基曾说过：“要表达角色的情感，就必须了解角色的情感，要了解角色的情感，就必须亲身有过类似的体验。”①由此看来，笼笼统统地说艺术要表现人类的情感概念，完全忽视自我的情感体验和表现，是不符合艺术创作实践的。实际上，马克思早就说过艺术家在创作中“有权显示自己的精神面貌”。艺术家可以而且也必然会在作品中表现“自我”，不表现“自我”情感的、完全客观地呈现人类的情感概念的作品是没有的。要知道，即使艺术家在作品中着意要表现客观的人类的情感概念，他或她仍然不自觉地、下意识地在作品中按下了“自我”心灵的印痕。

力主艺术表现人类情感概念的苏珊·朗格自己似乎也意识到她的理论空泛的缺陷。她在《哲学新解》中提出一个“借用”的概念。她认为个人的情感在一定条件下可以成为人类普遍情感的媒介。即艺术创作中的某些人类的情感与艺术家自我情感，如果在主题上一致时，就“可以从各种表情征兆的领域之中借用”。把自我体验、领悟到的而又与特定的人类情感相一致的情感移置到艺术创作中去。以“自我”这个个别来表现“人类情感”的一般。

然而，上述“体验”“借用”的说法是否就把人类情感表现论的漏洞堵住了呢？没有。对真正的艺术家来说，情感的海洋无比宽阔，他们体验到的情感也许不过是一条小溪，一个湖泊，一个深潭，相对于海洋来说总是很有限的，他们不可能去体验世界上各种各样人的情感。他没有当过小偷，如何去体验小偷的心理呢？他没有当过

① 斯坦尼斯拉夫斯基：《斯坦尼斯拉夫斯基全集》第2卷，中国电影出版社1959年版，第41页。

嫖客，又如何去体验嫖客的欲望呢？他没有吸过大麻，又如何去体验吸毒者过瘾时的快乐呢？某个艺术家明明是豪爽大方之士，又如何去体验吝啬鬼的心理呢？某个艺术家的爱情异常幸福，又如何去体验少女失恋时的痛苦呢？……既然这一切都难以体验，又如何能在艺术中“借用”呢？由此看来，艺术既要表现人类的情感概念，又要表现“自我”，但这两种对立的情感在艺术创作中是如何统一起来的呢？至今并没有令人满意的答案。

（三）自我情感与人类情感的相互冲突、搏斗、征服和突进

当福楼拜说“包法利夫人就是我”，郭沫若说“蔡文姬就是我”的时候，我们应不应该相信他们的话呢？他们这样说是故作惊人之语以哗众取宠呢？还是想把发自肺腑之言真实地告诉读者？我相信他们，他们这样说是真诚的。尽管福楼拜和郭沫若是男性，而包法利夫人和蔡文姬是女性，而且蔡文姬还生活在遥远的古代，但我相信，在一定意义上包法利夫人的情感历程必定与福楼拜的情感历程是相同或相似的，蔡文姬的情感愿望必定与郭沫若的情感愿望是相同或相似的。艺术创作的审美情感既是附着于对象（人物、景物）上的人类的情感概念（如附着于高老头身上的父爱，附着于贝姨身上的妒忌，附着于老葛朗台身上的吝啬，附着于贾宝玉身上的反叛，附着于林黛玉身上的多愁善感，附着于薛宝钗身上的世故圆滑，附着于王熙凤身上的狠毒，附着于阿Q身上的“精神胜利”，附着于陶渊明诗中景物的清高，附着于李白诗中景物的狂放，附着于李煜词中景物的哀愁，附着于苏轼诗词中景物的洒脱……），又是艺术家的自我情感，是对象情感与自我情感的神秘统一。当福楼拜和郭沫若骄傲地那样说的时候，就意味着在他们的某个艺术品中实现了上述神秘的结合。

然而，对象情感和自我情感的神秘结合是如何实现的呢？我认为这是通过两种情感的相互冲突、相互搏斗、相互征服、相互突进

而实现的。

首先，在艺术创作中，艺术家的自我情感与对象所体现的人类情感是完全不同的，法国著名作家弗朗索瓦·莫里亚克说："我们主人公的感受和我们自己的感受的规模是毫不相符的。在明显的时候，我们偶然能在我们心里找到我们笔下的某个人物迸发的感情萌芽，但两者的力量是不能相比的，在小说家的感受和他主人公心灵中所发生的情况之间几乎毫无共同之处。"①因为艺术家本人和笔下的对象，都是作为主体而存在着的，他和它各有各的情感世界，即使这两个主体的情感世界偶或相通，但性质与程度都是完全不同的。莫里亚克曾举例说明这两个情感世界的不同。假定说，作家作为一家之主，在劳动了一天之后，和妻儿坐下来进晚餐，孩子们说笑着，抢着说这一天在学校里发生的有趣的事，却没有一个人关心自己的父亲这一天写作进展如何，这样，在一瞬间，作家心里就会感到谁也不需要他，他好像被遗弃了，他的情绪可能立刻变坏了。但是随着晚餐的结束，随着疲劳的消失，他的情绪又正常了，他又高兴起来。这就是作家作为一个主体在生活中的一种情绪体验。然而到了写小说的时候，作家就会"从一瞬间的恶劣情绪中提炼出狂暴激情"，莫里亚克就是把这类不足挂齿的瞬间的坏情绪加以放大，从而写出小说《蝮蛇结》中一家之主的父亲那样的狂怒。而实际上，生活中作家偶尔的坏情绪，与小说主人公的那种狂怒，无论从性质上还是程度上都是完全不一样的。据此，莫里亚克说：作家"分离出并强调出在我们心中为其他的感情所掩盖、压制和冲淡的这些类似的感情。这又一次说明，我们作品中的人物不但不表现我们，反而背叛我们"②。应该说作家的瞬间的坏情绪与作品主人公的狂怒，虽然不一

① 莫里亚克：《小说家及其笔下的人物》，王忠琪等译：《法国作家论文学》，生活·读书·新知三联书店 1984 年版，第 188 页。

② 莫里亚克：《小说家及其笔下的人物》，王忠琪等译：《法国作家论文学》，生活·读书·新知三联书店 1984 年版，第 188 页。

样，但毕竟在情感的流向上还是多少有相同之处。实际上，艺术创作中艺术家自我情感与对象情感的对立比这要严重得多，艺术家本人很大方，却要面对主人公的无比吝啬，艺术家本人很勇敢，却要面对主人公的无比怯懦，艺术家本人很善良，却要面对主人公的无比狠毒……艺术家与对象的情感流向完全相反，在这种情况下，人物对艺术家来说就更是“背叛”了。由于艺术家的自我情感与对象所体现的某种人类情感概念有上述不同，这样艺术家的自我情感与对象的情感就不能不相互碰撞、冲突。

其次，在上述碰撞、冲突中就必然产生了相互搏斗中谁征服谁的问题。而相互征服是实现艺术家自我情感与对象情感神秘统一的关键所在。不言而喻，我们这里所说的“搏斗”“征服”，并非艺术家与一个外在于他的东西搏斗，实际上是艺术家心灵自身的搏斗，对象情感作为搏斗的一方也处于艺术家的艺术构思之中，它同艺术家的自我情感一样，也属于艺术家，但这毕竟是存在于艺术家心灵中的两股对立的情感力量。它们之间的搏斗和征服是艺术创作得以进展的原因。然而艺术家自我情感与对象情感之间的相互搏斗和征服是极其复杂和微妙的进程。艺术创作是艺术家以自己的情感去把握对象及附着其上的情感，这一点是显而易见的。然而两种情感的搏斗和征服就在这“把握”过程中发生了。当艺术家以自己的情感去把握对象之时，对象及附着其上的情感是决不会轻易顺从的。“如果某个对象及其情感轻易地顺从艺术家的自我情感，成了我们的传声筒，则这是一个相当糟糕的标志。如若他顺从地做了我们期待他做的一切，这多半是证明他丧失了自己的生命，这不过是受我们支配的一个没有灵魂的躯壳而已。”[①]实际上，在真正的艺术家那里，对象一旦进入构思过程，它就获得了活的生命，它有一颗活蹦乱跳的心，

① 莫里亚克：《小说家及其笔下的人物》，王忠琪等译：《法国作家论文学》，生活·读书·新知三联书店1984年版，第192页。

它的感知，它的情感，它的愿望，它的幻想，它的情欲，它的行动的逻辑，它的思想倾向，它的必然选择，它的偶然的行动，它的心态的微妙变化，等等，就跟你的某些朋友或邻居一样复杂、曲折、微妙、不可捉摸。正如理论家胡风所说，尽管艺术家为了把握它，像“猎人似地追索”，像“爱人似地热恋”，但作为有生的颤动、有灵的喊叫的对象也会“精明老练地”“逃匿”，“东躲西逃”'，或者如莫里亚克所说，“这些人物一般能自己保护自己，顽强地进行自卫”，而且“人物的生命力越强，那么他们就越不顺从我们”。因为作为对象的人物(也包括景物)，既有它的生物学的意志，又有它的历史、社会、时代所赋予的伦理生命，因此它的情感不能不“取着千变万化的形态和曲折复杂的路径”，艺术创作就意味着把这样活的对象接到自己的家里来，并朝夕与它相处，进而征服它，这不能不说是灵魂的冒险。艺术家本人必须有伟大的人格、超常的智慧和巨大的搏击力量以及“主观战斗精神”，这样才有可能与对象进行殊死的搏斗，迫使对象打开自己的心扉，进而征服它。当然，这种征服是相互的征服。不是单方面的征服。这一点正如胡风所指出的：“作家的主观一定要主动地表现出来或迎合或选择或抵抗的作用，对象也要主动地用它的真实性来促进、修改、甚至推翻作家的或迎合成选择或抵抗的作用，这就引起了深刻的自我斗争。”①当然在这种相互搏斗中，艺术家自己的思想情感和他创作前的全部准备是起主导作用的，因此他对这场搏斗的胜利具有决定的意义。

然而这种胜利不会轻易取得。就是在一些强而有力的艺术家或艺术大师那里，有时也免不了在这两个情感世界的斗争中失败或暂时失败。例如，当代戏剧表演家于是之成功地把握住了许多角色，在两个情感世界的搏斗中征服了许多灵魂，但有时也不免失败。例

① 胡风：《置身在为民主的斗争里面》，《希望》1945年第1期。

如，他演《雷雨》中的周萍就失败了，他自己说：

> 对周萍立意不明，未能对角色高瞻远瞩。自己与角色有较远的距离，但没有克服这个矛盾。大家对这个角色议论也不少，认为他冷酷、自私等等，我也不知道如何掌握，完全陷于被动。①

这种失败给他打击之大，是难以想象的，他甚至说：

> 事业心大大地动摇，心上笼罩着一层阴影，好像身上有什么痛苦，还怕人碰。想改行，又觉得自己还是有才能的，十分矛盾，愿天下演员都不要有这样的苦恼！②

于是之的这次表演为什么会失败呢？周萍的独特的情感世界与于是之本人的情感世界“有较远的距离”，在这种情况下，周萍就以其独特的情感躲避、抵抗于是之的把捉，而于是之在这样一个对象面前显得软弱无力，搏击力量不够强，因此不能迫使周萍打开自己的心灵世界，突进周萍的灵魂，反而使自己受到角色的嘲弄而陷入被动局面。这主要是指对此角色而言，于是之本人当时的主体战斗力量不够坚强，无力对血肉的对象进行批判，无力深入到感性对象的心灵里，无力与感触对象在搏击之后结为一体。列夫·托尔斯泰作为一代艺术大师也有过失败的记录。他的长篇小说《复活》的写作前后拖了10年，其间几经曲折，多次出现创作危机，甚至想就此洗手不干。在经过5年之后，他拿出了第一稿。“第一次草稿的结尾写

---

① 于是之：《十年从艺小结》，《于是之论表演艺术》，中国戏剧出版社1987年版，第38页。

② 于是之：《十年从艺小结》，《于是之论表演艺术》，中国戏剧出版社1987年版，第38页。

的是聂赫留朵夫和卡秋莎在监狱教堂里结婚和他们迁居到西伯利亚去。对于聂赫留朵夫如何著书立说，反对土地占有制度（原先曾以单独一章来写聂赫留朵夫把自己的土地送给农民），只是潦草地、可以说三言两语地叙述了一下。聂赫留朵夫有被流放的危险，于是他和卡秋莎逃到外国去了。他们在伦敦住下来，聂赫留朵夫在那里继续进行他的宣传。”①正如苏联评论家多宾所说：“第一次草稿软弱的一环（软弱到了惊人的程度）便是它的结尾。尖锐的生活悲剧被人为地装上了一个幸福的尾巴。从现实生活‘撤退’——迁居到外国去——显得很牵强。卡秋莎跟那个毁了她的一生的人和解，也显得没有内在的理由，甚至是虚伪的。”②问题是托尔斯泰的开始的失误是怎么造成的呢？按对象的情感流向来说，卡秋莎不会同意跟造成她的不幸的聂赫留朵夫结婚，而聂赫留朵夫也不会远离现实生活而逃到伦敦去，但在托尔斯泰与这两颗灵魂的搏斗中，卡秋莎和聂赫留朵夫都把自己的情感隐蔽起来了，并骗过了托尔斯泰，他和她对艺术家的抵抗成功了。反过来说也是一样，托尔斯泰的主体突击力量还不够强大，没有突进到人物的情感世界，他把人物对他的“欺骗”误认为是顺从，结果他在和这两个跟他生活了5年的人物的血肉搏斗中失败了。又经过了5年，在他写完最后一稿时，他才追踪到卡秋莎，卡秋莎打开了自己的情感世界，她流放走了，并跟另一个世界的人们建立起亲密的关系，她选择了一个革命者做她的丈夫。而托尔斯泰这次征服了自己的人物，并按已被征服的人物固有的情感逻辑去安排人物的行动。而聂赫留朵夫，对托尔斯泰5年的追踪、搏击，则半是屈服半是躲闪，他屈服了，他告诉托尔斯泰，他无法与卡秋莎结婚，也不想出国；但他不完全屈服，他不能完完全全地把心灵袒露出来，譬如，他最后要做什么想什么，他不告诉托尔斯泰，而

---

① 多宾：《论情节的典型化与提炼》，作家出版社1956年版，第36页。

② 多宾：《论情节的典型化与提炼》，作家出版社1956年版，第36页。

托尔斯泰在这种控制与反控制的斗争中，已精疲力竭，他无法完全地捉住聂赫留朵夫，在小说结尾他只好强迫聂赫留朵夫去读《马太福音》第十八章，并强迫他这样想：

> 要克服使人们饱受苦难的耸人听闻的罪恶，唯一可靠的办法，就是在上帝面前承认自己总是有罪的，因此既不该惩罚别人，也无法纠正别人。……

聂赫留朵夫顺从地这样做这样想了，可这完全是道德家托尔斯泰自己的做法和想法，聂赫留朵夫不过是像一个死的木偶那样做了托尔斯泰的传声筒而已。这种“顺从”意味着作家创作的失败，因为他在与活的对象搏斗中，并没有突进人物的心坎。这就如同一个教师在没有说服学生的情况下，采用了压服的方法。而结果是压而不服。聂赫留朵夫至今不服，因此有许多批评家替他说话，指责托尔斯泰把自己的思想强加于他的人物。而这种指责是完全合理的。

最后，艺术家的自我情感与对象的人类情感相互搏斗、征服的结果，是艺术家自我与对象的相互突进。一方面是艺术家的灵魂突进对象，从而体验到对象的活跃的情感激流，把客观对象变成自己的东西表现出来。另一方面是对象的灵魂突进艺术家的情感世界，从而在艺术家的主体里，扩大了与对象相适应的情感因素，克服与对象不适应的情感因素，使艺术家的情感世界重新分解与再度建构，填补艺术家原有情感建构的缺陷。这样，在无形中使艺术家的情感在艺术实践中得到新的提升。当然上述两个逆向的突进过程不是一半对一半。在一些艺术家那里，主体自我情感向对象突进得更多更深一些，于是对象就完全处在主体情感的火焰的包围中，对象在实在方面可能被燃烧而变了形，这样就有了艺术的浪漫主义和现代主义。在这种情况下，月亮可以变成绿色的，太阳可以变成黑色的，西红柿可以变成蓝色的，人会燃烧、会爆炸，人可上九天揽月，下五洋捉鳖，但人也可以变成甲壳虫，变成几何图形的组合，生者可以死，死者也可生……在另一些艺术家那里，对象的情感向艺术家的心灵突进得更多更深一些，于是艺术家自我的情感被客体对象所控制，变得深藏不露，这样我们就有了艺术上的现实主义，月亮还是白色的，太阳还是红色的，西红柿不会变成蓝色，人们劳动、恋爱、结婚、生儿育女、吵架、为柴米油盐发愁，生者就是生者，死者也不会复生，一切就像我们在生活中看到的那样。由此看来，艺术家自我情感与对象情感的相互冲突、搏斗、征服和突进，不但是使两种情感实现统一并使艺术创作获得成功的关键，而且两个情感世界谁征服了谁，谁控制了谁，还是形成不同艺术派别、潮流的重要原因。

(四)艺术家与其对象的交涉和搏斗在无意识中进行

艺术创作中艺术家自己的情感世界和对象的情感世界的相互冲突、搏斗、征服和突进，在任何一种真正艺术创作中都是存在的，但只有极少数的理论家和艺术家(如胡风、莫里亚克等)认识到，多数艺术家在讲自己的创作时，不是讲如何模仿、再现生活，就是讲如何“自我表现”，有的艺术家也讲模仿、再现生活和“自我表现”的统一，但从不把这种统一过程归结为两个情感世界的搏斗，似乎对艺术家心灵里面的斗争毫无觉察，这又是怎么回事呢？

的确，艺术家在艺术创作过程中出现的两个情感世界的搏斗看起来是有点神秘。这种搏斗之所以给人以神秘之感，是因为它主要是在艺术家的无意识的幽深隐蔽之处进行的。过去我们强调艺术家的世界观对艺术创作的指导作用。这完全是正确的。因为归根到底艺术家的世界观对艺术创作的面貌总是要产生这样那样的影响。与此同时，我们还必须看到，艺术家的世界观作为他对世界的总观点主要是理性的层次，而艺术家在艺术创作中所处理的则是感性的、有生命的、活的对象，这就需要构筑世界观与创作对象的中介通道。如果单纯以理性观念去对待感性的、活的对象，那就会使感性对象的生命力、活力因此完全丧失。许多艺术创作的公式主义、图解主义都由此产生。

这就是说，艺术家的世界观是重要的，其对创作的指导作用是不容抹杀的，但只有把世界观“迹化”为具体的情感，其中又有相当一部分“迹化”为无意识，才能与对象的情感世界相通，并在相通的条件下使上述两个情感世界进行搏斗，并通过搏斗达到统一。

莫里亚克说：“小说家从不停止工作，甚至当你看到他在休息的时候。”许多艺术家都有这样的体验，艺术创作不是艺术家坐在桌子旁拿起笔时才开始工作的，一旦创作的种子，落到了他们的心田上，那么不管你在干什么，种子都在萌动。这就是说，艺术家和他的对象的两个情感世界的交涉、搏斗、征服、突进不论艺术家本人是意识到还是没有意识到，也不论艺术家是处在清醒状态，还是处在睡梦状态，都从未停止过。甚至你身患疾病，连你的疾病也不知不觉被卷入到你的创作中去。福楼拜和普鲁斯特有病，他们的创作就自然而然地同疾病结合起来，陀思妥耶夫斯基有癫痫病，那么，他笔下的人物性格就神不知鬼不觉中具有一种特殊的神秘性。另外，艺术家面对创作中遇到的问题，可能好几年解决不了，可在某个特殊时刻，会突然获得灵感，在几秒钟内就解决了好几年解决不了的问题。这一切都说明艺术家心灵里的血肉搏斗是在无意识中进行的，同时也说明许多艺术家为什么对自己心灵里的搏斗毫无觉察。

人的无意识是一个广阔的天地。就像德国作家约翰·瑞希特所说：“无意识是我们心灵中的一块最大的区域，是我们内心的非洲大陆(指神秘的、未知的)，它那被认识的边界伸到了无限远的地方。”人在意识领域里充满斗争，这是我们每个人都深有体会的。其实，在无意识领域更是充满斗争，只是它在意识之外，所以不易为我们所觉察罢了。我们说艺术家创作中自己的情感与对象的情感的搏斗主要在无意识中进行，这是可以找到根据的。最典型的案例是巴尔扎克和曹雪芹。正如大家所熟知的，恩格斯曾说过：“巴尔扎克在政治上是一个正统派，他的伟大的作品是对上流社会必然崩溃的一曲无尽的挽歌；他的全部同情都在注定要灭亡的那个阶级方面。但是，尽管如此，当他让他所深切同情的那些贵族男女行动的时候，他的嘲笑是空前尖刻的，他的讽刺是空前辛辣的。而他经常毫不掩饰地加以赞赏的人物，却正是他政治上的死对头，圣玛丽修道院的共和党英雄们，这些人在那时（1830—1836 年）的确是代表人民群众的。这样，巴尔扎克就不得不违反自己的阶级同情和政治偏见；他看到了他心爱的贵族们灭亡的必然性，从而把他们描写成不配有更好命运的人；他在当时唯一找到未来的真正的人的地方看到了这样的人，——这一切我认为是现实主义的最伟大胜利之一，是老巴尔扎克最重大的特点之一。”[①]这一段话一直使人困惑不解。人们做出了各种各样的解释，但都不能令人满意。如果我们用上述观点来解释，问题就迎刃而解了。试想一下，作为艺术家的巴尔扎克在创作之时，如果自己的情感与对象的情感的交涉和搏斗只是在意识领域里进行，那么他必然会以他早已形成的立场、观点和清醒的理智，去同情他心爱的贵族们，去嘲笑他的死对头——圣玛丽修道院的共和党的英雄们，他一定会坚持他的偏见。但所幸的是巴尔扎克与其对象的情感交涉、搏斗主要是在无意识中进行的，这样他构思中的人物就会顽强地坚持自己情感的运动轨迹，按自己的意志行动，他们甚至起来抵抗、推翻艺术家对他们的调遣。也就是说，在无意识的这场殊死的斗争中，人物突进到巴尔扎克的灵魂里，既修正了他的构思，也改变了他的偏见。这就是在艺术家巴尔扎克身上发生的事。同样，

---

① 马克思、恩格斯：《马克思恩格斯选集》第 4 卷，人民出版社 1972 年版，第 463 页。

曹雪芹在《红楼梦》中所写的那些人物，包括贾母、贾赦、贾政、王夫人、王熙凤等等，都是他生活中的至亲的人，他应该是同情他们的，对宝、黛的反叛拆台行为未必那么赞赏，但由于在创作中他与其对象的情感交涉、搏斗在无意识中进行(这是长达十年的持久战)，所以他在不知不觉中就嘲笑、批判了他的至亲，而对不肖子贾宝玉倒寄予了深切的同情。卢卡奇在《巴尔扎克和法国现实主义》一书中曾这样说："一个能够控制其内在形象形成的艺术家，不能成为一个真正的现实主义者和一个真正的作家……内在形象的形成，是一个与有意识的目的、目标和世界观无关的过程。""创作者对现实关系的把握，不是有意识的把握，而是自动地本能地把握……剥夺创造中的无意识活动就等于完全取消创造……当形成的内在形象与作家的偏见或神圣的信条发生冲突时，他们就毫不犹豫地把这些偏见和信条抛弃，而去描写他真实看到的东西。"这是卢卡奇在其理论活动中所把握到的真理性的东西。他的话清楚地说明了艺术家与其对象的情感交涉、搏斗，的确是在无意识中进行的。

当然，我们强调世界观对创作的指导作用，但世界观必须"迹化"为具体的、丰富的、活的情感，必须通过无意识领域的活动作为中介，才能发生指导作用。斯坦尼斯拉夫斯基曾说过："创作工作只是部分的意识控制之下及其直接影响之下进行的。它有很大一部分是下意识的、不随意的。这种工作只有最高明的、最有天才的、最精细的、不可企及的、神通广大的艺术家——我们的有机天性才能得到。任何最精湛的演员技术都不能和天性相比。在这方面它是权威。"他还说，艺术的任务"在于有意识地间接地唤起并诱导下意识去创作。所以作为我们体验艺术的主要基础之一的原则是'通过演员的有意识的心理技术达到天性的下意识的创作'(通过意识达到下意识，通过随意的达到不随意的)。我们把一切下意识的东西都交给天性这魔法师，我们自己就去采取我们所能达到的途径——有意识去进行创作和采用有意识的心理技术手法好了。这些手法首先教导我们，当下意识开始工作的时候，我们就不要去妨碍它”①。斯坦尼斯拉夫斯基把艺术创造中意识与无意识的关系讲得很辩证，但他强调的是无意识和不随意活动。实际上，许多艺术难题，特别是艺术家与对象的情感交涉、搏斗只有在无意识中才能得到完美的解决。著名诗人谢灵运的最有名的诗句是《登池上楼》中的“池塘生春草，园柳变鸣禽”。可这个名句是怎样产生的呢？据钟嵘《诗品》中记载：

《谢氏家录》云：康乐每对惠连(惠连是谢灵运的弟弟——引者)，辄得佳语。后在永嘉西堂，思诗竟日不就，寤寐间，忽见惠连，即成“池塘生春草”。故尝云：“此语有神助，非我语也。”

此类梦中得佳句，偶然通文思，不经意获得创作突破的例子甚多，我们统称之为灵感爆发。灵感作为最佳创作心态与人的无意识活动有密切的关系。灵感之所以往往出现在人们精神极度放松之际，是因为此时意识的作用相对缩小，而人的第二信号系统对情感、想象活动的控制也就放松了，这样无意识就大显神通，艺术家与对象的情感交涉、搏斗加紧进行，并带领着艺术家寻找新的思路，新的意象，所以有人说“灵感是潜意识的工作在意识中的收获”(朱光潜)。当然，我们不能否定这样一点：在真正的艺术家那里，灵感之所以会光顾他，无意识在无人监督的条件下之所以全力工作，有赖于他人格力量的伟大，创作个性的优越，艺术功底的深厚，以及平时苦心的思索和追求。这一切都在不知不觉中诱发着无意识，激发着灵感。没有这些前提条件，无意识、灵感对他都是无缘的。然而无意识对艺术创作而言，对艺术家与其对象的情感交涉、搏斗而言，毕竟是十分重要的。

---

① 斯坦尼斯拉夫斯基：《斯坦尼斯拉夫斯基全集》第2卷，中国电影出版社1959年版，第27页。

四、审美情感的深层特征之二：形式情感征服内容情感

(一)审美情感是一种混合情感

前面，我们已经说过，艺术创作的审美情感是一种对象化的、形式化的情感，如果情感只是在艺术家心中流动，它还没有找到它的对应物，没有作为一定时间和空间的方式呈现出来，那么它就还不是审美情感。但仅仅说明这一点仍然是不够的。不错，审美情感不能离开一定的形式，然而艺术形式仅仅是消极地把情感内容呈现出来吗?

情况并不这么简单。我们似乎可以提出如下一连串的问题：

为什么艺术家们总是热衷于写人生苦难、不幸、失恋、伤痛、死亡、悲哀、愤怒、愁思、苦闷，以及写人的被损害、被压迫、被嘲弄、被毁灭?

为什么现代的艺术家们总是热衷于写人的荒诞、变形、异化、失落、沉重、野蛮、原始、丑恶?

为什么观众和读者能够接受这些描写？而且在接受这些描写时还会获得快感、美感?

为什么有的生活内容极其平淡、琐屑，但一经艺术高手的塑造，就能焕发出异常的光彩？难道这些仅仅是由于时代的原因吗?

为什么刚刚看完一场悲剧的观众，眼泪还挂在腮边，却能转悲为喜，由痛感转为快感?

丑以什么理由进入艺术创作中，难道它仅仅是因为可以作为美的对照或可以供美的理想的批判，才得以进入艺术创作的吗?

在上述问题的答案里，蕴含着艺术中审美情感的另一个深层特征。艺术中的审美情感不是不快感，不是痛感(如若单纯是不快感和痛感的话，还有谁会去光顾艺术作品呢?)，但也不是单纯的快感和

愉悦感，艺术中的审美情感是一种混合情感，所谓混合情感，即指不快感中有快感，在痛感中有愉悦感，反过来说，在快感中有不快感，在愉悦感中有痛感；同时，这种混合情感往往是由不快感向快感的转换，由痛感向愉悦感的转换。例如，一个好的悲剧演员，他在表演达到高潮时刻，他和悲剧人物融为一体，他流下了泪，他体验到了人世间最深刻的痛苦；同时又能进行自我欣赏，他觉得自己此刻表演得很出色，心中又涌上一种寻常人难以体验到的创造的快感。表演艺术家于是之在回答观众向他提出的“你究竟是在‘演’角色？还是完全把自己变成角色?”“你在演变成角色?”“你在演出中是‘时出时进’？还是自始至终沉浸于角色生活中完全合二而一？还是始终冷静地观察自己，意识到在表演?”这类问题时说：“仍以《茶馆》为例。当我演到第三幕与孙女告别时，常常止不住地流泪。但在流泪时，又常有一个念头也止不住地闪出来：‘今天演得不错’。可我也注意到，闪出这个按说是不应有的念头的时候，感情好像也并不受到什么损失。一个活人的活的心理就有这么的复杂。”①一方面在流泪，一方面在自我欣赏，痛感和愉悦感交织在一起。另外，艺术创作中还有这样一种普遍的情况，即痛苦的和不愉快的激情通过创造得到一定缓解舒泄，转化为相反的激情，即不快感转化为快感。例如，郭沫若自己说，他在写《凤凰涅槃》时，“全身都有点作寒作冷，连牙关都在打战”，显然从生理、心理的角色看，这是一种至深的痛苦，是不快感在生理机能上的表现。但他写完诗后，却似乎从至深的痛苦中解脱出来，心里感到异常的愉快，说那“诗是象征着中国的再生，同时也是我的再生”。至于观众、读者，则上述两种情感体验都会经常发生，即我们在欣赏艺术作品时，特别是观赏那些带着血泪的文字或音响、线条时，心中涌上来的情感是痛苦和愉快的

① 于是之：《〈茶馆〉排演漫忆》，《于是之论表演艺术》，中国戏剧出版社 1987 年版，第 87 页。

结合体、是不快感与快感的结合体，或者我们在阅读、观看中，沉入到痛苦的深渊，为那些美好的、善良的、伟大的人们遭到毁灭而悄悄地流下了伤心的泪，但刚合上书或刚走出剧场，我们又体验到一种十分愉快、美好的情感。总而言之，艺术中的审美情感就是这样一种既是下沉的、压抑的又是上升的、解放的，具有二重性的混合情感。

如果上面这一点可以肯定的话，那么人们就必然要问，这种混合情感究竟是怎样产生的呢？或者问，这种混合情感是艺术的内容激发的呢，还是由艺术的形式所引起的？面对这个问题，我们立刻会产生困惑：人们总是说，真正的艺术作品的内容和形式必须是和谐统一的，内容与形式是互相匹配的，它们形成一种统一的合力，这也就是说艺术内容和艺术形式在引起情感方面应该是一致的，而不应该是矛盾的。然而，艺术创作中既然经常写人的苦难、不幸、失恋、伤痛、死亡、悲哀、愤怒、愁思、苦闷，写人的荒诞、变形、异化、失落、沉重、野蛮、原始、丑恶等情感内容，而艺术形式又与之匹配，并尽力与情感内容取得和谐统一，那么这样一来岂不是更加重、突出、深化艺术家和读者的苦难感、不幸感、伤痛感、悲哀感、苦闷感、荒诞感、失落感、丑恶感了吗？又怎么能使艺术家、读者从不快感转化为快感，从痛感转化为愉悦感呢？

在这里简单地套用关于内容与形式的哲学原理是没有用的，只有审美心理学才能做出切实的解释。

(二)形式情感征服内容情感

我以为，艺术内容与形式的静止的和谐统一，并不能激发审美情感。艺术中审美情感常常是由内容和形式的对立、冲突中转化出来的。

苏联早期著名心理学家、艺术理论家列·谢·维果茨基提出“要在一切艺术作品中区分开由材料引起的情绪和形式引起的情绪”，他认为“这两种情绪处于经常的对抗之中，它们指向相反的方向”，而艺术的审美情感“应包含着向两个相反的方向发展的激情，这种激情消失在一个终点上。好像消失在‘短路’中一样”[①]。维果茨基所举的最有名的一个例子，是他对布宁的短篇小说《轻轻的呼吸》的分析，《轻轻的呼吸》就材料(或者说内容)看，所描写的是“一个放荡的女中学生的生活故事”，“一个外省女中学生的毫不稀奇、微不足道和毫无意义的生活”，这个漂亮的女中学生后来突然被枪杀了，维果茨基说“故事的实质就是生活的混沌，生活的浑水”，“生活的溃疡”，如果我们在真实的生活里听说了这么一件事的话，我们一定会感到恶心和可怕。但经布宁赋予这个故事以诗意的形式之后，“整个小说给人的印象就不同了”，或者说“小说同本事所产生的印象截然相反。作者所要达到的正好是相反的效果，他的小说的真正的主题当然是轻轻的呼吸，而不是一个外省女中学生的一段乱七八糟的生活。这不是一篇写奥丽维·梅歇尔斯卡娅的小说，而是一篇写轻轻的呼吸的小说。它的主线是解脱、轻松、超然和生活透明性的感觉，而这种感觉从作为小说基础的事件本身是无论如何得不出来的”。维果茨基以细致入微的分析，令人信服地说明了布宁的小说《轻轻的呼吸》，其形式情感与内容情感不但是对抗的，而且“形式消灭了内容”，内容的“可怕”完全被形式征服，通篇“都浸透着一股乍暖犹寒的春的气息”[②]。

维果茨基这种所谓形式情感征服内容情感的观点是否有理论根据呢？为了说明这一点，我不得不把我们正在谈论的问题稍微扯得远一些。

著名的生物学家达尔文在和《人类和动物的表情》中，提出了一条人和动物的表情运动的对立的原理，达尔文说：

① 维果茨基：《艺术心理学》，上海文艺出版社 1985 年版，第 282 页。

② 参见维果茨基：《艺术心理学》，上海文艺出版社 1985 年版，第 193～214 页。

有些心情会引起……一定的习惯性动作，这些习惯性动作在最初出现时乃至在现在也是有用的动作；我们会看到，如果有一种直接相反的思想情绪，就会有一种强烈的、不由自主的意向要做出那些直接相反性质的动作，即使这些动作从来不会带来丝毫好处。

显然，这就在于，我们在一生中随意地实现的任何动作总要求一定的肌肉发生作用；而在实现直接相反的动作时，我们就使一组相反的肌肉发生作用，例如，向右转和向左转，把一件东西推开或接近，把重物举起或放下……因为在相反的冲动下做出相反的动作已经成为我们和低等动物的习惯性动作，所以，当某一类动作同某些感觉或情感活动联想起来的时候，自然就可以假设，在直接相反的感觉或情感活动的影响下，由于习惯性联想的作用，完全相反性质的动作便会不由自主地发生。

——《人类和动物的表情》①

达尔文发现的这一奇妙规律是不容怀疑的。就以人类的情感表现而言，俗话说“打是疼骂是爱”，就是人的确定不移的情感表现的对立原理。人们愤怒到极点时反而狂笑，人们开心到极点时反而流泪，而悲哀到极度时反而流不出泪，绝望时反而显得平静……这一切都说明人的确定不移的情感表现的对立原理。

值得注意的是，普列汉诺夫十分重视达尔文发现的这一原理。他运用对立原理去解释人的审美趣味。他认为人类的某些审美趣味也是在达尔文发现的对立的原理的影响下发生和发展的。

① 转引自维果茨基：《艺术心理学》，上海文艺出版社1985年版，第280页。

他举例说：

> 在塞内冈比亚(指西非洲)，富有的黑人妇女穿着很小的鞋子，小到不能把脚完全放进去，因而这些太太们具有步态别扭的特色。然而正是这种步态被认为是极其诱惑人的。
>
> 它怎么会是这样的呢？
>
> 要了解这个，就必须预先看到，贫穷的和劳动的黑人妇女是不穿那种鞋子的，所以走起路来就是一种普通的样子。她们不能像卖弄风情的富有女人那样走路，因为这会使她们浪费很多时间；然而富有女人的别扭的步态之所以是诱惑人的，正因为她们用不着珍惜时间，她们没有劳动的必要。这样的步态本身是毫无意思的，仅仅由于与劳累的(因而也是贫穷的)妇女的步态恰恰相反，所以才获得意义。“对立的原理”作用在这里是显而易见的。①

普列汉诺夫大概不熟悉中国女人的小脚，如果他熟悉的话，可能会用达尔文发现的对立原理来解释中国古时候为什么大家闺秀要缠足，而且缠得越细就越好，而那些贫贱的妇女倒可以保持“天足”。普列汉诺夫用达尔文发现的对立原理来解释人类审美趣味，这给予维果茨基以很大启发。他认为同样可以用对立的原理来解释艺术的内容与形式的关系。他说：“达尔文发现的这一奇妙的规律，毫无疑义地适用于艺术，看来，下面的情况对我们来说再也不是个谜了；同时引起我们相反性质的激情的悲剧，大概就是按照对立定律发生作用的。它把相反的冲动送到相反的各组肌肉上去。悲剧仿佛迫使我们同时向右、向左转，同时把重物举起和放下，它同时刺激肌肉

① 普列汉诺夫：《没有地址的信》，《普列汉诺夫美学论文集》第1卷，人民出版社1983年版，第326～327页。

及其对抗体。任何艺术作品——寓言、短篇小说、悲剧——都包含有激情矛盾，引起互相对立的情感系列，并使这些对立的情感系列发生‘短路’而归于消灭。这也可以叫艺术作品的真正效果。”①在艺术中，“形式是在同内容作战，同它斗争，形式克服内容，形式和内容的这一辩证矛盾似乎正是我们的审美反应的真正心理学含义。”②这也就是说，在艺术中，内容所激发的情感与形式所引起的情感，其流向往往是相反的，而审美情感是形式情感对内容情感的征服。即艺术内容无论多么平淡无奇、琐屑无味，或多么悲惨、压抑，一经情感流向与之相反的艺术形式的表现，内容情感就转化为快感，痛感就转化为愉悦感。

现在我们就试图从几个方面并以具体的例证来检验一下形式情感征服内容情感的论点是否正确，和正确到何种程度。

在进入具体分析之前，有必要把内容与形式的含义作一界说。

我们所理解的内容是指艺术家从生活中所获取的材料，如人物及其关系、事件、情景等，即存在于艺术品之外的客观存在的、可以叙述出来的材料。我们所理解的形式是指按艺术规律对上述材料、内容的安排。这样形式就不像包在果实外面的果皮，而是一种克服和改造材料的保守性的活跃因素。

1. 韵律对艺术内容的克服

韵律是艺术的重要形式。在韵律中节奏又是一个主要的成分。节奏在音乐、诗和其他许多艺术中都是形式不可缺少的因素。实际上，人的情感表现无非用两种方式，一是空间方式，二是时间方式，而节奏就是情感表现的时间方式。只要是时间艺术，它就必须有节奏。既然节奏是情感表现的一种方式，那么它本身就可以引起与它相适应的情感。这一点正如著名心理学家冯特在《生理生物学基础》

---

① 维果茨基：《艺术心理学》，上海文艺出版社1985年版，第281页。

② 维果茨基：《艺术心理学》，上海文艺出版社1985年版，第213页。

一文中所说："节奏的审美意义就在于，它能引起它描绘其过程的那些激情，或者，换句话说，由情感过程的心理规律，节奏成为激情的组成部分，它又反过来引起这种激情。"既然节奏本身会引起一种情感，那么在艺术中就可能会出现这样的情况：艺术品中的材料所引起的情感可能是平淡的或苦闷的、哀愁的，而节奏所引起的情感则是优美的或洒脱的，这就会出现两种情感的冲突、对抗，而艺术家们之所以选择这样的节奏，其目的是要借形式情感克服内容情感，进而使不快感变为快感。

许多平淡、琐屑甚至刻板的内容，经过节奏的征服，都可以变为诗。例如，许多原始歌谣，其内容的平淡简直令人吃惊。澳大利亚的土著人唱道：

纳里那耶里人来，
纳里那耶里人来，
快点来！
他们带着袋鼠，
很快地大踏步走来，
纳里那耶里人来，
纳里那耶里人来。

澳大利亚土著人的猎歌是：

袋鼠逃得飞快，
我追得比它更快。
好肥的袋鼠。
我把它吃下肚。
啊，袋鼠！袋鼠！

他们的战歌是：

刺他的前额，
刺他的胸膛，
刺他的肚子，
刺他的心脏，
刺他的肩膀
…………

他们的葬歌是：

噢，我年轻的兄弟！（年轻的女人唱）
噢。我年轻的儿子！（年老的女人唱）
我们永远永远再看不见你！（他们一起合唱）

这些内容平淡、单调、原始的歌，听起来却很悠扬、浑厚、纯真，这就是节奏在起作用，节奏感控制、克服了材料感，从而变异出一种新的激情和热情。我们甚至可以说，只要有节奏，内容哪怕简单些，也并不妨碍它们是诗和歌。对此，诗人郭沫若深有体会，他曾介绍说，日本有一个著名俳人叫芭蕉，有一次芭蕉到了日本东北部一个风景很美的地方——松岛。芭蕉为松岛的景致所感动，便作了一首俳句。只是："松岛呀，啊啊，松岛呀，松岛呀！"俳人只叫了三声松岛，可由于有节奏，也产生了一个深刻的情绪世界，居然也成为名诗。所以郭沫若说："只消把一个名词，反复地唱出，便可以成为节奏了，比如，我们唱：'菩萨，菩萨，菩萨哟！菩萨，菩萨、菩萨哟！'我有胆量说，这也就是诗。"①郭沫若这样说也许有些

① 郭沫若：《诗歌的创作》，彭放编：《郭沫若谈创作》，黑龙江人民出版社1982年版，第44页。

夸大其词，但他作为一个诗人看到了节奏的力量，看到了节奏激发的情感可以克服材料情感的单调。

有的诗歌的内容情感兼有平淡和苦闷、哀愁的特征，那么节奏能不能征服它呢？例如，流行于内蒙古原伊克昭盟(今鄂尔多斯市)一带的一首爬山调是这样的：

哎哟——
男子汉拿不了主意哎哟……受一辈子穷——
女人家拿不了主意哎哟……换七十二家门——
男子汉没老婆哎哟……好凄惶——
女人家没老汉哎哟……泪汪汪——

这首爬山调，就内容情感而言，除了平淡，就是“凄惶”，但就形式来看就不同了，据说唱此调时，“哎哟”两个字，一声唱起，音节可延长到十拍、二十拍。每一句歌都以起伏跌宕的旋律漫步在无边的草原上，让人觉得是那样的粗犷、浑厚、悠扬。在这里也是韵律与内容对抗，结果是韵律征服了内容，从而形成了审美情感。诗的形式可以克服诗的某些内容，歌德早就注意到了。据说，他自己曾写过两首内容“称为不道德”的诗，但其中一首是用古代语调和音韵写的，就“不那么引起反感”。所以歌德说：“不同诗的形式会产生奥妙的巨大效果。如果有人把我在罗马写的一些挽歌体诗的内容用拜伦在《唐璜》里所用的语调和音律翻译出来，通体就必然显得是靡靡之音了。”①

传统诗学总是告诫人们，诗句的意义和韵律必须一致，否则形式就不能表现内容，情感就不能恰当地抒发出来。现在看来，这种

---

① 埃克曼辑录：《歌德谈话录》，人民文学出版社 1978 年版，第 29 页。

看法是有问题的。这种看法把韵律(包括节奏)看成是消极的、无所作为的，如果有作用的话，也只是与内容情感保持一致。实际上，韵律(包括节奏)是一个“攻击性”因素，它不但不与内容情感保持一致，而且采取对立斗争的姿态，它所激发的情感要征服与它对立的内容情感。我随便在报纸上抄下这样一个标题“企业破产法生效日近，国家不再提供避风港，三十万家亏损企业将被淘汰”。这是对我们社会生活中发生的事情的一种客观的叙述，它在提出警告，它引起我们的严峻感，但现在我采用阶梯诗的方式，把它改写成这样：

中国的
　　　企业破产法
　　　　　　　悄悄地
　　　　　　　悄悄地
　　　逼近了
　　　　　　生效期。
国家
　　不再提供
　　　　　　不再提供
　　　　　　　　　避风港。
三十万家
　　　三十万家啊
亏损企业
　　　将被淘汰
　　　　　　将被淘汰！

在这里，我只是对这个标题改动了几个字，并对其中的个别词语作了重复。但由于文字用诗的排列方法，产生了节奏感，于是就呈现出了一种与原来的情感相对立的情感，警告变为同情，严峻变为惋惜。由此看来，形式情感与内容情感的相互矛盾的对立原则，应该成为诗句心理学的基本原则，从这一原则出发去追踪诗的情感，我们就可揭开艺术中审美情感的深层特征。

2. 诗情方式对艺术内容的克服

从一定的意义上说，艺术形式就是要给有待它加以组织的内容上色，使本身具有某种颜色的材料改变颜色，如把黯淡的变为鲜亮的，把刺眼的变为柔和的。而赋予某种材料以诗情，正是使材料改变颜色的一种方式。诗情，照理说本身就是内容，但如果我们按上述材料与形式的关系来区分，它并非材料所固有，是主体的一种审美方式，因此相对材料而言，也可以说是形式。在艺术中，我们经常看到一些混浊、污秽、淫乱、丑恶、病态、毁灭的内容，经过艺术家用诗情方式处理过后，却焕发出了异样的光彩，充满了美的情感，令人不禁拍案叫绝。人们总是说，这些消极性的材料之所以能进入艺术，是因为它们可以作为正面的、积极的、理想的事物的对照或批判。其实，这个理由并不充分。譬如，丑并不总是因为它是美的对照才进入艺术作品之中。丑和美可以根据同样的理由进入艺术作品中。波瓦洛早就说过："没有一条蛇，没有一个丑恶的怪物不会在艺术再现中被人们所爱。"在谈到化丑为美时，人们最爱举罗丹的雕塑《欧米哀尔》的例子，《欧米哀尔》是一个逝去了青春的老妓女的形象，它无疑是丑的。人们总是解释说，罗丹通过雕塑化丑为美，是因为看了它，就会产生一种对被生活遗弃的、消失了青春的妓女的同情。所以它显得美。其实"同情"作为一种情感也不一定就是审美的情感，它可能是一种令人痛苦的情感。我的解释不是这样的。罗丹的雕塑《欧米哀尔》之所以能给人美感，是由于形式的诗情处理方式，征服了内容情感的结果。欧米哀尔作为一个"材料"是丑的，它引起人的丑感，但罗丹在组织这个材料时，却采用了诗情方式来处理。那低垂下的似乎在回忆的头，那自然挂下的干瘪的乳房，那似乎向人发出什么信息的张开的手，那曲起的不愿再伸开的腿，那全身的每一皱纹，都凝结着一种难于言说的诗。所以观众才会给它这样的评语：丑得如此精美。它的美主要来自诗情形式对丑的内容的抑制，主要不是来源于对外部生活的联想。实际上这是一种相克相生。诗情形式克服了丑，但正是这种丑又给诗情形式提供了克服的条件。罗丹要是去描写一个美女说不定倒不能取得这样的审美情感的反应。因为对象的美往往不能直接搬入到艺术领域中。英国美学家浮龙·李说过："最伟大的艺术，例如，米开朗琪罗的艺术常常表现一些结构虽美但却带有显著缺陷的人体……相反，任何一个展览会和最平常不过的收藏所都会给我们提供成打相反的例子，也就是说，在这些作品中，我们能够很容易和确信无疑地承认模特儿本身的美，但作品本身却是一些平庸、拙劣的绘画或雕像。"的确，艺术的辩证法就是这样，美上加美，犹如画蛇添足，美的反而变得不美。反之，丑的材料经诗意方式的处理，倒能美不胜收。对立的原理在化丑为美的艺术中是完全适用的。

艺术中性爱的描写是一个热门话题。让我们用形式征服内容的观点来检视一下，看一看能得出什么结论来。在任何艺术中，对男女交媾动作的赤裸展示，是一般人都难以接受的，因为羞耻之心人皆有之。但性生活毕竟又是人的一种生活。古人说："食色，性也。"在这里艺术不应该有禁区。性生活进入艺术创作中不应该受到非难。但是，的确存在着一个怎么写的问题。在这里诗情方式的描写就是一个正确的选择。诗情方式可以克服羞耻内容，引发审美情感。请看《西厢记》里是如何写张生和莺莺第一次偷情：

绣鞋儿刚半拆，柳腰儿勾一搦，羞答答不肯把头抬，只将鸳枕挨。云鬟仿佛坠金钗，偏宜鬏髻儿歪。

我将这纽扣儿松，把搂带儿解；兰麝散幽斋。不良会把人禁害，哈，怎不肯回过脸儿来？

我这里软玉温香抱满怀。呀，阮肇到天台，春至人间花弄色。将柳腰款摆，花心轻折，露滴牡丹开。

但蘸著些儿麻上来，鱼水得和谐，嫩蕊娇香蝶恣采。半推半就，又惊又爱，檀口揾香腮。

这里实际上是写性交。可不但写得比较含蓄，而且采用了诗情的方式来写，通过春天、花蝶、鱼水等自然景色的诗情画意的文字，来暗示性行为。这样，本来是难以启齿的、令人羞耻的情感内容，就被诗情形式所征服，而不会引起人的淫秽的联想。英国作家D. H. 劳伦斯也经常写性，而且写得比较直接，但他写出了自然之潮在人身上涌动时候的美，他也是以美的形式去组织看似“危险”的材料，从而克服了材料的“危险性”。诗情方式是一座高高地架在蓝天之上的桥，性、性爱。可以通过它，过渡到艺术的彼岸。只要通过它，就不会出“危险”，就不会掉进污秽的深渊。在当代的文学作品中，凡成功或比较成功的性描写都是通过诗情这座桥渡到艺术的彼岸的，如张贤亮的《男人的一半是女人》中章永璘和黄香久的第一次肉体的碰撞用了如下不寻常的文字：

这是一片滚烫的沼泽，我在这一片沼泽地里滚爬；这是一座岩浆沸腾的火山，既壮观又使我恐惧；这是一只美丽的鹦鹉螺。它突然从室壁中伸出肉乎乎粘搭搭的触手，有力地缠住我拖向海底；这是一块附着在白珊瑚上的色彩绚丽的海绵。它拼命要吸干我身上所有的水分，以至我几乎虚脱；这是沙漠上的海市蜃楼；这是海市蜃楼中的绿洲；这是童话中巨人的花园；这是一个最古老的童话，而最古老的童话又是最新鲜的，最为可望而不可即的……

在这段文字中男女交媾已被虚化，作者描写了一个个富有诗情的意象，并以此作为经线和纬线来把人类那个真实的梦编织起来，而这种编织又与人物的遭际、境遇和独特的感受融为一体。这样作者就以独特的诗情形式征服了性可能具有的色情特征。在这里我们又一次看到了对立原理的胜利。

在艺术中，还经常出现惊恐、悲惨、绝望等情感内容，如果直接把它们展示出来，就只能使读者、观众陷入惊恐、悲惨、绝望的情绪旋涡中而不能自拔，那么艺术欣赏对观众、读者来说就变成了一场噩梦。艺术家面对这样的情感材料，又不得不求助于诗情的形式。以诗情去抑制、战胜惊恐、悲惨和绝望。就像列夫·托尔斯泰所说的那样，艺术家们要“像写鲜花那样去写死刑”。当然死刑仍然是死刑，而不是鲜花。艺术中的惊恐、悲惨和绝望，仍然是惊恐、悲惨和绝望，而不是勇敢、欢乐和希望，但艺术家完全可以通过诗情形式的征服作用而使原有情感内容得到缓解和变异。或者说，惊恐、悲惨和绝望被超越和融化在诗情文字的温馨中了。例如，医院的太平间，想起来就会令人感到恐怖，但张洁的《沉重的翅膀》也写到太平间。万群在车祸中死了，方文煊到太平间去看她的遗体，书中这样写道：

一块块长形的白布。每一块神秘的白布下，都是一个结束的故事。惊涛骇浪后的憩息。

25832。她已经变成了一个号码。这便是她最后的收入。不算少。这号码会跟着她火化吗？不，那里，火葬场，还会给她一个号码。他宁愿变成那个尾数。

死、尸体、太平间在这里已不再令人感到恐怖、绝望，而转化为一首与人物的身世相联系的深沉的诗。两种截然相反的深沉的诗。两种截然相反的情感在经过搏斗后终于汇流到一起。诗情战胜了恐怖、绝望。这已经不是单纯在写死，似乎是写一个死者对生者的坦诚交代，又似乎是写一个生者对死者的永久的思念。

3. 幽默方式对艺术内容的克服

幽默本来是属于喜剧类的一个审美范畴，但在艺术创作中，它也并不是材料本身所固有的，是审美主体对客体的一种把握方式，因此相对于材料而言，它也可以说是一种艺术方式、艺术形式。目前学术界对幽默的界说相当混乱。在这里，我无意对它进行评析。我认为艺术中的幽默是艺术家的机警、智慧的闪光，它与讽刺、滑稽有联系，但又不同。它以宽厚的态度，通过各种手法，对含有潜在喜剧因素的客体，有意作理性倒错的处理，从而引发一种极富情趣又包含复合情感的会心的笑。作为一种艺术方式的幽默所引起的笑，往往与其材料所引发的情感处于对抗之中，材料本身可能是丑的、沉重的、病态的、异化的、不正常的，但幽默的艺术方式则以笑与之对抗，并战而胜之，把丑的、沉重的、病态的、异化的、不正常的材料情感，都转换为机智的会心的笑。例如，塞万提斯的《堂吉诃德》就是采用幽默方式对生活的一种把握。堂吉诃德带着幻想中的狂热，把风车当成了巨敌，把穷客店看成了豪华的城堡，把理发师的铜盆当作魔法师的头盔，把羊群当军队，把苦役犯当成受迫害的骑士，他骑着他的瘦马，举起他的长矛，英勇无比地冲杀过去。但他不但没有帮助别人解除苦难，反而给人带来麻烦。他的善心所结的果只是恶果。就小说的材料而言，堂吉诃德想以其主观主义的幻想来改造和征服世界，是很可悲的事情，是令人厌恶的，只能引起人的反感，但经塞万提斯用幽默的丝缕编织之后，一种会心的笑克服、战胜了这一切，可悲变成可笑，厌恶变成愉快。人们发现，最伟大、最有理想的、最真诚的也许正是那最愚蠢、最笨拙的人。堂吉诃德就是这样的人。艺术的审美情感就在材料情感与形式情感的对立中产生了。当代有些作家，如王蒙、高晓声、林斤澜等也都试图在文学创作中通过幽默来凝结审美情感，这是可喜的现象。这里我想稍微具体地分析一下台湾作家周腓力的短篇小说《“一周大事”》，来印证我们在上面提出的以幽默的方式克服内容情感的观点。

《“一周大事”》叙述一个小家庭到美国谋生的故事，它所写的是一种不值得过的、沉重的、不幸的生活，但我们读它却觉得兴味盎然，发出会心的笑，这是怎么回事呢？其原因在于作者艺术地运用了幽默。就小说的材料而言，所引起的是一种对生活的沉重苦痛的叹息，“我”一家到美国后，为生活所迫，开了一家玩具批发店，全家四口都被卷入这无休止的“生活”中去了。4 岁的小女儿珍珍本应在秋千架上嬉戏，现在却过早地进入生活，她每天得在货架旁以示范的方式向客人介绍玩具的性能，还得强记一些英语和西班牙语的数目字，以便对付顾客的询价。有时甚至连小便的时间也没有，因为她妈妈让她“等客人少一点再去小便”，可客人总不见少，于是妈妈就对她说：“客人永远不少，你就永远不小便。”终于憋尿憋出了病。5 岁的小儿子强强，他本来也应该享受正常的童年生活，可他每天清晨 6 点钟就要爬起来做全家的早饭，他在店里负责商品包装，他每天都要像他父亲一样站 10 小时。他还成了他们家的小电脑，所有玩具进口商的电话号码，都记在他 5 岁的小脑袋里。他要在他父亲需用电话号码时，立刻报出所需的电话号码来。妻子胡瓜也变了，“她不像一个妻子，甚至不像一个女人”，她成了一个女老板，她“把丈夫当雇工”，当“植物人”，把女儿当奴隶，当工具，她和左邻右舍的同行关系搞得很坏，动不动就骂人，如她要丈夫去对一个女同行说：“不论怎么样，你要警告她，如果她再搞恶性竞争，被我查到，当心我撕破她的纯棉内裤!”作为丈夫的“我”也变了。生活的紧张、劳累，使他没有尽到做父亲的责任。他甚至整整一年没有与他的妻子过“夫妻生活”，而背后则又偷偷地搞“拉丁情人”……小说所写的内容无非是生活的沉重，人性的扭曲，就内容看，它只能引起人们的艰难感、苦痛感、不幸感。但作家面对这样的材料及情感，却以幽默的艺术方式与之对抗，作家把材料及情感编织进幽默的图画中，从而克服了材料情感的消极性质。例如，夫妻之间因生活重压所造成的精神生活的失常，竟至在整整一年内没有夫妻之间的正常的性生活，他们的人性竟然在美国那样一个世界里消失了，这是多么的可悲，多么令人痛楚。但作品在叙述这件事时，却用了这样的文字：

> 来美国的第二年，我们的生活渐渐安定下来。但夫妻之情荒废久了，也像学业荒废太久了一样，不是一时半刻就能跟上进度的。直到一九八四年圣诞节过后，我们利用批发业的空档休假七天，才终于找到机会检讨我们的婚姻生活。我提议须把儿女私事当作公事来办。我甚至建议要排时间表，要列预算，要确定五年计划等等。“婚姻大事”的公务地位确立以后，最后的协议是：星期六晚是规定的“办公”时间。就因为这件事一周只办一次，所以又正式命名为“一周大事”。

作者在这里运用了语言移位的方法，即把在某种场合显得很自然的语言，移到一个情况完全不相同的场合。“办公”“公务”“协议”“预算”“一周大事”等这些语言在办公室或会场使用，是自然而合适的，但作者却把这些词语移位到叙述夫妻之间的性生活的安排中，这导致了一种理性的倒错，从而充满了令人发笑的幽默的意味。本来事情是扭曲的、不正常的、可悲的、苦痛的，但幽默用另一种相反的激情与之对立、斗争，使人发出了忍俊不禁的却又带某种酸楚的笑，终于使毫不光彩的生活也带上了艺术的印记。就是其中最令人恶心的事，在幽默的克服下，也化为一种笑声。小说中这样写他们最初租到的店面的情形：

> 我们是一九八三年初才来的，在第四街上找到一间两千五百平方英尺带仓库的店面，东面还加一个停车场。这间长年尘封的店铺，在承租当时，地面上的灰尘赛过月球表面。密布的蜘蛛网，需用武士刀才能斩断。厕所里的水龙头不出水，反而天花板上出水。厕所里既然无水，难怪抽水马桶里囤积着陈年老“粪”，而且变得像花岗石一般坚硬。

在这里，小说作者用了对比的方法来制造幽默。地面上灰尘与月球表面的灰尘、蜘蛛网与武士刀、水龙头不出水与天花板出水、陈年老酒与陈年老“粪”、粪便与花岗石，对比的事物之间完全不相干，作者却能把它们统一在对比的情景里，这就产生了幽默。在有了这种幽默之后，原有的令人恶心的事给人的印象就完全不同了。悲剧似乎在顷刻间变成了喜剧。我们似乎再闻不到粪的臭味，“陈年老‘粪’”这个词脱胎于“陈年老酒”，即使作者不说出这一点，凡有汉语知识的读者也会立即把两者进行对比，一件不堪入目的东西，也就立刻变成令人喷饭的笑料。这就是幽默形式对材料情感的胜利。

4. 古雅方式对艺术内容的克服

古雅是王国维提出的一个审美范畴，但他认为古雅与优美、壮美不同，优美、壮美都存在于自然，而“古雅之美存于艺术而不存于自然”。它是“第二形式”（王国维把形式分为第一形式与第二形式，第一形式是指能够引起美感的“材质”，相当于我们今天所理解的内容，第二形式是指表现第一形式的形式），“一切形式之美，又不可无他形式以表之，惟经过此第二之形式，斯美者愈增其美，而吾人之所谓古雅，即此第二种之形式”[1]。由此可见，古雅作为一种古朴与“萧条淡泊”的美，不属于自然，而属于艺术表现，它既是一个范畴，又是一种表现美的方式、形式。这也就是说，古雅不是材料本身的特性，而是主体把握材料的一种方式。这样，古雅方式同诗情方式、幽默方式一样往往是和材料所引发的情感处于对立、冲突之中。即材料可能引发的是一种世俗之感，但古雅以古朴、雅正、淡泊之感与之对抗，并尽力征服、改变它，从而造成艺术中的审美情感。王国维说：“虽第一形式之本不美者，得由其第二形式之美雅，而得一种独立之价值。茅茨土阶与夫自然中寻常琐屑之景物，以吾人之肉眼观之，举无足与于优美若宏壮之数，然一经艺术家(若绘画、若诗歌)之手，而遂觉有不可言之趣味。此等趣味，不自第一形式得之，而自第二形式得之无疑也。”[2]这里所说的“第二形式”就是古雅。王国维举例说：“三代之钟鼎，秦汉之摹印，汉、魏、六朝、唐、宋之碑帖，宋、元之书籍等，其美之大部实存于第二形式。吾人爱石刻不如爱真迹，又其于石刻中爱翻刻不如爱原刻，亦以此也。”[3]钟为古时盛酒用的壶，而鼎不过是古人煮东西用的锅，也可以说都是俗物，但一旦带上古雅之美，对其印象就立刻改变。这就是作为一种艺术形式的古雅对内容的征服作用。

古雅的艺术形式对内容的克服在雕塑、版画等艺术的创作中最易见出。在版画中最常见到的内容是贫穷、恐怖、死亡以及大自然的荒漠、凄凉等，这是因为在用雕刻刀和墨印创造出的艺术中，最容易造成古雅的形式。而古雅所引起的古朴感、淡泊感、雅正感与

---

① 王国维：《古雅之在美学上之位置》，《王国维文学美学论著集》，北岳文艺出版社1987年版，第38页。

② 王国维：《古雅之在美学上之位置》，《王国维文学美学论著集》，北岳文艺出版社1987年版，第39页。

③ 王国维：《古雅之在美学上之位置》，《王国维文学美学论著集》，北岳文艺出版社1987年版，第39页。

内容所引起的恐怖感、绝望感、凄凉感形成的反差最大，两者反差越大所引起的冲突就越烈，两种情感就势不两立，不是你征服我，就是我征服你。在这种情况下，古雅就可以把它的征服力量发挥到最大限度，贫穷的窘迫、死亡的恐怖、荒漠的凄凉完全被超越，并消融在有节奏的、古朴雅致的线条的沉醉中了。雕塑艺术一般多采用金属和大理石。来塑造人体与动物，照理说这两种材料似乎最不适于塑造有生命的东西，像蜡这类软性的材料似乎更适于表现有生命的东西。可是真正的雕塑家所喜爱用的媒介是金属和大理石，而不喜欢用蜡，这是为什么？对这个问题可能有许多种解答。而我的解答是：运用金属与大理石这种远离生命本体的媒介来塑造有生命的对象，最易于形成古雅的艺术作风，使读者进入一种非功利实用的淡泊、雅正、古朴的艺术氛围里，从而在艺术世界里体验到一种艺术的情感。这是因为媒介与对象是分离的，坚硬的青铜、同样坚硬有花纹的大理石，它们所构造而成的线条，引起人的一种雅致的情感，它恰好与对象的尘俗的本色相对抗，并使对象脱俗趋雅。反之，蜡作为一种软性的媒介，与生命体在软性这一点是一致的，因此用蜡来塑像无疑可以达到酷似的程度，但这样一来就会给人造成一种假象，似乎对象本身就在这儿，在这种情况下，形式与材料一致，而艺术与生活就处于相互混淆的状态。人体、动物是世俗化的，那么蜡像也必然是世俗化的。对象与媒介的一致性，使艺术品缺少一种能够把世俗感转换为雅致感的力量。因此，蜡像越是逼真就越俗气，很难唤起真正的审美情感。

我们从韵律对艺术内容的克服、诗情方式对艺术内容的克服、幽默方式对艺术内容的克服、古雅方式对艺术内容的克服 4 个方面作了以上分析。这 4 个方面的分析具有举例的性质。实际上一切艺术方式、艺术形式都对艺术内容具有征服、克服的作用。艺术创作中的审美情感并不是在内容与形式的静止的和谐一致中产生出来的，恰恰相反，艺术中的审美情感作为一种混合情感，是在材料情感与形式情感的对立、冲突中转化出来的。无论艺术材料情感是消极的还是积极的，都需要艺术形式与之对抗，并战而胜之，这才能唤起审美的情感。其实艺术大师席勒早就发现了这一点，他在阐明悲剧的艺术形式的作用时说：大师的真正的艺术奥秘就在于用形式消灭内容；内容本身越雄伟，越有吸引力，越引人入胜，内容及其作用越突出，或者观众越乐意听任内容的摆布，推开内容和控制内容的艺术成功也就越大。这就是说，不论内容多么富于吸引力、多么引人入胜，这本身还不能构成艺术中的审美情感，只有当这内容被形式推开、控制和消灭，即完完全全消融于形式中，艺术中的审美情感才得以产生。

值得指出的是，当我们强调艺术中形式和内容对立，强调形式征服、消灭内容时，我们并不是抛弃了艺术的内容与形式相统一的论点。艺术中内容与形式的统一的论点是正确的。问题在于如何理解。错误的理解就是把内容当作酒，把形式当作酒杯，酒倒进酒杯，即是内容与形式的统一。在这种理解中，内容与形式达到了某种静止的封闭的一致，而实质上，内容与形式还是两层皮，并没有达到真正的统一。我们认为艺术中内容与形式的统一，不是在静止中的封闭的对称、均等和统一，而是在展开的、流动的相互冲突、对立中所达到的统一。在艺术创作中一边是材料的情感激流，一边是形式的情感激流，它们从相反方向流入同一条渠道，各自占领自己的地盘，但两股对流的水终于相遇了，决定谁征服谁的时刻就要到了。如果材料的情感激流大于对方的力量，使形式的情感激流随时倒流回去，即内容消灭形式，那么创作就还原为生活本身，审美情感就不会发生；反之，如果形式的情感激流大于对方的力量，使内容的情感激流跟随形式的情感激流的方向而流去，即形式克服了内容，那么，一个内容与形式真正统一的艺术世界也就诞生了，审美情感也就在两股激流的冲突中产生了。

(三)形式情感征服内容情感的心理学意义

从上面的分析中，我们已经知道，艺术创作中形式情感征服内容情感的心理学意义在于形成审美情感。但形式对内容的征服何以能产生审美情感呢？这其中的心理机制究竟是怎样的呢？这就是我们下面要讨论的问题。

艺术中审美情感形成的心理过程与形式情感征服内容情感有着密切的联系。这种联系，我们列表如下：

表 三

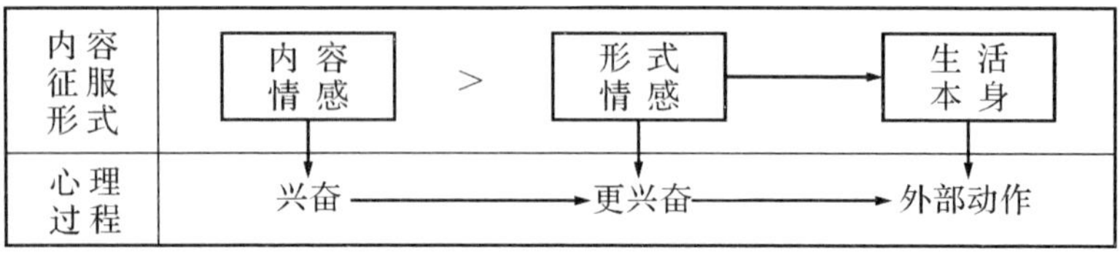

表 四

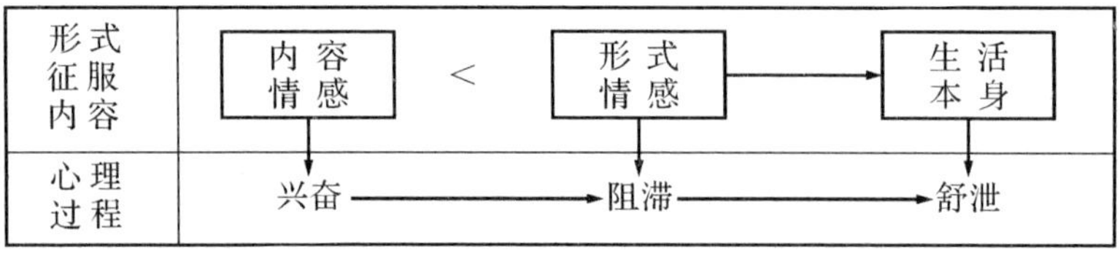

必须说明的是，就艺术作品而言，形式以内容为对象，为目的。形式归根到底是根据内容的要求而形成的。内容的重要性是不待言的。本节所述及上表所列是在肯定上述前提下，来论述形式对形成审美情感的积极作用。

表三表明在内容情感克服形式情感情况下所伴随的心理过程。在这种情况下，内容取代了形式，艺术在失去了艺术形式之后，不再是艺术，而还原为生活本身。在这一对立斗争的动态过程中，艺术材料(内容)作为一种激动人的生活事件等，对艺术家产生了刺激，作为对这种刺激的回答，艺术家的情感兴奋起来，譬如，他被事件

本身深深地感动了，产生了某种痛苦之情，甚至产生了“移情”，即把自身的情感移入到材料中，与材料中的人物一起欢乐或一起痛苦。如果这种兴奋没有得到形式情感的及时的、有力的控制的话，那么，艺术家的情感就蓄积起来，出现了一种更加兴奋的状态，欢乐或痛苦之情达到极限，在材料完全还原为生活本身之际，艺术家的内心情感就导致了外部动作。由此可见，在内容情感克服形式情感的情况下，艺术家的心理活动是沿着兴奋──→更兴奋──→外部动作的路线发展的，最后是审美情感的消失。当然，这种情况在艺术创作中比较罕见，但也不是没有。据说杭州女演员商小玲，以演《牡丹亭》中的杜丽娘出名，有一次演剧中《寻梦》一折，当唱到“待打并香魂一片，阴雨梅天，守得个梅根相见”时，因情感过于真切、激动，随声扑倒在台上，春香上场看时，小姐已经真的断气了。商小玲作为一个艺术家，竟在创造角色时过于伤心而死去，这就因为表演者在创造角色时，内容情感处于压倒一切的地位，而感觉不到形式情感(忘了在演戏)，这样演员兴奋起来的激情得不到阻滞，在心里形成一个情感心理堤坝，终于导致外部动作——随声扑地而死。在这种情况下，艺术中的审美情感完全被破坏。上述这种情况在艺术接受中时有发生。清人陈其元在他的《庸闲斋笔记》中记载：“余弱冠时，读书杭州，闻有某贾人女，明艳工诗，以酷嗜《红楼梦》，致成瘵疾。当绵惙时，父母以是书贻祸，取投诸火，女在床，乃大哭曰：奈何烧杀我宝玉，遂死。”众所周知，歌德的小说《少年维特之烦恼》，也使不少青年读者自杀。对此朱光潜先生就歌德的《少年维特之烦恼》引起读者非审美的情感火焰的爆发作过这样的分析：

> 假设有一个年轻人爱上一个与别人订了婚的姑娘，像通常在这种无望的相思的情形下所有的那样，深感悔恨与绝望的痛苦，厌倦了生命，想着自杀。假设他恰好读到《少年维特之烦

恼》这篇感伤的故事，或者看到这故事改编为剧本在舞台上演出。他会比任何人都更能理解和欣赏维特的情境、性格、行动和精神上的痛苦，因为这一切都与他自己的个人经验非常接近。然而事实上，这样一种非常接近的情形大概只是使他强烈地意识到自己的烦恼和绝望。经过一种观点的转换，他不再想到维特和夏洛蒂，却只想自己和他那不可能结合在一起的心上人。他再也不能把歌德的小说作为艺术品来欣赏。这篇小说只是激起他感情的火焰，导致激情的爆发。①

这个年轻人对《少年维特之烦恼》的欣赏，最终变成了自伤身世的现实情感的爆发，而体味不到艺术品的美和它带来的愉悦，关键就在于他的审美态度的消失，在接受过程中，内容克服了形式，就不再能感受到小说中诗情的形式，形式情感的缺失使他的情感得不到缓解、阻滞，痛苦、绝望之情就会直泻而下，甚至可能导致自杀等外部动作。由此可见，无论在艺术创作中，还是在艺术欣赏中，形式情感如果在与内容情感的战斗中失败的话，那么创作者、欣赏者的情感就因无法得到艺术形式缓解而得不到真正的舒泄和升华，审美情感就倒退为非审美情感。

表四则表明在形式情感克服（或者说消融）内容情感情况下的心理流程。整个心理流程可分为三个阶段。

第一阶段，内容情感作为一种刺激，引起我们情感的兴奋。这里所说的情感兴奋，实际上是一种情感双向交流过程。一方面是艺术的内容情感把它的情感色调灌注于我们，使我们的情感染上了内容情感的色调；另一方面（也许是更重要的方面），是我们把自身的情感移入艺术作品，使我们与作品中的人物、景物合而为一，达到

① 朱光潜：《悲剧心理学》，人民文学出版社1983年版，第26页。

一同悲欢的境地。但应该指出的是，这种主要由艺术中内容所引起的物我交融及其所造成的情感兴奋，与我们在普通生活受到某种事物所引起的情感兴奋是毫无二致的，它是我们感性知觉的共同的组成部分，不具有任何特殊的审美意义，因此这种情感兴奋还不是审美情感本身。

第二阶段，内容情感被形式情感所征服、所消灭，韵律、诗情、幽默、古雅等艺术形式把材料带来的情感完全消融了，这时候尽管情感的兴奋仍然保持着最大的强度，但由于形式的分隔作用，情感主体已把审美刺激物与非审美刺激物分开，并由此产生幻象，这就保证艺术中材料所引起的激情兴奋通过幻象得到缓解和阻滞，并保证这些激情不表现为外部的动作。列·谢·维果茨基说："正是外部表现的阻滞，才是艺术情绪保有其非凡力量的突出特征。我们完全可以说明，艺术是中枢情绪或主要在大脑皮层得到缓解的情绪。艺术本质上是智慧的情绪。它并不表现在紧握拳头和颤抖上，它主要是在幻想的映象中得到缓解。狄德罗说得对，他说，演员流的是真眼泪，但它的眼泪是从大脑里流出来的，这样他就道出了一般艺术反应的实质。"①这里所说的情感通过艺术形式的作用在神经中枢得到缓解和阻滞，不表现为外部动作，与美学家布洛的"心理距离说"有异曲同工之妙，但"缓解"与"阻滞"似更准确，具有更清晰的心理学色彩。依莎多拉·邓肯说："舞蹈在古代曾达到过顶峰，当时它是和希腊悲剧里的合唱结合在一起的。合唱出现在悲剧的高潮部分，即悲伤和痛苦发展到最强烈的时候，这时观众都悲痛欲绝；而随着歌声和舞蹈的出现，他们的心灵会重新恢复平和，因为合唱使观众变得心胸开阔，才经受得住这痛苦的时刻，否则的话，他们会感到极大的恐惧，会感到简直难以忍受。"②在这里邓肯实际上为我们的

---

① 维果茨基：《艺术心理学》，上海文艺出版社1985年版，第278页。
② 邓肯：《邓肯论舞蹈艺术》，上海文艺出版社1985年版，第78页。

论点举了一个很好的例子。悲剧是一种内容情感极浓的艺术，它所引起的情感兴奋如不采取适当的艺术处理，其情感就可能失控，而发展为外部动作，所以在悲剧的高潮部分插入形式情感特别强的合唱和舞蹈艺术，就能使痛苦、恐怖的情感得到缓解和阻滞。当然真正悲剧的审美情感的形成不能光靠中间插入合唱和舞蹈，要靠它自身形式与内容之间的冲突、斗争，要靠自身的形式战胜内容。前面所举布宁的《轻轻的呼吸》，是靠诗情形式的力量去战胜内容，周腓力的《“一周大事”》则是靠幽默形式的力量去战胜内容，它们都因此而获得情感的缓解与阻滞。应当说明的是，情感得到缓解与阻滞可以说是艺术中审美情感的一个特征，但并不是它的全部特征。因为人们在普通的生活中情绪也可以通过想象在神经中枢得到缓解与阻滞，所以情感不表现在外部动作上，并不是审美情感的唯一标志。

第三阶段，形式情感征服、克服内容情感的最终心理反应是情感的舒泄与升华。情感的缓解与阻滞作为向审美情感发展的心理中介是重要的，但缓解与阻滞只是表明由艺术品引起的激情，不会变为外部动作，但就情感的量而言，它仍然在蓄积，就情感的质而言，它还没有实现由不快感向快感、美感的转换。情感的蓄积一般地说，不具有美学意义，相反它是阻碍情感的审美化的。思想和情感所遵循的是不同的规律。在思想中记忆规律起主导作用，而在情感中占优势的是遗忘规律。思想积累是可行的，但情感积累(情感积累是当前一个时髦说法)则是不可行的。维果茨基在他的《艺术心理学》中曾引述过奥夫夏尼科-库科夫斯基如下观点：

我们的情感心灵简直可以被比作常言所说的大车：从这辆大车上掉下什么东西，就再也找不回来。相反，我们的思想心灵却是一辆什么东西也掉不下去的大车。车上的货物全都安放得很好，而且隐藏在无意识的领域里……如果我们所体验的情

> 感能保存和活动在无意识的领域里，不断地转入意识(就像思想所做的那样)，那么，我们的心灵生活就会是天堂和地狱的混合物，即使最结实的体质也会经受不住快乐、哀伤、懊恼、愤恨、爱情、羡慕、嫉妒、惋惜、良心谴责、恐惧和希望等等这样不断地聚积。不，情感一经体验并消失，就不会进入无意识的领域，在情感心灵里也没有这样一个领域。情感主要是有意识的心理过程，与其说情感是积累心灵的力量，不如说它们是消耗心灵的力量。情感生活是心灵的消耗。①

在艺术创作和欣赏中情感因受阻滞形成了一种情感的堤坝，堤坝内涌动着情感的潮水，这往往是一种不快感、痛感、磨难感，而形式克服内容的最后心理效应，就是使情感在艺术形式的溢洪道中得到舒泄、升华，使不快感、痛感、磨难感转化为快感、愉悦感、欢畅感，这样，情感不但在量上得到了消耗、舒泄，而且在质上也发生转换，转换为一种混合情感，实际上是一种美感。例如，在悲剧中，如果形式情感完全消融了内容情感的话，那么在主人公被毁灭使我们痛苦得流下眼泪的那一刻，也正是美感最强烈地被感受到的那一刻。在闪着泪花的眼里，竟放射出欢乐的光芒。这就是说，我们不但感受到主人公所感受到的东西，我们也感受到主人公没有感受到的别的东西。而这里所讲的“别的东西”主要是由溶化了内容的艺术形式所提供的。没有韵律、诗情、幽默、古雅等一切艺术形式的爆破力量，我们心中蓄积的情感就会变成极其有害的东西。拜伦给别人的信中说：诗歌这种艺术形式是“想象力的熔岩，它的爆发避免了地震。人们说诗人从来不会发狂或很少发狂……但他们往往几乎要发狂，所以我不得不认为，诗的用处正在于预见到并防止人

① 参见维果茨基：《艺术心理学》，上海文艺出版社1985年版，第263～264页。

混乱疯狂”①。拜伦的话无疑是对消融了内容的艺术形式对我们情感的舒泄与升华作用的最好总结。

艺术中形式情感克服、消灭材料情感，导致了我们的情感沿着兴奋——→缓解、阻滞——→舒泄、升华的路线前进，而这条路线的最后目标就是我们渴望的、能够给我们心灵以慰安的审美情感。

① 转引自朱光潜：《悲剧心理学》，人民文学出版社1983年版，第179页。

第五章　艺术创作中的审美想象

一、审美想象的特质

我们在讨论艺术创作中的审美情感时，反复讲到审美情感是一种形式化的情感，创作必须把涌动于艺术家心中的审美情感以一定的时间和空间的方式呈现出来。但是，艺术家要通过何种基本途径才能把审美情感以一定的时间和空间方式呈现出来呢？这就要通过审美想象（或者叫艺术想象）。审美想象在艺术创作中的重要性为一切艺术大师和理论大师所承认。在中国，早在先秦时期，《楚辞·远游》就有“思旧故以想象兮”的说法。汉代司马相如则说：“赋家之心，包括宇宙，总览人物。”[①]曹植在《洛神赋》中也留下了“遗情想象，顾望怀愁”的说法。而真正把审美想象作

① 葛洪：《西京杂记》。

为一种艺术理论提出来的则要推陆机和刘勰。陆机的“精骛八极，心游万仞”说，刘勰的“神思”说，都是讲想象的，都一致强调审美想象在艺术创作中的重要地位。此后历代诗人、画家所提出的诸如“心灵飞动”说，“设身处地”说等，都无一不讲想象对艺术创作之不可缺少。在西方，柏拉图的“迷狂”说应该说是审美想象的前身，此后审美想象就被摆到了艺术创作论的中心地位加以考察研究。例如，阿波罗尼阿斯在回答什么东西主持和指导雕塑家的造型过程时说：“是想象。它造作了那些艺术品，它的巧妙和智慧远远超过模拟。模拟只会仿制它所见到的事物，而想象连它所没有见过的事物也能创造，因为它能从现实里推演出理想。”①又如法国著名诗人波德莱尔认为想象对于艺术创作来说是极为重要的，他说：“如果没有想象，一切能力无论多么坚强，多么敏锐，也等于乌有，如果次要的能力受到强有力的想象的激励，其缺陷也就成次要的不幸。任何能力都缺少不了想象力，而想象力却可以代替某些能力。往往这些能力要经过好几种不适应事物本质的方法连续探索试验，才能发现的东西，而想象力却可以自豪地直接地猜度出来。”②真正的艺术创作就是审美想象的活动。没有审美想象，也就没有艺术。审美想象是艺术和艺术家的太阳和神祇。

什么是想象？广义地说，想象是意象的自由组合运动，它是人的心灵的一种能力。一个远离故乡的游子，在他记忆中保留着对故乡的种种印象，那双亲的音容笑貌，那兄弟姐妹的身影姿态，那做过许多美梦的、陈旧而亲切的小屋，那绿色的草坪，那潺潺的小溪，那充满稻香的田野，那长满杉木的山坡，那窄窄的田埂，那弯曲的山路，还有那黄昏时分给人以温馨与平和的袅袅炊烟……虽然此刻

---

① 中国社会科学院外国文学研究所外国文学研究资料丛刊编辑委员会编：《外国理论家作家论形象思维》，中国社会科学出版社1979年版，第9页。

② 波德莱尔：《一八五九年的沙龙》，《波德莱尔美学论文选》，人民文学出版社1987年版，第405页。

我远离故乡，甚至闭上眼睛，但那一切都历历在目。故乡的这些形象是建立在我童年知觉记忆基础上的。由于在我心中常萌动故乡的种种形象，故乡的形象就成为我的一种心理现实。心理学就把这种再现不在场的事物的能力叫作记忆意象。这种记忆意象具有形象与情感双重特点，即它不但保留了过去知觉过而现在不在场的事物的外部形象，而且还保留着对这些事物所怀有的情感。比如我的故乡的意象激起了我对它的思恋之情。即使我老了，我回不到故乡去了，但乡愁总是伴随着故乡的种种形象在我心中涌动。因此，意象就不仅仅是一种单纯的记忆，它是人的一种内在生活。但是我们又不能把这种记忆意象和想象相混淆。这种记忆意象，只是一种回想，它并不能创造新的东西，而且除遗觉象外，一般也不如知觉形象那么清晰，具有朦胧、模糊的特点，它可以称作再现性想象，是想象类型中的一种。真正的想象是创见想象，或称创造性想象。创造性想象是在记忆想象基础上的意象的自由组合，它把实际上并不在一起的事物从观念上合在一起，从而实现了新的形象和形象系统的创造。例如，古代绘画、雕塑就典型地体现了人的创造性想象的能力。如斯芬克司是古代埃及的半人半狮形象；森特是希腊神话中的半人半马形象；法恩是罗马神话中的半人半羊的形象；安琪儿，即带翅的小天使，是半人半鸟的形象。在中国古代，如龙是马、蛇、鱼等形象的结合，如飞天实际上是人、鸟与天空形象的组合……这些形象都是现实生活中不存在的完全新的形象。这些作为创造性想象的成果的新形象，体现了创造性想象应具备的条件：第一，这些形象并不是凭空产生的，它是以艺术家在现实生活中见过的形象作为基础的；第二，它又超越了现实的形象，进行了自由的组合；第三，这种自由的组合又是受一定的认识所规范的，不是人随意的、毫无目的地“创造”。

想象是人类共有的一种能力，是人的本性，它不是艺术家的“专利”。任何人干任何劳动都要有想象力。没有想象力，劳动就失去了目标，人也就还原为动物。因为有没有想象力是人与动物的一个根本区别。马克思说：“蜘蛛的活动与织工的活动相似，蜜蜂建筑蜂房的本领使人间的许多建筑师感到惭愧。但是，最蹩脚的建筑师从一开始就比最灵巧的蜜蜂高明的地方，是他在用蜂蜡建筑蜂房以前，已经在自己的头脑中把它建成了。劳动过程结束时得到的结果，在这个过程开始时就已经在劳动者的表象中存在着，即已经观念地存在着。”①马克思在这里强调的就是人的想象力。想象力永远和创造力相联系，不论你从事何种劳动，没有想象力，你就不能在劳动中有所发现、有所创造，你就不能给世界贡献新的东西。“想象创造了引力定律，牛顿二项式，特里斯坦和伊梭尔德的悲惨故事，原子裂变，列宁格勒（今彼得格勒）的海军部大厦，列维坦的《金黄色的秋天》，《马赛曲》，无线电，电，哈姆雷特王子，相对论原理和影片《班毕》”②。波德莱尔认为唯有想象才是“各种能力的皇后”，他说：

> 这个各种能力的皇后真是一种神秘的能力！它和其他一切能力有关，它激励它们，派它们去打仗。有时候，它和它们相像到化而为一的程度，但它永远是它自己。那些没有受到它鼓动的人是很容易认出来的，一种不知是什么的诅咒使他们的作品像福音书中的无花果树一样枯萎凋零。
>
> 它是分析，它是综合，但是有些人在分析上得心应手，具有足够的能力进行归纳，却缺乏想象力。它是这种东西，又不完全是这种东西。它是感受力，但是有些人感受很灵敏，或许过于灵敏，却没有想象力。是想象力告诉人颜色、轮廓、声音、香味所具有的精神上的含义。它在世界之初创造了比喻和隐喻。

---

① 马克思：《资本论》第1卷，人民出版社1975年版，第202页。

② 康·帕乌斯托夫斯基：《金蔷薇》，上海译文出版社1980年版，第158页。

它分解了这种创造，然后用积累和整理的材料，按照人只有在自己灵魂深处才能找到的规律，创造一个新世界，产生出对于新鲜事物的感觉。它创造了世界(我认为即使在宗教的意义上也可以这么说)，就理应统治这个世界。对一个没有想象力的武士，有什么可说的呢？他可以是个好兵，但是让他指挥军队，就打不了胜仗。这就好比说一个诗人或小说家不用想象力统率各种能力，反而让熟悉文字和观察事实来统率。对一个没有想象力的外交家，有什么可说的呢？他可以很熟悉过去历史上的条约和联盟，却设想不出未来的条约和联盟。对一个没有想象力的学者呢？他学会了一切传授给他的、可以学会的东西，但他发现不了尚未被猜测到的规律。想象力是真实的皇后，可能的事也属于真实的领域。想象力确实和无限有关。①

这是我看到的文字中对想象力的最高的评价。波德莱尔这样说，有其充分的理由。人类要是没有想象力，就不可能把石头变成第一把石斧，那么人类也就永远与牛、马、羊为伍，人不成其为人了。

是的，想象是人类创造活动的最重要的心理机制之一。人类涉及的所有的领域都需要想象，艺术创作需要想象，科学研究也需要想象，然而艺术创作中的想象与科学研究中的想象有什么不同呢？或者说艺术创作所需要的审美想象的特质是什么呢？

首先，艺术创作中的审美想象是灌注了艺术家主体情感的想象，而科学研究中的科学想象则是冷静、理智的想象。我们的古人在谈“神思”(即审美想象)时已深刻地揭示了这一点。陆机认为，在审美想象那一刻，即在“精骛八极，心游万仞”之际，就会出现“情曈昽而

① 波德莱尔：《波德莱尔美学论文选》，人民文学出版社1987年版，第404～405页。

弥鲜，物昭晰而互进”①的情况，说明想象中的物景与情感是交错在一起的，不可分的。刘勰也认为在“神思方运”之时，会出现“登山则情满于山，观海则意溢于海”②的极致，说明情意总是伴随着想象中的景物。刘勰还说：“山沓水匝，树杂云合。目既往还，心亦吐纳。春日迟迟，秋风飒飒。情往似赠，兴来如答。”③这就进一步说明了在审美想象中景物与情感互赠、互酬、互相深入的情形。实际上，艺术创作中的审美想象总是包含了“移情”。艺术家对自己通过想象虚拟出来的人物、景物，总是充满情感，替人物、景物设想，甚至跟人物、景物融为一体。关于汤显祖创作《牡丹亭》，曾有如下记载：

相传临川作《还魂记》，运思独苦。一日，家人求之，不可得，遍索，乃卧庭中薪上，掩袂痛哭。惊问之，曰：“填词至‘赏春香还是旧罗裙’句也。”④

法国著名作家乔治·桑谈到自己的创作体会时也说：

我有时逃开自我，俨然变成一棵植物，我觉得自己是草，是飞鸟，是树顶，是云，是流水，是天地相接的那一条水平线，觉得自己是这种颜色或是那种形体，瞬息万变，去来无碍。我时而走，时而飞，时而潜，时而吸露。我向着太阳开花，或栖在叶背安眠。天鹨飞举时我也飞举，蜥蜴跳跃时我也跳跃，萤火和星光闪耀时我也闪耀。总而言之，我所栖息的天地仿佛全

① 陆机：《文赋》。
② 刘勰：《文心雕龙·神思》。
③ 刘勰：《文心雕龙·物色》。
④ 焦循：《剧说》卷五。

是由我自己伸张出来的。①

汤显祖和乔治·桑在创作艺术作品时的心理状态，充分说明审美想象达到极致之际，头脑中闪现的形象与“我”的情感完全交融在一起。也可以这样说，在艺术创作的审美想象中，形象是纬线，情感是经线，它们共同编织出具有美感意义的新颖图画。情感灌注想象，情感是想象的启动力、推动力和凝聚力。而科学家在进行科学研究时的想象，虽然提供了一个理想目标也具有诱人的力量，但总的说它是清醒的、冷静的、理智的。它拒绝情感对它的帮助，排斥情感对它的干预，不愿情感同它联姻。所以高尔基曾指出：“科学工作者在研究公羊时，用不着想象自己也是一头公羊。但是文学家则不然，他虽慷慨，却必须想象自己是个吝啬鬼，他虽无私，却必须觉得自己是个贪婪的守财奴。”②

其次，艺术创作中的审美想象着意加强对象的个性特征，而科学研究中的审美想象则必须舍弃对象的个性特征。艺术创作中的审美想象之所以要着意加强对象的个性特征，这是因为艺术作品本身就是由想象的对象构成，因此，想象中的人物、景物越是个性化，艺术品就越具有生命体的活力，就越真实，越动人，就越具有普遍性。歌德曾强调指出：“艺术的真正生命正在于对个别特殊事物的掌握和描述。此外，作家如果满足于一般，任何人都可以照样模仿；但是如果写出个别特殊，旁人就无法模仿，因为没有亲身体验过。你也不用担心个别特殊引不起同情共鸣。每种人物性格，不管多么个别特殊，每一件描绘出来的东西，从顽石到人，都有些普遍性；因此各种现象都经常复现，世间没有任何东西只出现一次。”③但是

① 乔治·桑：《印象与回忆》，转引自朱光潜：《朱光潜全集》第1卷，安徽教育出版社1987年版，第239页。

② 高尔基：《论文学》，人民文学出版社1978年版，第317页。

③ 埃克曼辑录：《歌德谈话录》，人民文学出版社1978年版，第10页。

科学研究中的想象则必须坚决摒弃对象的个别特征，它要求对象普泛化、标准化。这是因为科学研究的成果，如理论著作，公理定律，计划设计等，最终不能由想象来构成。科学研究的目的是发现社会和自然的真理，并运用真理，而真理与假定、想象是不相容的。人们在科学研究的途程中之所以需要想象，是因为想象可以开阔科学家的思路，可以从具体的、合乎逻辑的想象中悟出点什么来。从这个意义上，爱因斯坦才说："当我考察我自身以及自己的思维方法时，我得出结论认为，幻想的才能对于我来说要比我在知识上的才能更有意义。"实际上，许多科学家那么爱好想象，是因为他们要用想象中的形象的活动与某些正在探求的逻辑关系做类比，他们想从这些类比中做出某些普遍的科学结论来。例如，阿瑞提在《创造的秘密》中提到爱因斯坦这样一个科学想象：

> 爱因斯坦幻想有一些物理学家在一个电梯里。这个电梯从一个很高的建筑物中自由下落。这些物理学家并不知道所发生的事情，还在做着某种实验。他们从口袋中拿出硬币和钥匙让它们掉下来。结果这些硬币和钥匙待在半空中。因为它们和这座电梯与这些人以同样的速度下落。

很明显，爱因斯坦是想用这个想象的图景与他提出的相对论做类比，即动与静是相对的。在这样一个自由下落的电梯里，硬币和钥匙停在半空中，一动不动，是相对于电梯而言的。要是从电梯外观察，则它们与电梯在一起极快地下落。爱因斯坦还有过这样的想象：一个青年和他的女朋友在树荫下谈情说爱两小时，他觉得只是一瞬间；而在烈日下单独干半小时活，他觉得已过了两小时。很明显，爱因斯坦也是用这个对比的形象与相对论作粗浅的却是生动的类比。这就不难看出爱因斯坦的上述想象，都是与相对论原理相联系。他在想象中不关心这些科学家的个性特征，也不留意那个青年独特的性格和外貌，他舍弃了他们的个性，他脑海里的物理学家、青年只是作为具有人的共性的物理学家和青年，想象他们的个性不但完全没有必要，而且还会妨碍他对科学原理的说明。对科学家来说，一旦真理被揭示出来了，就会立刻把那些在研究途程中曾起过启发作用的想象排除掉，因为真理是不带主观虚幻色彩的，它不是红色的，也不是黑色的，真理是无情感颜色的。但要是一个艺术家头脑里也想象出那个青年与他的女朋友在树荫下谈情说爱以及单独在烈日下干活的对比场面，那么他就要极力地想象出这个青年和他的女朋友的一切具有个性特征的独特方面，他们的容貌、他们的性格、他们的心理状态、他们此刻的表情、他们此刻的絮絮情语，……不难看出，艺术创作中的审美想象与个性联姻，而科学研究中的科学想象则与共性相伴。

总之，艺术创作的审美想象是灌注了情感的、注重塑造对象个性的想象。

二、审美想象的生成机制

艺术创作中审美想象的生成是一个曲折的过程。它有时处在清醒的意识的控制下，有时又沉入茫茫的无意识的深渊中，它在意识与无意识中沉浮、穿行，有的要经过几年甚至几十年才得以完全形成。曹雪芹为创作《红楼梦》，他的审美想象延宕了 10 年，所谓“披阅十载，增删五次”，每次“披阅”“增删”都是审美想象在辛苦地工作。列夫·托尔斯泰的《复活》，也用了 10 年时间，今天这么想象，明天那么想象，其心理所受的煎熬非个中人难以体会。歌德的《浮士德》经过 60 多个春秋才得以完稿，当然其审美想象也持续了 60 多年，这是一个欢乐与痛苦交织的 60 多年。

一般地说，艺术创作中的审美想象要经过知觉形象累积—记忆意象—创见意象—假遗忘—灵感爆发—创见意象形式化的转换机制，才得以生成。

(一)知觉形象累积

艺术中的审美想象的起点是知觉形象的累积。任何想象都是以所知作为依据，凭空发生的想象是不会有的。我们经常做一些怪诞的梦(梦也可以说是无意识性质的想象)，但无论怎样怪诞，其内容的全部片断都是我们日常生活中见过的、听说过的。任何想象都不是凭空创造，审美想象同样也不能凭空创造。许多艺术大师在谈到审美想象时，都谈到过这一点。屠格涅夫说过："我应该承认，如果没有一个逐渐融合与积累了各种适当要素的活人，(而不是观念)来做根据，我决不想去'创造形象'。我没有随意发明的天才，总是需要一个使我能够站稳脚跟的基地。"①正是基于这一规律，连作为唯心主义者的黑格尔也不能不强调，艺术家的想象的创造"所依靠的是生活的富裕"，要求艺术家"必须置身于这种材料里，跟它建立亲切的关系；他应该看得多、听得多，而且记得多"②。这样才能开垦出审美想象赖以生成的知觉形象的土壤。有时候，艺术家的想象似乎是天马行空，随意飞动，创造出一些人们见所未见的、闻所未闻的、极其怪诞的、变了形的形象，似乎与艺术家所积累的知觉形象已毫无关系，其实不然。正如鲁迅所说："天才们无论怎样说大话，归根结蒂，还是不能凭空创造。描神画鬼，毫无对证，本可以专靠了神思，所谓'天马行空'似的挥写了，然而他们写出来的，也不过是三只眼，长颈子，就是在常见的人体上，增加了眼睛一只，增长了颈

---

① 屠格涅夫：《关于〈父与子〉》，《屠格涅夫回忆录》，人民文学出版社 1962 年版，第 87 页。

② 黑格尔：《美学》第 1 卷，人民文学出版社 1979 年版，第 47 页。

子二三尺而已。”[①]总而言之，艺术家的想象不是与自己的知觉形象毫无关系的东西。这是艺术创作的一条定律。

当然，对审美想象来说，知觉形象的积累不仅要求一定的数量，更要求有质量。人们观察外界，所留下的印象有深浅之分，那些肤浅的印象很快被淡忘了，只有那些富于特征的、深刻的、生活的印象，才能激发起艺术家的激情和想象，也才能成为艺术创作审美想象的起点。

上述这些都是常识，此不赘述。

(二)记忆意象

如果对原始形象的感知是鲜明、生动和深刻的，那么它就会保留在艺术家的记忆里，成为记忆意象。正如前面所说，记忆意象是指人的再现以前知觉过、现在不在场的事物的能力，它作为一种心理现实不必依赖原来事物的真实出现，但它是从知觉形象向记忆意象的转换。这一转换对艺术创造来说，是极其深刻的。或者说，记忆意象在艺术创造中扮演了极为重要的角色。为什么这样说呢？这与记忆意象的特点、功能有关。记忆意象与知觉形象相比具有模糊性、易变性的特点。记忆意象无论如何深刻，都不如知觉形象那么清晰，比如你记忆中的母亲形象，可能只是一个大致的轮廓和最重要的特征的呈现，你不可能获得在面对面看见母亲时那样真切的形象(除非是遗觉象)。同时，记忆意象又是易变的，它流动着、变化着，呈现出一种不稳定状态。比如你记忆中的母亲形象，大概你无法让她在你的脑海里稳定一分钟不变化，她一会儿是年轻的，她一会是年迈的，她的表情在变化着，甚至她额头上的皱纹也在变化着，你无法像电影那样让她“定格”。就清晰性、稳定性而言，它远远不如知觉形象，这也许是它的一个“弱点”。但这“弱点”对艺术创作而

① 鲁迅:《叶紫作〈丰收〉序》,《鲁迅全集》第6卷，人民文学出版社1973年版，第224页。

言，它又是一个极大的“优点”。因为正是在记忆意象的模糊性和易变性中蕴含了艺术创造的幼芽，其后审美想象的枝叶繁茂的大树都由此生发、成长。对此，S. 阿瑞提曾说：

> 意象（指记忆意象——引者）与原来的知觉无论有多么大的差距，我们都必须说，这种差距和它与原知觉的想象具有着同样重要的意义。我们如果能说意象是变形或者歪曲，那我们也能够说意象把我们从死板的真实再现中解放出来，并且它引出了新的东西：第一个创造力因素。意象是拙劣的历史记载，或者是拙劣的档案记录，但是它显示为最初的创造力萌芽。①

S. 阿瑞提认为记忆意象可以引出第一创造力因素的看法是有充分理由的。可以这样说，正是记忆意象的模糊性和易变性，使得它具有可塑性。实际上，艺术家头脑中呈现出来的种种记忆意象，都已经不是对原来知觉形象的刻板的照抄、照搬，它已经过了艺术家自身的自组织的处理，即无意识的加工、修饰和润色。比如，一个远离故乡的游子的记忆中的故乡的景物，作为不断变动着的意象记忆，已经过他（或她）的情感的润饰，亲人、田野、小溪、房舍、道路大致轮廓与显著突出的部分可能还跟知觉形象相似，但他（或她）已给这一切景物罩上了一层优美的轻纱，涂上了一层温馨的情感色彩，省略了许多丑恶的、令人不堪回首的部分。他（或她）在据自己的记忆向别人描绘自己的故乡景物时，已不自觉把它美化了，他（或她）已在无意识中改造了它，以至当他（或她）回到了故乡，亲眼看到自己故乡的风物并不像自己记忆中那么美好时，他（或她）甚至提出怀疑，难道这是我的故乡吗？当然，相反的情形也可能发生，即故

① S. 阿瑞提：《创造的秘密》，辽宁人民出版社 1987 年版，第 61 页。

乡比记忆中的故乡更美。但是无论是哪一种情况，都说明作为记忆意象的故乡是经过无意识重新组织过的。记忆意象受艺术家无意识的自组织处理，不仅表现在给原知觉形象着色上面，更重要的还表现在某个记忆意象与相关的其他意象的联系、融合上面。S. 阿瑞提这样来说明这一点：

> 大多数意象很快就和那些在时空上与它接近的其他意象联系在一起。也就是说，它倾向于再现出在空间上与前一个意象刺激物相接近的事物的形象。比如说，我产生了一棵树的意象，这棵树的形象就容易使我产生此树所在的树林或花园的意象，产生那个地方的景色的意象，产生和我同游此地的其他人的意象。某些意象具有显著突出的部分，这可以导致产生有着同样显著特征的意象。比如月牙状的意象可导致产生月亮的意象或月牙状海岸的意象或一只香蕉的意象。有的意象并没有显著突出的部分，而是一连串容易相互代替的部分。有的意象是另一些形象的凝缩或融合，而这些原来的形象在现实世界中本来是分离着的。比如某种意象可以显出半人半鱼的样子，好像一只海妖。意象总是朝着一个方向运动，不断地形成变化着。这表现出人的心灵在不停顿地活动着。①

S. 阿瑞提这里所描述的情况可能有些已超出了记忆意象的范围。但他着力说明记忆意象不是单纯的复制知觉印象，而是包含了非知觉印象的最初的创造因素，则完全是符合实际的。由于记忆意象已不完全是忠实的再现、复制，因而它已是一种超越力量、创新力量，正是它使艺术家可以不再消极地去适应现实，使艺术家在现

---

① S. 阿瑞提：《创造的秘密》，辽宁人民出版社 1987 年版，第 62 页。

实面前得到了第一次的精神解放(尽管这还是有限的),这一点对艺术创造具有非常巨大的意义。

值得指出的是,如果说知觉形象的累积机制,是在清醒意识范围活动的话,那么随后的记忆意象情况就不同了,它有一部分仍在意识范围活动,但有一部分已沉入到无意识领域活动。特别是记忆意象自组织处理,是在无意识中进行的。由于艺术家经历、遭际不同,文化影响不同,所受的教育不同,种族和民族在自己心灵深处所埋下的精神线路不同等,不同艺术家对记忆意象的自组织处理也就不会相同。

还有一点要简单地说明一下。记忆意象的种类很多。一般地讲,感觉的种类有多少,记忆意象的种类也就有多少,但比较重要的只有三种,这就是视觉意象、听觉意象和综合意象。对艺术家来说,究竟是哪一种记忆意象占优势,决定了他从事哪一种艺术创作。视觉意象占优势的艺术家,多半是画家,而听觉意象占优势的艺术家多半是音乐家,而文学家、戏剧家则往往是倾向于综合意象的人。

(三)创见意象

只有少数一些艺术作品主要建立在记忆意象上面,如文学回忆录,自叙传之类。更多的艺术创作无法在记忆意象的阶段就走完它的路程。实际上,几乎所有作为人类精神创造的艺术创作,都必须实现从记忆意象到创见意象的转换。

创见意象是记忆意象的自由组合与运动。或者说它已经消化了记忆意象,并在这基础上创造出世界上从未有过的新的形象和形象体系,在这里初级的审美想象已经形成。比如小说家已似乎看见了他的故事中的主角大摇大摆向他走来,尽管这个人物在这世界上是找不到的,是他的一种创造。我们之所以说创见意象还是一种初级的审美想象,是因为创见意象虽是艺术家的创造,但它还不够生动,不够完整,不够深刻,它对记忆意象的组合还有不合逻辑之处,不合审美规律之处，因此还有待意识和无意识的进一步加工，有时也可能全部推翻。

创见意象作为一种审美想象的初级形态，一般可以分为联想和幻想两种。

联想是通过对记忆意象的勾连所产生的一种超越能力。即其中的一个或几个记忆意象一旦在艺术家的意识中出现，便会引出另外一些相近的、类似的或具有对比意义的意象，从而组合成新的形象体系。老舍的《骆驼祥子》，基本上就是通过联想构思而成的。老舍说：

> 记得是在一九三六年春天吧，“山大”的一位朋友跟我闲谈，随便地谈到他在北平时曾用过一个车夫。这个车夫自己买了车，又卖掉，如此三起三落，到末了还是受穷。听了这几句简单的叙述，我当时就说：“这颇可以写一篇小说。”紧跟着，朋友又说：有一个车夫被军队抓了去，哪知道，转祸为福，他趁着军队移动之际，偷偷地牵了三匹骆驼回来。
>
> 这两个车夫都姓什么？哪里的人？我都没问过。我只记住了车夫和骆驼。这便是骆驼祥子的故事的核心。①

这是老舍联想的起点，两个车夫和三匹骆驼的意象。老舍于是展开了各种各样的联想：

> 怎样写祥子呢？我先细想车夫有多少种，好给他一个确定的地位。把他的地位定了，我便可以把其余的各种车夫顺手儿叙述出来；以他为主，以他们为宾，既有中心人物，又有他的

① 老舍：《我怎样写〈骆驼祥子〉》，胡絜青编：《老舍论创作》，上海文艺出版社1980年版，第44页。

社会环境，他就可以活起来了。……

车夫们而外，我又去想，祥子应该租赁哪一车主的车，和拉过什么样的人。这样，我便把他的车夫社会扩大了，而把比他地位高的人也能介绍进来。可是，这些比他高的人物，也还是因祥子而存在故事里，我决不许任何人夺去祥子的主角地位。

有了人，事情是不难想到的。人既以祥子为主，事情当然也以拉车为主。只要我教一切的人都和车发生关系，我便能把祥子拴住，像把小羊拴在草地上的柳树下那样。

可是，人与人，事与事，虽以此为联系，我还感觉着不易写出车夫的全部生活来。于是，我还再想：刮风天，车夫怎样？下雨天，车夫怎样？假若我能把这些细琐的遭遇写出来，我的主角便必定能成为一个最真确的人，不但吃的苦，喝的苦，连一阵风，一场雨，也给他的神经以无情的苦刑。

由这里，我又想到，一个车夫也应当和别人一样的有那些吃喝而外的问题。他也必定有志愿，有性欲，有家庭和儿女。对这些问题，他怎样解决呢？他是否能解决呢？这样一想，我所听来的简单的故事便马上变成了一个社会那么大。①

在这里，由祥子想到别的车夫，这是类比联想，而由祥子想到那些地位比他高的，盘剥、压迫他的人，则是对比联想，由祥子想到他在刮风天、下雨天拉车所受的苦，想到他和别人一样也有志愿、性欲、家庭和儿女等，则是接近联想。由此可见，老舍在创作《骆驼祥子》时的想象，主要是由多种联想的机制编织而成的。联想所编织的东西，写真的色彩较浓，虚幻的色彩较淡，但他编织出来的形象是崭新的，它已经实现了对现实的超越，它已是一种新的创造。几

① 老舍：《我怎样写〈骆驼祥子〉》，胡絜青编：《老舍论创作》，上海文艺出版社1980年版，第44～45页。

乎每一部作品都有联想，联想机制在艺术创作的审美想象中占有突出的地位。

创见意象的另一种形式是幻想。在普通的心理学中一般把指向未来的想象称为幻想。但在艺术创作中的审美想象生成的心理机制中，幻想是指对真实生活的最大限度的超越，它既指艺术家按生活逻辑编织的艺术形象、形象体系，也指艺术家按主观愿望需要所产生的奇特、怪诞的想象。在幻想中，意象在时间与空间上往往会出现一些超常的组合。艺术创作中的审美想象需要实现对现实生活的超越，艺术家的心灵必须获得空前的自由。但对每个艺术家来说，他的经历是有限的，当然他的意象记忆、甚至联想也是有限的，他永远也不可能历尽广阔而复杂的真实生活，许多事情对艺术家的真实生活和意象记忆来说，都是不可能的。联想也办不到。比方说，他不可能回到几千多年前，去当孔子的学生，不可能跟屈原去交谈，不可能退回秦代去游一游阿房宫，不可能成为陈胜、吴广起义的参加者，不可能在宋代开封的熙熙攘攘的街头去跟那时的小商贩讨价还价，不可能再亲自跟马克思去谈谈共产主义理想，不可能站在莫斯科某工厂的集会上去听列宁的演说，不可能站在火星上来瞭望地球的转动，不可能从一个男人变成一个女人，不可能从黄河里钻进去再从亚马孙河钻出来。这一切在真实生活和意象记忆中的不可能，在幻想中都成为可能，幻想可以赋予他现实没来得及或记忆意象没能够提供的一切，为审美想象展开一个无限广阔的天地。陆机在《文赋》中所说的“精骛八极，心游万仞”，“观古今于须臾，抚四海于一瞬”，刘勰在《文心雕龙》所说的“寂然凝虑，思接千载；悄焉动容，视通万里；吟咏之间，吐纳珠玉之声；眉睫之前，卷舒风云之色”，在我看来，都是指幻想，他们的描述揭示了幻想的超越性和自由性的品格。所谓超越性，是指艺术家已不再拘泥于真实的生活，而是摆脱真实的生活，对时间和空间可以进行某种超常的连接与组合；

所谓自由性是指艺术家心灵获得了解放，可以随自己兴之所至自由地漫步到任何一个地方。幻想的这种品格对艺术家而言是一种重要的艺术能力，在生活中遇到的生活片断可能是平淡而微弱的，可经过幻想的生发、加工，就会成为一个十分鲜明、独特、动人的形象体系。而艺术家正是靠这种才能，他的意象记忆才上升到创见意象，而他本人也才称得上是艺术家。例如，我们可以在陀思妥耶夫斯基日记中发现类似一个典型的例子：

> 我在人群中发现一个孤独的工人，而且带着一个小孩，一个小男孩，孤零零的两个人，两个人的样子也一样的孤独。工人三十岁左右，有一张枯黄而病态的脸。他是节日打扮：穿着德国式的常礼服，衣服开了绽，纽扣磨损了，领子满是油垢，裤子是从旧货市场，偶然倒手买来的，但一切都尽可能收拾得干净些。细棉布的胸衣和领带，大衣帽，都是皱巴巴的。刮了胡子。他应当是在某个钳工作坊或是印刷厂工作。面部表情晦暗、忧郁、沉思、生硬，几乎是凶狠的。他拉着小男孩的手，小男孩有点摇摇晃晃地跟着他慢慢走，这是个两岁多的小男孩，非常孱弱，非常苍白，但是穿着一件长衫，一双带红色贴边的靴子，戴着一顶带小孔雀毛的帽子。他累了，父亲对他说了句什么，或许就是说说而已，而结果像是呵斥。小男孩不吭声了。但又走了几步，父亲弯下腰，小心地把小男孩抱在手里，带走了。小男孩习惯而信赖地紧贴着他，用右手搂住他的脖子，带着孩子的惊奇开始凝视着我，好像在问，你干吗跟着我们走，而且那么看着我们？于是我朝他点了点头，笑了笑，可是他皱起眉头，更紧地搂住父亲的脖子。两个好朋友就应当是这

样的。[1]

陀思妥耶夫斯基尽管对这父子俩观察得很细，所留下的记忆意象也较鲜明，但这毕竟是一件非常普通的事情，平淡微弱，我们几乎每天都可以从匆匆走过的人群中发现类似的父子俩、母子俩、兄弟俩、姐妹俩、叔侄俩，由于他们对我们的刺激是如此微弱，很难引起我们的情感或由此生发幻想。但作为艺术家的陀思妥耶夫斯基却凭着这微弱的生活片断，展开了他的习惯性的幻想。

他在日记中继续写道：

我喜欢一边在街上漫步，一边端详完全陌生的行人，研究他们的面孔，揣测他们是什么人，日子过得怎么样，干什么工作，特别是此刻什么东西使他们感兴趣。关于带小男孩的工人，当时我起了这样一些念头：就在一个月前，他的妻子死了，而且不知为什么，一定是因为得肺结核死的。暂时由住在地下层的、随便哪个小老太婆照看小孤儿(父亲整周在作坊干活)，他们在地下层租了间小屋，也可能只是一个小角落，现在是星期天，鳏夫带着儿子到远在维堡区的一个唯一剩下的亲戚那里去，更准确点说就是去死者的姐妹那里，先前他们不常到那儿去，这个亲戚嫁给一个带镶条的军士，一定住在一个最大的公馆里，也是住在地下层，可是那是特殊的地下层。她可能为死者伤心过，但不十分伤心，鳏夫在做客的时候大概也不十分伤心，但是整个时间都是忧郁的，很少谈话，谈起话来也不多，一定把话题转到某个实际的、专门的问题上。可是这个话题很快就中断了。应当是他们摆上茶炊，就着糖块喝茶。小男孩整个时间

① 转引自科瓦廖夫：《文学创作心理学》，福建人民出版社1983年版，第84页。

都坐在角落里的条凳上，皱着眉头，很怯生，最后打起盹来。姨妈和姨夫很少注意他，但是最后毕竟送来了牛奶面包，所以直到现在一点也没有注意他的主人——军士以爱抚的样子向小男孩说起俏皮话，可是说得很不得体，很不合适，说得自己(其实就是一个人)也大笑起来，而鳏夫则相反，就在这时严厉地，也不知为什么，冲小孩嚷起来，随后小孩一定想要大便，于是父亲立刻不喊了，严肃地把小孩从房间里带出去几分钟……告别也像谈话一样，也是沉闷而刻板，遵循着一切礼节。父亲笨手笨脚地拽着小孩的手，把他领回家去，从维堡区到铸造区。明天又得到作坊去，而小孩又得到老太婆那里去。你就这样走啊走啊，为了给自己解闷想出这样一些无根据的小场面。

很明显，这不同于老舍创作《骆驼祥子》时的联想，而是由一点点生活片断生发开去的幻想。一个平淡微弱的生活片断，经过陀思妥耶夫斯基的幻想，变成了一个完整的生活场景，而且这个生活场景是那样鲜明、深刻、独特。四个人物(鳏夫、男孩儿、姨夫、姨母)都有了独特的、生动的性格，他们之间的关系很微妙，有很强的艺术意味，让人感到一种人性的压抑、生活的沉重和无聊。这已经构成了艺术形象的雏形。

如果说在记忆意象阶段，形象还比较模糊的话，那么当创作的审美想象由记忆意象转移到创见意象时，想象的形象反而比记忆中的形象更清晰、更鲜明了，艺术家已能清晰而鲜明地想象出他所创造的形象，有时甚至连人物、景物的最细微之处也历历在目，这种能力在艺术心理学上被称为内心视觉能力。阿·托尔斯泰说：“凭借内在的视力来看所描绘的对象，来创造作品，这就是作家的法则。”[①]艺术创作的创见想象中的内心视觉能力极为重要，因为艺术品中形象的鲜明是以创见想象中形象的清晰为条件的。真正的艺术大师反复讲到自己这一能力，如果戈理在《作者自白》中说：“我的人物的完全形成，他们的性格的完全丰满，在我非等到脑子里已经有了性格的主要特征，同时也搜集足了每天在人物周围旋转的所有零碎，直到最小的胸针，一句话，非等到我从小到大，毫无遗漏地把一切都想象好了之后不可。”[②]由此不难看出艺术大师对内心视觉能力的重视。内心视觉能力相当于中国古代艺术理论早就提出的“胸有成竹”的观点，苏轼在《文与可画筼筜谷偃行记》中转述了宋代画家文同的“胸有成竹”的话：“竹之始生，一寸之萌耳，而节叶具焉。自蜩蝮蛇蚹以至于剑拔十寻者，生而有之也。今画者乃节节而为之，叶叶而累之，岂复有竹乎？故画竹必先得成竹于胸中，执笔熟视，乃见其所欲画者，急起从之，振笔直遂，以追其所见，如兔起鹘落，少纵则逝矣。”梁启超在解释文同的观点时说：“美术家雕画一种事物，总要在未动工以前，先把那件事物的整个实在完全摄取，一攫攫住他的生命。”[③]文同的观点连同梁启超的解释实际上也是在阐明创见意象中清晰的内心视觉是促使艺术构思成熟的重要条件。

从以上所述，可以清楚看到，创见意象是艺术家在意识领域的清醒的工作，有些艺术作品就在这创见意象中完成。创见意象的创造意义是不言而喻的。但对艺术创作具有苛求的艺术大师来说，初次创见意象并不意味着艺术作品中的审美想象的完全生成，它仍有缺陷，仍有待于无意识的再次工作。

(四)假遗忘

假遗忘就是从有意识的创见意象向无意识再度加工的转换机制。

① 阿·托尔斯泰：《论文学》，人民文学出版社1980年版，第271～272页。

② 魏列萨耶夫：《果戈理是怎样写作的》，天津人民出版社1980年版，第19页。

③ 梁启超：《美术与科学》，《饮冰室合集》第5册。中华书局1989年版，第10页。

按普通心理学的说法，遗忘是由于经验或识记了的事物保留在大脑中的暂时神经联系的痕迹受到压抑和消退而造成的。人们只是看到遗忘的消极作用，很少看到它的积极作用。就艺术创作而言，遗忘的机制常常是起积极作用的。在记忆意象阶段，遗忘实际上是记忆的助手，它对知觉形象起一种筛选的作用。这就是说，你要记住一些东西，你就必须通过遗忘筛选掉一些东西。俗话说：有所失才能有所得。遗忘把某些毫无艺术意味的材料筛选掉之后，富有艺术意味的、典型的、动人的意象就在记忆中清晰地呈现出来。契诃夫说："我只会凭回忆写东西，从来也没有直接从外界取材而写出东西来。我得让我的记忆把题材滤出来，让我的记忆像滤器那样只留下重要的或典型的东西。"①显然，契诃夫这里说让记忆留下了重要的或典型的，就同时意味着遗忘某些不重要的或不典型的。遗忘总是在不知不觉中帮助记忆。在艺术家通过清醒的意识作用有了初步的创见意象之后，遗忘规律又一次发挥作用。不过这一次不是真遗忘。拿某些艺术家的说法叫"冷处理"。即把已经形成的初步的创见意象搁置起来，故意把它遗忘掉，在这期间艺术家去干别的事，或旅游，或打猎，或钓鱼，或游泳，或散步，或睡觉，总之是不再去想那已经形成的创见意象。几乎所有真正的艺术家都有这种经历。著名音乐家理查·施特劳斯说："我自己的体会是：我在晚间如遇到创作上的难题，并且百思不得其解时，我就关上我的钢琴和草稿本，上床入睡。当我醒来时，难题解决，进展顺利。"②有更多的艺术家、作家把构思好的小说搁置一月、两月、三年、五年，甚至八年、十年。某些画家用几年时间画一幅画，其间时常搁笔，干别的事去了。为什么艺术家们要把初步的创见意象搁置起来，不继续进行工作呢？这主要是因为真正伟大的艺术家对自己初步的创见意象持怀疑态度，

① 契诃夫：《契诃夫论文学》，人民文学出版社 1958 年版，第 256 页。

② 萨姆·摩根斯坦编：《作曲家论音乐》，人民音乐出版社 1986 年版，第 183 页。

他不信任它。他们的想法是，仅凭清醒意识的工作可能只把握住了事物的一端或表面，而事物的另一端或深邃的方面尚未呈现出来。罗丹曾说：“我们在世间所能感到的和所能理解的，仅仅是事物的一端，而事物只能够借此一端，才呈现在我们面前，影响我的官能和心灵。至于其他一切，则伸入到无穷的黑暗中；甚至就在我们身边，隐藏着万千事物，因为知觉这些事物的机能我们并不具备。”①他接着还引了维克多·雨果的诗：“我们从来只见事物的一面，/另一面是沉浸在可怕的神秘的黑夜里。/人类受到的是果而不知道什么是因：/所见的一切是短促、徒劳与疾逝。”既然他们对生活本身持有这种看法，那么他们在艺术创作中就必然去追求那“伸入到无穷的黑暗”的另一端，突进“沉浸在可怕的神秘的黑夜”的另一面，这样，清醒的意识已无法进行这种追求，求助于无意识的帮助就是唯一的选择。因为无意识可以为艺术创造提供意识无法提供的新的营养。而把创见意象搁置起来，暂时把一切遗忘掉，去干别的轻松一些的事情，则正好是活跃无意识的必要条件。

我们应该看到，真正的艺术作品(即或是简单的艺术品)都有它的耐人寻味的、妙不可言的、似乎是天成的、人力无法达到的境界。而艺术品此种神韵和境界往往是意识掌握不了的。一般说来，有意识的注意过于正确、过于实在、过于狭隘，缺乏活力。“格式塔”心理学家对意识聚焦的局限作了许多实验，它说明了我们的眼睛和大脑，总是有一种压倒一切的需要，这就是从眼前纷繁杂乱的形式中选择出一种准确、集中、简单的模式来。这种意识聚焦的选择性、狭隘性尽管可能很正确、很准确、很稳定，却缺少了艺术所需要的弹性、伸缩性、模糊性、流动性。意识聚焦的这一局限在由清醒意识加工而成的初步创见意象中肯定也是存在的。为了把初步的创见

---

① 罗丹：《罗丹艺术论》，人民美术出版社1978年版，第99页。

意象提升到一个新的具有艺术神韵、境界的高度，吁请无意识的协助就是绝对必要的了。美学家 A. 埃伦茨韦格说过："准确和稳定的注意只存在于意识层次中，但在较深的、通常是无意识的层次中，意识的狭小焦点扩大为一种广阔而包罗万象的审视。艺术家求助于这种弥散的、半无意识的审视是十分自然的事。我们经常看到画家从自己的画前后退一步，奇怪而漫无目的地瞪眼观看他的作品。看上去他脑子里是一张白纸，然而过了一会儿，某种潜在的细节会突然唤起他的注意，这细节打破了他的构图的平衡，但逃过了他的意识的审查。在他漫不经心的状态下(即假遗忘状态——引者)，他的下意识注意力审视了作品的复杂结构，发现了破坏平衡的细节。找出问题之后，画家会回到画前，改正那个普通人看来是微不足道的细节……在创造性头脑中，无意识的散漫意象以及它的梦幻似的弥散目光被利用来进行高度技术性的工作，协助建立艺术的复杂次序。艺术家从无数次经验中认识到，他可以让意识失去控制，然后便会有新的想法奇迹般地从不知什么地方突然冒出来，并带来他久已盼望的问题的解答。"①由此看来，初级创见意象进一步的艺术提升的秘密就在假遗忘状态的无意识的加工之中。无意识作为艺术家"内心的非洲大陆"，是一块丰腴的土地，它累积了被意识遗弃的、极为丰富的信息原料，而且又由于它可以逃避意识的控制，逃避第二信号系统的有序化的限制，这就能给初步形成的创见意象得到一个回炉锻炼的机会，吐故纳新，极尽变化之能事，重整出一片艺术想象的新天地来。所以艺术家对原有的想象的搁置，看似遗忘，看似停止了工作，实则是假遗忘，他只是把半成品交给更为活跃的无意识去加工罢了。许多艺术家都有这种体会。如著名画家马蒂斯说：

① A. 埃伦茨韦格：《艺术的潜在次序》，M. 李普曼编：《当代美学》，光明日报出版社 1986 年版，第 421～423 页。

当你长久在同样的环境中进行工作时，在某个特定的时刻停下精神上的例行事务，去旅行一下，这会使精神的某些部分得到休息，并使另一些部分——特别是被意志压抑的那些部分——摆脱控制。这是有益的。这种暂停保证了某种撤退的实现，也保证了由此而来的对过去的审视检查。当你投身新世界之中获得的大量印象并没有毁掉你旅行的最初阶段的先入之见，而这种先入之见再次控制你的心灵之际，你就会带着更多的确信重新开始工作。①

马蒂斯所说的是在无意识的加工中，“先入之见”没有毁掉，而是得到重新开始时的丰富、补充。但对另一些艺术家来说，他们在假遗忘状态的无意识工作中可能把“先入之见”完全毁灭了，他想象中的形象与形象系统得到了重建。但无论哪种情况，都说明了艺术家在假遗忘状态中，无意识继续工作，解决了意识层次未能解决的问题，从而把创见意象带上了通往成熟之路。

(五)灵感爆发

艺术家在假遗忘状态下经过无意识长期的、辛勤的劳动之后，在一定机遇的触发下，艺术创作中的审美想象终于出现了飞跃——灵感爆发，成熟形态的审美想象终于在艺术家头脑中形成。

关于灵感，在中国最有影响的是陆机的“感应”说：“若夫应感之会，通塞之纪，来不可遏，去不可止。”②在西方，最有影响的当推柏拉图的“迷狂”说：“凡是高明的诗人，无论在史诗或抒情诗方面，都不是凭技艺来做成他们的优美的诗歌，而是因为他们得到灵感，有神力凭附着。科里班特巫师们在舞蹈时，心理都受一种迷狂支配；

① 杰克·德·弗拉姆编：《马蒂斯论艺术》，河南美术出版社 1987 年版，第 68 页。

② 陆机：《文赋》。

抒情诗人在作诗时也是如此。”[①]无论是“感应”还是“迷狂”，作为灵感的爆发，对艺术创作的审美想象来说，其意义是十分重大的。这就犹如闪电突然把想象的大地照得通明，原来是混乱的图景，突然变得井然有序；原来是阻塞的思路，突然变得条条畅通；原本是陈旧的意象，突然变得新意迭出；原来是乏味的线条，突然变得意味盎然；原来是片断的旋律，突然连成一个整体……灵感把艺术中的审美想象提升到了深刻而动人的水平。关于灵感，人们已作了许多研究，这里仅就下面两个问题稍加说明。

第一，灵感的爆发作为艺术创作中的审美想象进入成熟的机制，是以此前大量艰苦的有意识和无意识的劳动的积累作为基础的，没有这个基础，灵感是不可能产生的。特别是无意识的持续紧张的涌动是灵感引发的直接原因。清代学者袁守定认为：“文章之道，遭际兴会，摅发性灵，生于临文之顷者也。然须平日餐经馈史，霍然有怀，对景感物，旷然有会，尝有欲吐之言，难遏之意，然后拈题泚笔，忽忽相遭。得之在俄顷，积之在平日，昌黎所谓有诸其中是也。舍是虽刓精竭虑，不能益其胸之所本无。犹探珠于渊而渊本无珠，采玉于山而山本无玉，虽竭渊夷山以求之，无益也。”[②]“得之在俄顷，积之在平日”用来说明灵感的条件是很深刻的。对真正的艺术家来说，在他的审美想象未变成形式之前，他的无意识层次一直在工作，而不管此刻是在做什么。柴可夫斯基就说过：“我在情绪正常的情况下，可以说是一直从事写作的，在白天任何时刻和任何条件下。有时我满怀兴趣地感觉到，在我头脑里划归音乐的那一部位中正在不断自动地进行工作，尽管我当时在交谈和会客。”[③]正是基于这种体会，柴可夫斯基得出结论说：“对于一个艺术家来说，没有比陷于

① 柏拉图：《柏拉图文艺对话集》，人民文学出版社 1959 年版，第 7 页。

② 袁守定：《占毕丛谈·谈文》。

③ 萨姆·摩根斯坦编：《作曲家论音乐》，人民音乐出版社 1986 年版，第 147～148 页。

懒散更差劲的了，不能等待。灵感是不爱拜访懒散的客人。她要会见那些想见她的人。”①

第二，灵感的爆发要有机遇的激活。诗人常有这样的体会：“尽日觅不得，有时还自来。”为什么你有意去寻找灵感，简直费尽心机，依然没有结果，可你不去找它，它倒不期而至呢？这就是与意外发生的事件(即机遇)的刺激有关。意外发生的事件有时可能是很小的，对一般人来说是微不足道的，但对有准备的艺术家来说，就成了激活灵感的机遇。这是因为艺术家在有准备的精神状态下，他的脑神经细胞都在积极活动着，进行着各种各样的组合，在某个外在机遇的刺激下，神经细胞必然更加活跃，从而突然实现了最佳组合——即灵感的来临。对于这种机遇，有的艺术家自己是清楚知道的，如列夫·托尔斯泰清楚知道他在散步时见到的三枝幼条已断却仍能精神抖擞地开着小白花的牛蒡，作为一种机遇，激活了他创作《哈泽·穆拉特》。他还清楚知道某晚上他儿子正在朗读普希金的《别尔金小说集》，书中“在节日的前夕客人们开始到了”这句话激活了他的灵感，进入《安娜·卡列尼娜》的创作，写下了头一句话：“奥布浪斯基家里一切都乱了。”但有的艺术家并不知道究竟是身边哪一件事作为机遇激活了他的灵感。例如，果戈理对人说过：“有一次我正行驶在詹萨诺和阿尔巴诺两个小城之间，时值七月(大概是一八三八年)。途中的高坡上有个蹩脚的饭馆。大厅里设有台球，整天都是撞球声和操着各种语言的说话声。过往的旅客必定要在这儿停下来，特别是天热的时候。我也停下来。那时我正在写《死魂灵》的第一卷，所以这个笔记本就没离开过我。我不知道为什么走进这家饭馆的一刹那突然想写作了。我吩咐摆张小桌子，在一个墙角坐好，取出手稿本，在滚动的台球大声撞击声中，在极度的喧哗声中，在仆役们

---

① 萨姆·摩根斯坦编：《作曲家论音乐》，人民音乐出版社1986年版，第147～148页。

的奔跑声中，在烟雾腾腾的令人窒息的环境里，我仿佛沉入梦境，没动地方就写了整整一章。我认为这一段文字是最有灵感的文字之一。我写东西的时候很少这样振奋过。”①当然，无论是艺术家清楚知道还是不知道激活自己创作灵感的机遇是什么，灵感总是在艺术家有了最充分的准备、并又有最强烈的创作要求的情境中到来。

灵感作为艺术创作中的审美想象的成熟机制，是无意识向有意识的飞跃。在灵感爆发的瞬间，尽管有梦游般的“迷狂”特点，却已处于半无意识、半有意识状态，接着艺术家可能变得特别清醒、敏锐，这已是有意识状态了。

(六)创见意象的形式化

这是艺术创作中审美想象最后生成的机制。当审美想象还只是在艺术家头脑中滚动之时，艺术的审美想象并未达到最后实现，而且随时都有可能受内部、外部各种因素的影响而变形、退化乃至消失。所以形式化，即把头脑中的想象以时间或空间形式呈现出来，是艺术创作中的审美想象最后生成的机制。当然，形式化过程极为复杂，会出现许多无法预测的情况，这一过程能否成功取决于艺术家的坚持、才情和灵感的光顾。

综上，我把艺术创作中审美想象的生成的心理机制作了有序的排列和说明。应该指出的是，这一顺序排列并非绝对的。实际上，审美想象作为艺术家创作过程中最活跃的心理机制，在创作个性不同的艺术家那里，呈现出极为复杂、微妙、难以捉摸的特点，其生成的心理过程也各个不同。然而有一点是相同的，即艺术创作中的审美想象总是在艺术家的有意识与无意识的交替运动中形成的。

---

① 魏列萨耶夫：《果戈理是怎样写作的》，天津人民出版社 1980 年版，第 26 页。

三、审美想象的深层特征

艺术创作过程，从某种意义上说就是审美想象的过程。关于艺术创作中的审美想象，尽管人们已做了许多研究，但至今仍然是创作心理学中一个比较深奥的领域。它的奥秘远远未被深刻地揭示出来。下面，我们以作家的审美想象为主，来讨论艺术创作中审美想象的深层特征。

(一)审美想象“力场”中两种力的冲突

在审美想象问题上最有发言权的是作家，因为他们的工作就是审美想象，他们最清楚审美想象是怎么回事。然而他们在描述审美想象的心理状态时常常是矛盾的。甲说，在审美想象进入最佳状态时，笔下的人物常常会违反作家本人的意愿，自己行动起来，而不听作家的指挥。乙说，不，在审美想象的翅膀真正腾飞之际，作家决不会受役于自己的人物，作家始终是自己笔下的人物的主人。

例如，列夫·托尔斯泰在一位读者埋怨他让安娜·卡列尼娜卧轨自杀太残忍时解释说：“这个意见使我想起了普希金的一件事情，有一次，他对他的一个朋友说：‘你想想看，达吉雅娜跟我们开了多大一个玩笑，她结婚了。我万没有料到她会这样。’关于安娜·卡列尼娜我也完全可以这样说。一般说来，我的男女主角们，有时跟我开的那种玩笑，我简直不大欢喜！他们做那些在现实生活中应该做的，和现实生活中常有的，而不是我愿意的”①。这就是说，作家笔下的人物可以独来独往，按自己的意志行事，而不管作家本人愿意不愿意。很明显，在普希金和托尔斯泰这里是人物起来指挥作家。然而艺术想象过程中此种心态在果戈理那里似乎从未有过。恰好相

① 转引自康·帕乌斯托夫斯基：《金蔷薇》，上海译文出版社1980年版，第47页。

反，果戈理在创作中始终是牢牢控制住自己笔下的人物的，他在《作者自白》中写道：“我的人物的完全形成，他们的性格的完全丰满，在我非等到脑子里已经有了性格的主要特征，同时也搜集足了每天在人物周围旋转的所有零碎，直到最小的胸针，一句话，非等到我从小到大，毫无遗漏地把一切都想象好了之后不可”①。很明显，果戈理既然从小到大一切都构思好了，甚至连人物别什么胸针都构思好了，那么写作时自然就按既定的构思办理，决不会出现作者受役于人物的情形。

这种完全不同的创作心理描述在中国现代作家中也可以找到实例。吴强在谈到《红日》的人物形象的创造时这样说：“与其说我创造了人物形象，倒不如说是我跟着人物走的。沈振新夜审俘虏张小甫，批评刘胜的骄傲情绪以后，把自己的夹绒大衣送给刘胜……石东根在莱芜大捷以后醉酒纵马，受了批评以后，上缴手表等战利品，发誓戒酒，在部队转移到鲁南敌后的路上，因为心情苦恼，又吃了老大爷家的一杯酒……这也都是人物自己的思想行动。我以为，一个作家没有权利按照自己的意图去随意支配人物……让作者的自由限制了、侵犯了人物的自由，随意地支配人物的思想行动，那就必然使客观的存在为作者的主观意图所代替……作者写书，要对读者负责，但应当最先对所写的人物负责，尊重人物的自由，而不应当对人物有丝毫的委曲；任情摆布，是更不许可的。”②显然，吴强在这里强调的是艺术想象过程中人物按自己的性格逻辑行事，应尽可能避免作者的任情干预，随意摆布。然而，姚雪垠在谈到自己的创作体会时，这种创作心理状态是不存在的。他说：“我从事文学创作实践活动数十年……对人物无能为力、任人物自由活动的奇妙现象，

---

① 魏列萨耶夫：《果戈理是怎样写作的》，天津人民出版社 1980 年版，第 39 页。

② 吴强：《写作〈红日〉的几点感受》，“文艺报”编辑部编：《赞〈红日〉，颂英雄——红日评论集》，作家出版社 1959 年版，第 106～108 页。

一次也没有遇到过。”“伟大作家也是始终驾驭着他们的作品的创作过程。”“作家并没有‘受役于自己的人物’，而始终是小说人物的主人。”“我始终牢牢地驾驭着我的人物，甚至连个别地方最细微的细节处理，都按照我多年来考虑成熟的计划完成。只有这样，才能达到我自己的美学要求。这是我的创作实践，是千真万确的事实。”①显然，姚雪垠的体会与吴强的体会是完全不同的，他强调的是作家对笔下人物的牢牢的控制力。

更令人困惑不解的是，同一作家谈创作体会，可以一会儿说作家始终是人物的主人，一会儿仿佛又说，人物是作家的主人。如法捷耶夫，他一方面说，“如果作过酝酿并且经过深刻思考，那么在写作过程中的变动就不会怎么大”。似乎所写的一切都由作家牢牢地驾驭着、控制着。另一方面在谈到他的名著《毁灭》的创作时却又说，“照我最初的构思，美谛克应当自杀，可是当我开始写这个形象的时候，我逐渐逐渐地相信，他不能也不应该自杀”。“在作者用最初几笔勾画出主人公的行为、他们的心理、外表、态度等等之后，随着小说的发展，这个或那个主人公就仿佛开始自己来修正原来的构思，——在形象的发展中仿佛出现了自身的逻辑”，“在某种程度上他自己就会带领着艺术家向前走”②。

我不认为作家们在描述自己的创作心理时是故弄玄虚。他们无论这样讲或那样讲，我相信他们讲的都是真实的。问题在于我们如何去解释这些相互矛盾的描述。

在我看来，艺术想象作为作家主体意识活动的区域，形成了一个“力场”。在这个“力场”内，产生了两种不同的心理的力。

一种是描写对象的力。描写对象的力顽强地要以对象本身固有

① 姚雪垠：《创作实践和创作理论》，《红旗》1986年第21期。

② 法捷耶夫：《和初学写作者谈谈我的文学经验》，山东师范学院中文系文艺理论教研室编：《外国作家谈创作经验》下册，山东人民出版社1980年版，第760、767页。

的性格逻辑作为运动轨迹，力图摆脱作家的控制。正如高尔基所说：人物的性格一旦形成，“他们每一个都有自己的生物学上的意志”。因此，作家无权“暗地里告诉主人公叫他该如何做”，当作家“强奸了自己主人公的社会天性，强迫他说别人的话和完成那根本对他们不可能的行为，他就是糟蹋了自己的材料”①。所以凡是追求艺术真实性的作家，都不能不受描写对象的力的制约。这种情况不仅是普希金、托尔斯泰、莫里亚克、吴强等三五个作家说过，还有许多作家都谈到类似的体会。例如，海明威在回答“主题，情节，或者人物都是随着你在进行的时候而改变吗”这个问题时说：“有时候你知道这个故事。有时候你在进行中才把它构成，而不知道结果将是怎样出来。”②所谓“不知道结果将是怎样出来”，即是说故事的结果将由人物的性格逻辑自己造成，作者不得不尊重人物自己的选择。福克纳是美国富于主观性的现代派作家，可连他也这样说：“……我写的书里总有那么一个节骨眼儿，写到那里书中的人物会自己起来，不由我做主，而把故事结束了——比方说，写到二百七十五页左右结束。”③巴金也说过：“我常常说我的人物自己在生活，有些读者不太了解。然而这的确是事实，比如我开始写《秋》的时候，我并没有想到淑贞会投井自杀，我倒想让她在十五岁就嫁出去，这倒是更可能办到的事。但是我越往下写，淑贞的路越窄，写到第三十九章(新版第四十二章)，淑贞向花园跑去，我才想到了那口井，才想到淑贞要投井自杀。”④看来，淑贞投井自杀，并非作家的愿望，而是人物的自主选择。对于描写对象的力谈得最“玄”的是苏联作家薇拉·潘诺

① 高尔基：《我的创作经验》，高尔基、阿·托尔斯泰等：《苏联作家谈创作经验》，中国青年出版社1956年版，第5页。

② 董衡巽编选：《海明威谈创作》，生活·读书·新知三联书店1985年版，第46页。

③ 李文俊编选：《福克纳评论集》，中国社会科学出版社1980年版，第261页。

④ 巴金：《谈〈秋〉》，山东师范大学中文系文艺理论教研室编：《中国现代作家谈创作经验》上册，山东人民出版社1980年版，第241页。

娃，她说："我的人物总是好像在做我没有规定他们要做的事情，在诉说他们自己心里而不是我心里所产生的思想感情。他们自己创造小说的情节和结构，在最意想不到的时候进入小说，好像没有敲门便闯了进来似的，而和最出于我意料之外的人结婚。甚至有的冲突并不出于我的制造，显然是由于分歧的性情而发生，这种性情是由我事前所没有能够领悟的。"①我之所以不厌其烦地罗列这些材料，旨在强调作家艺术想象的"力场"中描写对象的力是确实普遍存在的，并不是某个理论家杜撰出来的。一颗种子若是已经播到了地里，而又有足够的阳光和雨露，那么它就要顽强地按大自然赋予它的本性生根，发芽，开花，结果，连压着它的大石头也无法抑制它的这种力。作家笔下的人物就像那播到地里的种子一样，主要按社会历史赋予他的性格顽强地按自己应有的轨迹运转。作家要是想随意摆布它，甚至把它当傀儡来对待，那么势必违背人物固有的性格逻辑，而使创作归于失败。在当代文学的创作中，那种一厢情愿地按作家自己的意图，让人物说他不想说的话，做他不想做的事，完全不尊重人物的自主性的现象，难道还少吗？

但是，在艺术想象的"力场"还有另一种力，这就是作家的审美理想、趣味等所凝聚而成的艺术追求。这种艺术追求作为一种力在具体的创作中表现为作家的创作意图。而创作意图总是具有某种定向性的，它力图引导、控制和规范描写对象。例如，雨果有他独特的审美追求，他曾说"滑稽丑怪作为崇高优美的配角和对照，要算是大自然给予艺术的最丰富的源泉"，"崇高与崇高很难产生对照，人们需要任何东西都要有所变化，以便能够休息一下，甚至对美也是如此。相反，滑稽丑怪却似乎是一段稍息的时间，一种比较的对象，一个出发点，从这里我们带着一种更新鲜更敏锐的感受朝着美而上

① 薇拉·潘诺娃：《谈我的创作》，高尔基、阿·托尔斯泰等：《苏联作家谈创作经验》，中国青年出版社1956年版，第110页。

升。鲵鱼衬托出水仙；地底的小神使天仙显得更美”[①]。雨果的这种艺术追求是在长期的生活实践中形成的，具有稳定性。因此当他动手去创作作品时，这种艺术追求就很自然地转化为具有定向性的创作意图，主要按这个意图去引导、控制、规范他笔下的艺术形象。不难看出，他的《巴黎圣母院》《悲惨世界》等巨著中的人物形象，都统统被纳入美、丑对比的艺术框架内。他在《巴黎圣母院》中着力塑造的敲钟人加西莫多身上，竟实现了外丑内美的统一，尤能说明雨果坚定地贯彻他的创作意图，以自己的美学理想牢牢地控制着、规范着他的人物的外在和内在的东西。由此看来，在一个成熟的作家那里，他在长期的生活和艺术实践中所形成的艺术追求，作为创作“力场”中的另一种力，同样也是顽强的。

创作“力场”中两种不同的但却是顽强的力碰撞到一起，必然产生巨大的矛盾运动。一方要引导、控制、规范，力图实现自己的美学追求，一方则反控制，力图摆脱另一方施加它的规范，并要按自己的性格逻辑行事。而作家的艺术想象活动的任务就是要调和、克服这两种力之间的矛盾，或改变其中的一种力的作用方向，合两种不同的力为一种方向一致的新力，以打通创作之路．完成创作过程。

(二)审美想象“力场”冲突的心理学内涵

关于艺术想象“力场”中两种不同的力的矛盾斗争的观点，我们可以从心理学的角度加以考察。

人们在生活实践中完整的心理活动是由认识活动(指狭义的认识，下同)和意向活动两个方面所构成的。艺术想象作为作家的创作实践活动也是由认识活动和意向活动两个不可分离的部分构成的。应该着重指出的是。认识活动和意向活动是性质不同和走向不同的活动。

---

① 雨果：《〈克伦威尔〉序》，《论文学》，上海译文出版社 1980 年版，第 35 页。

认识活动是人们对客观世界的反映活动，如回想、联想、思考、判断、推想等都属于认识活动。“认识活动要解决主客观之间的矛盾，是由于主观不符合于客观实际，对客观缺乏知识所构成的矛盾。通过认识活动，使主观在一定程度内反映客观，使主观转化为符合客观实际，使客观表现于主观之中。……在这里的矛盾中，客观是主要的，支配的方面，主观是次要的、从属的、受支配的方面，新产生的转化主要是使主观转化为符合客观实际”①。在艺术想象活动中，认识活动就表现为描写对象对作家的支配和引导。这就是说，作家笔下的艺术形象虽然是在艺术想象中虚构出来的，但如果它的性格逻辑一旦形成，它就成了作家的认识的对象，仿佛成了有生命的客观实体，它的运转的轨迹就具有了不以人的意志为转移的必然性。譬如，安娜·卡列尼娜最后卧轨自杀，是人物必然的性格逻辑和命运逻辑所决定的，尽管她当时完全可以跟伏伦斯基结婚并出国，但在那种情势下，自杀是人物自己必然的选择。这样，安娜·卡列尼娜作为一个认识对象对于作为认识主体的托尔斯泰来说，就成为主要的、支配的方面，而托尔斯泰反成了次要的、从属的、受支配的方面，他不得不“受役于自己的人物”。人物形象的客观性格和生活道路既然已经形成，那么作家的任务就只能去熟悉、体验、理解自己的人物，跟着人物走，受人物的指挥，并使自己的主观愿望(如审美理想、艺术追求等)转移到人物自身的运动中去。由此不难看出，在创作中所出现的仿佛人物带领着作家、指挥着作家的心理状态，正是由艺术想象中的认识性所决定的。

意向活动与认识活动不同，它是人们对待客观世界的一种对待活动，如注意、欲念、意图、计划、构思、谋虑等都属于意向活动。“意向活动要解决的主客观之间的矛盾是客观不适合于主观意欲所构

① 潘菽：《心理学简札》上册，人民教育出版社 1984 年版，第 11 页。

成的矛盾。通过主观的意向活动和意向活动向客观过渡的行动，使客观在一定程度内顺从主观，使客观转化为适合于主观的意欲，使主观意欲体现于客观之中。……在这里所说的矛盾的解决过程中，主观的意向方面是主要的、支配的方面，客观的事物方面是从属的、被支配的方面”①。人的意向活动是人区别于动物的重要标志之一。关于这一点，马克思在《资本论》中说得很清楚：“蜜蜂建筑蜂房的本领使人间的许多建筑师感到惭愧。但是，最蹩脚的建筑师从一开始就比最灵巧的蜜蜂高明的地方，是他在用蜂蜡建筑蜂房以前，已经在自己的头脑中把它建成了。……他不仅使自然物发生形式变化，同时他还在自然物中实现自己的目的。”马克思所强调的是，人不同于只有本能活动的动物，人具有自觉和自由意志，人的意向活动是人之所以为人的标志之一。在艺术想象活动中，人的意向活动就主要表现为作家的创作意图对描写对象的支配和引导上面。值得注意的是作为作家意向的创作意图，不是作家一时的心血来潮，也不是凭空的想入非非，而是作家在长期的生活实践和艺术实践中，累积和沉淀下来的意欲，逐渐构成了比较稳定的、独特的审美理想和审美趣味，而这种比较稳定的、独特的审美理想和审美趣味，在创作中必然要转化为具体的艺术追求和创作意图。如作家对构思中的作品立意的构想，对作品面貌、情调、韵味、风格的追求，对人物活动轨迹的设计等，都属于艺术追求和创作意图之列，它们是作家的意向活动，具有很强的主观性。作家总是要顽强地、自觉不自觉地贯彻他的主观意向，使笔下的一切都尽可能向他的主观意向靠拢。南宋马远画山水，总是画山水的一角，“或峭峰直上而不见其顶，或绝壁直下而不见其脚”，人称之为“马一角”。他为什么总是画这种“残山剩水”呢？难道当时的山水是他笔下那个样子吗？这是因为他

① 潘菽：《心理学简札》上册，人民教育出版社1984年版，第12页。

为南宋朝廷苟安一隅不思收复中原感到悲哀和愤怒，他要借画这种只有“一角”的山水来讽刺朝廷，并寄托他的爱国感情，并非当时的山水本来就是这个样子。而这种创作意图即是他的主观的意向性。他笔下的山水面貌即是受他主观意向引导、支配的结果。谈到作家笔下人物活动的轨迹，也可能会有两种以上可供选择的方案，一个从甲到乙，一个从甲到丙，一个从甲到丁，……由于作家的人生经验不同，心理结构不同，艺术追求不同，创作意图不同，即主观意向不同，也就会有不同的选择。譬如，王昭君作为一个历史人物其性格、命运都是确定了的。但在文人墨客的笔下，就不得不受制于诗人、作家的主观意向，而向不同的方向走去。李白的《昭君怨》，杜甫的《咏怀三首》(其三)，王安石的《明妃曲》，欧阳修的《明妃曲和王介甫作》，以及马致远的《汉宫秋》，当代剧作家曹禺的《王昭君》，都是写的王昭君，可只需稍加比较，就不难发现在这几位诗人、作家的心中，王昭君的面貌心灵不一样，生活的轨迹也不完全一样，这是各自按照自己的意向——独特的审美理想和审美趣味等——乔装打扮过的王昭君。在这种情况下，“对象是人显示出来的本质，是人的真正的、客观的‘我’”①。由此不难看出，在创作中作家始终是人物的主人，作家规范着人物的运动轨迹，正是由艺术想象中的意向性所决定的。

概而言之，艺术想象中的认识活动和意向活动的性质是不同的，前者是客观的，是受对象的必然性所制约的；后者是主观的，是受作家的意欲所制约的。它们的走向也不同，认识活动由客观到主观，要求主观不断地去符合客观；意向活动是由主观到客观，要求客观不断地向主观靠拢。作为完整的艺术构思的艺术想象活动就由这两种性质不同、走向不同的心理活动构成。当然这两种心理活动不是

---

① 费尔巴哈：《基督教的本质》，《费尔巴哈哲学著作选集》下卷，商务印书馆1984年版，第30页。

分离的，它们统一在同一个“力场”中。“场”是一个“格式塔”心理学概念，它是指人的心理经验规定好的一种情势，尽管心理经验不同，但它们又互相依存，统一在一个“场”内。艺术想象也是一个“场”，在这个“场”内，作为心理经验的认识活动和意向活动虽然具有不同的走向，但它们又互相依存、互相制约。“意向总是认识指引之下的意向，而认识总是意向主导之下的认识。没有一定的认识活动指导下的意向活动是没有的。即使在变态的情况下的‘梦游’和所谓‘无意识’举动等也是如此。另一方面，不在一定的意向活动的主导之下的认识活动也是绝对没有的”①。

当然，正如上面所述，在艺术想象的“力场”内，既然有认识和意向两种不同方向的力，那么艺术想象对作家来说绝不是一个平静的过程，而必然是一个内心骚动的矛盾的过程。作家们有时迟迟不敢下笔，或下笔之后像烙饼一样翻来覆去，就是艺术想象中认识和意向两种心理力量相互碰撞的表现。叶蔚林在谈到人物塑造时这样说：“写中篇《在没有航标的河流上》的盘老五时，我努力克制着自己，不要无故地干涉、限制它的行动。它要骂人、打架，由它去；因为它是盘老五。然而，写到盘老五在排上当众脱裤子时，我和盘老五之间展开了一场激烈的限制与反限制的矛盾。我觉得脱裤子不雅观，有伤风化，不让它脱。但盘老五不干，它说它热，它无聊，它要借此排遣、发泄心头的愤懑。于是相持不下，几行字写了又抹掉，抹掉又写上，使我整整苦恼了一天。”②你看，作家一方面想按人物客观固有的性格逻辑去写，以反映作家对客观对象的认识；可另一方面又想按自己主观的意图去写，以表现作家自己的意向，这就使作家的心理产生了激烈的矛盾冲突，而“苦恼”则是这种矛盾冲突在情绪上的反映。在我看来，作家在创作过程中出现认识和意向

① 潘菽：《心理学简札》上册，人民教育出版社 1984 年版，第 13 页。
② 叶蔚林：《脚踏坚实的土地》，《文艺研究》1983 年第 1 期。

两种心理力量的冲突，是创作的正常现象，甚至是创作成功的某种保证。因为在创作过程中若是缺少这种冲突，就会出现那种纯认识活动或纯意向活动的不良倾向。不受一定意向规范的纯认识活动，会放任人物随意自主行动，使作家失去对描写对象的控制，而流于自然主义。不受一定认识引导的意向活动，会把人物当傀儡，使人物变成作家意欲和观念的传声筒，而滑向图解主义。

在艺术想象中认识和意向两种心理力量的冲突是怎样获得解决的呢？一般地说，在不同思维类型的作家那里解决矛盾的方式是不同的。我们可以从不同的角度来区分人的思维类型。从思维的意识性的角度说，有的心理学家把思维分成“我向思维”和“现实性思维”。按照弗洛伊德等心理学家的原意，“我向思维”是一种原始思维方式。这种思维方式属于原始人、幼儿、文化不发达的人和某种精神病患者所有。这种思维方式有两个基本特征：其一，以自我为中心，一切以“我”的感觉为转移，完全脱离客观实际；其二，意识性差，其思维过程缺乏抽象、归纳、综合、分析，而仅凭直觉，想象、幻想等。一般地说，成人的正常思维是“现实性思维”，它与客观真实具有适应性。如果哪个成人的思维仍然完全是“我向思维”，那他不是智力太低下，就是得了精神病。但我又以为，在儿童和带有童心的作家那里，他们的思维中带有“我向思维”的成分，则属于正常现象。我们是否可以这样说，正是根据作家思维方式中含“我向思维”的多少，人们才把作家分成重再现和重表现的两大类。含“我向思维”少的作家，其思维方式偏重对客观现实的概括、提炼和描述，反映到他的艺术想象中，就表现为更重视对现实的再现。而含“我向思维”多的作家其思维方式偏向自我的情感体验，反映到他的艺术想象中，就表现为更重视自我情感的抒发。当然，无论是重再现的作家或重表现的作家在艺术想象中都要解决认识性和意向性之间的矛盾冲突，但解决矛盾冲突的方式是不同的。在“我向思维”成分少的、重再现的作家那里，由于认识性起着支配的作用，这就必须通过把主观意向转化为符合于客观描写对象的内在逻辑，以消除意向和认识的矛盾。但在“我向思维”成分较多的、重表现的作家那里，由于意向性起着主导的作用，这样就必须通过把客观描写对象的言行转化为主观意向的运动，以克服意向和认识的矛盾。譬如，写人物的生与死，在重再现的作家那里，不能因作家自己希望某个人物活下去(意向)，就硬把必然要死的人物救活。托尔斯泰写安娜·卡列尼娜卧轨自杀，巴金写淑贞投井自尽，并非作家残忍，按其本意，托尔斯泰更高兴让安娜活下去，巴金倒更想让淑贞15岁就嫁出去……但由于他们都是属于重再现的作家，他们只能让自己的意向转化、调整到与生活同步的轨道上去。而在重表现的作家那里，创作意向处在主导的地位，人物的生与死可能就维系于作家的情感定向和创作意向了。汤显祖在《牡丹亭》中让杜丽娘“梦而死”“死而生”，这是多么不符合现实生活的逻辑！可汤显祖解释说：“情不知所起，一往而深。生者可以死，死可以生。生而不可与死，死而不可复生者，皆非情之至也。”①这说明汤显祖是一位重表现的作家，他同情杜丽娘，憎恨封建礼教，这种意向使他尊重、支持杜丽娘对爱情的执着追求，既让她因情成梦，因梦而死，又让她死后相爱，死而复生。这样，在他的笔下，人物的生与死就不是受生活固有逻辑的制约，而是按作家的意向来决定。客观对象的运动轨迹转化为作家的意向的运动。通过以上分析，我们可以看到，艺术想象中认识和意向两种心理力量的冲突，都必须通过“转化”才能得到解决，但这两种“转化”正好逆向而行。在重再现的作家那里，意向转化为认识，所以从表面上看起来往往是人物指挥作家，作家受役于自己的人物；在重表现的作家那里是认识转化为意向，所以从表面上看起来，是作家指挥人物，

---

① 汤显祖：《牡丹亭题记》。

作家牢牢地驾驭着人物。

(三)审美想象"力场"冲突的哲学内涵

关于艺术想象"力场"中两种不同力的矛盾斗争的观点，我们还可以从哲学的角度加以考察。

艺术想象作为一种创作实践活动，其主体是作家，其客体是作家正在艺术处理着的描写对象。尽管描写对象是作家心目中假定的，是一个不占实在空间的幻象，但对作为人类特殊的创造活动的创作来说，它不能不是客体。在艺术想象中主体(作家)与客体(描写对象)形成了相互依存的关系。作家如果还没有进入艺术想象过程，他与一定的对象不发生关系，那么此时作家还不是主体。主体是对一定的对象而言的。反之，一定的对象没有进入作家的艺术想象中，不与作家发生关系，那么一定的对象也还不是客体。主体与客体是相对而言的。主体之所以成为主体是因为有客体的存在，反之，客体之所以成为客体是因为有主体的存在。既无主，哪来客；既无客，哪来主。这样，主体是客体的主体，客体是主体的客体。创作活动的实际情况也是如此。意向作为一种力是主体的属性，而认识作为另一种力是客体的属性，可能这两种属性定向不同，但又不可分割。正是主体与客体两种不同的力的互相冲突和互相制约，构成了完整的艺术想象活动。

尤其值得注意的是，在艺术想象中，主体与客体之间的关系不但是相互依存的，而且是相互作用的。而艺术想象的结果——艺术形象——就诞生在主体与客体相互作用中。长期以来，人们用"反映论"来研究艺术想象和创作构思，认为创作也是一种"反映"活动，这是正确的。但不能不指出的是，过去对"反映"的含义的理解是不全面的。人们把"反映"单纯理解为人脑对客观世界的摹写，这种看法只抓住了"反映"的一个方面，是片面的。因为"反映"不但是人脑对客观世界的反映，同时也是对主体的反映，而且是主体的反映。关于这一点，马克思早就指出过："从前的一切唯物主义——包括费尔巴哈的唯物主义——的主要缺点是：对事物、现实、感性，只是从客体的或者直观的形式去理解，而不是把它们当作人的感性活动，当作实践去理解，不是从主观方面去理解。"①马克思的这段话非常重要，但我们过去却没有完全弄懂。例如，马克思这里所说的"从主观方面去理解"是什么意思？我们似乎懂了，其实是不懂。根据我个人的体会，马克思这里所说的"主观"是与上文"客体"相对的，马克思的意思是我们对现实的理解，既要从客体方面去理解，又要从主体方面去理解。换成更通俗的话就是：人对某种现实的反映，既反映客体，也反映主体，是主体对主、客体的整体反映。因为在反映过程中，人一方面认识现实，另一方面又评价现实，即评定某种现实在它对人的关系中所具有的意义。因此，真正的"反映"只能是主客体相互结合的产物，而不是主体或客体单方面生成的。皮亚杰从发生认识论的角度，比较清楚地揭示了这一点。他认为，认识的发生既不像传统经验主义所假设的那样，所有的认识信息都来源于客体，也不像先验主义所假定的那样，主体一开始就具有一些内部生成的结构，并把这些结构强加于客体。他说："心理发生学分析的初步结果，似乎是与上述这些假定相矛盾的。一方面，认识既不是起因于一个有自我意识的主体，也不是起因于业已形成的（从主体的角度来看）、会把自己的烙印烙在主体之上的客体；认识起因于主客体之间的相互作用，这些作用发生在主体和客体之间的中途，因而既包括主体又包含客体。"②这些话含有深刻的辩证思想，认识的生成不是主、客体任何一方单方面作用的结果，而是双方共同相互作用的结果。在艺术想象这种特殊的反映活动中，情况同样也是这样。

① 马克思：《关于费尔巴哈的提纲》，《马克思恩格斯选集》第1卷，人民出版社1972年版，第16页。

② 皮亚杰：《发生认识论原理》，商务印书馆1981年版，第21页。

主体一方面要熟悉、体验、理解作为客体的描写对象，一方面又要从主体出发评定它对主体所具有的意义。上述两个方面的活动都是主体与客体的交互作用。但特别要注意的是这两方面的活动所构成的主体与客体的关系是很不相同的。前者构成了客体与主体之间的较单纯的认识关系，即主体反映客体，其作用的方向是“客体→主体”。后者构成了主体与客体的评价关系，即主体在感知客体时优先从自己的需要出发来评定客体对主体的意义，其作用方向是“主体→客体”。

问题是在创作的艺术想象中，先后或同时实现这两种不同的主客体的相互作用是否可能呢？我认为是可能的。“体验派”大师斯坦尼斯拉夫斯基极力主张演员要完全进入角色，要完全与角色融为一体，但他也不得不承认：“演员在舞台上生活，在舞台上哭和笑，可是他在哭笑的同时，他观察自己的笑声和眼泪。构成他艺术的就是这种双重生活。”①巧得很，意大利著名演员 T. 萨尔维尼也持同样的看法：“当我表演的时候，我过的是双重生活，一方面要哭或者笑，但同时却又要解析我的眼泪和笑，使它们能最有力地作用于我想使之动心的那些人。”②黄药眠教授在谈到这个问题时，又似乎在“双重生活”上加了“一重”：“表演艺术家，喜欢谈进入角色。但我认为：表演者既要进入角色，又要不进入角色；既要完全体验他所表演的人物，又要不忘记自己是一个表演者，更不要忘记自己是在为台下的观众表演的艺术家。这是表演艺术的三足，三者缺一，就不能达到完满的境界。”③这里所说的演员的“双重生活”“表演艺术的三足”是什么意思呢？这就是说，演员在舞台上也要恰到好处地处理主体

① 斯坦尼斯拉夫斯基：《斯坦尼斯拉夫斯基全集》第 2 卷，中国电影出版社 1959 年版，第 483 页。

② T. 萨尔维尼：《演员的冲动与抑制》，《戏剧报》编辑部编：《“演员的矛盾”讨论集》，上海文艺出版社 1963 年版，第 299 页。

③ 黄药眠：《面向着生活的海洋》，花城出版社 1981 年版，第 188 页。

与客体的相互作用问题。对角色而言，演员是主体；对演员而言，角色是客体。真正的艺术表演活动是主体与客体的交互作用。一方面，演员在舞台上要体验角色的情感，完全进入角色，与所扮演的角色融为一体，而把自己忘了，这样他就完全可以真正地像角色一样地哭和笑。这是强调客体对主体的作用，是客体向主体延伸，其作用方向是"客体→主体"。另一方面，演员又要有常醒的理智，他时刻不能忘记自己是演员，他是在为观众演戏，他对自己所扮演的角色有他自己的独特评价，他在艺术上有他自己的独特追求，他要把握好表演的分寸，他哭和笑的时候，脸孔是朝上还是朝下，头是侧过去，还是不侧过去，这一招一式，都要恰到好处，他能控制自己的表演，他能观察和检查自己的表演。这是强调主体对客体的作用，是主体向客体延伸，其作用方向是"主体→客体"。文学创作艺术想象中主客体交互作用的情况与表演艺术活动中的情况是基本相同的，所不同的是人们在概括此种情况时的用语不同。在西方，里普斯提出"移情"说，布洛提出"心理距离"论，前者只强调"客体→主体"的作用，后者则只强调"主体→客体"的作用。这都是片面的。王国维提出的"出入"说综合了"移情"说和"心理距离"论，从而完整地阐明了文学创作中主体和客体的交互作用。王国维说："诗人对宇宙人生，须入乎其内，又须出乎其外。入乎其内，故能写之。出乎其外，故能观之。入乎其内，故有生气。出乎其外，故有高致。"① 又说："诗人必有轻视外物之意，故能以奴仆命风月。又必有重视外物之意，故能与花鸟共忧乐。"② 所谓"入乎其内"，所谓"重视外物"，就是要求作为主体的作家忘记自己，"移情"于对象，"与花鸟共忧乐"，使主体完全被客体所渗透，从而构成"客体→主体"关系。所谓"出乎其外"，所谓"轻视外物"，"以奴仆命风月"，就是要求作为主

---

① 王国维：《人间词话》。

② 王国维：《人间词话》。

体的作家有清醒的理智和明确的意向，让对象在理智和意向规定的范围内活动，使对象顺从主体，从而构成“主体→客体”关系。文学创作的想象活动就是主体与客体的完整的双向运动。这两种不同方向的运动必然会有矛盾冲突，而作家的才能恰好就表现在如何解决和调和这种矛盾冲突之中。写到这里，我想起了二千多年前老子的一句话：“常无欲以观其妙，常有欲以观其徼。”这句话不正好说明了我们上面反复讲到的创作心理机制吗？

通过以上分析，我们不难看出，艺术想象中认识和意向两种心理力量的冲突，正是创作主体与创作客体的交互作用过程。认识活动的力是由客体产生的，而意向活动的力则是由主体发出的，认识活动标志“客体→主体”关系，意向活动标志“主体→客体”关系。艺术想象的最后完成是认识性和意向性的矛盾统一，主体和客体的矛盾统一。

附论　文学的“格式塔质”和文学研究的主视角

自有文学之日起，文学是什么就成了一个历久弥新的问题。尽管先哲们对此问题早有明确的解答，可是随着时代的变迁，文学自身的发展，先哲们的解答就变得不能令人满意了。于是，文学是什么的问题就一次次地被提出来，并要求做出新的切合实际的回答。这并非由于可供选择的答案还不够多，而是由于原有的答案已不能契合文学嬗变更新的潮流。

目前，文学的本质问题被重新提出，也是有其历史的必然性的。首先，新时期文学在1978年的思想解放运动的召唤下，出现了转机。不论人们对新时期文学如何评说——说它进入“黄金时代”也好，说它陷入“危机”也好——都不能不承认新时期的文学已打破了以往的单一模式，产生了纷繁驳杂的多元化、多样化发展的流变。新时期作家普遍具有两大特征：一是个体意识的觉醒，二是现代意识寻求。这就出现了“八仙过海，各显神通”的局面，文学向生活全方位开放，从政治斗争的风暴到花鸟鱼虫的生趣等各种各样的生活都有人在写，各种形式都有人在尝试。热心搬用西洋、东洋货色的有之，匆匆祭起老祖宗法宝的也有之，不泥古，不靠洋，靠自己的艺术感觉另辟蹊径的也大有人在。说得好听一点是绚丽多彩，千姿百态，说得难听一点是“乱哄哄，你方唱罢我登场”。不是吗？西方 20 世纪以来的文学思潮，我们仅用 10 年就匆匆重演了一遍。这中间有绝唱也有劣品，可以说是鱼龙混杂，泥沙俱下，那五花八门的热闹场面，把人搞得眼花缭乱、心醉神迷，并使人不得不对传统的文学观念产生这样那样的怀疑，不能不瞪起眼睛问一声：那么，文学究竟是什么？

其次，新时期文学多元化、现代化的过程，不能不引起文学研究方法的更新。每一种新方法的出现意味着更换一个新观点、新视角，都必然要对文学的本质问题做出自己的解答。因为不论你持何种方法，如若不首先回答文学是什么这个关键问题，就很难对其他文学问题做出回答。这样在这几年的“方法热”中，我们又不得不面对许多关于文学的新定义，如说文学是一个系统（系统论方法）；文学是一种信息交换过程（信息论方法）；文学是一种定向控制、定度控制、定势控制（控制论方法）；文学是一种模糊集合（模糊数学方法）；文学是一种“语言建构”，一种“受阻碍、被约束的语言”，文学作品则是一个“长句子”（结构主义方法）；文学是一种“符号语言”，是“符号学体系”，是“表现性形式”（符号论方法）；文学是价值（价值论方法）；文学是一种社会现象（社会学方法）；文学是一种文化现象（文化学方法）……尽管这些关于文学的定义并不全是相互排斥的，但立论之点却各异其趣。面对着这些把人搞得晕头转向的文学定义，人们不能不再次提出：文学到底是什么？

由此可见，我们重新来讨论文学的本质问题并非由于我们爱啃人家一次次啃过的骨头，是时代和文学的发展又一次把这个问题摆到我们的面前。

本文从证明文学研究方法转变的必要性入手，然后建立文学的结构图式，在这基础上，试图运用“格式塔”心理学的原理，在文学性质的全部多样性和复杂性中，来探讨和揭示文学的审美本质，并进而提出文学研究的主视角问题。

一、文学本质问题的突破有待文学研究方法的改变

在描绘文学的固有结构图式和探讨文学的多元性质、揭示文学的本质之前，我认为有必要谈一谈文学研究方法的改变的问题。因为在探讨文学的本质的问题上，方法的改变已成为一个带根本性的问题。能不能实现方法的改变，是一个关系到我们对文学本质问题的研究能否有所突破的关键。所以在方法问题上花点笔墨也许不是多余的。

(一)元素论方法的兴衰及其对文学研究方法的影响

近代以来的西方资本主义国家可以说进入了一个机器时代，机械钟、抽水机、操纵杆、滑轮、起重机、发动机、车床、火车、汽车、机器人……的发明、制造和广泛的利用，使人们惊奇至极、兴奋至极，加之物理学中的原子论、生物学中的细胞学说以及医学中解剖学等新兴学科的流行，人们很自然地把世界想象为一架巨大的机器，于是机械主义的精神成为时代精神。1748 年法国哲学家笛拉・梅特里宣称：“让我们大胆地断言，人是机器。”[①]既然连人也是机器，那么人的一切方面就必然要受制于机械法则。机械主义精神

① 参见杜・舒尔茨：《现代心理学史》，人民教育出版社 1982 年版，第 18 页。

成为人的生活的推动力，各门学科的研究也不能不受此影响。于是与此精神相适应的元素论方法，就成了各学科基本的研究和思维方法。元素论方法的基本旨意是：整体由各部分组合而成，而部分之和则等于整体。因此，可以通过研究组成部分来解释整体。这样一来，对事物的元素的机械型分析就是最重要的了。例如，在笛卡尔那里，人的“情感”被认为由脑髓、血液、元气和生命器官中的运动等四个元素所构成，而复杂的情感生活则可以还原为惊奇、喜爱、憎恶、欲望、快乐、悲哀六种基本情感。而人性则分解为基本的感情经验和冲动，这两者的结合构成了一切可能存在的精神状态。就这样，笛卡尔把人类的复杂的人性与情感也纳入到机械运动的法则中去解释和说明。总而言之，“我们每时每刻都会有只抓住实体的一部分就认为已经掌握它的整体的危险”①。这种机械主义精神和元素论的倾向在文艺理论中同样也表现出来。就以对文学本质问题的看法来说，从 17 世纪到 19 世纪，再现论和表现论交替占领了论坛，成为两种相互反拨的理论倾向。17 世纪的古典主义承继柏拉图、亚里士多德的模仿说，主张再现论，认为“诗毫无疑问是一种模仿和绘画”②。后来兴起的、作为古典主义的反拨的浪漫主义主张表现论，认为“诗是强烈情感的自然流露”③，“诗可以解作‘想象的表现’”④。随后现实主义又反对浪漫主义的文学观念，重新主张再现论，尽管他们不同意把文学与生活等同起来，指出“文学中的全部真实也不就

① 索绪尔：《普通语言学教程》，商务印书馆 1980 年版，第 146 页。

② 费纳隆：《致法兰西学士院书》，中国社会科学院外国文学研究所外国文学研究资料丛刊编辑委员会编：《欧美古典作家论现实主义和浪漫主义》(二)，中国社会科学出版社 1981 年版，第 23 页。

③ 华兹华斯：《〈抒情歌谣集〉序言》，刘若端编：《十九世纪英国诗人论诗》，人民文学出版社 1984 年版，第 22 页。

④ 雪莱：《为诗辩护》，刘若端编：《十九世纪英国诗人论诗》，人民文学出版社 1984 年版，第 119 页。

等于现实生活的真实”①，但他们仍然主张文学是生活的模仿，“是把现实作为可能性，予以创造性的再现”②。显然，从17世纪到19世纪，欧洲的文学本质论不过是在再现论和表现论中转来转去。而再现与表现都只是文学的一种要素，都是局部性的(详后)。这样，再现论和表现论都是以局部解释整体的文学本质论。从方法角度看，都具有明显的元素论倾向。然而体现机械运动法则的元素论是不符合事物固有规律的，所以，随着时代的发展，科学研究的深入，元素论方法越来越暴露出了它的缺陷。

(二)整体论方法的兴起和对20世纪文学理论的简要回顾

早在19世纪初，黑格尔的辩证法就阐明了“有机的统一”的观念，他曾形象地说：“例如割下来的手就失去了它的独立的存在，就不像原来长在身体上时那样，它的灵活性、运动、形状、颜色等等都改变了，而且它就腐烂起来了，丧失它的整个存在了。只有作为有机体的一部分，手才获得它的地位，只有经常还原到观念性的统一，它才具有实在。”③黑格尔力图说明部分是整体中的部分，部分不是孤立的，它必须受整体的制约。显然，黑格尔的整体思想与当时正在各个学科普遍存在的元素论倾向是对立的。到了20世纪初，元素论已大大地阻碍了各学科的发展，于是在德国和欧洲各国学术界弥漫着一股“格式塔”思想。这种“格式塔”思想起初运用于语言学，于是瑞士语言学家德·索绪尔的语言学结构主义应运而生。随后又被运用于人类学，出现了法国学者克劳德·列维-斯特劳斯的人类结构主义。文艺理论方面也在“格式塔”思想和语言结构主义的影响下，出现了俄国的形式主义、捷克和法国的结构主义、英美的“新批

① 中国社会科学院外国文学研究所外国文学研究资料丛刊编辑委员会编：《欧美古典作家论现实主义和浪漫主义》(二)，中国社会科学出版社1981年版，第108页。

② 参见布尔索夫：《俄国革命民主主义者美学中的现实主义问题》，中国社会科学出版社1980年版，第85页。

③ 黑格尔：《美学》第1卷，商务印书馆1979年版，第156页。

评”派以及德国的文本主义。在心理学方面则产生了韦特海墨、考夫卡、苛勒的“格式塔”心理学。稍后，在自然科学方面，终于诞生了系统工程和一般系统论。语言学、人类学、文艺学和其他学科的结构主义，“格式塔”心理学，一般系统论，属于不同的学科，它们有其独特的对象和内容，它们之间的差别是不言而喻的。但是，不能不看到，它们在方法论上又有惊人的相似之处，那就是它们都反对元素论，都强调整体性。

结构主义作为一种方法，其要义在于：结构是一种关系组合。一方面，结构是由相互联系、相互依存的部分组合而成的；另一方面，部分受制于整体，部分只能在整体中获得意义。

索绪尔说：“语言是由相互依赖的诸要素组成的系统，其中每一要素的价值完全是由于另外要素的同时存在而获致的。”[①]列维-斯特劳斯也说：“首先，结构展示出一个系统的特征，它由几个成分构成，其中任何一个成分的变化都会引起其他成分的变化。”皮亚杰在说明结构的整体性时也说：“一个结构是由若干个成分所组成的；但是这些成分是服从于能说明体系之成为体系特点的一些规律的。”[②]所有的结构主义者都力图表明重要的不是事物结构中的要素，重要的是事物要素之间的关系。关系重于关系项，本质即在关系中，这是结构主义的核心思想。

“格式塔”心理学是作为冯特、铁钦纳的构造主义心理学的对立面而出现的。构造主义心理学把人的意识经验看成是心理元素的组合，它所重视的就是把意识分解为元素。它是典型的机械主义在心理学上的翻版。“格式塔”心理学家把构造主义心理学讥讽为“砖和灰泥心理学”，指出它的基本原理就是用联想过程的“灰泥”把各种心理

① 参见特伦斯·霍克斯：《结构主义和符号学》，上海译文出版社 1987 年版，第 8 页。

② 皮亚杰：《结构主义》，商务印书馆 1984 年版，第 3 页。

元素(砖)黏合在一起。而"格式塔"心理学提出的基本原理是：整体比它的各部分的总和多。拿韦特海墨的话来说："格式塔理论的基本'公式'可以这样表达：有些整体的行为不是由个别元素的行为决定的，但是部分过程本身则是由整体的内在性质决定的。确定这种整体的性质就是格式塔理论所期望的。"①

一般系统论也是对机械主义和元素论的反拨。它的基本思想是20世纪20年代由奥地利生物学家贝塔朗菲提出来的。他认为生命现象是不能用机械主义对待的，应该把它当作一个整体或系统来加以考察。所以"系统"的观念是一般系统论最重要的观念。而"系统的定义可以确定为处于一定的相互关系中并与环境发生关系的各组成部分(要素)的总体"②。整体性则是一般系统论诸原理的头一条原理。贝塔朗菲在概括这条原理时说："为了理解一个整体或系统不仅需要了解各个部分，而且同样还需要了解它们之间的关系。"③因为整体不是各部分简单的相加，如亚里士多德所说："整体大于各孤立部分之和。"正是这个公式被人们称为贝塔朗菲系统定律。

然而，新思想并非绝对的新，绝对的更新是极少的，大多数新思想只是对旧思想的重新组合或重新解释而已。结构主义、"格式塔"心理学、一般系统论所共同阐明的整体性思想和整体与部分的有机联系的思想古已有之。德谟克里特、柏拉图和亚里士多德都有这种思想。作为结构主义、"格式塔"心理学和一般系统论的基本定律的"整体大于各孤立部分之和"的提法，就直接来自亚里士多德。在中国古代，关于整体与部分的辩证关系的思想，早在先秦时期就已产生。那时讲的是"一"与"万"的关系，"一"就是整体，"万"就是部分。荀子说："一物为万物一偏。"④他所讲的就是事物的整体与部分

① 转引自杜·舒尔茨：《现代心理学史》，人民教育出版社1982年版，第296页。
② 贝塔朗菲：《普通系统论的历史和现状》，《国外社会科学》1978年第2期。
③ 贝塔朗菲：《普通系统论的历史和现状》，《国外社会科学》1978年第2期。
④ 《荀子·天论》。

的联系，既讲整体离不开部分，也讲部分离不开整体。真正把整体与部分的关系加以辩证说明的是方以智和王夫之。方以智说：“一是多中之一，多是一中之多，一外无多，多外无一，此乃真一贯者也。”①这就是说，整体与部分是有机联系在一起的，整体不是孤立的整体，是部分组合中的整体，是与部分相联系的整体，而部分也不是孤立的部分，而是整体中的部分，是与整体相联系的部分，王夫之说：“一而小成十也，其大成万也。”“一以统万者，达天者也。今夫天，则浑然一而已矣。天居一以统万，圣合万而皆一。”“一该万矣，万为一矣。”“万乃一之万。”②不难看出，王夫之的关于整体与部分的关系的辩证思想更丰富、更透彻。当然，我们说事物的整体性思想古已有之，并不是要否定结构主义、“格式塔”理论、一般系统论的价值。它们无疑是有特殊价值的。这是因为：第一，它们是作为 17 世纪以来的机械主义和元素论的对立面出现的，因而是符合时代精神的；第二，它们把古代的思想幼芽培育成一棵棵参天大树，整体性思想已支撑起了一个个学科并成为一种科学的方法论；第三，它们与马克思主义的辩证思想相呼应。马克思主义主张从事物的整体联系中去把握事物的性质和本质。恩格斯认为：“一和多是不能分离的、相互渗透的两个概念，而且多包含于一中，正如一包含于多中一样。”③列宁则强调要“从事实的全部总和、从事实的联系去掌握事实”④。这就是说马克思主义本身就含有结构主义、“格式塔”理论和一般系统论的题旨。反过来说，结构主义、“格式塔”理论、一般系统论无疑是对马克思主义关于整体把握的辩证思想的一种具体的补充。因此是否可以这样说，当社会学、人类学、经济学、心理学、

---

① 方以智：《一贯问答》。

② 王夫之：《尚书引义·咸有一德》。

③ 恩格斯：《自然辩证法》，人民出版社 1971 年版，第 238 页。

④ 列宁：《统计学和社会学》，《列宁全集》第 23 卷，人民出版社 1958 年版，第 279 页。

美学、文艺学等多种多样的学科接受并运用结构主义、“格式塔”理论和一般系统论的时候，人类的学术已摆脱了17世纪以来的机械主义精神和元素论的分析方法的羁绊，实现了方法论的大转变。而方法论的转变是观念更新的前提。

然而，遗憾的是，文学理论领域并未彻底完成这种方法论的转变，或者说在转变中误入“歧途”。西方20世纪文学理论的新发展，应该说是从20世纪20年代的俄国形式主义开始的。其后捷克和法国的结构主义的诗学、英美“新批评”派和德国的文本主义无不受俄国形式主义的影响。俄国形式主义应该说是结构主义的一种运用，但在运用中受到如下原因的影响，而陷入了形式主义的泥潭。第一，俄国的形式主义是从索绪尔的语言结构主义移植而来，而它的中坚人物又是以罗曼·雅克布逊为首的莫斯科语言学派，这就影响了他们对文学的看法。他们把文学看成是特殊语言组合而成的自足体，而把文学的内容(所反映的生活、所抒发的感情)排除在“文学性”之外。第二，俄国形式主义形成之日，正是象征主义、未来主义和立体主义等艺术流行之时。现代派的文学实践召唤当时的理论去解释它、说明它。这样俄国形式主义连同捷克和法国的结构主义、英美“新批评”派就不能不围着形式感特别强的现代派文学来转。这样一来，从俄国形式主义开始的具有结构主义倾向的文学理论，都把文学的形式当作文学的整体，因而也仅从文学的形式因素来说明文学的整体，即从部分来规定整体，于是20世纪西方文学理论的主潮就出现了这样的“悲剧”：它从结构主义的思路出发，最终却偏离了结构主义的题旨。与此同时，马克思主义的文学理论在苏联和中国则受绵延不断的政治风暴的冲击，研究视角总是在政治的与认识的两者之间移动，或是想从政治性来规定文学的本质，或是想从认识性来说明文学的本质。20世纪50年代中期以来，苏联的文论研究出现了一些变化。80年代初以来，中国的文艺学也开始了现代化进程。但元素论的机械型的线性因果分析，即想抓住部分来解释整体的做法，仍到处可见。

二、文学的结构图示和多元性质

下面我们尝试以整体论的思想来探讨文学的性质与本质。

(一)人的活动所形成的两条轴线

文学本质问题的探讨与人的问题的研究特别是与人的本质问题的研究有着极其密切的关系。文学是人类活动之一种。文学是人写的，是写人的，又是为人而写的。概而言之，人是文学坐标中的原点，人之外没有文学。人是文学的出发点和归宿点。因此探讨文学的本质要从人的问题、特别是人的本质问题切入，就是很自然的事了。从这个意义上看，文学是“人学”就是一个极其深刻的、至今仍未被人深刻理解的命题。

文学活动是人类活动之一，是人的本质的对象化，或者说是人的特性的最充分、最自由的展开。那么，人区别于一般动物的本质或特性是什么呢？我以为，人之所以为人，在于它建立起了两种独特的、动物所没有的关系，一种是主体与客体的关系，一种是个人与社会的关系。

首先，人在长期的历史发展过程中，从动物界脱颖而出，成为一种具有主体意识的特殊动物，并与其对象世界建立起了主休和客体的关系。当人还没有脱离动物界之前，这种关系是不存在的。因为在那时，茫茫的宇宙，混沌一片，不存在任何与大自然相对立的东西。作为动物的“人”消融在大自然之中，是大自然的一部分，随着大自然的运转而运转。在这种情况下，“动物是和它的生命活动直接同一的。它没有自己和自己生命活动之间的区别。它就是这种生命活动”[①]。也就是说，动物没有主体意识，因此没有主体与客体之分．不存在认识与被认识、改造与被改造之别。或者如马克思所说：“对于动物说来，它对他物的关系不是作为关系存在的。”[②]就是在已经有情感、有思维的原始人那里，主体与客体的界限也还不确定、不清晰，或者依然混沌一片。如原始人把自己的愿望、要求、情感、幻想等投射于外界，就往往误认这些虚幻的东西是客观的、真实存在的。这就表明在原始人那里，主体意识并不强。因此，在他们那里，幻想与现实、主体与客体还是模糊不清，或者说主客体关系并未真正的建立起来。摆脱原始状态的人才是真正的人。马克思深刻地揭示了人的本质，他说：“自由自觉的活动恰恰就是人的类的特性。”[③]马克思这里所说的“自由”是说人的实践活动，是建立在对对象世界的规律的认识基础上的，是以理性为指导的，而不像动物那样完全是盲目的。马克思所说的“自觉”，是说人的实践活动是有目的的，是有计划性和能动性的，而动物则没有这种自觉意识。正如马克思在《资本论》中指出的：“蜜蜂建筑蜂房的本领使人间的许多建筑师感到惭愧。但是，最蹩脚的建筑师从一开始就比最灵巧的蜜蜂高明的地方，是他在用蜂蜡建筑蜂房以前，已经在自己的头脑中把它建成了。……他不仅使自然物发生形式变化，同时他还在自然物中实现自己的目的。”如果我们对“自由”“自觉”的理解符合马克思的原意的话，那就表明人类已获得了主体意识，它已作为一个主体来对待周围的世界；换句话说，他把周围的世界当作自己的对象，并与之建立起认识与被认识、改造与被改造的关系。因此，对于人来说，主体与客体的分离、主体与客体关系的建立，是人之所以为人的本质特征之一。

---

① 马克思：《1844年经济学哲学手稿》，人民出版社1979年版，第50页。
② 马克思、恩格斯：《马克思恩格斯全集》第3卷，人民出版社1956年版，第34页。
③ 马克思：《1844年经济学哲学手稿》，人民出版社1979年版，第50页。

其次，在形成主体与客体关系的同时，人的个性和社会性也得到了发展，并建立起了个人与社会的关系。这是人区别于动物的又一突出特征。在动物世界里，动物也作为个体存在着，但它们没有个性意识，它们的“合群”性也仅仅是生物本能的表现，而不带社会性的因素，所以对动物来说，它们不存在着个体与社会的关系。但在人这里，情况就不同了。人作为一个个体存在，是具有觉醒的个性意识的，即每个人都有独特的意志和情感，每个人都清醒地追求生存、享受和发展，这都是人的个性意识的表现。有的论者在强调人的社会本性时，否定人作为个体存在的意义，认为个人价值的重要是没有道理的。实际上充分强调人的社会性的马克思从未忽视过人的个体存在的意义和个人价值的重要。马克思曾说过：“人们的社会历史始终只是他们的个体发展的历史，而不管他们是否意识到这一点。”①因此马克思、恩格斯认为考察历史应“从现实的、有生命的个人本身出发”②。然而，人“不是处在某种幻想的与世隔绝、离群索居状态的人，而是处在于一定条件下进行的现实的、可以通过经验观察到的发展过程中的人”③。在这里，人的合群性再不是兽群、鸟群、鱼群那样作为生物本能的合群性，人的合群性被提升为社会性。这就是说，人作为个体只能在社会中求得生存，只能生活于与他人建立起的社会关系中，离开这种社会关系，人就无法作为人而存在，人就不成其为人。所以，马克思说：“人的本质并不是单个人所固有的抽象物。在其现实性上，它是一切社会关系的总和。”④这

---

① 马克思：《马克思致巴·瓦·安年柯夫(12 月 28 日)》，《马克思恩格斯选集》第 4 卷，人民出版社 1972 年版，第 321 页。

② 马克思、恩格斯：《德意志意识形态》，《马克思恩格斯选集》第 1 卷，人民出版社 1972 年版，第 31 页。

③ 马克思、恩格斯：《德意志意识形态》，《马克思恩格斯选集》第 1 卷，人民出版社 1972 年版，第 31 页。

④ 马克思：《关于费尔巴哈的提纲》，《马克思恩格斯选集》第 1 卷，人民出版社 1972 年版，第 18 页。

样一来，人在建立起主体与客体的关系的同时，又建立起了个人与社会的关系。这两大关系只是属于人的关系，人的本质和特征就蕴含在这两大关系中。

如果上述关于人的本质和特性的理解符合实际的话，那么作为人的本质力量的确证和人的特性的展示的人类活动，就既可在主体-客体关系的“认识论轴线”中得到解释和评定，也可在个人-社会关系的“心理学-社会学轴线”中得到解释与评定。文学活动作为人的本质特征的充分的、自由的展开，则应在上述两根轴线的交叉所形成的“力场”中得到解释和评定。过去人们探讨文学的本质，往往只从一个单一的角度切入，没有形成一个能够把握文学的整体结构和多样性质的认识网，不可能在文学的全部多样性、复杂性中去把握文学的本质，因此，文学就像泥鳅一样一次次地从人们手中滑走。现在，我们改变作法，把文学放置在人所具有的主体-客体系统、个人-社会系统所交织而成的认识网中去考察，单视角变成了多视角。点变成线，线又变成面，这就为我们在文学的全部多样性质中来把握文学的本质提供了可能性。

(二)文学的结构图式、构成因素以及多元性质

那么，由主体-客体的“认识论轴线”和由个人-社会系统的“心理学-社会学轴线”相交叉形成的文学结构(或者说“力场”)是怎样的呢?这个文学结构又由哪些因素构成呢?由此可以证明文学具有什么性质呢?我们可借用下图加以说明①。

这是主体-客体关系竖轴线和个人-社会关系横轴线交叉而成的文学结构图式。它表明，作为完整的文学结构是由八个因素交织而成的。

让我们先来考察一下主体-客体关系这个系统。

1. 文学的创造因素与表现性

文学是作为主体的作家的创造。文学不同于一般物品的“制造”，

① 这个图是根据列·斯托洛维奇在《审美价值的本质》一书中所绘制的图加以改造而成的，参见该书第174页，中国社会科学出版社1984年版。

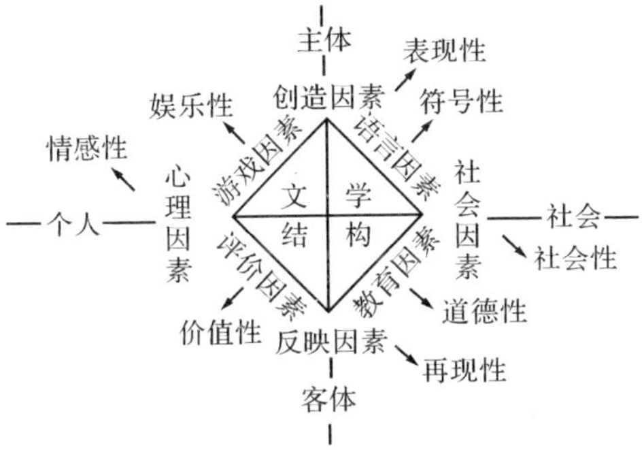

图　三

再杰出的物品，人们也还是说是“制造”出来的。比如一双漂亮的鞋子，它是由皮革制成的，制造成功之后，仍然是皮革制品，成品与材料之间并未脱离关系，所以，人永远不能说“创造”鞋子，而只能说“制造”鞋子①。对于文学来说就不同了，文学作品虽然是作家把黑字写在白纸上，但写成之后，作品中所出现的艺术世界，已是一个建筑在心理时间和心理空间之上的想象的世界，里面的人、事、景、物，生动真实，历历在目，它是作为作家的心智的果实而出现的。这就是说，文学不是“白纸-黑字”的构成物，它与物质材料之间已“脱离”关系，它是建筑在心理时间和心理空间之上的情绪化的艺术世界。所以，就是对那些最差的作品，人们也不得不承认它是“创造”。没有创造就没有文学，创造因素是文学的第一要素。

这里值得一提的是，文学的创造与科学的创造的区别。创造诚然是文学与科学的相似之处，但又有根本的不同之点。科学家虽有个性，但他们在科学创造中要排除一切个性的表现，决不允许把个人的情感夹杂到科研成果中去。“为了汲取真理，必须排除自我，忘却自我，以免影响到真理本身。”(赫尔岑)相反，通往文学创造之路

① 参见苏珊·朗格:《艺术问题》，中国社会科学出版社 1983 年版，第三讲。

正是经过主体的“自我”的肯定与表现而使文学中处处留下作为创造者主体的“指痕”。在文学创造因素的制约下，表现性就很自然地成为文学的一种重要性质。

2. 文学的反映因素与再现性

文学又是作为客体的社会生活的反映。反映因素是文学的又一要素。反映不是刻板的复制，也不是单纯的模仿，要正确理解“反映”，先要正确理解社会生活。那么，社会生活是什么？马克思说：“社会生活在本质上是实践的。”[①]在这里，“实践”起码包含两层含义，第一指社会生活是由人参加的。没有人的参加也就不存在社会生活；第二指社会生活是由人来感受的，即社会生活通过人们的感受展现在人们的面前，社会生活只能处于人们的视野之中。这也就是说，应把社会生活放到主体-客体的相互作用的关系中去理解。它处在客体这一极，它是客观的，但它与主体实践有极其密切的关系，它又有主观的一面。这样，我们对社会生活的反映既要“从客体的或者直观的形式去理解”，也要“从主观方面去理解”[②]。即既要反映客体，也要反映主体，既见物，也见人。这样的反映才称得上是真正的反映。从心理学的角度来看，社会生活是心理与物理的双重结构，是物理境与心理场统一而成的整体。所谓物理境是不以人的感觉为转移的客观存在，心理场则是人面对物时的主观感受，而境与场之间并不存在着一对一的对应关系。母亲珍视的旧式桌椅，在她的时髦女婿眼中不过是一堆破烂。10 平方米的房间在急于找房结婚的男女青年眼中已很宽阔，而在一个刚从贵族地位跌落下来的人看来就不过是窄小的窝棚。3 小时的时间对于正在树荫下谈情说爱的恋人来说似乎才过了一刻钟，而对于在烈日炎炎下因干着不顺手的工作而

---

① 马克思：《关于费尔巴哈的提纲》，《马克思恩格斯选集》第 1 卷，人民出版社 1972 年版，第 18 页。

② 马克思：《关于费尔巴哈的提纲》，《马克思恩格斯选集》第 1 卷，人民出版社 1972 年版，第 16 页。

心焦的工人来说，却似乎过了整整一个月。然而不论境与场多么不对应，正是它们构成了社会生活的整体。面对着境与场相统一的社会生活，对科学家有意义的是物理境，科学的反映就是要尽可能地排除心理场的干扰，以逼近物理境；对作家有意义的则是心理场，文学的反映就是超越物理境而尽可能向心理场靠拢。这样一来，文学的反映就不但是再现客体，更重要的是再现客体与主体的关系。文学的反映因素决定了再现性是文学的又一重要性质。

现在再让我们来考察上图中个人-社会关系这个系统。

3. 文学的心理因素与情感性

文学创作是作家个人的、以情感为中心的全部心理和个性的完全投入，文学作品中充满作家个人的心理印记，因此，心理因素是文学的又一要素。我们可以从科学与文学的对比中进一步说明这一点。说科学家没有感情，说科学研究过程与情感完全隔绝，是不正确的。实际上，在科学研究过程中时时会掀起感情的风暴。可以把研究过程分为三个阶段，即探求真理的阶段，成果产生的阶段和为成果的获得承认而斗争的阶段。应该说，在探求真理的阶段，科学家也是要调动自己的一切感知、情感、想象、理解等心理机制的，同样也要充分地表现出自己的个性特征。通往真理之路要是没有科学家火一般的激情是不可想象的。同样，在成果产生以后，在为使自己的发明获得社会承认的斗争中，始终伴随着喜、怒、哀、乐。心理的素养、性格的力量对这种斗争甚至具有决定的意义。然而在产生成果的阶段，科学家的感受与情感就变得有害无益了。印象、情感等心理的因素，可以作为成果之外的“画外音”存在着，却不允许掺杂进正式的成果之中。科学成果作为真理的总结和概括，必须排除研究者个人的特点，必须把感情关在门外。所以从严格的意义上说，科学对于我们是一片宽阔的、无个人的领域。与科学相比，文学永远无法排除“自我”。文学所反映的是作家的心灵拥抱过的世界，心理风暴存在于创作的一切过程中，存在于作品的一切方面。就创作过程看，未有不动情能进入创作过程的，未有不动情能走出创作过程的。以情感为中心的心理运动规律决定着创作过程的成败。就创作成果看，处处都渗透着作家的心理和个性特征，在内容的描绘中，在形式的运用中，在风格的表现中，甚至在词汇、词组和句子的结构中，没有一处不感觉到作者的存在。作者的心理现实是作品所描写的一切的交汇点和发射点。因此，"自我表现"的问题是无法回避的。文学总是这样或那样的"自我表现"。只要"自我"的脉搏与时代相通，与人民相通，那么"自我表现"就是作者的必然权利，是任何人也无法反对的。文学永远是一本翻开的、充满作家个性色彩的心理学图书。文学这种以情感为中心的心理因素决定了情感性是文学的又一重要性质。

4. 文学的社会因素与社会性

作家个人的心理又受一定社会关系的制约，而具有社会意义，因此文学从来就不是单纯的作家个人心理的发泄，它必然是社会的产物，而浸润着社会思潮。所以说，社会因素是文学的又一要素，社会性是文学的又一重要性质。不论你对雅淡、空灵、朦胧、虚玄的纯文学多么喜欢，也不论你对急功近利、随风起落、充满政治说教的作品多么讨厌，文学之有社会性是难以否定的。既然人不能离开社会而孤立存在，那么文学也不能摆脱社会而孤立存在。文学虽是作家个人写的，但作家注定要成为某一阶级、阶层、集团、党派的代言人，他的作品也就必然要成为他所属阶级、阶层、集团、党派斗争的一翼。不管你自己是否意识到，你的作品在某种意义上是一个宣言、一份公报、一个报告、一个决议、一条纲领、一个文件、一条政策、一个号召、一个教导……即使是那些所谓雅淡、空灵、朦胧、虚玄的非社会性的作品，也不可避免地带有社会性。因为非社会性，也是社会性的一种曲折的表现。正如不上色也是一种颜色，停顿也是一种言语。王安石在注《道德经》时说过这样的话："夫无者，名天地之始，而有者，名万物之母，此为名则异，而未尝不相为用也。……故非有则无以是无，而无无则无以出有。"从这充满辩证法的话中，我们体会到，"无"也是"有"的一种表现。

现在让我们再简要地考察一下主体-客体、个人-社会这四极横向联系所发生出来的另外四种因素和四种性质。

5. 文学的评价因素与价值性

一般地说，评价、价值用以说明人对世界的一种特殊关系，评定某个对象对人的关系中所具有的意义。那么在上图所示的个人(及其心理因素)与客体(反映因素)所产生的联系中，作家总是根据其观点和理想来评定客体提供的信息所具有的意义的，从而产生文学的评价因素和与此因素相对应的文学的价值性。价值性无疑也是文学的一种性质。

6. 文学的教育因素与道德性

文学不等于教育，但文学具有教育因素则是明显的事实。文学的教育因素，形成的原因比较复杂，但主要是由上图所示的文学的社会因素与反映因素相互作用而产生的。文学通过反映对社会生活进行选择、改造、加工、提炼，从而形成一定的形象、典型以及思想、情感、愿望、理想等，这就为社会所采用，社会利用这些形象、典型以及思想、情感、愿望、理想等对社会成员进行符合一定社会理想的道德教育，从而发挥文学的社会组织功用。文学的教育因素决定了文学的道德性。道德性也是文学的重要性质之一。

7. 文学的游戏因素与娱乐性

文学的教育与一般教育不同，它采用的方式是寓教于乐。因此文学的教育因素与文学的游戏因素密切相关。文学中游戏因素是由多种因素相互作用而产生的。这里有对生活的发现所产生的喜悦，有参与创造时所获得的愉快，有对正确评价生活所产生的赞同感，有对社会理想的表现所产生的自豪感等，但文学中游戏因素产生的主要根源来自上图所示的创造因素与心理因素的相互关系中。游戏是指人的心理处于一种摆脱功利束缚的自由状态，而把人的心理引入这种状态的游戏性，是与作家的创造分不开的。文学的游戏因素决定了文学具有娱乐性。文学不能归结为娱乐，但其有娱乐性是难以否认的。娱乐性也是文学的一种重要性质。

8. 文学的语言因素和符号性

作为主体的作家反映社会生活，进行艺术的创造，都要通过一定的艺术手段的运用，其中最为重要的就是语言的运用。同时，要使文学产生社会意义，发生社会影响，也需把它凝结在具有交际功用的语言形式中。由此看来，我们把语言因素“放置”在上图的创造因素与社会因素之间，并不是没有道理的。文学中的语言因素决定了文学具有符号性也是文学的重要性质之一。

综上，我们通过主体-客体关系系统和个人-社会关系系统所交织成的网络，考察了文学的内在结构。我们发现文学具有八种要素，即创造因素、反映因素、心理因素、社会因素、评价因素、教育因素、游戏因素和语言因素。对这八种因素，我们提出了自己的解说。一般地说，任何文学的结构都必然具有这八种因素。八者缺一，即不是完整意义上的文学结构。受文学的上述八种因素的制约，相应地产生了文学的八种性质，即表现性、再现性、情感性、社会性、价值性、道德性、娱乐性和符号性。一般地说，任何文学都具有这八种性质，八者缺一就不是完整意义上的文学。

（三）文学性质的三个层面

这里必须着重指出，上述文学的八种性质，还只能说是文学的二级性质。如果我们把文学放到社会结构的坐标中去考察，那么文学是社会经济基础的上层建筑，是上层建筑中的一种意识形态，因此，文学具有意识形态性。如果我们把文学放到比社会结构更为广阔的人类文化的坐标中去考察，那么文学又是一种文化现象。文学能够多方面地、集中地体现文化传统、文化思潮和文化心理。文学具有文化性。如果我们把眼界再开阔一些，把文学放到宇宙的坐标中去考察，那么可以说，文学是一种生命现象，具有生命性。虽然文学不能呼吸，也没有脉搏跳动，但生命的基本特征，诸如整体性、流动性、不可侵犯性和节奏感，在文学创作中都可以找到。无怪乎人们特别喜欢用“栩栩如生”“呼之欲出”“跃然纸上”“声态并作”“风貌如生”等词语来评价那些特别优秀的作品。文学的生命性、文化性和意识形态性比上述的“八性”高一级，可以说是文学的一级性质。然而问题还不止于此。文学的 8 种二级性质又可分别派生出低一级的性质，我们可以称之为文学的三级性质。再现性派生出形象性、典型性、真实性、认识性；表现性派生出虚拟性、想象性、诚挚性、意向性；情感性派生出宣泄性、补偿性、疏导性、感染性；社会性派生出民族性、人民性、阶级性、党性、历史性、当代性；价值性派生出定向性，实用性；道德性派生出劝谕性、塑灵性；娱乐性派生出享受性、调节性；符号性派生出交际性、象征性、结构性、装饰性。据此我们可列出一张“文学的多元性质表”：

表　五

<table>
<tr><td rowspan="9">文学性质</td><td>一级性质</td><td>二级性质</td><td>三级性质</td></tr>
<tr><td rowspan="2">生命性</td><td>再现性</td><td>形象性、典型性、真实性、认识性。</td></tr>
<tr><td>表现性</td><td>虚拟性、想象性、诚挚性、意向性。</td></tr>
<tr><td rowspan="3">文化性</td><td>情感性</td><td>宣泄性、补偿性、疏导性、感染性。</td></tr>
<tr><td>社会性</td><td>民族性、人民性、阶级性、党性、历史性、当代性。</td></tr>
<tr><td>价值性</td><td>定向性、实用性。</td></tr>
<tr><td rowspan="3">意识形态性</td><td>道德性</td><td>劝谕性、塑灵性。</td></tr>
<tr><td>娱乐性</td><td>享受性、调节性。</td></tr>
<tr><td>符号性</td><td>交际性、象征性、结构性、装饰性。</td></tr>
</table>

一、二、三级性质竟达39种之多，充分说明文学是一个极其复杂的、延展性极强的事物。但我认为最基本的性质是二级性质，因为这个级位的性质最贴近文学的结构，而又具有普遍性。生命性、文化性、意识形态性所体现的是文学与宇宙、文化、社会一般事物的共同性，它们虽然普遍性很强，但贴近文学的本体不够，把它们看成是文学的最基本的性质显然是失当的。而由二级性质所派生出来的28种性质，虽然都能从一个方面、一个角度贴近文学的本体，但普遍性不够强，把它们视为文学的最基本的性质似乎也不够妥当。

到此为止，我们还只是考察分析了文学的性质，并未概括出文学的本质来。在我们将进入这一研究之前，有必要将性质和本质作些界说。因为在许多论著中常将这二者相混淆，不是将本质代替性质，就是将性质代替本质。像这样概念不清是不利于问题的研究的。我以为性质与本质是不同的。性质——这是事物的一般属性，其中又可分为基本的与非基本的，无论是基本的还是非基本的，都往往为多种事物所共有，它不是此一事物区别于其他事物的根据。本质——这是事物的根本属性，它往往为某种事物所独有。因此，本质应该是此一事物之所以为此一事物、并区别于其他事物的根据。当然，性质与本质又互相联系着。本质蕴含在性质之中，性质受本质的制约，同时又是本质的表现。如果我们这种理解站得住的话，那么上述文学的一、二、三级文学的性质都还只是文学的一般属性，它们往往为多种事物所共有，还不足以将文学与非文学区别开来。

三、文学的“格式塔质”和审美本质

(一)文学的“格式塔质”

如果上面所述切合实际的话，那么今天我们探讨文学的本质这个问题，就不能再沿用过去惯用的方法——从文学的某一种性质的分析中去规定文学的本质。我们要运用“整体大于部分之和”的“格式塔”的、结构主义的和系统论原理，从文学内部诸因素的整体联系中去把握文学的本质。在我看来，文学的本质就是文学的“格式塔质”。“格式塔质”这个概念是由早期的“格式塔”心理学家奥地利学者艾伦费尔斯首先提出来的，艾伦费尔斯举例说：我演奏一支由六个乐音组成的熟悉曲子，但使用六个乐音作这样或那样的变化(如改变音调，从C调变成B调，或改用别的乐器演奏，或把节奏大大加快，或大大放慢等等)，尽管有了这种改变，你还是认识这只曲子。在这里一定有比六个乐音的总和更多的东西，即第七种东西，也就是形-质，原来六个乐音的格式塔质，正是这第七个因素能使我们认识已经变了调的曲子[①]。艾伦费尔斯把“格式塔质”叫作“第七个因素”，这明显还受元素论的影响。实际上，“格式塔质”并不是“第七个因素”，或者说它不是作为一个因素而存在的。它是六个音的整体性结构关系，或者说它是作为结构关系而存在的。它无处不在，无处不有。那么，文学的“格式塔质”是什么呢？既不是再现性，也不是表现性；既不是情感性，也不是社会性；既不是教育，也不是游戏；既不是价值，也不是符号……而是审美。审美是文学的整体性结构关系生成的新质。当人们面对一部文学作品，可以循迹而找到创造、反映、心理、社会、评价、道德、游戏、语言诸因素，在这里却找不到审美这种因素。但文学结构中的诸因素所形成的有机网络关系，产生一种形而上的质，一种新质，这就是审美。审美虽不是作为文学结构中一种因素而存在，不可循迹以求之，但它却是决定文学的整体性的东西。它在文学结构中起整合完形的作用。它是穿珠之绳，是皮下之筋，是空中之气，是实中之虚。它不属于具体的部分，却又统领各个部分，各个部分必须在它的制约下才显示出应有的意义。

---

① 参见杜·舒尔茨：《现代心理学史》，人民教育出版社1982年版，第297页。

文学有了它，人们似看不见，摸不着；但缺了它，文学就立即化为非文学。举例来说，在《红楼梦》中，你可以找到创造的因素——作者虚构的荣、宁二府和大观园，想象中的宝玉、黛玉、宝钗的三角关系等；你也可以找到反映的因素——一幅中国18世纪的贵族阶级和其他阶级人们的“离合悲欢、兴衰际遇”的图画；你可以找到心理因素——透过“满纸荒唐言”发现作者的“一把辛酸泪”；你可以找到社会因素——封建末世贵族阶级似“百足之虫，死而不僵”的气象和“好一似食尽鸟投林，落了片白茫茫大地真干净”的无可挽回的命运。总之，你可以从《红楼梦》中找到文学结构中的各种因素，但你找不到孤立存在的审美因素。审美在《红楼梦》中是作为文学诸因素之间的关系而存在的，它作为“文学格式塔”而存在，它不可按迹循踪而求，却又处处感觉到它的存在。因为有了它，《红楼梦》中“金陵十二钗”，及她们的“事迹原委”的描写，甚至极其琐碎、枯燥的楼阁轩榭、树木花草、床帐铺设、衣服饮食等描写，才显得五色迷人，耀人眼目，沁人心脾。第三回写王熙凤迎接林黛玉进荣国府时的那句话——“我来迟了，不曾迎接远客”——历来为人称道。人们分析说，未见其人，先闻其声，写尽凤姐的放肆、圆滑和泼辣，道出凤姐在荣府中的特殊地位，令人咀嚼、回味。其实，如果把这句话从《红楼梦》的整体中抽出来看，不过是一句极普通的家常话，既无深意，也无诗意。原来，这句话的深意与诗意并非来自这句话本身，而是来自这句话与《红楼梦》整体的关系，来自这句话与当时那特殊情景、氛围的关系，来自这句话与王熙凤其他言行的关系。美的意味在关系中。第十回张友士给秦可卿开的药方，什么“人参二钱，白术二钱……”全部照录，第五十三回乌进孝的账单，什么“大鹿三十只，獐子五十只……”也全部照录。枯燥的药方和账单若是单挑出来看，当然更是毫无艺术意味的非文学因素。但是作者一旦把它们整合到《红楼梦》的艺术关系中，变成小说的有机组成部分，处于与小说的其他因素的审美联系中，就获得了一种特殊的意味，成为带有文学性的东西。这就说明了审美作为文学的“格式塔质”，虽不是文学的一个具体因素，却比一个具体因素重要得多，正是它把一切非审美的因素整合在一起，使文学成为文学。

(二)从心理学角度看审美

既然文学的本质是审美，那么审美又是什么呢？在文学中它是一种什么形态呢？可以从不同的角度来解释审美。在这里，我想从心理学的角度谈点看法。心理学认为，审美是人们的一种体验，这种体验跟人们的其他一些体验，诸如生理快感所引起的体验，因相爱所引起的爱情体验，当了父母所获得的亲情体验，做了好事所获得的精神满足，攻克一个科学难题后所获得的求知愉快等，都可以叫作“高峰体验”，它们有共同的或相似的心理特征。即“在这些短暂的时刻里，他们沉浸在一片纯净而完善的幸福之中，摆脱了一切怀疑、恐惧、压抑、紧张和怯懦。他们的自我意识也消逝。他们不再感到自己与世界之间存在着任何距离而相互隔绝，相反，他们觉得自己已经与世界紧紧相连融为一体。他们感到自己是真正属于这一世界，而不是站在世界之外的旁观者”①。然而只要我们深入地加以考察，就不难发现审美体验与其他体验之间在心理结构上的差异。对于非审美的体验来说，各种心理机制并不是完全贯通的，心理器官之间还是存在着这样的或那样的障碍的。例如，在性体验一类的生理快感中，人的生理欲望几乎压倒一切，人的注意一再被动物性的东西所吸引，人“沉湎于肉体之中，局限于感官之内的快感，就使我们感到一种粗鄙和自私的色调了”②。在道德判断所获得的精神满足中，“良心”的呼唤压倒一切，为了实现道德的完善，必须压抑人

① 马斯洛：《谈谈高峰体验》，林方主编：《人的潜能和价值》，华夏出版社1987年版，第366～367页。

② 乔治·桑塔亚那：《美感》，中国社会科学出版社1982年版，第25页。

的动物性欲望甚至正常的快乐。因为“道德绝不是主要地关心获得快乐的；在一切更深刻更可信的道德格言中，倒更为关心避免痛苦”①。“先天下之忧而忧，后天下之乐而乐”，是中国人民的最崇高的道德格言。一个人达到了此种境界，自然也会有一种幸福感，一种“高峰体验”，但在走向此种境界的途程中，他已吃尽了人间万般苦。因此他的幸福感和“高峰体验”，是以饥饿、疾病、疲劳、孤独、侮辱、死亡等为代价的。在此种情况下，他的心理器官当然不可能是完全畅通的、毫无障碍的。在科学发现所获得的求知愉快中，理智的心理因素压倒一切。对于以探求真理为目的的科学研究来说，情感、印象等都有助于真理的锤炼，然而，科学家必须严格控制自己的感情与印象，因为真理本身要求客观，不允许掺杂任何心理因素。这样，科学家的心理经验也不是以心理器官无障碍为标志的。只有在审美体验中，人的以情感为中心的一切心理机制被全面地、充分地调动起来，并达到了高度的和谐。在诸心理因素之间，不是这个压倒那个，也不是那个压倒这个，各种心理器官完全畅通，达到了无障碍状态。乔治·桑塔亚那说：“审美的欣赏和美在艺术上的体验，是属于我们暇时生活的活动，那时我们暂时摆脱了灾难的愁云和惊恐的奴役，随着我们性之所好，任它引向何方。”②这也就是说，在审美体验中，人们暂时超越了周围的熙熙攘攘的现实，而升腾到一种心醉神迷的境界。正是在这个意义上，我们说审美是自由在瞬间的实现，审美是苦难人生的节日。在审美的节日里，人的感知、回忆、联想、想象，情感、理智等一切心理功能都处于最自由的状态，人的整个心灵都暂时告别现实而进入无比自由的境界。尽管你是一文不名的乞丐，却可以当百万富翁，拥有让人看了要惊愕得喘不过气来的珍珠宝贝。尽管你是一个毫无权势的小老百姓，却

① 乔治·桑塔亚那：《美感》，中国社会科学出版社 1982 年版，第 16 页。
② 乔治·桑塔亚那：《美感》，中国社会科学出版社 1982 年版，第 17 页。

可以去当至高无上的国王，让成千上万的臣民跪在你的面前。你是一个男人，却可以尝一尝女人分娩时的痛苦。你是一个女人，却可以在瞬间变成一个伟大的丈夫。只要你愿意，你可以成为所有海洋里的所有的鱼，和世界各大街上所有的狗。只要你愿意，你可以成为深秋老树上最后一片叶，和严冬北方的最大一场雪。你生活得很幸福，却可以卷进罗密欧与朱丽叶的家庭纠纷，并为罗、朱的爱情悲剧而哭泣。你身体很健康，却可以躺在手术刀下，做一个患了癌症的病人，去体验疾病和伤痛。你穿着牛仔裤却可以跟屈原、李白、苏东坡对话。你躺在床上却可以升上太空，遨游宇宙……或者如古人所说“精骛八极，心游万仞”，“寂然凝虑，思接千载”，“悄焉动容，视通万里”，“吟咏之间，吐纳珠玉之声，眉睫之前，卷舒风云之色”，“登山则情满于山，观海则意溢于海”，“谈欢则字与笑并，论蹙则声共泣偕”，概而言之，在审美的瞬间，人的以情感为中心的全部心灵世界都打开了门窗，实现了完全的舒展、自由与和谐。在现实中的一切不可能，在审美的瞬间变成了一切都可能，在现实中人性的残缺，在审美的瞬间变成了人性的完全。因为人和社会的理想存在，从根本上说就是要使人性得以合目的性和合规律的发展。而审美体验就是使这种发展得到充分、具体的确证。必须说明的是，我们说审美以人的心理器官无障碍为标志，并不是说审美就是脱离客观外界事物，毫无目的、毫无规律地去随意感知和胡思乱想。实际上审美是以现实为其对象的，现实很复杂，不但有美，而且有崇高、卑下、悲喜，等等。因此，审美既包括审美，也包括“审丑”“审崇高”“审卑下”“审悲”“审喜”，等等。当“审”现实中这一切时，引起了人的心理的回响。审美，引起美感；审丑，引起厌恶感；审崇高，引起赞叹感；审卑下，引起蔑视感；审悲，引起怜悯感；审喜，引起幽默感等。尽管美感、厌恶感、赞叹感、蔑视感、怜悯感、幽默感等这些感受和情感是很不相同的，但它们仍然属于同一类型。这就是说我们热爱美、厌恶丑、赞叹崇高、蔑视卑下、怜悯悲、嘲笑喜时，我们都是以情感(广义的，包括感知、想象、联想、理解等)评价事物。所以审美以心理器官的无障碍为其标志，以情感上评价现实为其实质。还必须说明的是审美或审美体验对人来说并不是可有可无的。审美体验是人的原体验，即一种时时处处都在体验并且必须体验的情感过程，对个人而言，没有这种原体验，生命就会失去活力，精神就会失衡，生活就难以为继。对社会而言，没有这种体验社会也就缺少维系其存在的条件，社会的存在就成了问题。

(三)审美在文学作品中的形态

在文学创作中，作家将这种审美体验凝结在文学作品中，渗透进文学结构的整体中，物化为语言符号系统。它制约着文学结构的各种因素，同时它又通过文学结构的各种因素及相互关系来体现。那么，文学中的审美究竟是一种什么形态的东西呢？在这里我想提出古典艺术理论中“气韵生动”这个概念。我认为审美在具体的作品中就表现为一种“生动”的“气韵”。“气韵生动”最早由南北朝时期的画家谢赫在《古画品录》中提出。他认为绘画有“六法”，即：“一，气韵生动是也；二，骨法用笔是也；三，应物象形是也；四，随类赋彩是也；五，经营位置是也；六，传移模写是也。”很明显，谢赫的“气韵”就是建立在王充的“元气自然论”的哲学思想基础上的。他所说的“气”，是指作为天地万物根源的“元气”。在艺术家心灵里，“元气”则变成艺术家对宇宙、世界、人生的刻骨铭心的原体验，即审美体验。在艺术品中，这种体验又变成一种流动、弥漫于整个艺术画面之间的“气韵”。谢赫之所以把“气韵生动”放在“六法”之首，其意也是讲“气韵”不是绘画中一个元素，而是统领整个画面根本性的东西，是“绘画格式塔”。谢赫以后，讲“气韵”的画家很多，如唐代张彦远在《历代名画记》中说：“今之画纵得形似而气韵不生。以气韵求其画，则形似在其间矣。”又说：“若气韵不周，空陈形似，笔力未遒，空善赋彩，谓非妙也。”五代时期画家荆浩讲绘画有“六要”，他把“气”和“韵”放到“一要”和“二要”的地位。宋代画家刘道醇也讲绘画“六要”，而“气韵兼力”也被放到首位。在这里特别值得注意的是韩愈和叶燮的关于“气”的论点。韩愈论文也讲“气”，他说：“气，水也；言，浮物也。水大而物之浮者大小毕浮。气之与言犹是也。气盛则言之短长与声之高下者皆宜。”①在这里韩愈把作品的“言”与“气”比较起来论列。在他看来，“言”以及“言”所描写的人、事、景、物等是作品的构成因素。它们如同“浮物”，在没有水或水太少的情况下就浮不起来，它们本身并不具活力，最具活力的是如同水一般的“气”。在“气盛”的情况下，无论是“言之短长与声之高下”都各得其所，进入和谐境地。而所谓“气盛”用今天的语言来说，就是审美体验在作品中的强化与浓化。叶燮的理论更有系统性。他认为文学作品的构成要素有三个，即理、事、情。“诗文一道，岂有定法哉？先揆乎理，揆之于理而不谬，则理得；次征诸事，征之于事而不悖，则事得；终絜诸情，絜之于情而可通，则情得。”②然而仅凭这三个要素并不能构成文学作品，还有一种穿行于三个要素之间并起整合作用的东西，这就是气。叶燮是这样说的：“然具是三者，又有总而持之，条而贯之者，曰气。事、理、情之所为用，气之为用也。”“得是三者，而气鼓行于其间，絪缊磅礴，随其自然，所至即为法。此天地万象之至文也。”③在这里特别值得重视的是叶燮对“气”的功能和形态的阐述。在他看来，“气”并不是与理、事、情并列的第四个因素，它不是一个因素，而是一种“鼓行于其间”的对各因素起“总而持之”“条而贯之”的“文学格式塔”。这种“文学格式塔”“絪缊磅礴”，它能让你感受得到，却又测不准、抓不住、说不清。

---

① 韩愈：《答李翊书》。
② 叶燮：《原诗·内篇》。
③ 叶燮：《原诗·内篇》。

我认为“气韵生动”作为审美体验在文学作品中的表现形态，其要点有二。首先，“气韵”的“气”，既不是指“天气”“地气”一类的物理性的气，也不是“肺腑之气”“经络之气”的生理性的气，当然，也不是指“意气”“浩然之气”的纯精神的气，它是指作为事物的生命之源的“元气”“生气”，以及艺术家对这种“元气”“生气”的感应、评价，是主客观的统一。一方面，“元气”“生气”是事物生命的颤动，是事物个体的性情，是此事物之所以成此事物的内在根据。实际上，世界上万事万物，大至宇宙，小至鱼虫，都有其生命、性情和内在根据。如山水：“得其性情，便得山环抱起伏之势，如跳，如坐，如俯仰，如挂脚。”“水便得涛浪潆洄之势，如绮，如云，如奔，如怒，如鬼面。”“或问山水何性情之有？不知山性虽止而情态则面面生动，水性虽流而情状则浪浪具形。”①不但山水有生命、性情，就是一草一木也无不唱着生命的歌，表露着性情的美，它们“若含蕊舒叶，若披枝行干，虽一花而或含笑，或大放，或背面，或将谢，或未谢，俱有生化之意”②。另一方面，“气”又是人与物缔结的特殊关系，是人的感应、评价，是人的精神力量。事物的生命、性情及内在根据，是人所感应到的，经过情感评价的生命和性情，是人所认识的内在根据。从这一方面说，“自然山情即我情，山性即我性”，“自然水情即我情，水性即我性”③。所以“气”是自然力与精神力的一种合力。而这种合力表现在作品中，必然会产生一种动人的“韵致”。“气韵”的“韵”，不是指“声韵”“韵律”，而是指“风韵”“韵调”“韵味”“韵致”。“气”是“韵”的根据，“韵”是“气”所产生的效果。文学作品中有了“气韵”或达到“气韵生动”，文学作品就既反映了现实的内在本质，又灌注了艺术家刻骨铭心的体验，达到了主客观的和谐统一。那么文学作品

---

① 唐志契：《绘事微言·山水性情》。
② 唐志契：《绘事微言·山水性情》。
③ 唐志契：《绘事微言·山水性情》。

就获得了它的本体——审美。其次，“气韵”在文学作品中不是作为一个构成因素而存在的，而是作为一种关系而存在的，作为“格式塔”而存在的。它像弥漫于空气中的芬芳之气一样，虽闻到了，却看不见，抓不住。它作为一种“格式塔”、一种关系，驾驭着、制约着作品的因素或关系项。在现实生活中看似毫无意味的人、事、景、物，一旦被纳入“气韵”这“文学格式塔”的结构中，就立刻获得浓郁的诗意和特殊的光辉。所谓“浅语皆有味，淡语皆有致”，所谓“遇之匪深，即之愈希”，所谓“不着一字，尽得风流”，所谓“言有尽而意无穷”，所谓“句中有余味，节中有余意”等，就是“气韵”弥漫于作品整体结构中所造成的艺术效果。反之，在现实生活中，本来豁人耳目，动人心魄的人、事、景、物，若不能置于“气韵”这“文学格式塔”的制约下，也会变得意味全无，而使创作归于失败。由此，我们可以得出这样的结论，“气韵”作为审美体验在文学作品中的表现形态，属于文学的本体，反映了文学的本质。

四、文学研究的主视角

“视角”一词原是电影艺术中的术语。它是指摄像机镜头所能摄取的场面上距离最大的两点与镜头连线所形成的夹角。摄像机在影片中往往代表人物的眼睛，它所代表的人物的眼睛不同，其视角也就发生变化。在影片中，需要不同内涵的场景，因此，视角也经常发生变化。但一般地说，在一部影片中，又往往有一个主视角。假如我们要拍电影《红楼梦》，那么，其中主要的生活场景，要从贾宝玉的眼中见出，那么，贾宝玉的视角，就应是《红楼梦》的主视角。

(一)文学研究多视角的互补

近来人们把“视角”这个概念移植到文学研究中来。各种不同视角的文学研究如雨后春笋般地出现。从宏观的文化视角的研究到微观的语义学、语音学视角的研究，都有人在尝试。每开辟一个新视角，就意味着文学研究的新拓展。多视角的文学研究无疑是值得欢迎的。因为作为研究对象的文学的确是一个极其复杂的、多层次的结构体。且不必说作为人的一种活动的文学构成了以作品为中心的“作品-现实，作品-作者，作品-读者，现实-作者，现实-读者，作者-读者”等多方面的关系，且不必说作为艺术的一种形态的文学所呈现的多样类型和结构，且不必说作为一种历史发展的文学所展示的变动不居的面貌，单拿文学的性质来说，通过我们草草地分析，就达39种之多。这就充分说明了文学王国具有极其辽阔的版图。文学的每一构成因素，构成因素之间所形成的每一种关系，由这些关系生发出的每一种性质，由这些性质所制约的每一种功能，都暗含一个研究的视角。因此，像过去那样，想通过单一的研究视角就揭示开文学王国的奥秘是难以想象的。实际上，每一种研究视角都只能切入文学的某一个侧面或某一个层次，其局限性是显而易见的。看来，多视角的研究是文学本身所要求的。那种提倡一种视角而贬抑另一种视角的错误想法，都是对文学本身的复杂性缺乏理解。不同视角的研究，从不同的侧面、不同的层次切入文学，因此，各种不同研究视角的互补将是不可阻挡的趋势。那种一个研究视角一统天下的时代已经过去。就我有限的见闻，目前在我国已出现的文学研究视角，至少有30种(见表六)。

可以肯定地说，这些研究视角的出现，都有其根据，这也就是说它们从不同的侧面、不同的层次或多或少地接近了文学的王国，这些研究视角的互补，有力地促进了文学规律的揭示，将大大地丰富文学研究的成果。

表 六

视角类型	视角名称
哲学型	认识论的　美学的　系统论的　信息论的　控制论的　结构主义的　类型学的　符号论的　比较学的　价值学的
社会科学型	文化学的　社会学的　历史学的　心理学的　教育学的　语言学的　文本主义的　形式主义的　神话学的(包括原型批评)　形态学的　风格学的　解释学的　接受美学的　传播学的　市场学的
自然科学型	模糊数学的　热力学的(熵定律，耗散结构)　量子力学的(测不准原理、互补原理)　场论的　生态学的

(二)审美学作为文学的主视角

然而我们不能不正视的是，在多视角的文学研究中，却出现了一种危机，那就是存在着文学研究的非文学研究倾向。一个明显的现象是：某些新视角的文学研究不是从文学的具体现象出发，利用新的视角作深入的考察和分析，从中引出文学固有的结论，而是从某些新视角所赖以存在的学科的观点和框架出发，把无比丰富、复杂的文学现象生硬地、甚至牵强地纳入其观点和框架中，结果文学事实并没有得到新的解释和阐发，倒成了说明某学科观点和框架的例子。这种研究名为文学研究，实则完全离开了文学研究的应有的轨迹。这种研究非但对文学研究没有补益，而且使文学研究陷入混乱。我认为，产生这种倾向的原因，在于没有找到文学研究的主视角。文学研究的多种视角，在没有主视角的制约的情况下，文学研究脱离文学研究的正确轨道，变成非文学研究就是必然的。

在我看来，文学的本质，既然是审美，那么文学研究的主视角就应该是审美学的。而其余的视角都必然受审美学这一主视角的制约，才能使文学研究向应有的广度和深度进军。因为研究视角必然与研究对象的本质相适应。马克思曾提出这样的思想：“……难道对象本身的性质不应当对探讨发生一些即使是微小的影响吗？不仅探讨的结果应当是合乎真理的，而且引向结果的途径也应当是合乎真理的。真理探讨本身应当是合乎真理的，合乎真理的探讨就是扩展了的真理，这种真理的各个分散环节最终都相互结合在一起。难道探讨的方式不应当随着对象改变吗？当对象欢笑的时候，探讨难道应当严肃吗？当对象悲痛的时候，探讨难道应当谦逊吗？”①马克思所说的“真理探讨本身应当是合乎真理的”，实际上就是人们所说的要根据对象本身性质相应地改变探讨的方式，使探讨方式与被探讨的对象之间具有适应性，这样“探讨本身”也就“合乎真理”了。同样的道理，文学的本质是审美，那么，探讨文学的主视角也应当是审美学的。也就是说，通过审美学这一主视角把审美的东西看成是审美的，这就可以还文学以本来的面目，这就有可能揭示出文学本身固有的规律。当然我们说文学研究的主视角是审美学的，这并不是要排除其他视角的考察与探讨，而是说其他视角的考察与探讨要受主视角的制约，而做出某种改变。

下面我想举例来说明这一点。

哲学认识论无疑是研究文学的一个重要视角。但是如果我们只是用单一的认识论来研究文学，就必然会遇到许多问题是难以解释清楚的。譬如，对文学真实性问题，当然可以从认识论的视角加以考察。但是艺术的真实性不同于一般的真实性，单一的认识论就解不开文学真实性之谜。唯物主义的理论家叶燮这样说明诗的真实性的特点：“要之，作诗者，实写理事情，可以言言，可以解解，即为俗儒之作。惟不可名言之理，不可施见之事，不可径达之情，则幽渺以为理，想象以为事，惝恍以为情，方为理至事至情至之语。”②这也就是说文学的真实不是科学的事实，文学所提供的认识也不是

① 马克思：《评普鲁士最近的书报检查令》，《马克思恩格斯全集》第1卷，人民出版社1960年版，第8～9页。

② 叶燮：《原诗·内篇》。

什么准确的是非判断，文学的真实是想象的真，是“假中求真”，它所提供的认识能供你感叹与玩味。或者如乔治·桑塔亚那所说：“逼真之所以是一种艺术优点，只因为它是在这方面引起我们快感的一个因素。”“假如我们以科学的态度来研究艺术品和自然美，为了认识它的历史渊源或正确类别，我们就不是作审美的欣赏。”[①]这样，当我们运用认识论去阐明文学的真实性时，就不能不运用审美学这个主视角，把一般认识论改造为审美的认识论，审美认识论并不是放弃对文学真实性的考察，而是放弃一般科学性的要求，提出审美性的要求，避免做出与艺术真实相背离的、过分精确的和过分实在的结论。既然艺术真实性以“幽渺以为理，想象以为事，惝恍以为情”，常在“可言可不言”“可解可不解”之间，那么审美认识论在考察文学真实时，就可还其审美的本来面目，可言即言之，不可言则感叹之，可解即解之，不可解则“惝恍”之。这样的考察、研究，是认识论的，而首先是审美学的。

社会学当然也是研究文学的一个重要视角。对于文学这一社会性极强的领域，没有社会学视角的研究是不可想象的事。可以预言，在今后一个相当长的时期，社会学的视角仍然是文学研究中占统治地位的视角。然而如果我们只是用单一的社会学来解释文学，同样也会遇到许多不易克服的困难。社会学文艺论的一个核心观点是，作为意识形态的文学都是由一定的社会经济基础所决定的。因此，一切文学现象最终都可以从社会经济条件中获得解释。但是文学发展的历史常常超出这种理论。例如，马克思就强调指出过，在人类历史的发展过程中，存在着“物质生产的发展同艺术生产的不平衡关系”。这种文学事实往往无法用上述社会学理论加以解释，硬要解释也显得十分勉强。于是，有的学者又转而从上层建筑诸部门之间相

① 乔治·桑塔亚那：《美感》，中国社会科学出版社1982年版，第14、15页。

互作用的关系入手加以阐述。当然这种解释有一定的说服力，但也并不完善。在单一的社会学框架内，还是有不少文学事实无法得到完满的解释。在我看来，某一时期文学艺术的特别繁荣，某种艺术形式的出现与流行，有时可能无法从经济条件获得解释，也无法从政治方面获得解释，而要从人的心理因素方面获得直接的解释。因为有时文学艺术与经济、政治之间的距离已离得过分遥远，它们之间的联系变得模糊不清了。关于这一点，普列汉诺夫似有觉察，他曾说过这样的话："为了理解澳大利亚土著女人的舞蹈，只要知道妇女采集植物的根在澳大利亚的部落生活中所起的作用就够了。而要理解比如小步舞的话，单单知道十八世纪法国的经济是远远不够的。这里我们要研究的是非生产阶级心理学的舞蹈。……因而经济'因素'，不得不让位于心理因素。"①当然，文学是一种社会意识形态，马克思所揭示的这一原理是任何时候都不应忘记的。但我们无法否认文学中常常会反映一些不属于任何社会集团的，人类的共同的、普遍的情感与体验。我在这里想强调的是，文学所反映的是人类的生活，人类的生活是无限广阔的，我们无法单纯地把它们放置到社会学的框架内去解释。还有文学中蕴含的社会意识，也不同于一般的社会意识，它既然已经被纳入到作品中，那么，它就是诗意化了的、审美化了的。这一点正如别林斯基所说："艺术并不容纳抽象的哲学思想，它不要容纳理性的思想：它只是容纳诗的思想，而这诗的思想——不是三段论法，不是教条，不是格言，而是活的激情，是热情。"②实际上，每一个优秀的作家、诗人都是真正地偷到"维纳斯腰带"的人，"他的每个感觉、每种情绪，每种情景的描写都充满着难以言说的诗。他从一个特别的角度观察自然和现实，这个角度

① 转引自维果茨基：《艺术心理学》，上海文艺出版社1985年版，第10页。
② 别林斯基：《别林斯基论文学》，新文艺出版社1958年版，第52页。

是为诗所特具的”[1]。既然文学所反映的生活、所包容的思想情感具有上述特征，那么单一的社会学的视角就难以准确地切入到文学的一切事实中，并做出符合实际的解释。因此，面对着文学事实，把社会学视角和审美学视角结合起来，建立一个审美社会学的视角，也并非放弃对文学的社会学考察，而是在考察中要充分注意到文学的审美特征，避免用单一社会学的观点去剪裁文学事实。

心理学视角的文学研究开始受到了人们的重视，这绝非偶然。因为无论是文学创作还是文学欣赏，都不能不涉及人的感觉、知觉、表象、记忆、情感、想象、动机、个性等领域，这样心理学视角就很自然地成为解开创作和欣赏之谜的一个关键。然而，我们如果只是简单地用现成的、普通的心理学的知识去套文学的事实，也是不可取的。这是因为在文学创作和欣赏中，作家、读者的心理活动虽然具有一般心理活动的普遍性，但又具有不同于一般心理活动的特殊性。就拿知觉这个最基本的心理活动来说，就存在着一般知觉和艺术知觉的不同。例如，当我们面对着同一物体，在不同人的知觉中，或同一人的不同知觉中，有时实现为物理客体，有时则实现为审美客体。在渔人眼里，无边的大海只是一汪水，一个可以获取生活资料的场所，他们一般不可能从中看出比这更多或异样的东西来，因为渔人运用的是一般知觉。但在另一些人的眼里，大海实现为审美客体，它或者是情人眼里闪动着的柔情絮语的波浪，或者是漂泊游子思乡泪水的汇流，或者是即将离别的朋友的怨诉，或者是民族英雄邓世昌光荣牺牲的战场，……因为这时人们采用的是艺术知觉。一般的知觉(就视觉而言)是指观察，艺术知觉是指领悟。领悟与观察是很不相同的[2]。至于情感、想象这些比较深奥的领域，普通心理学所取得的成果并不多，而这些领域则恰好又是文学和艺术的领

---

① 别林斯基：《别林斯基论文学》，新文艺出版社1958年版，第52页。

② 参见V.C.奥尔德里奇：《艺术哲学》，中国社会科学出版社1986年版，第一章。

域，心理学正等待文艺学研究成果去填补它。这样看来，普通心理学的知识或者是无法套用，或者是可供利用却又还未取得足以利用的成果。所以，对文学研究者来说，我们只有建立起自己的审美心理学，才有可能发挥心理学这个研究视角的作用，从而打开文学的微观研究的道路。

同理，像价值论的、教育学的、伦理学的、语言学的、符号论的、“三论”(系统论、控制论、信息论)的，等等一切研究视角，包括新近一些学者提出的文化视角，都必须受文学研究的主视角——审美视角——的制约，只有这样，文学研究才能成为真正的文学研究。

通过以上分析，我们可以得出以下几点结论。

第一，文学研究的视角可以是多种多样的，各种视角之间的关系不是矛盾的，而是互补的。

第二，在多种多样的研究视角中，审美学的视角是文学研究的主视角，因为文学尽管具有多种多样的性质，但其本质是审美。

第三，所谓审美学的主视角，并非独立的一个视角，而是与其他视角相结合而成的，可以切入文学的审美客体中去的视角。

第四，目前文学研究中所采用的多种视角都必须在审美学主视角的制约下，才能真正成为文学研究的视角。

1988 年 10 月完稿

代后记

这篇后记本来应该是由童庆炳先生本人亲自撰写的，但实际情况是，老人家还没来得及进入这一环节，就于今年6月14日仙逝了。这样，便只好由我越俎代庖，勉为其难地写上几笔。

据我掌握的信息，也据童老师最后四届博士生回忆，《童庆炳文集》的整理与编纂经历了一个较为漫长的过程。2010年9月，新一届博士生江飞和李立刚入学不久，童老师便找他们帮忙，嘱其编辑文集一事，以便为以后的正式出版做准备。江飞说："当时，童老师只给了我们一摞已复印保存的文章，数量少，也比较散乱，基本上是在网上容易找到的文章。为了编得更准确、更齐全，那时我们在课余时间搜遍了网络，跑遍了北师大图书馆，坐公交车到国家图书馆更是不计其数，查找、借阅、复印、整理、编纂，力求将童老师发表的所有文章一网打尽。"经过三个月的努力，他们二人初步完成了十二卷文集、总字数约四百万字的编辑工作，其中包括《童庆炳文集》十卷和《童庆炳研究(1979—2010)》上下两卷，同时他们还分别编纂了《童庆炳文集(1961—2010)》总目录、《童庆炳文集编年索引(1961—2010)》以及各分卷目录。值得一提的是，当初的十卷文集是按时间顺序编辑起来的，这应该是童老师对自己文集的最初构想。

之后，2011 级博士生李圣传与段恺，2012 级博士生姜洪真、席志武与彭薇，2013 级博士生杨宁宁又根据童老师的另一种编排思路，在此前编辑的基础上调整结构，完善内容，查漏补缺。姜洪真回忆，2012 年 10 月，童老师在北医三院因心脏病接受治疗期间，曾向她口述过一个文集编排的思路框架——四百多万字的文集准备出十二卷，每卷约四十万字，其中理论研究十卷，文学创作两卷。理论研究包括审美诗学(三卷)、心理诗学(两卷)、文体诗学(一卷)、比较诗学(三卷)和文化诗学(一卷)，文学创作包括两部长篇小说(一卷)和散文随笔(一卷)。童老师出院后不久，他便安排姜洪真与席志武按新的编排原则加以落实，姜洪真负责审美诗学和心理诗学两大块，席志武负责文体诗学和比较诗学两部分。文化诗学因仅涉及初步完成的一部书稿，这部分便交由李圣传校对完善。2013 年 2 月，他们编出了文集目录；2013 年秋，重新编排的文集已大体竣工。

但实际上，这并不意味着这套文集就万事大吉了，因为在此后一年多的时间里，童老师还曾不断念叨起文集之事，而每念叨一次，我听出来的话外音都是不满和焦虑。例如，在文艺学研究中心举行的 2013 年年底总结会上，童老师显然有备而来，因为轮到他发言时，他说他要给大家讲一讲自己的最新思考，可概括为“两论”——“体制论”和“单元论”。所谓“单元论”，是说学人治学一般以十年为一个单元，只有在一个单元内集中做一件事，深挖洞，广积粮，勤思精研，穷其所有，才能把它做到极致。随后他马上以自己为例说：“但我研究《文心雕龙》，十年中并没有把它研究到极致，没有成为这个方面首屈一指的专家。”2014 年 5 月 17 日，文艺学研究中心召开学术委员会会议，会上童老师又讲起了科研速度与学术质量问题。他从梁启超的《中国近三百年学术史》讲起，先是谈钟敬文先生在“六五”规划中的遗憾——他想写本梁启超那样的书，却终未如愿。接着又拿自己说事：编了十卷本的文集，觉得好多东西是应景之作，有价值的东西不多。而编自选集时他也意识到，自己这辈子真正满意的文章，有些价值的文章，不过五六篇而已。

这番话让我很受震动，我也立刻联想到钟敬文先生的一个说法：“我从十二三岁起就乱写文章，今年快百岁了，写了一辈子，到现在你问我有几篇可以算作论文，我看也就是有三五篇，可能就三篇吧。”(《人民的学者钟敬文》，学苑出版社 2003 年版，第 122 页)两位老人晚年时如此评价自己，不约而同，在我看来绝非什么自谦之词，而是活到一种境界之后的大彻大悟之言，其中我以为隐含着两层意思：一是要想有所发现，有所出新，以真知灼见之文行世，是难乎其难的；二是贪多求快，或逞一时之勇，可能会写出学术时文，却又往往速生速灭，成为过眼烟云。我觉得起码在童老师那里，他已意识到这一问题的严重性，却又来不及补救了。因为那天他结束发言时说：“我自己觉悟得太晚了。”

因此我猜想，在编辑自己的文集时，童老师或许并非主要是欣慰和满足，而是有些失望，有些遗憾。为了弥补一些缺憾，也为了把他这套文集归置得妥帖些，修补得漂亮些，2014 年暑期他又亲自动手，调整、补充、完善、提高，直到把自己折腾出毛病。我还记得那是去年 8 月 28 日下午四点半左右，我把童老师的保姆小郭约至北师大西门外，与她在零星小雨中聊童老师近况，长达一小时(此前她曾给我打过电话，直言童老师身体不好，希望与我见面说十分钟)。她说，童老师最近被十卷文集折磨得够呛，脑子也不好使了，重复打印了多遍文稿，老出错。她还说，童老师依然惦记着要再写两三篇关于《文心雕龙》的文章，这样才能使《〈文心雕龙〉三十说》圆满。而这本书既被童老师看得很重，也正是他准备收到文集中的内容之一。她希望我们想想办法，帮帮他，劝劝他，让他停下手头的所有事情，好好休息一阵子。

事情紧急，我马上给程正民老师打电话，向他求主意。程老师立刻去看望童老师，发现他果然状态很差，便赶快跟我说，得给童老师减负。他建议我与姚爱斌加入进去，爱斌负责《文心雕龙》卷，我负责另一卷论文组成的集子，别让他再跟自己的文集较劲了。但我们还没来得及进入，童老师就在9月初给我电话，让我和爱斌各派自己的一位学生去他家，帮他再整理一下十卷本的文集，他说他自己老也弄不好。我随即与爱斌商量，他派出了杨宁宁，我则派出了徐晓军。

2014年秋冬之际，很可能是童老师平生状态最差的时期。那一阵子，他的脑子确实出了点问题——张嘴忘词，提笔忘字，思维迟钝，语速更慢。他也跑了几趟医院，让医生帮其诊断病因。但就在这种状态下，他每天还要读书写作，力争让他的《文心雕龙》研究有一个大团圆结局。他跟我说过，坐在电脑前，他经常是精神涣散，哈欠连连，犯困，打盹儿，有时甚至会睡过去，但醒来之后还得接着工作，效率很低。每每想到这幕情景，我就觉得心酸，也觉得有些悲壮。也许，那时的童老师已意识到什么，他在与死神赛跑，也在挑战生命的极限。套用以前的一个说法，他确实是战斗到了生命的最后一息。

至年底，他终于把十卷文稿理顺了，也差不多补齐了。但交到出版社后，他依然不放心，便又在今年春节期间修补一番，重新提交一遍电子版。大概只是到那时候，他才算是松了口气，也了却了自己平生最大的一桩心事。

我把童老师文集的成型过程简要描述如上，是想说明一个问题：

尽管昆德拉说过，现在已是一个写作癖正在流行，满大街都是作家的时代，但是对于一个学者来说，一辈子能够写出四五百万文字著作文章，又能把它们在生前出成文集的情况还不太多见。童老师看重这十卷本文集，那固然是他一辈子思考的结晶，但又何尝不是一个学者毕生追求的东西？曹丕说："盖文章，经国之大业，不朽之盛事。年寿有时而尽，荣乐止乎其身，二者必至之常期，未若文章之无穷。"(《典论·论文》)如今，把文章上升到"经国之大业"的高度或许已显得迂腐，但"不朽之盛事"却很可能还是许多舞文弄墨者绕不过去的一个情结。因为谁都知道，在生命终止之处，文字可以再度出发，那是生命的延续，也是薪尽火传的主要通道。我听说圈内一位正值盛年的学人身患绝症，当他得知自己不久于人世时，首先想到的便是出版自己的文集。我也刚刚参加了"庆祝聂石樵先生九十寿辰学术研讨会"，聂先生的夫人邓魁英老师在会上披露，当十二卷《聂石樵文集》的样书送来后，聂老一晚上不断摩挲，连说真好真好。这幅画面令人动容，也许它再明白不过地说明了一套文集在学者心目中的份量。

当然，我更清楚，童老师的文集也是他为自己准备的生日礼物。他跟我说过："等过八十岁生日时，这套文集也面世了，那么我要为来宾、为学生每人准备一套书，送给他们。但十卷本文集又太沉了，不好带走。所以我会让他们留下地址，然后让小郭，让学生帮忙，挨个儿给他们寄回去。"这番话是在今年4月的某一天说的，那时候他并未想到他会先走一步，永远失去"摩挲"这套文集的机会。每念及此，我就觉得造化弄人，心里特别不是滋味。

这套文集的顺序，每卷的书名和其中的内容都是童老师生前亲自敲定的，而整体框架也大体上遵循了他在2012年形成的编辑思路：始于审美诗学，终于文化诗学。与他那时的构想相比，文集只是少了两卷文学创作，那应该是出版社与他商量的结果。据我粗略了解，这十卷本文集或许还不够全面，但基本上已把童老师学术方面的著作文章搜罗殆尽了。如何全面评说这皇皇巨著，显然是一个大工程，并非三言两语能说清楚，也并非笔者学力所能胜任。不过，据我先前阅读的点滴体会，我似乎可以重复一下我曾经形成过的一个看法："在我的心目中，童老师是一个真正懂得文学、并能吃透文学诸多奥秘的人，于是文学在他那里便能敞开、显豁、透亮。唯其如此，他才能够把来自自己阅读、创作、生活感悟的经验上升为理论，又在古今中外的文学理论中去印证自己的经验，最终提炼出某种文学规律。"(《好雨知时节，当春乃发生——童庆炳先生对于中国当代作家的意义》，《南方文坛》2014 年第 1 期)基于我的这一理解，我觉得在这十卷著作中，无论童老师是说中道西，还是谈古论今，都可以看作一个深谙文学之理、审美之道的温厚长者在与您围炉夜话，侃侃而谈。在他的娓娓道来中，在他掰开来揉碎式的讲解中，理论不再显得僵硬了，不再让人头疼发怵避之唯恐不及了，而是有了血肉，有了灵魂，有了温度，有了丰采。如果去掉那些大而无当的溢美之词让我说句实在话，我更愿意与读者朋友分享我的这一感受。

感谢北京师范大学以及出版社的领导，正是因为他们的重视和推动，才使这套文集有了面世的机会。出版社学术著作与大众读物分社主编谭徐锋先生告诉我，因为学校和出版社要为资深教授出文集，他曾奉命与童老师商谈此事。那是 2013 年 10 月 22 日上午，童老师把他约到家中，谈正事也谈天说地，总之是相谈甚欢。谭主编说：童老师当时讲启功，说汪曾祺，还把他自己写就的未刊发过的小说打印稿拿出来，与他一起赏析。"老爷子的平易近人，让我倍感意外，或许是由于我对民国以来的学林掌故略知一二，所以还能对上一些话题。当时说了很久，结束后他还专门把我送出来，很是热情。"2014 年，谭主编又就文集之事与童老师交流过四五次，而最后一次见面则是 2015 年 4 月。可以说，在具体运作这套文集的过程中，谭徐锋先生各方面都考虑得细致周到，为童老师提供了一次愉快的合作机会。

感谢北京师范大学出版社的诸位责任编辑，他(她)们为这套书的编辑付出了大量劳动。据策划编辑曾忆梦讲，这套文集每一卷都有一位责编，而她则负责整套书的组织协调工作。当文集经过二校依然存在着编辑无法解决的一些专业问题时，曾忆梦和童老师的儿子童小溪先生与我商量，希望文艺学专业的老师和学生加入进来，群策群力，完善文稿。于是在中秋节那天上午，曾忆梦、童小溪、《文学评论》编审吴子林、文艺学研究中心的四位老师(陈太胜、陈雪虎、姚爱斌和我)及文艺学专业的几位硕士生，一起在北师大出版社的二层会议室开会，商谈如何处理每一卷发现的问题，并进一步分工，由老师带着学生通读二校稿，订正错误，再由每位老师分别写出所经手的那两卷的“本卷说明”。具体分工是这样的：吴子林老师与周娆同学负责第一卷《文学审美特征论集》和第八卷《中国古代诗学与美学》，陈太胜老师与王子健同学负责第二卷《文学活动的美学阐释》和第三卷《精神之鼎与诗意家园》，姚爱斌老师与胡一飞、王文文同学负责第四卷《文体与文体的创造》和第七卷《〈文心雕龙〉三十说》，赵勇老师与段萌婕、熊超同学负责第五卷《维纳斯的腰带——创作美学》和第六卷《文学创作问题六章》，陈雪虎老师与郑浩洁同学负责第九卷《现代视野中的中华古代文论系统》和第十卷《文化诗学的理论与实践》。他们在很短的时间内圆满地完成了最后的任务。

还要感谢关心童老师文集出版一事的亲朋好友和学界同仁，感谢参与《童庆炳文集》相关事务的所有老师和同学，特别要感谢童老师的最后几届弟子。他们的名字及其工作我在前面已一一提及，兹不赘述。

走笔至此，我也想在这里指出困扰童老师也困扰帮他整理书稿者的一个问题，那就是重复。童老师曾经跟我讲过，编辑文集时他才发现，书稿中有许多东西是重复的。所谓重复，既指一篇文章与某本书中部分内容的重复(即文章内容进入了某本书的某一个章节中)，也指不同著作和不同文章之间一些论述上的重复。而据杨宁宁讲，当文集的编排告一段落时，实际上后来几位弟子的主要任务便是查重——发现重复之处告诉童老师，让他亲自处理或他们试着帮他处理。尽管重复问题在童老师生前已有所解决，但责编们后来依然发现不少。于是我们商量决定，凡文集中单篇文章与某本著作的部分内容整体重复，一律删除单篇文章；而如果是著作与著作之间、著作与文章之间的部分论述存在着重复，则不再改动，意在保持文气的贯通和著作文章的完整性。

重复问题让编辑们头疼，也引发了我的思考。我是这样理解重复问题的：一、学者著书立说之时，往往便有阶段性成果以论文的形式先期面世，而成书时把这些论文改造成书中章节，这应该是学界通行做法。此种情况没必要深究。二、当不同的著作文章论述到完全相同或大致相同的问题时，其语境交待、举例引证等或许就会有重复之处。这固然算不上尽善尽美，却也是可以理解的。当然，最稳妥的做法是另起炉灶，让它们以不同的文字行世。三、重复现象增多，在我看来又是数码写作时代的一个特点。当年笔耕墨种的时候，我们是不大可能把自己以前写的文字掐胳膊去腿，“拖”进新写的文章中的，但自从有了电脑之后，复制、粘贴等既让写作方便了许多，却也往往会让人生出不少惰性。童老师得风气之先，是国内最早使用电脑写作的学者之一，这样，他在享受着电脑写作便利的同时，也就不可避免地感染上了这种写作的某些“病毒”。我想，在这一问题上，我们没有必要为童老师避讳。他的问题其实也是我们大家或多或少面临的问题。而指出这一点，既是对童老师的尊重(其实，他生前对此问题已有非常清醒的认识)，也是对《童庆炳文集》诸读者的一个交待，还是对后来者的一个提醒：如果您此前不大注意，那么等您晚年编文集时，困扰童老师的那些问题很可能也会让您苦恼不已。

需要说明的是，童老师并未来得及专门为这套文集写序。但事实上，早在1993年他就意识到一个问题：书须有序。当其时也，台湾一家出版公司约他出书，书稿交上后责编又催其写序，说书有序言才符合出版规范，才能使一本书圆满。于是童老师引台湾作家柏杨的话——“一本书没有序，好像一个人没鼻子。夫‘序’者纲要也，读者老爷看了序，对全书的来龙去脉，就有一个概括的了解。”——以此佐证序言的重要性(参见《苦日子　甜日子——童庆炳美学随笔·自序》，上海人民出版社1999年版)。基于此，我们觉得找他一篇文章使其成为该文集“纲要”，是顺理成章的。而童老师在编完《从审美诗学到文化诗学：童庆炳自选集》(首都师范大学出版社2014年版)一书后，随即写出了《我的新时期文学理论研究之旅》。此文是他对自己这辈子研究之路与学术之旅的回顾与总结，把它拿来用作这里的“序言”，应该说也恰如其分。这样，这套文集就有了“序言”或“前言”。

阅读这篇长文，我很是感慨。我也特别注意到童老师在此文的结尾部分写下了这样一番话：

新时期过去了三十余年，转瞬之间，我已从中年迈入晚年。我从审美诗学起步，经过了心理诗学、文体诗学和比较诗学的跋涉，最后一站来到文化诗学。这就是我的新时期的文学理论之旅。回顾所走过的路，总觉得所做的太少，留下的遗憾太多，论文和著作的质量不能令人满意。我清楚知道，我离我的学术研究目标还有很大的距离，未能像某些大家那样达到那种令人神往的境界。但生命的火焰即将黯淡，我可能再做不了什么来补救了。遗憾将陪伴上天留给我的日子。我只能告诫我的学生：努力吧，勤奋地、不倦地在文学理论这块园地里耕耘。要读万卷书，行万里路，永远和现实生活保持密切的、生动的联系，把书本知识、创作实践和生命体验贯通起来，也许你们能在这块园地获得丰收。我从来不嫉妒学生。我希望你们成家立派。当你们像我这样年老的时候，回首往事，觉得自己的生命没有虚度，你们已经成功，达到了你们的老师没有达到的境界。那对我来说，就是最好的安慰了。

这段表白责己也深，期待也甚，行间蕴情意，字里含悲音，读来令人感喟，启人三思。把它作为总结自己、鞭策后进的学术遗言，是一点都不为过的。但言之凿凿，情之切切，声犹在耳，斯人邈矣。

于是我想说，尽管童老师晚年觉悟，对自己做出了不无苛刻的评价，但他依然是他们这代学人中的佼佼者。他甚至已把他们这代人的学问做到了极致，做到了境界。我辈只有脚踏实地，勤奋耕耘，有待于内，无期乎外，或许才不至于辜负他老人家的殷切期望。

诗云：落红不是无情物，化作春泥更护花。

让我们一起努力！

北京师范大学文艺学研究中心　赵勇

2015年10月23日写于北京，25日改于荥阳

图书在版编目(CIP)数据

文学审美特征论集 / 童庆炳著. — 北京 : 北京师范大学出版社, 2016.1

(童庆炳文集)

ISBN 978-7-303-19197-0

Ⅰ. ①文… Ⅱ. ①童… Ⅲ. ①文学美学-文集 Ⅳ. ①I01-53

中国版本图书馆 CIP 数据核字(2015)第 153125 号

营销中心电话 010-58805072 58807651
北师大出版社学术著作与大众读物分社 http://xueda.bnup.com

TONGQINGBING WENJI

出版发行:北京师范大学出版社 www.bnup.com
北京市海淀区新街口外大街 19 号
邮政编码:100875

印 刷:鸿博昊天科技有限公司
经 销:全国新华书店
开 本:787 mm×1092 mm 1/16
印 张:36.5
字 数:520 千字
版 次:2016 年 1 月第 1 版
印 次:2016 年 1 月第 1 次印刷
定 价:128.00 元

策划编辑:曾忆梦 责任编辑:曾忆梦 王一夫
美术编辑:王齐云 装帧设计:王齐云
责任校对:陈 民 责任印制:马 洁